CB060084

# A dádiva do lobo

# Anne Rice

# A dádiva do lobo

Tradução de Alexandre D'Elia

Título original
THE WOLF GIFT

*Copyright* © 2012 *by* Anne O'Brien Rice

Todos os direitos reservados incluindo
o de reprodução, no todo ou em parte,
sob qualquer forma.

Esta é uma obra de ficção. Nomes, personagens,
lugares e incidentes são produtos da imaginação
da autora e foram usados de forma ficcional.
Qualquer semelhança com pessoas reais, vivas ou não,
acontecimentos ou locais é mera coincidência.

Direitos para a língua portuguesa reservados
com exclusividade para o Brasil à
EDITORA ROCCO LTDA.
Av. Presidente Wilson, 231 – 8º andar
20030-021 – Rio de Janeiro – RJ
Tel.: (21) 3525-2000 – Fax: (21) 3525-2001
rocco@rocco.com.br
www.rocco.com.br

*Printed in Brazil*/Impresso no Brasil


CIP-Brasil. Catalogação na fonte.
Sindicato Nacional dos Editores de Livros, RJ.

R381d   Rice, Anne, 1941-
         A dádiva do lobo / Anne Rice; tradução de Alexandre
     D'Elia. – Rio de Janeiro: Rocco, 2013.

        Tradução de: The wolf gift

        ISBN 978-85-325-2849-0

         1. Ficção norte-americana. I. D'Elia, Alexandre. II. Título

13-00456                                      CDD-813
                                                    CDU-821.111(73)-3

*Este romance é dedicado
a Christopher Rice,
Becket Ghioto,
Jeff Eastin,
Peter e Matthias Scheer,
e ao
People of the Page*

*Diga o que quiser à força que governa o universo. Talvez nós a convoquemos, e ela nos amará da mesma maneira que nós a amamos.*

## 1

Reuben era um homem alto, bem acima de 1,80m de altura, de cabelos castanhos encaracolados e profundos olhos azuis. Seu apelido era "Menino Luz", e ele o odiava; portanto, tendia a reprimir o que o mundo considerava um sorriso irresistível. Porém, sentia certo excesso de felicidade naquele momento para conseguir exibir sua expressão estudada, e tentar parecer mais velho do que os seus 23 anos.

Subia a pé uma colina íngreme, enfrentando a feroz brisa oceânica na companhia de uma elegante e exótica mulher, mais velha do que ele, chamada Marchent Nideck, e estava realmente adorando tudo o que ouvia a respeito da grande casa no penhasco. Sua cicerone era esguia, possuía um rosto lindamente esculpido e aquele tipo de cabelo louro que jamais perde a cor. E do rosto o mantinha afastado num penteado suave e ondulado que formava pequenos cachos logo acima dos ombros. Reuben adorou seu estilo, um vestido de tricô marrom e botas marrons de salto alto muito bem engraxadas.

Ele estava fazendo uma reportagem para o *San Francisco Observer* sobre a gigantesca casa e as esperanças que Marchent tinha de vendê-la, agora que a posse das terras estava finalmente decidida, e seu tio-avô Felix Nideck fora oficialmente declarado morto. O homem falecera havia mais de vinte anos, mas seu testamento acabara de ser aberto e a casa deixada para Marchent, sua sobrinha.

Andavam pelas ribanceiras arborizadas da propriedade desde a chegada de Reuben, visitaram uma antiga casa de hóspedes caindo aos pedaços e as ruínas de um celeiro. Haviam percorrido velhas estradas e trilhas em meio à vegetação cerrada e, aqui e ali, topavam com uma saliência rochosa acima do frio Pacífico cor de ferro, apenas para voltar rapidamente a abrigar-se no interior do mundo úmido de carvalhos retorcidos e samambaias.

Reuben não estava trajado para isso, na realidade. Dirigira em direção ao norte com seu costumeiro "uniforme" composto por um blazer azul-marinho de lã penteada sobre um suéter de cashmere e calça cinza. Mas pelo menos usava um cachecol no pescoço que pegara no porta-luvas. E realmente não estava se importando com o frio de rachar.

A enorme casa antiga tinha um aspecto invernal com aquelas telhas de ardósia e as janelas em formato de diamante. Era feita de pedra e tinha inúmeras chaminés erguendo-se das empenas íngremes e uma estufa que se esparramava para oeste, toda em ferro branco e vidro. Reuben a adorou. Ele a adorara nas fotografias que vira online, mas nada o preparara para sua solene grandiosidade.

Crescera numa casa antiga na Russian Hill, em San Francisco, e passara muito tempo nas vistosas casas antigas de Presidio Heights e nos subúrbios de San Francisco, incluindo Berkeley, onde frequentara a escola, e Hillsborough, onde a mansão de seu falecido avô, feita parcialmente de madeira, funcionara como ponto de encontro por vários anos. Mas nada que já houvesse visto podia se comparar à casa da família Nideck.

O espetacular contraste do local, encalhado como estava em seu próprio parque, sugeria um outro mundo.

– O autêntico – dissera ele baixinho no momento em que vira a casa. – Olhe só, aquelas telhas de ardósia e aquelas calhas ali devem ser de cobre. – Luxuriantes trepadeiras cobriam mais da metade da imensa estrutura, alcançando até as mais altas janelas, e ele ficara sentado por um longo tempo em seu carro, meio que agradavelmente atônito e um pouco reverente, sonhando possuir um local como aquele algum dia, quando fosse um escritor famoso e o mundo todo não parasse de lhe bater à porta.

Aquela tarde estava sendo simplesmente gloriosa.

Ficara condoído ao ver a casa de hóspedes dilapidada, sem condições de ser habitada. Mas Marchent lhe assegurara de que a casa grande encontrava-se em bom estado de conservação.

Poderia ouvir sua voz por toda a eternidade. Seu sotaque não era exatamente britânico, nem de Boston ou Nova York. Mas era único, o sotaque de uma criança do mundo, e conferia às suas palavras uma adorável precisão e um timbre muito delicado.

– Oh, sei que ela é bonita. Sei que não existe nenhuma casa como essa em todo o litoral da Califórnia. Eu sei. Eu sei, sim. Mas não tenho escolha a não ser me livrar de tudo isso – explicou ela. – Há um momento em que uma casa passa a ser sua dona e você sabe que precisa se livrar dela para continuar com o resto da sua vida. – Marchent queria voltar a viajar. Confessou que passara um tempo curto e precioso no lugar desde que seu tio Felix desaparecera. Ela decidira partir para a América do Sul assim que a propriedade fosse vendida.

– É de partir o coração – disse Reuben. Essa era uma declaração exageradamente pessoal para um repórter, não era? Mas ele não conseguia se conter. E quem disse que precisava ser uma testemunha desapaixonada? – Isso aqui é insubstituível, Marchent. Mas vou escrever o melhor artigo do mundo sobre o local. Vou me esforçar ao máximo para arranjar um comprador para você, e não consigo acreditar que isso vá demorar tanto tempo assim.

O que não disse foi: *gostaria muito de comprar eu mesmo esse lugar*. E andava pensando exatamente acerca dessa possibilidade desde que avistara pela primeira vez as empenas através das árvores.

– Estou muito contente pelo jornal ter decidido enviar você, dentre tantas outras pessoas – disse ela. – Você é apaixonado, e gosto muito disso.

Por um momento, ele pensou, *sim, sou apaixonado e quero essa casa, e por que não?*, e *quando uma oportunidade como essa voltará a acontecer?*. Então pensou em sua mãe e em Celeste, sua namorada mignon de olhos castanhos, a estrela ascendente no escritório da promotoria pública da cidade, e em como elas ririam da ideia, e o pensamento esfriou.

– O que há com você, Reuben? Algum problema? – perguntou Marchent. – Seu olhar era o mais estranho da face da Terra.

– Pensamentos – respondeu ele, dando tapinhas na têmpora. – Estou esboçando o artigo na minha cabeça: "Joia arquitetônica no litoral de Mendocino, pela primeira vez à venda desde que foi construída."

– Parece bom – disse ela. Havia novamente aquele leve sotaque, de uma cidadã do mundo.

– Se eu comprasse a casa, daria um nome a ela – comentou Reuben –, enfim, alguma coisa que captasse sua essência. Nideck Point.

– Não é que você é um jovem poeta? Eu soube assim que o vi. E gosto dos artigos que você escreveu para o seu jornal. Eles têm personalidade. Mas você está escrevendo um romance, não está? Qualquer jovem repórter da sua idade deveria estar escrevendo um romance. Seria uma vergonha se não estivesse.

– Oh, isso é música para os meus ouvidos – confessou ele. Ela ficava tão bonita quando sorria, todas as delicadas linhas de seu rosto aparentemente tão eloquentes e bonitas. – Meu pai me disse semana passada que um homem da minha idade não tem absolutamente nada a dizer. Ele é professor, já um pouco passado, diria eu. Revisa os seus "poemas reunidos" já faz dez anos, desde que se aposentou. – Falando muito, estava falando muito dele próprio, nem um pouco bom.

Seu pai talvez gostasse daquele lugar, pensou. Sim, Phil Golding era de fato um poeta e certamente amaria aquilo tudo, e talvez até dissesse isso para a mãe de Reuben, que escarneceria por completo da ideia. A dra. Grace Golding era uma pessoa dotada de um olhar prático, e a arquiteta da vida de ambos. Fora ela quem conseguira o emprego de Reuben no *San Francisco Observer*, quando sua única qualificação era um mestrado em literatura inglesa e uma viagem por ano ao redor do mundo desde que nascera.

Grace ficara orgulhosa de seus recentes artigos de caráter investigativo, mas o alertara para o fato de que essa reportagem de "história imobiliária" era uma perda de tempo.

– Pronto, voltou a sonhar — disse Marchent. Ela o abraçou casualmente e lhe deu um beijo no rosto enquanto ria. Reuben ficou sobressaltado, surpreso com a suave pressão dos seios de Marchent em seu corpo e com o aroma sutil do perfume dela.

– Para falar a verdade, ainda não tive êxito em coisa alguma na vida – disse ele com uma tranquilidade que a deixou chocada. –

A minha mãe é uma cirurgiã brilhante; meu irmão mais velho é padre. O pai da minha mãe já era um corretor de imóveis internacional quando tinha a minha idade. Mas eu não sou nada nem ninguém, na verdade. Estou trabalhando no jornal apenas há seis meses. Eu devia ter vindo com um rótulo com a palavra alerta escrita. Mas pode acreditar em mim, vou escrever uma matéria que você vai adorar.

– Besteira – disse ela. – O seu editor me disse que a sua matéria sobre o assassinato de Greenleaf levou à prisão do assassino. Você é um rapaz muito charmoso e modesto.

Ele lutou para não enrubescer. Por que estava admitindo todas essas coisas àquela mulher? Ele quase nunca era autodepreciativo. No entanto, estava sentindo uma imediata conexão com ela que não conseguia explicar.

– Levei menos de dois dias para escrever aquela matéria de Greenleaf – murmurou ele. – Metade do que levantei sobre o suspeito nunca foi publicado.

Ela tinha um brilho estranho no olhar.

– Diga-me, quantos anos você tem, Reuben? Eu tenho 38. Que tal essa honestidade total? Você conhece muitas mulheres que diriam de livre e espontânea vontade a idade?

– Você não parece ter essa idade – disse ele. E estava sendo sincero. O que queria dizer era: *você é bem perfeita, se quiser saber minha opinião.* – Eu tenho 23 – confessou ele.

– Vinte e três? Você é um menininho.

Evidentemente. "Menino Luz", como sua namorada Celeste sempre o chamava. "Menininho", de acordo com o irmão mais velho, frei Jim. E "Bebezinho", de acordo com sua mãe, que ainda o chamava assim na frente das pessoas. O pai era o único que sempre o chamava de Reuben e enxergava apenas ele quando trocavam olhares. *Papai, você devia ver essa casa! Estou falando de um lugar para escrever, de um refúgio, de uma paisagem feita para a mente criativa.*

Ele enfiou as mãos enregeladas nos bolsos e tentou ignorar o vento cortante nos olhos. Estavam retornando a casa na expectativa de um café fumegante e de uma lareira.

– É bem alto para a sua idade – disse ela. – Acho que você é de uma sensibilidade incomum, Reuben, para poder apreciar esse canto da Terra bem friorento e soturno. Quando eu tinha 23 anos, queria estar em Nova York e Paris. De fato, estava em Nova York e Paris. Queria as capitais do mundo. O que houve? Por acaso eu o ofendi?

– Não, claro que não – respondeu. Ele estava ficando vermelho mais uma vez. – Estou falando demais de mim mesmo, Marchent. Minha cabeça está na matéria, não se preocupe, chaparro, grama alta, terra úmida, samambaias... eu estou registrando tudo.

– Ah, sim, a mente jovem, atenta, e a memória, não há nada como isso. Querido, nós vamos passar dois dias juntos, não vamos? Tenha a certeza de que serei bastante informal. Você tem vergonha de ser jovem, não tem? Bem, não precisa. E você é um rapaz perturbadoramente bonito, sabia? Bom, você é simplesmente o rapaz mais adorável que conheci em toda a minha vida. Estou sendo sincera. Com uma aparência como a sua, você não precisa ser realmente nada, sabia?

Ele sacudiu a cabeça. Se ao menos ela soubesse. Reuben odiava quando as pessoas diziam que era bonito, adorável, lindinho, irresistível. "E como é que você vai se sentir se os elogios pararem?", perguntou-lhe uma vez Celeste, sua namorada. "Já pensou nisso? Escuta aqui, Menino Luz, comigo o negócio é o seu visual." Celeste tinha um jeito de provocá-lo com rispidez, tinha sim. Talvez toda provocação tivesse uma rispidez.

– Agora ofendi você de verdade, não foi? – perguntou Marchent. – Perdoe-me. Eu acho que nós, simples mortais, tendemos a mitificar as pessoas bonitas como você. Mas, é claro, o que o torna assim tão notável é o fato de você ter uma alma de poeta.

Eles haviam alcançado a borda da laje do terraço.

Algo mudara no ar. O vento estava ainda mais cortante. O sol realmente se punha atrás das nuvens prateadas e dirigia-se para o mar escuro.

Marchent parou por um momento, como para recuperar o fôlego, mas ele não podia afirmar. O vento chicoteava os fios do cabelo longo ao redor do rosto, e com uma das mãos ela protegeu os olhos. Ficou olhando para as janelas altas da casa como se buscasse algo, e Reuben foi acometido de uma sensação de extremo desamparo. A solidão do lugar o impregnava.

Estavam a quilômetros do pequeno vilarejo de Nideck, que, se tanto, possuía duzentos habitantes. Ele parara lá a caminho da casa e descobrira que a maioria das lojas da pequena rua principal estava fechada. A hospedagem *bed-and-breakfast* estava à venda "desde sempre", disse o balconista no posto de gasolina, mas, "sim, você tem acesso a celular e a internet em todos os lugares do país, não há motivos para se preocupar com isso".

Naquele exato momento, o mundo além daquele terraço açoitado pelo vento parecia irreal.

– Tem fantasma aqui, Marchent? – perguntou, seguindo o olhar dela em direção às janelas.

– Eles não são necessários – declarou ela. – A história recente é sombria o suficiente.

– Bem, adoro isso – disse ele. – Os Nideck eram um povo dotado de uma visão fantástica. Alguma coisa me diz que você vai conseguir um comprador bem romântico, alguém que possa transformar a propriedade num hotel único e inesquecível.

– Isso sim é um pensamento – disse ela. – Mas por que alguém viria especificamente para cá, Reuben? A praia é estreita e de difícil acesso. As sequoias são gloriosas, mas você não precisa dirigir quatro horas de San Francisco para se aproximar de sequoias gloriosas na Califórnia. E você viu a cidade. Não existe nada, na realidade, com exceção de Nideck Point, como nós a chamamos. Eu às vezes tenho o mau pressentimento de que essa casa não vai ficar de pé por muito tempo.

– Oh, não! Não vamos nem pensar nessa possibilidade. Ninguém ousaria...

Ela tomou-lhe o braço novamente e percorreram a laje arenosa, passaram pelo carro dele e seguiram na direção da distante porta da frente.

– Eu me apaixonaria por você se tivesse a sua idade – disse ela. – Se tivesse conhecido alguém com a metade do seu charme, não estaria sozinha, estaria?

– Por que uma mulher como você ficaria sozinha? – perguntou ele. Raríssimas vezes estivera com uma pessoa tão confiante e graciosa. Mesmo naquele momento, depois da caminhada na floresta, ela parecia estar tão imperturbável e tão arrumada quanto uma mulher fazendo compras em Rodeo Drive. Havia um pequeno e fino bracelete em seu pulso esquerdo, uma corrente de pérolas, era assim que ele acreditava que aquilo fosse chamado, e o objeto conferia aos seus gestos suaves um glamour a mais. Ele não sabia dizer exatamente o motivo.

Não havia árvores a oeste. A vista era aberta por todos os motivos óbvios, mas o vento agora efetivamente uivava na direção do oceano, e a névoa cinza estava descaindo no último brilho do oceano. Vou descrever o clima de tudo isso aqui, pensou ele. Vou captar esse momento quando tudo escurece estranhamente. E uma pequena sombra caiu deliciosamente em sua alma.

Ele queria aquele lugar. Talvez fosse melhor se tivessem mandado outra pessoa para fazer a matéria, mas eles o haviam mandado. Que sorte incrível.

– Deus do céu, está ficando cada vez mais frio – disse ela enquanto se apressavam. – Eu esqueço que a temperatura cai com rapidez aqui no litoral. Cresci com isso, mas sempre sou pega de surpresa. – No entanto, ela parou mais uma vez e levantou os olhos para a imensa fachada da casa como se procurasse alguém, e então protegeu os olhos e olhou para a névoa que avançava.

Sim, ela pode vir a se arrepender por vender esse lugar, pensou Reuben. Mas também pode ser que tenha de vender. E quem era ele para fazê-la antecipar a dor desse processo se ela mesma não queria tocar no assunto?

Por um momento, Reuben ficou absolutamente envergonhado por ele próprio ter o dinheiro para comprar a propriedade, e sentiu que deveria fazer alguma espécie de renúncia à sua participação em tudo aquilo, mas isso seria algo indescritivelmente grosseiro. Porém, estava calculando e sonhando.

As nuvens estavam ficando escuras, mais baixas. E o ar bastante úmido. Ele seguiu o olhar dela novamente em direção à grande fachada sombreada da casa, com aquelas janelas em formato de diamante brilhando levemente, e a massa de sequoias que se erguia atrás dela e a leste, uma monstruosa floresta de imponentes sequoias desproporcionais a tudo o mais.

– Diga-me – disse ela. – Quais são os seus pensamentos nesse exato instante?

– Oh, nada, na verdade. Estava pensando nas sequoias e o que elas sempre me fazem sentir. Elas são bem desproporcionadas em relação a tudo que as cerca. É como se estivessem sempre dizendo: "Nós estávamos aqui antes mesmo da sua espécie começar a visitar essas praias, e estaremos aqui quando você e as suas casas não estiverem mais."

Havia algo inequivocamente trágico nos olhos dela enquanto sorria para ele.

– Isso é verdade. Como o meu tio Felix as amava – disse ela. – Elas são protegidas, essas árvores, sabia? Não podem ser derrubadas. Tio Felix cuidava disso.

– Graças a Deus – sussurrou ele. – Estremeço quando vejo todas essas fotos antigas de madeireiros por aqui nos velhos tempos, derrubando as sequoias que estavam vivas há mil anos. Pense nisso, mil anos.

– Foi exatamente isso o que tio Felix disse uma vez, quase que usando as mesmíssimas palavras.

– Ele não ia querer ver essa casa derrubada, ia? – Ele ficou imediatamente envergonhado. – Sinto muito. Eu não devia ter dito isso.

– Ah, mas você está absolutamente certo. Ele não ia querer isso, não, jamais. Ele amava essa casa. Estava prestes a reformá-la quando desapareceu.

Ela desviou novamente o olhar, tristonha, saudosa.

– E nós nunca saberemos, suponho – disse ela, suspirando.

– O quê, Marchent?

– Ah, você sabe, como o meu tio-avô realmente desapareceu. – Ela emitiu um discreto som de deboche. – Somos todos criaturas supersticiosas, na realidade. Desapareceu! Bem, suponho que ele esteja tão morto na vida real quanto está legalmente. Mas parece que estou dando as costas a ele agora ao vender o lugar, parece que estou dizendo: "Bem, a gente nunca vai saber e ele nunca mais vai passar por aquela porta novamente."

– Eu entendo – sussurrou ele. O fato era que ele não sabia absolutamente nada sobre a morte em geral. Sua mãe e seu pai, seu irmão e sua namorada lhe falavam da morte de um jeito ou de outro, quase que diariamente. Sua mãe vivia e respirava o Centro de Traumatologia do Hospital Geral de San Francisco. Sua namorada conhecia a fundo a pior parte da natureza humana por conta dos casos com os quais lidava diariamente na promotoria pública. Quanto a seu pai, ele via a morte nas folhas caducas.

Reuben escrevera seis artigos e cobrira dois assassinatos desde que começara a trabalhar no *San Francisco Observer*. E ambas as mulheres em sua vida fizeram grandes elogios a seu texto e lhe deram várias dicas a respeito do que ele deixara de perceber.

Algo que seu pai dissera lhe veio à mente: "Você é inocente, Reuben, é sim, mas a vida vai te ensinar logo, logo o que precisa saber." Phil vivia fazendo pronunciamentos os mais exóticos. Ele disse durante o jantar na noite anterior: "Não passa um dia sequer sem que eu faça uma pergunta cósmica. A vida tem significado? Ou, tudo isso aqui se resume a fumaça e espelhos? Estamos todos condenados?"

"Menino Luz, eu sei por que nada realmente penetra em você" – dissera Celeste não fazia muito tempo. – "A sua mãe fala sobre as cirurgias dela em detalhes enquanto come coquetel de camarão, e o seu pai só fala sobre o que não tem absolutamente nenhuma importância. Qualquer dia desses eu vou pegar para mim esse seu otimismo fácil. A questão é que você faz com que eu me sinta bem."

Isso o fizera sentir-se bem? Não. Nem um pouco. O mais estranho em Celeste, no entanto, era que ela era bem mais afetuosa e delicada do que suas palavras jamais poderiam indicar. Era uma promotora de mão cheia, um tição de 1,50m de altura em sua profissão, mas, com ele, era carinhosa e totalmente meiga. Ela arrumava as roupas dele e estava sempre disponível no telefone. Tinha amigas advogadas a quem ligava a qualquer momento para responder as perguntas que ele encontrava em suas reportagens. E a língua? A língua dela era um pouquinho afiada.

O fato era que, Reuben percebeu, secretamente, havia algo sombrio e trágico a respeito daquela casa que ele queria descobrir. A casa o fazia pensar em temas para violoncelo, profundos, densos, um pouco desarmoniosos e descompromissados. A casa estava falando com ele, ou então falaria, se ele parasse de escutar as vozes de sua própria casa.

Ele sentiu o celular vibrar no bolso. Sem tirar os olhos da casa, ele o desligou.

– Oh, meu bom Deus, olhe só pra você – disse Marchent. – Está congelando, rapazinho. Que falta de sensibilidade a minha. Venha, vamos entrar.

– Sou de San Francisco – murmurou ele. – Passei a vida toda dormindo em Russian Hill com a janela escancarada. Eu devia estar preparado para isso.

Ele a seguiu pelos degraus de pedra, e através da maciça porta arqueada da frente.

A calidez da sala veio de maneira imediata e deliciosa, muito embora se tratasse de um espaço vasto, sob um teto sustentado por uma alta viga, o piso de carvalho escuro estendendo-se infinitamente numa espécie de penumbra etérea.

A lareira acesa era distante e cavernosa, e os encarava do outro lado de um extenso espaço escuro ocupado por velhos sofás e cadeiras bastante disformes.

Reuben sentira o cheiro das toras de carvalho queimando anteriormente, apenas um cheirinho aqui e ali enquanto caminhavam pela encosta da colina, e ele adorara.

Marchent o conduzira até o sofá aveludado bem ao lado da lareira. Havia um serviço de prata com café em cima de uma grande mesa de centro de mármore.

– Aqueça-se – disse ela. E permaneceu parada diante das chamas aquecendo as mãos.

Havia imensos trasfogueiros e um guarda-fogo de latão, e os tijolos atrás da lareira eram pretos.

Ela se virou e se moveu quase que silenciosamente sobre os velhos e gastos tapetes orientais, acendendo as inúmeras luminárias espalhadas pelo local.

Lentamente, a sala foi adquirindo um brilho suave e alegre.

O mobiliário era imenso, porém confortável, com capas gastas, mas utilizáveis, e algumas cadeiras de couro em tom caramelo. Havia umas poucas e volumosas esculturas de bronze, todas de figuras previsivelmente mitológicas e bastante fora de moda. E inúmeras paisagens em pesadas molduras douradas encontravam-se penduradas aqui e ali.

A calidez estava agora incessante. Dentro de alguns minutos ele tiraria o cachecol e o casaco.

Reuben levantou os olhos para o revestimento de madeira escura acima da lareira, ângulos retos jeitosamente entalhados em sancas profundas em formato de ovo, e para o revestimento similar que cobria as paredes. Havia estantes flanqueando a lareira, repletas de volumes antigos encadernados em couro, tecido e até mesmo edições em brochura e, bem à direita por sobre seu ombro, avistou uma sala voltada para leste que parecia uma biblioteca retrô revestida em madeira, o tipo que sempre sonhou ter para si.

— Isso me deixa sem fôlego — disse ele. E podia ver seu pai sentado ali, remexendo seus poemas enquanto fazia intermináveis apontamentos. Sim, adoraria esse lugar, sem dúvida nenhuma. Era um lugar para reflexões e decisões cósmicas. E como todos ficariam chocados se...

E por que sua mãe não ficaria contente? Eles se amavam, sua mãe e seu pai, mas não se davam muito bem. Phil tolerava os amigos médicos de Grace; e Grace achava os poucos e antigos amigos de universidade dele um tédio absoluto. Leituras de poesia a deixavam furiosa invariavelmente. Os filmes de que ele gostava ela abominava. Se ele emitisse sua opinião durante um jantar, ela mudaria de assunto com a pessoa próxima ou sairia do recinto em busca de mais uma garrafa de vinho, ou começaria a tossir.

Não era proposital, na realidade. Sua mãe não era má. Sua mãe era cheia de entusiasmo pelas coisas que amava, e ela amava Reuben e sabia que isso dera a ele uma confiança de que muitas pessoas jamais haviam desfrutado. Ela simplesmente não conseguia suportar o marido e, durante a maior parte de sua vida, Reuben realmente compreendera isso.

Entretanto, estava sendo mais difícil ultimamente, porque sua mãe parecia poderosa e sem tempo, uma trabalhadora compulsiva com uma vocação divina; e seu pai parecia agora desgastado e obscenamente velho. Celeste fora a amizade mais rápida que sua mãe fizera ("Somos ambas mulheres com impulso!"), e às vezes companheira de almoço, mas ela ignorava o "velho", como costumava chamá-lo. E, de vez em quando, ela inclusive falava para Reuben de maneira agourenta: "Escute aqui, você quer ficar como ele?"

Bem, como você gostaria de morar aqui, papai, pensou Reuben. E nós sairíamos para caminhar juntos em meio às sequoias, e talvez consertássemos aquela velha e dilapidada casa de hóspedes para os amigos poetas, mas, é claro, também existe lugar de sobra para todos eles na casa. Veja, você poderia realizar seminários regulares aqui com eles sempre que desejasse, e mamãe poderia vir quando bem quisesse.

Isso seria nunca, muito provavelmente.

Ah, que inferno, não conseguia fazer a fantasia funcionar naquele instante, não é? Marchent estava olhando com tristeza para o fogo, e ele deveria estar fazendo perguntas. "Deixe-me ir logo ao assunto", diria Celeste, "Eu trabalho sete dias por semana e você deveria ser um repórter agora, e você vai lá e faz o quê? Dirige quatro horas por dia para chegar no emprego?

Para Celeste, isto seria a decepção final, a primeira sendo que ela não sabia quem ele era. Ela passara pelo curso de direito como um míssil e recebera o diploma com 22 anos de idade. Reuben abandonara o doutorado em língua inglesa por conta dos requerimentos relacionados a línguas estrangeiras, e não tinha de fato nenhum plano de vida. Por acaso não era certo ouvir ópera, ler poesia e romances de aventura, ir para a Europa a cada dois meses por um motivo ou outro e dirigir seu Porsche acima do limite de velocidade até descobrir quem ele era? Ele fizera essa pergunta uma vez, exatamente com essas palavras, e ela rira. "É uma boa, Menino Luz, se você conseguir", disse ela. "Eu tenho as minhas obrigações no tribunal."

Marchent estava saboreando o café.

– Bem quente – disse ela.

Ela encheu de café uma xícara de porcelana e fez um gesto na direção do jarro com leite e da pequena pilha de cubinhos de açúcar no prato de prata. Tudo muito bonitinho, muito simpático. E Celeste pensaria, que horror, e a mãe dele talvez nem reparasse. Grace tinha uma aversão a tudo que dizia respeito ao espaço doméstico, exceto cozinhar para eventos festivos. Celeste dizia que cozinhas eram para estocar Coca Diet. Seu pai iria gostar daquilo – possuía um conhecimento geral acerca de todo tipo de coisas, incluindo prataria e porcelana, a história do garfo, costumes dos feriados em várias partes do mundo, a evolução da moda, relógios-cuco, baleias, vinhos e estilos arquitetônicos.

A questão era que Reuben gostava de tudo aquilo. Reuben adorava tudo aquilo. Reuben era Reuben, e também gostava muito do grande consolo de lareira com seus suportes de volutas.

– Então, o que você está escrevendo em sua cabeça poética nesse exato momento? – perguntou Marchent.

– Hum. As vigas do teto, são enormes, e são possivelmente as vigas mais compridas que eu já vi. Os tapetes são persas, todos com desenhos florais, exceto o pequeno tapete de oração ali. E não existem espíritos malignos debaixo desse teto.

– Nenhuma vibração negativa, é o que você está querendo dizer – disse ela. – E concordo com você. Mas tenho certeza de que percebe que eu jamais seria capaz de parar de sentir saudades de tio Felix se continuasse aqui. Ele era um homem titânico. Vou contar para você, está tudo voltando à minha cabeça, eu me refiro a Felix e seu desaparecimento. Não pensava nisso já fazia algum tempo. Eu tinha 18 anos quando ele passou por aquela porta com destino ao Oriente Médio.

– Por que o Oriente Médio? – perguntou Reuben. – Para onde estava indo?

– Para uma escavação arqueológica, normalmente era esse o motivo das viagens. Aquela última vez foi no Iraque, alguma coisa a respeito de uma nova cidade, tão antiga quanto Mari ou Uruk. Nunca consegui nenhuma confirmação que parecesse definitiva. De um jeito ou de outro, ele estava estranhamente entusiasmado em relação ao local para onde estava se dirigindo. Eu me lembro bem. Tio Felix andava falando ao telefone com amigos que moravam bem longe daqui, em várias partes do mundo. Eu não pensava muito nisso. Estava sempre indo e vindo. Se não fosse uma escavação, então estava indo para alguma biblioteca no exterior para procurar algum fragmento de um manuscrito que havia sido desenterrado de alguma coleção inédita por um de seus inúmeros assessores. Ele os pagava às dezenas. Estavam sempre enviando informações. Ele vivia em seu mundinho, totalmente separado e com uma animação toda própria.

– Ele deve ter deixado coisas escritas – comentou Reuben. – Um homem com esse grau de engajamento.

– Coisas escritas! Reuben, você não faz ideia. Há salas lá em cima cheias de papéis, manuscritos, documentos, livros caindo por todos os lados. Tem tanta coisa para ser avaliada, tantas decisões a serem tomadas. Mas se a casa for vendida amanhã, estou pronta para despachar tudo isso para um depósito climatizado e trabalhar na papelada a partir de lá.

– Ele estava procurando alguma coisa especificamente?

– Bem, se estava, nunca disse nada a respeito. Uma vez ele disse, sim: "Esse mundo precisa de testemunhas. Muita coisa está perdida." Mas eu acho que isso era uma reclamação de caráter geral. Ele bancava escavações, eu sei disso. E frequentemente se encontrava com estudantes de arqueologia e de história que não trabalhavam para ele. Eu me lembro deles entrando e saindo daqui de casa. Ele passava para eles as subvenções pessoais que recebia.

– Que coisa fantástica – disse Reuben –, viver desse jeito.

– Bem, ele tinha dinheiro, como eu sei muito bem hoje em dia. Nunca houve nenhuma dúvida de que fosse uma pessoa rica, mas não sabia o quanto ele era rico até que tudo chegou aos meus ouvidos. Venha, vamos dar uma voltinha por aí?

Como ele amou a biblioteca.

Tratava-se de um desses locais vistosos nos quais ninguém jamais escrevia ou lia coisa alguma. Marchent fez essa confissão. A antiga escrivaninha francesa era esplendidamente envernizada e seus detalhes em ouropel eram tão cintilantes quanto ouro. Possuía um límpido mata-borrão verde, e as prateleiras do chão ao teto do recinto estavam repletas de inevitáveis clássicos encadernados em couro que os tornaria difíceis de serem levados numa mochila ou de serem lidos em um avião.

Havia o *Oxford English Dictionary* em vinte volumes, e uma antiga *Encyclopaedia Britannica*, maciços volumes sobre arte, atlas e grossos volumes antigos cujos títulos gravados em ouro estavam quase que apagados.

Um sala que inspirava reverência. Ele imaginava seu pai na escrivaninha observando a luz baixar nas janelas, ou sentado na cadeira revestida de veludo ao lado da janela com um livro na mão. As janelas a leste da casa ao longo dessa parede deviam ter dez metros de largura.

Agora estava escuro demais para ver as árvores. De manhã, ele entraria naquela sala bem cedo. E, se comprasse a casa, daria a sala a Phil. Na realidade, poderia seduzir seu pai com uma descrição de tudo isso. Reparou o antigo piso de parquete com os imensos quadrados intricados, e o antigo relógio de estação ferroviária na parede.

Cortinas de veludo vermelho estavam penduradas em hastes de latão, e uma grande fotografia encontrava-se pendurada sobre o consolo da lareira, com um grupo de seis homens, todos eles usando conjuntos de safari cáqui, reunidos contra um pano de fundo de bananas e árvores tropicais.

Só podia ter sido tirada com filme. Os detalhes eram impressionantes. Somente agora na era digital era possível ampliar uma foto desse tamanho sem inevitavelmente degradá-la, mas aquela ali jamais havia sido retocada. Até mesmo as folhas da bananeira pareciam ter sido esculpidas. Dava para ver os mais finos vincos nas jaquetas dos homens, e a poeira nas botas.

Dois dos homens portavam rifles, e diversos deles estavam com poses bem casuais, sem nada nas mãos.

– Eu mandei fazer isso – disse Marchent. – Muito caro. Eu não queria uma pintura, apenas uma ampliação detalhada. Essa tem 1,20 por 1,80m. Está vendo a figura no meio? É o tio Felix. Essa é a única foto que tenho dele atualmente, depois do desaparecimento.

Reuben aproximou-se para olhar.

Os nomes dos homens estavam inscritos em tinta preta na borda da moldura no interior do quadro. Ele mal conseguia lê-los.

Marchent acendeu o candelabro e agora ele estava conseguindo ver bem a figura de Felix, o homem de pele morena e cabelos escuros que estava em pé no meio do grupo, uma figura de fato com aspecto bastante agradável, um físico alto e magro, e as mesmas mãos finas e graciosas que admirava tanto em Marchent, e até mesmo algo do mesmo sorriso bastante delicado que ela exibia. Um homem certamente digno de ser apreciado, um homem de fácil abordagem, com uma expressão quase que infantil: curioso, entusiasmado talvez. Ele parecia ter qualquer idade entre 20 e 35 anos.

Os outros homens eram inegavelmente interessantes, todos com expressões bastante sérias e abstratas, e um deles em particular destacava-se, na extrema esquerda. Ele era alto como os outros e tinha os cabelos escuros na altura dos ombros. Não fosse pela jaqueta de safari e as calças cáqui, poderia parecer um caçador de búfalos do Velho Oeste com aqueles cabelos compridos. Havia uma radiância positiva em seu rosto – bem semelhante à daquelas figuras sonhadoras nas pinturas de Rembrandt que parecem tocadas em um momento particularmente místico por uma luminosidade específica proporcionada por Deus.

– Oh, sim, ele – disse Marchent de modo acentuadamente dramático. – Ele não é o máximo? Bem, esse aí é o amigo mais íntimo de Felix, e seu mentor. Margon Sperver. Mas tio Felix sempre o chamava apenas de Margon e, às vezes, de Margon, o sem Deus, embora eu não faça a menor ideia do motivo pelo qual o chamava assim. Isso sempre fez Margon dar risadas. Margon era o professor, dizia Felix. Se tio Felix não conseguia responder uma pergunta, ele dizia: "Bem, de repente o professor sabe", e lá ia ele entrar em contato por telefone com Margon, o sem Deus, onde quer que ele estivesse nesse mundo. Existem milhares de fotografias desses cavalheiros nas salas do andar de cima – Sergei, Margon, Frank Vandover – todos eles. Eram seus parceiros mais próximos.

– E você não conseguiu entrar em contato com nenhum deles depois que ele desapareceu?

– Com nenhum deles, mas entenda bem. Nós só começamos a tentar depois de um ano. Esperávamos ouvir notícias dele a qualquer momento. As viagens que fazia podiam ser bem curtas, mas depois ele sumia de vista, sabe como é? Simplesmente sumia sem deixar vestígios. Ele ia para a Etiópia ou para a Índia, e ficava fora do alcance de todos.

Uma vez ligou de uma ilha no Pacífico Sul, depois de um ano e meio. Meu pai enviou um avião para resgatá-lo. E não, nunca me encontrei com nenhum desses homens, incluindo Margon, o professor, e essa foi a parte mais triste de todas.

Ela suspirou. Agora parecia estar bem cansada. Com uma voz tênue, acrescentou:

– A princípio, meu pai não se esforçou muito. Ganhou muito dinheiro logo após o desaparecimento de tio Felix. Estava contente pela primeira vez. Eu não acho que quisesse ser lembrado a respeito de Felix. "Felix, sempre Felix", ele dizia sempre que eu fazia perguntas. Minha mãe e ele queriam desfrutar de seu novo legado – alguma coisa de uma tia, eu acho. – Aquela confissão estava sendo dolorosa para ela.

Reuben se aproximou lentamente, numa atitude compreensiva, e então a abraçou e beijou seu rosto do mesmo jeito educado que ela o beijara mais cedo, naquela tarde.

Ela se virou e grudou-se nele por um momento, beijando seus lábios rapidamente, e então tornou a dizer que ele era um menino encantador.

– É uma história de partir o coração – disse ele.

– Você é um rapaz muito estranho, tão jovem e ainda assim tão velho ao mesmo tempo.

– Espero que sim – disse ele.

– E também tem esse sorriso. Por que você esconde esse sorriso?

– Eu escondo? – perguntou ele. – Desculpe-me.

– Oh, você está certo, com certeza está. É uma história de partir o coração. – Ela olhou novamente para a fotografia. – Aquele ali é Sergei – disse ela, apontando para um homem alto de cabelos louros, um homem com olhos claros que parecia estar sonhando ou perdido em seus pensamentos. – Acho que esse era o que eu conhecia melhor. Eu não conhecia realmente os outros tão bem assim. A princípio, pensava que encontraria Margon com certeza. Mas os números que encontrei eram de hotéis na Ásia e no Oriente Médio. Eles o conheciam, evidentemente, mas não faziam a menor ideia de onde se encontrava. Liguei para todos os hotéis no Cairo e em Alexandria em busca de Margon.

Se bem me recordo, também tentamos todos os lugares em Damasco. Eles tinham passado muito tempo em Damasco, Margon e tio Felix. Alguma coisa a ver com um antigo monastério, manuscritos recentemente desenterrados. Na verdade, todos esses achados ainda estão lá em cima. Eu sei onde estão.

– Manuscritos antigos? Aqui? Eles podem ter um valor inestimável – disse Reuben.

– Oh, provavelmente têm, sim, mas não para mim. Para mim, são uma responsabilidade imensa. O que fazer com eles para que fiquem preservados? O que ele queria que fosse feito? Ele criticava tanto os museus e as bibliotecas. Para onde queria que tudo isso fosse? É claro que seus antigos assessores adorariam ver essas coisas, nunca pararam de ligar e de perguntar, mas esse tipo de assunto precisa ser cuidadosamente administrado. Os tesouros devem ser arquivados e supervisionados.

– Oh, sim, eu sei, passei um bom tempo nas bibliotecas de Berkeley e Stanford – disse ele. – Ele publicava seus trabalhos? Enfim, ele divulgava os achados?

– Não que eu saiba – respondeu ela.

– Você acha que Margon e Felix estavam juntos nessa última viagem?

Ela assentiu com a cabeça.

– Seja lá o que aconteceu – disse ela –, aconteceu com os dois juntos. Meu pior temor é que tenha acontecido com todos eles.

– Com todos os seis?

– Sim. Porque nenhum deles jamais ligou aqui para casa atrás de Felix. Pelo menos não que eu tenha sabido. Nunca mais chegou nenhuma carta de nenhum deles. Antes havia cartas frequentemente. Tive um trabalhão danado para encontrar as cartas, e quando encontrei, não consegui entender os endereços e tudo acabou se transformando numa rua sem saída. O ponto é que nenhum deles jamais entrou em contato com ninguém aqui em casa atrás de tio Felix. Nunca. E é por isso que tenho medo de que o que quer que tenha acontecido, tenha acontecido com eles todos.

– Então você não conseguiu encontrar nenhum deles, e eles jamais voltaram a escrever?

– Exatamente – confirmou ela.

– Felix não deixou nenhum itinerário, nenhum plano escrito?

– Oh, sim. Provavelmente, deixou, sim. Mas veja bem, ninguém conseguia decifrar a letra dele. Ele tinha uma linguagem toda pessoal. Bem, na verdade, todos usavam essa linguagem, ou pelo menos é o que parecia, tendo em vista alguns dos bilhetes e cartas que depois eu achei. Eles nem sempre a usavam. Mas, aparentemente, todos a conheciam. Não era no nosso alfabeto. Vou mostrar a você algumas delas mais tarde. Até contratei um gênio dos computadores para decifrá-la alguns anos atrás. Não chegou nem ao primeiro estágio.

– Extraordinário. Sabia que tudo isso vai fascinar os meus leitores, Marchent? Isso aqui pode acabar virando uma atração turística.

– Mas você viu os artigos antigos sobre tio Felix. Já se escreveu sobre isso antes.

– Mas os artigos antigos falam apenas em Felix, não nos amigos dele. Eles não têm exatamente todos esses detalhes. Já vejo isso aqui como uma matéria em três partes.

– Parece maravilhoso – disse ela. – Faça o que bem quiser. E quem sabe? Talvez alguém por aí possa saber alguma coisa sobre o que aconteceu. Nunca se sabe.

Isso sim era um pensamento excitante, mas Reuben sabia que não deveria ser muito insistente. Marchent vivia com essa tragédia havia vinte anos.

Ela o conduziu lentamente para fora do recinto.

Reuben olhou de relance para a agradável reunião de cavalheiros que miravam tão placidamente a partir da foto emoldurada. E se eu comprar esse lugar, pensou, nunca vou tirar essa foto da parede. Quer dizer, se ela me permitir ficar com o pôster ou me deixar fazer uma cópia. Enfim, por acaso Felix Nideck não devia ficar de alguma maneira nessa casa?

– Você compartilharia essa foto com alguém que viesse a comprar essa casa?

– Oh, muito provavelmente. Tenho cópias menores, afinal de contas. Você sabe que todo esse mobiliário está incluído, não sabe? – Ela fez um gesto abrangente enquanto se dirigiam à sala maior. – Por acaso eu já disse isso? Venha, quero lhe mostrar a estufa. Está quase na hora do jantar. Felice é surda e quase cega, mas faz tudo com um relógio na cabeça.

— Estou sentindo o cheiro — disse ele, enquanto atravessavam a grande sala. — Delicioso.

— Tem uma menina da cidade ajudando no trabalho. Parece que essas meninas trabalham por quase nada apenas para ter uma pequena experiência aqui nessa casa. Eu também já estou morrendo de fome.

A estufa na parte oeste da casa estava cheia de plantas mortas e potes orientais, coloridos e antigos. A estrutura de metal branco, sustentando no alto o domo de vidro, lembrava a Reuben ossos descarnados. Havia uma velha fonte seca no meio do encardido piso de granito preto. Isso Reuben tinha de rever pela manhã, com a luz vazando através das três direções. Naquele exato momento, o local estava muito úmido e frio.

— Você pode enxergar a vista naquela direção quando o tempo está agradável — disse Marchent, apontando para as portas envidraçadas –, e eu me lembro de uma certa festa na qual as pessoas estavam dançando bem aqui, e de vez em quando se dirigiam ao terraço. Tem uma balaustrada bem na borda do penhasco. Os amigos de Felix estavam todos presentes. Sergei Gorlagon cantava em russo, e todo mundo estava adorando. E, é claro, tio Felix se divertia bastante. Ele adorava seu amigo Sergei. Sergei era um homem gigantesco. E não havia ninguém que pudesse se assemelhar a tio Felix numa festança. Um espírito muito vivaz, e como adorava dançar. Meu pai se esquivava pelos cantos, resmungando sobre os gastos. — Ela deu de ombros. — Vou tentar deixar esse lugar bem limpo. Eu devia ter feito isso antes de você chegar.

— Consigo imaginar em detalhes — disse Reuben. — Cheio de vasos com laranjeiras e bananeiras, e imensos fícus-chorões, e talvez com orquídeas e trepadeiras floridas. Eu gostaria de ler o jornal aqui.

Ela estava deliciada, obviamente. E riu.

— Não, querido, você leria o jornal na biblioteca, que é a sala da manhã. Você vagaria até esse local de tarde quando o sol do oeste inunda o recinto. O que fez você imaginar orquídeas? Ah, orquídeas. E, no verão, você ficaria zanzando por aí no início da noite até que o sol mergulhasse por inteiro no mar.

– Adoro orquídeas – confessou Reuben. – Eu as vi no Caribe. Acho que nós todos que vivemos no Norte do planeta somos ligados no clima tropical. Uma vez ficamos num pequeno hotel em Nova Orleães, um desses *bed-and-breakfast* no Quarter, e havia orquídeas dos dois lados da piscina, na verdade pingando pétalas purpúreas na água, simplesmente uma enchente delas, e eu pensei que aquilo era a coisa mais linda do mundo.

– Você devia ter uma casa como essa, sabia? – disse ela. Uma sombra escureceu o seu rosto, mas apenas por um segundo. Em seguida, sorriu novamente e apertou com força a mão dele.

Olharam apenas de relance para o interior da sala de música revestida de madeira branca. O piso no local era de madeira pintada de branco, e o piano de cauda, disse Marchent, fora destruído muito tempo atrás pela umidade e levado embora.

– Essas paredes pintadas aqui, tudo isso veio diretamente de alguma casa na França.

– Acredito – disse, admirando as bordas com entalhes profundos e as decorações em tom floral já desbotadas pelo tempo. Aquilo sim era algo que Celeste aprovaria, porque adorava música e costumava tocar piano quando estava sozinha. Ela não dava muita importância a seu próprio desempenho ao piano, mas vez ou outra Reuben despertara para ouvi-la tocar a pequena espineta no apartamento. Sim, ela iria gostar disso aqui.

A grande e sombreada sala de jantar foi uma surpresa.

– Isso aqui não é uma sala de jantar – declarou ele. – É uma sala de banquete, uma sala de ágapes, para dizer o mínimo.

– Oh, certamente isso já foi um salão de baile nos velhos tempos – disse Marchent. – O país todo vinha aos bailes realizados aqui. Houve um quando eu era criança.

O revestimento escuro prevalecia ali, assim como na grande sala, tão lustroso e belo sob um teto alto em formato de caixotão com miríades de quadrados de gesso marcando um teto pintado de azul-escuro com estrelas resplandecentes. Era uma decoração ousada. E funcionava.

O coração dele batia forte.

Dirigiram-se à mesa. Tinha facilmente seis metros de comprimento e, no entanto, parecia pequena naquele grandioso espaço, flutuando sobre o piso escuro e lustroso.

Sentaram-se um em frente ao outro em cadeiras de espaldar alto revestidas de veludo vermelho.

Duas maciças tábuas pretas encontravam-se encostadas na parede atrás de Marchent, ambas entalhadas identicamente com figuras renascentistas, caçadores com suas comitivas e repletos de pesados pratos e taças de prata e pilhas do que parecia ser linho amarelo, talvez guardanapos.

Outras peças imponentes assomavam na sombra, o que parecia ser uma imensa armadura e inúmeras arcas antigas.

A estrutura da lareira era enorme e gótica, de mármore preto e repleta de cavaleiros medievais com rostos solenes e usando capacetes. A lareira em si era alta e continha uma cena de batalha medieval entalhada em sua base. Certamente Reuben tiraria uma foto bem iluminada daquilo.

Dois candelabros barrocos forneciam a iluminação do lugar, além do fogo crepitante.

– Você parece um príncipe nessa mesa – disse Marchent com um riso leve. – Parece pertencer a esse lugar.

– Você só pode estar implicando comigo – disse ele –, e você parece a grã-duquesa à luz desse candelabro. Acho que estamos num lodge de caça vienense aqui, nada a ver com a Califórnia.

– Você já esteve em Viena?

– Muitas vezes – disse ele. E pensou em Phil levando-o até o palácio de Maria Teresa naquela cidade, discursando sobre tudo, das paredes pintadas aos grandes fogões esmaltados com adornos. Sim, Phil adoraria esse lugar. Phil compreenderia.

Jantaram em antigos pratos de porcelana luxuosamente pintados, alguns dos quais rachados, mas ainda assim incomparáveis. E a prataria era a mais pesada que ele já usara até aquele dia.

Felice, uma mulherzinha encolhida, de cabelos brancos e pele bem escura, entrava e saía sem dizer uma palavra. "A menina" do vilarejo – Nina – era uma pessoinha robusta de cabelos castanhos que parecia um pouco embevecida diante de Marchent, da sala de jantar e de todos os pratos que trazia à mesa em cima de uma bandeja de prata. Em meio a risinhos e suspiros nervosos, ela sorriu levemente para Reuben enquanto saía correndo da sala.

– Você tem uma fã – sussurrou Marchent.

O filé estava grelhado à perfeição, os legumes extraordinariamente frescos e bem tostados, e a salada fora preparada com esmero, azeite leve e ervas.

Reuben bebeu um pouco mais de vinho tinto do que o planejado, mas a bebida estava muito suave, e tinha aquele sabor envelhecido que ele associava inteiramente às melhores safras. Realmente não entendia de vinhos.

Estava comendo como um porco. Era isso o que fazia quando estava feliz, e ele estava, notavelmente feliz.

Marchent falou sobre a história da casa, a parte sobre a qual já pesquisara.

O bisavô Felix, o fundador, fora um barão madeireiro por essas plagas, e construíra duas serrarias ao longo do litoral, junto com um pequeno porto, agora extinto, para seus navios. A madeira para a casa havia sido serrilhada e aplainada no local por ordem dele, que mandara trazer uma boa quantidade do mármore e do granito pelo litoral, em barcos. As pedras para as paredes da casa vieram por terra e por mar.

– Todos os Nideck tinham dinheiro europeu, ao que parece – disse Marchent –, e fizeram muito dinheiro aqui.

Embora tio Felix fosse o dono da maior parte da riqueza da família, o pai de Marchent, Abel, ainda era dono de todas as lojas na cidade, quando ela era criança. Os lotes de terrenos de frente para a praia nas proximidades foram vendidos antes de ela entrar para a universidade, mas poucas pessoas haviam realmente construído naquela região.

– Tudo isso aconteceu enquanto Felix estava ausente em uma de suas longas viagens, meu pai vendendo as lojas e os lotes de frente para o mar, e Felix ficou tremendamente irritado quando voltou. Eu me recordo dos dois discutindo sobre isso de maneira furiosa. Mas a coisa não podia ser desfeita. – Ela ficou séria. – Gostaria muito que meu pai não tivesse ficado com tanto ressentimento em relação a tio Felix. Talvez, se ele não tivesse ficado, nós tivéssemos começado a procurar tio Felix antes, mas tudo isso já passou.

A propriedade ainda compreendia vinte hectares, incluindo as protegidas sequoias antigas, atrás da casa, um bom punhado de carvalhos vivos e as encostas arborizadas que desciam até a praia ao longo do flanco oeste. Havia uma antiga casa na árvore ali na floresta, construída por Felix, de altura impressionante.

– Na verdade, nunca estive nela – disse Marchent. – Meus irmãos menores disseram que era bastante luxuosa. É claro que jamais deveriam ter posto os pés nela antes de Felix ter sido oficialmente declarado morto.

Marchent realmente não sabia muita coisa sobre a família além daquilo que todos sabiam. Faziam parte da história do país.

– Acho que tinham dinheiro investido na extração de petróleo, diamantes e em propriedades na Suíça. – Ela deu de ombros.

Os fundos de investimento dela eram convencionais e administrados em Nova York. A mesma coisa servia aos irmãos mais jovens.

A definição do testamento de tio Felix proporcionara a revelação de uma grande quantidade de dinheiro no Bank of America e no Wells Fargo Bank, mais do que Marchent jamais teria imaginado.

– Então você não precisa vender esse lugar – disse Reuben.

– Preciso vendê-lo para ser livre – disse ela. Ela fez uma pausa, fechou os olhos por um segundo e, então, cerrando levemente a mão direita, deu um tapinha no seio. – Preciso saber que tudo está acabado, entende? Além disso, também tem os meus irmãos mais novos. – O rosto dela mudou, assim como a voz. – Foram comprados para não contestar nada no testamento. – Novamente surgiu um de seus pequenos movimentos de dar de ombros, mas ela parecia ligeiramente triste. – Eles querem a "parte" deles.

Reuben assentiu com a cabeça, mas não entendia de fato a questão.

*Vou tentar comprar esse lugar.*

Ele teve certeza disso naquele instante, independentemente do quanto o assunto fosse intimidador, independentemente do quanto saísse caro reformar a casa, torná-la funcional, mantê-la. Há momentos em que não se pode simplesmente dizer não.

Mas, em primeiro lugar as primeiras coisas.

Marchent finalmente começou a falar sobre o acidente que matara seus pais. Estavam voando de volta de Las Vegas. Seu pai era um excelente piloto, e aquele era um itinerário que fizera centenas de vezes.

– Provavelmente nem tomaram conhecimento do que aconteceu – disse ela. – Foi a coisa mais azarada do mundo eles voarem diretamente para aquela torre elétrica em meio a um nevoeiro.

Marchent tinha 28 anos na época. Felix estava ausente havia dez anos. Ela tornou-se a guardiã de seus dois irmãos mais novos.

– Acho que fiz tudo errado – disse ela. – Eles nunca mais foram os mesmos depois do acidente. A partir daí só havia drogas e bebida para eles, e amigos com péssima fama. Eu queria voltar para Paris. Não passava tempo suficiente com eles, nem naquela época nem nunca. E só foram piorando cada vez mais.

Um ano de idade separando-os, 16 e 17 na época do acidente, eram quase gêmeos, fechados e com uma linguagem particular de sorrisos afetados e escárnio, e murmúrios que poucos conseguiam penetrar ou tolerar por muito tempo.

– Havia alguns quadros impressionistas de grande qualidade aqui nessa sala até pouco tempo atrás. Meus irmãos venderam todos, apareceram aqui quando não havia mais ninguém além de Felice e venderam os quadros por uma ninharia. Fiquei furiosa. Mas simplesmente não consegui reaver os quadros. Descobri mais tarde que também haviam levado uma parte da prataria.

– Isso deve ter sido bastante desestimulante para você – disse ele.

Ela riu.

– Com certeza. A tragédia é que essas coisas foram embora para sempre, e o que esses moleques conseguiram? Uma noitada de bebedeira em Sausalito que acabou na delegacia.

Felice entrou silenciosamente, aparentemente frágil e sem equilíbrio. No entanto, retirou os pratos com eficiência. Marchent deu uma saidinha para pagar a "menina", e logo depois retornou.

– Felice sempre esteve com você? – perguntou Reuben.

– Oh, sim, junto com o filho dela que morreu ano passado. Era o homem do lugar, evidentemente. Administrava tudo. Como ele odiava os meus irmãos! Mas também eles tocaram fogo na casa de hóspedes duas vezes, e destruíram alguns carros. Contratei alguns homens desde então, mas nunca funcionou muito bem. No momento não há nenhum homem por aqui. Só o velho sr. Galton, lá na estrada, mas ele arruma qualquer coisa que a gente precisa. Talvez seja importante você mencionar isso em seu artigo. O sr. Galton conhece essa casa como a palma da mão. E também conhece a floresta. Vou levar Felice comigo quando for embora daqui. Não há mais nada a ser feito.

Ela fez uma pausa longa o bastante para Felice trazer a sobremesa e o xerez de framboesa, em copos de cristal.

– Felix trouxe Felice da Jamaica – disse ela –, junto com uma grande quantidade de artigos e objetos de arte jamaicanos. Estava sempre chegando com algum tesouro – uma estátua olmeca, uma pintura colonial do Brasil, um gato mumificado. Espere até você ver as galerias e as salas lá de cima onde tudo está estocado. Existem tabuletas lá em cima, várias tabuletas de argila antigas guardadas em caixas...

– Tabuletas? Você quer dizer tabuletas de verdade da Mesopotâmia? Tabuletas com escrita cuneiforme, da Babilônia, esse tipo de coisa?

Ela riu.

– Exatamente.

– Isto deve ter um valor inestimável – disse Reuben. – E valeria em si um artigo inteiro. Preciso ver esses fragmentos. Você vai me mostrar, não vai? Escute, não vou mencionar tudo nas matérias. Desviaria demais a atenção dos leitores. É claro que a gente quer que a casa seja vendida, mas...

– Eu vou te mostrar tudo. Vai ser um prazer. Um prazer bem surpreendente, para falar a verdade. Agora que estamos falando sobre isso, essa realidade toda já não me parece mais tão impossível.

– Escute, de repente eu poderia ajudar em alguma coisa, formal ou informalmente. Fiz um pouco de trabalho de campo durante os verões em Berkeley – disse ele. – Ideia da minha mãe. Ela dizia que se o menino dela não fosse médico, bem, teria de ser um homem com uma ótima formação. Ela me inscreveu em várias excursões.

— E você gostava?

— Eu não tinha paciência suficiente para a coisa – confessou ele. – Mas gostei de aprender a técnica. Passei um tempo em Çatal Höyük, na Turquia, um dos sítios arqueológicos mais antigos do mundo.

— Oh, sim, eu estive lá – observou ela. – Trata-se de algo simplesmente maravilhoso. – Seu rosto ficou iluminado. – E você viu Göbekli Tepe?

— Vi, sim. No verão antes de sair de Berkeley, fui para Göbekli Tepe. Escrevi um texto sobre isso para um jornal acadêmico. Ajudou-me a conseguir o emprego onde estou. Falando sério agora, adoraria ver todos esses tesouros. Adoraria desempenhar algum papel no que acontecer, quer dizer, se é isso mesmo o que você quer. Que tal um artigo separado, um artigo que não seria publicado até que tudo estivesse guardado em segurança em algum lugar fora daqui? Imagine, um artigo sobre a herança deixada por Felix Nideck. Você gostaria de algo assim?

Ela refletiu por um momento, os olhos bem calmos.

— Mais do que eu conseguiria dizer – respondeu ela.

Era emocionante ver o interesse dela. Celeste sempre o cortava quando ele falava sobre suas aventuras arqueológicas: "Enfim, Reuben, o que foi que você obteve com tudo isso? O que aproveitou dessas escavações todas?"

— Você alguma vez já quis ser médico como a sua mãe? – perguntou Marchent.

Reuben riu.

— Não consigo lembrar informações científicas. Posso citar para você Dickens e Shakespeare, Chaucer e Stendhal, mas não consigo reter na memória nada a respeito de teoria quântica ou de DNA ou de buracos negros no espaço-tempo. Não que eu já não tenha tentado. Jamais teria como ser médico. Além disso, uma vez desmaiei quando vi sangue.

Marchent riu, mas foi um riso leve.

— A minha mãe trabalha como cirurgiã no centro de traumatologia. Ela opera cinco ou seis vezes por dia.

— E ficou decepcionada com o fato de você não seguir a medicina, é claro.

– Um pouco. A decepção foi maior com Jim, meu irmão mais velho, do que comigo. O fato de ele ter virado padre foi um golpe e tanto. Nós somos católicos, é claro. Mas isso foi uma coisa com a qual minha mãe jamais teria sonhado, e tenho a minha teoria do motivo pelo qual ele fez isso, enfim, o ângulo psicológico, mas a verdade é que é um ótimo padre. Ele está em San Francisco. Trabalha na igreja St. Francis at Gubbio, no Tenderloin, e cuida de uma espécie de restaurante para os sem-teto. O trabalho dele é mais duro que o da minha mãe. E eles dois são as duas pessoas que eu conheço que mais trabalham. – E Celeste seria a terceira na lista, certo?

Eles deram continuidade à conversa sobre as escavações. Reuben nunca foi muito afeito a detalhes, nunca se alongou muito no exame de fragmentos, mas adorou o que aprendeu. Estava ansioso para ver as tabuletas de argila.

Eles conversaram sobre outras coisas. Sobre o "fracasso" de Marchent, como ela mesma colocou, com seus irmãos que nunca foram interessados na casa, nem em Felix, nem nas coisas que Felix deixara.

– Não sabia o que fazer depois do acidente – disse Marchent. Ela se levantou e vagou na direção na lareira. Atiçou as chamas, e o fogo voltou a ficar intenso. – Os meninos já haviam passado por cinco escolas diferentes. Expulsos por bebedeiras. Expulsos por uso de drogas. Expulsos por vender drogas.

Ela voltou para a mesa. Felice chegou com mais uma garrafa daquele vinho esplêndido.

Marchent prosseguiu, a voz baixa, confidente e surpreendentemente franca.

– Acho que estiveram em todos os centros de reabilitação desse país – disse ela –, e também em alguns no exterior. Sabem exatamente o que devem dizer para o juiz para serem mandados para a clínica, e exatamente o que devem dizer aos terapeutas quando estão lá dentro. É incrível a maneira como ganham a confiança dos médicos. E, é claro, fazem um estoque de todo tipo de medicamento psiquiátrico antes de serem dispensados.

Ela levantou os olhos subitamente e disse:

— Reuben, você não pode escrever sobre isso nunca – disse ela.

— Impensável – respondeu ele. – Mas, Marchent, não se pode confiar na maioria dos jornalistas. Você sabe disso, não sabe?

— Imagino que sim – disse ela.

— Eu tinha um grande amigo em Berkeley que morreu de overdose. Foi assim que conheci Celeste, a minha namorada. Era irmão dela. De um jeito ou de outro, ele tinha tudo, sabia? E as drogas simplesmente acabaram com ele, e morreu como um cão vadio, num toalete de bar. Ninguém pôde fazer nada.

Às vezes ele pensava que havia sido a morte de Willie que os ligara, Celeste e ele, ou, pelo menos, os deixara ligados por algum tempo. Celeste trocara Berkeley pela Stanford Law School, e passara na prova para ser advogada assim que terminou o curso. A morte de Willie deu ao relacionamento uma certa gravidade, um acompanhamento musical em tom menor.

— A gente não sabe por que as pessoas trilham esse caminho – disse Reuben. – Willie era brilhante, mas viciado. Ele estava nessa pra valer, ao passo que os amigos dele só estavam nessa onda temporariamente.

— É isso, é exatamente isso. Eu mesma devo ter usado todas as drogas que os meus irmãos usavam. Mas, de uma certa maneira, esse mundo não me seduzia tanto.

— Estou com você – disse ele.

— É claro que eles ficaram furiosos com o fato de que tudo tenha sido deixado para mim. Mas eles eram pequenos quando tio Felix partiu. Ele teria mudado o testamento para cuidar deles, caso tivesse voltado para casa.

— Eles tinham dinheiro dos seus pais?

— Oh, com toda certeza. E dos avós e dos bisavós antes deles. Eles usufruíram disso numa velocidade avassaladora, dando festas para centenas de pessoas, e bancando bandas de rock de gente drogada como eles e que não tinham a menor chance de fazer sucesso. Dirigiam bêbados, batiam com os carros e conseguiam, não sei como, sair sem um arranhão sequer. Um dia desses eles vão acabar matando alguém, ou se matando.

Marchent explicou que disponibilizaria uma boa quantia para eles assim que a propriedade fosse vendida. Não precisava fazer isso, mas faria. O banco ficaria com o dinheiro para evitar que gastassem tudo, como fizeram com a herança. Mas eles não estavam gostando de nada disso. Quanto à casa, ela não tinha nenhum valor sentimental para os dois, e se pensassem que poderiam ter acesso à coleção de Felix, eles a teriam vendido há muito tempo.

– A questão é que não sabem o valor de maior parte dos tesouros escondidos nessa casa. Arrebentam um cadeado aqui e ali e depois somem com algum item sem importância. Mas, na maioria das vezes, trata-se de extorsão. Você sabe como é, eles ligam bêbados no meio da noite, ameaçando cometer suicídio, e eu normalmente acabo, mais cedo ou mais tarde, assinando um cheque com um valor elevado. Eles aguentam as reprimendas, as lágrimas e os conselhos em relação ao dinheiro. E depois somem de novo, vão para o Caribe, ou para o Havaí, ou para Los Angeles, para mais alguma farra. Acho que o último esquema deles é participar de negócios ligados à pornografia. Conheceram uma estrela do ramo cuja amizade estão cultivando. Se ela for menor de idade, é bem capaz de acabarem na prisão, e talvez isso seja até algo inevitável. Nossos advogados com certeza têm essa opinião. Mas todos nós nos comportamos como se ainda houvesse uma esperança.

O olhar dela percorreu a sala. Ele não podia imaginar como era a aparência daquilo tudo para ela. Sabia bem qual era a aparência para ele, e sabia também que jamais se esqueceria da aparência dela à luz das velas, seu rosto ligeiramente rosado devido ao vinho, os lábios bem vermelhos, ao que parecia, e os olhos com uma coloração entre embaçados e brilhando à luz do fogo.

– O que não consigo entender é o fato de jamais terem demonstrado nenhuma curiosidade pelas coisas, jamais terem se interessado por Felix, jamais terem se interessado por qualquer coisa, exceto as ilegais, na verdade, nem por música, nem por arte, nem por história.

– Não consigo imaginar – disse ele.

– É a coisa mais legal em você, Reuben. Você não tem o cinismo endurecido dos jovens. – Ela ainda estava olhando ao redor da sala, os olhos um pouco inquietos enquanto percorriam o aparador escuro, o consolo de mármore escuro e mais uma vez o candelabro redondo que não havia sido aceso, os tocos de vela cobertos de poeira.

– Quantos momentos agradáveis nós tivemos nessa sala – disse ela. – Tio Felix prometia me levar a tantos lugares. Tínhamos tantos planos. Primeiro eu tinha de terminar a faculdade, disso ele não abria mão. E depois iríamos viajar ao redor do mundo.

– Você vai sentir uma tristeza insuportável quando vender esse lugar – Reuben arriscou dizer. – Tudo bem, eu estou meio bêbado, não muito. Mas, francamente, você não vai lamentar tudo isso? Como é possível não lamentar?

– Aqui acabou para mim, meu caro. Eu gostaria muito que você pudesse ver a minha casa em Buenos Aires. Não. Isso é uma peregrinação, essa viagem. Isso aqui para mim não é nada além de um beco sem saída.

Ele queria dizer subitamente: *Escute, vou comprar esse lugar. E, Marchent, você vai poder vir aqui quando quiser, vai poder ficar aqui o tempo que quiser.* Tolice pomposa. Como sua mãe daria risadas desses pensamentos.

– Venha – disse ela. – São nove horas, você acredita nisso? Vamos ver o que for possível lá em cima e deixar o resto para a luz do dia.

Eles visitaram um corredor de interessantes quartos revestidos com papel de parede, e banheiros antiquados, de piso de ladrilho e pias com pedestais e banheiras com pés de garras. Havia uma pletora de antiguidades americanas, e também algumas peças europeias. Os cômodos eram espaçosos, confortáveis, convidativos, independentemente do quanto estivessem empoeirados, desbotados ou frios.

E, finalmente, ela abriu a porta de "uma das bibliotecas de Felix", mais um estúdio enorme, com quadros-negros e painéis de comunicados e paredes e mais paredes de livros.

– Nada foi mudado aqui em vinte anos – disse ela. Ela apontou para todas as fotografias, recortes de jornais e bilhetes desbotados pregados nos quadros, e para as palavras ainda visíveis nos quadros-negros depois de tanto tempo passado.

– Nossa, isso é incrível.

– É, sim, porque, veja bem, Felice acha que ele vai voltar para casa, e houve momentos em que eu também pensei a mesma coisa, certamente. Eu não ousava tocar em nada. Quando descobri que os meninos haviam estado aqui e roubado coisas, fiquei enraivecida.

– Reparei que há fechaduras duplas.

– Isso mesmo. A coisa chegou a esse ponto. E também tem um sistema de alarme, apesar de eu não achar que Felice o acione quando não estou em casa.

– Esses livros são em árabe, não são? – perguntou ele enquanto passava pelas prateleiras. – E o que é isso aqui? Eu nem sei o que é isso aqui.

– Nem eu sei. Ele queria que eu aprendesse todas as línguas que ele conhecia, mas eu não tinha a mesma aptidão. Ele podia aprender qualquer língua. Podia quase ler as mentes das pessoas.

– Bem, isso aqui é italiano, é claro, e isso aqui é português.

Ele fez uma pausa na escrivaninha.

– Isso é o diário, não é?

– Bem, é algum tipo de diário ou manual. Acredito que ele levou o último diário que estava escrevendo quando partiu.

A página com linhas azuis estava preenchida com uma curiosa escrita. Apenas a data estava nítida e em inglês.

– Primeiro de agosto de 1991.

– Exatamente onde ele o deixou – disse Marchent. – Que língua você acha que pode ser? As pessoas que estudaram esse texto têm diversas opiniões diferentes. É uma língua do Oriente Médio quase que com certeza, mas não derivada do árabe, pelo menos não diretamente. E há símbolos ao longo de toda a escrita que ninguém consegue identificar em hipótese alguma.

– Impenetrável – murmurou ele.

O tinteiro estava seco. A caneta estava lá, com um nome inscrito em ouro: FELIX NIDECK. E havia uma foto emoldurada lá, dos notáveis cavalheiros todos juntos numa reunião um pouco mais informal, sob guirlandas de flores, com taças de vinho nas mãos. Rostos resplandecentes – Felix com o braço em volta do alto e louro Sergei com seus olhos claros. E Margon, o sem Deus, olhando para a câmera com um sorriso plácido.

– Eu dei essa caneta para ele – disse ela. – Ele amava canetas-tinteiro. Gostava do som que fazem quando arranham o papel. Consegui essa aí para ele na Gump's, em San Francisco. Vamos lá, pode tocar nela, se quiser. Contanto que a gente recoloque no lugar onde encontramos.

Ele hesitou. Queria tocar o diário. Um calafrio percorreu seu corpo, uma sobrepujante sensação de uma outra pessoa ou personalidade, ele não sabia exatamente se uma ou outra. O homem parecia tão feliz na foto, olhos enrugados de bom humor, cabelos escuros despenteados como se por causa de uma brisa.

Reuben olhou ao redor da sala, para as estantes abarrotadas, para os velhos mapas grudados no reboco, e de volta para a escrivaninha. Sentiu um curioso amor por aquele homem, bem, uma fascinação, talvez.

– Como eu disse, se o comprador certo se apresentar, tudo isso vai para um depósito. O quanto antes. Tudo aqui foi fotografado, você sabe. Há muito tempo eu tive esse cuidado. Tenho arquivos de fotos de todas as prateleiras, de todas as escrivaninhas, de tudo o que se encontra em cima delas, de cada quadro de avisos. Esse é o único tipo de inventário que tentei até o presente momento.

Reuben mirou o quadro-negro. A escrita em giz certamente desaparecera. O que restara estava arranhado no meio da pretura, mas estava em inglês, e ele conseguia ler as palavras, e o fez:

– "O fulgor das tochas festivas – a chama das luminárias perfumadas – fogueiras que foram acesas para ele, quando ele era o queridinho do povo – o esplendor da corte, onde ele havia sido a estrela peculiar – tudo parece haver reunido a glória moral e material deles no interior da gema, e para queimar com uma radiância pega no futuro, bem como recolhida do passado."

– Você lê muito bem – sussurrou ela. – Eu nunca ouvi isso lido em voz alta antes.

– Conheço essa passagem. Eu já li isso antes. Tenho certeza que sim.

– É mesmo? Nunca ninguém disse isso antes. Como é que você sabe?

– Espere um momento, deixe-me pensar. Sei quem escreveu isso. Sim, Nathaniel Hawthorne. Isso é de uma história chamada "The Antique Ring".

– Veja só, meu querido, que coisa fantástica. Espere um minuto. – Ela começou a procurar nas prateleiras. – Aqui, encontrei os escritores favoritos dele em inglês. – Ela puxou da prateleira um velho livro encadernado em couro bem arrasado. As páginas tinham bordas douradas. Começou a folhear as páginas. – Bem, Reuben, o prêmio é seu. Aqui está a passagem, isso mesmo, marcada a lápis! Eu jamais teria encontrado por conta própria.

Reuben pegou o livro com ela. Estava ruborizado de prazer, e olhando para ela radiante.

– É uma coisa meio emocionante. A primeira vez em que o meu mestrado em literatura inglesa foi útil para alguma coisa.

– Querido, sua formação sempre será muito útil. Quem o convenceu do contrário?

Ele observou as páginas. Havia muitas marcações a lápis, e novamente aqueles estranhos símbolos, com traços, aparentemente, revelando em sua opacidade o quanto a linguagem escrita é uma coisa complexa e abstrata.

Marchent estava sorrindo com óbvia afeição. Mas talvez isso fosse um truque da luz proveniente da luminária esverdeada em cima da escrivaninha.

– Devia dar essa casa para você, Reuben Golding. Será que você teria condições de mantê-la?

– Com certeza, mas não há necessidade de dá-la para mim, Marchent. Eu a compro. – Pronto, estava dito, e agora estava enrubescido novamente, mas estava extático. – Preciso voltar para San Francisco, falar com meus pais. Ter uma conversa com a minha namorada. Fazê-los compreender a situação, mas posso e vou comprá-la, se você estiver de acordo. Pode acreditar em mim. Escute, estou pensando nisso desde o momento em que cheguei. Já decidi, e vou lamentar a vida inteira se não fizer isso e, entenda bem, se eu comprá-la, bem, Marchent, você sempre encontrará a porta aberta a qualquer hora do dia ou da noite.

Ela lhe sorriu do jeito mais sereno possível. Estava ao mesmo tempo bastante presente e bastante distante.

– Você tem recursos próprios, então?

– Tenho, sempre tive. Não os recursos que você tem, Marchent, mas tenho recursos, sim. – Ele não queria entrar em detalhes acerca dos magnatas do mercado imobiliário que haviam fundado a fortuna da família, e sobre os fundos de investimento estabelecidos muito antes dele nascer. E como sua mãe e Celeste berrariam quando ele lhes contasse! Grace trabalhava todos os dias de sua vida como se não tivesse um tostão no bolso. E esperava que seus meninos fizessem o mesmo. Até Phil trabalhara a vida inteira à sua própria maneira. E havia Jim, abdicando de tudo pelo sacerdócio. E aqui, Reuben iria mexer em seu capital por causa dessa casa. Mas ele não se importava. Celeste jamais o perdoaria, mas ele não se importava em hipótese alguma.

– Imaginei que você tivesse – disse Marchent. – Você é um repórter educado, não é? Ah, e você se sente culpado em relação a isso também, até entendo.

– Só um pouquinho culpado – disse ele baixinho.

Ela esticou a mão direita e tocou-lhe o lado esquerdo da face. Seus lábios se moveram, mas nenhuma palavra saiu de fato. Uma leve ruga estava visível em sua testa, mas a boca permanecia suave e sorridente.

– Meu menino querido, quando escrever um romance algum dia sobre essa casa, você o chamará *Nideck Point*, não é mesmo? E se lembrará de mim de algum modo nele, quem sabe, não é mesmo? Você acha que conseguiria fazer isso?

Ele se aproximou.

– E vou descrever os seus belos olhos cinza-esfumaçados e seus macios cabelos dourados. Vou descrever seu longo e gracioso pescoço e como as suas mãos me fazem pensar em pássaros quando você faz algum gesto. E vou descrever a sua voz, esse jeito delicioso e preciso que você tem para dizer suas palavras que as fazem parecer prata em movimento quando eu a ouço.

E vou escrever coisas, pensou. Vou escrever alguma coisa significativa e maravilhosa algum dia. Eu posso fazer isso. Vou dedicar isso a você, porque você é a primeira pessoa que me fez imaginar que eu poderia fazê-lo.

– Quem tem direito de dizer que eu não tenho dom, talento, paixão... – murmurou ele. – Por que as pessoas dizem essas coisas para você quando você é jovem? Isso não parece justo, não é?

– Não, querido, isso não é justo. O mistério mesmo é o motivo pelo qual você escuta.

Então todas as velhas vozes repressoras ficaram subitamente quietas em sua cabeça, e só então se deu conta do coro altissonante que elas sempre foram. Será que alguma vez respirou sem ouvir esse coro? *Menino Luz, Bebezinho, Menininho, Irmãozinho, Pequeno Reuben, o que você sabe sobre a morte, o que você sabe sobre o sofrimento, o que o faz pensar, por que você faria alguma tentativa, por quê? Você nunca se concentrou em coisa alguma por mais tempo do que...* – Todas aquelas palavras simplesmente secaram. Via a sua mãe. Via Celeste – via seu rosto animado e os grandes olhos castanhos, mas não mais ouvia suas vozes.

Ele deu um passo à frente e beijou Marchent, ela não fugiu. Os lábios dela eram macios, bem semelhantes aos lábios de uma criança, imaginou, embora jamais houvesse realmente beijado uma criança desde que ele próprio era uma. E beijou-a novamente. Dessa vez, alguma coisa agitou-se nela, e quando ele sentiu essa agitação, a fagulha da paixão foi acesa.

Subitamente, sentiu a mão dela em seu ombro, apertando seu ombro, e delicadamente empurrando-o para longe.

Ela girou o corpo e baixou a cabeça como uma pessoa que está tentando voltar a ter fôlego.

Tomou-lhe a mão e conduziu-o na direção da porta fechada.

Estava certo de que aquela era a entrada de um quarto, e já estava convencido. Pouco importava o que Celeste poderia pensar se viesse algum dia a saber. Reuben não tinha nenhuma intenção de perder essa oportunidade.

Marchent o levou para o interior do cômodo escuro, e acendeu uma luminária.

Apenas lentamente, começou a perceber que o local era uma espécie de galeria, assim como um quarto. Havia antigas figuras de pedra sobre pedestais, sobre prateleiras grossas e no chão.

A cama em si era elizabetana, uma relíquia inglesa quase que certamente, uma espécie de câmara em forma de caixotão com venezianas de madeira entalhadas que podiam ser fechadas contra o frio da noite.

A antiga coberta de veludo verde estava embolorada, mas ele não estava dando a mínima para isso.

## 2

Ele acordou de um sono profundo. Havia uma luz baixa vindo de um banheiro aberto. Um robe branco grosso e felpudo estava pendurado no gancho atrás da porta.

Sua bolsa de couro estava ali próxima, em cima de uma cadeira, o pijama foi deixado para ele, junto com sua camisa limpa para ser usada no dia seguinte, ainda embrulhada, e seus outros itens pessoais. As calças haviam sido dobradas. E suas meias usadas também.

Deixara a bolsa de couro no carro destrancado. E isso significava que ela fora lá no escuro, sozinha, pegá-la para ele, o que o deixou um pouco envergonhado, mas estava muito feliz e relaxado para sentir-se mesmo envergonhado.

Ainda estava deitado em cima da coberta aveludada, mas os travesseiros haviam sido removidos das fronhas de veludo, e os sapatos que ele chutara para longe em sua pressa estavam arrumados um ao lado do outro perto da cadeira.

Por um longo tempo, ficou lá deitado pensando nas horas que haviam passado fazendo amor, e imaginou que havia traído Celeste com muita facilidade. Na verdade, não fora nem um pouco fácil. Fora rápido e impulsivo, mas não fácil, e o prazer fora inesperadamente intenso. Ele não estava arrependido. Não, em hipótese alguma. Sentia que acontecera o que jamais seria esquecido, e parecia algo infinitamente mais importante do que a maioria das coisas que fizera em toda a vida.

Contaria para Celeste? Não tinha certeza. Certamente não jogaria de supetão, e teria de ter bem claro na mente que ela desejaria saber. Isso queria dizer conversar com Celeste sobre várias coisas, hipóteses e realidades, talvez a pior das realidades, o fato de que, com ela, se sentia inapelavelmente na defensiva e inadequado, e isso o deixara bastante desgastado. Ela ficara surpresa demais com o fato de as pessoas gostarem dos artigos escritos para o *Observer*. E isso o deixara magoado.

Sentia-se rejuvenescido agora, um pouco exaltado e culpado, e um pouco triste. Jamais lhe ocorrera que Marchent o convidaria novamente para sua cama. Na verdade, tinha certeza de que não. E estremeceu quando pensou que ela o estava tratando como criança, talvez chamando-o de menino bonito. Parece que ela lhe sussurrou algo assim quando estavam bem no meio da coisa e, na ocasião, não dera importância. Estava dando agora.

Ah, bem, estava surpreso com o rumo que os eventos tomaram, e tudo parecia misturado com aquela casa e com Felix Nideck e com a mística de toda a família.

Levantou-se e foi para o banheiro. Seu kit de barba estava aberto na borda da pia de mármore e, numa prateleira de vidro abaixo do espelho, encontrava-se tudo o que porventura viesse a necessitar, exatamente como talvez encontrasse em um hotel elegante. Uma janela cortinada dava para oeste e, de dia, era provável que se pudesse enxergar o oceano ou os penhascos, mas não tinha tanta certeza.

Tomou banho, escovou os dentes e depois vestiu o pijama. Vestindo o robe e os sapatos, rapidamente ajeitou a colcha e alisou os travesseiros.

Pela primeira vez naquela noite, verificou o telefone e viu que tinha duas mensagens da mãe, uma do pai, duas do irmão, Jim, e cinco mensagens de Celeste. Bem, aquele não era o momento de respondê-las.

Deslizou o telefone para dentro do bolso do robe e pôs-se a avaliar o ambiente.

Tesouros inacreditáveis, em desordem, ao que parecia, e empoeirados como eles só. Tabuletas. Sim, havia tabuletas ali, diminutas e frágeis tabuletas de argila que podiam muito bem esfarelar ao toque. Ele podia ver a pequenina escrita cuneiforme. E havia figuras em jade, diorito e alabastro, deuses e deusas que ele conhecia, e alguns sobre os quais jamais ouvira falar, e caixas incrustadas repletas de pedacinhos de papel e tecidos soltos, pilhas de moedas e o que talvez fossem joias, e então livros. Muitos livros, em todas as misteriosas línguas asiáticas novamente, e também nas línguas europeias.

Todos os romances de Hawthorne estavam lá, e alguns romances bem recentes que o deixaram surpreso e entusiasmado – *Ulisses*, de James Joyce, bastante folheado e cheio de pequenas marcações, e volumes de Hemingway, Eudora Welty e Zane Grey. Havia também livros de antigas histórias de fantasma, elegantes escritores britânicos, M. R. James, Algernon Blackwood e Sheridan LeFanu.

Reuben não ousava tocar nesses livros. Alguns estavam inchados de tantos pedaços de papel em seu interior, e as edições em brochura mais velhas estavam se decompondo. Teve novamente a sensação mais estranha do mundo de conhecer e amar Felix, uma ferroada que era como a náusea de fã que sentira na infância, quando apaixonara-se por Catherine Zeta Jones ou por Madonna e as considerava as pessoas mais maravilhosas e desejáveis do mundo. Era essa espécie de simples ânsia, de conhecer Felix, de possuir Felix, de estar no mundo de Felix, mas Felix estava morto.

Uma fantasia tresloucada brotou em sua mente. Ele se casaria com Marchent. Viveria ali com ela. Traria a vida de volta àquela casa para ela. Juntos, fariam o inventário de todos os documentos de Felix. Talvez Reuben escrevesse uma história da casa, e uma história de Felix, um desses livros especializados que sempre incluem grandes e caras fotografias, livros que não se transformam em bestsellers, mas que são sempre respeitáveis e valiosos. Deus sabe quantos livros desse tipo ele próprio possuía.

Agora era ele a dizer a si mesmo que estava sonhando. E, na realidade, por mais que amasse Marchent, ainda não queria se casar com ninguém. O livro, talvez ele pudesse fazer um livro, e Marchent talvez pudesse cooperar em tal empreendimento, mesmo que fosse morar em sua casa na América do Sul. Talvez isso os ligasse ainda mais profundamente, como bons amigos ou como ótimos amigos, e isso seria algo de grande valor para ambos.

Ele saiu da sala e caminhou um pouco, no segundo andar.

Desceu o corredor norte nos fundos da casa.

Muitas portas estavam abertas, e ele descobriu-se espiando o interior de diversas pequenas bibliotecas e galerias bem semelhantes àquela da qual acabara de sair. Mais tabuletas de argila antigas. Isso o deixava sem fôlego. Mais estatuetas, e até mesmo alguns pergaminhos. Estava lutando consigo mesmo para não tocar em nada.

Havia mais daqueles quartos lindamente equipados para os lados do corredor leste, um deles com um estonteante papel de parede oriental em tons preto e dourado, e outro com listras em vermelho e dourado.

Por fim, deu meia-volta e viu-se novamente no lado oeste da casa. Permaneceu parado por um momento no umbral do que era obviamente o quarto de Marchent, uma porta depois do quarto de Felix, um refúgio de cortinas de renda branca e colchas enfeitadas, reparando nas roupas dela numa pilha ao pé da cama. Mas Marchent não estava por perto.

Reuben queria subir até o sótão. Havia uma escadaria em ambos os corredores do lado oeste, mas não tinha permissão para ficar perambulando por ali, explorando a casa, portanto desistiu da ideia. E não abriu portas fechadas, embora quisesse muitíssimo fazer isso.

Adorava a casa. Adorava os dois castiçais gêmeos em forma de vela, as grossas cornijas de madeira em forma de coroa, os escuros rodapés de madeira e as pesadas portas com maçanetas de cobre.

Onde estava a dona da casa?

Ele desceu a escada.

Ouviu a voz dela antes de vê-la. Da cozinha, ele a viu num escritório adjacente, em meio a aparelhos de fax e copiadoras, monitores de computador e montanhas de coisas, falando, em voz baixa, num telefone de fio.

Não queria ser enxerido e, na verdade, não tinha de fato condições de entender o que ela falava. Estava usando um roupão branco, algo bem macio, com camadas de renda e pérolas, ao que parecia, e seus cabelos lisos cintilavam como seda à luz.

Sentiu uma dolorosa pontada de desejo, só de olhar para a mão dela segurando o aparelho e ver a luz em sua testa.

Ela se virou e o viu; sorriu, fazendo um gesto para que ele esperasse. Reuben se virou e foi embora.

Felice, a senhora idosa, percorria a casa grande apagando as luzes.

A sala de jantar já estava escura quando passou novamente por ela e notou que o fogo havia sido espalhado e agora não passava de brasa. As salas da frente pareciam estar em total escuridão. E podia ver a senhora movendo-se pelo corredor, alcançando os interruptores dos castiçais um após outro.

Por fim ela passou por Reuben em seu caminho de volta à cozinha, e também nesse recinto ela mergulhou na mais completa escuridão. E então prosseguiu sem dizer uma única palavra a Marchent, que ainda estava conversando, e Reuben subiu a escada.

Uma pequena lamparina queimava em cima da mesa no corredor do andar de cima. E havia luz vindo da porta aberta do quarto de Marchent.

Reuben sentou-se no topo da escada, as costas voltadas para a parede. Imaginou que esperaria por ela, e certamente ela apareceria logo, logo.

Subitamente se deu conta de que faria tudo a seu alcance para convencê-la a dormirem juntos naquela noite, e foi ficando impaciente, cada vez com mais desejo de abraçá-la, de beijá-la, de senti-la em seus braços. Fora poderosamente excitante dormir com ela simplesmente porque era nova e tão absolutamente diferente, ainda que suave e dócil, completamente confiante e francamente muito mais apaixonada do que ele jamais testemunhara Celeste ser. Marchent não parecia uma mulher mais velha em nenhum aspecto. Sabia que ela era, evidentemente, mas sua carne era firme e doce, e um pouco menos musculosa do que a de Celeste.

Esses pensamentos lhe pareceram excessivamente grosseiros; não estava gostando deles. Pensou na voz e nos olhos dela, e a amou. Imaginou que Celeste provavelmente entenderia. Afinal de contas, Celeste o traíra com seu antigo namorado duas vezes. Agira de modo bastante franco em relação a ambos os "desastres", e os dois haviam superado a questão. Na realidade, Celeste sofrera por causa disso muito mais do que Reuben.

Mantinha a ideia de que ela lhe devia isso, e que uma mulher da idade de Marchent não despertaria nem um pouco o ciúme da namorada. Celeste era de uma beleza incomum, facilmente atraente. Ela deixaria isso passar.

Então foi dormir. Foi um sono superficial, durante o qual pensou que estivesse acordado, mas estava adormecido. A sensação era de que seu corpo estava sublimemente relaxado, e sabia que estava sentindo uma felicidade semelhante à qual ele não sentia havia muito tempo.

## 3

Um estrondo. Vidro quebrando. Reuben acordou. As luzes estavam apagadas. Não conseguia ver nada. Então ouviu Marchent gritar.

Desceu a escada correndo, a mão deslizando pelo largo corrimão de carvalho, tateando para encontrar o caminho.

Um grito horrendo, seguido de outro, impulsionou-o em direção à escuridão e, gradualmente, por que espécie de luz ele não sabia, conseguiu distinguir a porta da cozinha.

O feixe de luz de uma lanterna cegou-o e, antes que pudesse proteger os olhos, alguém o pegou pelo pescoço e o empurrava para trás. Sua cabeça bateu de encontro a uma parede. Um cara o estava estrangulando. A lanterna rolava pelo chão. Ensandecido, ele deu uma joelhada em seu agressor enquanto atacava seu rosto com ambas as mãos. Segurou um tufo de cabelo com a mão esquerda e deu um soco no olho do homem. O sujeito berrou e desistiu de apertar a garganta de Reuben, mas uma outra figura estava caindo em cima dele com outra luz. Reuben viu o brilho do metal e sentiu a lâmina afiada encostando em sua barriga. Jamais sentira a raiva que estava sentindo naquele momento, mas, à medida que os dois homens batiam nele e o chutavam, sentiu o sangue pulsando no estômago. Novamente, viu o brilho da faca erguida. Atacou com toda a força que conseguiu reunir, jogando o ombro para trás do golpe, e lançou um dos agressores para trás.

Novamente ele sentiu a lâmina, dessa vez retalhando seu braço esquerdo.

Uma súbita torrente de sons explodiu no corredor sombreado. Só podia se tratar dos rosnados profundos de algum cão feroz. Seus agressores estavam gritando, o animal estava atacando, rosnando, e o próprio Reuben escorregara no que dava a impressão de ser seu próprio sangue.

Certa vez, muito tempo atrás, Reuben vira uma luta de cães, e o que lembrava não era da visão – porque a coisa fora rápida demais e furiosa demais para alguém conseguir ver algo – mas sim do ruído.

Era exatamente o que estava acontecendo agora. Não conseguia enxergar o cão. Não conseguia ver seus agressores. Sentia o peso da fera em cima dele, prendendo-o no chão, e então a gritaria dos dois homens cessou.

Com um grunhido selvagem, o animal agarrou Reuben pela cabeça, os dentes penetrando na lateral de seu rosto. Sentiu que estava sendo erguido enquanto seus braços se debatiam. A dor era pior do que a ferida na barriga.

Então, subitamente, as poderosas mandíbulas o soltaram.

Caiu para trás em cima de um dos agressores, e o único som em todo o mundo passou a ser subitamente a arquejante respiração do animal.

Reuben tentou se mexer, mas não conseguia sentir as pernas. Algo pesado, a pata de uma fera, estava em cima de suas costas.

– Meu Deus, me ajude! – disse ele. – Por favor, me ajude!

Seus olhos fecharam e ele caiu na mais completa escuridão; mas forçou-se a retornar à superfície.

– Marchent! – gritou ele. Em seguida a escuridão novamente tomou conta dele.

Uma quietude absoluta cercou-o. Sabia que os dois homens estavam mortos. Sabia que Marchent estava morta.

Rolou o corpo no chão e lutou para alcançar o bolso direito de seu robe. Seus dedos fecharam-se sobre o celular, mas esperou, esperou em silêncio até ter certeza de que estava verdadeiramente sozinho.

Então, tirou o telefone, levou-o até o rosto e teclou o botão para ligar a pequena tela.

A escuridão voltou, como ondas que vinham para afastá-lo da segura praia branca. Forçou-se a abrir os olhos, mas o aparelho deslizara de sua mão. Sua mão estava molhada e ele perdera o aparelho e, assim que virou a cabeça, o pretume estava de volta.

Com toda a força, lutava.

– Estou morrendo – sussurrou. – Eles estão mortos, todos eles. Marchent está morta. E estou morrendo aqui, e preciso de ajuda.

Começou a tatear em busca do celular, e sentiu apenas as tábuas molhadas. Com a mão esquerda, cobriu a dor que queimava no ventre e sentiu o sangue nos dedos. Uma pessoa não pode continuar viva com um sangramento como aquele.

Virando-se para o lado, lutou para endireitar-se e pôs-se de joelhos, mas quando a tontura veio, dessa vez levou-o de imediato.

Havia um som em algum lugar.

Um tênue som tortuoso.

Como um facho de luz na escuridão, aquele som.

Imaginava aquilo? Estava sonhando? Morrendo?

Jamais imaginara que a morte fosse tão silenciosa, tão calada, tão fácil.

– Marchent – sussurrou. – Eu sinto muito, sinto muito!

Houve uma segunda sirene, sim, ele conseguia ouvi-la, uma segunda fita brilhante na escuridão. Os dois fachos luminosos de som estavam entrelaçando-se um no outro, entrelaçando-se e aproximando-se, e ficando cada vez mais próximos. E houve uma terceira sirene, sim.

Imagine isso.

As sirenes estavam agora bem próximas, descendo sobre ele, alguém enrolando aquele luminoso facho cintilante e, mais uma vez, o som de vidro se quebrando.

Ele vagava, sentindo novamente o aperto da escuridão. *Ah, bem, meus amigos, vocês chegaram tarde demais.* A coisa não parecia, na verdade, tão horrivelmente trágica. Era por demais imediata e excitante. *Você está morrendo, Reuben,* e ele lutava, e tampouco tinha esperança.

Alguém estava em pé sobre ele. Feixes de luz se cruzavam sobre ele, deslizando pelas paredes. Era algo belo, na verdade.

– Marchent – disse ele. – Marchent! Eles a pegaram. – Não conseguia dizer isso com clareza. Sua boca estava cheia de líquido.

– Não fale, filho – disse o homem ajoelhado ao lado dele. – Nós estamos cuidando dela. Estamos fazendo tudo ao nosso alcance.

E Reuben já sabia. Sabia pelo silêncio e pela quietude que o cercava, e pelo tom de tristeza na voz do homem, que para Marchent já era tarde. A linda e elegante mulher que conhecera não mais do que um dia atrás estava morta. Totalmente morta.

– Fique comigo, filho – disse o homem. Pessoas o levantavam. Uma máscara de oxigênio apareceu. Alguém estava rasgando sua camisa.

Ouviu o estalo do *walkie-talkie*. Estava numa maca. Estavam correndo.

– Marchent – disse ele. A luz forte dentro da ambulância o cegava. Não queria ser levado para longe dela. Entrou em pânico, mas eles o seguraram, e em seguida foi levado.

## 4

Reuben esteve ora consciente, ora inconsciente pelo período de duas horas na sala de emergência de Mendocino; então uma ambulância aérea levou-o para o Hospital Geral de San Francisco, no sul do estado, onde a dra. Grace Golding o esperava com o marido, Phil, a seu lado.

Reuben estava lutando desesperadamente contra as restrições que o mantinham atado à maca. A dor e os medicamentos o estavam deixando fora de si.

– Não vão me contar o que aconteceu! – rosnava ele para sua mãe, que de imediato exigiu que a polícia viesse para dar as respostas às quais ele tinha direito.

O único problema em relação a isso era que, disse a polícia, ele estava drogado demais para responder as perguntas deles, e tinham mais perguntas do que Reuben naquele estágio da situação. E sim, Marchent Nideck estava morta.

Foi Celeste quem pegou o telefone com as autoridades em Mendocino e voltou com os detalhes.

Marchent fora esfaqueada mais de dezesseis vezes, e qualquer um dos dez ferimentos diferentes poderia ter sido fatal. Morrera em questão de minutos, quem sabe segundos. Se sofreu, foi por um curtíssimo tempo.

Reuben fechou os olhos por livre e espontânea vontade pela primeira vez e foi dormir.

Quando acordou havia um policial a paisana no local e, com palavras arrastadas devido aos medicamentos, Reuben afirmou que sim, ele mantivera relações íntimas "com a falecida", e não, não se importava de fazer o teste de DNA. Sabia que a autópsia revelaria isso.

Fez o melhor relato que pôde do que se lembrava. Não, não fizera a ligação para o 911; deixara o telefone cair e não se encontrava em condições de recuperá-lo, mas se a chamada partira de seu telefone, bem, nesse caso, a ligação deve ter sido feita por ele.

("Assassinato, assassinato." Foi isso o que dissera seguidamente? Não lhe soava nem um pouco como algo que pudesse ter dito.)

Celeste queria que Reuben parasse de falar. Ele precisava de um advogado. Jamais estivera tão ansioso, tão próximo das lágrimas.

– Não – insistiu Reuben. – Eu não preciso de um advogado.

– É a concussão – disse Grace. – Você não vai se lembrar de tudo. Já é um milagre você se lembrar de tantas coisas.

– "Assassinato, assassinato?" – sussurrou ele. – Eu disse isso?

Lembrava-se bastante vividamente de lutar para achar o telefone e não conseguir fazê-lo.

Mesmo em meio à névoa dos analgésicos, Reuben conseguia ver o quanto sua mãe estava abalada. Ela estava usando seu típico traje verde de hospital, os cabelos ruivos estavam presos e os olhos azuis, avermelhados e cansados. Sentiu um latejamento na mão dela, como se ela estivesse tremendo por dentro, onde não se pudesse ver.

Vinte e quatro horas mais tarde, quando foi transferido para um quarto, Celeste trouxe a notícia de que os assassinos eram os irmãos mais novos de Marchent. Ela estava revoltada pela história absolutamente ultrajante.

Os dois haviam dirigido um carro roubado até a propriedade e, usando perucas, máscaras de esqui e luvas, cortaram a energia da casa, mas não antes de matar uma caseira idosa com uma cacetada em sua cama nos aposentos dos fundos. Obviamente com a intenção de que o ataque parecesse o trabalho de drogados desconhecidos, invadiram a residência pela janela da sala de jantar, apesar das portas dos fundos estarem destrancadas.

Pegaram Marchent na cozinha, em frente a seu escritório. Ao lado dela, fora encontrada uma pequena arma, apenas com suas impressões digitais no cabo. Nem um único tiro sequer foi disparado.

O animal que havia matado os irmãos era um mistério. Nenhuma pegada foi encontrada na cena. As mordidas foram selvagens e imediatamente fatais aos irmãos. Que animal havia sido o responsável, as autoridades ainda não estavam em condições de dizer.

Quanto aos locais, alguns insistiam que se tratava de uma fêmea de leão da montanha, famosa há muito tempo por aquelas bandas.

Reuben não disse nada. Ouviu aqueles sons novamente, sentiu aquela pata encostando em suas costas. Um violento choque percorreu-lhe o corpo, um lampejo de desamparo e resignação. *Eu vou morrer*.

– Essas pessoas estão me levando à loucura com essa história – declarou Grace. – Uma hora é a saliva de um cachorro, outra hora é a saliva de um lobo, e agora eles estão me falando que talvez as mordidas tenham sido dadas por um ser humano. Alguma coisa aconteceu com os resultados laboratoriais. Não querem admitir isso. O fato é que não fizeram direito o teste naqueles ferimentos. Agora, não foi nenhum ser humano quem deu aquelas mordidas na cabeça e no pescoço de Reuben. E também não foi nenhum leão da montanha. A ideia é totalmente absurda!

– E por que a coisa parou? – perguntou Reuben. – Por que não me matou do jeito que matou os outros dois?

– Se o bicho estava raivoso, seu comportamento podia estar errático – explicou Grace. – E até mesmo um urso pode contrair raiva. Leões da montanha não. Talvez alguma coisa o tenha distraído. A gente não sabe. A gente só sabe que a coisa está viva.

E continuou resmungando acerca da total falta de amostras de cabelo ou de pelo.

– Agora, dá pra ver que é impossível não existir fibras nessa cena, fibras animais.

Reuben ouviu novamente aquela respiração arquejante. Então o silêncio. Não ocorrera nenhum cheiro de animal, mas ocorrera a sensação de um, de cabelo, do longo e espesso pelo de um cachorro ou de um lobo encostado nele. Talvez um leão da montanha, mas nenhum cheiro de leão da montanha. Por acaso leões da montanha possuem cheiro? Como poderia saber?

Grace estava grata aos paramédicos por haverem limpado prontamente os ferimentos de Reuben. Fora um procedimento adequado, mas certamente podiam ter conseguido uma amostra decente das mordidas nos homens mortos que lhes diria se o animal tinha ou não raiva.

– Bem, eles tinham um massacre nas mãos, Grace – disse Celeste. – Ninguém estava pensando em raiva.

– Bem, nós temos de pensar em raiva, e estamos dando início ao protocolo referente ao tratamento de raiva agora mesmo. – Não era mais tão doloroso quanto costumava ser no passado, assegurou ela a Reuben. Teria de tomar uma série de injeções por vinte e oito dias.

Raiva era algo quase que uniformemente fatal uma vez que os sintomas surgissem. Não havia nenhuma escolha a não ser iniciar de imediato o tratamento antirrábico.

Reuben não se importava. Não se importava em relação à profunda dor no ventre, na cabeça, ou à dor insuportável que continuava golpeando seu rosto. Não se importava com a náusea que estava sentindo por causa dos antibióticos. Tudo o que lhe importava era o fato de Marchent estar morta.

Fechou os olhos e viu Marchent. Ouviu a voz de Marchent.

Não conseguia exatamente entender que toda a vida desaparecera do corpo de Marchent Nideck assim tão rapidamente, e que ele próprio ainda estava vivo até aquele momento contra todas as probabilidades.

Eles só o deixariam assistir ao noticiário na TV no dia seguinte. As pessoas no Condado de Mendocino estavam falando de ataques de lobo que aconteciam a cada poucos anos. Além disso, também existiam ursos naquela região, ninguém poderia negar, mas o povo na vizinhança da velha casa estava apostando em um leão da montanha que vinham rastreando desde o ano anterior.

O fato era que ninguém conseguia encontrar o animal. Estavam dando uma varredura na floresta de sequoias. As pessoas afirmavam ter ouvido uivos na noite.

Uivos. Reuben lembrava-se daqueles rosnados e grunhidos rilhantes, daquela selvagem torrente de som no momento em que a fera caíra sobre os irmãos, como se não pudesse matar em silêncio, como se os sons fossem parte integrante de sua força letal.

Mais medicamentos. Mais analgésicos. Mais antibióticos. Reuben perdia a noção da passagem do tempo.

Grace questionava a necessidade de uma cirurgia plástica.

– O que eu quero dizer é que essa mordida sarou de um jeito impressionante. E vou ser obrigada a dizer que a incisão no seu estômago também está sarando.

– Reuben comeu tudo o que precisava comer quando estava na fase de crescimento – disse Celeste. – A mãe dele é uma médica brilhante. – Ela piscou para Grace. Agradava muito a Reuben o fato de que elas gostavam uma da outra.

– É verdade, é verdade, e sabe cozinhar! – disse Grace. – Mas isso é maravilhoso. – Delicadamente, seus dedos moveram-se pelos cabelos de Reuben. Cautelosamente, ela tocou a pele no pescoço e depois no peito.

– O que é? – sussurrou Reuben.

– Não sei – disse Grace, distraidamente. – Digamos que você não necessita de nenhuma vitamina por meio intravenoso.

O pai de Reuben estava sentado no canto do hospital lendo *Leaves of Grass*, de Walt Whitman. De vez em quando, ele dizia algo como: "Meu filho, você está vivo, isso é o que importa."

Tudo podia estar sarando, mas a dor de cabeça de Reuben tinha piorado. Nunca conseguia dormir uma noite inteira, apenas metade, e ouvia coisas que não compreendia.

Grace falando em algum lugar, talvez com um outro médico.

– Eu vejo as mudanças, enfim, eu sei, isso não tem nada a ver com o vírus da raiva, é claro, nós não temos nenhuma prova indicando que ele o tenha contraído, mas bem, você vai pensar que estou louca, mas posso jurar que o cabelo está mais grosso. Você sabe, as marcas de mordida, bem, conheço o cabelo do meu filho, e o cabelo do meu filho está mais grosso, e os olhos...

Ele queria perguntar, *Do que você está falando,* mas apenas pensou no assunto desanimadamente, com uma infinidade de outros pensamentos torturantes.

Reuben permanecia em seu leito, especulando. Se os medicamentos realmente podiam anestesiar a sua consciência, deviam ser uma coisa boa. Naquela situação, eles o deixavam com o pensamento mais lento, o confundiam, o mantinham vulnerável a violentos lampejos de recordações, e então o agitavam e o deixavam incerto em relação ao que sabia ou não sabia. Sons o sobressaltavam. Até mesmo cheiros o acordavam de seu sono superficial e inquieto.

Frei James aparecia com pressa algumas vezes por dia, sempre atrasado para alguma coisa em sua igreja, e com tempo apenas para dizer a Reuben que estava obviamente melhorando e tinha a aparência cada vez melhor, mas Reuben via algo no rosto do irmão que era inteiramente novo; uma espécie de temor. Jim sempre protegera seu irmão mais novo, mas aquilo era mais profundo.

– Devo dizer que você está com uma aparência bem corada e robusta para alguém que sofreu tudo isso – opinou Jim.

Celeste ajudava o máximo que ele lhe permitia. Era incrivelmente capaz. Dava-lhe Coca Diet pelo canudo, ajustava seu cobertor, limpava seu rosto o tempo todo e o ajudava a se levantar para a caminhada pelo corredor do hospital, solicitada pelo médico. Vez por outra dava uma escapada para ligar para o escritório da promotoria e depois retornava, assegurando-lhe que ele não tinha que se preocupar com nada. Era eficiente, pragmática e nunca se cansava.

– As enfermeiras o elegeram o paciente mais bonito desse andar – disse-lhe ela. – Não sei o que elas estão dando para você aqui, mas eu poderia jurar que os seus olhos estão realmente mais azuis do que antes.

– Isso é impossível – disse ele. – Olhos não mudam de cor.

– De repente os remédios fazem com que mudem – disse ela. E continuava olhando para ele, não *nos* olhos dele, mas para os olhos dele. O que o deixou ligeiramente inquieto.

As especulações em relação ao misterioso animal prosseguiam. Será que Reuben não conseguia se lembrar de nada mais, perguntou sua editora Billie Kale, o gênio feminino por trás do *San Francisco Observer*. Estava em pé ao lado da cama.

– Honestamente, não – respondeu Reuben, recusando o máximo que conseguia os medicamentos para parecer alerta.

– Quer dizer então que foi um leão da montanha, você tem certeza disso?

– Billie, não vi nada, eu te disse.

Billie era uma mulher baixinha e robusta, com cabelos brancos bem penteados e roupas caras. Seu marido, depois de uma longa carreira, aposentara-se do Senado e bancava o jornal, dando a Billie uma segunda chance de ter uma vida significativa. Ela era uma editora fantástica que procurava uma voz individual em cada um de seus repórteres. Ela encorajava essa voz. E gostara de Reuben desde o início.

– Não cheguei a ver a criatura – afirmou Reuben. – Eu a escutei. Eu escutei e ela soava como um cachorro enorme. Não sei por que ele não me matou. Não sei por que estava lá.

E essa era a verdadeira pergunta, não era? Por que aquele animal queria entrar na casa?

– Bem, aqueles irmãos viciados derrubaram metade de uma parede de janelas da sala de jantar – disse Billie. – Você precisa ver as fotos. Que dupla, assassinar a própria irmã desse jeito. E a senhora idosa nos fundos. Deus do céu. Bem, por falar nisso, assim que puder, você começa a trabalhar nessa história. O que estão dando para você?

– Eu não sei.

– Bem, está certo. Vejo você quando der. – Ela foi embora da mesma maneira abrupta com que entrara.

Quando teve um momento a sós com Celeste, Reuben revelou espontaneamente a informação a respeito dele e Marchent, mas ela já estava ciente, evidentemente. Isso também aparecera nos jornais. Isso foi um duro golpe para Reuben, e Celeste percebeu.

– Não é nada de mais – disse ela. – Bem, esquece essa parte e pronto. – Ela o reconfortou, como se fosse ele a pessoa que havia sido enganada.

Reuben novamente dispensou a sugestão que Celeste dera em relação a procurar um advogado. Por que precisaria? Os agressores o haviam espancado e esfaqueado. Apenas a mais estranha sorte do mundo pudera salvar-lhe a vida.

E estava quase bem.

No quinto dia após o assassinato, continuava no hospital, os ferimentos quase sarados e os antibióticos profiláticos ainda deixando-o horrivelmente enjoado, quando lhe foi dito que Marchent lhe deixara a casa como herança.

Ela fizera isso mais ou menos uma hora antes de morrer, falando pelo telefone com seus advogados de San Francisco, e enviando-lhes, por fax, diversos documentos assinados, um dos quais testemunhado por Felice, confirmando suas instruções verbais de que a casa deveria ir para Reuben Golding, e que arcaria com todas as despesas tributárias da transferência. Desta forma, Reuben ficaria de posse da residência sem custo algum. Cuidara também de saldar de antemão doze meses de impostos e seguro.

Marchent cuidara inclusive para que seus irmãos recebessem o dinheiro do pagamento que teriam recebido por ocasião da venda.

Toda a papelada foi encontrada em cima de sua escrivaninha, junto com uma lista que ela estava fazendo "para Reuben", indicando vendedores locais, pessoas para trabalhar e fornecedores.

Sua última ligação fora para seu amigo em Buenos Aires. Estaria de volta a sua casa mais cedo do que o planejado.

Sete minutos e meio depois desse telefonema, as autoridades locais receberam o alerta 911: "Assassinato, assassinato."

Reuben ficou silenciosamente perplexo.

Grace sentou-se, fatigada, após escutar a notícia.

– Bem, é um elefante branco, não é? – perguntou ela. – Quando é que você vai conseguir vendê-la?

Numa vozinha miúda, Celeste disse:

– Eu acho que é uma coisa meio romântica.

Isso levantou algumas questões com as autoridades. E a firma de advocacia da família Golding entrou em ação de imediato para fornecer uma resposta.

Mas ninguém realmente desconfiava de que Reuben tivesse feito coisa alguma. Reuben tinha uma boa situação financeira, e jamais em sua vida recebera sequer uma multa por excesso de velocidade. Sua mãe era internacionalmente conhecida e respeitada. E Reuben quase morrera. A ferida de faca em seu estômago por pouco não atingiu algum órgão vital, seu pescoço estava bastante machucado e sofrera uma concussão, bem como a perniciosa mordida do animal que quase abrira sua jugular.

Celeste assegurou-lhe que o escritório da promotoria sabia que ninguém podia infligir aquele tipo de ferimento em si mesmo. Além disso, eles tinham motivos para acusar os irmãos, e conseguiram encontrar dois de seus companheiros que confessaram ter ouvido algo sobre o esquema, mas pensaram que os garotos estivessem apenas tirando onda.

Reuben tinha um sólido motivo para estar na propriedade, um encontro marcado junto à sua editora, Billie, no *Observer*, e não havia evidências em parte alguma indicando que o contato dele com Marchent fora qualquer coisa além de consensual.

Hora após hora, ficava lá deitado naquele leito de hospital, remoendo todos esses diferentes fatores. Sempre que tentava dormir, encontrava-se numa espiral infernal, descendo a escada às pressas, tentando alcançar Marchent antes dos irmãos dela. Será que ela ficara sabendo que os homens eram na verdade seu irmãos? Será que enxergara por trás dos disfarces?

Ele acordou sem ar, cada músculo do corpo doendo pelo esforço de fazer essa desesperada corrida. E então toda a dor em seu rosto e estômago retornava; ele apertava o botão para mais Vicodin e caía novamente em seu estado de pesadelo parcial.

Então havia vozes e sons que sempre o acordavam. Alguém gritando em outro quarto. Uma mulher discutindo furiosamente com a filha: "Deixe-me morrer, deixe-me morrer, deixe-me morrer." Ele acordava, mirando o teto, ouvindo aquela mulher.

Podia jurar que havia alguma espécie de problema com os dutos de ventilação do hospital, que ele estava ouvindo alguém em um andar inferior lutando contra algum agressor. Carros passando. Ele também os ouvia. Vozes elevadas.

– São delírios causados pelos medicamentos – disse-lhe sua mãe. – Você precisa ter paciência. – Ela estava ajustando a intravenosa para os fluidos que insistia serem necessários. Ela baixou subitamente os olhos. – E quero fazer mais alguns testes.

– Por que cargas-d'água?

– Você pode achar que estou maluca, Bebezinho, mas poderia jurar que os seus olhos estão azul-escuros.

– Mãe, por favor. Fale sobre delírios de medicamentos. – Ele não contou para ela que Celeste dissera a mesma coisa.

Talvez tenha finalmente adquirido uma expressão distinta e trágica, pensou de maneira debochada, um pouco reverente.

Ela estava olhando fixamente para ele como se não tivesse ouvido coisa alguma.

– Você sabe, Reuben, que você é um rapaz com uma saúde notável.

E era mesmo. Todos diziam.

Seu melhor amigo, Mort Keller, de Berkeley, passou pelo hospital duas vezes, e Reuben deu-se conta do quanto isso significava, já que Keller estava encarando sua prova oral para a admissão no doutorado em língua inglesa. Esse era o programa que Reuben abandonara. E ele ainda sentia a culpa.

– Você parece estar melhor do que nunca – disse Mort. Ele próprio estava com olheiras, e suas roupas estavam amarrotadas e inclusive um pouquinho empoeiradas.

Outros amigos ligaram – caras da escola, caras do jornal. Ele não queria realmente conversar, mas era simpático da parte deles se interessar pelo seu estado, e ele lia as mensagens. Os primos de Hillsborough ligaram, mas ele lhes assegurou que não precisavam ir até lá. O irmão de Grace que trabalhava no Rio de Janeiro mandou uma cestinha de brownies e biscoitos, grande o bastante para alimentar todo o andar do hospital. A irmã de Phil, numa creche em Pasadena, estava doente demais para ficar sabendo sobre o ocorrido.

Pessoalmente, Celeste não dava a mínima para o fato de ele ter dormido com Marchent. Ela estava engajada na investigação com os oficiais.

– O que você está dizendo é que ele a estuprou e depois ela desceu a escada e escreveu com o próprio punho um testamento deixando para ele uma propriedade que vale cinco milhões de dólares? E depois a mulher despejou tudo isso pelo telefone nos ouvidos de um advogado por uma hora? Qual é, vou ser obrigada a pensar por todo mundo aqui?

Celeste contou para a imprensa a mesma coisa. Ele vislumbrou-a na TV, atirando respostas na direção dos repórteres, a aparência adoravelmente feroz em seu vestidinho preto e blusa branca franzida, os macios cabelos castanhos emoldurando seu pequeno rosto animado.

Algum dia ela vai fazer história no campo legal, pensou.

Assim que Reuben conseguiu engolir alguma comida, Celeste levou para ele um minestrone de North Beach. Estava usando o bracelete de rubi que ele lhe dera, e um pouco de batom da mesma cor do rubi. Estava vindo especialmente bem-vestida durante toda aquela provação, e ele sabia disso.

– Olha, eu sinto muito – disse ele.

– Você acha que eu não entendo? Litoral romântico, casa romântica, mulher mais velha romântica. Esquece isso.

– Talvez você devesse ser jornalista – murmurou ele.

– Ah, esse sim é o sorriso do Menino Luz. Estava começando a pensar que isso era fruto da minha imaginação. – Ela passou os dedos delicadamente no pescoço dele. – Você sabe que já está tudo sarado, não sabe? É como se fosse alguma espécie de milagre.

– Você acha? – Ele queria beijá-la, beijar seu rosto macio.

Ele cochilou. Sentiu cheiro de comida sendo preparada, e então uma outra fragrância, um perfume. Era o perfume de sua mãe. E então surgiram todos aqueles outros aromas que tinham a ver com o hospital e seus produtos químicos. Ele abriu os olhos. Sentiu o cheiro dos produtos químicos que haviam sido usados para lavar aquelas paredes. Era como se cada fragrância tivesse uma personalidade, uma cor característica em sua mente. Teve a sensação de estar lendo um código diretamente na parede.

Ao longe, a mulher moribunda implorava para a filha. "Desligue essas máquinas, estou te implorando." "Mamãe, não há nenhuma máquina aqui", disse a filha. A filha chorou.

Quando a enfermeira entrou, Reuben indagou sobre a mãe e a filha. Ele estava com a estranha sensação – ele não ousava contar-lhe isso – de que a mulher queria algo dele.

– Não nesse andar, sr. Golding – assegurou-lhe ela. – Talvez sejam os medicamentos.

– Bem, que tipo de medicamentos eles estão me dando? Na noite passada, pensei ter ouvido dois caras numa discussão de bar.

Horas depois, acordou e encontrou-se em pé na janela. Arrancara acidentalmente a intravenosa do braço. Seu pai estava cochilando na cadeira. Celeste estava em algum lugar distante, conversando rapidamente ao telefone.

– Como foi que cheguei aqui?

Estava inquieto. Queria andar, queria andar rápido, não simplesmente pelo corredor, arrastando aquele poste de intravenosa pela rodinha a cada passo, mas sair dali em direção a uma rua, ou a uma floresta, e por alguma trilha íngreme. Sentia tamanha ânsia de andar que era doloroso ficar confinado naquele lugar. Era uma agonia súbita. Viu a floresta que cercava a casa de Marchent, a *minha casa* e, pensou, nós jamais andaremos por lá juntos, ela jamais conseguirá me mostrar tantas coisas. Aquelas antigas sequoias, aquelas árvores que se encontram entre as coisas mais antigas desse mundo. As coisas mais antigas.

Aquela floresta era dele agora. Tornara-se o guardião daquelas árvores particulares. Uma indefinível energia o galvanizou. Começou a caminhar, movendo-se rapidamente pelo corredor, passando pelo posto das enfermeiras e em seguida descendo a escada. É claro que estava usando aquele fino traje hospitalar, amarrado nas costas, graças a Deus, e certamente não poderia sair para dar uma voltinha no meio da noite, mas era boa a sensação de pisar nos degraus, fazendo o circuito de um andar a outro.

Então parou subitamente. Vozes. Podia ouvi-las ao redor dele, delicados sussurros, baixos demais para interpretar, mas lá, como ondulações na água, como uma brisa movendo-se em meio às árvores. Em algum lugar distante dali, alguém estava gritando por ajuda. Ficou lá parado, com as mãos nos ouvidos. Ainda conseguia ouvir os sons. Um menino gritando. *Vá atrás dele!* Não nesse hospital, mas em algum outro lugar. Qual outro lugar?

Reuben estava andando pelo saguão da frente a caminho da porta quando os funcionários o detiveram. Estava descalço.

– Ei, eu não sei como é que vim parar aqui – disse ele. Ele estava constrangido, mas eles eram gentis o bastante ao conduzi-lo de volta.

– Não chamem a minha mãe – disse ele, de maneira agourenta. Celeste e Phil estavam esperando por ele.

– Saiu por aí sem avisar, filho?

– Pai, estou muito inquieto. Não sei o que estava pensando na hora.

Na manhã seguinte, ele ficou deitado, parcialmente adormecido, escutando. Sua mãe estava falando sobre os exames que fariam.

– Isso não faz sentido, uma súbita eclosão de hormônio de crescimento humano num homem de 23 anos de idade? E todo esse cálcio no sangue dele, essas enzimas. Não, eu sei que não se trata de raiva, é claro que não se trata de raiva, mas fico imaginando se o laboratório simplesmente não cometeu um erro. Quero que refaçam todos os exames.

Ele abriu os olhos. O quarto estava vazio. Silêncio. Ele se levantou, tomou banho, fez a barba, olhou para o ferimento no abdome. Mal se via a cicatriz.

Mais exames. Não havia nenhuma prova agora de que ele algum dia tivera qualquer espécie de concussão.

– Mãe, quero ir para casa!

– Ainda não, Bebezinho. – Havia um exame bastante elaborado que poderia descobrir qualquer infecção em qualquer parte do corpo. Levava quarenta e cinco minutos. Ele teria de ficar deitado e absolutamente imóvel.

– Eu também posso te chamar de Bebezinho? – sussurrou a enfermeira.

Uma hora mais tarde, Grace entrou no quarto com os técnicos de laboratório.

– Você acredita que perderam todo o material que tinham coletado? – Ela estava "enraivecida", como ela mesma gostava de dizer. – Dessa vez, é melhor eles fazerem tudo direitinho. E a gente não vai mais dar nenhuma amostra de DNA para ninguém. Se fizeram essa besteira, o problema é deles. Uma vez é mais do que suficiente.

– Fizeram besteira?

– Foi o que me disseram. Nós estamos tendo uma crise laboratorial no norte da Califórnia! – Ela cruzou os braços e, através de olhos frios, observou os técnicos tirarem sangue de Reuben para encher vários frascos.

Por volta do fim da semana, Grace estava quase maníaca em relação à velocidade da recuperação do filho. Estava passando a maior parte do dia andando pelo hospital, ou na cadeira lendo matérias de jornal acerca do massacre, da família Nideck, do mistério do animal raivoso. Exigiu que lhe trouxessem seu laptop. Seu telefone ainda estava com a polícia, é claro, então pediu um outro.

A primeira pessoa para quem ligou foi sua editora, Billie Kale.

– Eu não estou gostando de ser objeto de todas essas matérias. Quero escrever a minha própria matéria.

– Isso é o que mais queremos ter, Reuben. Pode me mandar por e-mail. Estamos esperando.

Sua mãe entrou. Sim, podia receber alta, caso insistisse.

– Deus do céu, olhe só pra você – disse ela. – Você precisa cortar esse cabelo, Bebezinho.

Um dos outros médicos, um grande amigo de Grace, dera um pulo até lá, e eles ficaram batendo papo no corredor.

– E você acredita que eles estragaram novamente os exames laboratoriais?

Cabelos compridos. Reuben saiu da cama para olhar seus cabelos no espelho do banheiro. Agora estavam mais fartos, mais compridos, maiores, sem dúvida nenhuma.

Pela primeira vez, Reuben pensou naquele misterioso Margon, o sem Deus, e em seus cabelos que iam até os ombros. Ele viu o distinto cavalheiro da fotografia que ficava em cima da lareira da biblioteca de Marchent. Talvez Reuben usasse seus cabelos compridos como os do vistoso Margon, o sem Deus. Bem, por um certo tempo.

Ele riu.

Assim que entrou na casa, em Russian Hill, foi diretamente para sua escrivaninha. Estava ligando seu computador enquanto a enfermeira particular examinava-lhe os órgãos vitais.

Era o início da tarde, oito dias desde o massacre, e um desses dias ensolarados em San Fracisco quando a baía está vibrantemente azul e a cidade ainda está branca, apesar de seus inúmeros edifícios de vidro. Dirigiu-se à sacada e absorveu o vento frio. Respirou o vento como se o amasse, o que, francamente, jamais aconteceu.

Estava contente de estar de volta a seu quarto, com sua lareira, sua escrivaninha.

E escreveu por cinco horas.

Quando apertou o botão para enviar o texto por e-mail para Billie, já estava feliz o bastante com o relato detalhado, mas sabia que os medicamentos ainda estavam obscurecendo suas recordações e seu senso do ritmo do que escrevera. "Corte o que achar necessário", escrevera ele. Billie saberia o que fazer. Era irônico que ele, um dos mais promissores repórteres do jornal, como sempre afirmavam, fosse o objeto das manchetes de outros jornais.

De manhã, ele acordou com um pensamento na cabeça. Ligou para seu advogado, Simon Oliver.

– É sobre a propriedade Nideck – disse ele. – É sobre toda a propriedade particular do local e, mais especificamente, sobre os bens e documentos particulares de Felix Nideck. Quero fazer uma oferta a tudo isso.

Simon começou a aconselhá-lo a ter paciência, a dar um passo de cada vez. Reuben jamais mexera em seu capital. Bem, vovô Spangler (o avô de Grace) estava morto havia apenas cinco anos, e o que ele teria pensado desse gasto temerário? Reuben interrompeu. Queria tudo o que pertencera a Felix Nideck, a menos que Marchent tivesse estipulado de outra forma, e então desligou o telefone.

Não é nem um pouco do meu feitio falar desse jeito, pensou. E não havia sido exatamente grosseiro, apenas demonstrara ansiedade para pôr as coisas em andamento.

Naquela tarde, depois que seu artigo fora para as prensas do *Observer*, ele estava cochilando, parcialmente acordado, olhando pela janela a névoa rolando sobre a baía de San Francisco, quando Oliver ligou para dizer que os advogados da propriedade Nideck estavam bastante receptivos. Marchent Nideck mencionara sua frustração a respeito de não saber o que fazer com tudo o que Felix Nideck havia deixado. Por acaso o sr. Golding queria fazer uma oferta por todo o conteúdo da casa e por todas as edificações relacionadas?

– Com certeza – disse Reuben. – Tudo, móveis, livros, documentos, o que houver.

Ele fechou os olhos. E chorou por um longo tempo. A enfermeira olhou uma vez, mas, obviamente não querendo se intrometer, deixou-o sozinho.

– Marchent – sussurrou ele. – Bela Marchent.

Ele contou para a enfermeira que estava sentindo uma vontade insuportável de comer um pouco de caldo de carne. Será que você não podia sair e me trazer um pouco, enfim, só um pouco de um bom e quente caldo de carne?

– Bom, eu faço isso, sim – disse ela. – Só preciso dar um pulinho no mercado e pegar o que for necessário.

– Maravilha! – disse ele.

Já estava vestido antes do carro dela sair.

Deslizando pela porta da frente antes que Phil fosse mais esperto do que ele, Reuben estava na calçada descendo Russian Hill na direção da baía, adorando a sensação do vento, adorando o vigor em suas pernas.

Na realidade, sentia que suas pernas estavam mais fortes do que jamais haviam estado. Talvez tivesse esperado uma certa rigidez após tantos dias e noites na cama, mas estava realmente correndo sem dificuldade.

Estava escuro quando se viu em North Beach. Passava pelos restaurantes e bares, olhando as pessoas, sentindo-se estranhamente separado delas, quer dizer, capaz de olhar para elas como se não pudessem vê-lo. É claro que o viam, mas não tinha a sensação de estar sendo visto, e isso era algo completamente novo em seu cérebro.

Durante toda a vida, ele fora consciente da maneira como as pessoas o viam. Era visível demais para seu conforto pessoal. E agora isso não importava. Era como se fosse invisível. Estava se sentindo tremendamente livre.

Entrou num bar parcamente iluminado, sentou-se em um dos banquinhos próximos aos fundos e pediu uma Coca Diet. Pouco lhe importava o que o atendente pudesse pensar, pela primeira vez em sua vida.

Bebeu o líquido e a cafeína crepitou em seu cérebro.

Começou a observar os passantes através das portas de vidro.

Um homem entrou, tinha ossos largos, testa larga e cheia de rugas, e sentou-se alguns banquinhos distante dele. O sujeito usava uma jaqueta de couro e tinha dois grossos anéis de prata na mão direita.

Havia algo decididamente feio naquele cara, na maneira como se debruçava sobre o balcão, e na maneira como disse ao atendente que queria uma cerveja. O cara parecia feder a alguma espécie de poder maléfico.

Subitamente, ele girou o corpo e disse:

– Está gostando do visual? – perguntou a Reuben.

Reuben olhou para ele com calma. Não sentia a menor urgência em responder. Continuou olhando para ele.

Subitamente, num acesso de fúria, o homem se levantou e saiu do bar.

Reuben observou calmamente. Sabia, intelectualmente, que o homem ficara irritado, e que a situação era uma daquelas que, no geral, os homens tentavam evitar: deixar um cara grandalhão nervoso num bar, mas nada disso importava. Estava avaliando todos os pequenos detalhes do que vira. O homem era culpado de alguma coisa, bem culpado. O homem estava desconfortável simplesmente por estar vivo.

Reuben saiu do bar.

Todas as luzes estavam acesas. A luz do dia sumira por completo. O tráfego ficara mais pesado, e havia mais pessoas nas ruas. Uma atmosfera de alegria o cercava. Havia rostos esfuziantes por toda parte para que olhava.

Então ouviu vozes, vozes distantes.

Por um segundo, não conseguiu se mover. Uma mulher em algum lugar estava lutando com um homem. A mulher estava zangada, porém assustada. E o homem ameaçou a mulher, que começou a gritar.

Reuben ficou paralisado. Seus músculos estavam tensos, rígidos. Ficou lá parado, tomado pelos sons que estava escutando, mas totalmente incapaz de situá-los. Lentamente, percebeu que alguém o abordara. Era o sujeito carrancudo com ares de inimigo que vira no bar.

– Ainda está atrás de encrenca? – rosnou o homem. – Viadinho! – Ele colocou a mão aberta sobre o peito de Reuben e tentou empurrá-lo para trás, mas Reuben não se mexeu. Seu punho direito acertou-o em cheio abaixo das narinas, lançando-o em direção à calçada.

Pessoas ao redor estavam arquejando, sussurrando, apontando.

O homem estava perplexo. Reuben o observou, observou seu choque, observou a maneira como ele levou a mão até o nariz ensanguentado, percebeu como recuou, quase entrando na rua cheia de carros, e então saiu correndo.

Reuben olhou para sua mão. Sem sangue, graças a Deus.

Apesar disso, ele estava com um incontrolável desejo de lavar a mão. Chamou um táxi e foi para casa.

Agora, tudo aquilo devia ter um significado. Havia sido subjugado por dois marginais drogados que quase o haviam matado. E agora era capaz, com muita facilidade, de defender-se de um sujeito grandalhão que, duas semanas atrás, talvez o tivesse deixado apavorado. Não que fosse covarde, nada disso. Apenas sabia o que todo homem sabia: você não se mete com um cara beligerante e mal-encarado bem mais pesado do que você e cujos braços são bem mais grossos do que o seu. Você sai do caminho de homens violentos como esse. E rápido.

Bem, não agora.

E isso deve significar alguma coisa, mas estava tendo dificuldades para entender o que significava. Ainda estava envolto nos detalhes.

Grace estava histérica quando ele chegou em casa. Onde estivera?

– Dei uma saída, mãe, o que você acha? – perguntou ele. Ele foi para o computador. – Olha, tenho trabalho a fazer.

– O que é isso? – balbuciou ela, gesticulando tresloucadamente. – Alguma espécie de rebeldia adolescente tardia? Enfim, é isso o que está acontecendo agora? Você está passando por uma espécie de recarga adolescente de todo o seu organismo?

Seu pai parou a leitura e falou:

– Filho, tem certeza que você quer oferecer duzentos mil dólares pelos objetos pessoais dessa família Nideck? Você disse mesmo para Simon Oliver fazer isso?

– É uma pechincha, pai. Estou tentando fazer o que Marchent gostaria que eu fizesse.

Começou a escrever. *Oh, esqueci de lavar a mão.*

Foi até o banheiro e começou a esfregar. Estava com a sensação de que havia algo errado com sua mão. Ele esticou os dedos. Bem, isso não pode ser. Examinou a outra mão também. Maiores. Suas mãos estavam maiores. Não havia dúvida quanto a isso. Não usava anéis. Se usasse, teria sabido antes disso.

Foi até o armário e pegou um par de luvas de couro para dirigir. Não conseguiu colocá-las.

Ficou lá parado, avaliando a situação. Seus pés estavam doendo. Eles estavam doendo desde o começo do dia. Não dera muita importância a isso. Estava curtindo o dia, e aquilo era um problema sem maiores consequências, mas agora estava percebendo o que significava. Seus pés estavam maiores, não muito maiores, apenas ligeiramente maiores. Descalçou os sapatos e a sensação foi agradável.

Reuben entrou no quarto da mãe. Ela estava em pé ao lado da janela, de braços cruzados, apenas olhando. É bem assim que eu tenho olhado para as pessoas, pensou ele. Ela está mirando, estudando, avaliando. Só que não está olhando para todo mundo dessa maneira, apenas para mim.

– Hormônio de crescimento humano – disse ele. – Eles encontraram isso no meu sangue.

Ela assentiu lentamente.

– Tecnicamente, você ainda é um adolescente. Ainda está crescendo. Provavelmente vai continuar crescendo até os 30 anos, quem sabe. Então o seu corpo ainda libera hormônio de crescimento humano quando você está dormindo.

– Então ainda posso crescer mais.

– Um pouco mais, talvez. – Ela estava escondendo algo. Não estava agindo como costumava agir.

– Qual é o problema, mãe?

– Eu não sei, bebê. Estou apenas preocupada com você. Quero que você fique bem.

– Estou bem, mamãe. Nunca estive melhor.

Foi para o quarto, caiu na cama e dormiu.

Na noite seguinte, depois do jantar, seu irmão procurou-o e perguntou se poderiam ter uma conversa a sós.

Foram para o deque no telhado, mas estava frio demais. Depois de alguns minutos, resolveram ficar na sala, diante da lareira. O local era pequeno, como todas as salas da casa de Russian Hill, mas aconchegante e bem mobiliado. Reuben sentou-se na cadeira de couro do pai, e Jim sentou-se no sofá. Jim estava usando sua "roupa de padre", como ele mesmo chamava, o que significava a camisa preta e o colarinho branco estilo romano com os costumeiros casaco e calças pretos. Jamais circulava com roupas normais.

Ele passou o dedo pelos cabelos castanhos e então olhou para o irmão. Reuben teve aquela mesma sensação estranha de separação que vinha tendo havia dias. Ele estudou os olhos azuis do irmão, sua pele clara, seus lábios finos. Seu irmão simplesmente não era tão vistoso quanto ele próprio era, pensou Reuben, mas era um homem bem-apessoado.

– Estou preocupado com você – disse Jim.

– É claro, por que não estaria? – disse Reuben.

– Veja bem, é exatamente isso. É a maneira como você tem falado. Meio suave e direto, estranho.

– Não é estranho – disse Reuben. Por que acrescentar qualquer coisa àquilo? Será que Jim não sabia como aquilo havia sido? Ou será que Jim sabia o bastante para entender que ele não podia lembrar como aquilo aconteceu? Marchent morta, aquela casa agora pertencendo a ele, Reuben quase morrendo. Tudo aquilo.

– Quero que você saiba que nós todos estamos com você – disse Jim.

– Isso não é nenhuma novidade – disse Reuben.

Jim sorriu sombriamente e lançou-lhe um olhar agudo.

– Diga-me uma coisa – disse Reuben. – Você se encontra com muitas pessoas no Tenderloin, enfim, pessoas bem esquisitas, e você ouve confissões. Você ouve confissões há anos.

– Certo.

– Você acredita no mal, no mal como um princípio, como algo imaterial?

Jim ficou mudo.

Em seguida passou a língua pelos lábios e respondeu:

– Aqueles assassinos – disse ele. – Eles eram viciados. É tudo muito mais mundano...

– Não, Jim, não estou falando deles. Pode deixar, sei a história deles. O que estou querendo dizer é o seguinte... Você acha que consegue sentir o mal? Sentir o mal saindo de alguém? Sentir que uma pessoa está prestes a realizar um ato de maldade?

Jim pareceu estar refletindo.

– É algo situacional e psicológico – disse ele. – As pessoas fazem coisas destrutivas.

– De repente é isso – disse Reuben.

– O quê?

Não queria contar novamente a história do homem no bar. Afinal, aquilo não era realmente uma história. Praticamente nada acontecera. Ficou lá sentado pensando e pensando no que havia sentido em relação àquele homem. Talvez tivesse uma sensação aguçada do poder ou da tendência destrutiva daquele homem.

– Muito mais mundano... – murmurou.

– Você sabe – disse Jim – que sempre impliquei com você em relação a levar essa vida de charme, em relação a ser o menino luz, o menino feliz.

– Sei, sim – disse Reuben, exprimindo a palavra sarcasticamente.

– Bem, eu sempre fui isso.

– Bem, nada parecido com isso jamais aconteceu com você antes e... Eu estou preocupado.

Reuben não respondeu. Estava novamente pensando. Estava pensando no homem do bar. E então pensou no irmão. Seu irmão era gentil. Seu irmão possuía uma calma notável. Ocorreu-lhe subitamente que o irmão possuía uma espécie de simplicidade que outras pessoas jamais alcançam.

Quando Jim voltou a falar, sua voz sobressaltou Reuben.

– Daria qualquer coisa que tivesse para você melhorar, para que a expressão em seu rosto voltasse a ser como antes, para que você voltasse a parecer o meu irmão, Reuben.

Que frase notável. Reuben não respondeu. Qual seria o sentido de falar? Precisava pensar nisso. Estava vagando. Por um momento, estava com Marchent, subindo a encosta até Nideck Point.

Jim limpou a garganta.

– Eu compreendo. Ela gritou e você tentou alcançá-la, mas não conseguiu chegar a tempo. Isso vai fazer uma diferença, muito embora você saiba que fez o melhor que pôde para chegar nela. Isso faz com que qualquer homem sinta muitas coisas.

Reuben pensou, sim, isso é verdade, mas não sentia necessidade de falar nada sobre aquele assunto. Pensou no quanto havia sido fácil dar um soco naquele cara em North Beach. E fora fácil o bastante fazer isso e nada mais, deixar o cara cambalear e decidir dar o fora de lá.

– Reuben?

– Fale, Jim, estou ouvindo, mas eu gostaria muito que você não ficasse preocupado. Escute, vamos conversar quando for o momento certo.

O telefone de Jim estava tocando no bolso. Ele o tirou nervosamente, estudou a pequena tela, levantou-se, beijou a cabeça de Reuben e saiu.

Graças a Deus, o telefonema livrou Reuben.

E ficou lá sentado olhando o fogo. Era uma lareira a gás, mas uma boa lareira. Pensou naquela brasa de carvalho crepitante e espalhada na lareira da sala de estar de Marchent. Sentiu novamente o cheiro do carvalho queimando, e do perfume dela.

Você está sozinho quando algo como aquilo acontece. Não importa quantas pessoas te amam e querem te ajudar. Você está sozinho.

Quando Marchent morreu, estava sozinha.

Reuben sentiu isso de maneira repentina e sobrepujante. Marchent provavelmente repousou a cabeça de encontro ao piso da cozinha e sangrou sozinha.

Reuben se levantou e dirigiu-se ao corredor. A porta do escritório de seu pai, às escuras, estava aberta. Luzes da cidade brilhavam nas altas janelas de moldura branca. Phil estava de robe e pijama, recostado em sua grande cadeira de couro, ouvindo música com os óbvios fones de ouvido pretos, os pés para cima. Cantava em voz baixa junto com a música, aquela cantoria arrepiante e inconsistente que vem das pessoas que estão ouvindo uma música que não podemos ouvir.

Reuben foi para a cama.

Em algum momento por volta das duas da madrugada, acordou sobressaltado. Sou dono do lugar agora. Portanto, estarei conectado ao que aconteceu por toda a minha vida. Toda a minha vida. Conectado. Estivera sonhando novamente com o ataque, mas não da costumeira maneira repetitiva e fragmentária. Estivera sonhando com a pata do animal em suas costas, e com o som da criatura respirando. No sonho, não fora um cão, lobo ou urso. Fora alguma força na escuridão que barbarizara os jovens matadores, e então o deixara vivo por motivos que não conseguia compreender. *Assassinato, assassinato*.

De manhã, os advogados das famílias Nideck e Golding chegaram a um acordo a respeito do destino de todos os pertences. A cláusula original adicional escrita à mão, assinada por Marchent e testemunhada por Felice, fora arquivada e, no decorrer de seis semanas, Reuben tomaria posse de Nideck Point, um nome ao qual, a propósito, Marchent fizera referência em seus papéis – e de tudo o que Felix Nideck deixara quando desaparecera.

– Agora, evidentemente – dissera Simon –, é querer ter muita esperança imaginar que ninguém contestará essa cláusula adicional ou o testamento em geral. Entretanto, conheço esses advogados da Baker, Hammermill há muito tempo, principalmente Arthur Hammermill, e eles falaram que já vasculharam toda essa questão de herdeiros e herança, e que não existem herdeiros dos bens de Nideck. Quando a questão Felix Nideck foi resolvida, rastrearam toda e qualquer relação familiar que poderia existir, e simplesmente não existe nenhum herdeiro vivo. Esse amigo da sra. Nideck em Buenos Aires, bem, ele assinou todos os documentos apropriados muito tempo atrás, ratificando que não faria nenhuma reivindicação sobre a fortuna da sra. Nideck. Por falar nisso, ela deixou uma boa quantia ao homem. Era uma mulher generosa. Deixou uma boa quantia também para causas importantes, como nós dizemos. E vou contar para você qual é a parte triste disso tudo aqui. Grande parte do dinheiro dessa mulher não será reivindicada, mas, no que se refere à propriedade de Mendocino – e às posses pessoais das instalações – bem, meu rapaz, acho que com isso você não tem que se preocupar.

O advogado falara bastante sobre a família, como eles haviam surgido "do nada" no século XIX, e como os advogados dos Nideck haviam procurado exaustivamente por conexões familiares durante aqueles anos em que Felix Nideck estivera desaparecido. Jamais encontraram ninguém na Europa ou na América. Agora, os Golding, e os Spangler (o pessoal de Grace), bem, estas eram antigas famílias de San Francisco de muitas e muitas gerações atrás.

Reuben ia dormir. Tudo o que lhe importava era aquela terra, aquela casa, e o que havia na casa.

– Tudo isso pertence a você – disse Simon.

Antes do meio-dia, Reuben decidiu fazer o almoço como nos velhos tempos para que todos pensassem que estava bem. Jim e ele haviam crescido preparando refeições com Phil, e ele achava que isso o sossegava, lavar os ingredientes, cortar, cozinhar. Grace juntava-se a eles sempre que dispunha de tempo.

Eles se sentaram para comer costeletas de carneiro e salada assim que Grace entrou.

– Escute, Bebezinho – disse ela –, acho que você devia colocar aquela casa à venda assim que for possível.

Reuben caiu na gargalhada.

– Vender o lugar! Mamãe, isso é uma maluquice. Essa mulher deixou a casa para mim porque eu a adorava. Adorei a casa assim que a vi. E estou pronto para me mudar para lá.

Ela ficou horrorizada.

– Bem, isso é um pouquinho prematuro – disse ela. Grace olhou com raiva para Celeste.

Celeste baixou o garfo.

– Você está pensando seriamente em morar lá em cima? Enfim, tipo, como é que você consegue sequer pensar em morar lá depois do que aconteceu? Nunca imaginei que...

Havia algo tão triste e vulnerável na fisionomia dela que cortou Reuben de imediato. De que serviria dizer alguma coisa?

Phil estava olhando fixamente para Reuben.

– O que há com você, afinal de contas, Phil? – perguntou Grace.

– Bem, eu não sei, não sei mesmo – disse Phil. – Olhe só para o nosso menino. Ele ganhou peso, não ganhou? E você tem razão a respeito da pele.

– O que há com a minha pele? – perguntou Reuben.

– Não fale tudo isso para ele – disse Grace.

– Bem, a sua mãe disse que ela ficou viçosa, sabe como é? Quase como acontece quando uma mulher está grávida. Sua pele está viçosa.

Reuben começou a rir novamente.

Estavam todos olhando para ele.

– Pai, quero te fazer uma pergunta. Sobre o mal. Você acredita que o mal é uma força palpável? Enfim, você acha que existe uma coisa como um mal separado das coisas que os homens fazem, uma força que talvez entre em você e o transforme numa coisa má?

Phil respondeu sem pestanejar.

– Não, não, não, filho – disse ele, levando até a boca um garfo cheio de salada. – A explicação do que seja o mal é bem mais decepcionante do que isso. São os disparates, as pessoas fazendo os mais diversos disparates, seja atacando um vilarejo e matando todos os habitantes, seja matando uma criança num ataque de raiva. Erros. Tudo é simplesmente uma questão de erros.

Ninguém mais disse coisa alguma.

– O que eu quero dizer é o seguinte, dê uma olhada no Gênesis, filho – disse Phil. – A história de Adão e Eva, trata-se de um erro. Eles cometem um erro.

Reuben estava ponderando. Ele não queria responder, mas imaginou que deveria.

– É disso que tenho medo. Pai, você tem um par de sapatos para me emprestar? Você calça 44, certo?

– Ah, com certeza, filho. Tenho um armário cheio de sapatos que nunca uso.

Reuben imergiu em seus pensamentos.

Ficou grato pelo silêncio.

Estava pensando na casa, pensando em todas aquelas pequenas tabuletas de argila cobertas de escritas cuneiformes, e naquela sala onde dormira com Marchent. Seis semanas. Parecia uma eternidade.

Então se levantou, saiu andando lentamente da sala de jantar e subiu a escada.

Um pouquinho depois, estava sentado perto da janela olhando as torres distantes da Golden Gate, quando Celeste entrou para falar que estava voltando para o escritório.

Ele assentiu com a cabeça.

Ela pôs o braço nos ombros dele. Lentamente, se virou e olhou para ela. Como era bonita, pensou. Não do jeito nobre e elegante de Marchent, não, mas tão tenra e bonita. Seus cabelos eram de um tom castanho tão brilhante e os olhos tão profundamente castanhos, e tinha uma expressão tão intensa. Jamais pensara nela antes desse jeito tão frágil, mas ela agora parecia frágil – tenra, inocente e definitivamente frágil.

Por que ele sempre tivera tanto medo dela, medo de satisfazê-la, medo de corresponder às expectativas dela, medo de sua energia e de sua inteligência?

De repente, Celeste se afastou. Era como se tivesse ficado sobressaltada. Deu vários passos para se afastar de Reuben. Olhou fixamente para ele.

– O que houve, afinal? – perguntou ele. Na verdade, não queria dizer coisa alguma, mas estava claro que algo a deixara bastante desconfortável e parecia uma coisa decente da parte dele dizer algo.

– Não sei – respondeu Celeste. Ela forçou um sorriso. Em seguida desistiu. – Poderia jurar que, era como se, bem, você parecia uma pessoa completamente diferente, uma pessoa diferente olhando para mim através dos olhos de Reuben.

– Hum, sou apenas eu mesmo – respondeu. Agora era ele quem estava sorrindo.

Mas o rosto dela estava franzido, temeroso.

– Tchau, querido – disse ela rapidamente. – A gente se vê no jantar. – Imaginou que faria alguma carne grelhada para o jantar. Queria muito ter a cozinha só para si.

A enfermeira estava na porta. Viera lhe dar uma injeção. Aquele era o último dia.

## 5

Era sexta-feira.

O telefonema veio enquanto estava analisando o primeiro maço de papéis da empresa concernentes à propriedade de Mendocino.

Sequestro: um ônibus cheio de estudantes da Goldenwood Academy em Marin County.

Vestiu um dos velhos paletós de veludo cotelê de Phil, com retalhos nos cotovelos, desceu correndo a escada, entrou no Porsche e dirigiu-se à Golden Gate.

A notícia foi berrada em altos brados no rádio durante todo o percurso. Tudo o que se sabia era que todo o corpo discente composto de 42 alunos com idades entre 5 e 11 anos, e três professoras, havia desaparecido sem deixar nenhuma pista. Um saco contendo os celulares das professoras e alguns aparelhos pertencentes aos estudantes fora encontrado numa cabine telefônica na Highway One com um bilhete onde estava escrito:

"Espere O Nosso Telefonema."

Às três da tarde, Reuben já estava em frente ao imenso e antigo edifício marrom com vigas de madeira em estilo Craftsman que abrigava a escola particular, junto com uma turba de cinegrafistas e repórteres, já que mais e mais pessoas dos jornais locais chegavam sem parar.

Celeste confirmou por telefone. Ninguém sabia para onde ou como os estudantes haviam sido levados, e nenhum pedido de resgate havia sido recebido.

Reuben conseguiu ouvir algumas palavras de um voluntário na escola que descreveu as condições do local como idílicas, e as professoras como "mães terra", e as "crianças flores" mais delicadas do mundo. Os meninos estavam a caminho de uma excursão à Floresta Muir, ali nas proximidades, que incluía algumas das sequoias mais belas do mundo.

A Goldenwood Academy era particular, pouco convencional e cara. Entretanto, o ônibus da escola, feito especialmente para a Goldenwood, era velho e não tinha GPS ou telefone.

Billie Kale estava com duas pessoas pesquisando a respeito na prefeitura.

Os polegares de Reuben se mexiam enquanto teclava seu iPhone, descrevendo o pitoresco edifício de três andares, cercado por veneráveis carvalhos e massas de flores silvestres, incluindo papoulas, margaridas e azaleias florescendo em terrenos sombreados.

Pais continuavam chegando, e as autoridades os protegiam da imprensa enquanto entravam correndo. Mulheres choravam. Repórteres aproximavam-se excessivamente, pisoteando as flores, até empurrando uma ou outra pessoa. A polícia estava ficando irritada. Reuben escolheu um local bem nos fundos.

Eram principalmente médicos, advogados e políticos esses pais. Goldenwood Academy era uma escola experimental, porém prestigiosa. Sem dúvida nenhuma, o pedido de resgate seria alguma quantia ultrajante. E por que se importar em perguntar sem parar se o FBI havia sido chamado?

Sammy Flynn, o jovem fotógrafo do *Observer*, finalmente o encontrou, e perguntou o que Reuben achava que devia fazer.

– Pegue a cena inteira – disse Reuben um pouco impaciente. – Pegue o xerife lá na sacada; pegue o clima geral da escola.

E como isso ajudaria alguma coisa?, imaginou Reuben. Cobrira cinco casos de crime antes desse, e em cada um deles achou que a imprensa desempenhou um papel laudatório. Ali, ele não estava tão certo disso, mas podia ser também que, em algum lugar, alguém tivesse visto alguma coisa e, observando aquele espetáculo cintilando em cada aparelho de TV em todas as casas da área, alguém veria isso, lembraria disso, faria uma conexão e em seguida daria um telefonema.

Recuou, postou-se em cima das raízes de um carvalho acinzentado e baixo e encostou na madeira áspera. A floresta ali cheirava a agulhas de pinheiro e coisas verdes, e o fazia lembrar bastante daquela caminhada com Marchent pela propriedade de Mendocino, e um pequeno medo veio até ele subitamente. Será que estava infeliz de estar ali, em vez de estar lá? Será que aquela improvável e espetacular herança iria afastá-lo de seu emprego?

Por que isso não passara por sua cabeça antes?

Fechou os olhos por um momento. Não havia muita coisa acontecendo. O xerife estava repetindo-se interminavelmente, já que as mesmas perguntas continuavam voando em sua direção, vindas de diferentes vozes na multidão.

Outras vozes intrometeram-se. Por um segundo, ele pensou que estivessem vindo das pessoas ao seu redor, mas então percebeu que vinham das salas distantes na casa. Pais soluçando. Professoras falando trivialidades. Pessoas assegurando umas às outras quando não tinham base alguma para qualquer tipo de certeza.

Estava se sentindo inquieto. Em hipótese alguma iria contar que ouvia aquelas vozes. Ele as cancelou. Mas então ocorreu-lhe. *Por que cargas-d'água eu estou ouvindo isso? Se não posso contar, bem, qual é o propósito delas?* A questão era que não havia muito o que dizer a respeito.

Então escreveu o que era óbvio. Pais devastados diante do estresse. Nenhum telefonema pedindo resgate. Sentiu-se confiante o bastante para verificar isso. Todas aquelas vozes lhe diziam que não houvera telefonema algum, até mesmo o zunido monótono do administrador da crise, assegurando a todos que tal telefonema provavelmente viria em algum momento.

As pessoas ao seu redor falavam sobre o famoso sequestro do ônibus da escola Chowchilla na década de 1970. Ninguém se ferira naquela ocasião. As professoras e as crianças foram retiradas do ônibus e transportadas em vans para uma pedreira subterrânea, de onde conseguiram mais tarde escapar.

O que posso fazer, realmente, para ajudar nessa situação? Reuben estava pensando. Ficou subitamente exausto e agitado. Talvez não estivesse preparado para voltar ao trabalho. Talvez não quisesse nunca mais voltar a trabalhar.

Por volta das seis, quando nada mudara na situação, pegou novamente a Golden Gate e voltou para casa.

Ainda sentia ondas de uma exaustão incomum, independentemente da robustez de sua aparência, e Grace afirmou que aquilo era um simples efeito colateral da anestesia usada na cirurgia abdominal pela qual passara. E também aqueles antibióticos. Ainda os tomava, e eles ainda o deixavam com enjoos.

Assim que chegou em casa, martelou uma visceral matéria "do meio da cena" para o jornal matutino e mandou por e-mail. Billie ligou um minuto e meio depois para dizer que havia adorado o texto, principalmente o material a respeito dos conselheiros da crise, e das flores sendo pisoteadas pelo pessoal da imprensa.

Desceu a escada para jantar com Grace, que não estava agindo como costumava agir por uma série de razões, entre as quais o fato de dois pacientes seus terem morrido na mesa de operações naquela tarde. É claro que ninguém tinha esperanças de que qualquer um dos dois fosse sobreviver. Só que até mesmo uma cirurgiã de um centro de traumatologia encara duas perdas de modo bastante doloroso, e ficou sentado à mesa com ela um pouco mais de tempo do que talvez tivesse ficado caso isso não tivesse ocorrido. A família conversou sobre o "O sequestro do ônibus escolar" com a TV sem som no canto da sala, de modo que Reuben pudesse ficar a par dos últimos desdobramentos.

Então voltou ao trabalho, escreveu uma resenha do antigo caso do sequestro de Chowchilla, incluindo atualizações acerca dos sequestradores que estavam até hoje atrás das grades. Eram homens jovens, da idade dele, na época do sequestro. Imaginou o que ocorrera de fato com eles durante seus longos anos de encarceramento, mas esse não era o foco central de sua matéria. Ele estava otimista. Todas as crianças e professoras haviam sobrevivido.

Reuben jamais ficara tão ocupado com algo desde o massacre em Mendocino. Tomou um longo banho e foi para a cama.

Uma extraordinária quietude o dominou. Ele levantou-se, andou pelo quarto, voltou para a cama. Sentia-se solitário, hediondamente solitário. E não estivera realmente com Celeste desde antes do massacre. Não queria estar com Celeste agora. E não parava de pensar que, se estivesse com ela, a deixaria magoada, a deixaria triste de alguma maneira, maltrataria seus sentimentos. Por acaso não estava fazendo isso ultimamente sem que o teste do quarto fosse necessário?

Reuben se virou, agarrou o travesseiro e imaginou que estava em Nideck Point, na antiga cama de Felix, e que Marchent estava com ele. Apenas uma fantasia incoerente e útil para conseguir dormir. Quando o sono chegou, mergulhou profundamente na escuridão desprovida de sonhos.

Quando voltou a abrir os olhos, o relógio mostrava meia-noite. A televisão era a única luz do quarto. Além das janelas abertas, a cidade brilhava em torres espectrais nas colinas recheadas de gente. A baía era a ausência de luz: blocos de escuridão.

Será que conseguia realmente enxergar tudo até as colinas de Marin? Parecia que sim. Parecia enxergar o relevo delas bem além da Golden Gate. Como isso era possível?

Olhou ao redor. Conseguia enxergar todos os detalhes do quarto com uma clareza notável, as velhas cornijas de reboco em forma de coroa, até mesmo as finas rachaduras no teto. Conseguia enxergar o grão na madeira de seu armário. Estava com a estranha sensação de sentir-se em casa na penumbra artificial.

Havia vozes na noite. Elas crepitavam logo abaixo do nível de significado. Sabia que podia pegar qualquer uma delas e amplificá-la, mas por que faria isso?

Levantou-se e foi até o deque, e pôs as mãos no parapeito de madeira. O vento salgado gelou seu corpo, deixando-o ágil e fresco. Como sentia-se invulnerável ao frio, como sentia-se energizado por ele!

Havia uma ilimitada reserva de calor dentro dele, e agora ela extravasava através da superfície de sua pele como se cada folículo de cabelo em seu corpo estivesse se expandindo. Jamais sentira um prazer tão latejante e esplêndido como aquele, um prazer tão cru e divino.

– Sim! – sussurrou. Ele entendia! Entretanto, o que entendia? A percepção escapou-lhe subitamente. No entanto, isso pouco importava. O que importava eram as intermináveis ondas de êxtase que passavam por ele.

Cada partícula de seu corpo era definida nessas ondas, a pele cobrindo seu rosto, sua cabeça, suas mãos, os músculos dos braços e pernas. Com cada partícula de si mesmo estava respirando, respirando como jamais respirara em sua vida, todo o seu ser expandindo, enrijecendo, ficando mais forte a cada segundo.

As unhas das mãos e dos pés pinicavam. Sentiu a pele do rosto, e percebeu que estava coberta de cabelos macios e sedosos. Na verdade, uma pelagem grossa e macia estava crescendo de cada poro de seu corpo, cobrindo seu nariz, suas bochechas, seu lábio superior! Seus dedos, ou será que eram garras, tocaram os dentes e eles eram presas! Podia senti-las descendo, sentir sua boca se ampliando!

– Oh, mas você sabia, não sabia? Você não sabia que isso estava dentro de você, pulsando para sair? Você sabia!

Sua voz era gutural, áspera. Começou a rir com deleite, baixo e confidencial e absolutamente submisso ao riso.

Suas mãos estavam densamente cobertas de pelo! E as garras, olhe só para as garras.

Arrancou a camisa e o short, rasgando-os sem o menor esforço e deixando-os cair nas tábuas do deque.

Os cabelos estavam brotando de seu couro cabeludo, estavam rolando em direção aos ombros. Seu peito estava agora completamente coberto e os músculos nas coxas e panturrilhas vibravam com uma força cada vez maior.

Certamente aquilo alcançaria uma espécie de auge, só que este não chegava. A mudança não parava. Ele sentiu sua garganta abrindo-se com um grito, um uivo, mas não cedeu a ele. Mirando o céu noturno, viu camadas e camadas de nuvens brancas além da névoa; ele viu as estrelas fora de alcance dos olhos humanos, vagando na eternidade.

– Oh, Deus! – sussurrou.

Por todos os lados, os prédios estavam vivos com as luzes pulsantes, pequeninas janelas ocupadas, vozes latejando dentro deles, enquanto a cidade respirava e cantava ao redor.

*Você devia perguntar, não devia? Por que isso está acontecendo? Você devia interromper isso, não devia? Você devia questionar.*

– Não! – sussurrou. Era como tentar encontrar Marchent no escuro; era como tirar seu macio vestido de lã marrom e encontrar seus seios nus.

*O que está acontecendo comigo! O que é isso que eu sou?*

Um imperativo tão forte quanto a fome lhe disse que ele sabia, ele sabia e era receptivo à ideia. Soubera que isso estava acontecendo; reconhecera em seus sonhos e em suas ruminações ao acordar. Essa força teve de encontrar uma forma de escapar, ou ela o teria destroçado membro por membro.

Cada músculo em seu corpo queria saltar, queria correr, livrar-se desse confinamento representado por seu corpo.

Virou-se e, flexionando as poderosas coxas, disparou na direção da saliência abaixo da janela de seus pais, saltando com facilidade de lá para o telhado da casa.

Ele riu por aquilo ser tão simples, tão natural. Seus pés descalços abraçaram o asfalto. E, disparando, foi telhado afora, saltando para a frente como um animal talvez saltasse e em seguida dando alguns passos e saltando novamente.

Antes mesmo de pensar nessa possibilidade, ele já percorrera toda a largura da rua e aterrissara no telhado da casa em frente. Não havia a menor chance de cair.

Parou de pensar. Aceitou a ideia e correu pelo telhado. Jamais imaginara existir tamanha força, tamanha liberdade.

As vozes estavam agora mais altas, o coro aumentando e diminuindo de intensidade, e rolando enquanto girava o corpo seguidamente, e ele estava dando uma busca naquelas vozes, tentando encontrar uma nota dominante, qual era ela? O que ele queria ouvir? O que queria saber? Quem o chamava?

De uma casa a outra ele disparou, indo cada vez mais baixo enquanto percorria o caminho na direção do tráfego e do barulho de North Beach, voando com tanta velocidade agora que mal tocava as encostas menores, suas garras voando para agarrar o que quer que ele necessitasse para alçar seu peso com facilidade e fazer com que voasse para a próxima rua ou beco.

Beco! Ele parou. E ouviu o som. Uma mulher gritando, uma mulher aterrorizada, uma mulher que se transformara em seu grito por temer por sua vida.

Estava no chão antes mesmo de desejar, pousando suave e silenciosamente na calçada suja, os muros elevando-se de ambos os lados, a luz da calçada exibindo num horrendo relevo a figura de um homem arrancando as roupas de uma mulher, sua mão direita agarrando-a pelo pescoço, estrangulando-a enquanto ela o chutava desamparadamente.

Seus olhos enrolaram nas órbitas. Ela estava morrendo.

Um grande rosnado emitido sem o menor esforço escapou de Reuben. Grunhindo, rosnando, ele caiu sobre o homem, desgrudando-o da mulher, os dentes de Reuben penetrando no pescoço do homem, o sangue quente esguichando no rosto de Reuben enquanto o homem berrava de dor. Um aroma hediondo ergueu-se do homem, se é que se tratava de um aroma. Era como se a intenção do homem fosse um aroma, e isso deixou Reuben enlouquecido. Reuben despedaçou a carne do homem, grunhidos escapando de sua boca enquanto os dentes rasgavam o ombro do sujeito. Era uma sensação tão boa enfiar os dentes bem fundo nos músculos e senti-los se separando. Aquele aroma sobrepujava-o, impulsionava-o. Era o cheiro do mal.

Ele soltou o homem.

O homem caiu na calçada, o sangue arterial jorrando. Reuben dirigiu-se a seu braço direito, rasgou-o a ponto de quase soltá-lo do ombro e então arremessou o desamparado corpo despedaçado pelo braço de encontro ao muro dos fundos, de modo que o crânio do homem espatifou-se nos tijolos.

A mulher estava absolutamente imóvel, os braços cruzados sobre os seios, mirando-o. Sons frágeis e soluçantes escaparam dela. Seu estado era absolutamente lastimoso, digno de pena. Não há palavras para descrever os motivos pelos quais alguém faria algo tão malévolo com ela. Tremia tão violentamente que mal conseguia permanecer de pé, um ombro nu visível acima do vestido de seda vermelho rasgado.

Ela começou a soluçar.

– Agora você está a salvo – disse Reuben. Aquela era a voz dele? Aquele voz baixa, rouca e confiante pertencia a ele? – O homem que tentou machucar você está morto. – Ele aproximou-se. Viu sua pata dirigir-se a ela como se fosse a mão de alguém. Carinhosamente, ele acariciou-lhe o braço. Que sensação ela teria?

Ele olhou para baixo na direção do homem morto deitado de lado, seus olhos cintilando como vidro nas sombras. Tão incongruentes aqueles olhos, aqueles pedacinhos de beleza bem lustrosos encrustados numa carne tão fedorenta. O aroma do homem e o aroma do que o homem era preenchiam o espaço ao redor.

A mulher afastou-se de Reuben. Ela se virou e correu, seus berros preenchendo o beco. Caiu apoiada em um joelho, levantou-se novamente e continuou, correndo na direção do tráfego da rua movimentada.

Reuben deu um salto e saiu rapidamente do beco, agarrando os tijolos com a certeza que talvez um gato demonstrasse ao agarrar o tronco de uma árvore enquanto subia em direção ao telhado. Em menos de um segundo ele já deixara para trás todo o quarteirão, disparando em direção a sua casa.

Havia apenas um pensamento em sua cabeça. Sobreviver. Fugir. Voltar para seu quarto. Afastar-se dos gritos e do homem morto.

Sem um pensamento consciente, encontrou sua casa, e desceu do telhado para abrir o deque do lado de fora do quarto.

Ficou lá parado na porta aberta, mirando o pequeno *tableau* composto por cama, televisão, escrivaninha e lareira. Lambeu o sangue de suas presas, dos dentes inferiores. O sabor era salgado, um sabor horrível, ainda que sedutor.

Como o quarto parecia pequeno e exótico, como parecia dolorosamente artificial, como se fosse fabricado de algo tão frágil quanto casca de ovo.

Entrou, entrou e sentiu o ar denso, quente e pouco convidativo, e fechou as janelas atrás de si. Parecia absurdo fechar a diminuta tranca de cobre; que coisinha mais curiosa era aquilo. Bem, qualquer pessoa podia quebrar um dos vidrinhos emoldurados da porta envidraçada e abri-la com facilidade. Alguém podia quebrar facilmente todos os vidrinhos, e lançar a janela, com moldura e tudo, na escuridão do exterior.

Naquele lugar fechado, Reuben ouviu sua própria respiração tranquila.

A luz da TV piscava em branco e azul no teto.

No grande espelho na porta do banheiro, ele viu a si mesmo, uma grande figura peluda com uma longa juba cobrindo-lhe os ombros. *Lobo homem.*

– Quer dizer que foi assim que a fera me salvou na casa de Marchent, não foi? – Ele riu novamente, aquele riso baixo, suave, irresistível. É claro. – E você me mordeu, seu demônio. E eu não morri da mordida, e agora a coisa aconteceu comigo. – Ele queria rir alto. Queria rugir de tanto gargalhar.

Mas a pequena casa escura estava muito fechada ao redor dele para isso, muito fechada para abrir as portas e uivar para as estrelas no céu, embora quisesse muito fazer isso.

Aproximou-se do espelho.

Uma cena produzida pela luz do sol na tela da TV exibia todos os detalhes. Seus olhos eram os mesmos, grandes e intensamente azuis, mas eram seus. Podia ver a si mesmo neles, ainda que todo o resto de seu rosto estivesse espesso devido aos escuros cabelos castanhos, revelando um pequeno nariz com a ponta preta que apenas levemente fazia lembrar o de um lobo, e uma longa boca sem lábios com brilhantes dentes e presas brancos. *Para melhor te comer, minha querida.*

Sua estrutura estava maior, mais alta, mais alta do que antes talvez uns 10cm, e suas mãos ou patas estavam enormes, de onde brotavam finas garras brancas e mortíferas. Seus pés estavam igualmente enormes, e suas panturrilhas e coxas tão poderosamente musculosas que ele podia vê-las por baixo dos pelos. Ele tocou seu sexo e então retirou a mão da ligeira dureza que descobriu lá.

Mas estava escondido, tudo isso, por uma suave subcamada de pelo, assim como o pelo mais áspero que cobria a maior parte de seu corpo. Na verdade, essa suave subcamada encontrava-se em toda parte, percebeu. Era mais espessa em alguns lugares do que em outros – ao redor de seu sexo e sobre a parte interna das coxas, e sobre a parte inferior do abdome. Se repartisse delicadamente o pelo, ou a pelagem externa mais áspera com sua garra, ele obtinha uma sensação macia e estonteante.

Isso lhe deu vontade de sair novamente, de viajar pelos telhados, de ir em busca das vozes daqueles necessitados. Estava salivando.

– E você está pensando, sentindo, observando – disse. Mais uma vez, o timbre baixo de sua voz o sobressaltou. – Pare!

Ele olhou para as palmas das mãos, que haviam ficado mais grossas e se transformado em plataformas sem pelo para as patas que agora existiam no lugar de suas mãos. Havia uma fina teia entre o que antes havia sido seus dedos. Mas tinha polegares, ainda, não tinha?

Lentamente, foi até a mesinha de cabeceira. O quarto estava bem mais quente. Ele estava com sede. Pegou o pequeno iPhone, e foi difícil segurá-lo com aquelas enormes patas, mas conseguiu.

Entrou no banheiro, acendeu todas as luzes e mirou-se na parede espelhada em frente ao chuveiro.

Agora, naquela iluminação intensa, o choque era quase insuportável para ele. Queria se virar, se abaixar, apagar a luz, mas forçou-se a estudar a imagem no espelho.

Sim, um nariz com a ponta preta, e um nariz que podia cheirar uma multiplicidade de coisas tal como um animal podia, e poderosas garras, embora não fossem protuberantes, e que presas, ah!

Queria cobrir o rosto com as mãos, mas não tinha mãos. Em vez disso, levantou o iPhone e clicou para tirar uma foto de si mesmo. E fez isso seguidamente.

Recostou-se no ladrilho de mármore ao lado do chuveiro.

Empurrou a língua em meio às presas. Saboreou novamente o sangue do homem morto.

O desejo surgiu novamente. Havia outros como o estuprador fedorento e a mulher apavorada. As vozes ainda estavam ao redor. Se quisesse, poderia aproximar-se daquele oceano de som que rolava lentamente e captar uma outra voz, e conduzi-lo a si mesmo até ela.

Mas não. Estava paralisado, finalizado.

O impulso de chorar veio a ele, mas não havia nenhuma pressão real. Tratava-se apenas de uma ideia: chorar, rezar a Deus, implorar por compreensão; confessar seu medo.

Não. Ele não tinha nenhuma intenção de fazer isso.

Girou a torneira e encheu a pia de água. Em seguida bebeu-a com goles ferozes até ficar saciado. Parecia que jamais havia saboreado água antes, jamais soubera o quanto era puramente deliciosa, o quanto era doce e purificadora, o quanto era revigorante.

Estava lutando para segurar um copo e enchê-lo de água quando a mudança começou.

E sentiu como havia sentido da primeira vez, nos milhões de folículos capilares cobrindo seu corpo. E houve uma aguda contração no estômago, não dolorosa, apenas um espasmo que era quase um prazer.

Reuben obrigou-se a olhar. E obrigou-se a permanecer de pé, embora isso estivesse ficando cada vez mais difícil. O cabelo estava retraindo, desaparecendo, embora um pouco dele estivesse caindo no ladrilho. A ponta preta de seu nariz estava embranquecendo, dissolvendo. Seu nariz estava encolhendo, tornando-se menor. As presas estavam encolhendo. Sua boca pinicava. Suas mãos e pés pinicavam. Cada parte dele estava eletrificada com sensações.

Finalmente, o agudo prazer físico sobrepujou-o. Ele não conseguia observar, não conseguia ficar atento. Estava quase desmaiando.

Cambaleou até o quarto e caiu na cama. Espasmos profundamente orgásmicos percorreram os músculos de suas coxas e panturrilhas, suas costas, seus braços. A cama dava-lhe a impressão de ser maravilhosamente macia, e as vozes do lado de fora haviam se tornado um zumbido baixo e vibrante.

A escuridão veio, como viera durante aqueles desesperadores momentos na casa de Marchent, quando pensara que estivesse morrendo, mas agora não estava lutando contra isso como fizera naquela ocasião.

Estava dormindo antes da transformação estar finalizada.

O sol estava alto quando o som de seu telefone o despertou. De onde vinha esse som?

O som parou.

Ele se virou e se levantou. Estava frio e despido, e a luz crua do céu encoberto magoou seus olhos. Uma dor aguda em sua cabeça o assustou, mas então ela foi embora tão subitamente quanto viera.

Olhou ao redor em busca do iPhone. Encontrou-o em cima do piso do banheiro e de imediato voltou a clicar nas fotos.

Estava certo de que não encontraria nada ali além de uma foto do bom e velho Reuben Golding. Só isso, e nada mais, e uma prova irrefutável de que Reuben Golding estava ficando completamente louco.

Só que lá estava: o lobo homem, mirando-o.

Seu coração parou.

A cabeça era imensa, a juba marrom caindo além dos ombros, o longo nariz com a ponta preta mais do que evidente, e as presas abaixo da borda preta da boca da coisa. *Olhos azuis, seus olhos azuis.*

Ele cobriu a boca com a mão. Estava tremendo por completo. Sentiu seus próprios lábios, seus lábios naturais, bem formados, levemente rosados, enquanto estudava a si mesmo no espelho. E então olhou novamente para aquela boca, com aquele contorno preto. Isso não podia estar acontecendo; e estava. Aquilo era um homem lupino – um monstro. Ele clicou uma foto atrás da outra.

Deus do céu...

As orelhas da criatura eram compridas, pontudas, fendidas na cabeça, parcialmente ocultas pela luxuriante pelagem. A testa da criatura era protuberante, mas não escondia exatamente os grandes olhos. Apenas eles retinham sua proporção humana. A fera não parecia com nada que já houvesse visto – certamente não o monstro de pelúcia dos velhos filmes de lobisomem. Ele parecia um sátiro alto.

– Lobo homem – sussurrou.

*E foi isso o que quase me matou na casa de Marchent? Foi isso o que me ergueu em sua boca e quase abriu o meu pescoço como fizera com os irmãos de Marchent?*

Ele sincronizou as imagens uma por uma em seu computador.

Em seguida, sentado diante do monitor de trinta polegadas, ele as repassou uma a uma. Ele arquejou. Em uma das fotos, estava segurando sua pata – e era ele, não era? Não havia sentido em falar da "coisa". E agora ele estudava a pata, os grandes dedos cabeludos e membranosos e as garras.

Voltou ao banheiro e olhou para o chão. Na noite passada ele vira pelos saindo dele como sairiam de um cachorro. Eles não estavam lá agora. Havia algo lá, algo fino – diminutos fios, quase tão finos e quase invisíveis que pareciam estar se desintegrando quando ele tentou pegá-los em seus dedos.

Então a coisa seca, se dissolve, voa pelo ar. Todas as provas encontram-se dentro de mim, ou não sumiram, foram queimadas.

*Então é por isso que eles nunca encontraram nenhum pelo ou cabelo em Mendocino!*

Lembrou-se daquele espasmo no estômago, e as ondas de prazer tomando conta de seu corpo, penetrando em todos os membros da maneira que a música reverbera através da madeira de um violino ou da madeira de um edifício.

Na cama, ele encontrou os mesmos cabelos finíssimos, já quase inexistentes, dissolvendo ao seu toque, ou simplesmente espalhando-se para longe.

Ele começou a rir.

– Não consigo evitar – sussurrou ele. – Não consigo evitar. – E era um riso exausto, desesperado. Caindo na lateral da cama, a cabeça nas mãos, cedeu à vontade, rindo baixinho até ficar exausto demais para continuar.

Uma hora mais tarde, ainda estava lá deitado, com a cabeça em cima do travesseiro. Estava se lembrando de algumas coisas – o aroma do beco, lixo, urina; o aroma da mulher, um suave perfume misturado a um cheiro ácido, quase cítrico – o cheiro do medo? Não sabia. O mundo inteiro estava vivo com aromas e sons, mas ele concentrara-se apenas no fedor do homem, no penetrante cheiro de sua fúria.

O telefone tocou. Ele ignorou-o. O aparelho tocou novamente. Pouco importava.

– Você matou uma pessoa – disse ele. – Você vai pensar nisso? Pare de pensar em aromas, em sensações, e em ficar pulando de telhado e telhado, e em ficar dando saltos de vários metros no ar. Pare com isso. Você matou uma pessoa.

Não podia se arrepender do que havia feito. Não, em hipótese alguma. O homem ia matar a mulher. Já havia lhe causado um estrago irreparável, aterrorizando-a, estrangulando-a, forçando sua fúria sobre ela. O homem causara danos a outras pessoas. O homem vivia e respirava para causar danos e para ferir. Ele sabia, sabia disso pelo que havia visto e, sabia disso, por mais que fosse estranho, por causa daquele poderoso fedor que emanava dele. O homem era um assassino.

Cães conhecem o cheiro do medo, não conhecem? Bem, Reuben conhecia o aroma do desamparo, e o aroma da raiva.

Não, não estava arrependido. A mulher estava viva. Ele a viu sair correndo para longe do beco, cair, levantar-se novamente, correr não apenas na direção da rua movimentada, das luzes, do tráfego, mas na direção de sua vida, de sua vida ainda por ser vivida, uma vida de coisas a aprender, e coisas a conhecer e coisas a fazer.

Viu Marchent, com o olho de sua mente, saindo em disparada do escritório com a arma na mão. Viu as figuras escuras aproximarem-se dela. Ela caiu com força no chão da cozinha. Morreu. E não havia mais vida.

A vida morrera ao redor dela. A grande floresta de sequoias do lado de fora da casa dela morreu, e todos os cômodos de sua casa morreram. As sombras da cozinha encolheram; as tábuas de madeira embaixo dela encolheram. Até não haver nada, e o nada fechou-se sobre ela e trancou-a. E isso foi o fim para Marchent.

Se houvesse uma grande frutificação do outro lado, se sua alma tivesse expandido na luz de um infinito e acolhedor amor, bem, quem somos nós para sabermos disso, até nós mesmos também chegarmos lá? Ele tentou por um momento imaginar Deus, um tão imenso quanto o universo com todos os seus milhões de estrelas e planetas, suas distâncias insondáveis, seus inevitáveis sons e seu silêncio. Tal Deus poderia conhecer todas as coisas, *todas as coisas*, as mentes e atitudes e temores e lamentos de todo e qualquer ser vivo, do rato fugindo precipitadamente a todo ser humano. Esse Deus poderia reunir uma alma inteira, completa e magnífica, de uma mulher morta num chão de cozinha. Poderia pegá-la em suas mãos poderosas e carregá-la para o céu além desse mundo para ficar eternamente unida a Ele.

Como Reuben poderia realmente saber? Como poderia saber o que existia do outro lado do silêncio no corredor quando estava lutando ali para respirar e para viver, e aqueles dois corpos mortos haviam se emaranhado a seu próprio corpo?

Reuben viu a floresta morrer novamente, e os cômodos encolherem e desaparecerem; cada coisa visível despencou – e toda vida sumiu de Marchent num piscar de olhos.

Viu novamente a vítima do estuprador, correndo, correndo na direção de sua vida. Viu toda a cidade assumir uma forma ao redor dela com uma miríade de aromas e sons e uma explosão de luzes; viu a cidade expandir por todas as direções a partir da figura da mulher correndo. Viu a cidade tombar e evaporar na direção das águas escuras da baía, do distante e invisível oceano, das longínquas montanhas, nas nuvens em movimento. A mulher estava gritando e lutando por sua vida.

Não, ele não se arrependia. Nem um pouquinho. Ah, a húbris, a ganância daquele homem ao agarrar o pescoço dela, ao tentar tirar-lhe a vida. Ah, a glutona arrogância daqueles dois irmãos loucos ao enterrarem a faca seguidamente naquele magnífico ser vivo que havia sido a irmã deles.

– Não, em hipótese alguma – sussurrou.

Em algum lugar recôndito de sua mente, estava ciente de que jamais pensara em tais coisas antes. Perceber a si mesmo naquele momento não era o importante. Ele os estava observando, os outros. E não se arrependia de nada, sentia apenas uma maravilhosa calma.

Finalmente, se levantou. Foi lavar o rosto e pentear os cabelos.

Olhou distraidamente para seu reflexo no espelho, mas o que viu deixou-o chocado. Era Reuben, é claro, não o lobo homem, mas não era o Reuben de antes. Seus cabelos estavam mais fartos e mais compridos. E estava ligeiramente maior como um todo. Seja lá em que se transformara, uma fábrica de mudanças alquímicas, agora estava diferente externamente. Abrigava agora uma provação que requeria um corpo mais durável, não era verdade?

Grace falara de hormônios, seu corpo sendo inundado de hormônios. Bem, hormônios fazem você crescer, não fazem? Alongam as suas cordas vocais, acrescentam centímetros a suas pernas, aumentam o crescimento de seus cabelos. Tinha a ver com hormônios, tudo bem, mas hormônios secretos, hormônios infinitamente mais complexos do que os exames hospitalares foram capazes de medir. Alguma coisa acontecera ao seu corpo inteiro que era bastante semelhante ao que acontece aos tecidos eréteis do órgão sexual de um homem quando está excitado. Aumenta maravilhosamente de tamanho, independentemente do que o homem deseja que aconteça. Vai de uma coisa flácida e secreta a uma espécie de arma.

Era o que acontecera; Reuben aumentara por completo, e todos os processos que governam qualquer mudança hormonal em um homem haviam sido fantasticamente acelerados.

Bem, Reuben nunca entendeu de fato a ciência. E talvez agora estivesse tentando entender a magia, mas ele sentia a ciência por trás da aparente magia. E essa capacidade de mudança, como a adquirira? Através da saliva da fera que o mordera, da criatura que talvez lhe tivesse dado o vírus fatal, a raiva. A fera lhe havia dado alguma coisa. E por acaso a fera era um lobo homem semelhante ao qual Reuben se transformara?

Será que a fera ouvira os gritos de Marchent exatamente como Reuben ouvira os gritos da vítima de estupro no beco? Será que a fera sentira o cheiro do mal nos irmãos de Marchent?

É claro, só podia ser isso. E entendeu pela primeira vez o motivo pelo qual a fera o havia soltado. A fera ficara ciente subitamente de que Reuben não fazia parte do mal que pusera um fim à vida de Marchent. A fera conhecia o aroma da inocência assim como o da maldade.

E será que a fera teve a intenção de lhe passar seu óbvio poder?

Algo na saliva da fera viajara para o interior da corrente sanguínea de Reuben, da mesma maneira que um vírus poderia fazê-lo, procurou um caminho até seu cérebro, talvez, até a misteriosa glândula pineal, talvez, ou até a glândula pituitária, aquela coisinha do tamanho de uma ervilha que todos nós temos em nosso cérebro e que controla o quê? Hormônios?

Que inferno.

Ele não sabia realmente. Pensava e não passava de conjecturas. Se alguma vez em sua vida teve interesse em conversar sobre "ciência" com Grace, esse momento era agora, mas não havia a menor chance. Nenhuma chance!

Grace não devia saber disso! Grace jamais deveria saber. E ninguém como ela deveria saber. Jamais.

Grace já fizera muitos exames. Malditos exames.

Ninguém deveria mesmo saber.

Teve uma vívida recordação de ser atado àquela maca em Mendocino County enquanto gritava com os médicos: "Contem-me o que aconteceu!" Não. Ninguém deve saber porque nenhuma pessoa nesse mundo poderia ser confiável o bastante para encarcerar a coisa na qual se transformara, e tinha de saber infinitamente mais a respeito do que acontecera e se porventura aconteceria novamente e quando e como. Essa era a sua viagem! Sua escuridão.

E lá em cima, em algum ponto daquela floresta de sequoias, havia uma outra criatura como ele próprio, certamente, um homem fera que era responsável pelo que estava acontecendo. E se não se tratasse de um homem fera? E se fosse mais uma fera do que um homem, e o próprio Reuben fosse alguma espécie de criatura híbrida?

Aquilo era enlouquecedor.

Visualizava agora aquela criatura movendo-se em meio à escuridão do corredor de Mendocino, devastando aqueles irmãos malignos com suas presas e garras. E então erguendo Reuben em suas mandíbulas, pronto para destruí-lo da mesma maneira. Então alguma coisa a detivera. Reuben não era culpado. Não, e a fera o deixara ileso.

*Será que a fera estava ciente do que aconteceria com Reuben?*

Novamente, seu próprio reflexo no espelho o sobressaltou, trouxe-o de volta ao presente.

Sua pele tinha aquele inequívoco brilho. Sim, era isso, era um brilho, como se ele tivesse sido esfregado com um pouquinho de óleo pelo corpo todo, e as mãos que o haviam ungido com isso haviam lustrado seus maxilares e sua testa.

Não é de se espantar que todos o tivessem olhado fixamente.

E nem começaram a adivinhar o que estava acontecendo. Como poderiam? Ocorreu-lhe que tudo o que ele próprio estava fazendo era adivinhar, que não sabia na verdade uma mínima partícula que fosse daquilo tudo. Havia muito o que descobrir, muito o que...

Alguém bateu com força na porta. Alguém tentou abrir a porta. Ele ouviu Phil chamando.

Vestiu o robe e foi atender.

– Reuben, filho, são duas da tarde. O *Observer* está tentando entrar em contato com você há horas.

– Certo, pai, me desculpe – disse ele. – Eu já vou. Só preciso tomar uma chuveirada.

O *Observer*. Esse era o último lugar para onde queria ir, droga. Trancou-se no banheiro e abriu a torneira de água quente.

Havia tantas outras coisas que ele queria fazer, tantas coisas a pensar, ponderar, coisas em que devia mergulhar.

Mas ele sabia que era extremamente importante ir trabalhar, sair daquele quarto e de si mesmo e pelo menos dar as caras para Billie Kale, para sua mãe e seu pai.

Jamais desejara tanto estar sozinho, estudando, pensando, procurando respostas para o mistério que o estava engolfando.

## 6

Reuben dirigia seu Porsche em alta velocidade a caminho do trabalho. O carro era sempre um leão enjaulado na cidade. Bem no fundo de seu coração, queria estar na estrada a caminho da floresta de Mendocino que ficava atrás da casa de Marchent, mas sabia que era muito cedo ainda. Havia muito mais coisas a descobrir antes de procurar o monstro que lhe fizera aquilo.

Enquanto isso, o noticiário do rádio o estava atualizando acerca do sequestro do ônibus da Goldenwood. Nenhuma mensagem de resgate fora recebida, e ainda não havia pistas em relação a quem levara o ônibus cheio de crianças ou para onde fora levado.

Deu um telefonema rápido para Celeste.

– Menino Luz – disse ela –, por onde é que você anda, afinal de contas? A cidade esqueceu as crianças. Agora o negócio é a Febre do Lobisomem. Se mais alguma pessoa me perguntar "O que o seu namorado tem a dizer sobre isso?", vou sumir daqui e montar uma barricada no meu apartamento. – Ela continuou falando e falando sobre a mulher "pirada" de North Beach que imaginava ter sido salva por uma combinação de Lon Chaney Jr. e o Abominável Homem das Neves.

E Billie já estava mandando uma mensagem de texto: "Venha para cá."

Ele podia ouvir as vozes misturadas da prefeitura antes de sair do elevador. Foi diretamente para o escritório de Billie.

Reconheceu a mulher sentada em frente à escrivaninha de Billie, mas, por um momento, não conseguiu situá-la. Ao mesmo tempo, havia um aroma na sala que lhe era distintamente familiar e ligado a algo fora do comum, mas o quê? Era um aroma agradável. O aroma da mulher, evidentemente. E podia detectar o aroma de Billie também. Bem característico. Na realidade, estava captando todos os tipos de aromas. Podia sentir cheiro de café e pipoca de um jeito que jamais fora capaz. Captava inclusive aromas dos banheiros próximos, e não eram particularmente desagradáveis!

Então, a coisa vai ser assim, imaginou. Vou captar aromas como um lobo, e sons também, sem dúvida nenhuma.

A mulher era pequena, morena e estava chorando. Usava um terninho de lã leve, com o pescoço coberto por um cachecol de seda muito bem ajustado. Um olho estava inchado e fechado.

– Graças a Deus você chegou – disse assim que viu Reuben. Ele sorriu como sempre fazia.

Ela imediatamente agarrou-lhe a mão esquerda, e quase puxou-o para a cadeira próxima. Seus olhos estavam cheios de lágrimas.

*Deus do céu, é a mulher do beco.*

As palavras de Billie saíram como se oriundas da explosão de uma fornalha.

– Bem, você levou seu tempinho para chegar aqui, e a sra. Susan Larson aqui não quer conversar com ninguém além de você. Não é de se espantar, é? Com toda a cidade gozando com a cara dela.

Ela jogou a primeira página do *San Francisco Chronicle* em cima dele.

– Isso aí é uma edição extra que chegou nas ruas enquanto você estava tirando a sua linda soneca, Reuben. "Mulher Salva por Homem Lobo." A CNN entrou com: "Fera Misteriosa Ataca Estuprador em San Francisco." A coisa virou um vírus depois do meio-dia. A gente está recebendo telefonema até do Japão!

– Você pode começar do começo? – disse Reuben, mas não havia nada que ele não estivesse entendendo.

– O "começo"? – perguntou Billie. – Qual é a sua, Reuben? A gente tem um ônibus cheio de crianças que sumiu de vista e uma criatura de olhos azuis à espreita nos becos de North Beach e você ainda me pede para começar do começo?

– Não estou maluca – disse a mulher. – Eu vi o que eu vi. Exatamente como você viu lá em cima, em Mendocino. Li a sua descrição do que aconteceu com você!

– Só que eu não vi nada lá em cima – disse Reuben. Estava odiando aquilo. Será que ele tentaria fazê-la pensar que estava louca?

– Foi do jeito que você descreveu! – disse a mulher. A voz dela era fina e histérica. – A respiração arquejante, os rosnados, o som da coisa. Não era um animal. Eu vi. Era um homem fera, com certeza. Sei o que eu vi. – Ela moveu-se para a borda da cadeira e olhou-o fixamente nos olhos. – Não vou falar com ninguém, só com você – disse ela. – Eu estou cansada de ser ridicularizada. "Mulher Resgatada por Yeti!" Como é que ousaram transformar isso numa piada?

– Leve-a para a sala de conferências e pegue a história toda – disse Billie. – Quero o seu ponto de vista sobre isso do começo ao fim. Quero os detalhes que o resto da imprensa ficou muito feliz em perder.

– Recebi uma oferta em dinheiro para dar essa entrevista – intrometeu-se a sra. Larson. – E dispensei a oferta para falar com você.

– Vamos parar por aqui, Billie – disse Reuben. Ele estava segurando a mão da sra. Larson da maneira mais simpática possível. – Eu não sou a pessoa indicada para fazer essa reportagem e você sabe muito bem por quê. Faz duas semanas desde o desastre em Mendocino, e você espera que eu cubra um outro ataque de animal...

– Pode estar certo que estou esperando, sim – disse Billie. – Quem mais? Escute, todo mundo está ligando para você, Reuben. As redes de TV, os canais a cabo, o *New York Times*, pelo amor de Deus! Eles querem o seu comentário. É essa a fera de Mendocino? E se você acha que o pessoal de Mendocino não está telefonando, bem, tem mais um telefonema vindo aí. Aí você vem me dizer que não quer fazer a cobertura disso para nós.

– Esse "nós" deveria demonstrar um pouco mais de lealdade aqui, Billie – rebateu Reuben. – Não estou preparado para...

– Sr. Golding, por favor, estou pedindo para você me ouvir – disse a mulher. – Você não entende o que ocorreu? Fui quase morta ontem à noite. Essa coisa me salvou, e agora eu sou uma piada internacional por descrever o que vi.

Reuben ficou mudo. O sangue pulsava em seu rosto. *Onde estarão aqueles malditos Jimmy Olsen e Lois Lane?* Foi salvo pelo telefone de Billie. Ela ouviu atentamente por quinze segundos, carrancuda, e depois desligou-o. Ele também ouviu.

– Bem, o legista confirmou que foi um animal, certo, canino ou lupino, mas foi um animal. Isso já se tem como certeza.

– E quanto a pelos ou cabelos? – perguntou Reuben.

– Não foi um animal – protestou a mulher. Ela estava quase gritando. – Estou dizendo para vocês, a coisa tinha um rosto, um rosto humano, e falou comigo. A coisa falava usando palavras! E tentou me ajudar. E me tocou. Estava sendo gentil comigo! Parem de dizer que era um animal.

Billie levantou-se e gesticulou para que os dois a seguissem.

A sala de conferências não tinha janelas, era estéril, com uma mesa de mogno oval e diversas cadeiras Chippendale espalhadas. Os dois monitores de TV perto do teto estavam sintonizados na CNN e na Fox com o som desligado e as legendas ativadas.

Subitamente, um lúgubre desenho de um lobisomem ao estilo das histórias em quadrinhos encheu a tela de um dos aparelhos.

Reuben estremeceu.

Num lampejo, ele viu aquele corredor na casa de Marchent, dessa vez iluminado por sua imaginação, e o homem fera no local, caindo sobre aqueles dois homens que estavam tentando matar Reuben.

Cobriu os olhos, e Billie agarrou-lhe o punho.

– Acorde, Reuben – disse ela. Ela virou-se para a jovem. – Sente-se aqui e conte para Reuben tudo o que se lembrar. – Estava berrando para que Althea, sua assistente, trouxesse café.

A mulher pôs o rosto nas mãos e chorou.

Reuben sentiu uma onda de pânico. Aproximou-se da mulher e a abraçou. Um dos monitores estava exibindo um clipe de Lon Chaney Jr. *O lobisomem*. E surgiu diante dele, subitamente, a primeira tomada panorâmica de Nideck Point que vira pela primeira vez na tela de uma TV – sua casa com as empenas altas e as janelas em forma de diamante.

– Não, não – disse a mulher –, não foi assim. Você pode mandar eles desligarem isso? Ele não se parecia com Lon Chaney e tampouco com Michael J. Fox!

– Althea – gritou Billie. – Desligue essa droga de TV.

Reuben sentiu uma vontade intensa de dar o fora dali naquele exato momento, mas isso estava fora de questão.

– E o sequestro? – murmurou Reuben.

– O que tem o sequestro? Você está fora dessa matéria. Você agora é o homem lobo por tempo integral. Althea, traga o gravador do Reuben.

– Não vai precisar disso, Billie – disse Reuben –, estou com o meu iPhone. – Ele colocou o iPhone em modo de gravação.

Ela bateu a porta ao sair.

Durante a meia hora seguinte, ouviu a mulher e manteve seus polegares ocupados enquanto escrevia suas anotações, seus olhos retornando seguidamente ao rosto da mulher.

Seguidamente, sua mente devaneava e deixava de prestar atenção às palavras. Não conseguia parar de tentar visualizar "a fera" que quase o matara.

Seguidamente, assentia com a cabeça, apertava a mão dela e, em determinada altura, a abraçou, mas ele não estava lá.

Finalmente, seu marido apareceu e insistiu para que ela fosse embora, apesar dela própria querer muito continuar falando, e Reuben acabou conduzindo-os até a porta do elevador.

De volta à sua escrivaninha, mirou todos os papeizinhos contendo as mensagens telefônicas grudadas no monitor de seu computador. Althea informou-lhe que Celeste estava na linha 2.

– O que foi que você fez com o seu celular? – perguntou Celeste. – O que está acontecendo?

– Não sei – murmurou ele. – Me diga uma coisa. Hoje é lua cheia?

– Não. Não mesmo. Acho que hoje estamos em quarto crescente. Espere um pouco aí. – Ele ouviu-a teclar em seu computador. – Pode crer, quarto crescente, portanto pode começar a esquecer isso, mas por que você está perguntando? Acabaram de receber uma exigência de resgate da parte dos sequestradores, pelo amor de Deus. E você não para de falar nessa coisa de homem lobo?

– Me colocaram na matéria do homem lobo. Não há nada que eu possa fazer. Quanto exigiram de resgate?

– Essa é a coisa mais ultrajante e aviltante que eu já ouvi na minha vida – explodiu Celeste. – Reuben, preste atenção nos seus direitos. O que é, só porque aconteceu aquilo com você? O que a Billie está pensando? Os sequestradores acabaram de exigir cinco milhões de dólares ou vão começar a matar as crianças uma por uma. Você devia estar a caminho de Marin a uma hora dessas. O resgate tem de ser transferido para uma conta nas Bahamas, mas pode ter certeza que vai passar por essa conta como um raio e sumir de vista na zona morta das cybercontas bancárias. Talvez nem chegue ao tal banco. Estão dizendo que esses sequestradores são gênios da computação.

Billie estava subitamente em pé em frente à mesa.

– O que foi que você conseguiu?

Reuben desligou o telefone.

– Muita coisa – disse ele. – A perspectiva dela. Agora preciso de algum tempo para me atualizar sobre a cobertura do assunto.

– Você não tem tempo. Quero a sua exclusiva na capa. Você não percebe que o *Chronicle* vai te oferecer um emprego, percebe? E quer saber mais? O Canal Seis está fazendo um barulhão sobre você trabalhar com eles. Estão assim desde que você foi atacado em Mendocino.

— Isso é ridículo.

— Não é não. É a sua aparência. Os canais de notícias só se importam com isso, com a sua aparência, mas eu não te dei esse emprego pela sua aparência. Estou te dizendo, Reuben, a pior coisa que poderia vir a acontecer com a sua vida é você ir trabalhar num canal de notícias na sua idade. Dê para mim a visão de Reuben sobre tudo isso com sua própria voz, sua voz distinta. E não desapareça novamente do jeito que você fez essa manhã.

Falou e foi embora.

Ele ficou sentado, olhando para a frente.

Tudo bem, não é lua cheia. Isso significava que o que acontecera não tinha nada a ver com a lua, e que poderia acontecer novamente a qualquer momento. Poderia vir a acontecer novamente naquela noite. Velhas lendas, até parece. E por que estava preso ali quando deveria estar investigando cada detalhe real ou inventado relacionado ao "homem fera"?

Uma lembrança retornou, a de saltar sobre os telhados, suas pernas latejando com o novo esforço. Olhara para cima e vira a lua em quarto crescente atrás das nuvens que certamente impediam que a imagem fosse vista por olhos humanos.

E aconteceria novamente assim que escurecesse?

Como aquela imagem foi bela, aquele quarto crescente pendendo em meio a tantas estrelas vibrantes. Sentiu-se novamente voando com os braços estendidos enquanto clareava a rua diante de si, aterrissando sem esforço num telhado inclinado. Sentiu um prazer poderoso. E então ocorreu-lhe o horrendo pensamento: *isso vai acontecer de novo todas as noites?*

Althea colocou diante dele uma xícara com café fresco. Ela sorriu e acenou enquanto saía da sala.

Reuben mirou todas as pessoas a seu redor, entrando e saindo de seus cubículos brancos, algumas olhando de relance para ele, algumas balançando a cabeça em concordância, outras passando num inevitável silêncio, presas em seus pensamentos. Observou a fileira de monitores de TV que percorriam a extensão da parede dos fundos. As imagens do ônibus escolar vazio, da Goldenwood Academy; uma mulher chorando; Lon Chaney Jr. parecendo novamente um gigantesco ursinho de pelúcia correndo em meio à enevoada floresta inglesa, suas orelhas lupinas levantadas.

Então girou a cadeira, pegou o telefone e teclou o número do escritório do legista e aceitou esperar na linha.

Não quero fazer nada disso, estava pensando. Não posso fazer nada disso. Tudo está escorregando para longe de mim em meio à labareda do que havia acontecido. Não posso, com certeza sinto muito pela srta. Larson e pelo que ela sofreu, e pelo fato de que ninguém acredita nela, mas que inferno, eu salvei a vida dela! Não tenho mais o que fazer em relação a esse assunto. Sou a última pessoa que deveria estar fazendo isso. Nada disso importa, esse é o problema. Pelo menos, não importa para mim.

Uma espécie de frio tomou conta de Reuben. Uma de suas colegas, uma mulher bem simpática chamada Peggy Flynn, apareceu com um pratinho de biscoitos para ele. E exibiu de imediato o inevitável sorriso acolhedor, mas não sentia nada, nem mesmo o fato de que a conhecia, ou que tivera alguma ligação com ela, ou que compartilhavam o mesmo mundo.

Era isso; eles compartilhavam o mesmo mundo. Ninguém compartilhava o mundo no qual ele vivia agora. Ninguém podia compartilhar.

Exceto, talvez, aquela coisa que o atacara em Mendocino. Ele fechou os olhos. Sentiu aquelas presas mordendo seu couro cabeludo, seu rosto, aquela dor aguda e horrorosa na lateral de seu rosto quando aqueles dentes penetraram profundamente.

E se não tivesse matado aquele homem no beco de North Beach, será que aquele homem teria se transformado também em uma fera, a exemplo de Reuben? Estremeceu. Graças a Deus matara aquele cara. Oh, agora, espere um minuto. Que espécie de fé é essa?

Ficou com a expressão vazia.

O café em sua xícara parecia gasolina. Os biscoitos pareciam gesso.

E a coisa não era reversível, era? Não era uma questão de escolha; na realidade não havia o menor controle.

A voz do assistente do legista o alçou de volta à vida.

– Oh, com certeza foi um animal. Podemos afirmar a partir da lisozima na saliva. Bem, seres humanos não possuem essa quantidade de lisozima na saliva. Seres humanos possuem muita amilase, que começa a quebrar os carboidratos que comemos, mas um animal não vai ter amilase; vai ter uma poderosa quantidade de lisozima, que mata as bactérias que ele ingere, motivo pelo qual um cachorro pode comer coisas encontradas no lixo ou apodrecidas e nós não. Eu vou contar uma coisa estranha sobre essa fera, seja lá que fera for essa: tinha mais lisozima do que qualquer cachorro teria. E havia também outras enzimas na saliva que nós não temos condições de analisar aqui. Os exames dessas enzimas vão levar meses.

Não, nenhum cabelo, nenhum pelo, nada desse tipo. Os laboratoristas haviam recolhido algumas fibras, ou pensavam ter recolhido, mas não encontraram nada.

Seu coração estava batendo forte quando baixou o telefone. Quer dizer então que havia se tornado algo não humano, sem dúvida nenhuma. Tudo se resumia aos hormônios, não é mesmo? E isso era o máximo que conseguia entender.

O que entendia era que precisava ficar trancado em seu quarto antes de escurecer.

E agora era outono, quase inverno, e aquele era um desses dias úmidos e cinzentos onde não se via propriamente o céu, apenas um telhado molhado sobre San Francisco.

Às cinco horas, já havia finalizado sua história.

Checara secretamente com Celeste, que verificara o relato do *Chronicle* sobre os hematomas e as roupas rasgadas da mulher. Verificara no Hospital Geral de San Francisco, mas ninguém se dignava a dizer nada, e Grace encontrava-se em cirurgia.

E também checara na internet todas as principais versões do ataque do misterioso animal. A história estava adquirindo um ritmo galopante ao redor do mundo, com certeza, e quase todos os relatos mencionavam o "misterioso" ataque sofrido por ele em Mendocino.

Somente agora, rastreando as notícias do assassinato de Marchent, começava a perceber que também aquela história havia dado a volta ao mundo: "Fera Misteriosa Ataca Novamente?", "Pé de Anjo Intervém Para Salvar Vidas".

Também assistia às reportagens no YouTube feitas em North Beach descrevendo a "fera do beco".

Então apertou as teclas do computador com as palavras da mulher:

"A fera tinha um rosto, pode acreditar em mim. Ela falou comigo. E se movia como um homem. Um lobo homem. [Ela usara esse mesmo termo, o termo dele, "lobo homem".] Ouvi a voz dele. Meu Deus, eu gostaria muito de não ter saído correndo. A coisa salvou a minha vida, e eu corri dela como se fosse um monstro."

Ele tornou a história pessoal, sim, mas somente no tom. Seguindo as descrições vívidas da mulher, uma resenha das provas forenses e as inevitáveis perguntas, ele escreveu uma conclusão:

Terá sido alguma espécie de "lobo homem" a coisa que salvara a vítima de seu agressor? Terá sido uma fera inteligente que, recentemente, poupou a vida desse repórter no corredor escuro de uma casa em Mendocino?

Nós não temos nenhuma resposta no momento para essas perguntas, mas não resta dúvida em relação às intenções do estuprador de North Beach – já ligadas a uma rede de estupros não resolvidos – ou dos assassinos viciados que tiraram a vida de Marchent Nideck no litoral de Mendocino.

Se a ciência ainda não pode explicar as provas forenses encontradas em ambos os locais, ou o testemunho emocionado dos sobreviventes, não há razão para se acreditar que não será capaz de esclarecer tudo em seu devido tempo. Por enquanto nós devemos, como acontece com frequência, viver com perguntas sem respostas.

Se um lobo homem – *o lobo homem* – está à espreita nos becos de San Francisco, a quem exatamente essa fera ameaça?

Por último, Reuben acrescentou o título:

O *lobo homem* de San Francisco: Certeza Moral no Meio de um Mistério

Antes de gravar a matéria, deu uma busca no Google pelas palavras "lobo homem". Exatamente como suspeitava, o nome havia sido usado – para um personagem menor nas histórias em quadrinho do *Homem-Aranha* e para um outro personagem menor na série de mangá *Dragon Ball*, mas ele também notou um livro chamado *O lobo-homem e outras histórias*, de Émile Erckmann e Louis-Alexandre Chatrian, traduzido pela primeira vez para o inglês em 1876. Muito bom. Até onde sabia, a obra encontrava-se em domínio público.

Então apertou o botão "enviar" para mandar a matéria a Billie, e foi embora.

## 7

A chuva começara antes mesmo de Reuben chegar em casa e, quando ele trancou-se em seu quarto, já estava caindo com firmeza naquele jeito melancólico e sem nenhum vento, típico do norte da Califórnia, encharcando tudo lenta e incessantemente, e extinguindo por completo a luz do sol poente, da lua e das estrelas. Sentiu pena ao ver isso. Aquela chuva significava que "a estação chuvosa" começara e que talvez não houvesse mais nenhum dia claro até abril próximo.

Reuben odiou a chuva, e imediatamente acendeu sua lareira, apagando as luminárias de modo a possibilitar que o fogo tremeluzente fornecesse algum conforto tangível.

Mas era torturante pensar em como talvez isso não importasse nem um pouquinho uma vez que estivesse transformado, se é que a transformação iria de fato ocorrer.

O que representava para ele odiar a chuva agora, questionou. Pensou em Nideck Point e imaginou como seria a floresta de sequoia com a chuva. Em algum lugar de sua escrivaninha havia um mapa da propriedade enviado por Simon Oliver. Nesse mapa, pela primeira vez vira o verdadeiro layout da terra. O ponto de terra onde a casa estava localizada ficava ao sul de uma imensa ribanceira e de penhascos proeminentes que obviamente protegiam a floresta de sequoia a leste e atrás da parte leste da casa. A praia em si era pequena, com acesso difícil, mas quem quer que houvesse construído a casa certamente escolhera uma localização abençoada, já que a propriedade tinha vista não só para o mar como também para a floresta.

Bem, havia tempo para pensar em tudo isso. Agora tinha de montar uma barricada para si próprio e começar a trabalhar.

Comprara um sanduíche quente e um refrigerante a caminho de casa, e devorou ambos com impaciência, procurando no Google com a mão direita por "lobisomens", "lendas de lobisomem", "filmes de lobisomem" e uma variedade de outros assuntos semelhantes.

Infelizmente, ele foi totalmente capaz de escutar a discussão inteira levada a cabo na mesa de jantar do térreo.

Celeste ainda estava pessoalmente indignada com o fato do *Observer* haver retirado Reuben da cobertura do sequestro do Goldenwood para que trabalhasse nessa história louca de homem lobo, e Grace estava absolutamente enojada, ou pelo menos foi o que disse, com o fato de que seu filho jamais conseguia lutar ele próprio por seus direitos. Esse monstruoso ataque em Mendocino era a última coisa de que seu bebê precisava. Phil estava resmungando que talvez Reuben pudesse se tornar um escritor, afinal de contas, e os escritores tinham lá o seu jeito de "se redimir de tudo que lhes acontece".

Reuben interessou-se pelo argumento, e inclusive tomou nota no bloco ao lado do teclado. Meu bom e velho pai.

Mas o Comitê sobre Reuben e sobre a Vida de Reuben agora incluía novos membros.

Rosy, a empregada querida e profundamente adorada que retornara naquela manhã de sua viagem anual ao México, estava afirmando que jamais conseguiria perdoar-se por estar "distante" quando Reuben estava mais necessitado. Disse com todas as letras que ele havia sido pego pelo "loup garoo".

O melhor amigo de Reuben, Mort Keller, também estava lá, foi aparentemente convocado para a reunião antes de todos se darem conta de que Reuben se trancaria em seu quarto e se recusaria a conversar com quem quer que fosse. Aquilo deixou Reuben furioso. Mort Keller estava terminando seu doutorado em Berkeley e não tinha tempo para tolices como aquela. Estivera no hospital duas vezes, o que já fora em si um ato heroico, até onde Reuben sabia, tendo em vista que Mort estava dormindo no máximo quatro horas por noite, e aborrecendo-se ao extremo com os preparativos de seu exame oral.

Agora Mort estava tendo de ouvir – bem como Reuben – "toda a história" de como Reuben mudara desde a trágica noite em Mendocino, e a teoria de Grace segundo a qual ele havia pego alguma coisa daquele animal raivoso que o mordera.

Pegar alguma coisa! Para dizer o mínimo! E o que houve lá em cima, na floresta de Mendocino? A coisa falou? A coisa andou? Ou será que a coisa...? Ele parou.

É claro que a coisa falou. "Assassinato, assassinato." Reuben sempre soubera que não havia dado aquele telefonema para o 911. A fera havia pego o seu aparelho telefônico.

Um grande alívio percorreu seu corpo. Tudo bem, quer dizer então que a coisa não era assim tão degenerada e transformada a ponto de tornar-se um monstro insano. Não, a coisa era habitada por alguma força civilizada exatamente como a fera do beco de San Francisco. E se fosse mesmo esse o caso, talvez soubesse – sabia – o que estava acontecendo com o homem que quase matara no corredor da casa de Marchent.

Isso era bom? Ou era ruim?

As vozes do térreo o estavam levando à loucura.

Levantou-se, pegou um CD de Mozart, um concerto para piano que adorava, enfiou-o no Bose ao lado de sua cama e colocou no volume máximo.

Aquilo, sim, funcionou. Não conseguia ouvi-los. Não conseguia ouvir ninguém – nem mesmo aquele zumbido baixo das vozes da cidade ao seu redor. Apertou o botão REPETIR O DISCO no aparelho, e relaxou.

Com o fogo crepitando, a chuva batendo nas janelas e o adorável som cadenciado de Mozart preenchendo o recinto, ele se sentiu quase normal.

Bem, por um momento.

Logo estava examinando um trabalho acadêmico atrás do outro. Pouco do que descobriu provou-se surpreendente. Sempre soube que a licantropia era percebida historicamente por muitos como uma doença mental na qual você imagina ser um lobo e se comporta como um; ou alguma espécie de metamorfose demoníaca na qual você se torna de fato um lobo até que alguém atira em você com uma bala de prata e o seu corpo lupino volta à forma humana enquanto você morre, quem sabe com uma expressão plácida no rosto, e uma velha cigana pronuncia que você agora vai conseguir ter o seu descanso.

Quanto aos filmes, bem, vira uma boa quantidade deles – uma quantidade constrangedora, na realidade. Era fácil achar cenas seminais no YouTube e, à medida que rastreava *Possuídas* e depois o *Lobo*, com Jack Nicholson, uma sensação bem aterradora tomou conta dele.

Aquilo era ficção, evidentemente, mas apresentava a fase na qual ele se encontrava como transformativa e não definitiva. Somente nos estágios iniciais alguns lobisomens eram antropoides. No final de *Lobo*, Jack Nicholson já era por inteiro um animal de quatro patas da floresta. No final de *Possuídas*, a desafortunada menina loba já se tornara um demônio porcino extraordinariamente hediondo e repulsivo.

Pensando bem, a coisa falava, Reuben teve um lampejo de Mendocino. Usara um telefone, que diabo. Teclara 911 e trouxera ajuda para a vítima. Que idade teria? Há quanto tempo estaria por aí? E o que diabo estava fazendo lá em cima, na floresta de sequoia?

Celeste dissera algo, o que havia sido? Que sempre haviam existido lobos lá em cima, em Mendocino County? Bem, a população local certamente não concordava com isso. Ele vira vários deles relatando para as câmeras de TV que lobos estavam extintos naquelas florestas.

Tudo bem. Vamos esquecer a respeito das respostas contidas nos filmes. O que os filmes sabem, afinal? Embora houvesse uma coisinha que valia a pena ser salva: em vários filmes, o poder de se tornar um lobisomem era tido como uma "dádiva". Reuben gostava disso. Uma dádiva. Certamente tinha mais a ver com o que estava lhe acontecendo.

Na maior parte dos filmes, a dádiva não tinha grandes propósitos. Na realidade, não ficava exatamente claro o motivo pelo qual os lobisomens do cinema iam atrás de suas vítimas. Tudo o que faziam era despedaçar pessoas ao acaso. Nem mesmo bebiam o sangue ou comiam a carne. Não se comportavam nem um pouco como lobos. Eles se comportavam como se... fossem animais raivosos. Mas era verdade que, em *Uivo*, haviam se divertido na transformação, mas, fora isso, o que havia de bom em ser um lobisomem de filme? Você uivava para a lua; você não conseguia se lembrar o que fazia, então alguém dava um tiro em você.

E esqueça também as balas de prata. Se havia ciência por trás disso, bem, ele não era Reuben, o lobo homem.

Reuben, o lobo homem. Esse era o termo de que ele próprio mais gostava. E havia sido ratificado por Susan Larson. Reze para que Billie deixe sua manchete intacta.

*É tão errado assim querer pensar em si mesmo como um lobo homem?* Mais uma vez, tentou encontrar alguma compaixão pelo estuprador que matara, mas não conseguia.

Mais ou menos às oito da noite, fez uma pausa. Tirou o Mozart e trabalhou sozinho para anular as vozes.

Não foi tão difícil quanto imaginara. Celeste não estava mais na casa. Na realidade, fora para um café com Mort Keller, que sempre fora meio que apaixonado por ela, e Phil e Grace estavam conversando a respeito daquele assunto naquele instante, e não estavam de fato dizendo muita coisa. Grace recebera um telefonema de um especialista em Paris que estava bastante interessado nas mortes perpetradas pelo lobo, mas não tivera muito tempo para falar com o homem. Era até fácil calar a boca deles.

Reuben pegou as fotos que tirara de si mesmo na noite anterior, que havia guardado num arquivo criptografado protegido por uma senha. Olhar para elas era apavorante e sedutor.

Queria que aquilo acontecesse novamente.

Tinha de encarar a transformação. Estava ansiando por isso como jamais ansiara por coisa alguma em toda a sua vida, nem mesmo sua primeira noite na cama com uma mulher, ou a manhã de Natal na qual ele tinha 8 anos de idade. Estava esperando que a coisa acontecesse.

Enquanto isso, lembrava a si mesmo que a coisa só acontecera depois da meia-noite da noite anterior. E voltou a surfar os clássicos sobre licantropia e mitologia. Na verdade, o acervo cultural acerca de lobos em todas as culturas o estava fascinando tanto quanto as histórias de lobisomens propriamente ditas, e antigas tradições medievais pertencentes a uma aldeia chamada Irmandade do Lobo Verde o encantaram com suas descrições de camponeses dançando tresloucadamente ao redor de fogueiras nas quais o "lobo" era vez por outra lançado.

Estava prestes a finalizar os trabalhos daquele dia quando lembrou-se da coleção *O lobo-homem e outras histórias*, de autoria daqueles dois escritores franceses do século XIX. Foi fácil encontrar. Na amazon.com, teclou para pedir um dos vários exemplares reeditados que estavam disponíveis, e então decidiu tentar encontrar online a história correspondente ao título da coletânea.

Nenhum problema. Em horrormasters.com encontrou o material para ser baixado gratuitamente. Provavelmente não leria tudo, daria apenas uma olhada, na vã esperança de que algum pedacinho de verdade talvez pudesse ser misturado com a ficção.

> Mais ou menos na época do Natal no ano de 18–, enquanto eu estava deitado e bem adormecido no Cygne, em Fribourg, meu velho amigo Gideon Sperver entrou abruptamente em meu quarto gritando...
> – Fritz, tenho boas notícias para você; vou levá-lo até Nideck...

Nideck!
Na sentença seguinte lia-se: "Você conhece Nideck, o mais elegante castelo baronial do país, um grandioso monumento à glória de nossos antepassados."

Não podia acreditar em seus olhos. Havia o sobrenome de Marchent numa história chamada "O lobo-homem".

Entrou em disparada no Google e escreveu "Nideck". Sim, tratava-se de um lugar real, um Château de Nideck de verdade, uma famosa ruína, na estrada que ia de Oberhaslach a Wangenbourg, mas não era essa de fato a questão. A questão era que o sobrenome havia sido usado mais de cem anos antes num conto a respeito de um lobisomem. E a história fora traduzida para o inglês em 1876, pouco antes de a família Nideck mudar-se para Mendocino County e construir sua imensa residência com vista para o oceano. Essa família que viera de parte alguma, aparentemente, se Simon Oliver estivesse certo, chamava-se Nideck.

Estava perplexo. Isso só podia ser uma coincidência, e certamente era uma coincidência que ninguém havia notado e que talvez ninguém viesse a notar.

Mas havia mais uma coisa naquelas primeiras linhas. E trouxe novamente a história para o topo da tela. Sperver. Também já vira esse nome antes, em algum lugar, e tinha algo a ver com Marchent e Nideck Point, mas o quê? Não conseguia lembrar. Sperver. Ele podia quase ver o nome escrito a tinta, mas onde? Então ele se lembrou. Era o sobrenome do amigo dileto e mentor de Felix Nideck, Margon, o homem que Felix chamava de Margon, o sem Deus. Por acaso o nome dele não estava escrito no interior da moldura da grande fotografia sobre a lareira? Oh, por que não escrevera aqueles nomes? Mas estava certo disso. Ele se lembrava de Marchent falando o nome Sperver.

Não, simplesmente não podia ser uma coincidência. Um nome, sim, mas dois? Não. Impossível. Mas o que, afinal de contas, isso poderia significar?

Experimentou um calafrio profundo.

Nideck.

O que Simon Oliver, seu advogado, lhe dissera? Ele falara e falara sobre isso em telefonemas e mais telefonemas, como se assegurando a si mesmo muito mais do que a Reuben.

"A família dificilmente poderia ser considerada antiga. Ela vem de parte alguma por volta dos anos 1880. Houve uma procura exaustiva por parentes após o desaparecimento de Felix, por qualquer um que talvez pudesse ter informações sobre o homem. Não encontraram nada. É claro que o século XIX está recheado de homens novos, homens que fizeram a si próprios. Um barão da madeira que vem de lugar nenhum e constrói uma casa imensa. Típico. A questão é que, é muito improvável que você venha a ser desafiado em relação a tudo isso por qualquer herdeiro há muito desaparecido. Não existem em parte alguma."

Reuben ficou sentado mirando a tela do computador.

Será que esse nome de família pode ter sido inventado por algum motivo? Não. Isso é absurdo. Qual teria sido a razão? O quê, será que essas pessoas leram uma obscura história de lobisomem e tiraram o nome Nideck dela? Aí, mais de cem anos depois... Não, isso era uma insensatez. Com ou sem Sperver. Simplesmente não podia ser. Marchent jamais ouviu falar de nenhum segredo de família semelhante a esse.

Ele viu o radiante rosto de Marchent, seu sorriso, ouviu seu riso. Tão inteiro, tão possuído de algo interior... Que algo interior era esse? Uma felicidade interior?

E se aquela casa escura contivesse o proverbial segredo obscuro?

Ele passou o quarto de hora seguinte examinando o conto "O lobo-homem".

Era previsivelmente divertido, e tipicamente século XIX. Hugh Lupus era o lobisomem, do Castelo Nideck, vítima de uma maldição familiar, e a história se desenvolvia de modo sedutor, porém, para os propósitos de Reuben, com elementos sem nenhum significado, tais como um anão que abria os portões do castelo e um poderosa bruxa chamada Praga Negra. Sperver era o caçador da Floresta Negra.

O que tudo isso poderia ter a ver com a realidade pela qual passara Reuben? Certamente não acreditava no óbvio clichê de uma maldição de lobisomem pairando sobre Nideck Point.

Como podia saber?

Não tinha como dispensar a hipótese, disso tinha certeza.

Pensou naquela grande fotografia em cima da lareira na biblioteca de Marchent, com aqueles homens bem nas entranhas da floresta tropical – Felix Nideck e seu mentor, Margon Sperver. Marchent mencionara outros nomes, mas Reuben não conseguia se lembrar com clareza deles – exceto que não apareciam na história.

Ah, tinha de fazer uma busca exaustiva em toda a literatura sobre lobisomens. E, de imediato, se pôs a pedir livros de ficção, lendas e poesia que giravam especificamente em torno de lobisomens, incluindo antologias e estudos, a ser entregues naquela noite mesmo.

Entretanto, sentia que não estava chegando a lugar nenhum. Estava imaginando coisas.

Felix estava morto havia muito tempo. Margon provavelmente também estava. Marchent procurara e procurara. Que tolice absurda. E a coisa fera entrou naquela casa vinda da floresta, certamente, através das janelas quebradas da sala de jantar. Ouvira os gritos exatamente como qualquer pessoa ouve gritos; ele sentiu o cheiro do mal assim como você sente o cheiro do mal.

Tolice romântica.

Subitamente, foi tomado de uma tristeza pelo fato de Felix estar morto, mas mesmo assim: nomes de um conto de lobo homem. E se houve, o que, alguma prima fera degenerada rondando a floresta... vigiando a casa?

Sentiu-se cansado.

De repente, uma sensação acolhedora tomou conta dele. Ouviu o rugido baixo do fogo a gás; ouviu a chuva cantando nas canaletas. Sentiu um calor no corpo todo, e uma leveza. As vozes da cidade latejavam e ribombavam, e lhe davam a sensação estranha de estar conectado ao mundo inteiro. Hum. Era exatamente o oposto da alienação que sentira antes, ao conversar com pessoas reais e identificáveis no *Observer*.

– Você agora pertence a elas, quem sabe – sussurrou ele. As vozes eram muito homogêneas. Palavras, gritos, súplicas pairavam logo abaixo da superfície.

Deus, como é ser Você e ouvir todas essas pessoas o tempo todo em todos os lugares, implorando, suplicando, clamando por qualquer coisa e por qualquer pessoa?

Reuben olhou para o relógio.

Passara um pouco das dez. E se saísse agora em seu Porsche em direção a Nideck Point? Ora, dirigir não seria problema. Apenas algumas horas na chuva. Muito provavelmente entraria na casa. Quebraria alguma janela se fosse preciso. Por que haveria algum problema? A casa seria legalmente dele dentro de poucas semanas. Já assinara todos os documentos que a empresa encarregada do processo lhe havia solicitado. Já assumira as contas da casa, não assumira? Bem, que inferno, por que não poderia ir para lá?

E o homem fera, lá na floresta. Será que saberia que Reuben estava no local? Será que sentiria o aroma de alguém a quem ele mordera e deixara vivo?

Estava louco de vontade de ir até lá.

Algo o sobressaltou. Não se tratava exatamente de um som, não, mas de algo... uma vibração – como se um carro com um potente aparelho de som estivesse passando na rua.

Viu uma floresta escura, mas não era a floresta de Mendocino. Não, uma outra floresta, uma floresta fechada e enevoada que ele conhecia. Alarme.

Ele se levantou e abriu as portas do deque.

Estava ventando e com uma friagem desagradável. A chuva atingiu seu rosto e suas mãos, mas era uma sensação divinamente revigorante.

A cidade cintilava embaixo de seu véu de chuva, moita sobre moita de torres iluminadas aglomerando-se sobre ele de uma maneira linda. Ouviu uma voz sussurrando como se em seu ouvido.

– Queime-o. Queime. – Essa era uma voz feia e ácida.

Seu coração estava batendo a mil por hora, e seu corpo enrijeceu. Por toda a extensão de sua pele sentiu uma extática ondulação. Uma fonte dentro dele liberava um poder em golfadas fartas que lhe deixaram as costas retas.

Estava acontecendo, estava sim, o pelo de lobo estava cobrindo seu corpo, a juba descaindo sobre seus ombros, e as ondas de prazer extático percorriam seu corpo por inteiro, obliterando toda a cautela. O pelo de lobo crescia de seu rosto como se estivesse sendo persuadido por dedos invisíveis, e o prazer agudo fez com que arquejasse.

Suas mãos já eram garras; como antes, Reuben rasgou as roupas e chutou os sapatos. Passou a mão pelos cabelos espessos de seus braços e peito.

Todos os sons da noite estavam aguçados, o coro elevando-se ao redor dele, misturado a sinos, fugazes faixas de música e desesperadas orações. Sentiu a ânsia de escapar de seu espaço confinado, de mergulhar na escuridão, absolutamente indiferente ao local onde talvez aterrissasse.

Espere; fotografe isso. Aproxime-se do espelho e testemunhe isso, pensou. Mas não havia tempo. Ouviu as vozes novamente:

– Nós vamos te queimar vivo, velho!

Ele saltou em direção ao telhado. A chuva mal o tocou. Não era mais do que uma neblina.

Na direção da voz ele partiu, vasculhando um beco atrás do outro, uma rua atrás da outra, escalando os apartamentos mais altos e voando livremente sobre os edifícios mais baixos, avançando sem nenhum esforço sobre as avenidas mais amplas, e dirigindo-se ao oceano, apoiado pelo vento.

A voz ficou mais alta, misturada com uma outra voz, e então surgiram os gritos da vítima.

– Eu não conto, não conto. Morro, mas não conto.

Ele sabia onde estava agora, viajando a uma velocidade inconcebível por sobre os edifícios da Haight. À frente, viu o grande retângulo escuro do Golden Gate Park. Aquela floresta, sim, aquela densa floresta encantada com seus vazios secretos. É claro!

Mergulhou nela agora, movendo-se ao longo do piso molhado e gramado e em seguida subindo nas árvores fragrantes.

Subitamente, viu o velho esfarrapado fugindo de seus perseguidores através de um túnel na samambaia, cercado por uma camuflagem silvestre na qual outras testemunhas encontravam-se agachadas embaixo de uma lona brilhante e ripas de madeira quebradas enquanto a chuva caía como uma torrente.

Um dos agressores pegou o homem pelo ombro e o arrastou para fora em direção a uma clareira gramada. A chuva encharcava suas roupas. O outro agressor parara, e estava pondo fogo em uma tocha feita de jornais dobrados, mas a chuva estava apagando o fogo.

— O querosene! — gritou o homem que segurava a vítima. A vítima estava dando socos e chutes.

— Eu nunca vou te contar — choramingou ele.

— Então você vai queimar com o seu segredo, velho.

O aroma de querosene misturou-se ao aroma do mal, ao fedor do mal, assim que o homem segurando a tocha esguichou o líquido no maço de jornais que logo entrou em chamas.

Com um rosnado profundo, Reuben segurou o homem da tocha, suas garras enterrando-se no pescoço dele e quase arrancando sua cabeça. O pescoço do homem estalou.

Em seguida se virou na direção do outro agressor que soltara a vítima trêmula e estava chafurdando clareira afora em meio à chuva torrencial, em direção ao abrigo das árvores mais distantes.

Sem nenhum esforço, Reuben dominou-o. Sua mandíbula abriu-se instintivamente. Queria muito, muito mesmo, arrancar o coração do homem. Sua mandíbula estava ansiando por isso, sedenta por isso. Mas não, não os dentes, não os dentes que poderiam denunciar a dádiva do lobo, não, não podia correr esse risco. Seus rosnados chegando como maldições, investiu contra o homem indefeso.

— Você ia queimar o homem vivo, não ia? — disse ele, rasgando a carne do rosto dele com suas garras, e a pele de seu peito. Suas garras arrebentaram a pele do peito dele até chegarem na carótida e o sangue esguichou. O homem caiu de joelhos enquanto o sangue encharcava seu velho casaco de brim.

Reuben virou-se. O querosene espalhara-se pela grama e estava queimando, cuspindo e esfumaçando na chuva, dando à cena sórdida uma luz infernal.

O velho que havia sido a vítima ajoelhou-se curvado, seus braços junto ao corpo, mirando Reuben com imensos olhos questionadores. Reuben podia ver o velho estremecendo na chuva, estremecendo enquanto a chuva fria caía sobre ele, mas Reuben não conseguia sentir a chuva.

Aproximou-se do homem e foi ajudá-lo a se levantar. Como ele se sentia poderoso e calmo, a chama tremeluzindo perto dele, o calor mal tocando-o.

A escura vegetação rasteira que os cercava estava repleta de movimento e sussurros, com saudações desesperadas e com medo.

– Para onde você quer ir? – perguntou Reuben.

O homem apontou para a escuridão além dos carvalhos baixos. Reuben ergueu-o e carregou-o sob os galhos baixos. A terra estava seca e fragrante ali. As trepadeiras foscas formavam véus. Um barracão de tábuas quebradas e lona encontrava-se de pé em meio à hera engolfante e às gigantescas samambaias trêmulas. Reuben baixou o homem em seu ninho de farrapos e cobertores de lã. Ele encolheu-se em meio às trouxas que o cercavam, puxando as cobertas até o pescoço.

O aroma de roupa empoeirada e uísque preenchia o pequeno cercado. O aroma de terra cercava-os, de umidade e coisas verdes cintilantes, de pequenos animais enfurnados na escuridão. Reuben afastou-se como se o pequeno espaço feito pelo homem fosse uma espécie de armadilha.

Saiu dali, às pressas, dirigindo-se às robustas copas das árvores, os braços procurando um galho atrás do outro, à medida que a floresta ficava mais densa, movendo-se na direção das tênues luzes amarelas da Stanyan Street com o tráfego constante sibilando no asfalto ao longo da margem leste do mundo formado pelo Golden Gate Park.

Parecia estar voando sobre a rua em direção aos altos eucaliptos do Panhandle, o braço estreito do parque que ia para a direção leste.

Viajava o mais alto que conseguia nos gigantescos eucaliptos semelhantes a pequenas plantas, respirando o estranho aroma agridoce de suas longas e finas folhas brancas. Seguia a linha do parque, quase cantando em voz alta enquanto movia-se de uma árvore gigante para outra com movimentos fluidos, e então dirigiu-se aos telhados dos prédios em estilo vitoriano que subiam a colina da Masonic Street.

Quem poderia vê-lo na escuridão? Ninguém. A chuva era uma amiga. Subiu nas telhas escorregadias sem nenhuma hesitação e descobriu-se viajando em direção à negritude de mais um pequeno bosque – Buena Vista Park.

Afastando-se da confusão ebuliente representada pelas vozes, captou uma outra súplica desesperada.

– Quero morrer. Eu quero morrer. Mate-me. Eu quero morrer.

Só que as palavras não eram ditas em voz alta; tratava-se de uma batida de tambor atrás dos gemidos e gritos que ele ouvia e que estavam abaixo ou além da linguagem.

Ele aterrissou no telhado acima da vítima, bem no alto de uma mansão de quatro pavimentos que fazia limite com a colina íngreme que levava ao pequeno parque. Descendo pela frente da casa, seguiu seu caminho, agarrando os canos e as saliências, até ver pela janela o horrível espetáculo de uma senhora idosa, pele e osso e feridas ensanguentadas, amarrada a uma cama de metal. Seu couro cabeludo rosado brilhava embaixo de seus finos fios de cabelo grisalho à luz de uma pequena luminária.

Diante dela, em cima de uma bandeja, havia um prato com uma pilha fumegante de fezes humanas, e a figura encolhida de uma jovem em frente a ela segurava uma colher com um pouco do hediondo conteúdo do prato, pressionando-a nos lábios da senhora idosa. A idosa estremecia e estava prestes a desmaiar. Fedor de sujeira, fedor de maldade, fedor de crueldade. A jovem cantava seus amargos insultos.

– Você nunca me deu nada para comer além de mingau, você acha que não vai pagar por isso agora?

Reuben despedaçou as fasquias e caixilhos das janelas ao invadir o quarto.

A jovem gritou e afastou-se da cama. Seu rosto estava cheio de raiva.

Reuben investiu contra ela enquanto a jovem cambaleava para pegar uma arma na gaveta.

O tiro soou, ensurdecendo-o por uma fração de segundo, e ele sentiu a dor em seu ombro, aguda, horrível, incapacitante, mas, de imediato, conseguiu superá-la, um rosnado profundo erguendo-se de Reuben enquanto a agarrava, a arma caindo, e empurrou-a com toda a força de encontro à parede de gesso. A cabeça da jovem quebrou o gesso; ele sentiu a vida escapando dela, as maldições morrendo em sua garganta.

Num frenesi de rosnado e grunhidos, ele arremessou-a através da janela quebrada. Ouviu o corpo atingir o pavimento da rua.

Por um longo segundo, permaneceu lá parado, esperando que a dor retornasse, mas a dor não retornou. Não havia nada ali além do calor pulsante.

Moveu-se na direção da figura espectral que estava amarrada com fita adesiva e ataduras à cabeceira de metal. Cuidadosamente, ele arrebentou seus grilhões.

Ela estava com o rosto fino virado para o lado.

– Ave Maria, cheia de graça – rezou ela num sussurro seco e assobiante –, o Senhor esteja convosco. Bendita sois Vós entre as mulheres, e bendito é o fruto de vosso ventre, Jesus.

Ele curvou-se, retirando as últimas amarras de sua cintura.

– Ave Maria, Mãe de Deus – disse ele baixinho enquanto olhava bem nos olhos dela. – Rogai por nós, pecadores – nós pecadores! – agora e na hora de nossa morte.

A mulher gemeu. Estava fraca demais para se mover.

Ele a deixou, pisando suavemente no corredor atapetado da casa e entrando em outro espaçoso cômodo onde encontrou um telefone. Era difícil teclar os números. Ele estava rindo consigo mesmo, pensando na fera de Mendocino, batendo nas teclas da tela de um iPhone. Quando ouviu a voz de uma telefonista, uma selvagem e exultante ânsia de dizer: *assassinato, assassinato,* percorreu-lhe o corpo, mas ele não fez isso. Isso não teria passado de uma pura e simples insanidade. E odiou a si mesmo subitamente por achar tanta graça nisso. Além do mais, não era verdade.

– Ambulância. Invasão de residência. Senhora idosa no andar de cima. Mantida prisioneira.

A telefonista o estava questionando e repetindo o endereço para verificação.

– Rápido – disse ele. Ele deixou o aparelho fora do gancho.

E ouviu.

A casa estava vazia, exceto pela senhora idosa e uma outra pessoa que dormia em silêncio.

Levou apenas alguns segundos para dirigir-se ao segundo andar e encontrar o desamparado inválido, um senhor idoso, amarrado assim como a mulher estava amarrada, ferido e frágil, e dormindo profundamente.

Reuben explorou o local, encontrou o interruptor e inundou de luz a cena.

O que mais poderia fazer para ajudar aquela criatura e a outra, para ter certeza de que nenhum equívoco colossal fosse cometido?

No corredor, ele viu a tênue silhueta de si próprio num espelho alto com moldura dourada. Ele arrebentou-o, os cacos gigantescos espatifando-se no chão.

Pegou a antiquada luminária de vidro fosco na mesa do corredor e lançou-a por sobre a balaustrada, de modo que o objeto se arrebentou no chão do hall central do piso inferior da frente da casa.

As sirenes estavam se aproximando, soando juntas, exatamente como aqueles sons desemaranhados que ele ouviu em Mendocino. Fachos na noite.

Ele podia ir agora.

E realizou a sua fuga.

Por um longo tempo, permaneceu na floresta de altos ciprestes escuros do Buena Vista Park. As árvores do topo da colina eram finas, mas ele encontrara facilmente uma forte o bastante para sustentá-lo, e observou através da malha formada pelos galhos as ambulâncias e os carros da polícia reunidos abaixo na encosta da colina do lado de fora da mansão. Viu a velha senhora e o velho sendo levados. Viu o cadáver da torturadora vingativa sendo retirado da calçada. Viu os sonolentos espectadores finalmente se afastando.

Uma grande exaustão tomou conta dele. A dor em seu ombro tinha passado. Na realidade, se esquecera completamente dela. Aquelas suas patas não eram sensíveis como mãos, percebeu. Não podiam ler a textura do fluido pegajoso matizado em seu cabelo.

Ele estava ficando cada vez mais cansado, positivamente fraco.

No entanto, era uma questão simples fazer a viagem secreta e rápida até sua casa.

De volta ao quarto, ele mais uma vez confrontou-se no espelho.

– Alguma novidade para mim? – perguntou ele. – Que voz profunda você tem.

A transformação havia começado.

Agarrou a suave pelagem entre suas pernas enquanto encolhia, desaparecia, e então sentiu seus dedos emergindo novamente para tocar a ferida no ombro.

Não havia ferida.

Nenhuma ferida.

Estava tão cansado agora que mal conseguia permanecer de pé, mas precisava se certificar disso. Foi até o espelho. Nenhuma ferida. Mas havia uma bala alojada dentro dele, uma bala que podia infectá-lo e matá-lo? Como poderia saber?

Ele quase riu alto pensando no que Grace diria se ele dissesse: *Mãe, eu acho que levei um tiro ontem à noite. Dá para você fazer um raio x em mim para ver se tem alguma bala alojada em meu ombro? Não se preocupe, eu não sinto dor nenhuma.*

Mas, não, isso não iria acontecer.

Caiu na cama, adorando o cheiro suave e limpo do travesseiro e, à medida que a luz cor de chumbo da manhã começou a preencher o quarto, caiu rapidamente no sono.

## 8

Reuben acordou às dez, tomou banho, fez a barba e foi imediatamente para o escritório de Simon Oliver pegar as chaves de Nideck Point. Não, os advogados de Marchent não se importavam que ele visitasse o local; na verdade, o caseiro precisava vê-lo, e o quanto antes ele pudesse cuidar para que alguns consertos fossem feitos, melhor. E, por favor, será que não podia fazer seu próprio inventário? Estavam preocupados em relação a "todos aqueles troços lá em cima."

Reuben estava na estrada antes do meio-dia, a toda velocidade pela Golden Gate em direção a Mendocino, a chuvinha caindo sem parar, o carro cheio de roupas, um computador extra, dois antigos aparelhos de DVD Bose e outras coisas que ele deixaria em seu novo refúgio.

Precisava desesperadamente desse tempo sozinho. Precisava estar sozinho naquela noite com todos esses poderes – para estudar, para observar, para buscar controle. Talvez pudesse parar a transformação de acordo com sua vontade ou, quem sabe, moderá-la. Talvez conseguisse fazer isso.

De uma forma ou de outra, tinha de se afastar de tudo, incluindo as vozes que o haviam atraído à chacina de quatro pessoas. Não tinha nenhuma escolha a não ser tomar o caminho do norte.

E... e, sempre havia a remota possibilidade de que alguma coisa vivesse ali naquela floresta nortista e que sabia tudo acerca do que era e que talvez pudesse simplesmente compartilhar com ele os segredos da coisa na qual se transformara. Não tinha exatamente esperanças disso, mas era algo possível. Queria estar visível àquela coisa. Queria que a coisa o visse vagando pelos cômodos de Nideck Point.

Grace estava no hospital no momento em que ele saíra sorrateiramente de casa, e Phil não estava por perto. Ele tivera uma breve conversa com Celeste, ouvindo-a entorpecidamente relatar a ele os horrores da noite passada em detalhes efervescentes.

– E essa COISA simplesmente jogou a mulher pela janela, Reuben! E ela aterrissou de cara na calçada! Enfim, a cidade está enlouquecendo! A coisa destroçou dois mendigos no Golden Gate Park, destripando um deles como se fosse um peixe. E todo mundo adorou a história, Reuben. O lobo homem, é assim que está todo mundo chamando a criatura. Dava até para fazer canecas e camisetas com isso, sabia? De repente dava para criar uma marca registrada tipo, "lobo homem". Quem é que vai acreditar no que aquela mulher maluca em North Beach falou? Enfim, o que é que essa coisa vai fazer em seguida, rabiscar uma mensagem poética num muro com o sangue da vítima?

– É uma ideia, Celeste – murmurara Reuben.

Quando o táfego empacou em Waldo Grade, ele ligou para Billie.

– Você marcou mais um gol, menino prodígio – disse Billie. – Eu não sei como é que você faz isso. A coisa foi pega pela imprensa falada e televisada e pela internet em todo o planeta. As pessoas estão falando sobre isso nas redes sociais, Facebook, Twitter e coisa e tal. Você deu a esse monstro lobo homem uma espécie de profundidade metafísica!

Tinha feito isso? Como isso acontecera – com a atenção que dera às descrições de Susan Larson e seu relato sobre a voz da criatura? Não conseguia nem mesmo se lembrar do que havia escrito. Mas eles o estavam chamando de lobo homem, e isso representava uma pequena vitória.

Billie estava extasiada em relação ao que acontecera. Queria que ele falasse com as testemunhas do Golden Gate Park e com os vizinhos de Buena Vista Hill.

Bem, precisava tomar o caminho do norte, não tinha escolha, ele disse. Precisava ver a cena do crime onde ele havia sido quase morto.

– Bem, é claro, você está em busca de provas da existência do lobo homem lá em cima, certo? Tire algumas fotos do corredor! Você percebeu que nós não temos nenhuma foto do interior dessa casa? Você está com a Nikon?

– O que está acontecendo com o sequestro? – perguntou ele.

– Esses sequestradores não estão dando nenhuma garantia de que as crianças vão ser devolvidas com vida. Está um impasse, o FBI diz para não transferir o dinheiro até os sequestradores entregarem um plano. Eles não estão nos contando tudo, mas os meus contatos na delegacia encarregada me dizem que eles estão lidando com gente realmente profissional. E a coisa não parece nada boa. Se esse maldito lobo homem de San Francisco está nessa onda toda de bancar o super-herói que vai trazer justiça e vingança ao mundo, por que cargas-d'água não vai lá encontrar essas crianças desaparecidas?

Reuben engoliu em seco.

– Essa é uma boa pergunta – disse ele.

*Talvez simplesmente o lobo homem ainda não tenha noção do que ele seja de fato, e esteja ganhando confiança noite após noite, isso já passou pela sua cabeça, Billie?* Mas não disse isso.

Uma onda de náusea tomou conta dele. Pensou nos corpos daqueles homens mortos no Golden Gate Park. Pensou no cadáver daquela mulher na calçada. Talvez Billie devesse visitar o necrotério e dar uma olhada nos destroços humanos que o "super-herói" está deixando em seu rastro. Isso não era uma série de extravagâncias.

Seu enjoo teve vida curta, entretanto. E agudamente ciente de que não sentia nenhuma pena de nenhuma daquelas criaturas. E também estava agudamente ciente de que não tinha nenhum direito de matá-las. E daí?

O tráfego estava andando. E a chuva havia se intensificado. Ele precisava ir. O barulho do trânsito estava, de certa forma, abafando as vozes ao redor, mas ainda conseguia ouvi-las, como um caldo borbulhante.

Começou a sintonizar o rádio em busca de notícias e conversas, aumentando o volume para que este neutralizasse todos os outros sons.

Era o sequestro de Goldenwood ou o lobo homem, com todas as previsíveis piadas e gozações sobre a fera e suas dúbias testemunhas. O nome "lobo homem" era o favorito, tudo bem, mas havia ainda muita gente falando em Yeti, Pé de Anjo, e até mesmo homem gorila. Um comentarista de voz doce da NPR comparou os tumultos e suas ambíguas evidências físicas ao conto "Assassinatos na Rua Morgue" e especulou que a coisa poderia tratar-se de uma fera manipulada por algum ser humano; ou de um homem poderoso usando um traje peludo.

Na realidade, quanto mais Reubem escutava, mais ficava claro que a ideia de um agressor usando um traje estava ganhando peso. As pessoas não estavam aceitando evidências ou testemunhos em contrário. E certamente ninguém pensava ou imaginava que essa criatura possuísse qualquer poder especial para coibir a injustiça; presumia-se que a criatura tivesse dado de cara com as situações nas quais havia interferido. E ninguém estava sugerindo que ele poderia ou deveria pegar os sequestradores da Goldenwood. Billie fora a primeira a abordar essa ideia. Assim como o próprio Reuben.

Por que não tentar encontrar essas crianças? Por que não cancelar essa viagem para o norte e começar a dirigir de volta a Marin County para rastrear essas crianças e aqueles três adultos?

Reuben não conseguia tirar essa ideia da cabeça. Por acaso não era razoável imaginar que os sequestradores não poderiam em hipótese alguma ter transportado aquelas quarenta e cinco vítimas para um lugar muito distante?

Alguns apresentadores de talk-shows estavam totalmente irritados com o fato de que alguém pudesse estar concentrado em alguma coisa que não fosse o sequestro da Goldenwood. E os pais de uma das crianças haviam rompido com o FBI e a delegacia encarregada e condenado publicamente a ambos por não haverem pago o resgate assim que este foi exigido.

O poder que Reuben desfrutara na noite anterior, e não há nenhuma dúvida quanto a isso, realmente desfrutara desse poder, não era nada quando ele pensava nas crianças desaparecidas e nos pais soluçando atrás de portas fechadas na Goldenwood Academy. E se? E como exatamente? Será que devia simplesmente voltar para o local do sequestro, escutar com sua nova audição aguçada os choros das vítimas?

O problema era que a sua audição não era muito aguçada de manhã cedo. Ficava mais aguçada ao cair da noite, e ainda faltavam várias horas para isso.

A chuva caía com mais força enquanto ele seguia para o norte. Por longas distâncias, as pessoas dirigiam com os faróis acesos. Quando o tráfego diminuiu de intensidade até começar a se arrastar em Sonoma County, Reuben percebeu que jamais chegaria em Nideck Point a tempo de retornar antes de escurecer. Que inferno, já estava escurecendo agora, às duas da tarde.

Saiu da estrada em Santa Rosa, teclou seu iPhone em busca de um endereço da loja de roupas Big Man XL mais próxima e rapidamente comprou duas das mais longas e maiores capas de chuva que eles tinham à venda, incluindo um impermeável marrom com uma aparência tolerável com o qual ele até simpatizou, diversos pares de calças de moletom supergrandes e três casacos de moletom com capuz. Em seguida achou uma loja de apetrechos de esqui e comprou máscaras e as maiores luvas de esqui que havia em estoque. Adquiriu também cinco cachecóis marrons de cashmere que seriam bons para esconder seu rosto até onde começavam os gigantescos óculos de sol, comprados na drogaria, caso as máscaras de esqui não funcionassem ou fossem assustadoras demais.

A Walmart tinha gigantescas botas de chuva.

Tudo isso era poderosamente excitante.

Voltou para as notícias assim que retornou à estrada. A chuva estava quase torrencial. O tráfego movia-se modorrentamente, e às vezes nem se movia. Com certeza passaria a noite em Mendocino County.

Por volta das quatro horas da tarde alcançou a estrada da floresta que levava diretamente à casa de Marchent – bem, que levava à nossa casa, melhor dizendo. As notícias continuavam a todo vapor.

No front do lobo homem, o legista encarregado confirmara que a mulher morta de Buena Vista Hill tinha apenas um parentesco distante com o casal de idosos que vinha torturando. E a própria mãe da mulher morrera em circunstâncias misteriosas dois anos antes. Quanto aos homens mortos em Golden Gate Park, ambos estavam agora ligados, a partir de provas fornecidas por impressões digitais, a dois assassinatos de sem-tetos realizados com bastões de beisebol na área de Los Angeles. A vítima no Golden Gate Park havia sido identificada como um homem proveniente de Fresno que se encontrava desaparecido, e sua família ficara bastante contente de tê-lo de volta a seu convívio. O estuprador de North Beach era um assassino condenado pela justiça, há pouco tempo solto depois de passar menos de dez anos preso por um estupro seguido de morte.

– Então, quem quer que seja esse vingador – disse o porta-voz da polícia –, tem uma extraordinária aptidão para intervir nas situações certas e na hora exata, e tudo isso é muito louvável, mas seus métodos fizeram dele o alvo da maior caçada humana já registrada na história de San Francisco.

– Não se enganem – prosseguiu ele quando o frenesi de repórteres obteve permissão de perguntar –, nós estamos lidando aqui com um indivíduo perigoso e obviamente psicótico.

– Ele é um homem usando algum tipo de traje de animal?

– Nós abordaremos as consequências para essa pergunta depois de termos mais tempo para processar as provas.

Então conte sobre a quantidade abundante de lisozima na saliva, pensou Reuben, mas é claro que você não vai fazer isso. Isso apenas exacerbaria a histeria. E ele não deixara nenhuma saliva para ser usada como prova na noite anterior, apenas o que quer que possa ter vindo das garras com as quais retalhara suas vítimas.

Uma coisa estava clara. As pessoas não estavam temendo por suas vidas em relação ao lobo homem, mas ninguém, ou pelos menos era o que pareciam indicar as chamadas nas rádios, acreditava que o lobo homem tivesse de fato trocado palavras com a vítima e a testemunha de North Beach.

Reuben estava prestes a desligar o rádio quando surgiu a notícia de que o corpo de uma aluna de 8 anos de idade da Goldenwood Academy havia sido encontrado duas horas antes nas ondas de Muir Beach. Causa da morte: trauma agudo.

Havia uma entrevista coletiva em curso na delegacia de San Rafael. Parecia um linchamento.

– Até nós termos um plano concreto para o retorno das crianças e das professoras – disse o xerife –, não podemos acatar as exigências dos sequestradores.

Basta. Reuben não aguentava mais. Desligou o rádio. Uma menininha morta em Muir Beach. Quer dizer então que esses "gênios da tecnologia" haviam feito isso, não haviam? Simplesmente haviam assassinado uma das inúmeras vítimas para mostrar que estavam falando sério? É claro. Quando você tem quarenta e cinco vítimas potenciais, por que não?

Estava enfurecido.

Eram cinco horas, estava escuro e a chuva não mostrava nenhum sinal de esmorecer. E as vozes do mundo estavam muito distantes. Na realidade, não ouvia nenhuma voz. Isso queria dizer, obviamente, que não podia ouvir coisas ditas a uma distância infinita muito mais do que um animal podia. Quais eram os limites reais de seus poderes? Ele não fazia nenhuma ideia.

Uma menininha encontrada morta na praia.

Isso era mais do que motivo, não era, para concluir que as outras vítimas não estavam nem um pouco distantes.

Abruptamente, atingiu o topo do último trecho de subida e, com a luz dos faróis, viu a enorme casa assomando à frente, um gigantesco fantasma de si mesma na chuva, bem mais grandiosa do que a lembrança permitira vislumbrar. Havia luzes nas janelas.

Reuben ficou extasiado diante da visão, extasiado com aquele momento.

Mas também sentia-se triste. Não conseguia parar de pensar nas crianças – naquela menininha na praia fria.

Enquanto parava o carro em frente à porta, as luminárias externas foram acesas, iluminando não apenas os degraus e a porta em si, mas também a fachada, até pelo menos o topo das janelas do segundo andar. Que lugar glorioso era aquele.

Oh, como ele estava distante daquele cara jovem e inocente que pisara pela primeira vez na soleira de Nideck Point.

A porta abriu-se e o caseiro apareceu usando uma capa de chuva amarela. Ele desceu para ajudar Reuben com as trouxas e a mala.

A sala grande já estava com o fogo aceso e crepitando. E Reuben podia sentir o rico aroma de café.

– Tem uma ceia para o senhor no fogão – disse o caseiro, uma pessoa alta e magra de olhos cinza, bem desgastada e enrugada, com esparsos cabelos cor de ferro e um sorriso sem cor, porém agradável. Possuía uma dessas agradáveis vozes desprovidas de sotaque da Califórnia que não forneciam nenhum indício de onde nascera. – A minha mulher trouxe a comida para o senhor. Não foi ela que preparou, é claro. Ela pegou na Redwood House, na cidade aqui perto. Tem também frutas e verdura. Ela tomou a liberdade...

– Estou muito satisfeito – disse Reuben de imediato. – Pensei em tudo menos na comida. E estava absolutamente louco quando pensei que conseguiria chegar aqui às quatro da tarde. Sinto muito.

– Não se preocupe – disse o homem. – Meu nome é Leroy Galton e todo mundo me chama de Galton. Minha mulher é Bess. Ela mora aqui desde que nasceu. Costumava cozinhar e fazer a faxina aqui vez por outra quando havia festa. – Ele pegou a mala da mão de Reuben e, erguendo as trouxas em uma das mãos, percorreu de volta o corredor na direção da escada.

Reuben sentiu falta de ar. Estavam se aproximando do ponto onde ele havia lutado com os agressores de Marchent, o ponto onde ele quase morrera.

Ele não se lembrava dos lambris de carvalho escuros. Nenhuma mancha de sangue estava visível, mas uns três metros de carpete indo da escada à porta da cozinha eram obviamente novinhos em folha. E não combinava com a larga passadeira oriental na escada.

– Você não teria como saber que alguma coisa aconteceu aqui! – declarou Galton em tom de triunfo. – Nós esfregamos aqueles tacos todos. Devia ter uns cinco centímetros de cera velha neles, de qualquer maneira. – Você jamais teria como saber.

Reuben parou. Nenhuma lembrança ligava-se àquele ponto da casa. Tudo o que lembrava era escuridão, e deslizou para dentro da escuridão, revivendo compulsivamente o ataque, como se estivesse percorrendo as Estações da Cruz na Igreja de St. Francis em Gubbio durante a Sexta-Feira Santa. Dentes como agulhas enterrando-se em seu pescoço e crânio.

*Você sabia o que iria acontecer comigo quando me deixou com vida?*

Galton soltou uma longa corrente de clichês e chavões verdadeiramente inspiradores de confiança na vida e acerca de como a vida segue em frente, como a vida pertence aos vivos, como essas coisas acontecem, ninguém está a salvo, sabe como é, nunca se sabe por que as coisas acontecem, um dia se saberia por que as coisas acontecem, e até mesmo os melhores rapazes podem tomar um rumo ruim hoje em dia com as drogas do jeito que andam, e nós temos simplesmente de superar esse tipo de coisa e seguir em frente.

– Vou contar uma coisa para você – disse ele subitamente, numa voz baixa e confidencial. – Eu sei o que foi que fez aquilo. Sei o que foi que te pegou. E é um milagre ele ter deixado você vivo.

Os pelos da nuca de Reuben ficaram eriçados. Seu coração estava batucando em seus ouvidos.

– Você sabe o que fez aquilo? – perguntou ele.

– Um leão da montanha – disse Galton, estreitando os olhos e levantando o queixo. – E também sei qual foi o leão da montanha. Ela anda por essas paragens há muito tempo.

Reuben sacudiu a cabeça. E sentiu uma onda de alívio. De volta ao antigo mistério.

– Não pode ter sido isso – disse ele.

– Oh, filho, nós todos sabemos que foi esse leão da montanha. Ela está por aí em algum lugar agora mesmo com a ninhada. Três vezes atirei nela e errei o alvo. Ela me tirou o meu cachorro, meu jovem. Agora, você nunca conheceu o meu cachorro, mas ele não era um cachorro comum mesmo.

Reuben sentiu uma onda de alívio diante de tudo aquilo, porque era uma história completamente distante da verdade.

– Meu cachorro era o mais lindo pastor-alemão que eu já vi na vida. O nome dele era Panzer, e eu mesmo o adestrei desde que tinha 6 semanas de idade e o treinei para jamais aceitar nenhum pedaço de comida que não fosse dado por mim. Ensinei todos os comandos em alemão. Era o melhor cachorro que já tive até hoje.

– E o leão da montanha pegou ele – murmurou Reuben.

O velho ergueu o queixo novamente e assentiu solenemente.

– Arrastou-o do meu quintal até a floresta, e praticamente não sobrara nada dele quando eu o encontrei. Ela fez isso. Ela e a cria, e essa cria está quase adulta. Fui atrás dela, fui atrás da ninhada. Vou pegar esse bicho, com ou sem permissão oficial! Não vão poder me impedir. É só uma questão de tempo. Tome cuidado se for andar nessa floresta. Ela anda com os gatinhos dela, eu sei que anda, está ensinando os bichinhos a caçar, e você precisa ter cuidado durante o pôr do sol e durante a madrugada.

– Vou ter cuidado – disse Reuben. – Só que não foi mesmo um leão da montanha o que me atacou.

– E como é que você sabe disso, filho? – perguntou o homem.

Por que estava discutindo? Por que estava expressando o que quer que fosse? Deixe o homem acreditar no que queria acreditar. Não era isso o que todos estavam fazendo?

– Porque eu teria sentido o cheiro se tivesse sido um leão da montanha – confessou –, e o aroma dela estaria no homem morto e em mim.

O homem ponderou aquelas palavras por um momento, relutante, mas aparentemente de modo honesto. Ele balançou a cabeça e disse:

– Bem, ela pegou o meu cachorro – confessou ele –, e vou matá-la de um jeito ou de outro.

Reuben assentiu.

O velho começou a subir a ampla escadaria de carvalho.

– Você ficou sabendo daquela menininha de Marin County? – perguntou Galton por sobre o ombro.

Reuben respondeu que ficara sabendo, sim.

Ele mal podia respirar. Mas queria ver tudo, sim, tudo o que havia ali.

O lugar parecia estar bem limpo, os assoalhos polidos brilhando de cada lado do antigo tapete oriental. Os pequenos castiçais em formato de vela estavam todos acesos, como naquela primeira noite.

– Pode me colocar naquele último quarto ali – disse ele. Era o último no fim do corredor oeste, o antigo quarto de Felix.

– Você não quer o quarto maior na frente da casa? Pega bem mais sol esse quarto da frente. É um lindo cômodo.

– Ainda não tenho certeza. Esse aí por enquanto está ótimo.

O homem entrou na frente, acendendo a luz com rapidez o bastante, como se fosse completamente familiarizado com a casa.

A cama estava feita com uma colcha florida de poliéster, mas Reuben encontrou lençóis limpos e travesseiros no baú e algumas toalhas bem velhas, porém limpas, no banheiro.

– A minha mulher fez o melhor que pôde – disse Galton. – O banco queria que a casa tivesse uma aparência decente, foi o que disseram assim que a polícia liberou a cena do crime.

– Entendi – disse Reuben.

O homem era entusiasmado e gentil, mas Reuben queria que essa parte de sua chegada fosse curta.

Eles caminharam por inúmeros quartos, conversaram, bateram papo sobre consertos simples, uma maçaneta aqui, uma janela pintada ali, alguns revestimentos se soltando em um banheiro.

O quarto principal era de fato impressionante, com seu papel de parede original florido estilo William Morris. Era realmente o melhor quarto da frente.

Ocupava o canto sudoeste da casa, possuía janelas em dois lados e um banheiro de mármore bastante espaçoso com um chuveiro com janela. O fogo fora aceso ali especificamente para Reuben, na grande e profunda lareira de pedra embaixo da viga com arabescos.

– Antigamente, havia uma escadaria de ferro naquele canto ali – disse Galton –, que ia até o salão no sótão lá em cima. Mas Felix não podia ter esse tipo de coisa. Precisava ter privacidade lá em cima, e mandou o sobrinho e a mulher do sobrinho tirarem a escada. – Galton estava desfrutando do papel de guia da casa. – Tudo isso aqui é o mobiliário original, sabia? – Apontou para a enorme cama de nogueira. – Isso é neorrenascentista, estilo arco quebrado. Está vendo os remates daquela urna? Aquela cabeceira tem quase três metros de altura, de nogueira maciça. Aquilo ali é um revestimento de barbote. – Fez um gesto apontando o tampo de mármore do vestíbulo. – Estilo arco quebrado – disse ele apontando para o espelho alto. – E essa também é a pia original. Berkey e Gay fizeram esses móveis em Grand Rapids. A mesa também. Não sei de onde vem a grande cadeira de couro. O pai de Marchent adorava aquela cadeira. Tomava todo dia o café da manhã nela, lendo o jornal. Alguém tinha de pegar o jornal. Ninguém entregava nada aqui. Tudo isso aqui são antiguidades americanas de verdade. Essa casa foi construída assim. Foi Felix quem trouxe todo o mobiliário europeu que está na biblioteca e no salão lá embaixo. Aquele Felix era um homem renascentista.

– Isso dá para ver – disse Reuben.

– Nós preparamos esse quarto especialmente para você com os melhores lençóis da casa. Tudo de que precisa está no banheiro. Essas flores em cima da mesa vieram do meu jardim – disse ele.

Reuben estava grato, e expressou isso.

– Algum dia me instalo aqui – disse ele. – É certamente o melhor aposento da casa.

– É a melhor vista do mar, essa daqui desse quarto – disse Galton. – É claro que Marchent nunca o usou. Para ela, isso aqui sempre foi o quarto de seus pais. O quarto dela fica logo ali no fim do corredor.

Sombras da sra. Danvers, pensou Reuben em silêncio. E teve um daqueles deliciosos calafrios aos quais estava se tornando cada vez mais suscetível. *Essa casa agora é minha.*

Queria muitíssimo que Phil visse esse lugar, mas ele não podia levá-lo até lá agora. Era simplesmente impensável.

O quarto da ala sudeste da casa era tão gracioso quanto o quarto principal, assim como eram também os dois quartos centrais da frente voltados para o sul. Esses três possuíam o pesado e impressionante mobiliário de Grand Rapids e o deslumbrante papel de parede floral estilo

William Morris, mas o papel estava caindo em determinadas partes e mofado em outras, bastante necessitado de uma reforma. Nenhum desses quartos ainda havia sofrido reformas, confessou Galton. Não possuíam suficientes equipamentos elétricos, e as lareiras necessitavam trabalhar. E, por mais charmosos que fossem os velhos banheiros, com antigas pias de pedestal e banheiras com pés de garras, sua utilização seria desconfortável.

– Felix teria cuidado de tudo isso – disse Galton, balançando a cabeça.

Mesmo o longo e amplo corredor frontal tinha um aspecto desleixado, com carpetes puídos.

Dirigiram-se a diversos outros quartos da ala leste que também possuíam objetos de antiguidade americanos – às vezes maciças armações de cama e velhas cadeiras estilo neorrenascentista espalhadas.

– Agora, tudo isso aqui foi renovado – disse Galton, orgulhoso –, e todos os cômodos receberam fiação para TV a cabo, todos. Tem aquecimento central nesses quartos e lareiras funcionando. Felix cuidou disso, mas Marchent nunca instalou aparelhos de TV. E as antigas televisões já se foram há muito tempo. Marchent não era muito adepta de TVs e, bem, depois que os rapazes foram banidos daqui, a existência delas simplesmente não fazia sentido. Ela sempre trazia amigos para cá, é claro. Bem, uma vez trouxe pra cá um verdadeiro clube de pessoas da América do Sul, mas eles não ligavam para TV. Ela dizia que assim estava ótimo.

– Você acha que conseguiria arranjar para mim um bom aparelho de TV com tela plana no quarto principal, com canais a cabo e tudo? – perguntou Reuben. – Sou viciado em notícia. Arranje a melhor que puder. Também acharia ótimo se tivesse uma boa TV de tela plana na biblioteca lá de baixo. E de repente algum modelo pequeno na cozinha. Como disse, eu mesmo cozinho.

– Sem problema, eu boto uma – disse Galton com uma óbvia alegria.

Desceram a escada de carvalho e passaram pelo vestíbulo da morte.

– Escute, você sabe que tenho mais dois companheiros trabalhando comigo, não sabe? – Então eles também entram e saem daqui de vez em quando, um deles é meu primo e o outro o meu enteado. São como eu mesmo. Podemos fazer qualquer coisa que você quiser que a gente faça.

E desceram, e Galton mostrou a Reuben orgulhosamente como as janelas quebradas da sala de jantar haviam sido "restauradas" de tal modo que seria praticamente impossível dizer que não se tratavam das janelas originais. E isso não era algo fácil de fazer, ainda mais com vidros em formato de diamante como aqueles.

Aqueles irmãos miseráveis devastaram as pequenas despensas de ambos os lados da ampla porta que dava no salão onde era guardada a prataria, arrastando pratos e bules de prata e deixando-os espalhados por toda a alcova, só para que tudo parecesse um roubo, como se alguém fosse idiota o suficiente para cair numa dessas.

– Bem, tudo isso foi endireitado – disse ele. Ele abriu as portas dos dois lados para que Reuben pudesse dar uma olhada. – O que não falta nessa casa são despensas – disse ele –, ainda mais com essas duas despensas e a despensa do mordomo logo ali antes de você entrar na cozinha. Espero que você tenha intenção de ter uma família grande e muitos filhos. Tem um closet na outra extremidade desse corredor também repleto de porcelana e prataria.

Reuben preparou o espírito e seguiu o homem até o interior da cozinha. Muito lentamente, ele se virou para avaliar o chão e descobriu que o mármore branco havia sido coberto por uma série de tapetes ovais trançados. Em algum lugar embaixo de tudo aquilo havia sangue de Marchent, provavelmente visível na argamassa, se não no mármore. Não fazia a menor ideia do ponto onde ela havia caído. Sabia do fundo do coração que não queria estar naquele recinto, e a ideia de servir um cozido de um caldeirão fumegante em cima do fogão lhe parecia revoltante. Revoltante.

Comer logo após a "morte" de alguém sempre o revoltara. Lembrou quando o irmão de Celeste havia morrido em Berkeley. Reuben não fora capaz de comer ou beber coisa alguma por dias sem vomitar em seguida.

Estava fazendo um trabalho muito bom escondendo sua inquietação. Galton o observava, à espera.

– Escute, vá em frente – disse Reuben. – Eu te dou carta branca em relação às reformas. – Abriu a carteira e sacou um maço de notas. – Isso aqui deve dar para começar as coisas. E pode estocar o freezer e a despensa com as coisas de sempre, você sabe do que eu estou falando. Sei como degelar e cozinhar uma perna de cordeiro. Arrume para mim uns dois sacos de batata, cenoura e cebola. Sei me virar. Você só precisa cuidar de tudo. O principal comigo é privacidade. O que peço é que ninguém, quero dizer ninguém mesmo, entre aqui, exceto o pessoal que trabalha com você. E mesmo assim apenas quando você estiver com eles.

O homem ficou satisfeito. Pôs o maço de notas no bolso. E assentiu para tudo o que havia sido dito. Explicou que "aqueles repórteres" haviam estado por toda parte, bisbilhotando do lado de fora da casa, mas nenhum deles havia cometido a ousadia de entrar, e aí quando aconteceu o sequestro, os repórteres sumiram.

– Hoje em dia é assim, com essa história de internet e coisa e tal – disse Galton. – Tudo passa como um raio, apesar de que, agora, é claro que estão falando do tal lobo homem de San Francisco, e tem gente ligando para cá, sabia? A polícia já passou por aqui duas vezes hoje de manhã.

Além disso, o alarme foi ligado desde que a polícia deixara o local. Ele o havia pessoalmente acionado assim que os investigadores saíram. O advogado da família cuidara de tudo isso. Uma vez que esse alarme foi acionado, todo o primeiro pavimento foi coberto por detectores de movimento, alarmes de quebrar vidro e contatos em todas as portas e janelas.

– Quando esse alarme dispara, ele dispara também lá em casa e na polícia simultaneamente. Eu ligo. Eles ligam, mas, não importa o que aconteça, eles dão logo as caras por aqui.

Ele deu a Reuben o código do alarme, mostrou como apertar a tecla para acioná-lo e disse que havia um teclado no segundo andar que podia ser usado para acionar os detectores de movimento antes dele descer a escada de manhã.

– Agora, se você quiser que ele fique acionado enquanto está zanzando por aí, então tecle o código e pressione CASA, aí as suas janelas e portas ficarão cobertas sem os detectores de metal.

– Oh, e você precisa ter o meu e-mail. Verifico os e-mails o dia inteiro. Você pode me mandar e-mails sobre qualquer coisa que achar errado. Eu leio aqui. – E levantou o iPhone com orgulho. – Ah, e basta me telefonar. Esse aparelho aqui fica ao lado da minha cama a noite toda.

Tampouco era necessário se preocupar com as fornalhas. As fornalhas a gás eram relativamente novas, considerando-se a idade do imóvel, e não havia nada de amianto no lugar, nada mesmo. Estavam mantendo a casa a uma temperatura de 22 graus, que era como Marchent gostava. É claro que vários dutos de ventilação encontravam-se fechados, mas por acaso a temperatura não estava suficientemente agradável ali naquele momento?

– E, a propósito, há um porão debaixo da casa, um pequeno porão, com uma escada debaixo da escadaria principal. Esqueça ele. Na verdade, não há nada lá embaixo, porque todas as fornalhas foram transportadas de volta à ala de serviço anos atrás.

– Sim, está ótimo – disse Reuben.

O serviço de internet também estava funcionando, exatamente como a srta. Marchent usava. O sinal cobria a casa toda. Havia um roteador no escritório e outro na sala de eletricidade do segundo andar logo ali no fim do corredor.

Reuben estava contente em relação a tudo aquilo.

E acompanhou Galton até a porta dos fundos.

Pela primeira vez, sob os altos holofotes nas árvores, viu uma ampla área de estacionamento na ala dos empregados, uma construção de dois pavimentos nos fundos da propriedade bem à esquerda de onde, aparentemente, Felice havia sido assassinada. Tratava-se, obviamente, de uma adição tardia à casa.

Quase não conseguia ver nada da floresta além das luzes, só aqui e ali um pedacinho de verde e uma faixa de luz no galho de uma árvore.

*Você está aí? Está vigiando? Você se lembra do homem que você poupou quando matou os outros?*

Galton tinha um Ford novinho em folha e discursou sobre suas virtudes por vários minutos. Poucas coisas faziam um homem sentir-se melhor do que um caminhão novinho em folha. Reuben poderia talvez querer um caminhão na propriedade, viria a calhar. Mas, nesse caso, o caminhão de Galton estaria à disposição de Reuben. Em seguida ele prometeu que estaria ali em dez minutos se Reuben lhe telefonasse.

– Uma última pergunta – disse Reuben. – Eu tenho aqui comigo todos os mapas do agrimensor, mas existe por acaso algum tipo de cerca ao redor da propriedade?

– Não – disse o homem. – As sequoias seguem por quilômetros e quilômetros, e nessa floresta você encontra algumas das árvores mais velhas desse litoral. Só não aparecem muitas pessoas por aqui fazendo *trekking*. Aqui é muito fora de mão. Eles se dirigem aos parques estaduais. Os Hamilton vivem ao norte e a família Drexel antigamente morava a leste, mas eu acho que não tem mais ninguém por lá. Aquele lugar está à venda há anos. Eu vi luz no local algumas semanas atrás. Provavelmente devia ser apenas algum corretor. Naquela propriedade você encontra árvores tão antigas quanto as suas daqui.

– Mal posso esperar para caminhar pela floresta – murmurou Reuben, mas o que ele estava registrando era que ele estava realmente sozinho ali. Sozinho.

Por falar nisso, o que poderia ser melhor quando o tempo melhorasse do que caminhar naquela floresta como o lobo homem, vendo e escutando – quem sabe saboreando coisas – como nunca antes?

E quanto ao leão da montanha e sua cria? Será que estavam realmente tão próximos? Alguma coisa dentro dele agitou-se diante desse pensamento – uma fera tão poderosa quanto um leão da montanha. Será que ele conseguiria ser mais veloz do que um animal como esse? Será que conseguiria matá-lo?

Ele ficou parado por um momento na porta da cozinha, ouvindo o som do caminhão de Galton afastando-se, e então virou-se e encarou a casa vazia e tudo o que acontecera lá.

# 9

Ele não ficou nem um pouco assustado com coisa alguma quando esteve ali pela primeira vez. E agora estava bem mais afastado de qualquer espécie de temor do que estivera na época. Sentia-se tranquilamente poderoso, resistente, e confiante de um jeito que jamais se sentira antes da transformação.

Não obstante, não gostava de estar tão sozinho, de estar tão absolutamente sozinho e, na verdade, jamais gostara muito disso.

Crescera em meio à multidão de San Francisco, imprensado na estreita casa de Russian Hill com seus cômodos pequenos e elegantes, e a constante vitalidade de Grace e Phil e dos amigos de Grace entrando e saindo a todo momento. Passara a vida em grupos e reuniões, apenas a alguns passos do trânsito de North Beach e de Fisherman's Wharf, a poucos minutos de seus restaurantes favoritos na movimentada Union Street – adorando as férias familiares em cruzeiros pelos oceanos e vagando em grupos de intrépidos alunos pelas ruínas do Oriente Médio.

Agora, tinha a solidão e a quietude por que vinha ansiando, com as quais vinha sonhando, a solidão e a quietude que o seduziram tão poderosamente naquela primeira tarde ali com Marchent, que agora faziam parte dele, e estava se sentindo mais solitário do que jamais se sentira em toda a sua vida, e mais alienado de tudo, até mesmo da lembrança de Marchent, do que jamais estivera antes.

Se havia algo lá fora, algo que talvez soubesse mais acerca dele do que qualquer outra pessoa, não conseguia senti-lo. Não conseguia ouvi-lo. Escutava pequenos sons, sons que não representavam ameaça. Isso era tudo.

E tampouco conseguia de fato ter esperanças de que essa criatura aparecesse.

Estava se sentindo sozinho.

Bem, hora de trabalhar, de descobrir o lugar, e descobrir o que quer que ainda pudesse descobrir.

A cozinha era cavernosa e estava imaculadamente limpa. Até mesmo os tapetes trançados eram novos, e horrorosamente inadequados para aquele piso de mármore branco. Panelas de cobre estavam penduradas em ganchos de ferro acima da ilha central, com sua superfície formada por um cepo de açougueiro e as pequenas e elegantes pias. Bancadas de granito brilhavam ao longo das paredes. Atrás das portas de vidro dos armários brancos esmaltados havia fileiras e mais fileiras de porcelanas em diferentes padrões, e os jarros e vasos mais utilitários de uma cozinha grande. Uma longa e estreita despensa ia da cozinha à sala de jantar, e havia mais porcelanas e muito linho nos armários com portas de vidro que ali se encontravam.

Lentamente, ele olhou de relance na direção do escritório de Marchent. Em seguida, dirigiu-se ao interior da pequena sala escura e mirou a escrivaninha vazia. Esse lugar havia sido criado a partir da extremidade oeste da cozinha, e o piso de mármore seguia por baixo. Toda a barafunda de coisas que havia vislumbrado naquela noite fatal havia sido aparentemente colocada dentro de caixas brancas de estocagem, cada qual com um rótulo em feltro preto com números e abreviações escritas que deviam significar alguma coisa para a polícia que viera investigar o assassinato de Marchent. O chão fora lavado, obviamente. No entanto, um tênue perfume permanecia no recinto – *Marchent*.

Reuben sentiu-se tomado de amor por ela, bem como de uma dor indescritível. Manteve-se firme, esperando que passasse.

Tudo estava limpo e imóvel. O computador estava lá, embora não pudesse adivinhar o que restava de conteúdo no HD. A impressora e o aparelho de fax estavam prontos para ser utilizados. Havia uma fotocopiadora com scanner para cópia de livros. E havia uma fotografia na parede, um único retrato sob uma moldura de vidro, que Reuben não vira antes, de Felix Nideck.

Era um daqueles retratos formais de uma pessoa de frente que parece estar olhando diretamente para você. Filme novamente, raciocinou ele, porque dava para ver com clareza os mínimos detalhes.

Os cabelos do homem eram escuros e encaracolados. Seu sorriso era imediato, os olhos escuros acolhedores e expressivos. Estava usando o que parecia ser uma jaqueta de brim desbotado feita sob medida e uma camisa branca aberta no pescoço. Parecia prestes a falar.

Em tinta preta, no canto esquerdo, estava escrito: "Minha amada Marchent. Não se esqueça de mim. Com amor, tio Felix, '85."

Reuben virou-se e fechou a porta.

Não esperara que tudo isso fosse magoá-lo tanto.

– Nideck Point – sussurrou. – Aceito tudo o que você tem a me dar. – Mas ele olhou apenas de relance na direção do corredor em frente à porta da cozinha onde quase perdera a vida.

*Vamos pegar uma coisa de cada vez.*

Reuben ficou em silêncio. Ele não conseguia ouvir nenhum som na noite. Então, ao longe, ouviu o mar batendo na costa, as ondas soando como grandes canhões trovejando na praia. E fora obrigado a procurar esse som, a procurar além daqueles plácidos cômodos bem iluminados.

Serviu um pouco de cozido num prato, encontrou um garfo numa gaveta e dirigiu-se à sala de café da manhã da ala leste, sentando-se em uma mesa em frente às janelas.

Até mesmo aquela sala possuía seu aquecedor – embora não estivesse aceso – num forno Franklin de ferro preto no canto, e havia uma grande arca de carvalho com pratos pintados ao longo da parede dos fundos.

Um relógio de cuco Floresta Negra entalhado estava pendurado à direita da arca. Phil adoraria isso, pensou Reuben. Phil colecionara relógios de cuco durante um tempo, e os constantes chiados, campainhas e badaladas deixavam todos em sua casa um pouco malucos.

Floresta Negra. Ele pensou naquela história, "O Lobo-Homem", e no personagem Sperver. E a ligação com Nideck. Floresta Negra. Ele precisava olhar a foto na biblioteca, mas também havia muitas fotos no andar de cima a serem examinadas.

Uma coisa de cada vez.

As janelas ali cobriam a maior parte da parede leste.

Nunca gostou de ficar sentado diante de janelas nuas à noite, principalmente quando não era possível enxergar nada no mundo escuro além delas, mas agora fazia isso consciente e deliberadamente. A qualquer pessoa lá fora na floresta, ele estaria arrebatadoramente visível ali, como se estivesse num palco iluminado.

*Então, se você estiver aí fora, primo degenerado dos grandes Nideck, bem, pelo amor de Deus, apresente-se.*

Não havia nenhuma dúvida em sua cabeça de que ele se transformaria mais tarde, evidentemente, como havia se transformado na noite anterior e na anterior àquela, mesmo que não soubesse por que ou quando. Tentaria fazer com que a mudança acontecesse o quanto antes. E imaginava se aquela criatura, aquela criatura que poderia estar ali simplesmente observando, esperaria pela transformação antes que ela própria aparecesse.

Comeu a carne, as cenouras, as batatas, o que quer que conseguisse garfar. Estava bem gostoso, para falar a verdade. Enojar-se com a comida, que nada. Levantou o prato e sorveu o caldo. Simpático da parte da mulher de Galton proporcionar-lhe essa refeição.

De repente, baixou o garfo e pousou a testa nas mãos, os cotovelos na mesa.

– Marchent, perdoe-me – sussurrou ele. – Perdoe-me por esquecer por um instante que você morreu aqui.

Estava ainda sentado lá em silêncio quando Celeste ligou.

– Você não está com medo aí?

– Com medo de quê? As pessoas que me atacaram estão mortas. Estão mortas desde o ocorrido.

– Eu não sei. A ideia de você estar aí não me agrada. Você sabe o que aconteceu, não sabe? Encontraram uma menininha.

– Escutei no rádio quando estava vindo para cá.

– Há vários repórteres acampados do lado de fora da delegacia.

– Tenho certeza que sim. E não vou para lá agora.

– Reuben, você está perdendo a maior história da sua carreira.

– A minha carreira tem seis meses, Celeste. Ainda tenho muita coisa pela frente.

– Reuben, você nunca organizou muito bem as suas prioridades – disse ela com delicadeza, obviamente fortalecida pelos quilômetros que os separavam. – Você sabe, ninguém que o conhece esperava que você fosse escrever artigos tão interessantes para o *Observer*, e você deveria estar escrevendo nesse exato momento. Enfim, quando você arranjou esse emprego, pensei, é isso aí, legal, e quanto tempo isso vai durar? E agora você é o cara que deu o nome para a tal criatura. Todo mundo está usando a sua descrição como referência...

– A descrição da testemunha, Celeste... – Mas por que estava se importando em discutir aquilo, ou mesmo falar sobre aquilo?

– Escute, estou aqui com o Mort. Ele quer falar com você.

Agora, isso era acolhedor, não era?

– E aí meu camarada, como é que você está?

– Estou bem, estou bem – respondeu Reuben.

Mort continuou falando sobre o artigo de Reuben a respeito do lobo homem.

– Material bacana – disse ele. – Você está escrevendo alguma coisa sobre a casa aí?

– Não quero atrair nenhuma atenção sobre essa casa. Não quero mais lembrar ninguém de nada que ocorreu aqui.

– Faz sentido. Além do mais, essa é uma daquelas histórias que vai acabar antes mesmo de criar asas.

Você acha mesmo?

Mort mencionou que talvez levasse Celeste ao cinema em Berkeley, e gostaria muito que Reuben pudesse ir.

Hummmm.

Reuben disse tudo bem, que ele estaria com eles dois dentro de alguns dias. Fim do telefonema.

Então era isso. Celeste estava com Mort, estava se divertindo e sentindo-se culpada, de modo que resolveu ligar para mim. E o que ela estava fazendo indo ao cinema com Mort quando a cidade inteira está procurando os sequestradores ou o lobo homem?

Desde quando Celeste tem vontade de ver filmes de arte em Berkeley com esse tipo de coisa acontecendo? Bem, talvez ela estivesse se interessando por Mort. Não podia culpá-la por isso. A verdade era que Reuben não dava a mínima.

Depois de colocar o prato e o garfo em uma das três lavadoras de louça que descobriu embaixo do aparador, ele começou sua verdadeira turnê.

Percorreu todo o térreo da casa, espiando os closets e as despensas que se encontravam em todas as partes, encontrando tudo como era antes, exceto pelo fato de que a velha e abandonada estufa havia sido completamente esvaziada, e todas as plantas mortas levadas embora, e o piso de granito preto minuciosamente varrido. Mesmo a antiga fonte grega havia sido aparentemente esfregada, e alguém afixara com uma fita adesiva ao lado dela um bilhete escrito com capricho: "É necessário chamar um bombeiro."

Embaixo da escada principal, encontrou os degraus que davam no porão, e tratava-se de um recinto pequeno, um cômodo de cimento com mais ou menos seis metros quadrados, com armários de madeira escurecidos devido à fuligem que iam do chão ao teto, cheios de tecidos de linho manchados e rasgados que já deviam ter tido a sua importância no passado. Uma fornalha empoeirada e obsoleta ainda estava lá encostada na parede. Podia ver onde haviam existido outras fornalhas no passado. Os dutos não existiam mais, o teto estava descascando. Uma cadeira quebrada da sala de jantar encontrava-se em um dos cantos, um antigo secador de cabelos e um baú de viagem vazio.

Agora vinha um momento-chave, um momento que aguardara com ansiedade ao mesmo tempo que deliberadamente adiava: a biblioteca e os distintos cavalheiros da selva em sua moldura dourada. E subiu a escada.

Entrou na biblioteca como se fosse um santuário.

Acendeu o lustre do teto e leu os nomes escritos a tinta na foto emoldurada.

Margon Sperver, barão Thibault, Reynolds Wagner, Felix Nideck, Sergei Gorlagon e Frank Vandover.

Rapidamente, teclou os nomes no iPhone e enviou a seu próprio endereço eletrônico.

Que rostos notáveis e entusiasmados esses homens tinham. Sergei era um gigante, como Marchent mencionara, com cabelos muito louros e sobrancelhas espessas e louras e um rosto longo e retangular. Uma aparência bem nórdica, na verdade. Os outros eram todos ligeiramente menores, mas variavam bastante em fisionomia. Apenas Felix e Margon tinham a pele escura, como se tivessem sangue asiático ou latino.

Será que estavam compartilhando uma espécie de piada particular naquela foto? Ou será que era apenas um maravilhoso momento durante uma grande aventura compartilhada por amigos íntimos?

Sperver; Nideck. Talvez não passasse de coincidência e nada mais. Os outros nomes não tinham nenhum significado especial para Reuben.

Bem, agora ficariam ali para sempre; e podia passar horas com eles mais tarde ou amanhã ou depois de amanhã.

Ele subiu a escada.

Agora viriam mais momentos especiais. Abriu as portas que haviam sido trancadas naquela primeira noite. Estavam todas destrancadas agora.

– Depósitos – dissera Galton, não dando muita importância.

Viu as prateleiras entulhadas que ele antecipara com tanto entusiasmo, as inúmeras estátuas de jade ou diorito ou alabastro, os livros espalhados, os fragmentos...

Foi de sala em sala, esperando alcançar tudo.

E então subiu às pressas os degraus da escadaria central em direção ao terceiro andar e, tateando em busca de um interruptor, encontrou-se rapidamente em uma vasta sala abaixo do telhado da empena sudoeste, olhando para as mesas de madeira repletas de livros, papéis, mais estátuas e curiosidades, caixas de cartões com caligrafias indiscerníveis, livros sem nada, o que pareciam ser livros contábeis e até mesmo maços de cartas.

Essa era a sala acima do quarto principal, a sala que Felix havia lacrado. Na realidade, estava vendo o quadrado do piso restaurado onde a escada de ferro existia antes.

Havia grandes e confortáveis cadeiras antigas no centro dessa sala embaixo de um lustre velho de ferro preto.

Sobre o braço de uma das cadeiras, encontrou um pequeno livro em brochura empoeirado.

E o pegou.

## PIERRE TEILHARD DE CHARDIN
*Como eu acredito*

Aquilo era bastante curioso. Será que Felix era leitor de Teilhard de Chardin, um dos teólogos católicos mais sofisticados e misteriosos? Reuben não se interessava realmente por filosofia ou teologia muito mais do que se interessava por ciência, mas amava a dimensão poética de Teilhard de Chardin, e sempre amaria. Assim como seu irmão, Jim. Reuben encontrava uma espécie de esperança em Teilhard, que havia sido não somente um crente fervoroso em Deus como também um crente no mundo, como ele sempre colocava em suas obras.

Reuben abriu o livro. O papel estava velho e quebradiço. Direitos autorais de 1969.

*Acredito que o universo é uma evolução.*
*Acredito que a evolução segue na direção do espírito.*
*Acredito que o espírito realiza-se plenamente em uma forma*
   *de personalidade.*
*Acredito que a personalidade suprema é o Cristo Universal.*

Bem, palmas para Teilhard, pensou amargamente. Reuben sentiu subitamente uma profunda tristeza, um pouco de raiva e, em seguida, algo semelhante a desespero. Desespero não existia de fato em sua natureza, mas ele o sentia em momentos como aquele. Estava prestes a colocar o livro de volta quando viu que havia algo rabiscado a tinta nessa página:

*Amado Felix,*
*Para você!*
*Nós sobrevivemos a isso;*
*nós podemos sobreviver a qualquer coisa.*
*Em Celebração,*
*Margon*
*Roma '04*

Bem, aquilo agora pertencia a ele.

Enfiou a pequena relíquia no bolso do casaco.

Bem nos fundos da sala, viu a escada de ferro descartada, uma peça circular inteira disposta de lado na poeira. Havia caixas ali, muitas caixas que não tentaria vasculhar naquele momento.

Durante a hora que se seguiu Reuben vagou, encontrando dois outros cômodos isolados na empena do sótão iguais àquele primeiro, e um outro que estava vazio. Todos eram alcançados por escadas fechadas em closets a partir do hall central abaixo.

Então voltou à antiga sala de Felix que ocuparia naquela noite, e sentiu um pequeno pânico por haver estado lá tanto tempo distante das notícias da TV que o haviam sustentado desde que tinha idade suficiente para ligá-la aos 4 anos, mas tinha o computador, evidentemente. E talvez lhe servisse muito bem.

Foi na noite em que Berkeley ficou sem energia que ele terminou de ler o *Finnegans Wake*, de Joyce, à luz de vela. Às vezes você precisa ser forçado a estudar o que se encontra bem diante de você.

Reuben vasculhou as prateleiras de Felix. Os itens em seu quarto deviam ser os mais importantes para ele. Por onde começaria? O que examinaria primeiro?

Algo estava faltando.

A princípio ele pensou, não, eu só cometi um erro. Eu me confundi na lembrança. Entretanto, à medida que escaneava rapidamente todas as prateleiras da sala, percebeu que estava certo.

As tabuletas, as pequeninas tabuletas da Mesopotâmia, as inestimáveis tabuletas cobertas de caracteres cuneiformes, haviam sumido. Cada uma delas, cada um daqueles fragmentos havia sumido.

Então desceu até o corredor e examinou duas outras salas de depósito. A mesma coisa. Nenhuma tabuleta.

Ele voltou para as salas do sótão.

A mesma coisa. Muitos tesouros, mas nenhuma tabuleta.

E agora, na poeira, conseguia ver onde as coisas que não estavam mais lá haviam estado antes.

Em todas as partes onde procurava, ele encontrava evidências de que pequenos itens – as tabuletas – haviam sido cuidadosamente reunidos e retirados, deixando brilhantes espaços vazios na poeira.

Voltou à sala que conhecia melhor e verificou uma segunda vez. As tabuletas estavam realmente desaparecidas, e os locais sem poeira estavam claramente visíveis e, aqui e ali, podia ver algumas impressões digitais.

Ele entrou em pânico.

Alguém entrara nessa casa e roubara a parte mais valiosa da coleção de Felix. Alguém levara os achados mais significativos trazidos durante anos e anos de viagens no Oriente Médio. Alguém se apossara do tesouro que Marchent desejara tanto proteger e legar à posteridade. Alguém havia...

Mas isso era ridículo.

Quem poderia ter roubado as tabuletas? Quem poderia ter feito isso e deixado para trás tantas coisas ali absolutamente intactas – estátuas que certamente valiam uma fortuna, até mesmo antigos pergaminhos que deviam ser inestimáveis a acadêmicos e curadores? Quem teria deixado as pequenas caixas de moedas antigas e, olhe ali, um codex medieval à vista de todos, e ele vira outros no andar superior, livros pelos quais bibliotecas teriam pagado uma fortuna para adquirir.

Não conseguia imaginar essa hipótese! Que espécie de pessoa teria conhecimento do que eram as tabuletas quando, na verdade, algumas delas tinham a aparência de pequenos pedaços de terra, ou reboco ou mesmo de biscoitos secos?

E imagine o cuidado desse augusto ladrão, escolhendo esses preciosos fragmentos dentre tantos objetos valiosos e saindo sorrateiramente, deixando para trás tudo imaculadamente em ordem.

Quem teria tido o conhecimento, a paciência, a habilidade, para fazer isso?

Não fazia sentido, mas as tabuletas haviam sumido. Não restara fragmento algum na casa com a preciosa escrita cuneiforme.

E talvez muitas outras coisas tivessem sumido e Reuben simplesmente não estava ciente.

Foi quando começou a remexer os itens nas prateleiras do quarto. Ali havia livros do século XVII, páginas moles se desintegrando, mas ainda manipuláveis, ainda legíveis. Sim, e essa estatueta era genuína, podia dizer e sentir isso ao depositá-la de volta.

Oh, havia tantas coisas ali que valiam uma fortuna.

Ora, em uma das prateleiras encontrou um esplêndido colar de ouro puro e maleável trabalhado com folhas gravadas que era verdadeiramente antigo.

Teve bastante cuidado para colocá-lo de volta exatamente do jeito que o havia encontrado.

Reuben foi até a biblioteca e telefonou para a casa de Simon Oliver.

– Preciso de algumas informações – disse Reuben. – Preciso saber se a polícia fotografou todos os objetos nessa casa quando eles fizeram a investigação. Quero saber se por acaso fotografaram todos os cômodos, mesmo aqueles em que não mexeram. Você pode me conseguir essas fotos?

Simon adiantou que aquilo não seria fácil, mas a firma de advocacia de Nideck havia fotografado tudo logo após a morte de Marchent.

– Marchent tirou fotos de tudo, ela me contou – disse Reuben. – Você pode conseguir essas fotos?

– Honestamente, eu não sei. Vou ver o que posso fazer. Você vai receber o inventário da firma, disso eu tenho certeza.

– Quanto antes, melhor – disse Reuben. – Mande para mim amanhã um e-mail com qualquer foto que você tiver do local.

Reuben desligou e ligou para Galton.

O homem lhe assegurou: ninguém além dele e sua família haviam estado na casa. Ele e sua mulher haviam entrado e saído durante vários dias e, sim, seu primo e seu enteado, junto com Nina, a menina da cidade que sempre ajudara Felice, tudo bem, é isso aí, ela também estivera na casa. Nina gostava de andar pela floresta lá de trás. Nina jamais tocaria em coisa alguma.

– Lembre-se do alarme – disse Galton. – Acionei o alarme assim que os investigadores saíram daí. – Aquele alarme nunca falhava. Se a srta. Nideck tivesse deixado aquele alarme acionado durante a noite em que foi atacada, bem, ele teria soado assim que aquelas janelas foram arrebentadas.

"Ninguém esteve nessa casa, Reuben", insistiu. Galton disse que morava perto da estrada, uns dez minutos dali. Ele teria visto ou escutado o barulho de qualquer veículo seguindo naquela direção. Sim, repórteres e fotógrafos haviam estado lá, mas isso ocorrera apenas naqueles primeiros dias e, mesmo durante esse período, Galton estivera lá quase o tempo todo de olho neles, e ninguém poderia ter passado pelo alarme.

– Reuben, você precisa entender que é difícil entrar nesse lugar – disse Galton. – Poucas pessoas se dispõem a subir essa estrada, sabia? Exceto os amantes da natureza, enfim, as pessoas que gostam de fazer *trekking*. Bem, ninguém passa por aí, a bem da verdade.

Certo. Reuben agradeceu ao homem por tudo.

– Se você está ficando inquieto aí em cima, filho, posso dormir aí nos fundos essa noite sem problema algum.

– Não, está tudo bem, Galton, muito obrigado. – Reuben desligou.

Sentou-se diante da escrivaninha por um longo tempo, olhando para a grande fotografia de Felix e companhia em cima da lareira do outro lado da sala.

A cortina não estava fechada, e Reuben estava cercado de vidro com aparência de espelho. A lareira estava ocupada por toras de carvalho e gravetos, mas não estava disposto a acender o fogo.

Reuben sentia um pouco de frio, mas não muito, e ficou sentado lá fazendo ponderações.

Havia ali uma possibilidade distinta. Um desses homens, quer dizer, um dos velhos amigos de Felix, havia lido a respeito do assassinato de Marchent naquela casa, havia lido sobre isso em algum lugar bem distante, quem sabe do outro lado do globo, onde tais notícias jamais teriam penetrado nos dias anteriores à internet – e a tal pessoa tivera tempo para pesquisar toda a história. E, tendo pesquisado toda a história, essa pessoa estivera lá, entrara ilicitamente, e recolhera aquelas inestimáveis tabuletas e fragmentos.

A história do assassinato de Marchent adquirira, de fato, uma notoriedade internacional, não havia dúvida. Atestara isso na noite anterior.

Agora, se fosse isso mesmo, a coisa poderia ter muitos significados.

Poderia significar que as preciosas tabuletas de Felix estavam em boas mãos, recolhidas e salvas por um companheiro arqueólogo preocupado que talvez as devolvesse logo a Reuben uma vez que descobrisse suas nobres intenções, ou que talvez cuidasse ele próprio das tabuletas com mais esmero do que Reuben.

Pensar nisso trouxe-lhe um pouco de paz.

E ainda por cima: essa pessoa poderia muito bem ter alguma informação acerca do que havia acontecido a Felix. Pelo menos seria um contato com alguém que conhecia Felix, não seria?

É claro que essa hipótese era a mais otimista e tranquilizadora que poderia advir desse pequeno mistério, e se Reuben ainda estivesse mantendo o hábito de ouvir a voz crítica de Celeste em sua mente, e não estava, ele a teria ouvido dizer: "Você está sonhando!"

E era exatamente isso, pensou Reuben. Não estou ouvindo a voz dela a cada minuto, estou? E ela não está me mandando mensagens de texto ou me telefonando. Está no cinema com Mort Keller. E tampouco estou ouvindo a voz da minha mãe, e o que cargas-d'água uma ou outra sabe a respeito disso? E Phil não estava ouvindo quando lhe contei sobre as tabuletas, estava lendo *Leaves of Grass*, e eu não contei para o Mort, contei? Estava grogue demais com todos aqueles analgésicos e antibióticos para poder contar o que quer que fosse a Mort quando esteve no hospital.

Reuben subiu a escada, desempacotou o laptop e levou-o para a biblioteca.

Havia uma velha base para máquina de escrever à esquerda da escrivaninha, e colocou o computador ali, verificou a conexão sem fio e entrou online.

Sim, antes do lobo homem de San Francisco haver efetuado qualquer ataque, a história de Marchent fora manchete em distantes pontos do planeta, como a Rússia e o Japão. Isso estava claro o bastante. E sabia o suficiente de francês, espanhol e italiano etc. e tal, para ver que a misteriosa fera que chacinara os assassinos recebera um destaque substancial em todas as partes do mundo. A casa era descrita, até mesmo a floresta atrás da casa, e, evidentemente, o mistério da fera constituía uma parcela relevante do apelo que a notícia carregava consigo.

Sim, um amigo de Felix poderia ter visto toda a configuração: a casa, o litoral e o misterioso nome: Nideck.

Reuben parou de rastrear essa história. Verificou, então, o sequestro da Goldenwood. Nada mudara, exceto os pais deixando de confiar na atuação do xerife e do FBI e culpando-os pela morte da menininha. Susan Kirkland. Esse era o nome dela. A pequena Susan Kirkland. Oito anos de idade. Seu rosto sorridente estava agora disponível em todas as cores – um pequeno ser humano com olhos doces e cabelos louros e pregadores de cabelo cor-de-rosa de plástico.

Olhou o relógio.

Já eram oito horas.

Seu coração começou a bater com intensidade, mas isso foi tudo o que aconteceu. Ao fechar os olhos, ouviu os inevitáveis sons da floresta e a incessante canção da chuva. Animais lá fora, sim, coisas farfalhando na escuridão. Pássaros na noite. Estava com uma sensação estranha e desorientadora de estar caindo dentro dos sons. Sacudiu o corpo para despertar.

Apreensivo, tomado de incerteza, levantou-se e fechou a cortina de veludo. Um pouquinho de poeira foi levantada, mas logo sumiu de vista. Acendeu mais umas luminárias – ao lado do sofá de couro e da cadeira Morris. E então acendeu o fogo. Por que cargas-d'água não manter aceso o fogo?

Dirigiu-se ao salão, e também acendeu a lareira de lá com mais alguns gravetos finos. Assentou-os adequadamente. E certificou-se de que a tela – que não estava lá naquela primeira noite – estivesse disposta em segurança.

Em seguida, foi à cozinha. A cafeteira estava desligada havia tempo. Não era necessária uma grande genialidade para descobrir como fazer mais café.

E, no decorrer de poucos minutos, Reuben estava tomando uma tolerável mistura em uma das bonitas xícaras de porcelana de Marchent e andando pelo recinto, tranquilizado pelos ruídos crepitantes vindos da lareira e pela canção constante da chuva fluindo pelo encanamento, pelo telhado e pelas janelas.

Engraçado como agora ouvia aquilo de modo tão distinto pela primeira vez.

*O problema é que você não está prestando atenção suficiente a todos esses pequenos detalhes. Você não está agindo de maneira científica.*

Apoiou a xícara de café na escrivaninha da biblioteca e começou a escrever num documento protegido por senha ao qual ninguém poderia ter acesso.

Um pouco mais tarde, estava em pé na porta dos fundos, olhando a escuridão. Apagara os holofotes, e podia ver as árvores em detalhe e em seu esplendor, e o telhado alto da ala dos empregados coberto de trepadeiras.

Fechou os olhos e tentou operar a transformação. Visualizou-a, evocando aquelas sensações entontecedoras, deixando sua mente ficar vazia, exceto pela metamorfose.

Mas não conseguia operar a transformação.

Novamente, ocorreu-lhe aquela sensação de solidão – a sensação de estar verdadeiramente em um lugar deserto.

– Qual é a sua esperança? O que você está sonhando?

A esperança e o sonho de que, de uma certa maneira, tudo está relacionado, a criatura que o transformou, o nome Nideck, até mesmo o roubo da tabuletas, porque, de certa maneira, as tabuletas antigas talvez contivessem algum segredo que tivesse a ver com tudo isso.

Tolice. O que Phil dissera sobre o mal? "São os disparates, as pessoas fazendo os mais diversos disparates, seja atacando um vilarejo e matando todos os habitantes, seja matando uma criança num ataque de raiva. Erros. Tudo é simplesmente uma questão de erros."

Talvez, de alguma maneira, aquilo também fosse uma questão de disparates. E tivera sorte, uma sorte danada, pelo fato daquelas pessoas que havia chacinado serem "culpadas" aos olhos do mundo.

E se uma fera bruta fosse a responsável pela mordida que o havia transformado – não algum sábio lobo homem, mas simplesmente um animal – como esse famoso leão da montanha? E aí? Só que não acreditava nem um pouco nisso. Quantos seres humanos desde a aurora dos tempos são atacados por feras? E não se transformam em monstros.

Às nove da noite, Reuben acordou na grande cadeira de couro atrás da escrivaninha. Seus ombros e pescoço estavam rígidos e sua cabeça doendo.

Recebera um e-mail de Grace. Ela falara novamente com "aquele especialista em Paris". Reuben "não poderia, por favor, ligar"?

Especialista em Paris? Que especialista em Paris? Ele não ligou. Rapidamente, digitou um e-mail: "Mamãe, não preciso ver nenhum especialista em coisa alguma. Estou bem. Beijos, R."

*Afinal de contas, estou sentado aqui na minha nova casa esperando pacientemente o momento em que vou me transformar em um lobisomem. Beijos, seu filho.*

Estava se sentindo inquieto, faminto, mas não com fome de comida. Era algo muito pior. Olhou ao redor de si para a grande sala escura com suas estantes entulhadas de livros. O fogo estava apagado. Estava se sentindo ansioso, como se tivesse de se mover dali, como se tivesse de sair, de ir para algum lugar.

Conseguia ouvir os suaves murmúrios da floresta, o balbuciar da chuva caindo nos galhos densos. Não conseguia ouvir nenhum animal de grande porte. Se havia ali fora um leão da montanha, talvez estivesse dormindo profundamente com seus filhotes. Sejá lá qual fosse o caso, tratava-se de um animal selvagem, e Reuben era um ser humano esperando; esperando numa casa com paredes de vidro.

Enviou um e-mail para Galton com uma lista de coisas a comprar para a casa, embora, provavelmente, grande parte das coisas já estivesse na casa. Queria várias plantas novas para a estufa – laranjeiras, samambaias e buganvílias – será que Galton podia cuidar disso? O que mais? Tinha de haver mais coisas. A inquietude o estava levando à loucura.

Entrou online e encomendou uma impressora a laser para sua biblioteca, e um Mac de mesa a ser entregue o mais rápido possível, e vários aparelhos de CD Bose, e uma vasta coleção de Blu-rays. Os aparelhos de CD Bose eram a única tecnologia obsoleta que adorava.

Desempacotou os aparelhos Bose que havia trazido – ambos os quais eram também rádios – e colocou um na cozinha e o outro na biblioteca, em cima da escrivaninha.

Não estava ouvindo voz alguma. A noite estava vazia ao seu redor.

E a mudança não estava acontecendo.

Por um tempo, perambulou pela casa, ponderando, falando alto consigo mesmo, pensando. Precisava se manter em movimento. Pôs sinais nos locais onde os aparelhos de TV deveriam ser instalados. Sentou, levantou-se, andou de um lado para outro, subiu a escada, vagou pelos sótãos, desceu.

Foi para o lado de fora e ficou na chuva, vagando pela parte dos fundos da casa. Debaixo da marquise, olhou na direção dos vários quartos inferiores dos aposentos dos empregados, cada qual com uma porta e uma janela no pavimento de pedra. Tudo parecia em ordem, com móveis mais ou menos simples e rústicos.

No fim da ala, encontrou o galpão, no interior do qual havia uma imensa quantidade de lenha empilhada. Uma mesa de trabalho percorria uma das paredes laterais, com machados e serras pendurados em ganchos. Havia outras ferramentas, qualquer coisa de que um homem viesse porventura a necessitar para fazer reparos de pequena ou grande envergadura.

Reuben jamais segurara um machado. Tirou da parede o maior dos machados – a ferramenta possuía um cabo de 90cm – e sentiu o gume da lâmina. A lâmina em si devia pesar mais ou menos 3kg e ter uns bons 12cm de comprimento. E era afiada. Bastante afiada. Durante toda a sua vida vira homens em filmes e em programas de TV cortando toras de lenha com um machado como aquele. Imaginava se gostaria de fazer ele próprio algo assim lá fora. O cabo em si não pesava tanto assim; e certamente era o peso da lâmina que dava ao machado a sua força. Se não estivesse chovendo, procuraria o local onde a madeira era cortada.

Daí ocorreu-lhe outra coisa – que aquela era a única arma que ele possuía.

Carregou o machado para dentro de casa e depositou-o ao lado da lareira do salão. O objeto parecia bastante simples ali – a pintura tinha descascado havia muito tempo do cabo de madeira – entre a pilha de lenha e o fogo, tornando-se quase que invisível.

Sentiu que conseguiria alcançá-lo com rapidez suficiente se viesse a ter necessidade. É claro que, antes de umas duas semanas atrás, jamais havia lhe ocorrido que podia defender-se com alguma arma, mas agora ele não estava com o mais leve receio.

A inquietude estava quase insuportável.

Será que estava resistindo à transformação? Ou será que era apenas cedo demais? Jamais ocorrera tão cedo. Precisava esperar.

Mas não conseguia esperar.

Suas mãos e pés pinicavam. A chuva estava agudamente alta, e ele pensou que estava conseguindo ouvir novamente as ondas, mas não tinha certeza.

Não estava mais conseguindo aguentar. Tomou uma decisão. Não tinha escolha.

Tirou a roupa, pendurou-a jeitosamente no closet e vestiu a roupa grande e folgada que havia comprado em Santa Rosa.

Foi engolido pelo gigantesco agasalho de moletom com capuz e as calças enormes, mas pouco importava. O impermeável marrom era simplesmente grande demais para ser usado, mas o levaria.

Tirou os sapatos e calçou as imensas botas de chuva. Enrolou o cachecol no pescoço, prendeu-o na roupa, colocou os óculos escuros no bolso do casaco junto com o telefone, a carteira e as chaves e, pegando as luvas de esqui e seu computador, saiu do recinto.

Quase esqueceu de acionar o alarme, mas lembrou-se a tempo e teclou o código.

Todas as luzes ainda estavam acesas.

À medida que dirigia, viu pelo espelho retrovisor as luzes brilhando por todo o primeiro e segundo pisos. E gostou. A casa parecia viva, segura e boa.

Oh, que glória ser proprietário daquela casa, estar ali naquela floresta escura mais uma vez, estar próximo daquele imenso mistério. Era boa a sensação de mexer os pés enquanto dirigia. Esticou os dedos, então fechou-os com firmeza sobre o volante forrado de couro.

A chuva estava banhando o para-brisa do Porsche, mas conseguia ver com facilidade através dela. Os faróis do carro brilhavam por sobre a desnivelada e esburacada estrada à frente, e Reuben descobriu-se cantando enquanto dirigia, pisando fundo no acelerador e seguindo em alta velocidade.

Pense. Pense como um sequestrador que tem de esconder quarenta e duas crianças. Pense como um implacável gênio da tecnologia capaz de matar a marretadas uma menininha e lançá-la em uma praia solitária no meio da chuva, e depois voltar para seu lugar aconchegante e confortável, onde seu computador está a postos para rastrear seus extratos bancários e seus telefonemas.

Bem, essas crianças estão provavelmente bem debaixo do nariz de todos.

## 10

Reuben conhecia as estradas vicinais de Marin County da mesma forma que conhecia as ruas de San Francisco. Crescera visitando amigos em Sausalito, em Mill Valley, e pegando as inevitáveis caronas em Mount Tamalpais e através das trilhas de tirar o fôlego de Muir Woods.

Não precisava visitar a delegacia antes de começar sua pequena diligência, mas o fez assim mesmo, porque agora estava ouvindo todas vozes com clareza ao seu redor, e sabia que seria capaz de ouvir as vozes dentro de si sem que eles jamais soubessem disso, é claro, e podiam muito bem saber de algo que não estavam compartilhando com o mundo.

Estacionou perto do San Rafael Civic Center e assumiu seu posto nas árvores, distante da turba de repórteres acampados diante das portas.

Fechou os olhos, e, com toda a sua vontade, procurou captar as vozes no interior da delegacia, em busca das prováveis palavras que essas pessoas estariam repetindo e, no decorrer de poucos segundos, já estava pegando o fio da meada. Sim, os sequestradores haviam efetuado uma nova ligação, e eles não revelariam a informação ao público, independentemente de quem estivesse exigindo transparência. "Nós revelamos o que serve a algum propósito!" – insistiu um homem. – "E não há propósito nenhum nisso aqui." "E estão ameaçando matar outra criança."

Murmúrios e protestos; ponto e contraponto. O banco nas Bahamas não cooperaria em hipótese alguma, mas, na verdade, os hackers deles não estavam descobrindo nada de útil por conta própria.

E o corpo da menininha, com ou sem chuva, com ou sem onda, fornecera amostras de solo dos sapatos e das roupas que a conectavam a Marin. É claro que isso não tinha caráter conclusivo; mas a ausência de quaisquer outras amostras de solo era um bom sinal.

E isso era tudo o que Reuben precisava para confirmar o que ele já suspeitava.

Viaturas de polícia davam buscas na floresta e nas estradas da montanha.

Batidas policiais eram feitas ao acaso nas casas e nos veículos das redondezas.

Então, a força policial era agora seu único inimigo enquanto iniciava suas próprias buscas.

Reuben estava voltando para o carro quando algo pegou-o de surpresa. Era o aroma, o aroma do mal que fora tão inequívoco nas noites anteriores.

Virou a cabeça, incerto, não querendo ser arrastado a nenhuma outra missão que não fosse o sequestro, e então as vozes lhe surgiram claras, vindas da confusão de repórteres – duas vozes jovens e debochadas, oferecendo perguntas inocentes, sentindo prazer em respostas que davam a eles informações que já possuíam. Sinistro, particular, inegável. "Para o jornal da nossa escola, a gente pensou em dar um pulo aqui para ver se..." "E eles simplesmente espancaram a pobrezinha até a morte!"

Então sentiu o pinicar ao longo de toda a superfície da pele, tão doce e penetrante quanto a revulsão.

"Bem, nós estamos de saída, temos de voltar para San Francisco..." Mentira, não era para lá que eles estavam indo!

Reuben foi até o limite do pequeno bosque no qual estivera escondido. Viu os dois jovens – cortes de cabelo estilo Princeton, blazers azul-marinho – acenando alegremente para se despedir de seus companheiros repórteres.

E estavam correndo pelo estacionamento na direção de um Land Rover que os esperava com os faróis acesos. O motorista no interior do veículo estava ansioso, apavorado. *Venham logo!*

Para ele, era tudo uma questão de horrendos e agudos sons musicais, o riso, a bazófia. As sílabas quase não eram importantes. Como chafurdavam no entusiasmo, na intriga, enquanto se enfiavam no carro. O motorista era um covarde hipócrita sem uma partícula sequer de simpatia pelas vítimas. Reuben também conseguia sentir isso.

Acelerou ao redor do estacionamento, seguindo-os com facilidade enquanto o Land Rover se dirigia ao litoral.

Não tinha nenhuma necessidade de ver os faróis traseiros deles; podia ouvir cada palavra da horrível troça que saía de suas bocas. *Ninguém sabe merda nenhuma!*

O motorista estava quase tendo um ataque histérico. Não estava gostando de nada, queria muito que Deus o tivesse impedido de participar daquilo. Gaguejava que não voltaria para lá, não importa o que os outros dissessem. Aquilo era pura e simples loucura, dirigir até lá e se misturar aos repórteres. Os outros dois o ignoravam, congratulando-se um ao outro pelo seu triunfo.

O aroma estava no vento, e era forte.

Reuben os seguiu pela noite afora. A conversação voltara-se para assuntos técnicos. Será que deveriam jogar o corpo aquela noite mesmo na estrada de Muir Woods ou esperar algumas horas mais, quem sabe deixar para fazer isso mais perto do amanhecer?

O corpo; Reuben sentiu o aroma dele; eles estavam com outro corpo no carro. Outra criança. Sua visão ficou aguçada; ele os viu à frente na escuridão, viu a silhueta de um homem jovem rindo encostado à janela traseira; captou os frenéticos xingamentos do motorista que lutava para enxergar em meio à chuva.

"Estou dizendo para vocês, a estrada de Muir Woods fica perto demais, caramba" – disse o motorista. – "Vocês estão exagerando, estão exagerando demais."

"Que inferno, quanto mais perto melhor. Você não vê a perfeição da coisa? A gente devia jogar esse corpo no meio da rua em frente à casa." Gargalhadas.

Reuben aproximou seu carro, captou o aroma tão denso que mal conseguia respirar. E o cheiro de decomposição. Dava-lhe vontade de vomitar.

Sua pele estava pinicando com toda aquela sensação. Sentiu os espasmos no peito, um tumulto de sensações prazerosas no couro cabeludo. O cabelo estava vindo lentamente, atingindo todo o seu corpo. A sensação era de mãos carinhosas apalpando-lhe toda a extensão do corpo, adulando o poder.

O Land Rover acelerou.

"Escutem, vamos dar a eles até cinco da manhã. Se até lá não tiverem respondido por e-mail, a gente joga o corpo fora. Vai parecer que a gente simplesmente matou ele."

Então tratava-se de um menininho.

"E se até o meio-dia não tivermos notícias, eu digo que a gente devia jogar a professora de cabelos compridos."

Deus do céu, será que estavam todos mortos?

Não, isso não era possível. Eles simplesmente não estavam fazendo nenhuma distinção entre os vivos e os mortos porque planejavam matar a todos.

Reuben dirigia enquanto sua fúria aumentava.

Estava com o corpo maior no assento, e suas mãos estavam cobertas de pelo. Segure firme, segure firme. Seus dedos estavam retendo o formato original, mas a juba descera e cobrira os ombros, e sua visão estava ficando cada vez mais aguçada, cada vez mais límpida. Sentia que podia escutar cada som proferido a quilômetros dali.

O carro parecia estar dirigindo a si mesmo.

O Land Rover deu uma guinada à frente. Estavam entrando na cidade densamente arborizada de Mill Valley, seguindo uma estrada sinuosa.

Reuben recuou um pouco.

Então outro coro de sons inundou seus ouvidos.

Eram as crianças, as crianças chorando, e soluçando, e as vozes das mulheres cantarolando com elas, cantando, reconfortando-as. Estavam num lugar sem ar. Algumas delas estavam tossindo, outras gemendo. Teve uma sensação da mais absoluta escuridão. Estava quase lá!

O Land Rover acelerou novamente e virou numa estrada de terra abandonada. As árvores engoliram a luz vermelha dos faróis traseiros.

Reuben sabia exatamente onde as crianças estavam. Podia sentir onde elas estavam.

Encostou o Porsche perto de um bosque de carvalhos, numa ribanceira alta acima de um vale profundo no interior do qual o Land Rover desaparecera.

Saiu do carro e livrou-se das botas e das roupas incômodas e desconfortáveis. A mudança agora assumira posse total e completa, com o inevitável acesso de êxtase.

Foi obrigado a esconder as roupas dentro do carro, mas sabia que isso era essencial, da mesma forma como também era essencial trancar o carro e esconder a chave nas raízes de uma árvore próxima.

O Land Rover estava logo ali, entrando na clareira gramada que se encontrava diante de uma casa grande e imponente com deques em cada um dos três pavimentos bem iluminados. Ao lado da casa, e nos fundos da propriedade, encoberto por árvores, encontrava-se um velho celeiro coberto de trepadeiras.

As crianças e as professoras estavam no celeiro.

As vozes misturadas dos sequestradores erguiam-se como fumaça em direção a suas narinas.

Então desceu a ribanceira em passadas largas, diminuindo os metros e metros que o separavam de suas vítimas, saltando de uma árvore a outra, passando de uma casa quieta na encosta a outra, até aterrissar na clareira no momento em que os jovens estavam entrando na casa.

O lugar refulgiu como um bolo de casamento atrás deles, em contraste com a noite.

Um rugido escapou de Reuben antes que ele pudesse desejá-lo, irrompendo do peito e da garganta. Era absolutamente impossível qualquer coisa que não fosse uma fera rosnar daquele modo.

Todos os três jovens viraram-se no vestíbulo da casa e o viram de corpo inteiro correr na direção deles. Tinham 19, quem sabe 20 anos. Seus gritos perderam-se em meio aos sons de seus próprios grunhidos. Um homem caiu no chão, mas os outros dois – os astuciosos, os exultantes – viraram-se para correr.

Reuben pegou o primeiro homem facilmente e abriu-lhe o pescoço, observando o sangue esguichar. Com toda a sua alma, queria devorar o homem, cerrar suas mandíbulas em sua carne, mas não havia tempo. Ergueu o corpo destroçado, esmagando-o com prazer em suas patas, e então largou-o, arremessando-o para longe, na direção da estrada distante.

Oh, muito pouco, muito rápido!

Com um salto voador, pegou os outros dois lutando para passar pelas portas dos fundos aparentemente trancadas. Um deles golpeava histericamente o vidro.

O outro estava com uma arma. Reuben pegou-a, claramente quebrando o pulso do homem ao arrancá-la dele e jogá-la para longe.

Cerraria as mandíbulas naquele ali; não conseguiria se conter, tinha de fazê-lo. Estava tão ávido por isso! E por que não, já que jamais permitiria que esse homem continuasse vivo.

Não conseguia frear seus rosnados enlouquecidos enquanto seus dentes enterravam-se no crânio e no pescoço do homem. Penetrou com o máximo de força que podia, e sentiu os ossos quebrarem. Ele ouviu-os quebrarem. Um choramingo escapou do homem moribundo.

Reuben estava inebriado por passar a língua no sangue escorrendo pelo rosto do homem. *Assassino, assassino sujo.*

Mordeu bem fundo o ombro do homem, e rasgou não apenas o tecido da pele como também a carne. O sabor da carne era rico e sobrepujante, misturado ao fedor da maldade, ao fedor da mais completa corrupção. Queria abrir o homem e fartar-se de sua carne nua. Era sempre isso o que queria fazer; e por que não ceder a essa vontade?

E onde estava o outro criminoso? Ele não podia deixar que aquele último dos três escapasse.

Nem pensar. O terceiro homem estava desamparado. Deslizara para um canto e tremia violentamente. Ele estendeu as duas mãos. Água esguichava de sua boca, ou será que era vômito? O homem urinara, e a urina formava uma poça ao redor dele no ladrilho.

O hediondo espetáculo daquele homem deixou Reuben ensandecido. *Assassinou as crianças, assassinou-as. A sala está saturada desse fedor.*

*E também saturada do fedor da covardia.* E avançou em direção ao homem e pegou o peito dele com ambas as patas, esmagando-o, escutando os ossos estalarem, e mirando o rosto branco e torturado do homem até seus olhos tornarem-se baços. *Oh, você morreu tão rápido, seu animal covarde.*

Depois jogou o corpo depauperado no chão. Ainda insatisfeito, seus rosnados tão altos quanto antes, pegou o cadáver e arremessou-o de encontro à janela da sala, e o vidro espatifou-se enquanto o corpo desaparecia na chuva.

Uma súbita e terrível decepção tomou conta dele. Os homens estavam todos mortos. E Reuben gemeu alto. Um soluço rouco escapou-lhe do peito. A coisa fora rápida demais, e ele jogou a cabeça para trás e rosnou novamente como fizera antes. Suas mandíbulas estavam doloridas. Cerrou-as e abriu-as, e rosnou novamente. Era o pior anseio que já tivera na vida. Poderia ter arrebentado as molduras das portas com seus dentes; ele queria prender os dentes novamente em qualquer coisa que conseguisse encontrar.

A saliva escorria de sua boca. Ele enxugou-a raivosamente. As patas estavam salpicadas de gotas de sangue. *E as crianças, você esqueceu as crianças? Você esqueceu por que está aqui?*

Cambaleou pela casa de volta à porta da frente. Bateu nos espelhos e nas fotos emolduradas que cobriam as paredes. Queria arrebentar os móveis. Mas tinha de chegar às crianças.

Um console de alarme chamou-lhe a atenção, como o de Mendocino. Apertou o botão azul de alerta médico e o botão vermelho de alerta de incêndio.

De imediato, um brado eletrônico irrompeu em meio à quietude.

Reuben cobriu os ouvidos enquanto gritava. A dor era insuportável; sua cabeça latejava. Não havia tempo para encontrar a fonte daquele som ensurdecedor e pará-lo.

Precisava correr. O som o estava levando à loucura.

Alcançou as portas do celeiro numa fração de segundo, e arrebentou os cadeados, fraturando e despedaçando as portas ao caírem.

Lá, na luz intensa da casa, ele viu o ônibus, coberto de correntes e todo amarrado com fita adesiva – uma câmara de tortura.

As crianças estavam berrando freneticamente, os gritos tênues, e estridentes, o clarim altissonante do alarme quase engolindo o som. Podia sentir o cheiro de seus terrores, de suas desesperadas inquietações. Pensavam que estavam prestes a morrer. Numa questão de segundos, iriam saber que haviam sido salvas. Iriam saber que estavam livres.

Suas garras rasgaram a fita adesiva como se fosse papel-toalha. Com uma garra, Reuben quebrou o vidro da porta e então arrebentou a porta do ônibus.

Um repugnante odor assaltou suas narinas – fezes, vômito, urina, suor. Oh, a crueldade de tudo aquilo. Ele queria uivar.

Ele se afastou. O alarme ensurdecedor o estava desorientando, o estava deixando impossibilitado, mas o trabalho estava quase feito.

Saiu do celeiro, de volta à chuva, o chão mole sob seus pés, querendo desesperadamente retirar a criança morta do Land Rover e colocar seu corpo onde pudesse ser encontrado com certeza, mas não conseguia suportar mais aquele barulho. Teriam de encontrar o corpo, e certamente o fariam. No entanto, tinha a sensação de estar fazendo algo errado ao deixá-lo lá daquela maneira. Era errado, de certo modo, não preparar para eles toda a cena.

Com o canto do olho, viu as figuras, grandes e pequenas, cambaleando para fora do ônibus.

Elas se moviam em sua direção. E certamente o haviam visto, haviam visto o que era, haviam visto à luz das janelas atrás dele o sangue encharcando suas patas, seu pelo.

Ficariam ainda com mais medo! Reuben precisava sair de lá.

Seguiu na direção das árvores úmidas e brilhantes nos fundos da propriedade e encaminhou-se à grande floresta silenciosa que se encontrava diretamente a oeste de lá – Muir Woods.

## 11

A Muir Woods estendia-se por uns bons duzentos hectares, incluindo algumas das mais antigas sequoias ainda de pé na Califórnia, árvores que chegavam a atingir sessenta metros de altura e que estavam vivas havia mais de mil anos. Pelo menos dois córregos passavam pelo cânion profundo do parque. E Reuben percorrera suas trilhas de caminhada inúmeras vezes.

Mergulhava agora na envolvente quietude, ávido pela solidão que o levara a Mendocino, e ufanando-se de sua força ao escalar as imensas árvores, saltando dos galhos de uma para os galhos de outra como se fosse dotado de asas. Por todos os lados o aroma de outros animais o atiçava.

Bem para o fundo do parque ele foi, apenas caindo no suave piso folhoso quando todas as vozes humanas da noite haviam morrido, e somente a chuva cantava para ele, e os sons abafados de milhares de pequenas criaturas, aninhadas nas samambaias e nas folhas, cujos nomes não tinha como saber. Acima, os pássaros farfalhavam nos galhos.

Estava rindo alto, cantando sílabas sem sentido, vagando, cambaleando, e então escalando novamente uma das árvores, subindo o mais alto que podia, a chuva caindo como agulhas em seus olhos, até que o tronco ficava fino demais para suportar seu peso e ele era obrigado a procurar outro lugar onde se empoleirar e então um outro, e descer mais uma vez para dançar em círculos com os braços esticados.

Jogou a cabeça para trás e rugiu novamente, e então deixou o rugido transformar-se em um uivo profundo. Não obteve nenhuma resposta na noite, exceto o voo crepitante de outras criaturas vivas, criaturas vivas que fugiam.

Subitamente, postando-se de quatro, correu como um lobo correria, rapidamente através da densa folhagem. Captou o aroma de um animal – *lince* – fugindo diante dele, saindo às pressas de seu covil, e depois desse aroma ele seguiu com uma incessante avidez até alcançá-lo, e capturar a peluda criatura rosnante em suas garras, e enterrar suas presas em seu pescoço.

Dessa vez nada o impediu de ter seu banquete.

Arrancou suculentos músculos dos ossos, e triturou a ambos em suas mandíbulas enquanto devorava a fera de pelagem amarelada, sorvendo-lhe o sangue, seus macios órgãos internos, seu rico ventre, ao todo uns 20kg de carne, deixando apenas as patas e a cabeça do animal, com olhos amarelos mirando-o amargamente.

Deitou-se sobre um leito de flores arfando e chorando suavemente, lambendo os dentes em busca de um último sabor da carne e do sangue morno. Lince. Esplêndido. E felinos nunca imploram por misericórdia. Felinos rosnam até o fim. Ainda mais suculento.

Um grande asco tomou conta dele, um horror. Correra de quatro como corre um animal. Refestelara-se como um animal.

Caminhou após esse pensamento, sonhadoramente em meio à densa floresta, atravessando o amplo riacho sobre uma grossa tora coberta de musgo, seus pés dotados de garras grudando-se com facilidade a ela, e aventurou-se ainda mais no cânion, além dos locais que conhecia, e mais acima na encosta do monte Tamalpais.

Por fim, caiu e deitou-se ao tronco de uma árvore, espiando através da escuridão, e vendo pela primeira vez muito mais criaturas do que jamais teria sonhado habitarem aquele bosque. Aroma de raposa, esquilo, tâmia – como ele sabia o que era cada um?

Uma hora se passou; estivera farejando, rastejando de quatro, vagando.

A fome estava novamente em seu corpo. Ajoelhou-se ao lado do córrego, seus olhos facilmente rastreando o rápido progresso do salmão de inverno, e quando baixou a pata, tinha consigo um grande peixe, indefeso, debatendo-se e sacudindo-se, que ele abriu de imediato com os dentes.

Saboreou a carne crua, e como o sabor era distintamente diferente da carne do suculento e rijo lince.

O que ele estava saciando não era fome, era? Aquilo era alguma outra coisa – uma grande flexão e um grande exercício da criatura que ele era.

Subiu novamente, bem no alto, mexendo nos ninhos de pássaros nos galhos trêmulos, e devorou os ovos com casca e tudo enquanto a mãe pássaro berrava e o circundava, bicando-o em vão.

Lá embaixo ao lado do córrego, ele molhou o rosto e as patas na água gelada. Entrou no riacho e banhou-se todo, jogando água na cabeça e nos ombros. Todo o sangue deve ser lavado. A água dava uma sensação refrescante. Ajoelhou-se e bebeu como se jamais houvesse saciado a sede em toda a sua vida, sorvendo, entornando, deixando a água escorrer da boca.

A chuva cintilava na ondulante superfície do riacho. E abaixo dela, o peixe indiferente passou por ele nadando a toda velocidade.

Então subiu novamente e viajou pelas árvores, bem alto, acima do chão do vale. Não se preocupem, passarinhos. Eu não tenho intenção de atormentá-los.

*Não cozerás um cabrito no leite de sua mãe* – certamente.

Como acontecera antes, ele conseguia ver as estrelas através da densa névoa. Que coisa gloriosa era aquela. O céu aberto erguendo-se acima da densa camada de neblina e umidade que formava um véu sobre a terra. Parecia que a chuva carregava consigo uma luz prateada ao cair. Resplandecia e cantava nas folhas ao redor. Então, caindo dos galhos mais altos, tornava-se novamente chuva para os galhos mais baixos, e deles caía no mundo do chão, chuva e chuva e chuva, até cair suavemente nas pequeninas samambaias trêmulas e na palha profunda da folha morta, tão rica, tão fragrante.

Reuben não conseguia de fato sentir a chuva em seu corpo, exceto nas pálpebras, mas conseguia sentir seu cheiro, sentir seu cheiro ao mudar a cada superfície que ela limpava e alimentava.

Lentamente, desceu mais uma vez e caminhou, suas costas bem retas, o forte desejo de refestelar-se tendo-o abandonado, e sentiu uma esplêndida segurança na floresta escura, contemplando com um sorriso o fato de não haver encontrado nada que não sentisse medo dele.

O aniquilamento dos três homens malévolos o revoltou. Estava se sentindo leve e propenso a chorar. Será que podia chorar? Será que animais selvagens choravam realmente? Um riso baixo lhe escapou. Parecia que as árvores o estavam escutando, mas certamente essa era a mais ridícula das ilusões, imaginar que aquelas guardiãs de mil anos de idade sabiam ou ligavam para o fato de que qualquer outra coisa estivesse de fato viva. Como eram monstruosas as sequoias, como eram desproporcionais em relação ao resto do mundo natural, divinas, primitivas e magníficas.

A noite jamais fora tão doce em toda a sua existência; era concebível que poderia viver daquele jeito para sempre, autossuficiente, forte, monstruoso e absolutamente desprovido de medo. Se era isso o que a dádiva do lobo lhe reservara, talvez pudesse suportá-la.

No entanto, era aterrorizante imaginar que talvez pudesse abdicar de sua alma consciente em função do coração da fera que bombava dentro dele. Por enquanto a poesia ainda estava lá – e as mais profundas considerações morais.

Uma canção veio-lhe à mente, uma velha canção. Onde a ouvira não conseguia recordar. Cantou-a mentalmente, colocando suas palavras parcialmente esquecidas na ordem adequada, apenas cantarolando baixinho.

Chegou a uma clareira gramada, a luz do céu baixo e cinzento aumentando de intensidade, e depois da clausura da floresta, parecia lindo ver a grama refulgindo na chuva fina.

Começou a dançar em grandes círculos lentos cantando a canção. Sua voz soava-lhe profunda e límpida, não a voz do velho Reuben, o pobre e inocente e amedrontado Reuben, mas a voz do Reuben que ele era agora.

*A dádiva é ser simples,*
*a dádiva é ser livre*
*A dádiva é estarmos*
*onde devemos estar,*
*E quando nos encontrarmos*
*no lugar certo,*
*Será no vale do amor e do prazer.*

Novamente cantou, dançando um pouquinho mais rápido e em círculos maiores, os olhos fechados. Uma luz brilhou em suas pálpebras, uma luzinha fraca e distante, mas não reparou nela. Estava dançando e cantando...

E parou.

Captou um aroma forte – um aroma inesperado. Algo doce e misturado com perfume artificial.

Alguém estava bem próximo. E, assim que abriu os olhos, ele viu a luz brilhando na grama, e a chuva cintilando nela em tons dourados.

Reuben não captou o menor sinal de perigo. Aquele aroma humano era limpo, inocente, desprovido de medo.

Virou-se e olhou à direita. Seja delicado como é cuidadoso, lembrou a si mesmo. Você vai assustar, talvez aterrorizar, essa testemunha canhestra.

A metros dali, na sacada dos fundos de uma pequena casa escurecida, encontrava-se uma mulher olhando para ele. E segurava uma lanterna.

Na escuridão total que era aquela noite, a luz da lanterna estendia-se num rastro amplo porém fraco; mas certamente ela conseguia enxergá-lo com aquela luz.

Estava absolutamente imóvel, aparentemente encarando-o do outro lado da faixa de grama, uma mulher de cabelos compridos repartidos ao meio, e grandes olhos sombrios. Seus cabelos pareciam grisalhos, mas talvez isso fosse um equívoco. Já que, por mais que estivesse enxergando bem, não conseguia exatamente distinguir os detalhes do que via. A mulher usava uma camisola branca de mangas compridas e estava completamente só. Ninguém na casa escura atrás dela.

*Não se assuste!*

Esse continuava sendo seu primeiro e único pensamento. Como ela parecia pequena e frágil em pé ali naquela sacada, um animal dócil, segurando a lanterna enquanto o olhava fixamente.

*Oh, por favor, não se assuste.*

Ele começou a cantar novamente, a mesma estrofe, apenas mais lentamente, com a mesma voz límpida e profunda de antes.

Moveu-se lentamente na direção dela, e observou-a em secreto espanto mover-se ao longo da sacada em direção ao primeiro dos degraus dos fundos.

Ela não estava com medo. Isso estava claro. Não estava nem um pouco com medo.

Reuben aproximou-se ainda mais, e novamente cantou a letra da canção. Estava agora de corpo inteiro na luz forte da lanterna. E ainda assim ela permanecia imóvel como antes.

Parecia estar absolutamente curiosa, fascinada.

Ele aproximou-se mais ainda até postar-se ao pé dos pequenos degraus.

Seus cabelos eram grisalhos, de fato, prematuramente grisalhos certamente, já que seu rosto era liso como uma máscara de porcelana. Seus olhos eram grandes e de um azul glacial. A mulher estava fascinada, certo, e inabalável, como se houvesse se perdido completamente ao mirá-lo.

E o que estava vendo? Será que via os olhos dele fixos sobre os dela com a mesma curiosidade, com o mesmo fascínio?

Bem no fundo de sua virilha o desejo aflorou, surpreendendo-o com sua intensidade. Ele estava ficando grande e rígido para ela. Será que ela enxergava isso? Será que ela conseguia enxergar isso também? O fato dele estar nu, incapaz de esconder seu desejo, o deixava ainda mais excitado, ainda mais poderoso, ainda mais ousado.

Jamais sentira um desejo similar àquele.

Começou a subir os degraus, logo assomando sobre ela enquanto ela se afastava, mas ela não se afastara por medo. Não, parecia estar sendo receptiva.

Que espécie de notável destemor era aquele, o que era aquela aparente serenidade ao olhar bem nos olhos dele? Talvez tivesse uns 30 anos, talvez um pouco menos, com ossos pequenos e uma boca bem-feita com lábios grossos e sensuais e ombros fortes, porém pequenos.

Reuben aproximou-se erraticamente, permitindo tempo suficiente de fuga, se esta fosse sua intenção. Pegou a lanterna da mão dela com as duas patas, indiferente ao óbvio calor do objeto, e depositou-a em cima de um banquinho de madeira perto da parede. Uma porta encontrava-se parcialmente aberta. Além dela, avistou uma parca luminosidade.

Ele a queria, queria arrancar a camisola de flanela do corpo da mulher.

Com muito cuidado, aproximou-se dela e tomou-a nos braços. Seu coração estava acelerado. O desejo era tão estranho e inegável quanto o desejo de matar, ou o desejo de devorar. Feras são criaturas de imperativos.

A carne dela era branca à luz da lanterna, doce, tenra – e seus lábios abriram-se e ela deu um pequeno arquejo. Cuidadosamente, cada vez mais cuidadosamente, tocou os lábios dela com a ponta da pata.

E a levantou, erguendo-lhe facilmente as pernas e colocando-a sobre o braço esquerdo. A mulher não pesava nada, absolutamente nada. E colocou os braços ao redor do pescoço dele, deixando os dedos deslizarem na densa cabeleira.

E, com esses gestos simples, quase o levou à loucura. Um rosnado baixo e dissimulado lhe escapou.

Reuben precisa possuí-la, se ela permitisse. E certamente estava permitindo.

Levou-a até a porta e, empurrando-a delicadamente para trás, levou-a até o ar mais quente e mais doce da casa.

Todos os aromas domésticos rodopiaram ao redor – de madeira envernizada, sabonete, velas, um toque de incenso, o cheiro do fogo. E o perfume dela, o seu adorável perfume natural e uma saborosa essência cítrica que havia adicionado. Oh, carne, oh carne abençoada. Lá estava novamente aquele rosnado carinhoso e baixo lhe escapando. Será que era assim que o sentia? Como um carinho?

Havia brasas no pequeno forno preto. Um relógio digital exibia seus números com uma diminuta luminosidade.

Um pequeno quarto materializou-se a seu redor. Reuben conseguiu distinguir uma cama antiga encostada na parede, com uma cabeceira alta em carvalho dourado, e colchas brancas que pareciam tão macias quanto espuma.

A mulher estava grudando-se nele. Aproximou-se para tocar-lhe o rosto. Ele mal conseguiu sentir o toque em meio ao cabelo, mas então o toque foi direto às raízes. Tocou-lhe a boca, a fina fita de carne preta que ele sabia estar lá. Tocou seus dentes e suas presas. Será que percebia que ele estava sorrindo? Fechou com firmeza em sua mão a densa cabeleira da juba de Reuben.

Reuben beijou o topo da cabeça dela, e beijou sua testa, hummmm, cetim, beijou seus olhos rolados para cima e os fechou.

A carne das pálpebras dela era como seda. Um pequeno ser de seda e cetim, sem pelos, fragrante, com a suavidade de uma pétala de rosa.

Como parecia estar nua e vulnerável; isso o deixou à beira da loucura. Oh, por favor, minha querida, não mude de ideia!

Mergulharam juntos na cama, embora ele não colocasse todo o seu peso sobre ela, porque a machucaria se fizesse isso, mas aninhou-se próximo a ela, aconchegando-a em seus braços, acariciando os cabelos dela. Louros e grisalhos, com muitos e muitos fios grisalhos e suaves.

Curvou-se para beijá-la e os lábios dela se abriram. Ele respirou na boca dela.

– Delicadamente – sussurrou ela, seus dedos empurrando o cabelo para trás dos olhos, alisando-o.

– Oh, linda – disse ele. – Não vou feri-la. Eu morreria antes de feri-la. Talo suave. Pequeno talo. Eu lhe dou a minha palavra.

## 12

O pequeno relógio na mesinha de cabeceira dela exibia 4 horas em números digitais brilhantes. Somente esse relógio dava ao quarto toda a luz de que seus olhos necessitavam.

Ficou sentado ao lado dela, mirando o revestimento de madeira do teto coberto com um verniz espesso e lustroso.

Aquilo havia sido antes uma varanda, aquele quarto, e percorria toda a extensão dos fundos da casa. Acima dos lambris circundantes havia pequenas janelas de madeira em três lados. E podia muito bem imaginar como o local ficaria lindo quando o sol nascesse, e a floresta escura que conseguia ver se fechasse aos olhos humanos com seus troncos avermelhados e as felpudas folhas verdes.

Conseguia sentir o cheiro da floresta ali, senti-lo tão profundamente quanto havia sentido quando estava dentro dela. Aquela era uma pequena casa de madeira feita por alguém que amava a floresta e queria estar nela sem perturbá-la.

A mulher estava deitada encostada nele, dormindo.

Uma mulher de 30 anos, sim, e seus cabelos tinham um tom louro-acinzentado, mas principalmente grisalho e quase branco agora, compridos, soltos e naturais. Ele rasgara a camisola, rasgara sim, a destruíra, liberando-a da roupa pedaço a pedaço, com a sua irresistível aquiescência, e os restos do traje encontravam-se embaixo dela como penas em um ninho.

Todo o seu controle fora necessário para não agredi-la no ato amoroso, homem e fera haviam trabalhado juntos, e foram glorificados juntos na ação, e o ardente desejo dela fora como cera derretida. Com completo abandono, ela o recebera, gemendo tão espontaneamente quanto ele gemera, grudando-se a ele com força, e então enrijecendo em êxtase embaixo dele.

Havia algo no destemor dela que estava além da confiança.

Dormira ao lado dele num conforto infantil.

Mas ele não ousara dormir. Ficara lá deitado pensando, refletindo, desafiando homem e fera e, ainda assim, sentindo uma espécie de prazer mudo, um prazer nos braços dela na condição da fera que ela recebera de braços abertos.

Se temesse acordá-la, ele se levantaria e olharia ao redor – quem sabe sentaria na grande cadeira de balanço, quem sabe olharia mais detidamente para as fotografias emolduradas na mesinha de cabeceira. De onde estava deitado, podia ver uma foto dela com trajes de *trekking*, com uma mochila e um cajado, sorrindo para a câmera. Havia uma outra foto dela com dois menininhos louros.

Como estava diferente naquela foto – com os cabelos penteados e pérolas no pescoço.

Havia livros em cima da mesa, velhos e novos, todos relacionados à floresta, à vida selvagem, ou às plantas nativas de Muir Woods e à montanha.

Nenhuma supresa.

Quem mais viveria num local tão desguarnecido, exceto uma mulher para quem a floresta era o mundo?, imaginou ele. E que filha mais delicada da floresta ela parecia ser. Porém, oh, tão ingenuamente confiante. Excessivamente confiante.

Sentia-se poderosamente atraído, atado a ela por aquele segredo, por tê-lo recebido de braços abertos em sua cama como ele era. E também ocorrera todo o calor do sexo. Observou-a, imaginando quem ou o que era, e o que estaria sonhando.

Mas precisava ir embora agora.

Estava começando a se sentir cansado.

Se não percorresse com rapidez a floresta, talvez a mudança viesse longe demais do carro que escondera no penhasco bem acima da cena do sequestro.

E agora a beijou com sua boca desprovida de lábios, sentindo suas próprias presas encostando nela.

Os olhos dela se abriram num estalo, alertas, cintilantes.

– Você vai me receber de novo? – perguntou ele, uma voz rouca e baixa, com o máximo de suavidade que conseguia dar.

– Vou – sussurrou ela.

Era quase insuportável. Queria pegá-la novamente. Mas simplesmente não havia tempo. Queria conhecê-la, e queria – sim, queria que ela o conhecesse. Oh, a gula disso tudo, pensou, mas foi tomado novamente pela percepção de que ela não fugira com medo, que se aninhara nele ali no fragrante calor daquela cama por horas a fio.

Levantou sua mão e beijou-a, e beijou-a novamente.

– Então, até logo, por enquanto, minha linda.

– Laura – disse ela. – Meu nome é Laura.

– Gostaria muito de ter um nome – respondeu. – Eu lhe diria com prazer.

Então se levantou e saiu da casa sem mais palavras.

Moveu-se com rapidez pelas copas das árvores, voltando pela Muir Woods pelo lado sudeste, quase nunca tocando o solo até emergir do parque propriamente dito e vagar pelos bosques de Mill Valley.

Encontrou o Porsche sem precisar pensar nele conscientemente, exatamente onde o deixara, seguro debaixo do abrigo formado por um bosque de carvalhos.

A chuva finalmente arrefecera e virara uma garoa.

As vozes farfalhavam e assobiavam nas sombras.

Bem abaixo podia ouvir os rádios da polícia que ainda infestavam a "cena do sequestro".

Sentou-se ao lado do carro, curvou-se para a frente e tentou induzir a transformação.

Em questão de segundos ela teve início, o pelo lupino evaporando à medida que ondas de prazer tomavam conta de seu corpo.

O céu estava ficando leve.

Estava fraco, quase desmaiando.

Vestiu as folgadas roupas, tudo o que havia trazido consigo, mas para onde tinha de ir? Não teria como ir para Nideck Point. Isso estava fora de questão. Até mesmo a viagem curta para casa parecia fora de questão. Não podia estar em casa, não naquele momento.

Forçou-se a pegar a estrada. Mal conseguia manter os olhos abertos. Era bem provável que os repórteres tivessem se hospedado no Mill Valley Inn e em todos os hotéis e motéis da região. Encaminhou-se para o sul, para pegar a Golden Gate, lutando com afinco para ficar acordado enquanto o sol nascia em meio à névoa com uma luminosidade férrea e inclemente.

Chovia novamente quando entrou na cidade.

Assim que viu um grande motel comercial na Lombard Street, encostou o carro e pegou um quarto. O que lhe chamou a atenção foram as varandas individuais do andar superior, bem debaixo do telhado. Escolheu uma suíte em cima e nos fundos, "distante do tráfego".

Fechando as persianas e tirando as roupas desconfortáveis e incômodas, caiu na cama king-size como se fosse uma jangada salvadora, e adormeceu encostado aos travesseiros brancos.

## 13

Padre Jim trancava as portas da igreja St. Francis at Gubbio no Tenderloin de San Francisco assim que escurecia. De dia, os sem-teto dormiam nos bancos de igreja e faziam as refeições na sala de jantar no fim da rua. Mas, quando a noite caía, por questões de segurança, a igreja ficava trancada.

Reuben sabia de tudo isso.

E também sabia que, por volta das 10 da noite – agora – seu irmão estaria dormindo profundamente em um pequeno apartamento de ambiente espartano numa cabeça de porco do outro lado da rua, era um cortiço em frente à entrada do jardim da igreja.

A antiga reitoria fora o local de residência de Jim durante os dois primeiros anos, mas agora abrigava escritórios e depósitos da paróquia. Grace e Phil haviam adquirido o apartamento, com a aprovação do arcebispo. Eles haviam inclusive comprado todo o edifício, que Jim estava lentamente transformando numa espécie de pensão razoável para os residentes mais estáveis e confiáveis da vizinhança do velho centro da cidade.

Reuben, em seu impermeável marrom com capuz, pés com garras à mostra e patas igualmente à mostra, viajara por sobre os telhados para alcançar a igreja, e descera no pátio escuro. A transformação acontecera três horas antes. Desde então, estivera lutando com as vozes, que o chamavam de todos os cantos ao seu redor, mas ele não estava mais conseguindo lutar.

Resolveu ligar para seu irmão pelo celular, com um pouco mais de destreza em manusear o aparelho agora que tinha um pouquinho mais de prática.

– Preciso me confessar na igreja – disse ele com a voz profunda e gutural que já lhe soava bastante familiar, mas não era nem um pouco discernível a Jim. – Preciso me confessar, e tem de ser aí.

– Ah, agora mesmo? – Seu irmão estava lutando para acordar.

– Não dá para esperar, padre. Preciso de você. Preciso de Deus. Você vai me perdoar por isso quando me ouvir.

Bem, talvez perdoe.

Reuben ajustou o cachecol na frente da boca e colocou os óculos de sol no lugar enquanto esperava.

Jim, o padre dedicado e incansável de sempre, passou pelo portão e, surpreso de ver que o penitente já se encontrava no pátio e, quem sabe, um pouco espantado com o tamanho do cara, assentiu com a cabeça, apesar de tudo, e destrancou a pesada porta de madeira da nave.

Que risco, pensou Reuben. Eu poderia facilmente atingi-lo na cabeça e roubar todos os candelabros de ouro da igreja. E imaginou quantas vezes Jim não fizera esse tipo de coisa, ou por que a vida do irmão era um constante circuito de sacrifícios e trabalhos exaustivos, como era possível que servisse sopa e guisado de carne todo dia para pessoas que frequentemente o tratavam mal, ou como ele podia realizar o mesmo ritual todos os dias de manhã no altar, como se fosse realmente um milagre sua ação de consagrar o pão e o vinho e distribuir o "corpo de Cristo" nas diminutas hóstias brancas.

A St. Francis era uma das igrejas mais enfeitadas e coloridas de toda a cidade, construída muito antes do Tenderloin haver se tornado o bairo pobre mais importante e famoso da cidade. A igreja era grande, com os bancos entalhados e as paredes cobertas de murais dourados e ricamente pintados. As imensas pinturas abraçavam o altar embaixo de um trio de arcadas romanas para em seguida se moverem para trás dos altares laterais – para São José e a Virgem Maria – e pelos lados até os fundos onde, bem nos fundos da lateral direita, encontravam-se os velhos confessionários de madeira, cada qual uma casinha tripartite com cabines para penitentes ajoelharem-se de ambos os lados de um lugar central onde o padre se sentava enquanto puxava para trás o painel que cobria a tela através da qual podia ouvir a confissão.

Não era estritamente necessário estar em tal cabine para se confessar. Era possível fazê-lo num banquinho de parque ou em alguma sala, ou em qualquer lugar de sua preferência, a propósito. Reuben sabia de tudo isso, mas aquilo tinha de ser absolutamente oficial, absolutamente secreto, e queria daquela forma, de modo que fizera a solicitação.

Seguiu Jim na direção do primeiro confessionário, o único que Jim realmente já havia usado, e observou pacientemente o irmão pegar sua pequena estola de cetim e colocá-la no pescoço, isso para assegurar ao homem atrás dele que estava, a partir daquele momento, preparado oficialmente para oferecer o sacramento da penitência.

Então, silenciosamente, Reuben retirou os óculos e baixou o cachecol, expondo seu rosto.

Apenas casualmente, Jim olhou de relance ao fazer um gesto para que "o homem" abrisse a porta da pequena cabine, mas o olhar foi suficiente.

Viu a cara bestial pairando sobre ele e arquejou enquanto caía para trás, de encontro ao confessionário.

Imediatamente, a mão direita de Jim voou até a testa e ele fez o sinal da cruz. Fechou os olhos, abriu-os novamente e encarou o que via diante de si.

– Confissão – disse Reuben, e abriu a porta da cabine. Era o confidente quem estava agora gesticulando com sua pata para que Jim assumisse seu lugar no interior da cabine.

Jim levou um minuto para se recuperar.

Era muito estranho ver Jim naquele momento, quando não reconhecia esse monstro diante de si como sendo seu irmão, Reuben. Quando é que nós vemos um irmão ou irmã olhando fixamente para nós como se fôssemos pessoas totalmente estranhas?

Sabia agora coisas sobre seu irmão que jamais saberia em seu contato diário – que Jim era ainda mais corajoso do que Reuben jamais havia imaginado. E que era capaz de lidar calmamente com o medo.

Reuben entrou na cabine do penitente e puxou a cortina de veludo atrás de si. Era apertado ali, feito para homens e mulheres pequenos, mas ele se ajoelhou em um genuflexório acolchoado, e encarou a tela enquanto Jim puxava o painel. Viu a mão de Jim elevando-se na bênção.

– A bênção, padre, porque eu pequei – disse Reuben. – E tudo o que eu disser agora será dito sob o mais absoluto selo da confissão.

– Sim – disse Jim. – Suas intenções são sinceras?

– Completamente. Sou seu irmão, Reuben.

Jim não proferiu uma palavra sequer.

– Fui eu quem matou o estuprador em North Beach e os homens no Golden Gate Park. E chacinei a mulher em Buena Vista Hill que estava torturando o casal de idosos. Matei os sequestradores em Marin quando libertei as crianças. E cheguei atrasado demais para salvar todas elas. Duas já estavam mortas. Uma outra menininha, diabética, morreu hoje de manhã.

Silêncio.

– Sou realmente o seu irmão – disse Reuben. – Isso começou com o ataque em Mendocino County. Não sei que espécie de fera me atacou lá em cima, ou se teve ou não a intenção de me dar esse poder, mas eu sei que espécie de fera eu sou agora.

Novamente um silêncio total. Jim parecia estar olhando para a frente. Parecia que seu cotovelo estava pousado em cima do braço da cadeira. E que sua mão estava perto da boca.

Reuben prosseguiu:

– A mudança tem acontecido cada vez mais cedo à noite. Essa noite ocorreu mais ou menos às sete. Não sei se dá ou não para eu impedi-la ou fazê-la acontecer de acordo com a minha vontade. Não sei por que a mudança acaba quando amanhece, mas sei que ela me deixa quase morto de exaustão.

"Como encontro as vítimas? Eu as ouço. Ouço e sinto o cheiro delas – da inocência e do medo. E sinto o cheiro do mal naqueles que as atacam. Sinto o cheiro como um cachorro ou um lobo sente o cheiro de suas presas.

"Você sabe o resto, você leu sobre isso nos jornais, ouviu no noticiário da TV e do rádio. Não tenho mais nada a contar para você."

Silêncio.

Reuben esperou.

Estava extremamente abafado para ele naquele cubículo, mas ele esperou.

Finalmente, Jim falou. Sua voz estava grossa e baixa, quase irreconhecível.

– Se você é o meu irmãozinho, então você deve saber uma coisa, uma coisa que somente ele saberia, uma coisa que você pode me dizer para que eu tenha certeza de que você é realmente quem afirma ser.

– Pelo amor de Deus, Jimmy, sou eu – disse Reuben. – Mamãe não sabe nada sobre isso; nem Phil. Nem Celeste sabe. Ninguém sabe, Jim, exceto uma mulher, e essa mulher não sabe quem eu sou realmente. Ela só me conheceu como o lobo homem. Se chamou a polícia ou o FBI, ou o NIH, ou a CIA, não houve nenhuma divulgação sobre isso. Estou contando a você, Jim, porque preciso de você, preciso que você ouça essas coisas. Estou sozinho nisso, Jim. Completamente sozinho. E pode crer, sou o seu irmão. Não sou *ainda* o seu irmão, Jim? Por favor, me responda.

Na penumbra, Reuben viu Jim colocar as mãos na frente do nariz e emitir um som curto, como uma tosse.

– Tudo bem. – Ele suspirou, recostando-se. – Reuben. Só preciso de um minutinho. Você conhece aquela velha história. Ninguém consegue deixar um padre chocado durante uma confissão. Bem, eu acho que isso se aplica a pessoas que não se transformam em uma espécie de...

– Animal – disse Reuben. – Eu sou um lobisomem, Jim, mas eu prefiro me chamar de lobo homem. Na verdade, mantenho toda a minha consciência durante esse estado, como deve ter ficado bem visível para você. Só que a coisa não é assim tão simples. Existem hormônios inundando o meu corpo durante esse estado, e trabalham nas minhas emoções. Sou Reuben, sim, mas eu sou Reuben sob uma nova série de influências. E ninguém sabe de fato até que ponto os hormônios e as emoções influenciam o livre-arbítrio, a consciência, as inibições e a moralidade de uma pessoa.

– Sim, isso é verdade, e ninguém além do meu irmãozinho Reuben expressaria isso dessa maneira.

– Phil Golding nunca criou nenhum filho que não fosse obcecado por questões cósmicas.

Jim riu.

— E onde está Phil agora que preciso dele?

— Não o queria aqui – disse Reuben. – O que nós estamos falando aqui está lacrado.

— Amém, sem sombra de dúvida.

Reuben esperou. Então disse:

— É fácil matar, é fácil matar pessoas que fedem a culpa. Não, não é isso. Não fedem a culpa. Elas fedem a intenção de fazer o mal.

— E outras pessoas, pessoas inocentes?

— Outras pessoas têm cheiro de pessoas. Têm cheiro de inocência; têm um cheiro saudável; um cheiro bom. Deve ser por isso que a fera em Mendocino me deixou com vida, me pegou no meio do ataque que empreendia aos dois assassinos. E me deixou vivo, talvez ciente do que fizera comigo, do que passara para mim.

— Você não sabe quem ou o que era aquilo.

— Não, ainda não, mas vou descobrir, quer dizer, se houver algum meio de descobrir. E há mais coisas nisso, enfim, mais coisas ligando o que aconteceu com aquela casa e com a família. Ainda está cedo demais para tentar dar sentido a isso.

— Essa noite. Você matou alguém essa noite?

— Não, não matei, mas é cedo, Jim.

— A cidade inteira está atrás de você. Já colocaram mais câmeras nos sinais de trânsito. Há pessoas vigiando os telhados. Reuben, colocaram equipamento de satélite para vigiar os telhados. Sabem que é assim que você circula. Reuben, os caras vão te pegar, vão lhe dar um tiro, vão te matar!

— Não vai ser assim tão fácil, Jim. Deixe que eu me preocupe com isso.

— Ouça, quero que você se entregue às autoridades. Vou para casa com você. Nós vamos ligar para Simon Oliver e chamar o litigante da firma, como é mesmo o nome dele? Gary Paget e aí...

— Pare Jim. Isso não vai acontecer.

— Menininho, você não pode lidar com isso sozinho. Você está arrancando pernas e braços de seres humanos...

— Jimmy, pare.

— Você acha que vou te dar absolvição por...

– Não vim aqui para receber absolvição, você sabe disso. Vim aqui para manter essa história em segredo! Você não pode compartilhar isso com ninguém. Você prometeu isso a Deus, não só a mim.

– Isso é verdade, mas você precisa fazer o que estou dizendo. Você precisa explicar tudo isso à mamãe. Ouça, deixe mamãe fazer os exames, deixe que descubra quais são os componentes físicos dessa coisa, como ou por que isso está acontecendo. Mamãe tem mantido contato com um especialista de Paris, um tal médico russo com um nome bem bizarro, Jaska eu acho, mas esse médico afirma ter visto outros casos, casos nos quais coisas estranhas aconteceram. Reuben, essa não é a primeira vez que...

– Não na sua vida.

– Nós não vivemos na Idade das Trevas, Reuben. Nós não estamos vagando pela Londres do século XIX! Mamãe é a pessoa perfeita para iluminar essa...

– Você está falando sério? Você acha que mamãe vai montar um laboratório estilo dr. Frankenstein com esse tal Jaska e pesquisar esse pequeno projeto por conta própria? Por acaso vão arrumar um ajudante corcunda chamado Igor para fazer os testes de ressonância magnética e misturar os produtos químicos? Você acha que ela vai me amarrar numa cadeira de ferro quando o sol estiver se pondo para eu rosnar e espumar pela boca numa cela de prisão? Você está sonhando. Uma palavrinha com mamãe e será o meu fim, Jim. Ela vai querer chamar as mentes científicas mais brilhantes de sua geração, o especialista de Paris que se dane. É assim que mamãe funciona. É isso o que o mundo esperaria dela: ligar para o NIH. E, enquanto isso, tentaria, com todas as suas forças, me confinar para que eu não pudesse causar "danos" a mais ninguém, e isso seria o fim de tudo, Jim. O fim. Ou o começo da vida de Reuben como uma cobaia trancada a sete chaves e sob supervisão governamental. Quanto tempo você acha que levaria até eu desaparecer completamente numa instalação dessas do governo? Mamãe não teria como impedir que isso acontecesse.

"Deixe eu te contar o que aconteceu comigo quando entrei naquela casa de Buena Vista duas noites atrás. A mulher atirou em mim. Jim, na manhã seguinte o ferimento já tinha sumido. Não há nada no meu ombro onde a bala entrou. Nada.

"Jim, iriam tirar o meu sangue dia sim dia não pelo resto da minha vida, tentando isolar o que me dá esse tipo de poder regenerativo. Eles submeteriam à biópsia todos os meus órgãos. Fariam uma biópsia do meu cérebro, se ninguém os impedisse. Iriam me estudar com todos os instrumentos conhecidos do homem para descobrir como e por que eu me transformo naquela coisa, e que hormônios ou química governam o meu aumento de tamanho, o aparecimento das presas e das garras, a rápida produção de pelo, o aumento da força muscular e da agressividade. Procurariam saber o que desencadeia a mudança e desejariam controlá-la. Entenderiam logo, logo que o que está acontecendo comigo tem implicações não apenas na longevidade mas também na defesa nacional, já que, se conseguissem reproduzir um exército de elite de soldados-lobo iriam ter um poderoso instrumento para combate de guerrilha em vários lugares do globo onde armas convencionais são inúteis."

– Tudo bem. Pare. Você pensou bem no assunto.

– Ah, sim, com certeza – disse Reuben. – Fico deitado numa cama de motel o dia inteiro, escutando o noticiário e não pensando em mais nada. Fico pensando nos reféns que estão nas selvas da Colômbia e em como seria fácil para mim chegar aonde estão. Fico pensando em praticamente tudo, mas não com a clareza que estou pensando nesse exato momento. – Ele hesitou. Sua voz ficou embargada. – Você não sabe o que significa falar sobre isso com você, Jim. Falar sobre isso de verdade, enfim, vamos realmente encarar o que está acontecendo comigo.

– Deve haver alguém em quem você possa confiar – disse Jim. – Alguém que possa estudar isso sem colocar você em risco.

– Jimmy, essa pessoa simplesmente não existe. É por isso que os filmes de lobisomem acabam do jeito que acabam, com uma bala de prata.

– É assim mesmo? Uma bala de prata pode te matar?

Reuben riu baixinho.

– Não faço a menor ideia – disse ele. – Provavelmente não. O que eu sei é que uma faca ou uma bala comum não funcionam. Isso eu sei muito bem. Enfim, pode ser que exista alguma coisa bem simples que consiga me matar. Alguma toxina. Quem sabe?

– Tudo bem. Compreendo. Compreendo por que você não pode confiar na mamãe. Dá para perceber. Francamente, acho que a mamãe poderia ser persuadida a manter isso em segredo porque ela te ama, Menininho, e é sua mãe, mas eu poderia estar errado, muito errado. Isso iria... iria enloquecer a mamãe, disso tenho certeza, independentemente do que ela decidisse fazer.

– Isso é uma outra coisa, não é? – disse Reuben. – Proteger aqueles que eu amo desse segredo pelo que pode fazer com as mentes e com as vidas dessas pessoas.

*É por isso que quero dar o fora daqui e reencontrar Laura naquela floresta de Marin. É por isso que eu quero tanto estar nos braços dela, porque, seja lá por qual motivo, ela simplesmente não sentiu medo de mim, não se sentiu enojada. Na realidade, ela me recebeu, ela me deixou abraçá-la...*

Alguns pensamentos para o confessionário.

– Existe uma mulher – disse ele. – Eu nem sei quem é ela. Fiz uma busca na internet. Acho que eu sei quem ela é, mas a questão é que apareci na vida dela inesperadamente, e eu me deitei com ela.

– "Eu me deitei com ela", isso parece a bíblia. Você quer dizer que fez sexo com ela?

– É isso aí, só que prefiro pensar nisso como "deitar" porque a coisa foi como se diz por aí, você sabe, aquele velho clichê, a coisa foi muito bonita.

– Ah, isso é ótimo. Escute, você não pode lidar com isso sozinho. Você não pode lidar com esse poder e, pelo que você está me contando, você não pode lidar com a solidão.

– E quem é que vai me ajudar a lidar com isso?

– Eu estou tentando – disse Jim.

– Eu sei.

– Agora você precisa encontrar um lugar seguro para passar a noite. Eles estão por toda parte atrás de você. Acham que você é algum maluco vestido de lobo, é isso o que acham.

– Eles não sabem de nada.

– Ah, sabem, sim. Liberaram a evidência de DNA da saliva que você deixou nas suas vítimas. E se descobrirem que se trata de DNA humano e que sofreu uma mutação? E se encontrarem sequências incomuns na amostra de DNA?

– Não entendo essas coisas – disse Reuben.

– Estão tendo problemas com os testes, problemas que não querem que o público saiba, mas isso pode significar que estão fazendo testes mais sofisticados. Celeste disse que acham que a evidência está sendo manipulada de algum modo.

– Como assim?

– O lobo homem está montando armadilhas para eles, plantando evidências bizarras nas cenas dos crimes.

– Isso é ridículo. Eles deviam ter estado lá!

– E eles estão ligando esses ataques com Mendocino. Mamãe está ligando isso a Mendocino. Mamãe está exigindo mais testes naqueles dois viciados mortos. Os caras vão analisar tudo.

– Quer dizer então que você acha que vão descobrir um DNA diferente lá em cima, e que há dois lobos homens vagando pelo mundo.

– Não sei. Ninguém sabe. Escute, não subestime a rede que podem tecer para te prender com os testes. Se o seu DNA tiver sido catalogado no sistema, Reuben, e eles perceberem a combinação...

– Não está catalogado no sistema. Mamãe disse que alguma coisa deu errado com a amostra. Não sou... Nunca fui criminoso. Não estou catalogado no sistema criminal.

– Oh, e por acaso eles respeitam as regras? Têm uma amostra da autópsia feita em Marchent Nideck, não têm? – Jim estava ficando cada vez mais agitado.

– Devem ter, sim – disse Reuben.

– E mamãe disse que têm telefonado, perguntando se podem pegar mais do seu DNA. Mamãe tem dito que não. Ao que tudo indica, esse médico de Paris aconselhou mamãe a não concordar com mais testes.

– Por favor, Jim, tente se acalmar. Não estou conseguindo seguir o seu raciocínio. Você devia ser médico como a mamãe.

Silêncio.

– Jim, preciso ir nessa.

— Reuben, espere! Ir para onde?

— Há algumas coisas que preciso descobrir, e a primeira e mais importante delas é como controlar a mudança, como pará-la, como paralisá-la.

— Então isso não tem nada a ver com a lua.

— Não é uma coisa mágica, Jim. Não tem nenhuma ligação com a lua. Isso é fantasia. A coisa é como um vírus. Funciona de dentro. Pelo menos é o que parece. Houve também uma mudança na maneira como vejo o mundo, uma mudança na temperança das coisas. Ainda não sei o que fazer com todas essas mudanças, mas com certeza a coisa não tem a ver com magia.

— Se não é algo sobrenatural, se for simplesmente um vírus, então por que você só está matando pessoas más?

— Já disse para você. É uma questão de olfato e audição. — Um calafrio tomou conta de Reuben. O que significa isso?

— Desde quando o mal tem um aroma? — perguntou Jim.

— Também não sei — disse Reuben. — E a gente não sabe por que os cachorros sentem o cheiro do medo, certo?

— Os cachorros percebem pequenos sinais físicos. Conseguem sentir o cheiro do suor, quem sabe até de hormônios como a adrenalina. Você vai me dizer que o mal possui algum tipo de dimensão hormonal?

— Pode ser que tenha — disse Reuben. — Agressividade, hostilidade, raiva — pode ser que tudo isso tenha um cheiro, um cheiro que seres humanos não conseguem medir normalmente. A gente não sabe, certo?

Jim não respondeu.

— O que é, você quer que isso seja uma coisa sobrenatural? — perguntou Reuben. — Você quer que seja uma coisa diabólica?

— Quando foi que conversei com você sobre alguma coisa ser diabólica? — disse Jim. — Além disso, você está resgatando vítimas inocentes. Desde quando o diabo liga para vítimas inocentes?

Reuben suspirou. Não conseguia colocar todos os seus pensamentos em palavras. Não conseguia começar a explorar como seu pensamento havia mudado, mesmo quando estava sob o poder da transformação. Não tinha certeza se queria contar tudo para Jim.

— O que sei é isso — disse ele. — Enquanto continuar me transformando assim de maneira tão imprevisível e sem nenhum controle, ficarei totalmente vulnerável. E sou o único que consegue fazer isso funcionar, e você está absolutamente certo, têm o meu DNA a partir da Marchent, se é que não conseguiram de alguma outra fonte. A coisa está bem debaixo dos narizes deles, assim como eu, e preciso seguir em frente.

– Para onde você vai?

– Para Nideck Point. Agora me escute, padre Jim. Apareça lá em cima assim que puder. E você pode conversar comigo sobre isso, em particular, se achar necessário. Eu te dou permissão, mas jamais com qualquer outra pessoa, ou na presença de qualquer outra pessoa.

– Obrigado. – Jim estava obviamente aliviado. – Reuben, eu quero permissão para ler sobre isso, para fazer umas pesquisas.

Reuben compreeendeu. Um padre não podia trabalhar em cima de uma confissão muito mais do que podia falar sobre ela ou mencioná-la ao homem que a fizera. Reuben disse sim.

– Passei pela casa hoje cedo, peguei alguns livros que tinha encomendado – explicou Reuben. – Só coisas sobre lendas, ficção, poesia, esse tipo de coisa. Só que ocorreram alguns incidentes no país, você sabe, pessoas vendo coisas.

– Mamãe tem falado sobre essas coisas – disse Jim. – Esse dr. Jaska também. Algo sobre a Fera de Bray Road.

– Isso não é nada – disse Reuben. – Foi só a visão de uma criatura estranha em Wisconsin, um pé de anjo, de repente, algo assim. Não tem muita coisa a ser investigada aí, não. Estou pesquisando por conta própria para tentar encontrar qualquer coisa que possa lançar uma luz sobre isso, e existe uma bizarra coincidência em relação ao nome Nideck, e estou tentando descobrir mais coisas, mas ainda não consegui nada. E, é claro, é claro que você pode fazer as suas pesquisas.

– Obrigado, Jim. Vou fazer.

Reuben aproximou-se da cortina.

– Espere – disse Jim. – Espere, por favor, reze alguma oração, algum ato de contrição qualquer. Reze do fundo do coração. – A voz de Jim estava embargada. – E vou te dar a absolvição.

A voz de Jim quase partiu o coração de Reuben.

Ele fez uma mesura com a cabeça e sussurrou:

– Deus me perdoe, Deus me perdoe por meu coração assassino, meu coração que sente uma glória em função disso, meu coração que não quer desistir, que não vai desistir, que quer de alguma forma ser assim e ainda ser bom. – Ele suspirou. Ele citou Santo Agostinho: "Deus me fez casto; mas não hoje."

Jim estava no meio da recitação da absolvição e, quem sabe, de alguma outra oração, Reuben não sabia.

– Que Deus o proteja.

– E por que Ele faria isso? – perguntou Reuben.

A voz de Jim retornou com uma sinceridade infantil:

– Porque Ele te fez. Sejá lá o que você é, Ele te fez. E Ele sabe por que e com qual propósito.

## 14

Reuben retornou ao motel pelos telhados e trancou-se no apartamento. Durante toda a noite tentou fazer com que a transformação fosse revertida. Não podia usar o computador, não com aquelas garras enormes. Não podia ler os novos livros que encomendara, porque o deixaram irritado. O que lobisomens lendários tinham a ver com ele?

Ele não ousava tentar dirigir. Tivera uma boa percepção do quanto isso seria difícil quando seguira os sequestradores. Não podia arriscar-se a ser visto ou a ser preso em seu próprio carro, mesmo que pudesse suportar as dificuldades.

Tampouco ousava sair do quarto.

Por mais que desejasse, não conseguia operar a mudança. Pelo menos não de imediato.

Ouviu vozes ao seu redor durante toda a noite. Reuben as ouvira durante todo o tempo em que estivera com Jim.

Não ousava se concentrar agora em um único fio de som. Se uma voz o capturasse, seria obrigado a sair para atendê-la.

Era doloroso pensar que podia estar salvando alguém do sofrimento, até mesmo da morte. Agachou-se num canto e tentou dormir, mas também isso era impossível.

Por fim, por volta das três da manhã, muito mais cedo do que jamais lhe havia ocorrido, ele se transformou.

A mudança veio, como sempre, com um tumulto de sensações orgásmicas, enfraquecendo-o e levando-o a um delírio enquanto passava de fera a homem. Observou a mudança no espelho. Tirou fotos com o iPhone. Por fim, ficou lá parado mirando o velho Reuben Golding que pensava conhecer tão bem, e nenhum dos dois tinha palavras que dessem conta de descrever o outro. Suas mãos pareciam-lhe delicadas, e ele imaginou que não sentia uma vulnerabilidade na forma humana, mas não estava sentindo essa vulnerabilidade. Sentia-se estranhamente forte, estranhamente capaz de resistir ao que quer que pudesse vir a ameaçá-lo nessa forma ou na outra.

Não estava muito cansado. Tomou um banho, e decidiu que dormiria por um tempo antes de pegar a estrada.

Haviam se passado agora dois dias desde que falara com alguém de casa, e Jim não podia, de acordo com as velhas e sacrossantas leis, contar para ninguém que estivera com Reuben.

Tinha mensagens de e-mail e telefônicas de virtualmente todo mundo, incluindo Galton, que instalara os aparelhos de televisão da maneira que ele requisitara. Galton tinha uma outra informação pare ele. Orquídeas. Duas orquídeas bem grandes haviam chegado a casa através de correio expresso, vindas da Flórida, aparentemente encomendadas por Marchent Nideck na noite em que morrera. Por acaso Reuben queria aquelas plantas?

Reuben sentiu um nó na garganta. Pela primeira vez soube o que esse clichê significava. Sim, queria as orquídeas. Isso era fantástico. Será que daria para Galton encomendar alguma outra planta?

Enviou inúmeros e-mails, confiante de que ninguém estaria acordado àquela hora para respondê-los. Ele disse a Grace que estava bem, fazendo caminhadas e cuidando disso e daquilo em Nideck Point. Disse exatamente a mesma coisa a Phil. A Billie, disse que estava escrevendo um longo artigo sobre o *modus operandi* do lobo homem. A Celeste, que estava precisando ficar sozinho, e esperava que ela entendesse.

Precisava se afastar de Celeste. Necessitava desesperadamente de sua amizade naquele momento, mas aquela história assumira um tom digno dos piores pesadelos, e isso não era culpa dela. Não, Celeste não era nem um pouco culpada. Estava queimando a cabeça em busca de uma maneira de desligar-se de seu romance, uma maneira cavalheiresca e gentil.

Por isso acrescentou:

"Espero que você e Mort tenham se divertido. Sei que você gosta muito dele."

Será que isso era uma cutucada na direção de Mort, ou soara para ela como uma indireta passiva-agressiva por ter saído com Mort? Não se sentia em condições de decidir. Então escreveu: "Você e Mort sempre se deram bem juntos. Quanto a mim, eu mudei. Nós dois sabemos disso. Está na hora de eu parar de negar. Simplesmente não sou mais a pessoa que era antes."

Eram mais ou menos 4:30 da manhã, ainda estava escuro do lado de fora, e Reuben não estava com sono e sentia-se inquieto. Não era dolorosa essa inquietude, como havia sido em Mendocino, mas também não era totalmente agradável.

Subitamente, ouviu um tiro, mas de onde viera? Levantou-se da pequena escrivaninha do motel e foi na direção da janela. Nada lá fora além da Lombard Street e uns poucos carros circulando no asfalto sob a intensa luz dos postes.

Seus músculos ficaram alertas. Estava ouvindo algo, algo distante e agudo. Um homem choramingando, chorando, dizendo para si mesmo que deveria fazer aquilo. E uma mulher, uma mulher implorando ao homem. "*Não machuque as crianças. Por favor, por favor, não machuque as crianças.*" Em seguida, houve um segundo tiro.

Os espasmos vieram bem de dentro, quase aleijando Reuben. Ele curvou o corpo, sentindo seus poros respirando, o ar se partindo sobre seu peito e seus braços. A mudança estava acontecendo, e acontecendo com mais rapidez do que nunca. Uma sensação extática tomou conta dele. Então, uma onda paralisante de prazer e de força.

No decorrer de segundos, estava fora do quarto e movendo-se no alto dos telhados.

O homem estava berrando, choramingando, sentindo pena de si mesmo e daqueles que "precisava" matar, e da esposa que já estava morta. Reuben moveu-se na direção da voz do homem.

O fedor atingiu suas narinas, quase repugnante, o aroma da covardia e do ódio.

Reuben atravessou a rua com um longo salto, e moveu-se com o máximo de rapidez possível na direção da casa branca de estuque no fim do quarteirão, descendo atrás dela numa varanda de ferro no segundo andar.

Quebrou o vidro e entrou no cômodo. A única luz vinha do exterior. Era um bonito quarto, bem arrumado e bem mobiliado.

A mulher estava deitada na cama com quatro colunas, estava morta e o sangue lhe escorria pela cabeça. O homem encontrava-se sobre ela, sem camisa e descalço, vestindo uma calça de pijama, segurando a arma, balbuciando e choramingando. O cheiro de bebida alcoólica era sobrepujante, bem como o aroma de uma raiva fervilhante e dominada pela culpa. Mereceram isso, eles o estavam obrigando a fazer isso, haviam tirado este homem do sério, e jamais o deixariam em paz.

"Eu tinha de fazer isso, eu tinha de terminar isso!", protestava o homem para algum questionador invisível. Seus olhos vermelhos encararam Reuben, mas não havia certeza se ele via qualquer coisa na frente dele. Estava tremendo, chorando. Ele levantou novamente a arma.

Reuben avançou rapidamente, tirou-lhe a arma da mão e apertou o pescoço grosso e pegajoso do homem até que sua traqueia se rompeu. Apertou ainda com mais força, arrebatando a coluna cervical do homem.

O homem caiu no chão como uma pilha desajeitada.

Reuben colocou a arma em cima da penteadeira.

Sobre o espelho com moldura dourada em cima dela havia um incoerente bilhete de suicídio rabiscado com batom. Ele mal conseguia distinguir as palavras.

Moveu-se rapidamente pelo estreito corredor da casa, rastreando o aroma das crianças, o mais doce e adorável dos aromas – seus pés silenciosos tocando o piso de madeira. Atrás de uma porta, ouviu uma criança sussurrando.

Lentamente, abriu a porta. A menininha estava agachada na cama, os joelhos dobrados debaixo da camisolinha, e um bebê de colo agachado ao lado dela, um menininho, talvez uns 3 anos no máximo, de cabelos claros.

Os olhos da menininha ficaram maiores quando ela olhou para Reuben.

– O lobo homem – disse ela, com a mais radiante das expressões.

Reuben assentiu com a cabeça.

– Depois que eu sair daqui, quero que você fique nesse quarto – disse ele suavemente. – Quero que espere aqui até a polícia chegar, está entendendo? Não vá para o corredor. Espere aqui.

– O papai vai matar a gente – disse a menininha numa voz miúda, porém firme. – Ouvi ele falar isso para a mamãe. Vai me matar e vai matar o Tracy.

– Não vai mais, não vai – disse Reuben. Aproximou-se e tocou a cabeça das duas crianças.

– Você é um lobo legal – disse a menininha.

Reuben assentiu com a cabeça. Ele disse:

– Faça o que pedi.

Voltou por onde viera, teclou 911 no telefone do quarto e disse para a telefonista:

– Duas pessoas mortas. Há duas crianças pequenas aqui.

Estava de volta ao motel pouco antes do sol nascer. Alguém podia tê-lo visto descer do telhado em direção à varanda do terceiro andar. Pouco provável, sim, pouco provável, porém possível. A situação estava insustentável. Ele precisava retornar agora.

E de fato a mudança aconteceu imediatamente, quase como se algum misericordioso deus lobo o tivesse ouvido e forçado a transformação. Talvez ele próprio a tivesse forçado.

Lutando com a exaustão, ele fez as malas e saiu de lá em questão de minutos.

Viajou até a Redwood Highway ao norte de Sausalito. Espionando um antigo motel de um pavimento em estilo adobe, parou o veículo e conseguiu arrumar o quarto bem dos fundos que se abria para um beco de asfalto ao pé de uma colina.

No início da tarde, Reuben acordou.

Estava à beira do desespero. Para onde deveria ir? O que deveria fazer? Ele sabia a resposta – que Mendocino fornecia segurança, solidão e quartos nos quais se esconder, e que somente lá em cima talvez ele encontrasse "o outro", que talvez fosse capaz de ajudá-lo. Queria estar com o distinto cavalheiro na parede da biblioteca.

*Droga. Gostaria muito de saber quem você era.*

Só não conseguia parar de pensar em Laura. E não queria ir até lá, porque Laura estava aqui.

Repetidamente, sua mente repassava os detalhes das poucas horas que passaram juntos. É claro que Laura pode muito bem ter chamado as autoridades e contado o que havia acontecido, mas havia algo absolutamente estranho e férreo naquela mulher que fizera com que ele tivesse esperança de que isso não acontecera.

Comprou café e sanduíches numa lanchonete perto dali, levou-os para o quarto e começou a trabalhar no computador.

Não era necessário nenhum neurocirurgião para imaginar que Laura era, de algum modo, ligada profissionalmente à floresta, a atividades ao ar livre, à vida selvagem que cercava sua casa. Ontem, descobrira um site de viagens de uma tal L. J. Dennys que realizava excursões para mulheres. Estava escaneando novamente o site em busca de pistas. Mas as únicas fotos de L. J. Dennys tornavam quase impossível afirmar quem era a pessoa embaixo daquele chapéu e por trás dos óculos de sol. Seus cabelos mal estavam visíveis.

Encontrou referências aqui e ali a L. J. Dennys, naturalista e ambientalista, em vários lugares, mas nenhuma foto realmente boa.

Teclou Laura J. Dennys e ficou observando. Havia diversas falsas pistas. Então uma coisa totalmente inesperada: um artigo de quatro anos atrás do *Boston Globe* sobre uma tal Laura Dennys Hoffman, viúva de um tal Caulfield Hoffman que morrera, com seus dois filhos, num acidente de barco em Martha's Vineyard.

Bem, provavelmente uma outra falsa pista, mas mesmo assim entrou no site. E lá estava a foto que tanto procurava. Aquela era a portadora das pérolas, a mãe dos dois garotos na foto que estava na mesa de cabeceira de Laura, numa foto de sociedade de Laura com seu falecido marido, um homem formidavelmente bem-apessoado com olhos enigmáticos e dentes muito brancos.

Laura tinha uma ótima postura, placidamente bela – a mulher que ele tivera nos braços.

Em questão de segundos, Reuben estava vasculhando tudo o que existia acerca do afogamento de Caulfield Hoffman e seus filhos. Laura estava em Nova York quando o "acidente" acontecera, e o acidente, descobriu-se posteriormente, não havia sido, de fato, um acidente. Depois de longas investigações, o legista decretara que havia se tratado de um suicídio-assassinato.

Hoffman vinha enfrentando sérias acusações criminais relacionadas a práticas comerciais fraudulentas e administração equivocada de fundos. Vinha discutindo com sua mulher sobre uma possível separação e sobre a custódia dos filhos.

E ainda não era tudo a respeito da história de Laura. Os Hoffman haviam perdido o primeiro filho, uma menina, devido a uma infecção hospitalar quando a criança tinha menos de 1 ano de idade.

Agora, não era necessário muita genialidade para se acercar da história de Laura J. Dennys.

Era a filha do naturalista californiano Jacob Dennys, que havia escrito cinco livros sobre as florestas de sequoias do litoral norte. Jacob morrera dois anos atrás. Sua mulher, Collette, uma pintora de Sausalito, morrera de um tumor cerebral vinte anos antes. Laura perdera a mãe muito jovem. A filha mais velha de Jacob Denny, Sandra, fora assassinada durante um assalto a mão armada a uma loja de bebidas em Los Angeles quando tinha 22 anos de idade, uma dos vários inocentes "passando pelo lugar errado na hora errada".

A litania de tragédias era de tirar o fôlego. Ultrapassava qualquer coisa que Reuben pudesse porventura imaginar. E uma boa parcela dela ainda pelo fato de Jacob Dennys ter sofrido de Alzheimer em seus últimos anos.

Reuben recostou-se na cadeira e bebeu um pouco de café. O sanduíche parecia-lhe papel e serragem.

Estava perplexo com tudo aquilo. E sentia-se vagamente culpado lendo a história, envergonhado inclusive. Sim, estava espionando Laura e, sim, estava espionando com o intuito de descobrir um mistério e, quem sabe, tivesse esperanças de que ela fosse alguma coisa tão excepcional a ponto de aceitá-lo do jeito que ele era.

Mas isso era demais.

Ele pensou naquelas duas crianças na casa em San Francisco, aninhadas uma na outra naquela cama. Sentiu uma secreta exultação por tê-las salvo, e um profundo ressentimento por não ter chegado lá a tempo de salvar a mãe. Imaginou onde estariam aquelas criancinhas agora.

Não era de se espantar que Laura tenha querido desaparecer no interior daquela floresta californiana. O site de L. J. Dennys tinha três anos de existência. Ela provavelmente cuidara de seu pai idoso. E então ele a deixara, inevitavelmente, como todo o resto.

Uma terrível tristeza em relação a Laura tomou conta de Reuben. *Estou envergonhado, envergonhado por querer você e pelo fato de isso me ajudar a pensar, apenas a pensar, que por causa de tudo o que você perdeu, talvez você pudesse me amar.*

Não podia conceber estar tão sozinho, independentemente das coisas pelas quais vinha passando naquele momento. Na realidade, o novo isolamento que estava experimentando o estava levando à loucura.

Mesmo em meio a tudo aquilo, encontrava-se cercado de amor – intimamente ligado a Grace e a Phil e, é claro, a seu adorado irmão, Jim. Ainda tinha Celeste, que faria qualquer coisa por ele, e Mort, seu verdadeiro amigo. Tinha o eixo acolhedor da casa em Russian Hill e a grande gangue de amigos perpetuamente atraída ao círculo familiar por todos os seus vibrantes membros. E Rosy, a adorada Rosy. Até mesmo os cansativos amigos professores de Reuben representavam uma base em sua vida, como tantos tios e tias graciosos.

Pensou em Laura e naquela pequena casa do limite da floresta. Tentou avaliar o que significaria casar-se, e então perder toda a sua família. Uma dor indescritível.

Agora, uma vida como aquela, imaginou, podia tornar alguém errático e temeroso. Ou fazer dela alguém notavelmente forte e com um caráter que as pessoas chamavam de filosófico – e ferozmente independente. Talvez fizesse com que a pessoa se descuidasse de sua própria vida, fosse indiferente ao perigo e determinada a viver exatamente como lhe aprouvesse.

Reuben conhecia dezenas de outras maneiras de descobrir informações acerca de Laura – dados bancários, registro de automóvel, renda pessoal – mas isso simplesmente não era justo. Na realidade, havia mais um pequenino item que queria de fato: o endereço dela. E o descobriu com rapidez suficiente. A casa na qual ela vivia havia sido objeto de alguns artigos. Pertencera ao avô, Harper Dennys, e tratava-se de algo literalmente digno de um avô; ninguém poderia ter construído tal casa tão no fundo de uma área florestal protegida nos dias de hoje.

Reuben saiu e deu uma volta no pequeno motel. Estava garoando. Seria fácil, depois que escurecesse, sair sorrateiramente de seu quarto e subir a encosta arborizada até o topo e entrar nas colinas densamente arborizadas de Mill Valley. De lá seria simples chegar em Muir Woods.

Muito provavelmente ninguém estaria atrás dele ali naquele momento. Afinal de contas, matara um homem em San Francisco havia poucas horas.

Quer dizer, ninguém estaria atrás dele contanto que Laura J. Dennys não tivesse contado para as autoridades o que acontecera.

Será que ela poderia denunciá-lo? *E será que eles teriam acreditado em uma palavra sequer dessa história?*

Reuben não sabia. E não conseguia imaginá-la contando isso a ninguém.

Se houvesse uma televisão naquela pequena casa, se jornais fossem entregues ali, ou comprados na cidade, aí sim, com certeza ela saberia o que estava acontecendo.

Talvez entendesse que o homem selvagem preferiria morrer a causar-lhe algum mal – a menos que causar mal fosse o amor dele por ela, e seu desejo quase enlouquecedor de vê-la novamente.

Pouco antes de escurecer, Reuben deu de cara com uma loja onde poderia comprar roupas baratas realmente do tamanho dele, roupas de baixo novas, meias e coisas assim. Guardou tudo isso numa bolsa que ficaria permanentemente no Porsche. Estava cansado de perambular naquele agasalho com capuz e no impermeável grandes demais para ele, mas não queria se transformar naquele momento.

Quando o sol se pôs, dirigiu até Mill Valley em meio a uma chuvinha fina, e subiu a Panoramic Highway até encontrar a casa de Laura – uma pequena chácara com telhas cinzas bem afastada da estrada, praticamente invisível devido às árvores que a cercavam.

Passou por ela e encontrou uma pequena ravina na qual escondeu o Porsche e, lá dentro do carro, caiu num sono intermitente e inquieto. A mudança acordou-o muito mais cedo do que ele esperava.

## 15

A casa estava vazia quando entrou, a porta destrancada e aberta para a varanda dos fundos.

Viera através da árvores. Não havia ninguém em parte alguma; ninguém de vigia, certamente; nenhuma voz de policiais na vizinhança – na realidade, não havia voz de espécie alguma.

O quarto dos fundos era o doce retrato do qual se lembrava. Todos os doces aromas estavam lá.

A cama de carvalho de cabeceira alta estava coberta com uma linda colcha de retalhos feita com esmero. Havia uma pequena luminária de metal acesa na mesinha de cabeceira, fornecendo uma luz acolhedora através de seu abajur de pergaminho. E, aninhada entre os travesseiros na cadeira de balanço de carvalho encontrava-se uma boneca de trapo desbotada feita à mão, com um rosto cuidadosamente costurado com olhos amendoados feitos de botão, lábios vermelhos e longos cabelos louros feitos de lã. Uma pequena estante sustentava inúmeras fileiras de livros de autoria de Harper Dennys e Jacob Dennys. E até mesmo um livro escrito por L. J. Dennys sobre as flores silvestres de Mount Tamalpais e a área circundante.

O quarto abria-se para a cozinha, divinamente rústica com o grande fogão preto e xícaras de porcelana azuis e brancas em ganchos abaixo das prateleiras abertas.

Trepadeiras de batata cresciam em vidros no parapeito da janela acima da pia. Vistosas margaridas brancas e douradas preenchiam um vaso azul no centro de uma pequena mesa de vidro branca. E uma vívida paisagem impressionista representando um jardim de rosas murado encontrava-se pendurada na parede. Assinado por "Collette D."

Mais além, havia um espaçoso banheiro com sua pequena lareira, um enorme chuveiro e uma banheira de pés de garra. Do lado oposto, uma escada estreita levava a um segundo andar.

Então surgiu a grande sala de jantar com sua mesa redonda de carvalho estilo *vintage* e as pesadas cadeiras de madeira, uma arca cheia de antigos itens de porcelana azuis e brancos e uma sala de estar com confortáveis cadeiras antigas, decorada com colchas e cobertores artesanais, reunidos como se para um *tête-à-tête* diante da lareira de pedra. Um pequeno fogo estava queimando na lareira, bem protegido por uma tela. Uma luminária de canto, antiquada e de metal, fornecia uma luz suave a agradável.

Havia grandes e vistosos quadros feitos por Collette, representando jardins, espalhados pela casa, bastante insípidos e previsíveis, quem sabe, mas brilhantemente coloridos, reconfortantes e doces. E muitas e muitas fotografias em todas as partes – muitas delas incluindo o desgastado e belo rosto de Jacob Dennys, de cabelos brancos mesmo na juventude.

Havia uma TV de tela plana na sala de estar, e até na cozinha havia uma pequena, em cima da bancada. Havia jornais recentes perto da lareira da sala. "Lobo Homem Liberta Crianças Sequestradas" gritava a primeira página do *San Francisco Chronicle*. O jornal de Mill Valley optara por: "Crianças Encontradas a Salvo em Mill Valley; Duas Mortas." Ambos os jornais tinham desenhos similares do lobo homem – uma figura antropoide com orelhas lupinas e um hediondo focinho dotado de presas.

Era uma casa cheia de janelas, e em todas as partes elas resplandeciam com a suave chuva sussurrante. As paredes estavam cuidadosamente pintadas em profundos tons de terra, e o trabalho na madeira era natural e cintilando de cera.

Reuben estava na sala de estar ao lado do fogo quando Laura surgiu na porta dos fundos. Ele deslizou para o corredor. Podia vê-la na cozinha, depositando na bancada um saco de papel marrom com legumes e o que parecia ser um jornal dobrado.

Seus cabelos estavam presos na nuca por uma fita preta. Laura tirou a pesada jaqueta de veludo cotelê e jogou-a para o lado. Estava usando um suave suéter cinza de gola alta e uma saia longa e escura. Havia um cansaço, uma insatisfação, em seus gestos. Seu doce aroma lentamente preencheu o ambiente. Reuben sabia agora que reconheceria esse aroma em qualquer lugar – sua inconfundível mistura de calor pessoal com aquele sutil perfume cítrico.

Reuben olhava para ela embevecido, para suas mãos esguias e sua testa lisa, para os suaves cabelos brancos que emolduravam seu rosto, para os olhos azuis bem claros varrendo o recinto.

Ele se aproximou da porta da cozinha.

Ela estava ansiosa, incerta. Dirigiu-se desanimadamente para a mesa branca, e estava prestes a sentar-se quando o viu de pé no corredor.

– Bela Laura – sussurrou ele. *O que você está vendo? O lobo homem, o monstro, a fera que arrebenta suas vítimas membro a membro?*

Em estado de choque, Laura bateu com as mãos no rosto, mirando-o através dos dedos compridos. E seus olhos encheram-se de lágrimas. Subitamente, começou a chorar bem alto com profundos soluços enternecedores.

Laura abriu os braços enquanto corria para Reuben. Ele deu um passo à frente para abraçá-la e aconchegou-a com carinho em seu peito.

– Bela Laura – sussurrou novamente, e levantou-a como havia feito antes, carregou-a para o quarto dos fundos e depositou-a em cima da cama.

Arrancou a fita dos cabelos. E os fios caíram em ondas ao redor dela – brancos, com mechas louras à luz da luminária próxima.

Mal conseguia conter-se para não despi-la. Parecia uma eternidade o tempo que levou lutando com os botões e clipes enquanto arrancava peça por peça do corpo. Finalmente, Laura estava nua e rosada encostada nele, seus mamilos como pétalas, e os pelos escuros entre suas pernas da cor de fumaça. Reuben cobriu-lhe a boca com beijos, e ouviu aquele profundo rosnado escapar de seu peito, aquele rosnado animalesco que um homem jamais poderia emitir. Não conseguia parar de beijá-la por todo o corpo, no pescoço, nos seios, no ventre e no interior das coxas sedosas.

Aninhou a cabeça dela em suas mãos enquanto ela passava os dedos no rosto dele, enterrando-os bem fundo naquela pelagem de lobo macia e espessa abaixo dos pelos mais ásperos.

Laura ainda estava chorando, mas nos ouvidos dele era como a chuva na janela – como uma canção.

## 16

Enquanto ela dormia, Reuben acendeu a lareira da sala de estar. Não estava com frio, nem um pouco, mas queria o espetáculo das chamas, o crepitar do fogo em contraste com o teto e as paredes. Queria as próprias labaredas luminosas.

Estava de pé com um dos pés apoiado na parte inferior da lareira quando Laura entrou.

Vestira uma camisola de flanela branca, como a que ele rasgara com tanta avidez naquela primeira noite. Tinha rendas grossas e antiquadas nas mangas e ao redor do colarinho. Pequenos botões de pérola brilhavam no escuro.

Seus cabelos estavam penteados e lustrosos.

Sentou-se na antiga cadeira à esquerda do fogo, e apontou erraticamente para a cadeira maior, a cadeira puída e desgastada à direita, grande o bastante para Reuben.

Ele sentou-se e fez um gesto para que ela se aproximasse.

Rapidamente Laura se deslocou para o colo, e Reuben sustentou os ombros dela em seu braço direito e ela pousou a cabeça no peito largo dele.

– Estão atrás de você – disse ela. – Você sabe disso.

– É claro. – Ainda não estava acostumado à profundidade daquela voz ou à sua rouquidão. Talvez tivesse sorte de ao menos ter uma voz.

– Você não sente medo de ficar sozinha aqui nessa casa. Noto que não sente. E preciso perguntar o motivo.

– Do que eu teria medo? – respondeu ela. Estava falando de modo confidencial, de modo natural, sua mão brincando com os pelos longos do ombro. Gradualmente, seus dedos encontraram o mamilo em meio aos pelos do peito dele. Ela beliscou-o.

– Menina má! – sussurrou ele. Ele estremeceu. Emitiu novamente aquele rosnado baixo e ávido e ouviu o riso abafado dela.

– É verdade – disse ele. – Tenho medo por você; tenho medo de você aqui sozinha nessa casa.

– Eu cresci nessa casa – disse ela simplesmente, sem drama. – Nunca sofri nenhum tipo de agressão nessa casa. – Ela fez uma pausa e então disse: – Você veio ao meu encontro aqui.

Reuben não respondeu. E acariciava os cabelos dela.

– Eu sinto medo por você – disse ela. – Tenho sentido muito medo por você desde que você saiu daqui. Mesmo agora, sinto medo deles terem te seguido até aqui, ou de alguém ter te visto...

– Não me seguiram – disse ele. – Eu os teria ouvido se estivessem lá fora. Sentiria o aroma deles.

Ficaram quietos por um tempo. Reuben estava observando o fogo.

– Sei quem você é – disse ele. – Eu li a sua história.

Ela não respondeu.

– Todo mundo tem uma história hoje em dia; o mundo é um arquivo. Li sobre as coisas que aconteceram com você.

– Então você está com, como se diz por aí, a vantagem – respondeu ela. – Porque eu não faço a menor ideia de quem você realmente é. Ou por que você veio até aqui.

– Não sei quem sou nesse momento – disse ele.

– Então nem sempre você foi o que é agora? – perguntou ela.

– Não. – Ele riu baixinho. – Com certeza, não. – A língua dele encostou nas presas, percorreu o sedoso tecido preto desprovido de lábios ao redor da boca. Ele mexeu-se confortavelmente na cadeira, e o peso dela era como se não fosse nada.

– Você não pode ficar aqui nessa cidade, enfim, aqui nessa casa. Aqui vão te encontrar. Agora o mundo é pequeno demais, controlado demais. Se tiverem o mais leve indício de que você está aqui na floresta, vão chegar como um enxame. O local apenas parece a natureza, mas na verdade não é.

– Eu sei – disse ele. – Sei muito bem disso.

– Você está correndo risco, um risco muito sério.

– Ouço vozes – disse ele. – Ouço vozes e vou até elas. É como se não conseguisse não ir. Alguém vai sofrer e morrer se eu não for.

Lentamente, descreveu a coisa para ela, exatamente do mesmo jeito que descrevera a Jim – os aromas, o mistério dos aromas. Falou acerca dos vários ataques, de como as vítimas estavam chorando na escuridão, de como havia sido claro demais quem era mau e quem era bom. Contou a ela sobre o homem que atirou na mulher.

– Sim, teria matado as crianças – comentou ela. – Ouvi a história quando estava voltando para casa essa noite.

– Não cheguei lá a tempo de salvar a mulher – disse ele. – Eu não sou infalível. Sou uma coisa que pode cometer erros terríveis.

– Você é cuidadoso, bem cuidadoso – insistiu ela. – Você foi bem cuidadoso com aquele rapaz no norte.

– O rapaz no norte?

– O repórter – disse ela –, aquele repórter bonitinho, na casa de Mendocino, na região norte.

Reuben hesitou. Uma corrente de dor. Dor no coração.

Ele não respondeu.

– Os garotos surpreenderam aquela mulher, não foi? – sussurrou ela.

– É isso aí – disse ele. – Eles a surpreenderam. E me surpreenderam.

E ficou quieto.

Depois de um longo tempo, ela perguntou suavemente, erraticamente:

– Por que você percorreu todo esse caminho até aqui?

Reuben não respondeu.

– Foram as vozes? Foi porque tinha muitas vozes aqui?

Não respondeu, mas imaginou haver entendido. Laura estava pensando que saíra das florestas em direção às cidades da Bay Area. Fazia um certo sentido.

Estava louco para despejar toda a história, louco, mas não podia. Ainda não. E não podia deixar de mantê-la daquele jeito, o poder que aquilo exercia sobre ele, o poder protetor e amoroso. Não podia contar que nem sempre era daquele jeito, que era de fato "aquele rapaz do norte". Se confessasse e ela se voltasse para ele com desprezo ou indiferença, ficaria absolutamente magoado.

*Aquele rapaz do norte.* Tentou visualizar a si mesmo apenas como Reuben, o Menino Luz de Celeste, o bebê de Grace, o irmãozinho de Jim, o filho de Phil. Por que aquele "rapaz" insípido interessaria? Parecia absurdo pensar que ele pudesse ter algum interesse. Afinal de contas, Marchent Nideck não estivera realmente interessada nele. Apenas o achara doce, gentil e um poeta, um rapaz rico com os meios necessários para tirar Nideck Point das mãos dela, mas isso não era interesse, de fato; e dificilmente se trataria de amor.

O que sentia por Laura era amor.

Fechou os olhos e escutou o ritmo lento da respiração. Ela caíra no sono.

A floresta sussurrou além das janelas. Aroma de lince. Isso o deixou enlouquecido. Queria tocaiá-lo, matá-lo, refestelar-se em sua carne. Podia sentir o sabor. Sua boca estava ficando aguada. Som dos riachos passando bem no fundo da floresta de sequoias; som das corujas nos galhos altos, de coisas inomináveis rastejando nos arbustos.

Imaginou o que Laura pensaria se o visse como era na floresta, destroçando aquele lince que se debatia e sibilava, e enfiando as presas em sua carne quente. Era disso que se tratavam aqueles festins: a carne era muito fresca. O sangue ainda estava circulando, o coração ainda batendo. O que pensaria se realmente visse como era aquilo?

Laura não fazia ideia, de fato, do que significava ver o braço de um homem ser arrancado pela raiz, ver uma cabeça arrancada do pescoço. Não fazia ideia. Nós seres humanos vivemos perpetuamente isolados dos horrores que ocorrem ao nosso redor. Independentemente do que sofrera, Laura não testemunhara a viscosa feiura desse tipo de morte.

Não, isso só podia ser irreal, até mesmo para Laura que suportara tantas coisas.

Apenas aqueles que trabalham dia e noite com os assassinos do mundo sabem o que realmente são. Reuben não demorara muito, como repórter, a perceber isso – por que os tiras que ele entrevistara eram tão diferentes das outras pessoas? Por que Celeste estava se tornando mais diferente à medida que trabalhava cada vez mais nos casos da promotoria? Ou por que Grace era diferente porque via os corpos levados à emergência com as facas em suas barrigas e os ferimentos a bala em suas cabeças?

Mesmo essas pessoas, tiras, advogados, médicos, aprendiam o que aprendiam *a posteriori*. Não estavam presentes quando o assassino despedaçou a vítima; não sentiam o cheiro do mal; não ouviam os gritos aos céus implorando para que algo, para que alguém, interferisse.

Uma tristeza assustadora tomou conta dele. Ele a queria muito, mas que direito tinha de lhe contar essas coisas? Que direito tinha ele de seduzi-la com "histórias" que faziam com que tudo soasse tão significativo quando, na verdade, talvez fosse totalmente desprovido de significados – quando era violento, primitivo e sombrio?

Deixe-me apenas desfrutar desses momentos, meditou. Deixe-me apenas segurá-la assim ao lado do fogo, nessa casinha com coisas simples, e deixe que tudo fique bem por enquanto.

Adormeceu, sentindo o coração dela próximo ao seu.

Uma hora deve ter passado, talvez um pouco mais.

Abriu os olhos. A floresta estava em paz, de uma borda à outra.

Mas havia algo errado lá fora. Havia algo muito errado lá fora. Uma voz furava as camadas e mais camadas de som abafado que o cercava. Uma voz erguia-se fina, esganiçada e desesperada.

Era um homem gritando por ajuda. Muito além da floresta. Reuben sabia a direção. Sabia que o aroma chegaria.

Levou-a de volta aos fundos da casa e depositou-a delicadamente na cama. Laura acordou sobressaltada, apoiando-se nos cotovelos.

– Você está indo.

– Preciso ir, estou sendo chamado – disse ele.

– Vão te pegar. E estão em toda parte! – implorou ela. Ela começou a chorar. – Escute! – implorou ela. – Você precisa voltar para o norte, para as florestas, precisa ficar longe daqui.

Reuben curvou-se rapidamente para beijá-la.

– Você vai me ver novamente logo, logo.

Laura correu atrás dele, mas em um segundo ele já estava na metade da clareira, saltou bem alto em direção às sequoias e começou sua rápida jornada em direção à estrada litorânea.

Horas mais tarde, estava parado em um pequeno bosque de árvores com vista para o grande e frio Pacífico sob um céu argênteo. A lua estava atrás das nuvens escuras e brilhava em meio à superfície inclinada e ondulante do mar. Oh, se a lua ao menos tivesse um segredo, se ao menos contivesse uma verdade, mas a lua era apenas a lua.

Rastreou o carro no qual o homem havia sido aprisionado e em seguida desceu das árvores e pousou na capota do veículo, e quando este diminuiu a velocidade em função de uma curva perigosa na Highway 1, arrebentou as portas e arrastou os horrendos e obstinados ladrões para o exterior escuro. Deram um tiro no companheiro do homem, mas o mantinham vivo, amarrado e amordaçado, asfixiado no porta-malas. Tinham a intenção de levá-lo à força até um caixa eletrônico para pegar as poucas centenas de dólares que poderiam lhe arrancar, para em seguida matá-lo como haviam feito com o outro homem.

Reuben refestelou-se com os dois ladrões antes de libertar o prisioneiro e deixá-lo no penhasco acima do mar com a promessa de que uma ajuda logo, logo chegaria. Depois disso, vagou pelos penhascos no vento salgado, deixando a chuva lavar o sangue de suas patas, de sua boca, de seu peito.

Agora a madrugada estava se aproximando e estava exausto e solitário como se jamais tivesse tido Laura em seus braços.

*Todos nós precisamos de amor, não é verdade? Mesmo os piores assassinos, os piores animais! Todos nós precisamos de amor.*

Viajou com muita rapidez de volta ao local onde deixara o Porsche, próximo à Panoramic Highway, e lá esperou na clareira até que a mudança viesse. Mais uma vez, ficou surpreso, pareceu-lhe mais receptiva a sua vontade. Reuben flexionou o corpo e forçou-a a uma velocidade cada vez maior.

Dirigiu até Mill Valley e fez o *check-in* num hotelzinho, charmoso, Mill Valley Inn. O melhor lugar para se esconder bem na Throckmorton Street, exatamente no centro da cidade. Porque agora realmente estariam procurando o lobo homem em Marin County, e precisava ver Laura antes de seguir para o norte e passar, talvez, um bom tempo por lá.

## 17

Por volta do meio-dia, acabara de estacionar ao pé da colina, nas proximidades da casa de Laura, quando ela saiu subitamente, entrou num jipe quatro portas verde-oliva e dirigiu até o centro da cidade, local de onde Reuben acabara de chegar.

Laura entrou num pequeno café animado e ele a viu pegar um lugar na mesa na janela da frente e sentar-se sozinha.

Reuben estacionou, e entrou.

Parecia envolta em solidão ali sentada, confortavelmente instalada em seu casaco de veludo cotelê, seu rosto tão fresco e adorável quanto estava na noite anterior. Seus cabelos estavam presos atrás com uma fitinha preta, e a simetria de seu rosto era impecável. Era a primeira vez que a via à luz do dia.

Reuben sentou-se em frente a ela sem dizer uma palavra sequer. Estava vestido agora muito mais como seu antigo ser, usando uma jaqueta cáqui razoavelmente decente, uma camisa limpa e gravata – roupas que comprara na véspera – e ele se esfregara debaixo do chuveiro por uma hora antes de fazer o *check-out* no hotel. Seus cabelos estavam grossos demais e longos demais, embora muito bem penteados.

– Quem é você? – quis saber ela. Ela depositou o cardápio na mesa e olhou de relance irritadamente na direção dos fundos do restaurante tentando localizar o garçom.

Reuben não respondeu. Não havia nenhum garçom visível nos fundos do restaurante exatamente naquele momento. Apenas algumas outras mesas estavam ocupadas.

– Escute aqui, estou sozinha – disse ela educadamente, porém com firmeza. – Poderia se retirar, por favor?

Então seu rosto mudou. Foi da raiva e da irritação a um alarme finamente oculto. De imediato seus olhos endureceram, bem como sua voz:

– Você é o repórter – disse ela acusadoramente. – O repórter do *Observer*.

– Sou, sim.

– O que você está fazendo aqui? – Ela ficou furiosa. – O que quer comigo? – Suas feições haviam se transformado e adquirido uma máscara renitente. No interior daquele rosto, Laura estava totalmente em pânico.

Reuben curvou-se para a frente e falou com uma voz cálida e íntima.

– Eu sou "aquele rapaz do norte" – disse ele.

– Eu sei – disse ela, não fazendo a conexão. – Sei muito bem quem você é. Agora, quer fazer o favor de me explicar o que quer comigo?

Reuben refletiu por um momento. E, mais uma vez, ela buscou desesperadamente um garçom, mas não havia nenhum no salão principal. Ela começou a se levantar.

– Tudo bem, vou almoçar em outro lugar – disse ela, tremendo.

– Laura, espere.

Reuben se aproximou e tentou pegar sua mão esquerda.

Relutante e desconfiada, a mulher desabou de volta na cadeira.

– Como é que você sabe o meu nome?

– Estava com você ontem à noite – disse ele suavemente –, grande parte da noite. Fiquei com você até de manhã cedo quando tive de ir embora.

Jamais em sua vida vira uma pessoa tão absolutamente perplexa. Estava paralisada, mirando-o do outro lado da mesa. Reuben podia ver o sangue pulsando nas suas bochechas brancas. O lábio inferior de Laura tremeu, mas ela não falou nada.

– Reuben Golding é o meu nome – prosseguiu ele numa voz baixa e confiável. – Foi lá naquela casa, lá no norte, que tudo começou para mim. Foi assim que tudo começou.

Laura respirou bem fundo. O suor brotava em sua testa e em seu lábio superior. Podia ouvir o coração dela batendo. O rosto dela suavizou embora os lábios tremessem. Lágrimas surgiram em seus olhos.

– Deus do céu – sussurrou ela. Olhou para a mão com a qual ele segurava as dela. E olhou para o rosto dele. Ela o estava medindo de alto a baixo e sentiu o exame, e as lágrimas quase brotaram também de seus olhos. – Quem...? Como...?

– Eu não sei – admitiu ele. – O que sei é que preciso sair daqui agora mesmo. Vou voltar lá para cima. O lugar me pertence... a casa em Mendocino onde isso aconteceu. Pertence a mim. E quero ir para lá. Não consigo mais ficar aqui, não depois de ontem à noite. Você vem comigo?

Pronto, estava dito, e esperava que se afastasse, que puxasse a mão e a deixasse fora de alcance. Seu homem da selva afinal de contas não era um homem da selva.

– Escute, sei que você tem o seu trabalho, as suas turnês, os seus clientes...

– Estamos na estação chuvosa – disse ela com uma vozinha fraca. – Não há passeios nessa época do ano. Não tenho nenhum compromisso de trabalho. – Os olhos dela estavam vítreos, imensos. Respirou bem fundo mais uma vez. Seus dedos envolveram os dele.

– Oh... – disse ele estupidamente. Não sabia mais o que dizer. Então: – Você vem comigo?

Era insuportável ficar ali sentado em silêncio sob o escrutínio dela, esperar até que voltasse a falar.

– Vou – disse ela de repente. Ela assentiu. – Vou com você. – Parecia decidida, porém confusa.

– Você se dá conta do que está fazendo ao vir comigo, certo?

– Não – disse ela.

Agora realmente precisou lutar contra as lágrimas, e o processo levou-lhe alguns instantes. Segurava com firmeza a mão dela, mas olhava pela janela, para a chuvosa Throckmorton Street e para as multidões correndo para cima e para baixo debaixo dos guarda-chuvas, em frente às muitas lojinhas.

– Reuben – disse ela. E agora estava apertando a mão dele com firmeza. Havia se recomposto e estava agora bem séria. – É melhor a gente ir agora mesmo.

Enquanto ele manobrava o Porsche na direção da Panoramic Highway, Laura começou a rir.

Ria cada vez com mais intensidade. Era uma grande liberação esse riso. E obviamente não estava conseguindo se conter.

Reuben estava embasbacado, sentindo-se desconfortável.

– O que foi? – perguntou.

– Bem, com certeza você precisa ver a parte engraçada de tudo isso – disse ela. – Olhe só pra você. Olhe só para quem você é.

Reuben teve um aperto no coração.

Laura parou de rir abruptamente.

– Sinto muito – disse ela com uma vozinha condoída. – Eu errei ao rir, não foi? Não devia ter rido. O momento não tem nada a ver com riso. Só que, bem, deixe eu colocar isso da seguinte maneira: você deve ser um dos homens mais bonitos que já vi na vida.

– Oh – sussurrou ele. Não conseguia olhar para ela. Bem, pelo menos ela não o chamara de menino ou garoto. – Isso é bom? – perguntou ele. – Ou é ruim?

– Você está falando sério?

Ele deu de ombros.

– Bem, é que é simplesmente surpreendente demais – confessou ela. – Sinto muito, Reuben. Eu não devia ter rido.

– Está tudo bem. Isso não tem importância, tem?

Haviam alcançado a estradinha de cascalho em frente à casa dela. Reuben virou-se para Laura. Ela parecia tão genuinamente preocupada. Não pôde evitar abrir um sorriso para tranquilizá-la e, de imediato, o rosto dela ficou iluminado.

– Você sabe que – disse ela com a maior sinceridade – na história do príncipe e do sapo sempre existe um sapo. Nessa história... não existe nenhum sapo.

– Hum. A história é diferente, Laura – respondeu ele. – A história é *O médico e o monstro*.

– Não, não é – disse ela com ares de reprovação. – Não acho nem um pouco que a história seja essa. E também não é *A bela e a fera*. De repente é uma nova história.

– Sim, uma nova história – concordou ele ansiosamente. – E acho que o próximo capítulo da história é "Dê o fora dessa cidadezinha agora mesmo".

Laura curvou-se para a frente e beijou-o – beijou-o; não a grande fera lupina peluda, mas Reuben.

Reuben tomou o rosto dela nas mãos e beijou-a lentamente, com amor. Era completamente diferente, o velho ritmo, a velha maneira de se fazer as coisas e, oh, como era indefinivelmente doce.

# 18

Laura levou menos de quinze minutos para fazer as malas e chamar uma amiga para pegar seu carro no centro da cidade e dar uma olhada em sua casa enquanto estivesse ausente.

A viagem até Nideck Point levou quase quatro horas, exatamente como antes, principalmente devido à chuva.

Durante o trajeto, conversaram sem parar.

Reuben contou tudo o que havia acontecido. Explicou tudo desde o início e em detalhes minuciosos.

Contou-lhe quem havia sido antes de tudo aquilo começar – tudo sobre sua família, sobre Celeste, sobre Jim e sobre inúmeras outras coisas, as histórias sendo despejadas sem esforço e às vezes sem coerência, as perguntas dela sempre sensíveis, e apenas ligeiramente investigativas, sua fascinação óbvia até mesmo com as coisas com as quais sempre se sentira um pouco constrangido ou completamente envergonhado em mencionar.

– Foi sorte minha ter sido contratado pelo *Observer*. Billie conhece a minha mãe, e a coisa começou como um favor. Depois ela realmente gostou das coisas que eu escrevia.

Explicou como ele era o Menino Luz para Celeste, e Bebezinho para sua mãe, e Menininho para Jim e, ultimamente, sua editora, Billie o vinha chamando de Menino Prodígio, e apenas seu pai o chamava de Reuben. Laura caiu na gargalhada novamente por conta de todas essas revelações, e teve de passar um tempinho se esforçando para parar de rir.

E era fácil conversar com ela, e também agradável ouvi-la.

Laura já vira a dra. Grace Golding nos *talk shows* matutinos. Uma vez se encontrara com Grace em uma festa de gala beneficente. Os Golding apoiavam causas em prol da natureza.

– Li todos os artigos que você escreveu no *Observer*. Todo mundo gosta do que você escreve. Comecei a ler porque alguém falou bem das matérias.

Reuben assentiu. Talvez aquilo significasse algo se nada disso tivesse acontecido.

Conversaram sobre os anos de Laura em Radcliffe, seu falecido marido, e brevemente sobre as crianças. Ela não queria se alongar sobre esses assuntos; Reuben entendeu prontamente. Laura falou de sua irmã, Sandra, como se esta ainda estivesse viva. Sandra sempre fora sua melhor amiga.

O pai era o mentor de sua vida. Ela e Sandra haviam crescido em Muir Woods, ingressaram em escolas da costa leste na adolescência. Durante o verão elas partiam para a Europa, mas o rico e quase fantástico paraíso do norte da Califórnia sempre foi a parte mais importante da vida de ambas.

Sim, imaginara que Reuben fosse um homem selvagem vindo das florestas do norte, membro de alguma espécie secreta ligado à natureza e pego de surpresa pelos rotineiros horrores da vida urbana.

A pequena casa na floresta pertencera a seu avô, e ele ainda estava vivo quando Laura era uma menininha. Havia quatro quartos no segundo andar, todos vazios agora.

– Meus meninos brincaram na floresta durante um verão – disse ela com uma voz miúda.

As histórias dos dois fluíam fácil e completamente.

Reuben falou sobre seus dias em Berkeley e as escavações do exterior, sobre seu amor pelos livros, e Laura falou sobre seu tempo em Nova York e como ela ficara completamente apaixonada pelo marido. Quanto ao pai, ela sempre fora absolutamente dedicada a ele. E ele jamais proferiu uma palavra sequer de crítica por ela ter se casado com Caufield Hoffman contra seu conselho franco, porém delicado.

Vivera uma vida de festas, concertos, óperas, recepções e eventos beneficentes em Nova York, na companhia de Caulfield, que agora lhe parecia um sonho. A casa deles no Central Park East, as babás, o ritmo frenético e a riqueza da vida, tudo aquilo era como algo que jamais havia acontecido. Hoffman estava arruinado quando matou as crianças e se suicidou. Tudo o que possuíam juntos fora perdido. Absolutamente tudo.

Laura às vezes acordava à noite incapaz até de acreditar que seus filhos haviam existido de fato, quanto mais morrido daquela maneira cruel.

Retornaram à misteriosa vida na qual Reuben agora se encontrava, e à noite em que Reuben fora atacado no corredor da casa de Mendocino. Especularam sobre o que poderia ter acontecido.

Reuben confessou suas tresloucadas teorias acerca do nome Nideck, mas a conexão parecia bastante fraca. Voltou ao fato de que a criatura que lhe havia passado a "dádiva", como se referia à sua situação, poderia muito bem ser um monstro andarilho passando por aquela parte do mundo, viajando para um destino desconhecido.

Descreveu todos os detalhes da transformação. Repetiu a confissão que fez a seu irmão, Jim.

Laura não era católica. Não acreditava de fato no Selo da Confissão, mas aceitava o fato de Reuben e Jim acreditarem, e certamente respeitava o amor que tinha pelo irmão.

Laura possuía um conhecimento de ciência superior ao dele, mas disse diversas vezes que não era nenhuma cientista. Fez perguntas sobre os testes de DNA e sobre as quais Reuben não conseguiu dar respostas. Imaginava haver deixado evidências de DNA nas cenas de todos os massacres que presidira. Não tinha nem mesmo como começar a compreender o que os testes revelariam.

Ambos concordavam que os testes de DNA eram a ferramenta mais perigosa que possuíam contra o lobo. E nenhum dos dois sabia o que Reuben deveria fazer.

Certamente, ir para a casa de Mendocino era a melhor opção naquele exato momento. Se a criatura estivesse lá, se a criatura tivesse segredos a divulgar, bem, então deveriam dar uma chance à criatura.

No entanto, Laura estava temerosa.

– Eu não afirmaria – disse ela – que essa coisa é capaz de sentir amor e ter consciência como você. Talvez não se trate de nada disso.

– Bem, por que não? – perguntou Reuben. O que isso poderia significar? Que ele próprio talvez estivesse progredindo para algo além da consciência e da emoção? Era seu maior temor.

Pararam para jantar numa pequena pousada no litoral pouco antes de anoitecer. Era um local belíssimo, mesmo com a chuva incessante e o céu cinzento. Pegaram uma mesa na janela debruçada sobre o mar e com vista para os rochedos desolados, porém majestosos.

As mesas estavam cobertas por uma toalha de linho em tom lavanda e os guardanapos combinavam. A comida era sutilmente apimentada, especial. Reuben comeu furiosamente, consumindo tudo o que era oferecido até a última migalha de pão.

O lugar era rústico, tinha o teto baixo, a tradicional lareira crepitando e o velho piso de tábuas desgastadas.

O local o reconfortou, o deixou feliz. Em seguida surgiu a inevitável melancolia.

O mar do outro lado do vidro da janela estava escurecendo. As ondas abaixo pareciam pretas e com uma espuma prateada.

– Você percebe o que fez com a sua vida? – sussurrou ele.

O rosto de Laura possuía uma suave radiância à luz das velas. Suas sobrancelhas eram escuras o bastante para dar a ela uma expressão definida e séria, e seus olhos azuis eram sempre belos, mesmo quando pareciam um pouco frios. Reuben vira pouquíssimas vezes em sua vida olhos azuis tão leves ainda que tão intensos. O rosto dela era maravilhosamente expressivo, cheio de uma óbvia fascinação e do que certamente parecia ser amor.

– Eu sabia as coisas que você tinha feito quando eu te vi pela primeira vez – disse ela.

– Agora, depois do fato, você é uma cúmplice.

– Hum, de uma série muito estranha de incidentes violentos, sou sim, é verdade.

– Isso não é uma fantasia.

– Quem sabe isso melhor que eu?

Reuben ficou lá sentado em silêncio, imaginando, inevitavelmente, se Laura não ficaria livre se ele saísse de lá naquele instante. Tinha uma vaga sensação de que seria um desastre para ela se a abandonasse. Talvez estivesse simplesmente confuso. Seria um desastre para ele se viesse a perdê-la.

– Alguns mistérios são simplesmente irresistíveis – disse ela. – Têm componentes que alteram a vida.

Ele concordou.

Percebeu que se sentia totalmente possuidor dela, proprietário, de uma maneira que jamais sentira com mais ninguém, nem mesmo com Celeste. Pensar nisso alimentava sua paixão. Havia quartos na pousada. Imaginou como seriam os dois, exatamente como eram.

E quanto tempo tinha naquela noite? Estava ansiando pela transformação; estava desejando muito ser ele mesmo de modo mais total e completo.

Agora, isso sim era uma revelação horrível. Laura estava dizendo algo, mas ele não a estava ouvindo. Quem e o que eu sou agora, se o outro é o meu verdadeiro eu?

– ...precisamos ir andando.

– Sim – disse ele.

Levantou-se para ajudá-la com a cadeira, para segurar seu casaco.

Ela pareceu ter ficado tocada por aqueles gestos.

– Quem foi que lhe ensinou essas maneiras do Velho Mundo? – perguntou ela.

# 19

Nove horas da noite.
Estavam sentados no sofá de couro na biblioteca, com o fogo aceso, assistindo a um programa na grande TV à esquerda da lareira. Laura trocara de roupa, vestira uma de suas camisolas brancas. E Reuben vestira um de seus velhos suéteres e calças jeans igualmente velhas.

O homem de gravata vermelha na tela da TV falava com uma seriedade mortífera.

– Esse é o pior tipo de psicopata – disse ele. – Não há dúvidas quanto a isso. Pensa que está do nosso lado. A adulação pública está sem dúvida nenhuma alimentando suas obsessões e sua patologia, mas vamos ser bem claros em relação a isso: ele estraçalha suas vítimas sem a menor misericórdia; ele devora carne humana.

O nome do homem e suas credenciais brilhavam abaixo de seu rosto: PSICÓLOGO CRIMINAL. A câmera cortou para focalizar o entrevistador, um rosto familiar no noticiário da CNN, embora, no momento, Reuben não conseguisse se recordar de seu nome:

– E se isso for alguma espécie de mutação...?

– Em hipótese alguma – disse o especialista. – Trata-se de um ser humano como eu ou você, usando uma série de métodos sofisticados para fazer com que seus assassinatos possuam uma aura de ataque animal. O DNA não dá margens a dúvidas. É um ser humano. Oh, sim, tem acesso aos fluidos corporais de animais, isso certamente é verdadeiro. Contaminou a evidência. E certamente está usando dentes, ou presas, protéticos. Essa parte é certa. Alguma espécie de máscara sofisticada lhe cobre toda a cabeça, mas trata-se de um ser humano e, provavelmente, o mais perigoso ser humano que a patologia criminal já viu nos últimos tempos.

– E como explicar a força do homem? – perguntou o comentarista.
– Enfim, a força desse homem é visivelmente superior à de duas ou três pessoas. Como um homem usando uma máscara de animal poderia...

– Bem, o elemento da surpresa seria uma explicação – disse o especialista –, mas provavelmente a força dele foi amplamente exagerada.

– E a evidência, enfim, os três corpos retalhados e um decapitado...

– Vou repetir, nós estamos tirando conclusões apressadas. – O especialista estava ficando irritado. – Pode muito bem ter usado um gás para desorientar ou incapacitar suas vítimas.

– Certo, mas jogou uma mulher pela janela que foi parar a vinte metros de distância da casa...

– Não nos ajuda em nada engrandecer a capacidade desse homem. Testemunhas não podem ser confiáveis no sentido de...

– E você confia no fato de que estão nos contando tudo que sabem sobre o DNA da criatura?

– Não, nem um pouco – disse o especialista. – Sem dúvida nenhuma, estão retendo informações, tentando dar sentido aos dados que têm em mãos. Estão empenhados na tentativa de saciar a histeria que se instalou, mas a insanidade rapsódica na imprensa a respeito desse indivíduo é completamente irresponsável e muito provavelmente o estimulará a realizar ataques ainda mais perversos.

– Como ele encontra as vítimas? – perguntou o comentarista. – Esse é o aspecto mais impressionante nessa história. Como foi que encontrou uma mulher no terceiro andar de uma casa em San Francisco ou um sem-teto sendo agredido no Golden Gate Park?

– Oh, tem tido sorte, é só isso. – O especialista estava ficando visivelmente contrariado. – E nós não sabemos quanto tempo seguiu essas pessoas ou ficou de tocaia antes de se aproximar.

– E os sequestradores, ele encontrou os sequestradores em Marin County quando parecia que ninguém mais poderia...

– Até onde nós sabemos, pode ter tido alguma ligação com o sequestro – disse o comentarista. – Não havia ninguém com vida no local que pudesse explicar qualquer coisa, quanto mais quem estivesse envolvido. Também pode ter sido pura sorte.

Reuben apertou o controle remoto e mudou de canal.

– Sinto muito, não consigo ouvir isso – disse ele.

De imediato, um rosto de mulher preencheu a tela. Ela era o retrato do pesar e da inquietude.

– Eu não ligo para o que o meu filho fez – disse ela. – Tinha direito a ter um julgamento legal como qualquer outro cidadão americano; ele não merecia ser desmembrado por um monstro que se apresenta como um juiz, júri e executor. E agora as pessoas estão cantando e louvando o assassino do meu filho. – Ela começou a soluçar. – Será que o mundo enlouqueceu?

Corte para a âncora, uma mulher de pele escura e cabelos longos com uma voz densa e suave.

– Quem é esse misterioso ser agora conhecido ao redor do globo como o lobo homem de San Francisco, que reconforta criancinhas, leva de volta um sem-teto a seu esconderijo e liberta um ônibus cheio de vítimas de um sequestro depois de acionar um alarme para chamar ajuda? Nesse exato momento, as autoridades têm mais perguntas do que respostas. [Tomadas da Prefeitura, oficiais reunidos diante de microfones.] Só uma coisa é certa: as pessoas não estão com medo do lobo homem de San Francisco. Elas o estão celebrando, bombardeando a internet com desenhos, poemas, até mesmo canções em sua homenagem.

A câmera focalizou um par de jovens em berrantes trajes laranja de gorila de quinta categoria, segurando um cartaz pintado à mão onde se lia: LOBO HOMEM NÓS TE AMAMOS! Corte para uma adolescente com um violão cantando:

– Foi o lobo homem, foi o lobo homem, foi o lobo homem com seus grandes olhos azuis!

Mulher na rua diante do microfone estendido de um repórter:

– É preocupante o fato de estarem impedindo essas testemunhas de falarem diretamente com a imprensa! Por que a gente está ouvindo tudo sobre o que essas pessoas viram, mas não estamos ouvindo diretamente das bocas delas?

– Bem, como você espera que as pessoas se sintam? – disse um homem alto, questionado na esquina de uma rua movimentada tendo como pano de fundo o bonde da Powell Street descendo o morro com todo o barulho do mundo. – Existe alguém aqui que não queira reagir à maldade nesse mundo? Escute, esses sequestradores assassinaram duas crianças. Uma terceira morreu de um coma em função de cetoacidose. E quem é que tem medo do cara, se você me permite perguntar? Eu não tenho. Você tem?

Reuben apertou OFF.

– Para mim, já chega – disse ele, em tom de quem pede desculpa.

Laura assentiu com a cabeça.

– Para mim, também – disse ela. E caminhou silenciosamente até a lareira e deu uma cutucadinha na lenha com o atiçador de cobre, então retornou ao sofá, aconchegando-se no travesseiro branco que trouxera do andar de cima, e cobrindo-se com um cobertor branco. Tinha consigo a nova coleção de livros de ficção sobre lobisomens. Laura os lia aqui e ali desde que haviam chegado.

A sala estava confortavelmente iluminada pela luminária de latão em cima da escrivaninha. Todas as cortinas estavam fechadas. Reuben fechara-as na casa inteira – uma tarefa e tanto, mas ambos queriam dessa forma.

Reuben queria que o mundo todo se aconchegasse com ela agora, ou ali ou no andar de cima na cama *king size* do quarto principal.

Entretanto, ambos estavam aflitos. Reuben só conseguia pensar na "transformação". Será que viria? Será que não viria? E se não viesse, o quanto seria desagradável a inquietude? Já estava começando a senti-la.

– Se ao menos eu soubesse – disse ele com um suspiro. – Será que isso é uma coisa que vai acontecer comigo todas as noites para o resto da minha vida? Se ao menos eu soubesse algum jeito de prever ou de controlar a transformação.

Laura estava totalmente solidária em seu silêncio. Pediu uma única coisa: estar perto dele.

As primeiras horas deles na casa haviam sido esfuziantes. Reuben adorara revelar todo o lugar a Laura, um cômodo após o outro, e ela se apaixonara pelo quarto principal, como esperava.

Galton instalara muitas plantas novas na estufa, e conseguiu até arrumá-las de uma maneira decente.

As orquídeas eram magníficas, com quase três metros de altura e cheias de florações róseo-púrpuras, embora algumas delas tivessem sido ligeiramente danificadas no trajeto. Estavam em vasos de madeira. Reuben ficou com falta de ar ao pensar que Marchent encomendara aquelas plantas pouco antes de sua vida se encerrar. Essas árvores flanqueavam a fonte, e uma mesa de tampo de mármore branco com duas cadeiras de ferro brancas agora encontrava-se bem na frente dela.

A fonte havia sido revigorada e a água estava ribombando magnificamente da pequena bacia em cima da coluna em forma de flauta em direção à ampla bacia achatada logo abaixo.

Os computadores e a impressora de Reuben haviam chegado, juntamente com os filmes em Blu-ray. E todos os vários conjuntos de TV estavam completamente equipados e funcionando.

Reuben passara algum tempo respondendo e-mails, principalmente para barrar problemas. Celeste relatara que as amostras de DNA para o caso do lobo homem estavam "frustrando a todos", mas não especificara exatamente o que queria dizer com aquilo.

E Grace insistia que precisava ir para casa para realizar mais testes, mas que se alguém lhe pedisse uma outra amostra de DNA, deveria se recusar a fornecer. E devia saber que não podiam colher a amostra contra sua vontade sem um mandado. Estava se inteirando acerca de um local particular em Sausalito, recomendado pelo médico russo de Paris, que talvez pudesse ser perfeito para a realização de algumas pesquisas confidenciais.

Também o alertara severamente para que ele não falasse com repórteres. A cada nova revelação concernente ao lobo homem, os repórteres ficavam cada vez mais ousados atrás de algum comentário de Reuben, inclusive aparecendo na porta da casa de Russian Hill agora, ou ligando para os telefones particulares da família.

Billie queria algumas reflexões profundas acerca da febre do lobo homem.

Talvez agora fosse o momento de oferecê-las. Assistira o máximo que conseguira aos noticiários de TV, e vasculhara o bastante na internet para ter uma noção do alcance da repercussão pública.

E era agradável ficar lá sozinho com Laura. O silêncio, o crepitar do fogo, os sussurros da floresta além das cortinas. Por que não trabalhar? Quem disse que não podia trabalhar? Quem disse que não podia continuar trabalhando?

Finalmente, começou.

Depois de rever os casos até o presente momento de maneira detalhada, Reuben pôs-se a escrever:

A nossa maneira – a maneira ocidental – sempre foi um "trabalho em progresso". Questões de vida e morte, bem e mal, justiça e tragédia jamais se concluem definitivamente, mas devem ser evocadas seguidamente à medida que as esferas pessoais e públicas mudam e se transformam. Consideramos nossa moralidade algo absoluto, mas o contexto de nossas ações e decisões está perpetuamente em mutação. Não somos relativistas porque buscamos reavaliar seguidamente nossas posições morais mais cruciais.

Então, por que romantizamos o lobo homem que aparentemente pune atos malévolos sem hesitação de um jeito que nós mesmos não podemos aprovar?

Por que um público barulhento o saúda em seu frenesi noturno, quando na realidade sua crueldade e violência deveriam nos causar ojeriza? Um monstro que incorpora o anseio mais primitivo e detestável que nós conhecemos como seres humanos – o anseio de matar com total descaso – pode ser saudado como super-herói? Certamente não. E certamente, se nós dormimos profundamente em nossas camas durante esses tempos extraordinários, é porque estamos cientes de que aqueles a quem confiamos nossa segurança diária estão, de fato, no rastro dessa mais do que desafiadora aberração.

O tecido social, por mais resiliente que seja, não pode se subordinar ao lobo homem. E nenhum abraço da criatura sustentado pelas mídias populares pode alterar esse fato.

Talvez seja importante lembrar que nós somos todos, na condição de espécie, vítimas de sonhos e pesadelos. Nossa arte é construída a partir da irreprimível corrente de imagens oriundas de um suporte secreto no qual jamais podemos depositar nossa confiança. E, embora essas imagens possam nos causar prazer e perplexidade, elas podem igualmente paralisar e aterrorizar. Há momentos em que somos aviltados pela mais fugaz ilusão selvagem.

Certamente o lobo homem parece matéria de pesadelos, mas um sonho não é. E nisso reside a nossa responsabilidade, não apenas em relação a ele, mas a todos que procura destruir em seus rompantes despropositados.

Reuben mandou esse texto por e-mail para Billie, e imprimiu uma cópia para Laura. Ela o leu em silêncio, então deslizou o braço ao redor do corpo dele e o beijou. Estavam lado a lado. Reuben estava mirando o fogo, seus cotovelos nos joelhos, os dedos percorrendo os cabelos, como se pudesse, de alguma maneira, alcançar os pensamentos em sua cabeça desse jeito.

– Diga-me a verdade, por favor – disse ele. – Você está desapontada pelo fato de eu não ser o selvagem que você imaginou? Acho que você me viu como algo puro, sem o peso dos constrangimentos morais. Ou talvez tendo de adotar um código totalmente diferente porque eu era algo não humano.

– Desapontada... – ponderou ela. – Não, não estou nem um pouco desapontada. Estou profundamente apaixonada. – A voz dela estava baixa, firme. – Deixe-me colocar a coisa para você da seguinte maneira, talvez você entenda: você é um mistério da mesma forma que um sacramento é um mistério.

Ele se virou e a olhou.

Queria beijá-la desesperadamente, fazer amor com ela, bem ali na biblioteca, ou em qualquer outro lugar, para ser sincero, qualquer lugar onde ela permitisse, mas havia uma ideia firmemente alojada em sua mente que dizia que ela não o queria do jeito que ele estava agora. Como poderia? Queria o outro. Estavam esperando o outro, para que se tornasse o amante, não simplesmente "um dos homens mais bonitos" que ela vira na vida.

O tempo faz o tique-taque quando não há relógio.

Reuben começou a beijá-la. O calor foi imediato e ela deslizou os braços para abraçá-lo. Encontrou seus seios nus debaixo da flanela branca e tomou-os para si com a mão esquerda. Estava pronto, oh, pronto demais depois de tanta espera.

Foram juntos para o tapete, e ele ouviu a pulsação dela se acelerar à medida que o aroma do desejo ascendia, algo secreto, evanescente e delicado. O rosto dela estava vermelho embaixo dele, oh, tão quente.

Retiraram as roupas com pressa, em silêncio, e juntaram-se novamente, num emaranhado de beijos que era quase um tormento.

De repente, Reuben sentiu um violento espasmo em seu ventre e no peito; o êxtase moveu-se para a superfície de todo o seu corpo; o prazer o paralisou. Reuben caiu de lado, e sentou-se, o corpo dobrado.

Ele a ouviu arquejar.

Os olhos dele estavam fechados. Será que sempre acontecera dessa maneira antes? Sim, no momento mesmo em que sentiu os cabelos irrompendo de cada poro, quando o prazer foi uma onda vulcânica após a outra, na verdade não conseguiu enxergar.

Quando abriu efetivamente os olhos, estava de pé, a juba espessa e pesada sobre seus ombros, suas mãos transformadas em garras. A pelagem estava ficando mais espessa e virando um tufo ao redor do pecoço e entre as pernas. Seus músculos cantavam com o poder, seus braços se expandiam, suas pernas estavam sendo puxadas para cima como se por mãos invisíveis.

Olhou para ela de sua nova estatura.

Laura estava de joelhos mirando-o num óbvio estado de choque.

Trêmula, se levantou. Murmurou baixinho alguma oração com uma voz quase estrangulada e aproximou-se cautelosa e depois rapidamente para tocá-lo, para deslizar os dedos como fizera antes para o interior da densa camada externa de pelo que estava crescendo e ficando mais espessa e mais comprida por todo o corpo dele.

– Parece veludo! – sussurrou ela, passando as mãos pelo rosto dele. – Tão sedoso e macio.

Mal conseguiu conter a vontade de levantá-la e grudar os lábios em sua boca. Ele a tinha por completo, nua e pequena e vibrando de paixão, em seus braços.

– Laura – disse ele com sua nova voz, a voz verdadeira. Um divino alívio percorreu seu corpo. Abriu a boca ao perceber isso. Aquele profundo latejar estava vindo de dentro dele, como se seu corpo fosse um tambor.

A floresta estava próxima das janelas. A chuva sibilava e espirrava nos canos e nas canaletas, e corria sobre a laje. O vento oceânico chicoteava a chuva e açoitava as paredes.

Podia ouvir uma baixa vibração do vento nos caibros, e nos galhos das árvores gemendo suavemente.

Todos os aromas da noite romperam a sólida couraça da casa, erguendo-se como um vapor por milhares de diminutas frestas e fendas. E o ponto central a todos os aromas era o dela, e seguia diretamente para o cérebro dele.

## 20

Estava em pé na porta da frente, a chuva golpeando-o, e o vento assobiando sob o beiral.

Lá fora, ao sul de onde estavam, nas sequoias que seguiam para o leste e para o norte, ouviu o animal que queria, resfolegando e fungando. *Leão da montanha cochilando. Oh, você é uma presa valiosa.*

Laura pairou próximo a ele, o colarinho frouxo da camisola apertado em seu pescoço para suportar o frio.

– Você não pode ir – disse ela. – Não pode correr esse risco. Você não pode trazê-los para cá.

– Não. Não são as vozes – disse ele. Sabia que estava mirando a floresta com olhos vidrados. Podia ouvir o som baixo e quase gutural de suas palavras. – Ninguém vai sentir saudade dessa vítima. Ela e eu somos criaturas selvagens.

Queria aquele animal, aquele imenso e corpulento animal que matara o cachorro de Galton, aquela poderosa fera que estava tão bem enfurnada nos arbustos, tão próxima dali com três filhotes crescidos, gatões eles próprios, respirando profundamente em seu sono, mas prontos para se separar da mãe e penetrar no mundo selvagem. Os aromas misturavam-se em suas narinas.

Tinha de ir. Não podia recusar aquilo. A fome e a inquietude seriam insuportáveis.

Virou-se e curvou-se para beijar Laura novamente, temendo feri-la ao segurar seu rosto com delicadeza, com muita delicadeza, em suas patas.

– Espere por mim perto da lareira. Fique aquecida, e prometo a você que não demorarei.

Começou a correr assim que deixou a órbita de luz que cercava a casa. Rapidamente, entrou na floresta viva e sussurrante, correndo de quatro com tamanha velocidade que mal conseguia ver coisa alguma ao seu redor, o aroma dos gatos puxando-o como uma corda vibrante.

Os ventos litorâneos morriam na profundeza das sequoias, e a chuva era uma bruma contra seus olhos.

Quando se aproximou do gato adormecido, ele pulou nos galhos mais baixos das árvores, viajando facilmente com a mesma rapidez que viajara em quatro patas, abordando o covil do gato, enquanto este, talvez captando o seu aroma, acordou e chacoalhou a vegetação rasteira ao redor, alertando as crias cujos rosnados e sibilos baixos ele conseguiu ouvir.

Sabia instintivamente o que o gato faria. Estava bem agachado, totalmente na expectativa de que passasse por perto, quando atacaria com todo o poder de suas patas traseiras, procurando surpreendê-lo por trás. Enterraria os dentes em sua coluna, se pudesse, incapacitando-o imediatamente, e em seguida rasgaria seu pescoço. Viu isso tudo, viu isso tudo como se o aroma carregasse consigo o *modus operandi* da fera.

Ah, pobre animal, corajoso e insensato, que se tornaria a presa de uma fera homem que poderia superá-lo em astúcia e superá-lo em força; sua avidez, sua raiva para que isso acontecesse, não parava de crescer.

Assim que se aproximou do covil, as crias, grandes gatos eles próprios, com peso variando entre 25 e 30kg, saíram em disparada do meio da folhagem úmida; a mãe gato agachada, pronta para atacar. Ela era poderosa, aquela criatura amarelo-castanho, pesava talvez uns 70kg, e sentiu que estava em perigo. Será que sabia o que era pelo seu aroma?

Se você souber, você saberá mais do que eu mesmo jamais saberei.

Reuben soltou um imenso rugido para lhe proporcionar um aviso justo, e então saltou de uma árvore para outra e ficou de frente para ela, atiçando-a a atacar.

A fera fisgou a isca e, com a mesma velocidade que avançou sobre ele, girou o corpo e desceu, abraçando-a enquanto enterrava suas presas na dura camada de músculo que lhe cobria o pescoço.

Jamais sentira uma criatura tão poderosa, tão grande, tão cheia de um impulso bruto para sobreviver. Num frenesi de sons rosnantes, eles caíram juntos, o rosto dele pressionado pela espessa e odorífera pele, debatendo-se e lutando nas trepadeiras espinhentas e esmagando folhas molhadas. Seguidamente, Reuben enterrou suas presas, ferindo, enlouquecendo o animal, e então despedaçando a espessa e resistente camada de carne viva com toda a força que possuía em suas mandíbulas.

O gato não desistia. Seu comprido e poderoso corpo entrou em convulsão, suas pernas traseiras dando chutes. O gato choramingou profundamente e em seguida emitiu um grito furioso. Somente quando colocou-se sobre ele, forçando sua cabeça para trás com a pata esquerda, foi capaz de matá-lo, triturando a lateral mais macia do pescoço, as presas fechando-se profundamente em sua coluna vertebral.

A carne e o sangue eram dele agora, mas os filhotes haviam chegado. Eles o cercaram e estavam se aproximando. Segurando com firmeza a carcaça da mãe em seus dentes, Reuben subiu correndo o espesso tronco de uma velha sequoia, escalando facilmente até atingir uma altura inalcançável para os gatos. Era boa a sensação em sua mandíbula dolorida de carregar para cima sua presa, o pesado corpo do gato balançando de encontro a seu peito.

Fixou-se bem no alto, encostado a uma densa treliça de galhos e ásperas folhas pontudas. Criaturas das alturas voaram para longe dele. Os galhos mais acima farfalhavam e cantavam com a rápida retirada dos seres alados.

Refestelou-se lentamente com a carne doce do gato, devorando grandes pedaços gotejantes.

Por um longo momento, depois de ficar satisfeito, observou os raivosos e ameaçadores filhotes abaixo, seus olhos amarelos brilhando e cintilando no escuro. Ouviu seus rosnados baixos.

Mudou o farto corpo da mãe de posição, encostando-o em seu braço esquerdo, de modo que pudesse desfrutar de seu ventre e rasgar o macio e suculento tecido interior.

Estava numa espécie de delírio novamente, porque foi capaz de comer até que sua fome estivesse saciada. Simplesmente saciada. Recostou-se nos galhos que estalavam sob seu corpo e fechou parcialmente os olhos. A chuva era um suave e doce véu de prata ao redor dele. Assim que olhou para cima, o céu abriu-se como se tivesse sido vítima de um raio laser, e ele viu a lua, a lua cheia, a insignificante e irrelevante lua cheia em toda a sua abençoada glória, flutuando em meio a um feixe de nuvens, tendo as estrelas distantes como pano de fundo.

Um amor profundo por tudo o que estava vendo instalou-se nele – amor pelo esplendor da lua e pelos resplandecentes fragmentos de luz que vagavam além dela – pela floresta que o cercava e que o abrigava de modo tão completo, pela chuva que carregava a luz deslumbrante do céu até esse fulgurante caramanchão no qual ele se encontrava.

Uma chama queimava dentro dele, uma fé na existência de um poder compreensivo, animando tudo aquilo que havia criado, e sustentando a tudo com um amor além de qualquer coisa que Reuben pudesse imaginar. Rezou para que fosse assim mesmo. Imaginou se, de algum modo, toda a floresta não estaria rezando por isso, e então teve a sensação de que todo o mundo biológico estava vivo com as orações, com o desígnio, com a esperança. E se o impulso de sobrevivência fosse uma forma de fé, uma forma de oração?

Não sentiu pena dos gatos circulando impacientemente lá embaixo na escuridão. Pensara em pena, pensara sim, mas não a sentia; parecia profundamente fazer parte de um mundo onde tal emoção fazia pouco sentido ou mesmo sentido algum. Afinal, o que os gatos teriam achado de algo como pena? Os gatos o teriam retalhado, se tivessem condições. A mãe teria se refestelado dele na primeira oportunidade que tivesse. A mãe pusera um violento fim à longa e feliz vida do adorado cão de Galton. Como Reuben deve ter-lhe parecido uma presa fácil.

O horror era ele, pior do que qualquer coisa conhecida nos domínios do gato, não era? Nem mesmo o urso teria condições de superá-lo numa luta, imaginou, mas teria de se certificar disso, não teria? E a emoção da possibilidade o fez rir.

Como as pessoas eram equivocadas em relação ao lobisomem, imaginando-o degenerar em direção a um frenesi insensato. O lobisomem não era um lobo, não era um homem, mas sim uma obscena combinação dos dois, exponencialmente mais poderoso do que qualquer um dos dois.

E, naquele exato momento, isso não importava. A linguagem do pensamento era... simplesmente a linguagem do pensamento. Quem poderia confiar na linguagem? Palavras como "monstro", "horror", "obsceno". As palavras que ele escrevera tão recentemente para Billie, o que eram essas palavras a não ser membranas etéreas semelhantes a cartilagens fracas demais para sustentar a essência de qualquer coisa fragrante ou pulsante.

*Gato grande, gato morto, gato que matou o cálido e amável ser que era o cão de Galton. Morto. Adorei cada segundo disso!*

Estava parcialmente sonhando. Encostou a boca no grande rasgo no estômago do gato e sugou o sangue como se fosse melaço.

– Adeus, irmã gata – sussurrou ele, passando o focinho na boca aberta, passando a língua pelos dentes mortos do animal. – Adeus, irmã gata; você lutou bem.

E então a soltou, seu troféu, e ela caiu, caiu, caiu pela rede de galhos até atingir a terra suave e nua em meio à sua cria.

Sua mente vagava. Se ao menos pudesse levar Laura com ele lá para cima, para aquele cintilante domínio, envolvê-la em segurança nos braços. Sonhou que estavam juntos, seguros pelo encontro, cochilando como estava, enquanto a brisa úmida agitava a natureza selvagem ao redor, e o universo de diminutas criaturas ceceava e adejava, ninando-o para que adormecesse.

E quanto às vozes distantes que não conseguia escutar? Será que alguém o estaria chamando das cidades do norte ou do sul? Havia alguém fugindo de algum perigo, gritando por ajuda? Uma sensação de seu poder pessoal crescendo cada vez mais encheu-o de um orgulho sombrio; por quantas noites conseguiria ignorar as vozes? Por quantas noites poderia fugir "do mais perigoso dos jogos"?

E ele estava escutando algo agora!

Alguma coisa havia penetrado os folhosos portais de seu santuário.

Alguém *estava* em perigo, em terrível perigo – e conhecia aquela voz! "Reuben!", veio o grito rouco. "Reuben!" era Laura chamando-o "... Eu estava te avisando." Estava soluçando. "Não se aproxime de mim!" Riso – um riso baixo e malévolo, e a voz de uma outra pessoa: "Oh, mulherzinha, não me diga, você vai me matar com esse machado?"

## 21

Ele acelerou floresta adentro em quatro patas, disparando em meio às árvores, atingindo velocidades que jamais atingira antes.

"... Minha querida, você está tornando isso tudo muito fácil para mim. Você não imagina como fico chateado de derramar sangue inocente."

"... Afaste-se de mim. Afaste-se de mim!"

Não era o aroma do mal que o guiava porque não havia nenhum aroma discernível. Como era possível uma voz tão ameaçadora sem algum aroma?

Com dois saltos, Reuben atravessou o amplo terraço de pedra e jogou todo o peso do corpo de encontro à porta, arrebentando a fechadura.

Aterrissou nos tacos e bateu a porta com toda a força atrás de si, sem olhar para trás.

Laura, trêmula, aterrorizada, estava em pé à esquerda da imensa lareira de pedra, agarrando um comprido cabo do machado de madeira enquanto mantinha-o no alto com ambas as mãos.

– Ele veio aqui para te matar, Reuben! – disse ela, a voz carregada.

Em frente, à direita, encontrava-se uma figura serena, pequena e magra, um homem de pele escura. Suas feições possuíam um ligeiro tom asiático. Parecia ter uns 50 anos, os cabelos eram pretos curtos e os olhos pequenos e pretos. Usava um paletó cinza simples e calças, e uma camisa branca aberta no pescoço.

Reuben postou-se em frente, colocando-se entre ele e Laura.

O homenzinho graciosamente deu passagem.

Estava avaliando Reuben. Parecia tão distante quanto um homem avaliando a estatura de um estranho numa esquina.

– Está dizendo que precisa te matar – disse Laura, suas palavras ásperas e engasgadas. – Está dizendo que não tem escolha, que também precisa me matar.

– Vá lá para cima – disse Reuben. Ele aproximou-se ainda mais do homem. – Tranque-se no quarto.

– Não, eu não acho que haja tempo para isso – disse o homem. – Vejo que as descrições feitas a seu respeito não foram nem um pouco exageradas. Você é um notável exemplo da espécie.

– E que espécie é essa? – perguntou Reuben. Estava agora a alguns centímetros do homem, olhando, confuso diante da absoluta falta de aroma. Oh, havia um aroma humano nele, sim, mas não era um aroma de hostilidade nem tinha intenções malignas.

– Lamento o que aconteceu com você – disse o homem. Sua voz era equilibrada e eloquente. – Jamais deveria tê-lo ferido. Foi um erro imperdoável da minha parte. Está feito, e não tenho escolha a não ser desfazê-lo.

– E você é quem está por trás de tudo isso – disse Reuben.

– Com toda a certeza, embora jamais tenha sido a minha intenção.

Parecia totalmente sensato, e certamente com uma estrutura franzina demais para vir a causar qualquer mal a Reuben, mas Reuben sabia que aquela não era a forma final que aquele homem assumiria, em hipótese alguma. Seria melhor matá-lo agora, antes que a mudança começasse? Quando ainda estava fraco e indefeso? Ou arrancar dele quaisquer informações preciosas que pudesse vir a fornecer? Imagine os segredos que talvez possuísse.

– Tenho guardado esse local há bastante tempo – disse o homem, dando mais um passo para trás à medida que Reuben avançava. – É assim há muito tempo. E na verdade jamais fui um bom guarda, e às vezes nem estou por aqui. No entanto, o que fiz é imperdoável e, se for para merecer a mais singela misericórdia, é meu dever corrigir o que fiz. Meu jovem "lobo homem", como você chama a si mesmo, eu sinto muitíssimo, mas você jamais deveria ter nascido.

Somente agora um sinistro sorriso surgiu-lhe no rosto, e com ele a transformação ocorrendo tão rapidamente que Reuben mal pôde avaliar a mudança diante de seus olhos. As roupas do homem ficaram rasgadas enquanto seu tórax se expandia e seus braços e pernas começavam a alongar e a inchar. Arrancou seu relógio de ouro do pulso e jogou-o para o lado. Cabelos pretos finos e brilhantes brotavam por todo o corpo do homem, adensando como se fosse espuma. Seus sapatos foram arrebentados pelos pés em forma de garra. Arrancou o que restava de sua camisa e de seu paletó e os fragmentos das calças. O inevitável rosnado gutural escapou-lhe do peito.

Os olhos de Reuben estreitaram-se, a fera tinha braços menores e mais curtos, mas quem pode calcular o poder ou a habilidade dele? E que patas imensas ele tinha, e pés igualmente enormes. Seus membros inferiores eram mais grossos do que os de Reuben, ou pelo menos era o que parecia.

Laura aproximou-se de Reuben. Do canto do olho, viu Laura encostada na lareira com o machado ainda erguido de encontro a seu ombro direito.

Reuben manteve-se firme; respirou fundo e foi atrás da quieta força que sabia possuir. Você está lutando não apenas por sua vida, mas também pela de Laura, pensou.

O homem tinha agora 30cm a mais do que antes, sua juba preta semelhante a um manto, mas sua estatura nem chegava aos pés da de Reuben em sua forma lupina. Seu rosto perdera toda a simpática expressão reconhecível, olhos pequenos e porcinos e a boca um focinho com longas presas recurvas.

Uma língua rosada brilhou atrás dos dentes brancos quando flexionou as poderosas coxas. Toda a sua pelagem era preta, inclusive a camada de baixo; e suas orelhas possuíam uma hedionda aparência lupina, pontudas como eram, o que deixou Reuben enojado porque temia que suas próprias orelhas tivessem a mesma aparência.

Mantenha-se firme, era o único pensamento de Reuben. Mantenha-se firme. Ele estava com raiva, mas não se tratava da raiva que proporciona tremores e estremecimentos e que faz com que as pernas fiquem molengas e as mãos comecem a se debater. Não, não se tratava desse tipo de raiva.

Algo está fazendo com que esse ser hesite; algo não está saindo da maneira como esse ser esperava. Dê mais um passo à frente.

Então caminhou e a escura criatura lupina deu um passo para trás.

– E aí, o que acontece agora? Você acha que vai se livrar de mim? – perguntou Reuben. – Você acha que pode me destruir por causa do seu erro?

– Não tenho escolha – disse a criatura, sua voz um tom barítono profundo e dissonante. – Já disse. Isso jamais deveria ter acontecido. Teria te matado junto com os outros, os culpados, se soubesse, mas certamente você sabe o quanto é absolutamente desagradável derramar sangue de inocentes. Quando vi o meu erro, soltei você. Entenda, sempre existe a chance da crisma não passar para a outra pessoa; de a pessoa simplesmente se recuperar; ou da vítima morrer em pouco tempo. Isso é o que acontece mais frequentemente. A vítima simplesmente morre.

– A crisma? É assim que você chama? – perguntou Reuben.

– Sim, a crisma, é assim que nós a chamamos há séculos. A dádiva, o poder – existem centenas de palavras antigas para o processo – o que isso importa?

– "Nós"? – perguntou Reuben. – Você disse "nós". Quantas criaturas como nós existem?

– Oh, sei que você está ardendo de curiosidade pelo que eu poderia talvez lhe contar – disse a criatura com um sutil desprezo. Sua voz seguia contida de um modo enlouquecedor. – Lembro dessa curiosidade com mais clareza do que me lembro de qualquer outra coisa, mas por que eu deveria lhe contar o que quer que fosse se não posso permitir que você viva? Estou agora satisfazendo a mim mesmo ou a você? É mais fácil para mim ser gentil enquanto o mato, acredite em mim. Não é minha intenção fazer nenhum de vocês dois sofrer. Nem um pouco.

Era grotesco, a voz culta e polida saindo de um rosto tão bestial. E então é assim que sou visto pelas pessoas, pensou Reuben, assim hediondo e monstruoso.

– Você vai deixar a mulher ir embora agora – disse Reuben. – Ela pode ir com o meu carro. Pode sair desse lugar...

– Não, não permitirei que a mulher vá embora, nem agora nem nunca – disse a fera. Prosseguiu com uma perfeita equanimidade: – Você selou o destino da mulher, não eu, quando revelou o segredo de quem e o que você é.

– Não sei o segredo de quem ou o que eu sou – disse Reuben. Estava ganhando tempo. Estava calculando. Qual a melhor maneira de atacá-lo? Onde é mais vulnerável? Será que é mesmo vulnerável? Deu um passo para se aproximar um pouco mais da fera e, para sua surpresa, esta recuou por puro reflexo.

– Nada disso importa agora, certo? – perguntou a fera. – Essa é a parte horrorosa.

– Importa a mim – disse Reuben.

Que espetáculo macabro isso deve ser para Laura, dois monstros digladiando-se com palavras. Reuben deu mais um passo à frente e a fera recuou novamente.

– Você é jovem, ávido por vida – disse a fera, palavras surgindo um pouquinho mais rapidamente –, ávido também por poder.

– Todos nós somos ávidos pela vida – disse Reuben. Mantinha a voz baixa. – Isto é o que a vida exige de nós. Se não formos ávidos pela vida, não merecemos viver.

– Oh, mas você é particularmente ávido, não é? – disse a fera de modo rancoroso. – Acredite em mim, não me dá prazer algum executar alguém tão forte. – Seus olhinhos escuros brilhavam malevolamente à luz do fogo.

– E se você não me executar, acontece o quê?

– Terei de me responsabilizar por você, pelas suas prodigiosas conquistas – disse ele debochadamente –, que fez com que o mundo todo clamasse para que você fosse preso, encarcerado, drogado, examinado e posto debaixo de um vidro.

Novamente, Reuben avançou, mas a criatura manteve sua posição, erguendo uma das patas para evitar Reuben, um gesto fraco de defesa. Quantas outras indicações singelas Reuben ainda receberia?

– Fiz o que me pareceu natural – disse Reuben. – Ouvi as vozes; as vozes me chamando; senti o aroma do mal e o rastreei. O que fiz foi tão natural quanto respirar.

– Oh, acredite em mim – disse o outro, pensativo –, eu estou profundamente impressionado. Você não pode imaginar quantos tropeçam, enjoam, morrem nas primeiras semanas. É bastante imprevisível. Todos os aspectos disso são imprevisíveis. Ninguém pode sequer conceber o que acontecerá quando a crisma atingir as células progenitoras pluripotentes.

– Explique isso para mim – disse Reuben baixinho. – O que é a crisma? – Ele se aproximou ainda mais, e a criatura mais uma vez deu um passo para trás, como se não conseguisse deixar de fazê-lo. As coxas dela ainda estavam flexionadas, e os braços ligeiramente curvados ao lado do corpo.

– Não – disse a fera com frieza. – Se ao menos você tivesse sido um pouco mais reticente, um pouco mais sábio.

– Ah, quer dizer então que sou o culpado de tudo isso, é? – perguntou Reuben calmamente. Mais uma vez, ele se aproximou e a fera deu dois passos para trás. Ele estava perto da parede revestida de madeira. – E onde você estava quando a crisma começou a funcionar? Onde você estava para me orientar ou para me aconselhar, para me alertar em relação ao que eu poderia esperar?

– Já tinha sumido fazia tempo – disse a fera com a primeira demonstração de verdadeira impaciência. – Seus feitos verdadeiramente fabulosos me alcançaram do outro lado do mundo. E agora você morrerá por eles. Por acaso valeram a pena? Diga-me. Isso por acaso foi o pináculo de sua existência até o presente momento?

Reuben não disse nada. Era agora, pensou, era agora que deveria atacar.

Entretanto, a fera falou novamente:

– Não pense que isso não me parte o coração – disse, expondo as presas como se num sorriso horrendo. – Tivesse eu o escolhido para a crisma, você teria sido magnífico, o melhor exemplar dos *Morphenkinder*, mas eu não o escolhi. Você não é nenhum *Morphenkind*. – Era a palavra alemã para "criança", da maneira que ele a usou, pronunciada como se soasse como *kint*. – Você é odioso, repulsivo, uma ofensa, isso é o que você é! – A voz dele demonstrava raiva, mas estava firme. – Jamais o teria escolhido, jamais teria nem mesmo reparado em você. Agora o mundo todo repara em você. Bem, isso vai acabar agora.

Agora era o outro quem estava brincando de ganhar tempo, pensou Reuben. Por quê? Será que sabe que não pode vencer essa?

– Quem o colocou para guardar essa casa? – quis saber Reuben.

– Alguém que não tolerará o que aconteceu – disse ele. – Principalmente aqui, principalmente aqui. – Ele suspirou. – E você, seu menininho desprezível, fazendo das suas com Marchent, a preciosa Marchent *dele*, e Marchent morta, ainda por cima. – Os olhos dele tremeram e novamente expôs os dentes e suas presas sem emitir nenhum som.

– Quem é ele? Qual é a relação dele com Marchent?

– Você foi a causa da morte dela – disse a criatura com uma voz miúda. Um longo rosnado escapou dele. – Virei as costas por sua causa, para não espionar você e Marchent – você e suas momices – e nesse intervalo a morte veio a Marchent! Foi tudo culpa sua! Bem, você não perdurará enquanto eu estiver respirando.

Isso deixou Reuben enfurecido, mas ele o pressionou.

– Felix Nideck? Foi quem disse para você guardar a casa?

A fera ficou tensa, ergueu os ombros, e torceu os braços. Novamente, aquele rosnado escapou.

– Você acha que essas perguntas fazem você ganhar tempo? – grunhiu a criatura. Um som desdenhoso de dentes rilhados lhe escapou, tão completamente eloquente quanto suas palavras. – Já estou cheio de você! – rosnou.

Reuben correu para ele, as garras expostas. Bateu a cabeça da fera no revestimento escuro e avançou sobre o pescoço dela.

Rosnando de indignação, o monstro deu um chute em Reuben e mergulhou freneticamente em seu rosto com as poderosas patas. Conteve Reuben com uma força férrea.

Reuben empurrou-o pelos cabelos da juba e em seguida arremessou-o de encontro à viga de pedra e a fera deixou escapar um rugido estrangulado. Atacou os braços de Reuben com suas garras ferozes e então levantou os joelhos e chutou-o novamente com tremenda força, dessa vez no baixo ventre.

Reuben ficou sem ar. Cambaleou para trás. Tudo escureceu. Sentiu a criatura agarrando seu pescoço, as garras sendo enterradas profundamente na pelagem, tentando encontrar a carne endurecida, a respiração quente em seu rosto.

Num frenesi rosnante, Reuben soltou-se, batendo na parte interna dos braços da criatura com dois monstruosos golpes de suas patas e livrando-se do aperto.

Novamente, Reuben arremessou-o para trás e a cabeça dele novamente atingiu a parede. Instantaneamente, recuperou-se e avançou em Reuben, as poderosas coxas catapultando-o para a frente, suas garras jogando Reuben para trás e para baixo, cambaleando, em direção ao chão.

Reuben levantou-se debaixo dele, e com seu braço direito deu-lhe um belo golpe que o atordoou, mas ele caiu mais uma vez, suas presas expostas e em seguida enterrando-se em seu pescoço.

Reuben sentiu a dor, sentiu-a com uma intensidade infinitamente maior do que havia sentido naquela noite. Com uma fúria incontrolável, suas patas levantaram a criatura e jogaram-na para longe. Sentiu o sangue esguichando, o calor do sangue. Ficou de pé, e dessa vez investiu tresloucadamente contra a criatura, chutando-a como tinha sido chutado, rasgando-lhe o rosto com suas garras, abrindo um talho em seu olho direito. A criatura deu um berro e investiu contra Reuben, que avançou novamente e enfiou os dentes na lateral do seu rosto. Enfiou as presas cada vez mais fundo, seus dentes triturando o maxilar da criatura, a criatura gritando de dor.

Não tenho como superá-lo, pensou Reuben enlouquecidamente, mas ele não é capaz de me superar. Novamente, surgiu o joelho da criatura, seu pé, e aqueles braços férreos retendo-o embaixo. Estavam dançando juntos, afastando-se da parede. Aguente, aguente!

Com um rosnado feroz, Reuben rasgou a carne com seus dentes, rasgou como rasgara a carne do leão da montanha, e soube naquele instante que só ousara usar toda aquela selvageria naquele instante. E agora deveria usá-la ou morrer.

Uma vez, duas vezes, três vezes, sua garra esquerda retalhou a criatura, retalhou o olho vazado da criatura de onde esguichava sangue, enquanto golpeava rapidamente a cabeça com as madíbulas doloridas.

A criatura estava vociferando, xingando, xingando numa língua que Reuben não conseguia entender.

Subitamente, ficou mole. Os braços de ferro caíram. Um grito gorgolejante escapou de sua boca.

Reuben viu o olho bom da fera fixo à frente, enquanto ela afundava mas não caía.

E soltou-o, soltou seu rosto rasgado e ensanguentado.

A coisa encontrava-se desamparada mirando o teto com o olho bom enquanto o outro, vazado, esguichava sangue. E Laura encontrava-se diretamente atrás da fera, olhando com raiva para ela.

Assim que o monstro dobrou o corpo, Reuben viu o machado enterrado na nuca da criatura.

– Eu sabia! – rosnou a fera. – Eu sabia! Eu sabia! – Ele choramingava, enfurecido. Freneticamente, buscava alcançar atrás de si, para segurar o cabo do machado, mas não conseguia comandar seus braços, não conseguia fazê-los parar de tremer. Não conseguia baixar suas patas até onde estava o cabo do machado. Sangue e espuma escorriam de sua boca aberta. Virou-se e virou-se, cambaleando para impedir a si mesmo de cair, enlouquecido, uivando, rilhando os dentes.

Reuben tirou a lâmina do machado pelo longo cabo e, enquanto a criatura girava o corpo, golpeou-lhe o pescoço com toda força. A lâmina arrebentou a juba e o pelo e enterrou-se na carne, cortando metade do pescoço. O monstro ficou em silêncio, a mandíbula caída, babando, emitindo apenas um som baixo e sibilante.

Reuben arrancou o machado e golpeou novamente com toda a sua força. Misericordiosamente, a lâmina atravessou-lhe a carne, e a cabeça da criatura despencou no chão.

Antes que pudesse impedir a si mesmo, Reuben agarrara a cabeça pela densa pelagem e arremessara no fogo. O corpo, aparentemente minguado, desabou pesadamente no tapete oriental.

Laura deixou escapar uma série de gritinhos arquejantes. Ele a viu na frente das chamas, o corpo curvado, gemendo, tremendo, apontando para o fogo, e então ela caiu para trás de encontro a uma cadeira próxima e tombou no chão.

Histericamente, ela berrou:

– Reuben, tire ela do fogo, tire ela do fogo! Por favor, pelo amor de Deus!

As chamas estavam lambendo a coisa, lambendo o olho ensanguentado. Reuben não resistiu. Tirou-a das toras flamejantes e jogou-a no chão. A fumaça subiu da cabeça como se fosse poeira. Algumas poucas fagulhas errantes voaram pelo ar.

Então virou uma coisa inchada e ensanguentada, uma coisa arruinada, emaranhada de sangue, e cega. E morta.

Seja poesia, seja fantasia, seja imaginação delirante, seja sonho. Os lustrosos cabelos pretos começaram a cair da cabeça e do corpo que estava apenas a alguns centímetros de distância. Sem nenhuma força que pudesse recolhê-los, eles caíam enquanto a cabeça parecia encolher, o corpo parecia encolher e, num ninho de cabelo, cabelo dissolvendo-se lentamente ao redor deles e debaixo deles, corpo e cabeça eram novamente o homem, nu, retalhado, sangrando e morto.

## 22

Reuben caiu de joelhos e sentou-se sobre os calcanhares. Todos os seus músculos doíam. Seus ombros doíam. O calor em seu rosto era quase insuportável.

*Quer dizer que não sou um* Morphenkind. *Quer dizer que sou odioso, repulsivo, uma ofensa. Bem, essa ofensa à espécie acaba de matar esse* Morphenkind *com uma ajudinha, é claro, de sua amada e seu machado.*

Laura começou a chorar desesperadamente, quase como se estivesse rindo, seus soluços e gritos irrompendo descontroladamente. Ajoelhou-se ao lado dele e Reuben pegou-a em seus braços. Viu o sangue manchando toda a camisola branca, espalhando-se pelos cabelos.

Mas ele manteve-a junto de si, acariciando-a, tentando acalmá-la. Seus gritos eram de partir o coração. Finalmente, ela soluçou sem emitir nenhum som.

Reuben beijou delicadamente o topo da cabeça dela, e sua testa. Ele levantou uma junta de sua pata e tocou-lhe os lábios. Salpicados de sangue. Muito sangue. Indescritível.

– Laura – sussurrou ele. Ela grudou-se rapidamente nele, como se estivesse se afogando, como se alguma onda invisível pudesse levá-la para longe.

Os restos do homem encontravam-se agora desprovidos de cabelo, como se jamais houvesse existido o menor sinal de cabelo em seu corpo. Apenas uma poeira grossa e quase invisível cobria-o e também o tapete que o circundava.

Por um momento, permaneceram imóveis, Laura chorando cada vez mais suavemente, exaurindo-se em suas lágrimas, e então, finalmente, acalmando-se.

– Agora preciso enterrá-lo – disse Reuben. – Há umas pás lá atrás, no balcão.

– Enterrá-lo! Reuben, você não pode fazer isso! – Laura olhou para ele como se recém-desperta de um pesadelo. Esfregou o nariz com as costas da mão e disse: – Reuben, você não pode enterrá-lo assim sem mais nem menos. Com certeza você se dá conta do quanto esse corpo é valioso, do quanto ele inestimável, para você!

Levantou-se e olhou para o homem com uma certa prudência, como se estivesse com medo de se aproximar um pouco mais. A cabeça encontrava-se agora ao lado do corpo, o olho esquerdo parcialmente fechado e amarelado. A carne do rosto e do corpo estava também ligeiramente amarelada.

– Nesse corpo encontram-se todos os segredos celulares desse poder – disse Laura. – Se você tiver interesse em descobrir, se tiver interesse em saber do que isso se trata, bem, você simplesmente não pode descartar esse corpo. Isso é absolutamente impensável.

– E quem é que vai fazer o estudo desse corpo, Laura? – perguntou Reuben. Estava tão exausto que temia que a mudança viesse cedo demais. Precisava de sua força para cavar um buraco profundo o bastante para o túmulo daquele ser. – Quem vai realizar a biópsia dos órgãos, remover o cérebro, fazer a autópsia? Não sei como fazer essas coisas. Quem vai saber?

– Tem de haver alguma maneira de preservar esse corpo, de salvá-lo para que alguém algum dia possa fazer isso.

– O quê? Colocar o corpo num freezer? Correr o risco de alguém encontrá-lo aqui? Ligá-lo a nós? Você está realmente sugerindo que a gente esconda esse corpo aqui nessa casa onde a gente mora?

– Não sei – disse ela, num frenesi. – Reuben, você não pode assim sem mais nem menos pegar essa coisa, essa coisa misteriosa, e consigná-la à sujeira, você não pode simplesmente enterrá-la. Meu Deus, isso é um organismo inimaginável, sobre o qual o mundo não sabe nada. Ele aponta o caminho da compreensão... – Ela interrompeu a fala. Ficou quieta por um momento, seus cabelos caindo de ambos os lados do rosto como se fosse um véu. – Será que ele não poderia ser posto em algum lugar... em algum lugar onde uma outra pessoa pudesse encontrá-lo? Enfim, em algum lugar distante daqui.

– Por quê? Com qual propósito? – perguntou Reuben.

– E se fosse encontrado, analisado e recebesse a culpa por todos esses crimes que ocorreram? – Ela olhou para Reuben. – Pense um pouco nisso. Não diga não. Essa coisa tentou matar nós dois. Digamos que a gente o deixe em algum lugar perto da estrada, bem visível, por assim dizer. E se encontrarem alguma mistura estranha de DNA humano e fluidos de lobo... a crisma, como ele disse...

– Laura, o componente mitocondrial do DNA provaria que esse não é o ser que chacinou os outros – disse Reuben. – Essa parte da ciência até eu conheço.

E olhou novamente para a cabeça. Parecia ainda mais encolhida do que antes, e parecia também estar escurecendo ligeiramente como um pedaço de fruta madura quase apodrecendo. O corpo também estava encolhendo e escurecendo, principalmente o tronco, embora os pés estivessem enrugando e virando protuberâncias. Meras protuberâncias.

– E você se dá conta do que essa criatura nos contou? – disse Reuben, pacientemente. – Ele me condenou à morte por um problema que causei, as "prodigiosas conquistas", como as chamou, o fato de que eu chamara a atenção da mídia. Essas coisas querem sigilo; dependem disso. E como é que você acha que os outros *Morphenkinder* reagiriam se eu entregasse o corpo sem a menor cerimônia ao domínio público?

Ela assentiu.

– Existem outros, Laura! Essa coisa conseguiu nos dar várias informações importantes.

– Você está coberto de razão – disse ela. Ela também estava observando as sutis mudanças no corpo e na cabeça. – Eu podia jurar que... ele está desaparecendo – disse ela.

– Bem, encolhendo ele está, secando.

– Desaparecendo – disse ela novamente.

Voltou e sentou-se ao lado dele.

– Olha só para isso – disse ela. – Os ossos estão se desintegrando. O corpo está sumindo. Eu queria muito tocá-lo, mas não consigo.

Reuben não respondeu.

O corpo e a cabeça estavam esvaziando, achatando-se; Laura estava certa. A carne agora parecia poeirenta e porosa.

– Olhe! – disse ela. – Olhe o tapete. Olhe o local onde o sangue...

– Estou vendo – sussurrou ele. O sangue era uma cobertura diáfana na superfície do tapete. E a cobertura estava silenciosamente rachando e produzindo milhões de diminutos pedaços. – Olhe, olhe a sua camisola.

O sangue estava endurecendo, também ficando quebradiço. Ela amassou a flanela, limpando-a. Então aproximou-se para pegar o resíduo quebradiço que ainda estava grudado em seus cabelos. Estava tudo caindo.

– Agora estou vendo – disse Reuben. – Estou entendendo. Entendendo tudo. – Estava maravilhado.
– Entende o quê? – perguntou ela.
– Porque estão sempre falando que o lobo homem é humano. Você não vê? Estão mentindo. Não têm nenhuma prova disso ou de qualquer outra coisa. Isso é o que acontece com a gente, a todas as partículas, a todos os fluidos que nos formam. Olhe. Não têm nenhuma amostra do lobo homem. Eles levaram amostras do que encontraram nas cenas de crime e, provavelmente, inclusive antes deles completarem o trabalho, as amostras já não serviam para nada, estavam dissolvidas, dissolvidas como isso que a gente está vendo.

Rastejou para a frente e curvou-se sobre a cabeça. O rosto fora chupado para dentro. A cabeça era uma pequena poça em cima do tapete. Farejou-a. Decomposição, aroma humano, aroma animal – uma mistura, sutil, bem sutil, bastante sutil. Será que ele próprio era desprovido de aroma como esse para as outras pessoas, ou apenas para outros de sua espécie?

Sentou-se novamente sobre os calcanhares. Olhou para as próprias patas, para as patas almofadadas que haviam substituído as palmas de suas mãos, para as brilhantes garras brancas que não conseguia retrair ou esticar com facilidade.

– Tudo isso – disse ele –, o tecido transformado, tudo isso se dissolve. Quer dizer, desidrata e se parte em partículas finas demais para serem vistas, e finalmente finas demais para serem medidas, mesmo com o uso de seja lá que tipo de processo químico laboratorial ou de preservação que possam ter. Ah, isso explica tudo, as ridículas contradições dos oficiais de Mendocino, e dos laboratórios de San Francisco. Agora entendo o que aconteceu.

– Não estou conseguindo seguir o seu raciocínio.

Explicou a ela a respeito do fracasso dos exames feitos nele no Hospital Geral de San Francisco. Haviam obtido alguns resultados e depois retornado apenas para descobrir que todo o material original não servia para nada, estava contaminado ou estava perdido.

– No começo, com os meus tecidos, talvez o processo de dissolução tenha sido mais vagaroso. Ainda estava num estágio evolucionário. O que foi que o homem falou sobre as células? Você lembra que...

— Lembro. Ele se referiu às células progenitoras pluripotentes, células que todos nós temos em nossos corpos. Nós somos um pequenino conglomerado de células progenitoras pluripotentes quando ainda somos embriões. Então essas células recebem sinais, sinais químicos para se expressarem de maneiras diferentes, para se tornarem células do tecido epitelial, ou células oculares, ou células ósseas, ou...

— Certo, é claro – disse ele. – Células-tronco são células progenitoras pluripotentes.

— São – disse ela.

— Então, todos nós ainda temos tais células dentro de nós.

— Isso.

— E o fluido lupino, a crisma, isso faz com que essas células se expressem no sentido de me transformar num *Morphenkind*, de me transformar nisso.

— A crisma – disse ela –, só pode estar na saliva, uma palavra metafísica para uma toxina ou um soro nos fluidos corporais do *Morphenkind* que desencadeia toda uma gama de reações glandulares e hormonais para uma nova espécie de crescimento.

Reubem assentiu com a cabeça.

— E você está dizendo que mesmo logo depois de ter sido mordido, enquanto você ainda está no estágio evolucionário, os exames que fizeram deram errado.

— Mais lentamente, mas é isso aí, a amostra com certeza não funcionou. Durou o tempo suficiente para fornecer os resultados sobre hormônios, e extraordinárias quantidades de cálcio em meu organismo, mas a minha mãe disse que no fim todos os resultados laboratoriais tinham falhado.

Sentou-se em silêncio por um tempo, pensando no assunto.

— Minha mãe sabe mais do que está revelando – disse ele. – Deve ter percebido depois da segunda bateria de exames que alguma coisa em meu sangue estava causando a destruição da amostra. Não podia me contar. Talvez estivesse tentando me proteger. Só Deus sabe o que temia acontecer. Oh, mamãe, mas ela sabia. E quando as autoridades foram até lá, pedindo uma nova amostra do meu DNA, ela disse não.

Sentiu uma pesada tristeza por não poder falar com Grace, por não poder lhe apresentar tudo aquilo, e obter seu aconselhamento maternal, mas que direito ele tinha de sonhar com tais coisas?

Durante toda a sua vida, Grace salvara vidas. Não conseguia viver sem salvar vidas. E ele não pediria a solidariedade ou a cumplicidade agora pelo que havia se tornado. Já era ruim o bastante ter colocado Laura nisso. Já era ruim o bastante ter perturbado o sono de Jim até o fim de seus dias.

– Você realmente compreende o que isso significa – disse Laura. – Toda aquela conversa na TV sobre DNA humano e manipulação de provas.

– Oh, sim. Com certeza compreendo. É só conversa. – Ele assentiu com a cabeça. – Era isso o que eu dizia. É conversa. Laura, não têm provas de espécie alguma contra mim.

Olharam um para o outro.

Reuben levou a pata até o pescoço e sentiu a pelagem onde o monstro o mordera em seu golpe mais eficiente e perigoso. Nenhum sangue no local. O sangue sumira.

Ambos olharam para a cabeça e para o corpo. Eram ambos agora pedaços do que pareciam ser cinzas. Um vento poderia ter varrido e tornado tudo aquilo invisível. Até mesmo as cinzas estavam ficando mais leves, mais tênues.

Havia apenas algumas faixas cinzas, como faixas de poeira na camisola branca de Laura.

Por um quarto de hora continuaram observando. Agora nada restava do monstro além de algumas poucas faixas escuras no tecido do tapete, faixas dissolvendo-se nas flores rosadas e nas folhas verdes entrelaçadas.

Até mesmo a lâmina do machado estava limpa, como se jamais tivesse dado nenhum golpe.

Reuben juntou as roupas retalhadas da criatura. Não havia nada pessoal, nenhuma identificação, nada no bolso do paletó nem nos bolsos das calças.

Os sapatos eram mocassins de sola baixa, macios e caros – pequenos. O paletó tinha uma etiqueta florentina. Nada daquilo era barato.

E nada daquilo identificava o homem ou dava algum indício do local de onde viera. Obviamente chegara lá preparado para deixar as roupas, o que talvez pudesse significar que possuía algum lugar para ficar e um veículo nas proximidades, mas havia uma coisa – o relógio de ouro. Onde estava? Tornara-se quase invisível contra o pano de fundo do tapete florido.

Pegou-o, examinando sua face grande com numerais romanos; então olhou o verso. O nome MARROK estava inscrito ali em caracteres latinos maiúsculos.

– Marrok – sussurrou ele.

– Não fique com isso.

– Por que não? – disse ele. – Não existe mais nenhuma outra evidência. O que também inclui as evidências que poderiam estar nesse relógio... impressões digitais, fluidos, DNA.

Reuben o colocou em cima da viga. Não queria discutir, mas tampouco podia destruí-lo. Aquilo era de fato tudo o que possuía que poderia fornecer alguma pista acerca da identidade da fera.

Colocaram os trapos no fogo e observaram-nos queimar.

Agora estava dolorosamente cansado.

Mas tinha de tentar consertar a porta da frente e suas fechaduras quebradas antes de reverter a Reuben Golding, que mal conseguia usar uma chave de fenda ou pregar um prego.

E ele e Laura cuidaram disso então.

Levou muito mais tempo do que ambos haviam imaginado, mas Laura sabia tudo sobre como enfiar pedacinhos de madeira nos buracos dos parafusos, o que os preencheu e permitiu que os parafusos se fixassem e prendessem os mecanismos da fechadura, e assim foi feito. Galton poderia cuidar do resto.

Reuben precisava dormir.

Precisava da transformação naquele momento, mas tinha a noção de que ele próprio a estava detendo. E estava com um pouco de medo de sua chegada, de ficar enfraquecido e incapaz de defender-se se alguma outra daquelas criaturas aparecesse.

Não conseguia mais pensar, não conseguia analisar, não conseguia absorver. Crisma, *Morphenkinder*. Esses termos ajudavam?

O horror era isso: os outros. Como os outros reagiriam quando soubessem que aquele *Morphenkind* havia sido destruído?

Podia haver uma tribo deles, não podia? Podia haver toda uma raça.

E Felix Nideck só podia fazer parte desse grupo, e talvez estivesse vivo agora, ainda como um *Morphenkind. A Marchent dele*. Felix era o outro elemento principal dessa história. Ele fora até lá e pegara as tabuletas, não é? Ou será que quem fez isso foi aquela coisa?

Ele ponderou. Ele não captara nenhum aroma no lobo homem de que viera matá-los! Absolutamente nenhum aroma, nenhum aroma de homem ou de animal, nenhum aroma maligno.

Durante toda a batalha com a criatura, não surgira nenhum aroma maligno para inebriá-lo e impulsioná-lo.

E talvez isso significasse que o *Morphenkind* morto também não detectara nenhum aroma maligno vindo de Reuben, nenhum aroma malevolente, nenhum aroma de desejo de destruição.

Será que era por isso que eles haviam lutado um com o outro tão desajeitadamente, tão desamparadamente?

*E se não consigo detectar nenhum aroma vindo deles, não saberei se eles estão aqui ou se estão próximos.*

Ele não contaria isso para Laura.

Levantou-se lentamente e deu um giro pela casa.

Nem ele nem Laura podiam imaginar como a criatura havia entrado. Haviam trancado todas as portas. Ele checara as trancas em todo o piso de baixo quando chegara.

No entanto, Laura explicou que a fera aparecera quando ela estava dormindo na biblioteca, e a acordou com uma equilibrada torrente de explicações a respeito do motivo pelo qual a vida dela deveria ser confiscada, por mais que ele não gostasse de derramar sangue inocente. Ele dissera que abominava matar mulheres, queria que ela soubesse disso, que ele não era "insensível" à sua beleza. Ele a comparara a uma flor que precisava ser esmagada ao se caminhar.

A crueldade dessas palavras fez com que Reuben estremecesse.

Talvez ele tivesse entrado por uma janela do andar de cima. Isso era concebível.

Reuben percorreu todos os cômodos, inclusive os menores quartos da ala norte que davam para a floresta atrás da casa. E não encontrou nenhuma janela que não estivesse trancada com segurança.

Pela primeira vez, deu uma busca em todos os closets de roupa de cama, nos closets extras e nas paredes internas dos banheiros dos quatro corredores, e não descobriu nenhuma abertura ou escada secreta que desse no telhado.

Percorreu os sótãos de empenas nos quatro lados da casa e encontrou apenas janelas trancadas também. Nenhum dos cômodos continha escadas traseiras. Na realidade, não conseguia muito bem entender como alguém podia alcançar o telhado daquela casa.

Amanhã, prometeu para si mesmo, percorreria a propriedade em busca de algum veículo que a criatura dirigira para chegar à casa, ou algum esconderijo na floresta onde talvez pudesse ter deixado uma mochila ou uma bolsa de viagem escondidas em meio às árvores.

Estava amanhecendo.

A mudança ainda não viera.

Laura estava no quarto principal quando a encontrou. Tomara banho, pusera uma camisola nova e penteara os longos cabelos. Estava pálida de exaustão, mas lhe parecia tão fresca e tenra quanto sempre fora.

Por quinze minutos ou mais discutiu com ela furiosamente, dizendo que ela deveria sair de lá, pegar o carro, ir para o sul, voltar para a casa dela na floresta de Marin. Se Felix Nideck estivesse chegando, se fosse o outro elemento principal, quem podia saber que força e que astúcia possuía? Foi tudo em vão. Laura não o abandonaria. Em momento algum ela ergueu a voz; em momento algum ficou agitada, mas em momento algum mudou de opinião.

– Minha única chance com Felix é apelar a ele, conversar com ele, conseguir de alguma forma... – Parou, cansado demais para prosseguir.

– Você não sabe se é Felix.

– Ah, mas só pode ser um dos Nideck – disse ele. – Só pode ser. Essa criatura conhecia Marchent. Tinha sentimentos de proteção para com ela, recebeu ordens para guardar a casa de Marchent. Como é possível que não seja Nideck?

Havia muitas questões sem respostas.

Entrou no banheiro do quarto principal e deixou a água cair em seu corpo durante um longo tempo. Lavou o sangue do leão da montanha formando claros riachos que desciam pelo ralo de cobre, mas mal sentia a água. Seu corpo cabeludo ansiava pela água gelada do córrego da floresta.

A manhã estava nascendo. A vista da janela do boxe estava maravilhosamente límpida. Podia ver o mar bem à esquerda, pálido e sem cor e cintilando sob o céu branco.

Bem do lado oposto e à sua direita, erguiam-se os penhascos, escondendo toda a vista do oceano e seus ventos, estendendo-se mais para o norte.

Alguma coisa podia estar lá em cima daqueles penhascos, Felix Nideck, lá em cima vigiando, esperando para vingar o Marrok morto.

Mas não. Se Felix estivesse perto e à mão, por que Marrok viria? Marrok indicara claramente que temia o encontro eventual com aquele que o escolhera para guardião, que tinha intenção de aniquilar seu "erro" antes que o encontro viesse a acontecer.

E se Felix Nideck estivese vivo, por que permitiu que sua morte se tornasse oficial e que sua propriedade passasse para as mãos de outras pessoas?

Muitas possibilidades.

Pense nas boas notícias. Você não deixou nada nos locais de nenhuma das mortes. Absolutamente nada. Seus temores em relação a isso estão acabados. Não existe agora nenhuma ameaça "do mundo" a você ou a Laura. Bem, quase nenhuma. Havia a questão da autópsia em Marchent, não havia? E o contato íntimo que tiveram antes que o DNA dele começasse a mudar, mas o que importava se não tinham nada, absolutamente nada, que pudesse ter sido recolhido das mortes? Ele não estava mais pensando com clareza.

Reuben cruzou os braços e desejou que a mudança viesse. Desejou-a com todas as suas forças, sentindo o calor formigando em suas têmporas, e sentindo o coração batendo mais rápido em seus ouvidos. *Mude agora, deixe-me, dissolva-se para dentro de mim e para fora de mim.*

*Estava* acontecendo, como se seu corpo o tivesse obedecido, como se o poder tivesse reconhecido. Estava quase chorando diante daquele pequeno progresso. O prazer rastejava sobre seu corpo, subjugando-o, deixando-o grogue, o cabelo caindo, as convulsões esticando-o e fazendo com que tremesse divinamente enquanto retomava sua forma regular.

Laura o esperava quando ele surgiu. Estava lendo um livro. Era o livrinho de Teilhard de Chardin que pertencera a Felix – dado por Margon. Reuben o encontrara no bolso de seu paletó quando pegara as roupas no antigo quarto de Felix e as trouxera para cá.

– Você viu a inscrição? – perguntou. Ela não vira. Reuben abriu na terceira página e estendeu o livro para que ela pudesse ler.

*Amado Felix,*
*Para você!*
*Nós sobrevivemos a isso;*
*Nós podemos sobreviver a qualquer coisa.*
*Em Celebração,*
*Margon*
*Roma '04*

– O que você acha que significa: "Nós sobrevivemos a isso; nós podemos sobreviver a qualquer coisa"?

– Não posso imaginar.

– O que o livro significa para mim, de uma forma ou de outra, é que Felix é um pensador teológico, uma pessoa interessada no destino das almas.

– Talvez sim, talvez não. – Ela hesitou, então disse: – Você percebe que...

– O quê? – perguntou ele.

– Hesito em dizer, mas é verdade mesmo. Os católicos às vezes parecem ser um pouco insanos.

Ele riu.

– Tenho a impressão de que isso é verdade – disse ele.

– Bem, talvez Felix Nideck não seja católico – disse ela seriamente –, e talvez não seja um pensador teológico. O destino das almas pode simplesmente não significar coisa alguma para ele.

Reuben concordou e sorriu, mas não acreditava naquilo. Conhecia Felix. Conhecia algo sobre Felix. O suficiente para amá-lo, e isso já era muita coisa.

Laura o abraçou e delicadamente instou-o na direção da cama.

Caíram nos braços um do outro.

Em seguida entraram debaixo das cobertas da cama grande e dormiram.

## 23

Jim chegou no fim da tarde.

Reuben estava dando uma volta na floresta com Laura. Não encontraram nenhum veículo ou mochila que pudessem ligar a Marrok. E ainda não sabiam como tivera acesso à casa.

Jim conseguira obter a tarde de folga em St. Francis, o que era algo bastante raro, e impedira Grace, Phil e Celeste de virem com a promessa de que veria o motivo pelo qual Reuben não estava atendendo o celular, respondendo os e-mails e se tudo estava bem. Ele tinha tempo para um jantar cedo, sim, mas após isso teria de pegar a estrada e voltar para casa.

Reuben teve de confessar que estava contente de vê-lo. Jim estava vestido de padre dos pés à cabeça, e Reuben não conseguiu deixar de abraçá-lo como se não o visse há mais de um ano. Essa era a sensação que tinha. Essa era a sensação devastadora que tinha. Toda a separação de sua família dava-lhe uma sensação devastadora.

Depois de um passeio razoavelmente superficial pela casa, levaram suas xícaras de café para a sala da ala leste que dava para a longa cozinha e sentaram-se para conversar.

Laura entendeu que aquilo se tratava de uma "confissão", como lhe havia explicado Reuben, e dirigiu-se ao andar de cima para responder e-mails em seu laptop. Escolhera o primeiro quarto da ala oeste atrás do quarto principal para ser seu escritório, e o cômodo seria desocupado para ela assim que fosse possível. Enquanto isso, deixaria seus livros e papéis ali, o que lhe era mais do que confortável, já que o cômodo contava com uma vista parcial do mar e uma esplêndida vista dos penhascos cobertos de árvores.

Reuben observou Jim tirar sua pequena estola púrpura e colocá-la em volta do pescoço para ouvir a confissão.

– Por acaso é algum sacrilégio eu permitir que você faça isso? – perguntou Reuben.

Jim não disse nada por um momento e então, com a mais suave das vozes, sugeriu:

– Venha para Deus com suas melhores intenções.

– Abençoe-me, Pai, porque eu pequei – disse Reuben. – Estou tentando achar um jeito de fazer penitência. – Olhou na direção da janela da ala leste enquanto falava, para o denso porém etéreo bosque de carvalhos cinzentos que seguia até a floresta de sequoias. Essas árvores eram espessas e retorcidas, e o piso embaixo delas era macio e estava cheio de folhas amarelas, verdes e marrons, e a hera crescia como uma praga sobre os muitos troncos maciços e os galhos sinuosos.

A chuva parara antes do amanhecer. O céu azul brilhava através da massa de folhagem circundante representada pelas copas das árvores. E uma cálida luz solar vinha do oeste, inclinando-se nas trilhas em meio às árvores. Reuben ficou por um momento perdido em pensamentos olhando para aquilo tudo.

Em seguida virou-se e, repousando os cotovelos sobre a mesa e o rosto nas mãos, começou a falar, começou a contar para Jim absolutamente tudo que havia acontecido. Contou-lhe acerca da estranha coincidência dos nomes Nideck e Sperver. Explicou tudo minuciosamente e em detalhes obviamente horripilantes.

– Não posso dizer que estou disposto a abandonar esse poder – confessou ele. – E não posso dizer como é ser capaz de se mover pela floresta como essa coisa, como essa fera, essa criatura que consegue correr por quilômetros e quilômetros em quatro patas e depois subir na copa das árvores e escalá-las centenas de metros, essa coisa que consegue satisfazer suas necessidades com tanta facilidade...

Os olhos de Jim estavam úmidos e seu rosto meio que alquebrado de tristeza, de preocupação, mas ele assentiu com a cabeça, esperando pacientemente, a cada pausa feita por Reuben, que ele prosseguisse.

– Todas as outras formas de experiência não são nada se comparadas a isso – disse Reuben. – Ah, sinto muito a sua falta, de mamãe e de Phil, muito mesmo! Mas nada disso se compara ao que estou vivendo.

Descreveu o modo como se refestelou do leão da montanha, e como fora a experiência de estar lá em cima naquele abrigo de galhos enquanto as crias letais faziam círculos lá embaixo, como sentira vontade de levar Laura para aquele santuário lá em cima. Como poderia transmitir aquilo a Jim, a sedução daquela nova existência? Como poderia romper a trágica expressão no rosto de Jim com alguns lampejos do quanto aquilo tudo era deslumbrante e até mesmo sublime?

– É possível que você consiga captar o que estou relatando?

– Não acho que eu precise captar isso – disse Jim. – Vamos voltar agora para esse Marrok e para as coisas que você descobriu.

– Você não vai poder me perdoar se não conseguir entender o que eu estou dizendo – disse Reuben.

– Não sou eu quem tem de perdoar, sou? – perguntou Jim.

Reuben desviou o olhar novamente, para a floresta de carvalho além da estradinha de cascalho, tão próxima, tão densa, tão cheia de sombra e luz.

– Quer dizer que o que você sabe agora é isso – disse Jim. – Existem "outros", e esses outros podem incluir Felix Nideck, embora você não tenha certeza disso. Esse homem, esse Margon Sperver, também pode ser um *Morphenkind*, os nomes sendo pistas deliberadas, é isso o que você suspeita. Essas criaturas possuem uma terminologia – crisma, *Morphenkinder* – e isso indica tradição, indica que eles estão por aí há muito tempo. A criatura deu indícios de que estão por aí há muito tempo. Você sabe que a crisma que o transformou nisso pode fazer adoecer e pode matar. No entanto, você sobreviveu. Você sabe que as suas células foram alteradas de modo que, uma vez que forem cortadas da força vital em você, vão se desintegrar. E, uma vez que essa força vital seja extinta, o cadáver se desintegrará. E é por isso que as autoridades não têm nenhuma indicação de quem você é.

– Isso. Até agora é isso.

– Bem, nem tanto. Esse Marrok lhe deu a impressão de que você havia sido intempestivo, destrutivo, cortejando uma publicidade que ameaça a espécie, certo?

– Certo.

– E então você acha que o "outro", ou os "outros" podem vir lhe fazer mal, até mesmo matá-lo, e matar Laura. Você matou um deles, e eles podem querer matá-lo bem como por todo o resto.

– Sei o que você vai dizer – disse Reuben. – Sei o que vai me contar, mas não existe ninguém que possa nos ajudar com isso. Ninguém. E não me diga para chamar essa ou aquela autoridade! Ou para confiar nesse ou naquele médico. Porque qualquer movimento nesse sentido decretaria o fim total e completo da minha liberdade e da liberdade de Laura, e o fim total e completo de nossas vidas!

– Qual é sua alternativa, Reuben? Viver aqui e combater esse poder? Combater essa sedução exercida pelas vozes? Combater essa ânsia de ir para a floresta e matar? E quando você ficar tentado a levar Laura para tudo isso, e se essa crisma ou esse soro ou seja lá o que isso for, matá-la exatamente como esse Marrok deu a entender que poderia matar?

– Pensei nisso, é claro – disse ele. – Pensei nisso. – E ele tinha pensado mesmo.

Sempre considerara um clichê idiota dos filmes de terror o fato de "o monstro" desejar uma companheira, ou desejar passar a eternidade em busca do amor perdido. Agora compreendia isso completamente. Compreendia o isolamento, a alienação e o medo.

– Não vou fazer nenhum mal a Laura – disse ele. – Laura não está pedindo a dádiva.

– A dádiva, você chama isso de dádiva? Escute, sou um homem de imaginação. Sempre fui. Consigo imaginar a liberdade, o poder...

– Não, você não consegue. Você não vai conseguir. Você se recusa.

— Tudo bem, então sei que não consigo imaginar a liberdade e o poder e que devem ser sedutores além do meus sonhos mais fervilhantes.

— Agora você está pegando a coisa. Sonhos fervilhantes. Você alguma vez já sentiu vontade de proporcionar agonia a alguém que te fez mal, alguma vez já quis que sentissem dor pelo que haviam feito? Proporcionei essa agonia àqueles sequestradores, aos outros.

— Você os matou, Reuben. Você os matou nos pecados deles! Você exterminou o destino deles na Terra. Você arrancou deles qualquer chance de arrependimento, de redenção. Você tirou isso deles. Você tirou tudo isso deles, Reuben. Você extinguiu para sempre os anos de reparação que talvez pudessem ter vivido! Você tirou a vida deles e também a vida de seus descendentes e, sim, tirou inclusive a das suas vítimas, você tirou quaisquer retificações que pudessem vir a fazer em suas vidas.

Parou. Reuben fechara os olhos, e estava segurando a testa com as mãos. Estava zangado. Das vítimas? Estavam chacinando suas vítimas! Não fariam nenhuma "retificação" para suas vítimas. Morte era o que ocorreria caso Reuben não houvesse interferido. Todas as crianças do sequestro estavam inclusive correndo o risco de perderem suas vidas, mas essa não era a questão, era? Ele era culpado por haver matado. Não podia negar isso e não conseguia sentir remorso algum.

— Escute, quero ajudar você! – implorou Jim. – Não quero condenar você, ou afastar você de mim.

— Você não vai fazer isso, Jim. – *Sou eu quem vai inexoravelmente se afastar de você.*

— Você não pode continuar com isso sozinho. E essa mulher, Laura, é muito bonita e é dedicada a você. E não é nenhuma criança e nenhuma idiota, isso é visível, mas ela não sabe muito mais acerca de tudo isso que você sabe.

— Ela sabe o que eu sei. E sabe que a amo. Se não tivesse acertado Marrok com o machado, talvez eu não tivesse tido condições de derrotá-lo...

Era visível que Jim não sabia como responder.

– Então, o que você me diz? – perguntou Reuben. – O que quer que faça então?

– Não sei. Deixe-me pensar. Deixe-me tentar imaginar quem poderia ser confiável, quem poderia estudar esse caso, analisá-lo, descobrir algum modo quem sabe de reverter isso...

– Reverter? Jim, Marrok evaporou! Cinzas às cinzas retornam. Ele desapareceu. Você acha que uma coisa assim tão poderosa pode ser revertida?

– Você não sabe há quanto tempo essa criatura possuía o poder.

– Isso é outra coisa, Jim. Uma faca ou uma arma não podem me fazer mal. Se aquela criatura tivesse tido mais algumas minutos, poderia ter tirado aquele machado da cabeça. E a cabeça dela, até mesmo a cabeça dela, e o cérebro dela talvez ficassem curados. Eu a decapitei. Nada pode sobreviver a isso. Lembre-se, me curei de um ferimento a bala, Jim.

– Certo, sei disso, Reuben. E me lembro. Não acreditei em você quando me contou isso antes, sobre o tiro. Tenho de dizer, não acreditei em você. – Ele balançou a cabeça. – Mas encontraram a bala na parede daquela casa em Buena Vista. Celeste me disse isso. Encontraram a bala e a trajetória indicava que ela havia sido repelida de algum modo. A bala havia passado por alguma coisa antes de se alojar no reboco da parede. E não havia nenhum tecido na bala, nem mesmo a mais diminuta partícula proveniente de algum tecido humano.

– E o que isso significa, Jim? O que isso diz sobre... o meu corpo e sobre o tempo?

– Não comece a pensar que você é imortal, Menininho – disse ele baixinho. Ele aproximou-se e beliscou a carne solta acima do punho esquerdo de Reuben. – Por favor, não pense nisso.

– E se nós formos bem longevos, Jim? Enfim, sei lá, mas aquele tal de Marrok, tive a nítida sensação de que aquela coisa estava por aí há muito tempo.

– Por que você diz isso?

– Alguma coisa que ele disse a respeito de se lembrar, de se lembrar de sua curiosidade inicial quando não conseguia se lembrar de mais nada. Sei lá. Confesso que estou meio que adivinhando, indo pelo instinto.

– Poderia ser exatamente o oposto – disse Jim. – Você simplesmente não sabe. Você está certo em relação à parte legista. Não existe nenhuma outra explicação para a razão deles não terem nada, e Celeste afirma que não têm nada... E mamãe afirma que não conseguem explicar isso, mas que os materiais que recolheram simplesmente evaporaram.

– Eu sabia. E mamãe sabe que foi isso o que aconteceu às amostras que tiraram de mim.

– Ela não disse isso, mas mamãe sabe algo. E está com medo. Mamãe também está obcecada. Esse médico russo está para chegar amanhã, e deve levá-la para ver esse pequeno hospital em Sausalito que...

– Isso é um beco sem saída.

– Eu entendo, mas não gosto. Enfim, quero que você conte para mamãe, mas não gosto da ideia, desse médico de Paris, do que ele tem em mente. Papai também não gosta disso. Já deixou bem claro para mamãe que é melhor ela não sugerir que você faça coisa alguma contra a vontade.

– O quê?

– Escute, estou te dizendo o que tenho ouvido. Mamãe e papai não estão encontrando nenhuma menção a esse hospital na internet e não conhecem nenhum médico que já tenha ouvido falar de tal lugar.

– Bem, o que é que a mamãe está pensando, afinal?

– Não vejo que outros males você ainda poderia fazer à mamãe contando a ela toda a verdade, mas eu a pegaria sozinha para fazer isso, longe desse tal médico de Paris, seja lá quem ele for. Reuben, você não pode correr o risco de cair em mãos particulares. Esse é o pior cenário que pode ocorrer, pior do que qualquer um que você tenha imaginado.

– Mãos particulares!

Jim assentiu com a cabeça.

– Não gosto disso. Não sei se mamãe gosta mesmo disso, mas ela está desesperada.

— Jim, não posso contar. Hospital particular, hospital público, isso não faz a menor diferença. Temer que o seu filho tenha se tornado um monstro é uma coisa; ouvi-lo confessar isso em detalhes seria demais. Além do fato de que isso não vai acontecer. Esse não é o caminho que devo seguir. Se tivesse de fazer tudo de novo, não teria contado nem a você.

— Não diga isso, Menininho.

— Escute o que tenho a dizer. Temo o que você teme – que essa coisa vai acabar me consumindo, que vou perder as minhas inibições uma após a outra, que vou finalmente perder toda a perspectiva e obedecer aos imperativos físicos da criatura sem questionar...

— Deus do céu.

— Jim, não vou entrar nessa sem lutar. Não sou assim tão ruim, Jim. Sou bom. Sei que sou. Sinto que sou. Minha alma sou eu. E não sou uma criatura sem consciência, sem empatia, sem a capacidade de fazer o bem.

Reuben abriu a mão direita sobre o peito.

— Aqui, sei disso bem aqui – disse ele. – E vou te dizer uma outra coisa.

— Por favor.

— Não estou progredindo em nada nessa história, Jim. Atingi uma espécie de platô. Luto contra ela. Procuro aceitá-la. Aprendo coisas novas sempre que a coisa acontece, mas não estou degenerando, Jim.

— Reuben, você mesmo disse que todas as coisas estavam perdendo a importância em comparação com o que você pensa e sente quando essa mudança ocorre! Agora você está dizendo que não é bem isso?

— A minha alma não está decaindo – disse Reuben. – Juro. Olhe para mim e me diga que não sou o seu irmão.

— Você é o meu irmão, Reuben – disse ele. – Só que aqueles homens que você matou, eles também eram seus irmãos. Que droga, o que é que posso fazer para deixar isso um pouco mais claro? A mulher que você matou era sua irmã! Nós não somos bestas selvagens, pelo amor de Deus, nós somos humanos. Nós somos todos irmãos! Olhe, você não precisa acreditar em Deus para acreditar nisso. Você não precisa acreditar na doutrina ou no dogma para saber que o que estou dizendo é verdade.

– Tudo bem, Jimmy, acalme-se, acalme-se. – Reuben encheu novamente a xícara de café de Jim.

Jim recostou-se, tentando controlar-se, mas havia lágrimas em seus olhos. Reuben jamais vira Jim chorar. Jim era quase dez anos mais velho. Jim já era um adolescente alto, inteligente e senhor de si quando Reuben ainda aprendia a ler. Não conhecera Jim quando o irmão era criança.

Jim olhava para a floresta. O sol da tarde estava viajando para oeste e a casa lançava agora uma grande sombra por sobre o bosque mais próximo, mas irrompia gloriosamente ao longe, onde a floresta subia a encosta em direção à extremidade sul da floresta de sequoia.

– E você nem sabe o que proporciona a mudança, ou como controlá-la – murmurou Jim quase que distraidamente, seus olhos distantes e a voz desanimada. – Você vai se transformar nessa coisa todas as noites da sua vida daqui para a frente?

– Isso é impossível – disse Reuben. – Essa espécie, esses *Morphenkinder*, não podem sobreviver se mudarem todas as noites, se viverem dessa maneira. Preciso acreditar que é assim que a coisa funciona. E estou aprendendo a controlar o processo. Vou aprender como fazer com que ele aconteça e como fazer com que pare. Essa coisa, esse guardião, Marrok, ele se transformava de acordo com a vontade dele, quando queria, quando estava pronto. E vou aprender.

Jim suspirou. E balançou a cabeça.

Uma quietude surgiu entre eles. Jim continuou olhando para a floresta. A tarde invernal caía rapidamente. Reuben imaginava o que Jim conseguia ouvir, que aromas conseguia detectar. A floresta estava vivendo, respirando, arquejando, sussurrando. A floresta estava redolente com o cheiro de vida e de morte. Será que isso era uma forma de oração? Será que era um ímpeto em prol do espiritual? Será que era o espiritual propriamente dito? Queria muito falar sobre esses pensamentos com Jim, mas não podia. Ele não podia esperar isso de Jim agora. Olhou além da floresta de carvalho para a fantasmagórica bruma das sequoias que se encontrava bem além. O mundo caía na penumbra em tons de azul. Sentiu-se vagando, vagando para longe daquela mesa, daquela conversa, daquela confissão.

Subitamente, suavemente, a voz de Jim trouxe-o de volta.

– Esse lugar aqui é excepcional – disse Jim. – Ah, mas que preço você pagou por ele.

– E não sei? – Reuben pressionou os lábios num sorriso amargo.

Juntou as mãos numa atitude de oração e começou o Ato de Contrição.

– Oh, meu Deus, sinto muito, do fundo do meu coração, bem do fundo do meu coração, sinto. Juro que sinto muitíssimo, do fundo do meu coração; por favor mostre-me o caminho. Deus, por favor, mostre-me o que sou, que espécie de coisa sou. Por favor, dê-me força para enfrentar todas as tentações, para não fazer mal a ninguém, para conseguir não fazer mal algum, mas para ser uma força do amor em Seu Nome.

Estava sendo sincero nessa oração, mas não a sentia profundamente. Tinha uma sensação do mundo ao seu redor, podia até agarrá-lo, e do pequenino grão que era o planeta Terra, girando na galáxia da Via Láctea, e do quanto essa galáxia era diminuta em meio ao vasto e infinito universo além do contato humano. Tinha a sensação esmorecedora de estar falando não com Deus, mas com Jim, mas não havia falado com Deus de uma outra maneira na noite passada? Por acaso não estava falando com Deus a sua própria maneira quando olhou para a floresta viva e impetuosa e sentiu em todas as suas partes que esse ímpeto de todas as coisas vivas era uma forma de oração?

O silêncio foi preenchido pela tristeza. Estavam unidos na tristeza. Reuben disse:

– Você acha que Teilhard de Chardin poderia estar certo? Que nós tememos que Deus não exista porque não podemos agarrar *espacialmente* a imensidão do universo; nós tememos que a personalidade se perca nele quando talvez seja uma superpersonalidade que mantenha esse todo coeso, um Deus superconsciente que plantou a consciência evolutiva em cada um de nós... – Ele interrompeu o discurso. Nunca fora de fato muito bom em teologia ou em filosofia. Era ávido por teorias que pudesse compreender e repetir quando necessitasse repeti-las, nas quais todas as coisas em todas as partes do aparentemente desamparado espaço infinito possuíssem um significado e um destino, inclusive o próprio Reuben.

– Reuben – respondeu Jim –, quando você tira a vida de um único ser sensível, inocente ou culpado, você peca contra esse grande poder redentor, seja lá qual for, seja lá como possa ser descrito. Você aniquila seu mistério e sua força.

– Sim – disse Reuben. Mantinha os olhos nos carvalhos que estavam desaparecendo nas sombras enquanto ele os observava. – Eu sei que é nisso que você acredita, Jim. Mas não é essa a sensação quando se é um *Morphenkind*. A sensação é bem outra.

# 24

Reuben colocara na panela as pernas de carneiro que seriam servidas no jantar antes de dirigir-se à floresta. A carne e os legumes ficaram cozinhando durante toda a tarde.

Depois de Laura preparar uma salada particularmente saborosa, de alface, tomate e abacate, temperada com um delicado azeite de oliva e ervas finas, sentaram-se para jantar na saleta e Reuben, como de costume, devorou tudo que havia enquanto Jim tocou em um pouquinho disso e um pouquinho daquilo.

Laura colocara o que Reuben considerava um vestido fora de moda. Feito de algodão com estampa em xadrez em tons amarelo e branco e com mangas cuidadosamente costuradas e botões florais. Seus cabelos estavam soltos e brilhando. E sorriu espontaneamente para Jim quando o trouxe para a conversa a respeito da igreja e de seu trabalho.

A conversa entre eles fluiu; conversaram sobre Muir Woods e sobre a pesquisa de Laura a respeito do "andar de baixo" do local, ou seja, o piso da floresta, e como impedir que ele fosse destruído pelo constante tráfego de pés de milhares de pessoas que, evidentemente, desejavam ver com seus próprios olhos a inacreditável beleza das sequoias.

Laura não falou nada sobre seu passado, e Reuben certamente não sentiu que tinha o direito de levar o rumo da conversa para aquelas paragens sombrias, e Jim falou com entusiasmo sobre a sala de jantar de St. Francis e sobre a quantidade de refeições do Dia de Ação de Graças que esperavam servir naquele ano.

No passado, Reuben sempre ajudara no Dia de Ação de Graças em St. Francis, bem como Phil e Celeste e até mesmo Grace, quando podia.

Um pesado desalento caiu sobre Reuben. Não estaria lá naquele ano, era a impressão que tinha. E tampouco estaria em casa para a celebração do Dia de Ação de Graças, quando a família se reunia às 7 da noite para a tradicional refeição.

O Dia de Ação de Graças sempre fora um evento resplandecente e festivo na casa de Russian Hill. Frequentemente, a mãe de Celeste juntava-se à família, e Grace sempre convidava alguém que estivesse fazendo residência com ela, principalmente se estivesse distante de casa. Phil escrevia um novo poema para a ocasião a cada ano, e um de seus antigos alunos, um gênio excêntrico que morava numa pensão de Haight-Ashbury, frequentemente aparecia e ficava até que alguém inevitavelmente o desafiava a discursar acerca de suas visões intensamente conspiratórias da sociedade sendo destruída por uma organização clandestina dos ricos e poderosos, depois do que simplesmente sumia como um raio de lá.

Bem, Reuben não estaria lá naquele ano.

Ele acompanhou Jim até o carro.

O vento surgira vindo do oceano. Estava escuro às seis da tarde, e Jim estava ansioso e com frio. Concordou em dizer à família que Reuben precisava desse tempo sozinho, mas implorou para que o irmão ficasse em contato.

Mais ou menos nesse momento, Galton apareceu dirigindo sua brilhante picape e anunciou jubilosamente, assim que seus pés tocaram a laje, que o leão da montanha que havia matado seu cachorro fora "pego".

Jim, em suas maneiras inevitavelmente educadas, mostrou grande interesse no que Galton estava dizendo. Então, Galton puxou a gola para se proteger do vento e contou novamente toda a história do cão, como lia as mentes das pessoas, como sentia o perigo, salvava vidas, operava milagres e apagava regularmente uma lanterna com as patas.

– Como você descobriu que o gatão está morto? – perguntou Reuben.

– Ah, eles encontraram a bichona morta essa tarde. Ela estava com uma etiqueta dada pela universidade quatro anos atrás, uma etiqueta na orelha esquerda. Era ela, com certeza, e seja lá o que foi que a pegou deu a ela o que merecia! Tem um urso por aí pela floresta, tenham cuidado, você e aquela moça bonitinha.

Reuben assentiu. Estava congelando, mas Galton parecia insensível ao frio naquela jaqueta de pena de ganso. E prosseguiu na ladainha contra o leão da montanha:

– Deviam ter me dado uma permissão para atirar naquela maldita – disse ele. – Mas não, iam esperar até que ela matasse um ser humano e, podem acreditar em mim, aquele bicho mataria mesmo.

– E os filhotes? – perguntou Reuben com um certo entusiasmo disfarçado. Estava se gabando internamente pelo fato de haver degolado o gato e o devorado parcialmente, e sentia um sinistro prazer por Jim saber disso, porque lhe contara, e Jim não podia dizer nada, e Galton jamais saberia da verdade. Sentiu-se envergonhado desses sentimentos, mas, acima de tudo, lembrou-se do gato, do banquete, do caramanchão na copa das árvores e deleitou-se com tudo aquilo e não passou disso.

– Ah, aqueles filhotes agora vão se espalhar por aí e encontrar um novo território. Quem sabe um deles continue zanzando por aqui. Existem provavelmente cinco mil desses gatões na Califórnia. Não faz muito tempo, um deles entrou na cidade e deu uma caminhada pelo norte de Berkeley, passou pelas lojas e pelos restaurantes.

– Eu me lembro disso – disse Jim. – Causou um certo pânico, mas eu preciso ir embora. Foi um prazer conhecê-lo, sr. Galton, espero voltar a vê-lo.

– Quer dizer então que você tem o seu padre particular na família – disse Galton, enquanto Jim dirigia seu velho Suburban na direção da floresta, os faróis traseiros logo desaparecendo no escuro. – E você dirige o Porsche, hein, filho, e ele dirige o carro velho da família.

– Bem, até que a gente tenta arranjar um carro decente para ele – disse Reuben. – Minha mãe comprou uma Mercedes para ele, e ficou com ela por dois dias. Ouviu tanta piadinha dos sem-teto na paróquia onde trabalha que acabou devolvendo o carro.

Galton pegou o braço de Reuben.

– Entre aqui um minutinho – disse ele.

Na mesa da cozinha, serviu a Galton uma xícara de café, e perguntou o que sabia a respeito de Felix Nideck.

– Que tipo de homem era?

– Ah, dos mais finos que existem. Um aristocrata do Velho Mundo, se você quer saber. Não que eu saiba muitas coisas sobre aristocratas. Para ser sincero, acho que não sei, mas ele era uma pessoa especial em todos os sentidos, se é que você me entende. Todo mundo aqui o adorava. Nunca houve um homem mais generoso do que ele. Quando foi embora daqui todo mundo saiu perdendo. É claro que ninguém aqui sabia que nunca mais voltaria a vê-lo. A gente imaginou que voltaria.

– Qual era a idade dele quando desapareceu?

– Bem, disseram depois que ele tinha 60 anos. Foi isso que saiu nos jornais quando começaram a realmente procurar, mas nem em sonho eu diria que tinha essa idade. Ele não parecia ter mais do que 40 anos, nem um dia a mais que isso. Eu mesmo tinha 40 anos quando desapareceu. Se tivesse um dia a mais do que eu, bem, jamais daria para perceber olhando para mim. Mas vim a descobrir que ele nasceu em 1932. Isso para mim é novidade. É claro que ele não nasceu aqui, você sabe. Nasceu no estrangeiro, depois é que veio para cá. Convivi com ele por uns bons quinze anos, eu diria. Mais ou menos isso. Jamais poderia dizer que teria 60 anos de idade, mas foi isso que eles disseram.

Reuben apenas assentiu.

– Bem, preciso esticar o bonde – disse Galton finalmente. – Esse café aqui me esquentou bem. Só vim dar uma olhada nas coisas, ver se estava tudo bem com vocês e, a propósito, aquele camarada por acaso chegou a te encontrar, aquele sujeito idoso, o tal amigo do Felix?

– Que camarada? – perguntou Reuben.

– Marrok – disse Galton. – Eu o vi algumas noites atrás na pousada. Ele estava bebendo alguma coisa por lá. E perguntou se eu sabia quando você voltaria.

– Fale-me sobre ele.

– Bem, ele anda por aqui há anos. Ele era amigo do Felix, como eu disse. Sempre ficava aqui na casa quando aparecia, pelo menos até Marchent o expulsar. Ela fazia isso de tempos em tempos. Marchent não suportava o sujeito, na verdade, mas ela sempre permitia que ele voltasse. Vai continuar passando por aqui, provavelmente em respeito a Felix e à família, é isso. Ele não é enxerido. Provavelmente só quer saber se está tudo bem com a casa, se está em boas mãos.

– Marchent e ele não se davam bem?

– Bem, se davam quando ela era uma menininha, acho, mas depois que Felix desapareceu, não sei. Ela não ia muito com a cara dele, e uma vez me disse que, se pudesse, se livraria dele. A minha mulher, Bessie, dizia que ele era apaixonado por Marchent, sabe como é, que aparecia aqui atrás dela e coisa e tal, e Marchent não gostava nada disso. Marchent não ia ficar aguentando nada disso.

Reuben não respondeu.

– E os irmãos o odiavam – disse Galton. – Ele estava sempre pondo os irmãos nas maiores encrencas. Inventavam alguma coisa, roubar um carro, comprar birita, essas coisas que eles não tinham idade suficiente para comprar, e ele entregava os dois.

"O pai deles também não suportava muito o homem. Abel Nideck não era nem um pouco parecido com Felix Nideck, não, nem um pouco. Ele não botava Marrok para correr, simplesmente não lhe dava a mínima. É claro que não estavam aqui grande parte do dia, nem Marchent estava. Ela discutia para defendê-lo por causa de Felix, imagino eu. Às vezes dormia no quarto dos fundos lá de cima, e às vezes dormia na floresta. Acampava lá atrás. Gostava de fazer isso. Gostava de ficar sozinho.

– De onde ele vinha? Você sabe?

Galton balançou a cabeça.

– Sempre havia gente vindo aqui para ver Felix, amigos de, bem... sei lá, de várias partes do mundo. Esse camarada é asiático, da Índia, quem sabe, eu não sei. Tem a pele meio que escura e cabelos escuros, para ser sincero, como todos os amigos de Felix, mas certamente era velho demais para Marchent, embora fosse como Felix, você sabe, a idade não aparece neles. Sei quantos anos ele tem porque me lembro. Já vinha aqui quando Marchent era uma menininha. – Ele olhou para ambos os lados como se alguém estivesse prestes a se aproximar dele, e então disse num tom de voz confidencial: – Eu vou falar para você o que foi que Marchent disse para Bessie. Ela disse: "Felix disse para ele cuidar de mim, me proteger. Bem, quem é que vai me proteger *dele*?" – E começou a rir, e deu mais um gole no café. – Mas ele é tranquilo. Olhe, quando Abel e Celia foram mortos, Marrok apareceu aqui e ficou com Marchent para ela não ficar sozinha. Essa foi a única vez que realmente precisou dele, acho eu. Não durou assim tanto tempo. Com certeza você não é obrigado a deixar ele ficar zanzando por aqui, você sabe disso. Esse lugar agora pertence a você, filho, e as pessoas precisam se acostumar com isso. Aqui não é a casa de Felix. Ele já se foi faz tempo.

– Bem, vou ficar de olho para ver se aparece – disse Reuben.

– Como estava dizendo, não é exatamente uma pessoa ruim. Todo mundo o conhece aqui pelas redondezas. É só um desses viajantes internacionais que sempre apareciam por aqui, mas essa casa agora é sua.

Ele acompanhou Galton até a porta.

– Apareça lá na pousada hoje à noite se quiser beber alguma coisa com a gente – disse ele. – Vamos comemorar o fato de que o gato que pegou o meu cachorro foi pego de jeito!

– A pousada? Onde fica a pousada?

– Filho, não tem como não achar. Desça até Nideck. A cidade tem uma única rua principal. A pousada fica nela.

– Ah, já sei, aquela pousada. Eu a vi na primeira vez em que estive aqui – disse Reuben. – Estava à venda.

– Ainda está, e vai ficar ainda por um bom tempo! – disse Galton, rindo. – Nideck fica quinze quilômetros no interior. Por que alguém iria querer ficar numa pousada em Nideck? Apareçam mais tarde. Nós adoraríamos a companhia de vocês dois.

Reuben bateu a porta atrás dele e foi para a biblioteca.

Abriu a pasta com os documentos referentes à casa que Simon Oliver lhe enviara. Havia uma lista escrita à mão de fornecedores e empregados que Marchent fizera durante aquela última hora antes de ser assassinada. Podia ser que...

Ele tinha a cópia em algum lugar.

E a encontrou.

Passou os olhos pela lista rapidamente. Lá estava. Thomas Marrok. Amigo da família que aparece de tempos em tempos. Pode pedir para dormir na floresta. Velho amigo de Felix. Você decide. Nenhum favor especial é recomendado.

Subiu e encontrou Laura no escritório.

Contou para ela tudo o que Galton lhe contara.

Entraram no Porsche e dirigiram até Nideck.

O grupo reunido para jantar no salão principal da pousada foi acolhedor quando entraram. O local era rústico, com grosseiras paredes de madeira e um senhor idoso no canto tocando um violão e cantando uma chorosa canção celta. As mesas eram cobertas por toalhas de xadrez em tons vermelho e branco com velas em cima.

O dono da pousada estava em seu pequeno escritório, com os pés em cima da escrivaninha, lendo um livro e assistindo a uma reprise de *Gunsmoke* no pequeno aparelho de TV.

Reuben perguntou se conhecia um homem chamado Marrok, e se o tal sujeito havia ocupado um quarto ali na semana anterior.

– Oh, sim, ele estava nas imediações – disse o homem. – E não ficou aqui, não.

– Você por acaso sabe de onde ele vem? – perguntou Reuben.

– Bem, ele viaja pelo mundo todo. Acho que ontem à noite ele disse que havia estado em Mumbai. Sei que uma vez ele disse que tinha acabado de voltar do Cairo. Não sei se tem alguma residência fixa. Ele sempre pega a correspondência na casa antiga, até onde eu sei. Mas espere um minuto, acho que hoje chegou uma carta aqui para ele, para falar a verdade. O carteiro disse que não tinha mais autorização para deixar as cartas dele lá. Ele a deixou aqui, caso ele voltasse.

– Talvez eu possa entregar a carta a ele – disse Reuben. – Moro na casa Nideck.

– Sim, sei que você mora lá – disse o homem.

Reuben apresentou-se e pediu desculpas por não ter feito isso antes.

– Sem problema – disse o homem. – Todo mundo sabe quem você é. A gente ficou contente com a vinda de uma nova família para a antiga casa. É um prazer conhecê-lo.

O homem foi até a sala de jantar da pousada e voltou com a carta.

– A minha mulher abriu a carta antes de ver do que se tratava. Depois ela viu que pertencia a Tom Marrok. Eu sinto muito por isso. Você pode dizer que foi culpa nossa isso ter acontecido.

– Obrigado – disse Reuben. Ele jamais havia roubado uma carta protegida por leis federais, e sentiu as bochechas enrubescerem.

– Se ele aparecer, eu digo que você está na casa e que a carta está com você.

– Perfeito – disse Reuben.

Galton acenou do bar e ergueu a caneca de cerveja quando Reuben e Laura passaram pela porta.

Voltaram para a casa.

– Você não pode acreditar em nada que Marrok falou – disse Laura. – Sobre "o outro" ou as intenções dele. Era tudo mentira.

Reuben olhava fixamente para a frente. Tinha um único pensamento na cabeça e era o fato de que Marrok havia estado na casa no dia anterior antes mesmo deles terem chegado.

Assim que estavam novamente instalados em segurança na grande sala, abriu a carta. Tinha certeza de que aquilo era propriedade da criatura morta, então por que ter escrúpulos em relação a isso agora?

A carta estava escrita naquela estranha caligrafia comprida e fina que ele vira apenas uma vez antes – nos diários de Felix que se encontravam no andar de cima.

Havia três páginas na carta, e Reuben não era capaz de discernir sequer uma única palavra, é claro, mas havia o que talvez fosse uma assinatura.

– Venha comigo – disse ele, e conduziu Laura escada acima até o pequeno estúdio de Felix. Ele acendeu a luz do teto.

– Não está mais aqui – disse ele. – O diário de Felix. Ele estava bem aqui em cima dessa escrivaninha.

Reuben começou a procurar na escrivaninha, mas sabia que seria inútil. Quem quer que houvesse levado as tabuletas da casa também havia levado os diários de Felix Nideck.

Ele olhou para Laura.

– Ele está vivo – disse ele. – Eu sei que está. Está vivo e escreveu para aquele homem, para aquele Marrok, orientando-o a voltar aqui, para...

– Você não sabe o que foi que ele disse para o outro – disse Laura, de modo sensato. – Você nem sabe ao certo se essa carta foi escrita por Felix. Você só sabe que essas pessoas compartilham uma linguagem, uma maneira de escrever.

– Não. Eu sei. Está vivo. Sempre esteve vivo. Alguma coisa o impediu de voltar para cá e reivindicar sua identidade e sua propriedade. Talvez quisesse desaparecer. Talvez não pudesse fingir ter a idade que tinha por mais tempo, porque simplesmente não estava envelhecendo. E precisava desaparecer. Embora eu não consiga acreditar que tenha feito uma coisa tão dolorosa a Marchent ou aos pais dela quanto simplesmente desaparecer.

Ele ficou imóvel por um momento, avaliando o familiar amontoado de coisas no pequeno recinto. Os quadros-negros, os quadros de aviso – tudo parecia estar como estava antes. Havia a mesma escrita a giz quase apagada, os mesmos recortes de jornal amarelados com as tachinhas nos mapas. As mesmas fotografias, por todos os lados, do sorridente Felix e do sorridente Sergei e dos outros misteriosos homens.

– Preciso dar um jeito de chegar nele. Preciso falar com ele, implorar para que entenda o que aconteceu comigo, dizer que eu não sabia do que se tratava essa coisa, que eu...

– O que é?

Ele deixou escapar um longo e exasperado suspiro.

– A inquietude – disse ele. – É a inquietude que surge quando eu não consigo me transformar, quando não escuto as vozes me chamando. Preciso sair daqui. Preciso andar, mas a gente não pode continuar aqui; a gente não pode continuar aqui como presas fáceis, apenas esperando que ele ataque.

Andava de um lado para o outro, inspecionando novamente as prateleiras. Provavelmente existiam outros diários, enfiados em alguma prateleira ali, mas as prateleiras nunca estiveram cheias, e ele não tinha como saber. Será que foi Marrok quam entrou na casa e levou essas coisas? Ou será que foi o próprio Felix?

A porta estava aberta para o quarto adjacente – o quarto do canto nordeste onde ele e Marchent haviam feito amor. Aquela sensação da presença do homem tomou conta dele novamente, o mantenedor daquelas salas, o homem que escolhera aquela grande cama preta com dossel, toda entalhada com diminutas e intricadas figuras, que colocara a figura de um gato em diorito preto perto da luminária, que deixara, o quê, um livro de poemas de Keats ali em cima daquela pequenina mesa marchetada ao lado da cadeira.

Ele pegou o livro. Uma fitinha cor de vinho esmaecida marcava uma página. "Ode sobre a melancolia". E na página havia uma marcação em tinta preta sob a primeira estrofe, e uma longa linha ao lado dela, e rabiscos naquela caligrafia felpuda – a caligrafia de Felix – que parecia um desenho do mar.

– Aqui, aqui está o que marcou muito tempo atrás. – Ele deu o livro a Laura.

Ela levou o exemplar até a luminária e leu delicadamente o poema em voz alta:

> *Não, não, não vá ao Lete, nem o acônito*
> *De raízes firmes torças para obter seu vinho venenoso;*
> *Nem sofras que te beije a fronte pálida*
> *A beladona, a rubra uva de Prosérpina;*
> *Não faça teu rosário com os glóbulos do teixo;*

*Nem falena-da-morte nem escaravelho sejam*
*Tua Psiquê lutuosa, nem partilhe o mocho penujento*
  *Dos mistérios da tua nostalgia;*
*Pois sonolenta a sombra à sombra chegará,*
  *Afogando a aflição desperta de tua alma.*[1]

A agonia desses versos, querendo muito dialogar com ele, seduzi-lo. *Eu fiz o que era natural fazer. Fiz porque não sabia o que mais fazer.* Mas será que isso era verdade?

Um sobrepujante desejo de poder tomou conta dele. A inquietude o estava levando à loucura.

O vento jogava a chuva de encontro às janelas pretas. Além, ele ouviu as ondas batendo na praia.

Laura parecia tão paciente, tão silenciosamente respeitosa, tão quieta. Estava em pé ao lado da luminária com o Keats nas mãos. Olhou para a capa e em seguida novamente para ele.

– Venha – disse ela. – Preciso verificar uma coisa. Talvez eu tenha cometido um erro.

Ela seguiu na frente dele pela extensão do corredor até entrarem no quarto principal.

A pequena brochura intitulada *How I Believe* ainda estava disposta em cima da mesa onde ela a deixara de manhã cedo.

Ela abriu o livro agora e virou as páginas cuidadosamente.

– Sim, é isso mesmo. Eu não tinha me equivocado. Olhe a inscrição.

*Amado Felix,*
*Para você!*
*Nós sobrevivemos a isso;*
*Nós podemos sobreviver a qualquer coisa.*
*Em Celebração,*
*Margon*
*Roma '04*

---

[1] Keats, *Ode à melancolia e outros poemas,* tradução de Péricles Eugênio da Silva Ramos, Editora Hedra, 2010. (N. do T.)

– Sim, é verdade, Margon o deu para Felix em determinado momento, sim – disse Reuben. Ele não estava entendendo de fato.

– Olhe a data.

Ele leu em voz alta:

– Roma '04. Oh, meu Deus. Ele desapareceu em 1992. E isso, isso... isso significa que ele está vivo e... esteve aqui nessa casa. Ele esteve aqui depois de desaparecer.

– Aparentemente, é isso, pelo menos em determinado momento dos últimos oito anos, sim.

– Olhei com atenção e não enxerguei isso.

– Eu também – disse ela. – Mas depois eu me lembrei. E quantas outras coisas você acredita que foram trazidas para cá ou levadas daqui ao longo dos anos sem que ninguém reparasse? Acho que ele esteve aqui. Acho que deixou esse livro aqui. Se Marrok conseguia entrar sigilosamente nessa casa, se conseguia se esconder nessa casa, então Felix talvez fizesse a mesma coisa com frequência.

Reuben andava de um lado para o outro em silêncio, tentando dar sentido ao que acabara de ouvir, tentando saber o que poderia fazer, se é que havia algo que pudesse fazer.

Laura sentou-se à mesa. Estava folheando a pequena edição em brochura.

– Tem alguma anotação?

– Pequenas marcações, coisas sublinhadas, rabiscos – respondeu ela. – As mesmas marcações leves do volume de Keats. Até as marcações e as frases sublinhadas possuem o selo de uma mão pessoal. Acho que ele está muito vivo, e você não tem como saber quem ou o que ele é, ou o que talvez ele possa fazer ou querer.

– Mas você sabe o que Marrok disse, do que ele me acusou.

– Reuben, o guardião estava em meio a um ataque de ciúmes – disse ela. – Você estava com a preciosa Marchent. Queria fazer você pagar por isso. Pensou que havia deixado você lá para morrer. Muito provavelmente nem atacou por acaso. Não tinha como acabar com você, não, mas pensou que provavelmente a crisma faria isso. Ele não ligou para 911 para te salvar. Ele ligou por causa de Marchent, para que o corpo dela não ficasse lá sozinho e abandonado até que Galton ou alguma outra pessoa o encontrasse.

— Acho que você tem razão.

— Reuben, você é tão talentoso, mas não reconhece o ciúme? As palavras do monstro estavam embebidas de inveja. Tudo aquilo sobre como jamais teria escolhido alguém como você, jamais teria olhado uma segunda vez para você, sobre como era culpa sua ele ter virado as costas para Marchent. Era inveja do princípio ao fim.

— Entendo.

— Você não tem como saber coisa alguma sobre esse homem, sobre esse Felix, a partir do que o monstro disse. Olhe para isso com honestidade. Se Felix escreveu mesmo essa carta, se estiver vivo agora como essa carta parece indicar, ele permitiu que você herdasse essa casa. Não quis interferir a ferro e fogo. Agora me diga, por que faria isso? E por que enviaria aquela criaturinha desagradável, aquela fera pequena e estranha, para se certificar de que o proprietário da casa morresse, e a casa fosse novamente perdida na justiça?

— Por que levou as únicas coisas que queria levar? – sugeriu Reuben. – O diário e as tabuletas? Levou essas coisas logo depois de Marchent morrer?

Laura sacudiu a cabeça.

— Não acredito nisso. Ainda tem muita coisa aqui, pergaminhos, códigos antigos, há coisas desse tipo por todos os lugares aqui. Tantos trecos que Felix colecionou. E tem mais, quem sabe de fato o que existe nos sótãos, ou nos outros lugares dessa casa? Há baús lá em cima que você ainda não abriu, caixas cheias de papéis. Existem salas secretas nessa casa.

— Salas secretas?

— Reuben, só pode haver salas secretas. Olhe, venha cá no corredor.

Ficaram parados em um lugar onde o corredor sudeste encontrava-se com o corredor oeste.

— Você tem um retângulo de corredores aqui: oeste, sul, leste e norte.

— Certo, mas a gente esteve em todos os cômodos que se abrem a partir deles, mais ou menos. Do lado de fora a gente tem os quartos, e por dentro a gente tem os closets de roupa de cama e banheiros extras. Onde estão os cômodos secretos?

– Reuben, você está sendo desafiado cientificamente. Olhe. – Ela atravessou o corredor, e abriu o primeiro closet de roupa de cama. – Esse cômodo não tem mais do que 3m de profundidade. A mesma coisa acontece ao redor do interior do retângulo.

– Certo.

– Muito bem, o que existe no meio? – perguntou ela.

– Meu Deus, você tem razão. Só pode haver um imenso espaço vazio no meio.

– Bem, fiz uma busca essa tarde quando você estava com Jim. Entrei em todos os closets, todos os banheiros, escadas e em parte alguma encontrei uma abertura de porta que desse para o meio da casa.

– Então você acha que existem coisas aqui, escondidas em alguns cômodos secretos, coisas que talvez Felix ainda queira?

– Venha. Vamos tentar uma outra coisa.

Laura seguiu na frente em direção ao quarto que havia se tornado seu escritório. Havia tirado uma pequena escrivaninha da parede e a colocado ao lado das janelas, e seu laptop estava aberto sobre ela.

– Qual é o verdadeiro endereço dessa casa?

Reuben teve de pensar. Era Nideck Road, 40. Ele guardara o CEP quando encomendara o equipamento para o escritório.

De imediato, ela teclou o número na janela de busca com as palavras "mapa via satélite".

Assim que a vista aérea do litoral e da floresta apareceu, ela deu um zoom na casa em si. Clicou na casa até que a imagem foi ficando cada vez maior. Havia um grande telhado de vidro quadrado, absolutamente visível, cercado e escondido pelas empenas que estavam de frente para os quatro pontos cardeais em cada um dos lados.

– Olhe só para isso – disse ela.

– Meu Deus, não sabia que era possível fazer isso! – disse ele. – Não é apenas um cômodo, é um espaço enorme. E as empenas escondem completamente o telhado de vidro. Você pode aumentar esse zoom? Quero ver os detalhes do telhado.

– Não aumenta mais do que isso – disse ela. – Mas estou vendo o que você está vendo. Uma espécie de alçapão ou qualquer coisa assim naquele telhado.

– Preciso ir lá em cima. Tenho de verificar aqueles sótãos. Tem de haver alguma passagem lá para dentro.

– A gente percorreu isso tudo – disse ela. – Não vi nenhuma porta, mas é impossível afirmar quantas vezes durante todos esse anos Felix ou Marrok vieram aqui e entraram naquela parte secreta da casa através desse alçapão ou de alguma outra entrada secreta. Isso nós ainda temos de descobrir.

– Isso explica tudo – disse Reuben. – Marrok estava dentro da casa na noite em que Marchent morreu. Não conseguiram encontrar nenhuma evidência de ninguém, mas estava nessa sala, ou nas salas, do meio.

– Olhe, pode ser que haja apenas mais do mesmo naquele espaço, sabia? Mais prateleiras, estantes, sei lá o quê.

Reuben concordou.

– Mas a gente não sabe – disse ela. – E enquanto a gente não souber, há esperança de que haja alguma coisa aqui que a gente possa barganhar. Enfim, Felix pode querer o que se encontra naquele espaço; pode querer a casa toda. E não vai tê-la de volta simplesmente te matando. Tudo isso vai entrar no mercado novamente, vai estar de posse de estranhos. E aí o que é que vai fazer?

– Bem, pode continuar aparecendo por aqui despercebido, como sempre fez no passado.

– Não, não pode. Quando a casa ainda pertencia à sobrinha, ele podia continuar se esgueirando por aqui. Enquanto pertencer a você, quem sabe, mas se a casa passar para as mãos de um total estranho, alguém que quiser transformá-la num hotel, ou pior, demoli-la, aí ele perde tudo mesmo.

– Entendo o que você quer dizer...

– Nós não temos conosco o quebra-cabeça completo – disse ela. – Essa carta acabou de chegar aqui. Pode ser que ele próprio não saiba ainda o que quer fazer. Mas eu duvido seriamente que o homem que essas pessoas andam descrevendo tenha enviado aquele sinistro Marrok para acabar com as nossas vidas.

– Oh, espero e rezo para que você esteja certa.

Dirigiu-se às janelas. Estava se sentindo quente por todo o corpo, ansioso quase à beira do pânico. No entanto, sabia que a mudança não ocorreria. E nem sabia se queria que ocorresse. Sabia apenas que essas sensações físicas e essas emoções eram insuportáveis.

– Preciso encontrar uma maneira de entrar naquele espaço agora – disse ele.

– Isso vai te ajudar a lidar com o que você está sentindo nesse exato momento?

– Não – disse ele, e balançou a cabeça.

Reuben respirou bem fundo e fechou os olhos.

– Escute, Laura. A gente precisa sair daqui por um tempo. A gente precisa pegar o carro e sair daqui.

– Para ir aonde?

– Não sei, mas eu não vou deixar você aqui sozinha. Precisamos sair daqui agora.

Laura sabia o que ele estava querendo dizer, o que estava planejando fazer. E não o questionou.

A chuva estava caindo com força enquanto deixavam a casa.

Reuben dirigiu para o sul, pegando a Highway 101 e acelerando na direção das vozes e das cidades da baía.

## 25

Cemitério Mountain View, Oakland: árvores gigantes, túmulos grandiosos e discretos espalhados pelo local, uma chuva lenta e incessante. Ao longe, o brilho fantasmagórico do centro da cidade.

Um menino grita de agonia enquanto dois outros o torturam com facas. O líder da gangue: recém-saído da prisão, magro, braços nus cobertos de tatuagens, camiseta molhada, transparente, o corpo tremendo, drogado, engasgado de raiva, saboreando vingança agora em um dos que o traiu, enviando agora aos deuses da violência o filho único de seu inimigo.

– O que é? – provocou ele, dirigindo-se ao menino. – Você acha que o lobo homem vai te salvar?

Do bosque de carvalhos nas proximidades surgiu Reuben, caindo sobre o líder como um bestial anjo escuro absolutamente visível aos dois acólitos que se viraram, gritando, e puseram-se em fuga.

Golpes de garras, jugular rasgada, figura com o corpo dobrado, caindo, mandíbulas em seu ombro, destroçando os tendões, o braço solto, sem tempo para mastigar aquela carne irresistível.

Disparou pelo campo dos mortos atrás daqueles que estavam correndo em estado de pânico cada vez mais para o fundo da escuridão. Avistou o primeiro e retalhou metade de seu pescoço, lançando-o para o lado enquanto seguia no encalço do torturador remanescente, pegando-o com ambas as patas e erguendo-o na direção de suas mandíbulas que se mantinham na expectativa. Suculento esse banquete pulsante, essa carne gotejante.

Numa faixa de grama empapada de sangue encontrava-se o jovem vítima, pele morena, cabelos pretos, agora encolhido como um feto em sua jaqueta de couro, rosto e barriga sangrando, desfalecendo, desmaiando e recobrando os sentidos, desmaiando e recobrando os sentidos, os olhos lutando para adquirir foco, era um menino de 12 anos. Reuben abaixou-se e pegou-o pelo colarinho da grossa jaqueta como um gato teria pego seu filhote pela nuca, e carregou-o facilmente enquanto corria cada vez mais rapidamente até avistar as luzes da rua. Por sobre os portões de ferro. Então deixou sua pequena carga no canto diante das janelas escurecidas de um pequeno café. Silêncio. Nenhum tráfego de fim de noite. Luzes da rua brilhando em lojas vazias. Com sua poderosa pata direita, estilhaçou o vidro do café. O alarme soou. Luzes amarelas brilharam, iluminando espalhafatosamente o ferido em cima da calçada.

Reuben foi embora. Voltando através do cemitério, trotou, rastreando o aroma daqueles que havia chacinado, mas as presas estavam frias agora, desinteressantes. Queria o que estava quente. E havia outras vozes na noite.

Uma jovem cantando baixinho uma canção agonizante.

Reuben a encontrou na floresta do campus de Berkeley, essa antiga paisagem universitária que, numa época muito distante, na condição de rapaz humano, tanto adorara.

Em meio aos gigantescos eucaliptos, ela montara um santuário para sua hora final – livro predileto, a garrafa de vinho, um travesseiro bordado encostado a um espesso leito de folhas fragrantes, curvas como a casca de uma laranja descascada, a pequena faca de cozinha afiada com a qual cortara ambos os pulsos. O sangue e a consciência porejavam de dentro dela enquanto gemia.

– Errado, está errado! – disse ela baixinho. – Ajude-me, por favor. – Não conseguia mais segurar a garrafa de vinho, não conseguia mais mexer as mãos ou os braços, seus cabelos emaranhados cobrindo-lhe o rosto molhado.

Reuben colocou-a em seu ombro e dirigiu-se às luzes da Telegraph Avenue, seguindo velozmente através dos bosques escuros do campus, lugares onde havia estudado, discutido, sonhado, muitos anos atrás.

Os edifícios densamente agrupados estavam latejando com vozes, batidas de coração, o som de bateria, conversas e as falas de vozes amplificadas, o choro de um trompete, o alarido de canções competindo umas com as outras. Delicadamente, ele a depositou em frente à porta aberta de uma taverna movimentada, risos indiferentes explodindo no interior do estabelecimento como vidro quebrado. Enquanto se afastava, ouviu os gritos daqueles que a descobriram.

– Chamem uma ambulância.

As vozes do centro da cidade o estavam chamando. Cidade grande. Escolhas. A vida é um jardim de dores. Quem morrerá? Quem viverá? Uma sensação de horror tomou conta dele enquanto seguia para o sul. *Fiz o que me parecia natural fazer... eu ouvi as vozes; as vozes me chamaram; captei o aroma do mal e o rastreei. Fazer o que fiz foi tão natural quanto respirar.*

Mentiroso, monstro, assassino, fera. *Uma abominação... isso vai acabar agora.*

O céu estava da cor de fuligem quando subiu em cima do telhado achatado do velho hotel de tijolos cinza e desceu pelo alçapão da escada de incêndio, deslizando ao longo do corredor parcamente iluminado, silenciosamente abrindo a porta destrancada.

Sentia o aroma de Laura.

Caíra no sono na janela, braços cruzados no parapeito. Além, as nuvens plúmbeas estavam empalidecendo, ficando brilhantes atrás da chuva desiteressante caindo sobre o cipoal de torres cor de giz, auto-estradas vibrando como cordas de violino curvando-se para a esquerda e para a direita. Camada após camada de vista da cidade entre aquele local e o grande oceano Pacífico estavam morrendo, transformando-se em brasas na névoa. As ruas que despertavam amontoando-se e latejando. Jardim das dores. Quem irá colher toda essa dor? *Por favor, deixe as vozes morrerem. Chega de vozes.*

Reuben levantou-a e levou-a para a cama, os cabelos brancos caindo para trás de seu rosto. Laura acordou com seus beijos, as pálpebras tremendo. O que era aquilo nos olhos dela quando olhou para ele? *Amada. Minha. Você e eu.* O perfume dela inundou seus sentidos. As vozes sumiram como se alguém tivesse mudado de canal. A chuva batia de encontro à janela. Na luz gélida, ele lentamente tirou a calça jeans apertada da moça, cabelos secretos, *cabelos como os cabelos que me cobrem*, e dobrou o diáfano tecido azul de sua blusa. A língua dele encostou no pescoço dela, nos seios. Voz da fera chacoalhando bem no fundo do peito. Ter e não ter. O leite da mãe.

## ≈≈ 26 ≈≈

Ele pegou Grace assim que ela entrou. Ninguém estava em casa quando chegou, e já havia feito as malas com todas as roupas e livros e enfiado tudo no Porsche. Acabara de verificar o alarme.

Grace quase gritou. Estava usando seu jaleco verde, mas deixara os cabelos ruivos soltos e o rosto estava absolutamente pálido, como sempre, em contraste com as sobrancelhas bem ruivas enfatizando sua inquietude.

De imediato, ela o abraçou.

– Por onde você andava? – quis saber. Ele a beijou nos dois lados do rosto. Ela segurou o rosto dele com as mãos. – Por que você não ligou?

– Mamãe querida, estou bem – disse ele. – Estou morando lá na casa de Mendocino. Preciso ficar lá por uns tempos. Eu só dei um pulinho aqui para dizer a vocês que eu amo vocês todos e que ninguém precisa se preocupar com...

– Preciso que você fique aqui agora! – exigiu ela. Sua voz agora era um sussurro, o que só ocorria quando estava à beira da histeria. – Não vou deixar você sair daqui.

– Vou sair daqui, mamãe. Quero que você saiba que estou bem.

– Você não está bem. Olhe só para você. Ouça, você quer saber o que aconteceu com todos os exames que foram feitos em você no hospital? Tudo, sangue, urina, biópsias. Sumiu tudo, tudo! – Ela mexeu a boca para pronunciar a última palavra, mas nenhum som saiu. – Agora, você vai ficar bem aqui, Reuben, e nós vamos dar um jeito de descobrir como e por que isso está acontecendo...

– Impossível, mamãe.

– Reuben! – Ela estava tremendo. – Não vou deixar você sair.

– Você precisa deixar, mãe – disse ele. – Agora, olhe bem nos meus olhos e escute o que eu vou falar. Escute seu filho. Estou fazendo o máximo ao meu alcance. Sim, sei que ocorreram mudanças psicológicas em mim desde que isso aconteceu. E assombrosas mudanças hormonais também. Sim, mas você tem de confiar em mim, mamãe. Você tem de confiar que estou lidando com isso da melhor maneira possível. Agora, sei que você tem conversado com esse médico de Paris...

– Dr. Jaska – disse ela. Ela pareceu pelo menos um pouco aliviada por estarem abordando as verdadeiras questões. – Dr. Akim Jaska. O homem é um endocrinologista, um especialista nesse tipo de coisa.

– Certo, tudo bem, sei disso. E também sei que sugeriu um hospital particular, mamãe, e que você quer que eu vá para esse lugar.

Grace não se entregou. Na realidade, parecia um pouco insegura quanto a isso.

– Bem, vocês têm conversado sobre isso – disse ele. – Eu sei.

– Seu pai é contra – disse ela. Era visível que estava pensando em voz alta. – Não gosta de Jaska. Não gosta nem um pouco dessa ideia.

E começou a chorar. Estava simplesmente transbordando. Não conseguia evitar. Sua voz transformou-se em um sussurro.

– Reuben, estou assustada – confessou ela.

– Eu sei, mamãe. Também estou, mas quero que você faça o que for melhor para mim, e o melhor para mim é vocês me deixarem em paz.

Ela afastou-se novamente e recuou na direção da porta da frente.

– Não vou deixar. – De repente, mordeu o lábio. – Reuben, você está escrevendo narrativas rapsódicas sobre esse lobisomem, esse monstro que atacou você, e você não sabe o que realmente está acontecendo!

Não conseguia suportar vê-la daquele jeito. Foi na direção dela, mas ela postou-se com firmeza de encontro à porta, como se fosse lutar até a morte antes de permitir que partisse.

– Mãe – disse ele suavemente.

– Reuben, esse lobo homem, essa coisa que está matando gente por aí – gaguejou ela. – A mesma coisa está acontecendo com todas as evidências recolhidas da criatura em todas as cenas de crime. Agora, Reuben, essa é a coisa que atacou você, e ele infectou você com alguma coisa poderosa, alguma coisa perigosa, alguma coisa que está funcionando em todo o seu organismo...

– O que é isso, mamãe? Você está pensando que virei um lobisomem? – perguntou ele.

– Não, é claro que não – disse ela. – Esse lunático não é um lobisomem, isso é uma tolice! Ele é insano, perigosamente, hediondamente insano. E você é a única pessoa atacada por essa coisa que sobreviveu. E há alguma coisa em seu sangue e em seu tecido que pode ajudá-los a encontrar essa criatura, mas Reuben, nós não sabemos o que esse vírus está fazendo com você.

Ah, então era isso o que realmente acreditava estar acontecendo. É claro. Fazia todo o sentido.

– Bebezinho, quero levar você para o hospital, não para esse lugar suspeito em Sausalito, mas de volta ao Hospital Geral...

– Mamãe – disse ele.

Aquilo estava partindo seu coração.

– Pensei por um momento que você estivesse achando que eu fosse o lobo homem, mamãe – disse ele. Odiou aquilo, testá-la daquela maneira, mentir, mas não podia evitar. Queria simplesmente abraçá-la, protegê-la da verdade, de tudo. Se ao menos não fosse a dra. Grace Golding.

– Não, Reuben, não acho que você seja capaz de escalar muros de tijolos e voar sobre telhados, além de despedaçar seres humanos.

– Isso é um alívio – disse ele baixinho.

– Mas essa criatura, seja lá quem for, pode estar sendo vítima de uma insanidade contagiosa, você não percebe? Reuben, por favor tente seguir o meu raciocínio. A raiva é uma loucura transmissível, você está me entendendo? Você foi infectado por algo infinitamente mais perigoso do que a raiva, e quero que você vá comigo agora para o hospital. Jaska afirma que ocorreram outros casos, com os mesmos detalhes extraordinários. Afirma que existe uma possibilidade real de que isso seja um vírus destrutivo.

– Não, mamãe, não posso ir. Vim aqui para que você pudesse ver com seus próprios olhos que estou bem – disse ele. Ele estava sendo o mais gentil que podia. – E agora você viu, e estou de saída. Por favor, mamãe, saia da frente dessa porta.

– Tudo bem, então fique aqui, aqui em casa – disse ela. – Nada de sair correndo para a floresta! – Ela levantou as mãos.

– Mamãe, não posso fazer isso.

Reuben empurrou-a para o lado, segurando-a com tanta aspereza que jamais conseguiria perdoar-se por esse ato, e passou pela porta antes que Grace pudesse detê-lo, descendo os degraus de tijolo e percorrendo a rua em direção ao carro.

Ela ficou lá parada na porta e, pela primeira vez em sua vida, ele a viu como uma figura diminuta, uma figura vulnerável, fraca, assustada e sobrepujada, sua bela mãe que salvava vidas todos os dias de sua existência.

Com um quarteirão de distância da casa, ele próprio estava com lágrimas nos olhos. Quando alcançou o café onde Laura o esperava, já estava chorando tanto que mal conseguia enxergar. Deu a ela a chave do carro e sentou-se no assento do carona.

– Acabou – disse ele, enquanto encaminhavam-se para a autoestrada. – Eu nunca mais terei condições de conviver com ninguém da família, com nenhum deles. Acabou. Deus do céu! O que é que vou fazer agora?

– Você está dizendo que ela sabe de tudo?

– Não, mas sabe alguma coisa, e não consegue se desligar disso. Ela não sabe realmente de nada. E não posso contar. Prefiro morrer antes de contar.

Em determinado ponto, antes mesmo de pegarem a Golden Gate, ele caiu no sono.

Quando acordou, era o fim da tarde e haviam acabado de sair da Highway 101 em direção à junção que os levaria a Nideck Point.

## 27

O e-mail de Simon Oliver era breve. "Más notícias que podem ser boas notícias. Ligue para mim assim que puder."

A mensagem chegara na noite anterior.

Ligou para o telefone da casa de Simon e deixou uma mensagem dizendo que estava novamente online e com seu telefone. *Por favor, ligue.*

Reuben e Laura jantaram na estufa, na mesa nova com tampo de mármore. Encontravam-se num bosque de bananeiras e pequenos fícus. E a visão das árvores de orquídeas inclinando-se uma na direção da outra e gotejando aquelas esplêndidas florações róseo-púrpuras o encheu de felicidade.

Justamente naquele dia, Galton acrescentara inúmeros vasos com samambaias e algumas buganvílias, e o local estava surpreendentemente aquecido devido ao leve sol da tarde. Laura sabia tudo sobre plantas, e sugeriu outras que talvez Reuben pudesse adorar. Se Reuben quisesse, poderia encomendar outras plantas para aquele recinto, e árvores de dimensões maiores. Sabia onde localizar árvores bem grandes. Seria maravilhoso quanto mais verde, quanto mais flores, melhor. E ela compraria as coisas que quisesse, as coisas que mais adorava. O que Laura amava Reuben amaria.

O jantar era uma sopa encorpada feita a partir do carneiro preparado por Reuben e servido no jantar do dia anterior, e achou que os ingredientes estavam mais saborosos agora do que antes.

– Cansado? – perguntou Laura.

– Não, ansioso para procurar em todo o segundo andar até encontrarmos uma entrada para aquele espaço secreto.

– De repente não existe nenhuma entrada, apenas algum alçapão no telhado de vidro.

– Acho que não. Acho que existem diversas entradas. Por que ter um espaço secreto tão delicioso se você não pode entrar a partir de inúmeros lugares? Tem de haver algum revestimento naqueles closets de roupa de cama, ou naqueles banheiros, ou nos cômodos com as empenas lá em cima.

– Acho que você tem razão – disse ela.

Os dois se olharam.

– Até sabermos – disse ela –, nós nunca teremos certeza se estamos mesmo sozinhos aqui, certo?

– Não, e isso me deixa absolutamente furioso – disse Reuben. Estava se sentindo protetor em relação a ela, insanamente protetor. Não queria assustá-la. Não disse isso, mas não queria que ficassem nem alguns metros distantes um do outro.

Levaram o machado de incêndio, uma lanterna que encontraram no galpão e um martelo.

Mas não encontraram nada. Exploraram e cutucaram todas as paredes internas ao longo de todo o segundo andar, e fizeram a mesma coisa no sótão.

Também verificaram o porão. Não havia nada lá.

Finalmente, Reuben ficou cansado. Já passava das sete da noite agora, e rezou do fundo do coração para que a mudança não ocorresse, para que ficasse em paz naquela noite. No entanto, não conseguia tirar da cabeça a tentação. Não havia realmente se refestelado com aqueles homens na noite anterior. A fome que sentira não estava abrigada em seu estômago, mas em algum outro lugar.

Mas também havia outras coisas.

Naquela manhã, Reuben sentiu que conseguira operar a mudança simplesmente desejando-a, depois que ele e Laura haviam feito amor. Parecera-lhe mais rápida, seus músculos trabalhando em função da mudança, muito mais do que contra. Lembrou-se de engolir seguidamente, como se utilizando-se de todo o seu ser, chamando de volta para dentro de si tudo o que havia sido aumentado e endurecido e que precisava se dissolver.

Fixou os pensamentos na casa, em como entrar anquele espaço secreto.

Quando a chuva arrefeceu, ele e Laura vestiram pesados agasalhos e saíram para dar uma caminhada. A primeira coisa que encontraram foram holofotes por todos os lados, mas não conseguiram achar nenhum interruptor para acendê-los. Teria de perguntar a Galton. Os holofotes estavam acesos na primeira noite em que ele e Galton haviam se encontrado.

Mas as janelas iluminadas tornavam fácil enxergar em meio à floresta de carvalhos que cercava todo o lado leste da casa. Aquelas árvores eram adoráveis, disse Reuben, porque você podia subir nelas, olhar para seus galhos baixos e convidativos. Queria ir ali na luz do sol, assim que surgisse, e subir de galho em galho. Laura concordou.

Eles imaginaram que a casa tinha facilmente 18m de altura, quem sabe até mais. Um bosque de coníferas americanas crescia no canto noroeste, com árvores quase tão altas, ao que parecia, quanto as vizinhas sequoias. E logo depois a floresta de carvalhos circundava a estradinha de cascalho ao longo de todo o lado leste. Era hera o que cobria grande parte dos muros. Fora cuidadosamente disposta ao redor das janelas. Laura disse os nomes de muitas das outras árvores: cicuta ocidental e o carvalho de curtume, que não se tratava de carvalho.

Como Reuben, na condição de Pequeno Reuben, chegaria àquele telhado sem a ajuda de algum profissional? Seria fácil o bastante para uma empresa especializada em telhados colocar suas escadas grandes na frente da casa, mas isso seria simplesmente o tipo de envolvimento de caráter oficial que desejava evitar. É claro que o lobo homem podia subir aquele muro áspero de pedra de argamassa, mas o lobo homem teria de deixar Laura sozinha, não teria?

Reuben jamais pensara em comprar uma arma em toda a sua vida, mas estava pensando nisso agora. Laura sabia atirar, sabia sim, mas ela odiava armas. Seu pai jamais mantivera armas em casa. Seu marido a ameaçara uma vez com uma arma. Mudou de assunto rapidamente quando se referiu a isso, e então começou a falar sobre como poderia ficar bem com o machado se Reuben subisse no telhado e não a ouvisse, exatamente como acontecera antes, caso ela chamasse por ajuda?

O telefone estava tocando quando entrou na casa.

Reuben correu para a biblioteca para atender.

Era Simon Oliver.

– Tudo bem. Agora, não fique chateado até eu terminar de explicar tudo – disse ele. – Vou te dizer, Reuben, essa é uma das situações mais incomuns que já encontrei até hoje, mas isso não significa que as coisas não estão indo bem, se pensarmos como um todo, e podem continuar indo bem se nós avaliarmos cuidadosamente o que falarmos e fizermos.

– Simon, por favor, do que você está falando? – disse Reuben. Sentou-se à escrivaninha, mal conseguindo se conter. Laura estava acendendo a lareira.

– Agora, você sabe o quanto respeito Baker, Hammermill, principalmente Arthur Hammermill – prosseguiu Simon –, e confio em Arthur Hammermill como confiaria num membro da minha própria firma.

Reuben enrolou os olhos.

– A questão é que um herdeiro em potencial apareceu, mas espere até eu terminar de explicar. Parece que Felix Nideck, esse é o homem que desapareceu, você entende...

– Sim, eu sei.

– Bem, esse Felix Nideck tinha um filho ilegítimo, também chamado Felix Nideck como o pai, que apareceu aqui em San Francisco e, Reuben, escute bem isso...

Reuben estava estupefato.

– Simon, não falei nada.

– Bem, talvez eu esteja me preocupando demais por você e, é claro que esse é o meu trabalho. Bem, esse homem afirma que não está reivindicando coisa alguma na propriedade. Enfim, coisa alguma e... também não está de todo claro se poderia reivindicar alguma coisa, não mesmo. Os documentos que apresentou poderiam ser facilmente falsos, e ele não tem nenhum "interesse", foi o que nos foi dito, em fazer um teste de DNA para provar o parentesco e...

– Interessante – disse Reuben.

– Bem, isso é mais do que interessante – disse Simon. – É suspeito. Mas Reuben, a questão é a seguinte, está ansioso para se encontrar com você aqui ou no escritório de Baker, Hammermill, nós é que decidimos isso, e eu digo que devemos fazer aqui, embora lá também fosse interessante. Porque ele quer conversar com você sobre a casa e sobre coisas que o pai dele poderia talvez ter deixado lá quando desapareceu.

– É mesmo? Por acaso sabe alguma coisa sobre como ou por que Felix Nideck desapareceu?

– Nada. Não tem nada a acrescentar à investigação. Essas são as palavras de Arthur. Não, não existe nada nesse sentido. Não teve nenhuma notícia do pai em todo esse tempo. Não, essa questão não foi reaberta.

– Interessante – disse Reuben. – Bem, como alguém pode ter certeza de que esse homem é o que diz ser?

– Semelhança familiar, Reuben. É absolutamente impressionante. Arthur conhecia Felix Nideck, e afirma que esse homem é tão parecido com ele que não pode haver nenhuma dúvida.

– Interessante.

– Agora, Reuben, me encontrei com esse homem em pessoa, eu me encontrei com ele hoje à tarde com Arthur, e ele é um homem incrível, um grande contador de histórias, na verdade. Diria que ele era um cavalheiro sulista se não soubesse quem efetivamente é. Nasceu e foi educado na Inglaterra, mas não tem sotaque inglês, não, nem um pouco, em momento algum consegui identificar o sotaque dele, e tem um, claro, mas é um indivíduo impressionante, e um indivíduo bastante afável também. E, Reuben, ele me assegura que não vai reivindicar coisa alguma em relação à propriedade da sra. Nideck, mas que quer apenas esse encontro com você, quer apenas discutir os bens do pai.

– E Arthur Hammermill não sabia que esse homem existia? – perguntou Reuben.

– Arthur Hammermill está pasmo – disse Simon. – Você sabe como o escritório de Baker, Hammermill procurou Felix Nideck e por qualquer um que pudesse ter alguma ligação com ele.

– Qual é a idade desse homem?

– Ah, 40, 45 anos. Vamos ver aqui, 45. Nascido em 1966 em Londres. Parece bem mais jovem, para falar a verdade. Tem dupla cidadania, aparentemente. Britânica e americana, morou no mundo todo.

– Quarenta e cinco. Hum.

– Bem, Reuben. Não vejo por que isso teria alguma importância. A importância aqui é, Reuben, que não há nenhum testamento reconhecendo a existência dele, mas é claro que se for feito um teste de DNA e uma afinidade for estabelecida, bem, talvez acabe tendo uma ligação forte com a propriedade, mas não há certeza nenhuma de que ele teria êxito em...

– Ele disse que quer os objetos pessoais do pai?

– Alguns deles, Reuben, alguns. Não tem estado muito acessível. Quer um encontro com você. Parece estar bem informado acerca de toda a situação. Estava em Paris quando a lamentável morte de Marchent virou notícia.

– Entendo.

– É claro que tem pressa. Todos têm pressa hoje em dia. Está hospedado aqui no Clift Hotel e está pedindo um encontro com você assim que você aparecer por aqui. Parece que não tem muito tempo. Precisa ir para algum lugar. Bem, eu disse que faria o que estivesse ao meu alcance.

O que significa o quê, pensou Reuben, que ele tem intenção de me afastar dessa casa em um momento específico, e por um tempo específico, de modo que possa entrar nela e retirar tudo o que pertencia a Felix e, mais do que provavelmente, tratava-se do próprio Felix. Oh, certamente era Felix, não era? Por que simplesmente não aparece aqui e se apresenta?

– Tudo bem – disse Reuben. – Vou me encontrar com ele. Posso me encontrar com ele amanhã às 13 horas. Você sabe que são três horas de viagem daqui até aí, Simon. Posso ligar para confirmar antes de pegar a estrada.

– Ah, isso não é problema nenhum, ele já indicou que vai estar disponível o dia inteiro amanhã. Vai ficar satisfeito. Ele precisa ir embora amanhã à noite, ao que parece.

– Simon, é de suma importância que esse encontro seja totalmente confidencial. Não quero que Phil e Grace fiquem sabendo desse encontro. Você conhece a minha mãe. Se eu não der uma passada em casa enquanto estiver aí...

– Reuben, eu não discuto os seus assuntos financeiros pessoais com a sua mãe. A não ser que você me dê a sua autorização expressa para fazê-lo – disse Simon.

Não era nem um pouco verdade.

– Reuben, sua mãe está bastante preocupada com você, você sabe disso. Com o fato de você ter se mudado para Mendocino e coisa e tal, e não responder os e-mails nem os telefonemas.

– Certo, uma da tarde no seu escritório – disse Reuben.

– Calma, calma, para que essa pressa toda? Se eu pudesse estar com você uma hora antes seria...

– Para quê, Simon? Você está falando comigo agora no telefone.

– Bem, Reuben, preciso te alertar. Um herdeiro potencial aparecer numa situação dessas e não querer nenhuma espécie de consideração monetária, bem, isso simplesmente não é algo provável. Durante essa reunião, quero que você confie em mim para que o oriente acerca do que dizer e do que não dizer, e eu o aconselho a não responder nenhuma pergunta relacionada ao valor da casa, ou à estimativa de valor da casa, ou sobre o mobiliário, ou o valor do mobiliário, ou o valor das posses de Felix Nideck.

– Entendo. Entendo tudo isso, Simon. Vou ouvir o homem e ver o que tem a dizer.

– É exatamente isso, Reuben. Você ouve. Não se comprometa com nada. Deixe ele baixar os arquivos dele, como a garotada diz hoje em dia. Você só ouve. Está empenhado em discutir as especificidades apenas com você e com mais ninguém, mas você não é obrigado a responder a nada que diga durante essa reunião.

– Saquei. Amanhã às 13 horas.

– Acho que está jogando charme para cima de Arthur Hammermill. Eles têm saído à noite juntos. Foram para a ópera ontem assistir a *Don Giovanni*. Arthur disse que ele é a cara do pai, sem tirar nem pôr, mas eu te digo uma coisa, na época em que nós vivemos, até o homem concordar em fazer o teste de DNA, nenhuma reinvidicação de paternidade terá chance. E o homem deve saber disso. É claro que pode mudar de ideia a qualquer momento.

*Não vai mudar de ideia. Ele não pode.*

– A gente se vê amanhã, Simon. Sinto muito ter demorado a ligar de volta.

– Ah, e por falar nisso – disse Simon –, aquele artigo seu sobre o lobo lomem que saiu hoje no *Observer* foi muito bem escrito, hein? Todo mundo aqui gostou muito. Bom mesmo. E esse jovem Nideck também ficou bastante impressionado.

Ah, ficou é? Reuben despediu-se novamente e desligou o telefone. Estava poderosamente excitado. Era Felix. Felix voltara à superfície! Felix estava aqui.

Laura estava sentada no tapete em frente ao fogo. Estava lendo um daqueles livros de ficção sobre lobisomens, e fizera anotações num pequeno diário.

Ele sentou-se ao lado dela, de pernas cruzadas, e descreveu toda a conversa que tivera.

– É claro que é Felix. – Ele mirou os distintos cavalheiros do retrato sobre a viga da lareira. E não conseguia conter seu entusiasmo. Felix vivo. Felix com toda a certeza vivo e respirando. Felix com as chaves dos mistérios que o cercavam como uma fumaça tão densa que às vezes pensava que não conseguia respirar. Felix que talvez quisesse destruí-lo, bem como Laura.

– Sim, estou com a sensação de que você está certo. Ouça isso. – Ela pegou o diário que vinha mantendo. – Esses são os nomes dos distintos cavalheiros – disse ela. Era assim que haviam começado a chamar o grupo rotineiramente. – Vandover, Wagner, Gorlagon, Thibault. Bem, cada um desses nomes está conectado a alguma história de lobisomem.

Ele ficou mudo.

– Vamos começar com Frank Vandover. Bem, existe um romance de lobisomem bem famoso chamado *Vandover and the Brute*, escrito por um tal Frank Norris e publicado em 1914.

Então era verdade! Estava impressionado demais para reagir.

Ela prosseguiu:

– Veja esse outro aqui, Reynolds Wagner. Bem, existe uma história extremamente famosa chamada "Wagner, the Wehr-wolf", de um autor chamado G.W.M.Reynolds, publicado pela primeira vez em 1846.

– Prossiga.

– Gorlagon. Ele é um lobisomem numa história medieval escrita por Marie de France.

– É claro. Eu li essa história anos atrás!

– Barão Thibault é uma combinação de nomes tirados de uma famosa história de Dumas chamada "The Wolf-Leader". Isso foi publicado pela primeira vez na França em 1857.

– Então é verdade! – sussurrou ele. Ele se levantou e olhou para os homens reunidos na selva. Laura estava de pé ao seu lado.

O barão era o único homem cujos cabelos eram obviamente grisalhos, mais velho, com um rosto pesadamente enrugado porém muito aprazível. Seus olhos eram estranhamente grandes, claros, benévolos. Reynolds Wagner talvez fosse ruivo. Difícil afirmar com certeza, mas ele tinha mais ou menos a mesma idade de Felix e Margon, com feições finas e elegantes, e mãos pequenas. Frank Vandover parecia um pouquinho mais jovem do que os outros, com cabelos pretos encaracolados, olhos escuros e pele muito clara. Ele possuía uma bem delineada boca de Cupido.

Havia algo em suas fisionomias que fazia Reuben lembrar de um quadro famoso, mas não estava conseguindo lembrar exatamente qual era.

– Oh, e Tom Marrok? – disse Laura. – Bem, essa é uma referência a Sir Marrok, um lobisomem no romance de Sir Thomas Malory, *Morte d'Arthur*, escrito no século XV, e provavelmente você também o leu.

– Li, sim – disse ele. Seus olhos estavam fixos nos rostos dos homens.

– Os enredos não importam – disse ela. – Nem as datas. O que importa é que todos os nomes referem-se a personagens da literatura de lobisomens. Então, ou trata-se de um dispositivo engenhoso para membros de algum clube ou os nomes são sinais deliberados a outros que compartilham a mesma dádiva especial.

– Sinais – disse ele. – Ninguém muda o nome legal apenas pela diversão, para ser membro de algum clube seleto.

– Quantas vezes você acha que foram forçados a mudar de nome? – perguntou ela. – Quer dizer, quantas vezes será que renasceram com novos nomes? E agora esse homem aparece, esse Felix Nideck, afirmando ser o filho ilegítimo do Felix Nideck da foto; e a gente sabe que foi um Felix Nideck quem construiu essa casa em 1880 ou por volta dessa época.

Reuben andou lentamente de um lado ao outro, e então retornou ao fogo. Laura postara-se novamente perto do guarda-fogo, com o diário ainda na mão.

– Você se dá conta do que isso pode significar – sugeriu ela.

– Que todos fazem parte disso, é claro. Estou tremendo. Quase não consigo... Não sei o que dizer. Eu desconfiava disso! Desconfiava disso quase que desde o início, mas parecia algo tão fora de propósito.

– O que isso pode significar – disse ela gravemente –, é que essas criaturas não envelhecem, que você não vai envelhecer. Que eles são imortais e que você pode ser imortal.

– Nós não sabemos. Não temos como saber, mas se essa pessoa for realmente Felix, bem, pode ser que ele não esteja envelhecendo como outros homens.

E pensou na bala que não o feriu, no vidro que quebrara e que não o cortara. Gostaria muito de ter coragem para testar isso ali e agora com um ferimento autoinfligido, mas não tinha.

Estava deslumbrado com a possibilidade de que aquele Felix Nideck soubesse todas as respostas que estava procurando.

– Por que, por que ele quer que eu vá a uma reunião com advogados? – disse ele. – Será que pode estar querendo me seduzir a sair dessa casa simplesmente para poder roubá-la?

– Não acredito nisso – respondeu ela. – Acho que ele quer se encontrar com você cara a cara.

– Então por que não entra pela porta da frente?

– Quer ver quem você é sem revelar o que ele é – respondeu ela. – É isso o que penso. E quer as tabuletas, os diários, e todas as coisas que ainda estão aqui. Quer todas essas coisas e está sendo honesto em relação a isso. Bem, honesto até certo ponto.

– É verdade.

– E pode não saber o que realmente aconteceu aqui. Pode não saber que Marrok está morto.

– Mas é a minha chance, não é? – perguntou ele. – De aparecer para ele, de transmitir para ele, de alguma maneira, quem eu sou e por que tive de matar Marrok.

– Nós dois o matamos – disse ela. – Não tivemos escolha.

– Vou assumir toda a responsabilidade por tê-lo matado – disse ele. – Deixe isso para mim, mas será que isso vai importar, por que eu ou nós fizemos isso? Será que os desejos de Marchent significam alguma coisa? Ou será que ele também me vê como uma abominação?

– Eu não sei, mas, como você mesmo disse, essa é a sua chance.

Pararam novamente diante do fogo.

Ficaram sentados em silêncio por um longo tempo. Uma das coisas que mais adorava nela era o fato de que podiam ficar sentados em silêncio daquele jeito pelo tempo que julgassem necessário. Laura parecia estar imersa em pensamentos, os joelhos levantados, os braços presos ao redor, os olhos fixos no fogo.

Sentia-se absolutamente confortável com ela, e quando pensava que algo pudesse vir a lhe acontecer, sua mente ficava vazia de pura raiva.

– Gostaria muito que você pudesse participar desse encontro – disse ele. – Você acha que isso envolve algum risco?

– Acho que você precisa se encontrar com ele sozinho – disse ela. – Na verdade, não sei por que acho isso, mas acho. Vou com você, mas não vou participar do encontro. Vou ficar esperando numa sala ao lado.

– Ah, você precisa ir comigo, mesmo. Não posso deixar você aqui sozinha.

Depois de um longo tempo, ele disse:

– Não vai acontecer. – Estava obviamente se referindo à mudança.

– Tem certeza?

– Sei que não – disse ele.

Não sentiu a inquietude. Não sentiu o desejo.

Não falaram mais no assunto.

Finalmente, Laura foi dormir cedo.

Reuben abriu a carta novamente e olhou a impenetrável escrita. Tirou o relógio de ouro de cima da viga. *Marrok*.

À uma da manhã, Reuben acordou Laura. Estava em pé ao lado da cama em seu robe, o machado de incêndio na mão.

– Deus do céu, Reuben, o que é isso? – sussurrou ela.

– Deixe isso ao seu lado – disse ele. – Vou subir no telhado.

– Você não pode fazer isso.

– Vou tentar operar a mudança e, se conseguir, vou subir. Se você precisar de mim, pode me chamar. Vou te ouvir. Eu prometo, não vou entrar na floresta. E não vou deixar você aqui.

Saiu de casa e dirigiu-se aos carvalhos. A chuva estava tranquila, irregular, e mal penetrava a copa das árvores. A luz da janela da cozinha chegava fraquinha através dos galhos entremeados.

Reuben levantou as mãos, e passou os dedos pelos cabelos.

– Venha agora – sussurrou ele. – Venha.

Flexionou os músculos do abdome e imediatamente o espasmo profundo ocorreu, mandando ondas de choque através de seu peito e de seus membros. Deixou o robe cair sobre as folhas. Tirou a chinela.

– Rápido – sussurrou ele, e as sensações rolaram para cima e para fora, o poder irradiando-se de seu estômago para o interior do peito e dos rins.

Agarrou o cabelo que explodia de sua pele, alisando-o, jogando a cabeça para trás, adorando o peso, o espesso capuz protetor que se formava nele, encaracolando e caindo sobre os ombros. Sentiu-se crescendo, seus membros inchando, à medida que as sensações em si pareciam sustentá-lo, massageando-o, mantendo-o sem nenhum peso na luz brilhante.

Agora a noite estava translúcida, as sombras estavam afinando, e a chuva não lhe dava nenhuma sensação, rodopiando diante de seus olhos. A floresta cantava, diminutas criaturas cercando-o, como se estivessem lhe dando boas-vindas.

Na janela da cozinha viu Laura observando-o, a luz bem amarela atrás dela, seu rosto na sombra, mas podia ver com clareza os globos cintilantes de seus olhos.

Correu na direção da casa, exatamente abaixo de onde duas empenas se encontravam e, saltando na parede sem esforço algum, escalou os blocos de pedra protuberantes, subindo cada vez mais alto até alcançar o telhado. Através do pequeno e estreito vale de telhas entre as empenas, seguiu até o grande telhado quadrado de vidro.

Agora via que a estrutura era montada abaixo das salas de empenas, e cobria apenas o espaço secreto do segundo piso.

As empenas mostravam apenas paredes vazias cercando o recinto, como se guardando-o do mundo.

Folhas secas preenchiam as canaletas profundas que seguiam ao longo de cada lado do espaço, e refulgiam como uma grande poça de água preta sob a luz da lua coberta pelo véu da névoa.

Ficou de joelhos para percorrê-la. Estava escorregadio devido à água da chuva, e conseguia sentir o quanto o vidro era grosso, e ver as arestas de ferro que a sustentavam, cruzando umas sobre as outras abaixo dele, mas não conseguia enxergar o interior da sala ou das salas abaixo. O vidro era bastante escuro, quem sabe laminado, certamente temperado. No canto sudoeste, encontrou o alçapão quadrado, ou escotilha, que havia apenas vislumbrado do mapa via satélite. Era surpreendentemente grande, emoldurado em ferro, bem encaixado no ferro, como se fosse uma grande vidraça do telhado. E não conseguia encontrar nenhuma maçaneta, ou alguma maneira de abrir o alçapão, nenhuma dobradiça visível, nenhuma saliência que pudesse segurar. A abertura estava muito bem lacrada.

Certamente havia uma maneira de abri-la, a menos que estivesse equivocado durante todo esse tempo. Mas não. Ele estava certo de que aquela escotilha podia ser aberta. Explorou a canaleta profunda, fuçando como um cachorro em meio às folhas, mas não encontrou nenhuma maçaneta, ou manivela ou qualquer botão que pudesse apertar.

E se abrisse para dentro? E se fosse necessário o uso de força ou peso? Ele testou com suas patas. Imaginou que o local tinha uns 20m².

Ficou de pé, abordando primeiro o lado sul e, em seguida, flexionando as pernas com toda a força, saltou.

A coisa se abriu, as dobradiças atrás dele, e ele desceu na escuridão, segurando a borda acima de si com ambas as patas. Os aromas de madeira e poeira, de livros, de mofo, inundaram suas narinas.

Ainda segurando a borda, seus pés balançando, ele deu uma olhada ao redor e viu os contornos penumbrosos de uma sala gigantesca. Entretanto, temeu ficar preso numa armadilha, mas sua curiosidade era mais forte do que o temor. Se conseguisse entrar, conseguiria sair. Caiu no chão, em cima de um carpete, e o alçapão rangeu ao se fechar novamente, lentamente, anulando a visão do céu.

Aquela era a escuridão mais profunda que jamais presenciara. A escuridão do vidro tornava o tênue brilho da lua um mero borrão.

Conseguiu sentir uma parede de reboco diante de si, e uma porta, uma porta revestida. Sentiu a maçaneta da porta, e girou-a, ouvindo e sentindo-a girar, embora mal pudesse vê-la, e puxou-a para abri-la à sua direita.

Passando lenta e sorrateiramente pela porta, quase tropeçou e caiu numa escada estreita. Oh, então estavam errados durante todo esse tempo pensando que esse santuário fosse acessível através do segundo andar. Agora desceu rapidamente, facilmente, até o primeiro andar da casa, sentindo a parede com suas patas em ambos os lados.

A porta dos fundos abriu-se para dentro e encontrou-se em um pequeno cômodo que imediatamente reconheceu pelo aroma: roupa de cama, produtos para lustrar prataria, velas. Era uma das despensas entre a sala de jantar e o grande salão. Abriu a porta e pisou no interior de uma alcova com uma arcada ampla que dividia as duas enormes salas.

Laura veio na direção dele saindo da cozinha, passando pela comprida despensa de mordomo e atravessando a escurecida sala de jantar.

– Quer dizer então que o caminho é esse – disse ela, perplexa.

– Nós vamos precisar de uma lanterna – disse ele. – Até eu vou precisar de uma lanterna. Está escuro demais.

Laura entrou na despensa da qual ele saíra.

– Veja só, há um interruptor aqui – disse ela, aproximando-se da escadaria. E acionou o interruptor. De imediato, uma pequena lâmpada ficou iluminada bem no alto da estreita escada.

– Estou vendo – disse ele. Estava maravilhado. Será que aquele aposento interno era aquecido e possuía fiação elétrica? E quanto tempo atrás alguém estivera ali para cuidar da lâmpada?

Seguiu na frente escada acima, de volta ao pequeno patamar sob a luz do céu.

Na luz fraca do patamar, espiaram uma vasta sala através de um umbral. Livros em abundância encontravam-se no local em prateleiras por todos os lados, cobertos de poeira e teias de aranha, mas aquilo não se tratava de uma biblioteca simples, em hipótese alguma.

Mesas entulhavam o centro da sala, a maioria das quais repleta de equipamentos científicos; tubos de ensaio, bicos de Bunsen, bancadas para tubos de ensaios, pequenas caixas, pilhas de plaquinhas de vidro, garrafas, vasos. Havia uma mesa comprida totalmente coberta por um tecido puído acinzentado. Tudo estava coberto por uma crosta de pó.

Um outro interruptor acendeu imediatamente as lâmpadas do teto, amarradas em caibros de ferro embaixo do vidro com a fiação que percorria a lateral oeste da sala.

No passado havia luz por todas as partes, mas a maioria dos bocais de lâmpadas estava agora vazio.

Laura começou a tossir devido à poeira. Havia uma camada cinzenta sobre os tubos de ensaio e os bicos, sobre todos os objetos que eles podiam ver, até mesmo sobre as folhas de papel soltas que se encontravam aqui e ali em meio ao equipamento, sobre os lápis e as canetas.

– Microscópios – disse Reuben. – Primitivos, todos eles, antiguidades. – Andou em meio à confusão de mesas. – Tudo isso aqui é velho, muito velho. Coisas desse tipo não são usadas em laboratórios há décadas.

Laura apontou. Bem nos fundos do recinto, a partir de onde estavam, e a partir do foco de luz, encontravam-se diversas gaiolas retangulares de proporções gigantescas, enferrujadas, aparentemente antigas, como as gaiolas que abrigam primatas em zoológicos. Na realidade, gaiolas grandes e pequenas estavam alinhadas ao longo da parede leste.

Reuben sentiu um horror reflexivo tomar conta dele ao olhar aquelas gaiolas. Gaiolas para *Morphenkinder?* Gaiolas para feras? Ele moveu-se lentamente na direção delas. Abriu uma porta imensa que chiou e rangeu nas dobradiças. Cadeados antigos, pendendo de correntes, também estavam enferrujados. Bem, aquela gaiola talvez pudesse acomodar um outro *Morphenkind*, mas não ele. Ou será que podia?

– Tudo isso aqui – disse ele –, tudo isso aqui deve ter uns cem anos de idade.

– Talvez isso seja a única coisa boa sobre isso – disse Laura. – Seja lá o que acontecia aqui, aconteceu muito tempo atrás.

– Por que isso foi abandonado? – perguntou Reuben. – O que fez com que desistissem de tudo isso?

Seus olhos moveram-se na direção das estantes alinhadas na parede norte.

Aproximou-se.

– Jornais médicos – disse ele –, mas são todos do século XIX. Bem, aqui tem alguns do início do século XX, 1900 a 1910, 1915, depois param.

– Só que alguém esteve aqui – disse Laura. – Há mais do que um conjunto de pegadas vindo da porta. As pegadas vão em todas as direções.

– Todas da mesma pessoa, eu acho. Pegadas pequenas. Um sapato pequeno e suave sem sola, um mocassim. Marrok. Ele entrou aqui e depois saiu, mas nenhuma outra pessoa entrou aqui.

– Como você pode ter certeza disso?

– Apenas uma hipótese. Acho que ele desceu pelo alçapão como eu, entrou na sala e foi até aquela mesa. – Ele apontou para o canto noroeste. – Olhe para a cadeira. O pó foi varrido dela, e há alguns livros lá também.

– As únicas coisas novas nessa sala.

Reuben examinou-os. Livros de detetive, clássicos: Raymond Chandler, Dashiell Hammett, James M. Cain.

– Ele acampava aqui de tempos em tempos – disse Reuben.

No chão, à direita da cadeira, na sombra, encontrava-se uma garrafa de vinho, dessas que não utilizam rolhas, cheia até a metade. Vinho californiano típico, mas não de má qualidade, apenas um vinho que não utilizava rolha.

Atrás da mesa encontrava-se uma fileira de livros-razão encadernados em couro em uma prateleira alta, com datas anuais inscritas nas lombadas em tom dourado esmaecido pelo tempo. Reuben retirou lentamente o volume correspondente ao ano de 1912 e abriu-o. Pesadão, feito para durar, papel-pergaminho ainda intacto.

Havia a enigmática caligrafia a tinta. A escrita secreta de Felix, ondas e ondas da escrita em páginas e mais páginas do livro.

– Será que era isso o que queria acima de tudo?

– É tudo tão antigo – disse Laura. – Que segredos esses livros poderiam conter? Talvez queira isso apenas porque lhe pertence? Ou a quem quer que compartilhe essa linguagem.

Laura apontou para a comprida mesa coberta com o tecido. Reuben podia ver as pegadas na poeira que iam até a porta e voltavam. Havia uma confusão de pegadas ao redor.

Sabia o que iria encontrar. Cuidadosamente, tirou o tecido.

– As tabuletas – sussurrou ele. – Todas as tabuletas antigas da Mesopotâmia. Marrok recolheu-as e trouxe-as para cá. – Ele rolou o tecido cautelosamente, desvelando fileiras e fileiras de fragmentos. – Tudo preservado – disse Reuben –, provavelmente da maneira que queria

Felix. – E havia os diários do homem, uma boa dúzia de cadernos como o que Reuben vira pela primeira vez em cima da escrivaninha de Felix, em bem arrumadas pilhas de quatro. – Olhe só como ele colocou tudo aqui de maneira cuidadosa.

E se os segredos dessa transformação retroagissem no tempo até as cidades antigas de Uruk e Mari? E por que não deveriam retroagir? *A crisma, é assim que nós chamamos isso há séculos. A dádiva, o poder – existem centenas de palavras ancestrais para isso – o que isso importa?*

Laura estava movendo-se ao longo das paredes norte e leste, estudando os livros naquelas prateleiras. Chegara a uma porta totalmente manchada de preto.

Esperou que Reuben a abrisse. A mesma antiga maçaneta de cobre existente nas outras portas. Ela abriu facilmente e revelou uma porta em frente com um alçapão. Essa porta também abriu-se com um rangido.

Encontraram-se em um dos banheiros internos do corredor norte. A porta encontrava-se totalmente em frente a um comprido espelho retangular com uma moldura dourada.

– Devia ter percebido – disse Reuben.

Ainda tinha de haver alguma outra maneira de entrar no segundo andar pelo canto sudoeste, estava certo disso. Onde o primeiro Felix Nideck dormira logo depois da casa ter sido construída.

Ele a encontrou, uma porta que dava acesso a uma despensa de roupa de cama, de madeira e bloqueada por uma fileira de prateleiras. Foi uma coisa simples remover essas prateleiras, e logo encontraram-se na extremidade sudoeste do corredor sul, bem diante da porta do quarto principal.

Fizeram outras pequenas descobertas. Uma alça formada por uma pesada corda de fios de ferro estava pendurada do alçapão, possibilitando que fosse puxada para baixo a partir de dentro. Velhas luminárias espalhadas por toda a grande sala encontravam-se vazias. Algumas das mesas contavam com pequenas pias, com encanamento completo de torneiras e ralos. Havia dutos de gás correndo por baixo das mesas e bicos de gás. O laboratório inteiro havia sido bem equipado para sua época.

Logo descobriram que havia uma porta em cada um dos cantos da sala, uma levando ao banheiro atrás de um espelho bastante similar ao que já haviam encontrado, e a última do lado sudeste levando a um closet.

– Acho que entendo o que talvez tenha acontecido – disse Reuben. – Alguém começou a fazer experimentos aqui, experimentos para determinar a natureza da mudança, da crisma, do que quer que seja que essas criaturas chamam isso. Se essas criaturas possuem longevidade, uma longevidade realmente grande, pense o que a ciência moderna pode ter significado depois de milhares de anos de alquimia. Devem ter esperado descobrir grandes coisas.

– Mas por que pararam os experimentos?

– Pode haver milhares de razões. Talvez tenham levado o laboratório para algum outro lugar. Não há muitas coisas que se pode fazer em termos científicos numa casa como essa, certo? E obviamente queriam sigilo. Ou então descobriram que não poderiam descobrir coisa alguma.

– Por que você diz isso? – perguntou Laura. – Devem ter descoberto alguma coisa, muitas coisas, na verdade.

– Você acha? Acho que as amostras que eles tiraram deles mesmos ou de outros simplesmente se desintegraram antes que pudessem aprender qualquer coisa que fosse. Talvez seja por isso que abandonaram todo o empreendimento.

– Eu não teria desistido tão facilmente – disse Laura. – Teria buscado melhores maneiras de preservar as amostras, melhores técnicas. Teria estudado os tecidos pelo tempo que se mantivessem intactos. Acho que eles levaram o quartel-general para outro lugar. Lembre-se do que a criatura guardiã falou a respeito das células progenitoras pluripotentes. Esse é um termo sofisticado. A maioria dos seres humanos normais não conhece esse tipo de terminologia.

– Bem, se for isso mesmo, então Felix quer ter seus próprios registros, seus itens pessoais, e aquelas tabuletas, seja lá o que signifiquem aquelas tabuletas.

– Fale-me sobre elas, por favor – disse ela. – O que são exatamente? – Ela se aproximou da mesa parcialmente coberta. Temia tocar os pequeninos fragmentos de argila seca que pareciam tão frágeis quanto farinha.

Reuben também não queria tocar neles, mas gostaria muito de possuir uma lanterna possante para iluminar as tabuletas. Gostaria muito de poder distinguir uma ordem para o modo no qual Marrok as havia disposto. Havia uma ordem para elas nas prateleiras nos quartos antigos de Felix? Não conseguia lembrar de nenhuma ordem discernível.

– É escrita cuneiforme – disse ele. – Algumas das mais antigas. Posso te mostrar exemplos em livros ou na internet. Esses fragmentos foram provavelmente desenterrados no Iraque, das cidades mais antigas já documentadas no mundo.

– Nunca me dei conta de que essas tabuletas eram tão pequeninas – disse ela. – Sempre achei que fossem grandes, como as páginas dos nossos livros.

– Estou ansioso para sair daqui! – disse Reuben repentinamente. – Isso está me deixando sufocado. É uma coisa horrível.

– Bem, acho que a gente já fez o suficiente por hoje. Nós descobrimos coisas que são bem importantes. Se ao menos pudéssemos ter certeza de que Marrok foi a única pessoa que esteve nessa sala.

– Eu tenho certeza disso – disse Reuben. Novamente, ele seguiu na frente enquanto apagavam as luzes e desciam a escada.

Na biblioteca escura, acenderam novamente o fogo, e Laura sentou-se perto, abraçando-se em busca de calor, e Reuben sentou-se bem atrás, encostado na escrivaninha, porque o calor lhe era excessivo.

Sentiu-se confortável em sua forma lupina, ali sentado. Sentiu-se tão confortável quanto sempre se sentira em sua antiga pele. Conseguia ouvir o pipilar e o canto dos pássaros do lado de fora, nos carvalhos, ouvir os pequenos seres rastejando na vegetação rasteira, mas ele não sentia nenhuma urgência para se juntar a essas criaturas, ou para se juntar ao reino selvagem delas, para matar ou para se refestelar.

Conversaram só um pouco, especulando que Reuben estava de posse das coisas que Felix queria, e que Felix, bem conhecido como um cavalheiro, não vira como uma prerrogativa entrar na casa e levar essas coisas sem que ninguém percebesse.

– A reunião significa que ele tem boas intenções – disse Laura. – Tenho certeza disso. Se tivesse intenção de invadir essa casa, já poderia ter feito isso antes. Se tivesse a intenção de nos matar, bem, poderia fazer isso a qualquer momento.

– É verdade, talvez a qualquer momento – disse Reuben. – A menos que nós pudéssemos derrotá-lo da mesma maneira que derrotamos Marrok – disse ele.

– Derrotar um é uma coisa. Derrotar todos é outra bem diferente, não é?

– Nós não sabemos se eles estão todos aqui em um lugar. Nós não sabemos nem se eles estão todos ainda vivos.

– A carta – disse Laura –, a carta pertecente a Marrok. Você precisa lembrar de levar isso com você.

Reuben assentiu com a cabeça. Sim, levaria a carta. Levaria o relógio, mas não precisava ensaiar o que queria dizer naquela reunião.

Tudo dependia de Felix, do que Felix dissesse, do que Felix fizesse.

Quanto mais pensava acerca disso, mais ansioso ficava em relação ao encontro, mais suas esperanças estavam agora sendo erigidas em função disso, e mais se sentia ousado e até mesmo um pouquinho orgulhoso de que a coisa chegara a esse ponto.

O desejo crescia nele agora que a noite estava desvanecendo, não desejo para sair na natureza, mas para a natureza que havia dentro daquelas quatro paredes.

Por fim, ele foi até ela, beijando sua nuca, seu pescoço, seus ombros. Abraçou-a e sentiu seu corpo se derreter.

– E então você vai ser meu homem selvagem da floresta mais uma vez enquanto a gente faz amor – disse ela, sorrindo, seus olhos fixos no fogo. Ele beijou as bochechas dela, a carne rechonchuda de seu sorriso. – Será que alguma vez eu vou fazer amor com o Reuben Golding de cara lisinha, o Menino Luz, o Bebezinho, o Menininho, o Menino Prodígio do mundo?

– Hum, agora por que você o iria querer quando tem a mim?

– Aqui está a minha resposta para isso – disse ela, abrindo a boca aos beijos dele, à língua dele, à pressão de seus dentes.

Quando acabou, carregou-a até o andar de cima, o que ele gostava de fazer, e depositou-a na cama.

Ficou lá parado ao lado da janela, porque, de alguma forma, parecia apropriado esconder o rosto dela, enquanto flexionava os músculos e dirigia-se ao poder, e inalava lentamente como se estivesse engolindo água de um córrego cristalino. De imediato a mudança começou.

Milhares de dedos o estavam acariciando, puxando com toda a suavidade cada um dos pelos de sua cabeça, de seu rosto, das costas de suas mãos.

Levantou as patas, observando-as na luz tênue do céu noturno enquanto se transformava, as garras encolhendo, desaparecendo, macia carne almofadada transformando-se em palmas.

Flexionou os dedos das mãos e dos pés. A luz diminuíra ligeiramente de intensidade. As canções da floresta viraram um doce sussurro.

Ah, aquela havia sido uma doce conquista, o poder servindo-o, a seu comando.

Mas com qual frequência ele poderia operar a mudança? Será que ela poderia ser desencadeada mediante alguma provocação direta? Será que poderia deixá-lo completamente na mão, até mesmo quando ele estivesse diante de um perigo extremo? Como poderia saber?

Amanhã, certamente, confrontaria um homem que sabia as respostas a essas perguntas e a inúmeras outras, mas o que exatamente aconteceria naquele encontro? O que aquele homem queria?

E, muito mais relevante, o que o homem estava disposto a dar?

## 28

O escritório de Simon Oliver ficava na California Street, no sexto andar de um edifício com uma deslumbrante vista das torres de escritórios vizinhas, e das águas azuis brilhantes da baía de San Francisco.

Reuben, vestindo um suéter de gola rulê, branco, de cashmere e seu blazer favorito estilo jaquetão, da Brooks Brothers, foi levado até a sala de conferências onde ocorreria a reunião com o filho ilegítimo de Felix.

Era típica da firma aquela sala, com uma longa mesa oval de mogno e as robustas cadeiras Chippendale. Ele e Simon sentaram-se em um dos flancos da mesa, em frente a um quadro grande com uma pintura abstrata multicolorida e de pouca inspiração que parecia não ser mais do que uma glorificada decoração para a parede.

Laura estava numa confortável salinha ao lado com café e os jornais do dia, e uma televisão ligada com o noticiário.

É claro que Simon não poupou Reuben de seus conselhos. Essa poderia ser muito bem uma tentativa do homem obter informações. Poderia a qualquer momento apresentar um teste de DNA que provasse sua filiação a Felix Nideck e dar início a um ataque legal à propriedade munido de todas as armas à sua disposição.

– E devo dizer – disse Oliver – que nunca dei muita importância a homens cabeludos, mas você está muito bem assim, Reuben, se olharmos como um todo. Essa cabeleira farta é alguma espécie de novo estilo rústico? Você deve estar levando as menininhas à loucura.

Reuben riu.

– Não sei. Simplesmente parei de cortar o cabelo – respondeu. Sabia que seu cabelo estava bem limpo e brilhante e muito bem penteado, de modo que ninguém tinha nenhum direito de reclamar. Pouco lhe importava o fato de que o cabelo estava ficando longo demais na altura da nuca. Gostaria muito que aquela reunião começasse logo.

Pareceu uma eternidade o tempo que passou ouvindo as especulações paranoicas de Simon até Arthur Hammermill entrar e falar que Felix acabara de entrar e dirigira-se ao toalete, e que logo estaria com eles.

Hammermill era idoso como Simon Oliver, tinha talvez uns 75 anos. Eram ambos grisalhos e usavam ternos cinza, o primeiro com uma constituição física um pouco pesada e sobrancelhas espessas e o segundo um homem magro começando a ficar calvo.

Hammermill foi polido com Reuben, apertando-lhe a mão calorosamente.

– Foi muita gentileza sua concordar com essa reunião – disse com palavras obviamente escolhidas com muito cuidado. E sentou-se em frente a Simon, que deixou a cadeira em frente a Reuben reservada para o misterioso herdeiro potencial.

Reuben perguntou se haviam gostado da montagem de *Don Giovanni*, uma ópera que verdadeiramente amava. Mencionou o filme de Joseph Losey sobre a ópera, que ele vira muitas e muitas vezes. Arthur ficou imediatamente entusiasmado em relação ao assunto e então afirmou espontaneamente o quanto havia desfrutado da companhia de Felix, e que ficaria triste quando este retornasse novamente à Europa, e que era intenção do homem fazer naquela noite mesmo. Disse essas últimas palavras olhando de relance para Simon, que apenas estudou-o com gravidade sem oferecer nenhuma resposta.

Por fim, a porta se abriu e Felix Nideck entrou na sala.

Se restava ainda a Reuben a menor dúvida de que aquele era o tio de Marchent – e não seu filho ilegítimo – essa dúvida foi imediatamente desfeita.

Aquele era o vistoso homem da fotografia na parede da biblioteca – o sorridente homem em meio a amigos na selva tropical; o agradável mentor da família no retrato que ficava em cima da escrivaninha de Marchent.

Felix Nideck em pessoa, vivo e respirando, parecendo não ter mais do que 20 anos de idade. Nenhum filho poderia ter incorporado com tanta perfeição a forma e as feições do pai. E havia nele uma inconsciente autoridade e uma sutil vivacidade que o destacava dos outros homens na sala.

Reuben estava abalado. Sem mexer os lábios, ele rezou baixinho.

O homem era alto, corpulento, e tinha aquele tipo de pele escura em tom dourado, e fartos cabelos curtos e castanhos. Estava quase que exageradamente bem-vestido num terno marrom extremamente bem cortado, uma camisa em tom caramelo e uma gravata dourada e marrom.

E sua fisionomia generosa e o jeito tranquilo eram o verdadeiro choque. Seu sorriso foi instantâneo, seus grandes olhos castanhos cheios de um contagioso bom humor, e estendeu a mão para Reuben de imediato. Tinha um rosto naturalmente animado.

Tudo no homem era convidativo e gentil.

Sentou-se exatamente em frente a ele, como Reuben sabia que faria, e ficaram olho no olho. Ambos tinham a mesma estatura. Ele curvou-se e disse:

– É um prazer enorme. – A voz era profunda, ressonante e desprovida de qualquer afetação, sem um sotaque discernível e bem acolhedora. – Deixe-me agradecer a você. Estou bastante ciente de que você não possui nenhuma obrigação legal de me ver, e estou impressionado, e grato, por você ter vindo. – Gesticulava facilmente com as mãos enquanto falava, e aquelas eram mãos graciosas. Havia uma pedra preciosa verde no prendedor de sua gravata, e um pedacinho de um lenço de seda listrado, que combinava com a gravata, estava apenas visível no bolso de seu paletó.

Reuben estava poderosamente fascinado, tão fascinado quanto estava vigilante. Porém, mais do que qualquer outra coisa, estava excitado e podia sentir seu coração pulsando na veia do pescoço. Se deixasse de causar uma impressão favorável naquele homem... Só que ele também não conseguia pensar em fracassos. Tudo o que conseguia pensar era que cada minuto que tinha com o homem precisava ser aproveitado ao máximo.

O homem prosseguiu falando sem amarras e fluentemente, recostando-se um pouquinho na cadeira. Era fluido em seus movimentos, relaxado muito mais do que empostado.

– Estou bem ciente de que minha prima Marchent o estimava muito. E você sabe que ela era muito querida por meu pai, o único herdeiro dela.

– Você não conhecia Marchent, conhecia? – disse Reuben. Sua voz estava instável. O que ele estava fazendo? Estava dando início a seu discurso de modo atropelado. – Eu me refiro ao fato de que vocês jamais se encontraram.

– Meu pai tinha uma maneira de torná-la bastante real para mim – disse o homem sem pestanejar. – Tenho certeza de que os nossos representantes explicaram a você que jamais reivindicaria a casa ou a terra que ela queria que ficasse com você.

– Sim, me explicaram – disse Reuben. – Isso é bem reconfortante. Estou contente por estar aqui, por poder discutir qualquer coisa que você queira.

O sorriso fácil do homem era quase deslumbrante. Seus olhos vibrantes indicavam uma cálida reação pessoal a Reuben, mas Reuben não estava disposto a fazer um julgamento precipitado nesse quesito.

Como Reuben poderia de fato começar? Como poderia ir direto ao assunto que lhe interessava?

– Convivi com Marchent por dois dias – disse Reuben –, mas acho que a conheci bem. Era uma pessoa excepcional... – Ele engoliu em seco. – Eu não ter conseguido protegê-la...

– Reuben, por favor – disse Simon.

– Eu não ter conseguido protegê-la – continuou Reuben – vai ser uma coisa com a qual terei de conviver até o dia da minha morte.

O homem assentiu com a cabeça. Havia quase que uma característica mais velha em sua fisionomia. Em seguida disse com uma voz suave:

– Você é um belo jovem.

Reuben ficou sobressaltado. *Se esse cara pretende me matar, ele é o diabo em pessoa.* E o homem prosseguiu.

– Ah, perdoe-me – disse ele com uma óbvia sinceridade e uma pequena preocupação. – E me permito palavras de um homem mais velho ao fazer tal observação. Sinto muito. Talvez não seja velho o suficiente para ter tal permissão, mas há momentos em que me sinto consideravelmente mais velho do que efetivamente sou. Quis dizer apenas que as fotos que vi de você não lhe fazem justiça. Você parece bonito de uma maneira convencional nas fotos, um pouco distante, mas em pessoa, você é muito mais notável. – Ele continuou com sua enganadora simplicidade: – Agora vejo o escritor por trás dos artigos publicados no *Observer*. Poéticos, substantivos, diria eu.

Os advogados estavam lá sentados num rígido e, obviamente, desconfortável silêncio, mas Reuben estava encantado, esperançoso, ainda que cauteloso. *Por acaso isso significa que você não vai me matar?*, era o que estava na ponta de sua língua. *Ou será que tudo isso significa apenas que você vai continuar falando desse jeito suave e enganador quando tentar fazer a mesma coisa que aquele odioso Marrok?*

Entretanto aquele homem sentado ali era Felix, Felix, em frente a ele naquela mesa. E precisava se controlar.

– Você quer os objetos pessoais de seu pai – disse Reuben, lutando para não gaguejar. – Os diários, é isso? E as tabuletas, as tabuletas antigas com escrita cuneiforme...

– Reuben – disse Simon imediatamente, a mão levantada para interrompê-lo. – Vamos procurar não discutir os detalhes dos objetos pessoais até que o sr. Nideck tenha deixado as suas intenções um pouco mais claras.

– Tabuletas antigas? – murmurou Arthur Hammermill, mexendo-se em sua cadeira. – Tabuletas antigas de que espécie? Essa é a primeira vez que estou ouvindo falar de tabuletas antigas.

– Sim, meu pai tinha uma grande coleção de antigas tabuletas com escrita cuneiforme que comprou durante seus anos no Oriente Médio – disse o homem. – E é verdade, são o meu interesse principal, confesso, e também esses diários, evidentemente. Os diários de meu pai são muito importantes para mim.

– Então você consegue ler a escrita secreta dele? – perguntou Reuben.

Sentiu um tremor no olhar do homem.

– Há muitas coisas com essa escrita secreta na casa – disse Reuben.

– Sim, para ser sincero, consigo ler a escrita secreta, sim – disse o homem.

Reuben tirou do bolso a carta endereçada a Marrok e colocou-a em cima da mesa.

– Por acaso você escreveu isso aqui? – perguntou ele. – Parece que foi escrita com a caligrafia secreta do seu pai.

O homem olhou a carta com uma fisionomia séria, mas não era fria. Estava visivelmente surpreso.

Estendeu a mão e pegou a carta.

– Como isso chegou às suas mãos, se me permite perguntar?

– Se você escreveu isso, bem, agora a carta lhe pertence.

– Você pode me dizer como isso chegou às suas mãos? – perguntou ele novamente com humilde cortesia. – Você me faria um grande favor se me desse essa informação.

– Foi deixada na pousada que fica na cidade de Nideck para um homem que se considerava uma espécie de guardião da casa, e das coisas da casa – explicou Reuben. – Um homem não muito agradável. A propósito, essa carta nunca chegou às mãos dele. Eu a peguei antes dele desaparecer.

– Desaparecer?

– Sim, ele sumiu, sumiu completamente.

O homem registrou as palavras em silêncio. Em seguida disse:

– Você se encontrou com essa pessoa? – Novamente, os olhos ficaram suaves, perscrutadores, e a voz tinha um tom cálido e educado.

– Ah, sim – disse Reuben. – Foi um encontro bem desafiador. – Lá vamos nós, pensou Reuben. Diga logo tudo. Vá até a própria beirada do penhasco. – Bastante desafiador, de fato, para mim e para a minha companheira, minha amiga que está compartilhando a casa comigo. Foi, bem, como diríamos, um encontro desastroso, mas que para nós acabou provando-se não desastroso.

O homem pareceu sopesar as palavras cuidadosamente, com poucas mudanças de expressão. Mas ficou visivelmente abalado.

– Reuben, acho que é melhor nós passarmos para os assuntos que temos a discutir – sugeriu Simon. – Nós teremos tempo no futuro para discutir outros assuntos, com certeza, se concordarmos aqui...

– Desastroso – repetiu o homem, ignorando Simon. O homem parecia estar genuinamente preocupado. – Sinto muito por isso – disse o homem. Novamente, seu tom de voz estava humilde, gracioso e preocupado.

– Bem, vamos dizer apenas que essa pessoa, esse Marrok, tinha graves objeções à minha presença na casa, ao meu relacionamento com Marchent Nideck; ficou ofendido também por causa de outras coisas. – "Coisas" era uma palavra tão fraca. Por que não conseguia escolher uma outra palavra? Olhou para o homem em busca de compreensão. – Na realidade, eu diria que ele estava bastante irritado a respeito da maneira com a qual as coisas haviam se... desenrolado. Olhava para mim como se eu fosse alguma espécie de idiota, mas ele se foi, esse homem se foi. Sumiu. Jamais vai pegar essa carta.

Simon fez uma série de pequenos ruídos de quem está limpando a garganta e estava prestes a interromper novamente quando Reuben fez um gesto pedindo paciência.

O homem estudava Reuben, sem dizer uma palavra. Certamente estava chocado.

– Pensei que talvez você tivesse escrito essa carta para ele – disse Reuben. – Que talvez tivesse vindo seguindo uma ordem sua.

– Talvez seja importante que nós vejamos essa carta... – disse Simon.

Muito cuidadosamente, o homem retirou as páginas dobradas da carta do envelope, seu dedo passando por cima do lugar onde o envelope havia sido aberto.

– Sim – disse ele. – Escrevi essa carta, mas não vejo como ela possa ter proporcionado um encontro tão desagradável. Essa certamente não foi a minha intenção. A mensagem é simples, para ser sincero. Não escrevia para Marrok havia séculos. Disse a ele que ouvira falar da morte de Marchent e que chegaria logo, logo.

Isso foi dito com tal convicção e persuasão que Reuben acreditou nas palavras, mas seu coração não parava de bater aceleradamente, latejando em seus ouvidos e nas palmas de suas mãos.

– Agora, em relação a esse homem – disse Arthur.

– Por favor – disse Reuben. Ele mantinha os olhos em Nideck. – O que eu poderia imaginar a não ser que você tivesse escrito para ele antes – disse Reuben –, e que talvez a desaprovação dele fosse a sua desaprovação, que ele estava agindo de acordo com a sua autoridade quando apareceu na casa. Não se tratou disso, então?

– De forma alguma – disse o homem suavemente. Suas sobrancelhas juntaram-se por um momento num tenso franzir de cenho, e então ele relaxou. – Eu lhe asseguro – disse ele –, seja lá o que aconteceu, não estava agindo sob ordens minhas.

– Bem, isso é um alívio e tanto – disse Reuben. Percebeu que começara a tremer um pouco, e a suar. – Porque esse homem, esse Marrok, não estava disposto a agir de maneira sensata. Estava bem belicoso.

O homem absorveu essas palavras em silêncio.

Simon apertou o punho direito de Reuben com muita força, mas Reuben ignorou o alerta.

Como é que posso deixar isso mais claro, estava pensando Reuben.

– E você está dizendo que ele agora sumiu – disse o homem.

– Sem deixar vestígios, como se diz por aí – respondeu Reuben. – Simplesmente sumiu. – E fez um gesto com as duas mãos para sugerir fumaça subindo no ar.

Sabia que aquilo seria absolutamente incompreensível para os dois advogados, mas estava tentando acertar um determinado alvo. E tinha de fazê-lo.

O homem estava tão plácido, e aparentemente tão confiável, quanto antes.

– Eu me senti sendo atacado, você me entende – disse Reuben. – A mulher que estava comigo estava sendo atacada. Amo muito essa mulher. Era injusto ser ameaçada debaixo do meu teto. E fiz o que tinha de fazer.

Mais uma vez, Simon tentou protestar. Arthur Hammermill estava visivelmente perplexo.

Foi o homem quem levantou a mão para que Simon permanecesse calado.

– Entendo – disse ele, olhando bem nos olhos de Reuben. – E sinto muito, muitíssimo mesmo, por essa sucessão de eventos totalmente inesperada.

Subitamente, Reuben tirou do bolso o relógio de ouro e entregou-o ao homem do outro lado da mesa.

– Isso foi deixado para trás – disse ele com uma voz baixa.

O homem olhou para o relógio por um longo momento antes de pegá-lo e segurá-lo reverentemente em ambas as mãos. Olhou para a face do relógio e então para o verso. E suspirou. Sua expressão estava sombria pela primeira vez, uma mudança marcante, e talvez um pouco desapontado.

– Ah, pobre nanico – disse ele baixinho, enquanto olhava novamente para a face do relógio. – Sua errância chegou ao fim.

– Nanico? – disse Arthur Hammermill. Ele estava pálido de frustração e irritação.

— Isso mesmo – disse Reuben. – Era baixinho, o sujeito.

Os olhos do homem brilharam de prazer enquanto sorria para Reuben, mas permanecia pesaroso, pesaroso ao virar novamente o relógio em sua mão.

— Sim, sinto muitíssimo – sussurrou ele. Pôs o relógio no bolso. Pegou a carta cuidadosamente e deslizou-a para o interior de seu paletó. – Perdoe-me o vocabulário antiquado. Conheço muitas línguas, muitos livros antigos.

Os advogados estavam visivelmente aturdidos, trocando olhares entre si.

Reuben prosseguiu.

— Bem, talvez seja fácil para alguém na minha situação ofender outras pessoas – disse Reuben. Ele colocou a mão direita no colo porque estava trêmula. – Afinal de contas, trata-se de uma casa magnífica – disse ele. – Uma propriedade magnífica, uma responsabilidade magnífica, alguns poderiam até dizer uma espécie de crisma... – Seu rosto estava queimando.

Houve uma diminuta mudança no olhar do homem. Olharam-se mutuamente por um longo momento.

O homem deu a impressão de estar prestes a dizer alguma coisa, mas manteve-se em silêncio por um tempo mais longo e então disse apenas:

— E nós nem sempre pedimos uma crisma.

— Uma crisma? – sussurrou Simon com exasperação, e Arthur Hammermill assentiu com a cabeça e murmurou alguma coisa.

— Não, justamente o oposto – disse Reuben. – Mas seria pura tolice alguém não dar à crisma o valor que ela tem.

O homem sorriu. Foi um sorriso triste, o que o mundo consideraria um sorriso filosófico.

— Então não o ofendi? – perguntou Reuben. Sua voz tornou-se um sussurro. – Isso nem passou pela minha cabeça.

— Não, de modo algum – disse o homem. Sua voz ficou mais suave, e eloquente, com muito sentimento. – Os jovens são a nossa única esperança.

Reuben engoliu em seco. Estava todo trêmulo. O suor surgira em seu lábio superior. Sentia-se tonto, porém entusiasmado.

— Nunca encarei tais desafios — disse Reuben. — Eu acho que você pode muito bem imaginar isso. Quero encarar esses desafios de maneira resoluta e forte.

— Obviamente — disse o homem. — Nós chamamos isso fortitude, não é?

— Ah, essa é uma palavra que conheço bem — disse Simon com Arthur Hammermill assentindo vigorosamente em apoio.

— Obrigado — disse Reuben, enrubescendo. — Acho que me apaixonei pela casa. E sei que me apaixonei por Marchent. E fiquei encantado com Felix Nideck, com a ideia que tive dele, o explorador, o erudito, o professor, quem sabe. — Ele fez uma pausa e então disse: — Aqueles diários escritos naquela caligrafia misteriosa. A casa é cheia de tesouros, e aquelas tabuletas, aquelas diminutas e frágeis tabuletas. Até mesmo o nome Nideck é um mistério. Encontrei o nome em um antigo conto. Tantos nomes na casa parecem conectados a antigos contos: Sperver, Gorlagon, até mesmo Marrok. Há poesia e romance nisso tudo, não há? Encontrar nomes que ressoam com mistérios nas lendas e no conhecimento, encontrar nomes que prometem revelações num mundo onde as perguntas multiplicam-se dia após dia...

— Reuben, por favor! — disse Simon, erguendo a voz.

— Você possui o dom da poesia — murmurou Arthur Hammermill, enrolando os olhos. — Seu pai deve ficar orgulhoso disso, e com toda a justiça.

Simon Oliver encrespou-se visivelmente.

O sorriso do homem era fácil e novamente quase que tolo. Ele juntou os lábios e mexeu a cabeça em concordância quase que imperceptivelmente.

— Estou impressionado — disse Reuben. — Tenho estado assoberbado. Fico contente em ver que você é mais corajoso em relação a isso, porque o seu amigo era pessimista, sombrio.

— Bem, nós podemos esquecer dele agora, não podemos? — sussurrou o homem. Parecia estar maravilhado a sua própria maneira.

— Imaginei que Felix Nideck fosse uma fonte de conhecimento, quem sabe uma fonte de conhecimento secreto — disse Reuben. — Você sabe, alguém que saberia as respostas a muitas perguntas, o que o meu pai chama de perguntas cósmicas, alguém que poderia dar alguma luz sobre os cantos sombrios dessa vida.

Simon mexeu-se desconfortavelmente em sua cadeira, assim como Arthur Hammermill, como se um estivesse sinalizando ao outro. Reuben ignorou-os.

O homem estava simplesmente olhando para ele com aqueles grandes olhos compassivos.

– Deve ser maravilhoso para você – disse Reuben – poder ler aquela escrita secreta. Ontem à noite mesmo encontrei livros-razão preenchidos com essa escrita secreta. Muito antigos. Muito antigos mesmo.

– Você encontrou, é? – perguntou o homem gentilmente.

– Encontrei, são de muito tempo atrás. Muitos anos atrás. Anos bem anteriores ao nascimento de Felix Nideck. Seus ancestrais devem ter tido conhecimento dessa escrita secreta. A menos, é claro, que Felix conhecesse algum fantástico segredo de longevidade que ninguém mais conhece. É quase possível acreditar em algo assim naquela casa. Aquela casa é um labirinto. Você sabia que ela possui escadarias secretas, e uma grande sala secreta? É verdade!

Os advogados estavam ambos limpando suas gargantas ao mesmo tempo.

O rosto do homem registrava apenas um quieto entendimento.

– Parece que havia cientistas trabalhando naquela casa no passado, médicos talvez. É claro que agora é impossível saber, a menos que se possa ler aquela escrita secreta. Marchent tentou fazer com que fosse decodificada muito tempo atrás...

– Tentou, é?

– Mas ninguém conseguia. Você possui uma habilidade extremamente valiosa.

Simon novamente tentou interromper. Reuben seguiu em frente.

– A casa faz com que imagine coisas – disse Reuben –, que Felix Nideck ainda está vivo, de um jeito ou de outro, que vai voltar e de alguma maneira explicar coisas que eu não consigo entender por mim mesmo, talvez jamais consiga entender.

– Reuben, por favor, queira por gentileza... eu acho que... – disse Simon, que estava na verdade começando a se levantar.

— Sente-se, Simon — disse Reuben.

— Jamais passou pela minha cabeça que você soubesse tantas coisas sobre Felix Nideck — disse o homem gentilmente. — Na verdade, nem imaginava que soubesse algo sobre ele.

— Ah, sei muitas coisinhas sobre ele — disse Reuben. — Ele adorava Hawthorne, Keats, aquelas antigas histórias góticas europeias, e adorava até teologia. Ele adorava Teilhard de Chardin. Encontrei um livrinho na casa: *How I Believe*, de Teilhard. Devia tê-lo trazido para lhe dar. E me esqueci. Eu o tenho tratado como se fosse uma relíquia sagrada. Foi dedicado a Felix por um de seus amigos diletos.

O rosto do homem sofreu uma outra sutil mudança, mas o semblante acolhedor, a generosidade, permaneciam.

— Teilhard — disse ele. — Um pensador tão brilhante e original. — Ele baixou a voz um pouquinho. — "Nossas dúvidas, como os nossos infortúnios, são o preço que temos de pagar pela consumação do universo..."

Reuben assentiu. E não conseguiu suprimir um sorriso.

— "O mal é inevitável — citou Reuben —, "no curso de uma criação que se desenvolve com o tempo."

O homem ficou mudo. Então, muito suavemente, com um sorriso radiante, ele disse:

— Amém.

Arthur Hammermill estava olhando fixamente para Reuben como se este tivesse perdido a razão. Reuben prosseguiu:

— Marchent pintou um retrato bem vívido de Felix — disse ele. — Todos que o conheceram enriquecem esse retrato, aprofundam-no. Ele é parte da casa. É impossível viver lá e não conhecer Felix Nideck.

— Entendo — disse o homem com a mais suave das vozes.

Os advogados estavam prestes a fazer uma nova tentativa de intervenção. Reuben ergueu a voz ligeiramente.

— Por que ele desapareceu daquela maneira? — perguntou Reuben. — O que aconteceu? Por que deixaria Marchent e a família dela do jeito que deixou?

Arthur Hammermill interrompeu de imediato:

— Bem, tudo isso foi investigado – interpôs-se ele – e, para falar a verdade, Felix aqui não tem nada a acrescentar que poderia nos ajudar nesse quesito.

— É claro que não – disse Reuben baixinho. – Estava pedindo que ele especulasse, sr. Hammermill. Só pensei que talvez ele pudesse ter alguma ideia original.

— Não me importo de discutir esse assunto – disse o homem. Mexeu o corpo para a esquerda e deu um tapinha nas costas da mão de Arthur.

Ele olhou para Reuben.

— Nós não podemos saber toda a verdade sobre isso – disse ele. – Desconfio de que Felix Nideck tenha sido traído.

— Traído? – perguntou Reuben. Sua mente projetou-se de imediato naquela enigmática inscrição no livro de Teilhard: *Nós sobrevivemos a isso; nós podemos sobreviver a qualquer coisa.* Um emaranhado de lembranças fragmentárias veio-lhe à mente. – Traído – disse ele.

— Jamais teria abandonado Marchent – disse o homem. – Ele não confiava que seu sobrinho nem a mulher do sobrinho pudessem criar adequadamente seus filhos. Não era intenção dele sair de suas vidas como fez.

Pedaços e fragmentos de conversas voltavam a ele. Abel Nideck não se entrosava com o tio; algo a ver com dinheiro. Do que se tratava? Abel Nideck ganhara algum dinheiro, logo depois de Felix partir.

Numa voz baixa e ribombante, Arthur começou a sussurrar no ouvido do homem, alertando que aquelas questões eram sérias, e que deveriam ser discutidas em outro lugar e em outra ocasião.

O homem assentiu distraidamente, dispensando o comentário. Olhou novamente para Reuben.

— Sem dúvida nenhuma foi amargo para Marchent; isso deve ter lançado uma sombra sobre a vida dela.

— Ah, não há nenhuma dúvida quanto a isso – disse Reuben. Ele estava poderosamente excitado. Seu coração batia como um tambor, estabelecendo o ritmo da conversa. – Marchent suspeitava que alguma coisa ruim havia acontecido, não apenas a ele mas também aos amigos dele, a todos os seus amigos próximos.

Simon tentou interromper.

– Às vezes é melhor não se saber a história toda – disse o homem. – Às vezes, é melhor as pessoas serem poupadas de toda a verdade.

– Você acha? – perguntou Reuben. – Talvez você tenha razão. Talvez no caso de Marchent e no caso de Felix. Como posso saber? Mas nesse exato instante, sou um cara que está ansioso pela verdade, ansioso por respostas, ansioso por compreender certas coisas, por obter alguma iluminação, qualquer iluminação, uma pista...

– Esses assuntos são assuntos de família! – disse Arthur Hammermill numa voz profunda e esmagadora. – Assuntos sobre os quais você não tem nenhum direito de...

– Por favor, Arthur! – disse o homem. – É importante para mim ouvir essas coisas. Por favor, queira por obséquio nos deixar prosseguir.

Reuben chegara a um impasse. Queria sair daquela sala, confrontar essa pessoa a sós em algum lugar, independentemente do quanto fosse perigoso. Por que tinham de encenar aquele pequeno drama na frente de Simon e de Hammermill?

– Por que você quis esse encontro? – perguntou ele subitamente. Estava tremendo mais do que nunca. As palmas de suas mãos estavam molhadas.

O homem não respondeu.

Ah, se ao menos Laura estivesse nessa sala. Ela saberia o que dizer, pensou Reuben.

– Você é um homem de caráter? – perguntou Reuben.

Os advogados começaram a murmurar freneticamente entre si de um jeito que fez Reuben lembrar-se de um timbale. Era exatamente como eles soavam, timbales em uma sinfonia, ribombando sob a música.

– Sim – disse o homem. Ele parecia absolutamente sincero. – Se eu não fosse um homem de caráter – sugeriu o homem –, não estaria aqui.

– Então, você vai me dar a sua palavra de honra de que não ficou ofendido pela maneira como tratei seu amigo? De que não me deseja nenhum mal por conta do que aconteceu com ele, de que vai me deixar e deixar a minha amiga em paz?

– Pelo amor de Deus! – declarou Arthur Hammermill. – Você está acusando o meu cliente de...

– Dou – disse o homem. – Você, sem dúvida nenhuma, fez o que tinha de fazer. – Ele aproximou-se da mesa, mas não conseguiu alcançar a mão de Reuben. – Eu dou – disse ele novamente, sua mão ainda aberta, desamparadamente aberta.

– Sim – disse Reuben, lutando para encontrar as palavras. – Fiz o que tinha de fazer. Fiz o que senti que devia fazer. Fiz isso com Marrok, e também em outras ocasiões emergenciais.

– Sim – disse o homem suavemente. – Entendo verdadeiramente.

Reuben ergueu o corpo na cadeira.

– Você quer os objetos de Felix? – perguntou ele. – Você pode tê-los, é claro. Só me movimentei para adquiri-los porque pensei que fosse o que Marchent queria que eu fizesse, tomar conta deles, cuidar para que fossem protegidos, preservados, doados a uma biblioteca, a uma universidade. Não sei. Venha pegá-los. Leve-os. São seus.

Ambos os advogados começaram a falar de imediato, Simon protestando vigorosamente, afirmando que era cedo demais para se fazer tal acordo, que somas de dinheiro haviam mudado de mão tendo a ver com esses objetos, que alguma espécie de novo inventário era requerido, alguma coisa bem mais detalhada do que havia sido feito; Arthur Hammermill estava asseverando em tons baixos, quase hostis, que ninguém jamais lhe havia dito que os artefatos possuíam qualidade de peças de museu, e que teriam de discutir aquilo em detalhe.

– Você pode ficar com os objetos – disse Reuben, educadamente ignorando ambos os homens.

– Obrigado – disse o homem. – Agradeço muito mais profundamente do que consigo expressar em palavras.

Simon começou a mexer seus papéis e a fazer anotações, e Arthur Hammermill estava enviando alguma mensagem de texto em seu BlackBerry.

– Você me permitiria uma visita? – perguntou o homem a Reuben.

– É claro – disse Reuben. – Pode aparecer quando quiser. Você sabe qual é o endereço. Obviamente, sempre soube. Quero que você nos visite. Quero que apareça! Adoraria... – Estava quase gaguejando.

O homem sorriu e assentiu com a cabeça.

– Gostaria muito de poder fazer essa visita agora, com você. Infelizmente, preciso partir, não disponho de muito tempo. Estou sendo esperado em Paris. E lhe telefono logo, logo, assim que puder.

Reuben sentiu as lágrimas ameaçando, lágrimas de alívio.

De repente, o homem levantou-se, assim como Reuben.

Eles se encontraram na extremidade da mesa, e o homem apertou a mão de Reuben.

– Os jovens reinventam o universo – disse ele. – E nos dão o novo universo como sua dádiva.

– Mas, às vezes, os jovens cometem erros terríveis. Os jovens necessitam da sabedoria dos velhos.

O homem sorriu.

– Necessitam e ao mesmo tempo não necessitam – disse ele. Então falou as palavras que Reuben citara de Teilhard apenas alguns minutos antes. "O mal é inevitável no curso de uma criação que se desenvolve com o tempo."

Felix saiu com Arthur Hammermill correndo para alcançá-lo.

Simon estava em meio a um paroxismo. Tentou atrair Reuben de volta à cadeira.

– Você sabe que a sua mãe quer que você veja esse médico e, francamente, eu acho que ela tem uma certa razão. – Ele estava se encaminhando para encerrar uma imensa palestra e uma total interrogação. A reunião não dera certo, eles tinham de conversar sobre isso, não, a reunião não dera nada certo. – E você devia ligar para a sua mãe agora mesmo.

Só Reuben sabia que havia sido uma vitória.

E sabia também que não havia nada que pudesse fazer para esclarecer as coisas para Simon, ou para suavizá-las, ou para assegurá-lo. De modo que foi diretamente encontrar-se com Laura para partir de lá.

Quando encontrou Laura na sala de espera, o homem estava lá, segurando sua mão direita em ambas as suas, conversando com ela numa voz suave e íntima.

– ... você jamais voltará a estar em perigo por causa de uma intrusão como aquela.

Laura murmurou seus agradecimentos pelas garantias. Estava ligeiramente entontecida.

Lançando um sorriso na direção de Reuben e fazendo uma leve mesura, o homem retirou-se imediatamente e desapareceu por um corredor de portas escuras.

Assim que ficaram sozinhos no elevador, Reuben perguntou:

– O que foi que ele disse para você?

– Que havia sido um extraordinário prazer conhecê-lo – disse Laura –, e que ele ficara envergonhado pelas ações do amigo dele, que nós jamais voltaríamos a ser visitados por alguém como fomos daquela vez, que... – Ela parou de falar. Estava um pouco abalada. – É o Felix, não é? Esse homem é de fato, de verdade, o próprio Felix Nideck em pessoa.

– Sem dúvida nenhuma – disse Reuben. – Laura, acho que venci a batalha, se é que houve uma batalha. Acho que nós estamos tranquilos.

A caminho do restaurante onde iriam jantar, contou novamente toda a conversa da melhor maneira possível.

– Só podia estar falando a verdade para você – disse Laura. – Ele nunca teria me procurado, falado comigo, se não estivesse sendo sincero. – Um calafrio percorreu-lhe o corpo. – E talvez ele saiba todas as respostas, as respostas a todas as perguntas, e vai estar disposto a contar para você tudo o que sabe.

– Esperemos – disse Reuben. Mas ele mal estava conseguindo conter sua felicidade e seu alívio.

Chegaram ao café em North Beach bem antes da hora de pico, e conseguiram facilmente uma mesa perto das portas de vidro. A chuva arrefecera e um céu azul havia surgido, o que estava maravilhosamente de acordo com o espírito de Reuben. As pessoas estavam se sentando nas mesas exteriores apesar do frio. A Columbus Avenue estava movimentada como sempre. A cidade parecia vívida e renovada, não aquela paisagem noturna e sombria da qual fugira.

Estava exaltado; não havia como esconder. Era como a pausa na chuva, a súbita expansão do céu azul.

Quando pensou novamente em Felix lá de pé segurando a mão de Laura e conversando com ela, por pouco não chorou. Estava silenciosamente orgulhoso do quanto ela estava atraente naquele momento, com suas calças de lã cinza e o suéter, justo, bem passado e brilhando. Laura estava com os cabelos brancos presos na nuca com uma fita, como costumava fazer, e dera um sorriso radiante para Felix assim que ele saíra.

Reuben olhava para ela agora com olhos amorosos. *E você está salva. Ele não vai deixar nada de mau lhe acontecer. Ele parou ali para lhe assegurar. Viu o quanto você é bela e delicada e pura. Você não é como eu. Não sou como você. Ele não vai voltar atrás na palavra.*

Reuben pediu uma farta refeição italiana, salada, sopa de minestrone, canelone, vitela, pão francês.

Estava atacando a salada, ainda discorrendo sobre toda a conversa com Laura, quando Celeste enviou uma mensagem de texto: "SOS. Sobre nós."

Reuben respondeu a mensagem:

"Diga."

Ela escreveu:

"A gente está junto ou não?"

"A coisa que eu mais quero", teclou pacientemente com os polegares, "é que a gente continue amigos."

Se aquilo era brutal, sentia muito, sentia muitíssimo, mas precisava dizer aquilo. Era totalmente injusto continuarem como estavam.

"Isso significa que você não me odeia por estar com Mort?", escreveu ela.

"Estou feliz por você estar com Mort." Estava sendo sincero. Sabia que Mort estava feliz; Mort só podia estar feliz. Mort sempre fora fascinado por Celeste. Se finalmente aceitara Mort em suas amarfanhadas e empoeiradas roupas de gênio com seus cabelos fartos e fisionomia negligente, bem, isso era fantástico para os dois.

"Mort também está feliz", rebateu ela.

"Você está?"

"Eu estou feliz, mas eu te amo e sinto a sua falta e estou preocupada com você, assim como todo mundo."

"Então você ainda é minha amiga."

"Para sempre."

"Quais são as novidades sobre o lobo homem?"

"Só o que todo mundo já sabe."

"Eu te amo. Preciso ir nessa."

Ele colocou o telefone no bolso.

– Acabou – disse ele a Laura. – Ela está feliz; está tendo um caso com o meu melhor amigo.

Um pouquinho de felicidade surgiu na expressão de Laura, e ela sorriu.

Queria dizer que a amava, mas não o fez.

Agora tomava sua sopa com o máximo de lentidão que conseguia se forçar a tomá-la.

Laura também estava na verdade degustando a refeição, em vez de simplesmente ingeri-la. Seu rosto agora possuía aquela firme e doce radiância que não via nela havia dias.

– Pense nisso, no que isso significa – disse ele. – Nós acabamos de sair de um encontro com um homem que...

Reuben sacudiu a cabeça. Não conseguia falar. Lágrimas novamente. Chorara mais na presença de Laura do que jamais chorara em toda a sua vida na frente de sua própria mãe. Bem, nem tanto.

– Só quero que ele me ajude com isso – insistiu ele. – Quero que ele...

Ela aproximou-se da mesa e pegou a mão dele.

– Ele vai fazer isso – disse ela.

E olhou bem nos olhos dela.

– Você aceitaria a crisma, não aceitaria? – sussurrou ele.

Laura estremeceu, mas seus olhos permaneceram fixos nele.

– Você quer dizer arriscar a minha vida por isso? – respondeu ela.

– Não sei. – Ela estava com uma expressão bem séria no rosto. – Eu compartilho o poder porque *você* tem o poder.

Isso não é suficiente, pensou ele.

## 29

Laura estava dirigindo. Com a cabeça encostada na janela do Porsche, Reuben dormia.

Haviam passado pela casa antes de deixar San Francisco. Reuben tinha certeza de que Simon Oliver encontraria uma maneira de dizer a Grace ou a Phil que ele estivera na cidade e, é claro, sua suposição acabara se confirmando.

Grace preparava o jantar, com Phil já sentado à mesa e Celeste estava lá com Mort, zanzando pela cozinha, todos eles desfrutando de uma taça de vinho. Um médico amigo de Grace, um oncologista brilhante cujo nome Reuben nunca conseguia se lembrar, também estava lá, pondo a mesa com uma outra médica que Reuben jamais vira antes. O CD *Jazz Samba*, de Stan Getz e Charlie Byrd, estava tocando ao fundo, e o grupo inteiro obviamente se divertia bastante.

Reuben sentira uma aguda saudade de todos, do aconchego da casa, do convívio familiar que deixara para trás mas, fora isso, tudo estava perfeito: gente demais para algum interrogatório ou alguma intervenção. Todos cumprimentaram Laura com delicadeza, principalmente Celeste, agora totalmente aliviada por Reuben já estar com uma outra pessoa, embora Mort parecesse previsível e lealmente entristecido, pelo menos quando olhou de relance para Reuben, que apenas cerrou os punhos e deu um soco de leve no braço do amigo. Rosy abraçou Reuben com afeto.

Grace queria cercá-lo, queria sim, mas não podia deixar os bifes passarem do ponto, e os brócolis que estava cozinhando no alho, e então acabou contentando-se com o beijo carinhoso que recebeu dele e com o sussurro confidencial de Reuben dizendo que a amava.

— Gostaria muito que você ficasse, especialmente essa noite. Gostaria muito.

– Mamãe, nós já jantamos – sussurrou ele.

– Mas vai aparecer uma pessoa aqui essa noite.

– Mamãe, não vai dar.

– Reuben, você pode me ouvir? Quero que você conheça esse homem, o dr. Jaska.

– Essa noite não vai ser possível, mamãe – disse Reuben, e dirigiu-se à escada.

Com a ajuda de Rosy, Reuben conseguiu recolher seus últimos livros, arquivos e fotos e guardá-los no Porsche.

Em seguida deu uma última olhada na bonita sala de jantar com as muitas velas sobre a mesa e em cima da viga da lareira e, com um beijo jogado para Grace, despediu-se. Phil lhe acenara afetuosamente.

A campainha o sobressaltou, e ele abriu a porta para ver ali postado um homem alto de cabelos grisalhos com duros olhos cinza e um rosto quadrado. Não um homem muito velho, na verdade. Tinha uma fisionomia curiosa, porém ligeiramente hostil.

De imediato, Grace apareceu, conduzindo o homem para dentro de casa com uma das mãos enquanto segurava Reuben com a outra.

O homem não tirou os olhos de Reuben. Estava mais do que visível que não esperara ficar cara a cara com ele tão subitamente.

Uma estranha imobilidade tomou conta de Reuben. Um aroma escapava do homem, um levíssimo aroma que Reuben conhecia muito bem.

– E esse aqui é o dr. Akim Jaska. Falei sobre ele com vocês – disse Grace rapidamente, atrapalhadamente, desconfortavelmente. – Entre, doutor. Rosy, por favor, traga para o doutor o drinque que ele sempre toma.

– É um grande prazer conhecê-lo, dr. Jaska – disse Reuben. – Gostaria muito de poder ficar, mas não vai ser possível. – Olhou ao redor ansiosamente em busca de Laura. Estava bem atrás dele. E segurou seu braço com firmeza.

O aroma ficou mais forte quando olhou bem fundo nos olhos estranhamente opacos do homem. E se o aroma desencadeasse a mudança?

Grace estava em meio a um confito, e não se sentia à vontade. Parecia estar observando atentamente aquela troca de olhares.

– Tchau, Bebezinho – disse ela de pronto.

– Certo, mamãe. Te amo – disse Reuben.

Laura deslizou porta afora na frente dele.

– Tenha uma noite agradável, doutor. Mamãe, a gente se fala.

Enquanto descia os degraus, sentiu um tênue espasmo no estômago. Como um aviso. Não estava se transformando. Não, não podia se transformar. E sabia que conseguiria deter a transformação, mas o aroma ainda estava em suas narinas. Olhou de volta para a casa, e ouviu, mas ouviu apenas palavras agradáveis e desprovidas de qualquer significado. E o aroma perdurava, tornando-se inclusive mais forte.

– Vamos pegar a estrada – disse ele.

O tráfego fazia um estrondo sobre a Golden Gate em meio à pesada escuridão invernal, mas a chuva não havia começado.

Seguiram viagem. E Reuben continuou dormindo.

De alguma maneira, em seu tênue porém delicioso sono, sabia que estavam se aproximando de Santa Rosa.

E quando ouviu as vozes, era como se fossem um picador de gelo em seu cérebro.

Ajeitou-se no assento.

Era a primeira vez que ouvia um pânico tão agudo, uma dor tão aguda.

– Pare o carro – gritou ele.

Os espasmos já haviam começado. Sua pele estava entrando em ebulição. O aroma de crueldade o sufocava – o mal em seu estado mais elevado.

– No meio das árvores – disse ele, enquanto se dirigiam ao estacionamento mais próximo. Reuben já estava sem roupa e disparando na escuridão em questão de segundos, mergulhando de cabeça na pruriginosa transformação enquanto escalava as árvores.

Alcançando seguidamente seus ouvidos, os gritos acenderam seu sangue. Vinham de dois rapazes, rapazes aterrorizados, sendo espancados, com medo de serem cruelmente mutilados, com medo de morrer, e o ódio fervilhante dos executores era extravasado numa toada de xingamentos imundos, denúncias sexuais, insultos opressivos.

Não estavam no parque, mas sim no pátio longo e mal iluminado ao lado dele, atrás de um escuro casarão em ruínas. Uma gangue de quatro havia levado os rapazes para lá para realizar um lento ritual de cacetadas e sangramentos e, enquanto Reuben se aproximava, percebeu que uma das duas vítimas estava à beira de dar seu último suspiro. Agudo cheiro de sangue, de raiva, de terror.

Não poderia salvar o rapaz moribundo. Sabia disso, mas poderia salvar o rapaz desafiador que ainda estava lutando por sua vida.

Com um rugido de dentes rilhando, desceu sobre os dois que estavam levando os punhos à barriga dessa vítima que ainda resistia ao ataque, xingando-os com toda a sua alma. *Agressores, assassinos, eu vou cuspir na cara de vocês!*

Num emaranhado de membros e gritos, as mandíbulas de Reuben desceram sobre a cabeça fedorenta de um dos agressores enquanto sua garra direita procurava o outro, agarrando-o pelos cabelos. O primeiro homem, a cabeça jogada para trás, contorceu-se e entrou em convulsão enquanto os dentes de Reuben despedaçavam seu crânio, o homem segurando a vítima ensanguentada abaixo dele, aparentemente tentando levantar o rapaz para transformá-lo num escudo humano. Com sua pata direita arrastando o outro agressor para debaixo de seus pés, Reuben esmagou sua cabeça de encontro à terra do jardim. Então apertou com uma força deliciosa o torso do primeiro agressor, refestelando-se com sua carne esquelética. A vítima aguerrida deslizou debaixo do agressor, saindo de seu alcance.

Como sempre, não havia tempo para salvar esse repasto. Arrancou a garganta do homem e terminou o serviço, já que os dois outros membros da gangue apareceram.

Munidos de facas, se lançaram sobre Reuben, tentando rasgar seu "traje" cabeludo, um rapaz esfaqueando Reuben duas, três vezes, com sua longa faca, enquanto o outro procurava cortar a "máscara" da cabeça dele.

Sangue saiu de Reuben. Saiu de seu peito e escorreu por seus olhos, proveniente dos cortes em sua cabeça. Estava enlouquecido. Golpeou o rosto de um dos homens com suas garras, retalhando a carótida, e pegou o outro enquanto virava-se na direção da cerca de ferro. Num segundo, o homem estava morto e Reuben imóvel, refestelando-se da carne macia da coxa do homem antes de soltá-lo e cambalear para trás, embriagado com a luta, embriagado com o sangue. O aroma do mal infestando os arredores escuros, e o aroma de morte logo atrás dele.

Luzes acenderam-se nas casas vizinhas. Houve um alarido de vozes – gritos na noite. Luzes acenderam-se na casa acima do jardim.

Os ferimentos de Reuben eram uma massa de dor quente e palpitante, mas podia senti-los sarando, podia sentir o intenso formigamento acima de seu olho direito enquanto o talho sarava. Na penumbra, viu a vítima ensanguentada rastejando ao longo do imundo jardim repleto de lixo na direção da outra: o pobre rapaz que já estava morto. A vítima ajoelhou-se ao lado de seu amigo, sacudindo-o, tentando ressuscitá-lo, e então deixou escapar o uivo mais lancinante do mundo.

Ele virou-se para Reuben, olhos cintilando na escuridão, soluçando sem parar.

– Está morto, eles o mataram, está morto, ele está morto, ele está morto.

Reuben ficou lá parado em silêncio, olhando para o corpo inerte e parcialmente despido. Nenhum dos dois rapazes podia ter mais de 16 anos. O rapaz pesaroso levantou-se. Seu rosto e suas roupas estavam cobertos de sangue; ele aproximou-se de Reuben, aproximou-se realmente dele. Então caiu para a frente e desmaiou completamente.

Somente agora, enquanto o rapaz estava lá aos pés dele, Reuben foi capaz de ver as pequeninas feridas sangrando nas costas das mãos esticadas dele. Feridas produzidas por furos! Feridas produzidas por furos na mão, no punho e no antebraço. Marcas de mordida.

Reuben ficou petrificado.

Os jardins das cercanias estavam vivos com sussurros, com espectadores boquiabertos. A porta dos fundos da casa havia sido aberta.

Sirenes estavam se aproximando. Mais uma vez aquelas fitas de som se desfraldando, agudas como aço.

Reuben deu um passo para trás.

Luzes brilhantes giravam nas nuvens pesadas e úmidas e invadiam os limites da casa, iluminando luridamente suas formas desmedidas e inchadas no céu, e a imundície e a ruína do jardim.

Reuben virou-se e saltou sobre a cerca, e moveu-se com rapidez, em silêncio, através da escuridão, ficando de quatro enquanto percorria um quilômetro da floresta e em seguida outro quilômetro, avistando à sua frente o Porsche exatamente como o havia deixado, sob as árvores. Seus braços brilhando diante dele davam-lhe a impressão de serem pernas dianteiras, e sua velocidade o assombrava.

No entanto, foi obrigado a evocar a transformação.

*Deixe-me agora, você sabe o que preciso, devolva-me a minha antiga forma.*

Agachou-se ao lado do carro, arfando em busca de ar, trabalhando com os espasmos, enquanto a espessa camada de pelo lupino saía de seu corpo. Os ferimentos em seu peito queimavam, pulsavam, e os pelos permaneceram grossos ali, cheios de sangue. A mesma coisa em seu olho direito, um tufo de espesso pelo de lobo. Suas garras estavam retraindo, desaparecendo. Com dedos compridos e retorcidos, ele alcançou os ferimentos e cutucou o pelo espesso que ali restava. Suas pernas nuas estavam fraquejando, seus pés descalços não lhe transmitiam segurança, as mãos tateando a porta do carro enquanto perdia o equilíbrio e caía sobre um dos joelhos.

Laura estava ao seu lado, firmando-o, ajudando-o a sentar-se no assento do passageiro. As faixas de pelo em seu peito e testa pareciam infinitamente mais monstruosas do que a transformação total, mas o sangue já havia coagulado e se transformado num espesso esmalte quebradiço. A pele certamente queimava sobre os ferimentos. Ondas de um prazer entontecedor circundaram sua cabeça como se duas mãos o estivessem massageando.

Assim que Laura entrou na autoestrada, Reuben vestiu novamente a camisa e as calças. E, com a mão esquerda sobre os latejantes ferimentos no peito, sentiu o pelo lupino encolhendo, finalmente soltando-se. Apenas a suave pelagem de baixo permanecia. Não só o pelo lupino como também o pelo haviam saído de sua testa.

A escuridão rolante veio afogar-lhe, levá-lo para longe. Lutou contra ela, sua cabeça batendo de encontro à janela, um gemido baixo escapando-lhe dos lábios.

Sirenes; eram como espíritos gemendo, esganiçados, hediondos, mas o Porsche estava movendo-se novamente na direção norte, entrando na autoestrada, juntando-se ao trepidante fluxo de faróis traseiros vermelhos brilhantes e cintilantes à frente, pairando de uma faixa da pista à outra, e finalmente atingindo uma alta velocidade.

Ele recostou-se e olhou para Laura. Nas luzes brilhantes, parecia absolutamente calma, os olhos fixos na estrada.

– Reuben? – disse ela, sem ousar tirar os olhos do tráfego. – Reuben, fale comigo. Reuben, por favor.

– Está tudo bem comigo, Laura – disse ele. E suspirou. Um calafrio atrás de outro passou por ele. Seus dentes estavam batendo. O pelo sumira agora dos ferimentos no peito, e os ferimentos também haviam sumido. A pele cantava. Sentia-se inundado de prazer, exausto de prazer. O aroma de morte ainda grudava-se nele, a morte do rapaz arrasado no jardim, o aroma de morte inocente.

– Fiz algo horrível, indescritível! – sussurrou. Tentou dizer mais alguma coisa, mas tudo o que pôde ouvir de seus próprios lábios foi um outro gemido.

– O que você está dizendo? – perguntou ela. O tráfego estava intenso e ruidoso à frente e atrás deles. Eles já estavam saindo da cidade de Santa Rosa.

Fechou os olhos novamente. Nenhuma dor agora. Apenas uma leve febre pulsando em seu rosto e nas palmas das mãos, e na carne macia onde a dor estivera antes.

– Uma coisa horrível, Laura – sussurrou ele, mas ela não conseguia ouvi-lo. Ele viu o rapaz cambaleando novamente na direção dele, um menino alto de peito largo com um rosto branco e suplicante, um rosto cortado e ensanguentado, com fios de cabelo louro ao redor, olhos esbugalhados de terror, lábios mexendo, dizendo coisa alguma. Veio a escuridão. E lhe deu boas-vindas, o assento de couro aconchegando-o, o carro embalando-o enquanto seguiam viagem.

# 30

As luzes do salão ofuscaram-no. O calor saindo dos dutos do aquecimento central estava forte demais, as fragrâncias da casa repulsivas, próximas, embriagantes, sufocantes inclusive.

De imediato, se dirigiu à biblioteca e telefonou para o Clift Hotel em San Francisco. Precisava falar com Felix. Estava engasgado de vergonha. Somente Felix poderia ajudá-lo com o que acabara de fazer e, envergonhado como estava, mortificado e arrasado, não conseguiria descansar até confessar aquele ato horrível a Felix, aquele ato de pura incompetência ao transmitir a crisma a uma outra pessoa.

Felix não estava mais lá, disse a atendente. Saíra do hotel naquela tarde.

– Posso perguntar quem está ligando? – Ele estava prestes a desligar, desesperado, mas identificou-se na tênue esperança de que houvesse alguma mensagem. Havia.

– Sim, ele falou para informá-lo que havia sido convocado. Negócios urgentes que ele não podia ignorar. Mas que retornaria assim que fosse possível.

Nenhum número de telefone, nenhum endereço.

Ele desabou na cadeira com a cabeça em cima da escrivaninha, a testa encostada no mata-borrão verde. Depois de um momento, pegou o telefone e ligou para Simon Oliver, deixando um apelo desesperado em sua secretária eletrônica para que Oliver entrasse em contato com Arthur Hammermill e descobrisse se ele tinha um número de emergência com o qual pudesse localizar Felix Nideck. Era urgente, urgente, urgente. Simon não podia imaginar o quanto aquilo era urgente.

Nada a fazer; nada que pudesse aliviar aquele pânico indescritível. Será que aquele rapaz vai morrer? Será que a crisma o matará? Será que aquele desprezível Marrok estava dizendo a verdade quando afirmou que a crisma podia matar?

Tinha de se encontrar com Felix!

Novamente, ele viu o rapaz caído na terra do jardim, sua mão estendida, e o ferimento.

Meu Deus, meu Deus!

Ele mirou a figura sorridente de Felix na fotografia. *Meu Deus, por favor, ajude-me. Não deixe o coitado daquele rapaz morrer. Por favor. E não deixe...*

Não conseguia suportar aquela sensação de pânico.

Laura estava lá, observando-o, esperando, sentindo que alguma coisa estava abominavelmente errada.

Segurou Laura pelos braços, e passou as mãos pelo espesso suéter cinza que usava, agarrando o colarinho alto abaixo de seu queixo. Em seguida passou as mãos pelas calças compridas dela; quente o bastante.

*Quero me transformar, agora, voltar para a noite. Agora.*

Segurando-a com firmeza, sentiu a camada de pelo lupino irromper mais uma vez. Soltou-a apenas o tempo suficiente de tirar as roupas. A pelagem o estava isolando do calor da sala, suas narinas como sempre captando o forte aroma da floresta grudado nas janelas. Aquilo era um êxtase, aquelas dissonantes ondas vulcânicas que quase o derrubavam.

Ergueu-a e saiu pela porta dos fundos da casa em direção à noite, a transformação agora completa, e com ela encostada em segurança em seu ombro esquerdo acelerou através da floresta, curvado para a frente, disparando sobre suas poderosas coxas, até deixar para trás os carvalhos e alcançar as gigantescas sequoias.

– Enrole-se em mim – respirou ele em seu ouvido, guiando os braços dela ao redor de seu pescoço e as pernas ao redor de seu torso. – Nós vamos subir, está a fim?

– Claro – gritou ela.

Foi escalando os altos galhos da árvore, além das heras e das trepadeiras emaranhadas, subindo e subindo, cada vez mais alto, acima dos penhascos, do interminável e resplandecente mar sob a fantasmagórica brancura da lua oculta, e finalmente encontrou um leito de galhos entrelaçados forte o suficiente para sustentá-los. Sentou-se, seu braço esquerdo preso com firmeza em volta do galho acima dele, seu braço direito aconchegando-a.

Laura estava rindo baixinho, delirante de júbilo diante daquilo. Beijou-o por todo o rosto nas partes em que ele podia senti-la, as pálpebras, a ponta do nariz, as laterais da boca.

– Aguente firme – alertou ele. Então ele inclinou-a só um pouquinho para a direita, de modo que ela se sentou na coxa direita dele e o braço direito dele a mantinha firmemente presa. – Consegue ver o mar? – perguntou.

– Consigo – disse ela. – Mas só dá para ver um pretume absoluto, e porque eu sei que ele está lá e sei do que se trata.

Reuben estava respirando com facilidade encostado no tronco da monstruosa árvore. Escutava o coro da floresta; a copa chiava, suspirava e sussurrava. Bem para o sul, conseguia enxergar as luzes da casa piscando em meio às árvores, como se fossem incontáveis estrelas diminutas, presas em suas inúmeras janelas. Lá embaixo, bem lá embaixo no mundo, a casa cheia de luz, esperando por eles.

Laura depositou a cabeça no peito dele.

Por um tempo bem longo, permaneceram daquela maneira, juntos, lá em cima, Reuben olhava para o mar e não via nada além da água cintilante, do breu celeste acima e das tênues estrelas. As nuvens juntavam-se sobre a lua, sustentando aquela ilusão de que a lua estava mais uma vez rompendo as nuvens com sua chama. O vento úmido e salgado sussurrava e soprava nas árvores altas ao redor.

Por um breve momento, ele teve a sensação de perigo. Ou será que era apenas a presença de alguma outra criatura por perto? Ele não tinha certeza, mas estava certo de que não podia comunicar aquele súbito alarme a Laura. Ela estava confiando totalmente em si ali em cima. Em silêncio, Reuben escutou.

Talvez se tratasse apenas do inevitável farfalhar dos galhos na copa da árvore, e possivelmente alguma pequena fera fugidia que ele não conhecia seguindo seu caminho nas proximidades. Os morcegos vespertinos estavam naquela altura, os esquilos voadores, o chapim e a tâmia podiam passar suas vidas naqueles galhos altos, mas por que tais criaturinhas iriam despertar seu instinto protetor? O que quer que fosse, havia sumido, e pensou consigo mesmo que deveria ser porque estava com ela – o coração dela batendo de encontro ao dele – que teve a sensação de um alerta tão vago.

Tudo estava bem ao redor deles.

E pensou no rapaz que estava em agonia.

Foi indescritível tudo aquilo.

Implorou à floresta que o mantivesse próximo, que o protegesse de sua própria consciência implacável e aguda. Muito tempo atrás em sua curta vida, a voz da consciência era a voz de Grace, Phil, Jim e Celeste, mas não era mais assim que acontecia. E agora sua própria consciência enterrava a faca em sua alma.

*Cure isso, se puder, com todo o seu secreto poder ebuliente!* Morphenkind, *o que você fez com aquele rapaz? Ele sobreviverá apenas para tornar-se o que você é?*

Por fim, não conseguia mais suportar aqueles pensamentos. A sublime paz daquelas folhosas altitudes estava empalidecendo em contraste com o calor de sua tristeza. Tinha de se mover, e começou a subir de árvore em árvore, com os braços e as pernas dela mais uma vez enganchados nele. Os dois se moveram num grande arco através da floresta, e lentamente de volta ao limite da floresta de sequoias. Como de costume, não representava peso algum; Laura era fragrante e doce, como se estivesse carregando consigo um buquê de flores para desfrutar de seu luxurioso aroma. Sua língua buscava o pescoço dela, a bochecha dela, seus rosnados viraram gemidos em uma serenata para ela.

Mais uma vez Laura prendeu os braços e as pernas ainda com mais firmeza em torno dele, e desceram em direção ao ar mais quente e mais próximo da parte baixa da floresta.

As mãos dela estavam geladas. Até ele podia sentir isso, aquele aspecto glacial, como se fosse fumaça escapando das mãos dela.

Ele caminhou lentamente através dos grandes e generosos carvalhos de casco cinzento, carregando-a, parando aqui e ali para que pudessem se beijar, para que pudesse conduzir sua pata esquerda para debaixo do suéter dela e sentir ali a carne nua, quente e sedosa, tão úmida, tão despida, tão redolente de frutas cítricas e florações que não conseguia nomear, e do aroma forte e abrasivo da carne viva de Laura. Ergueu-a e sugou seus seios enquanto ela suspirava.

Uma vez dentro de casa, depositou-a sobre a grande e comprida mesa da sala de jantar. Segurou suas mãos gélidas entre suas patas, em suas cálidas patas. Por acaso não estavam cálidas? A sala estava escura. A casa rangia e suspirava, açoitada pelo vento oceânico. A luz caía languidamente através da alcova vinda do salão.

Por um longo momento olhou para ela, deitada ali à espera dele, seus cabelos soltos e repletos de pedacinhos de folhas e pétalas aromáticas, seus olhos grandes e sonolentos, ainda que fixos nele.

Então acendeu o fósforo à lenha de carvalho que estava empilhada na lareira. Ao ser acesa, a madeira crepitou, explodiu, e as chamas saltaram. A fantasmagórica luz dançava no teto de arcadas. Dançava no laqueado da tampa da mesa.

Laura começou a tirar as roupas, mas ele implorou que parasse com um gesto silencioso. Em seguida ele mesmo tirou-lhe as roupas, rolando o suéter e puxando-o delicadamente, e puxando as calças e jogando-as para o lado. Laura chutou os sapatos para longe.

A visão do corpo despido dela em cima da mesa vazia o ensandeceu maravilhosamente. Passou a lateral macia de suas patas na sola dos pés descalços dela. Acariciou-lhe as panturrilhas nuas.

– Não permita que eu a machuque – sussurrou ele com aquela voz baixa, tão familiar a ele agora, tão parte dele agora. – Fale para mim se eu machucar você.

– Você nunca me machuca – sussurrou ela. – Você não tem como me machucar.

– Pescoço macio, barriga macia – grunhiu ele, lambendo-a com sua comprida língua, a macia parte inferior das patas levantando os seios dela. *Afasta-te de mim, tragédia.* Ajoelhando-se sobre ela, levantou-a e empalou-a delicadamente em seu sexo e a sala ficou na penumbra ao redor, o fogo crepitando e estalando em seus ouvidos, sua mente preenchida com coisa alguma além dela, até que não havia mais nenhuma mente.

Mais tarde, levantou-a e levou-a escada acima e através do corredor vazio – um percurso tão longo na secreta escuridão – até o ar mais quente do quarto. Perfume; velas. A penumbra era tanta lá dentro, o silêncio era tanto.

Reuben deitou-a na cama, uma sombra em contraste com a pálida brancura dos lençóis, e sentou-se ao lado dela. Sem fanfarra, fechou os olhos e operou a mudança. Um pequeno fogo queimou dentro de seu peito; o ar em si parecia erguer a camada lupina, suavizá-la, dissolvê-la. As ondas orgásmicas balançaram-no violenta porém rapidamente. Em seguida a pelagem começou a se dissolver, sua pele respirando, e ele olhou novamente para as próprias mãos, suas familiares mãos.

– Fiz uma coisa horrível essa noite – disse ele.

– O que foi? – Ela segurou com firmeza o braço dele e pressionou-o com delicadeza.

– Feri aquele rapaz, aquele rapaz que eu estava tentando salvar. Acho que lhe transmiti a crisma.

Laura não disse nada. Seu rosto sombrio era o retrato da compreensão e da compaixão, e que espetáculo era aquele, porque ele não esperava nem uma coisa nem outra de quem quer que fosse. Ter esperança em algo não é o mesmo que esperar por algo.

– E se ele morrer? – perguntou ele com um suspiro. – E se eu derramei sangue inocente? E se a melhor hipótese for ele ter se transformado no que eu sou?

## 31

A história explodiu no noticiário matinal, não porque o lobo homem tivera a temeridade de se dirigir à cidade nortista de Santa Rosa e despedaçado quatro criminosos malignos, mas porque a vítima sobrevivente já estava famosa.

Na condição de vítima juvenil de um ataque quase fatal, sua identidade estava protegida, mas, por volta das 5 da manhã já havia telefonado para a imprensa de seu leito hospitalar e dado sua versão da história a vários repórteres.

Seu nome era Stuart McIntyre, um estudante do ensino médio de 16 anos que seis meses antes fora manchete internacional ao insistir em levar um companheiro ao baile de formatura da Blessed Sacrament Catholic Academy em Santa Rosa. A escola não somente dissera não à solicitação de Stuart como também tirara dele o título de orador da turma, negando-lhe, portanto, o direito de realizar o discurso principal na noite de formatura, e Stuart levara o caso à mídia, dando entrevistas por telefone e por e-mail a todos os que estivessem interessados.

Essa havia sido a primeira causa de ativismo gay defendida por Stuart, mas sua maior reivindicação de fama antes da crise de formatura fora seu sucesso como ator no ensino médio, persuadindo a Blessed Sacrament a fazer uma montagem em grande escala de *Cyrano de Bergerac*, apenas para que pudesse desempenhar o papel principal, o que ocorreu, e com boa acolhida da crítica.

Assim que viu Stuart no noticiário, Reuben o reconheceu. O jovem tinha um rosto quadrado, uma abundância de sardas em seu amplo nariz e nas bochechas e uma vasta cabeleira loura e desgrenhada que sugeria um halo sobre a cabeça. Seus olhos eram azuis e seu habitual sorriso era um pouco malicioso. Era na verdade um risinho irônico. Seu rosto era às vezes bonitinho e ficava fácil simpatizar com ele. A câmera o amava.

Reuben acabara de começar sua carreira de repórter no *Observer* quando Stuart tornou-se uma celebridade local, e Reuben jamais prestara muita atenção à história, exceto para se divertir com o fato daquele menino destemido pensar que poderia convencer uma escola católica a deixá-lo levar seu namorado ao baile de formatura.

O namorado, Antonio Lopez, era o rapaz desafortunado que fora assassinado na noite anterior pelos quatro agressores de gays, que haviam, a propósito, expressado sua intenções aos rapazes e a outras pessoas de mutilar ambas as vítimas *post mortem*.

Por volta do meio-dia, a história já estava novamente enorme, não apenas porque o aparentemente "invencível" lobo homem interviera, salvando a vida de Stuart, mas também porque havia rumores de que a pessoa por trás da agressão antigay era o padrasto de Stuart, um instrutor de golfe chamado Herman Buckler. Dois dos assassinos eram cunhados de Antonio, o rapaz morto, e outros membros da família deles deixaram vazar a história, apontando o padrasto como o homem que havia idealizado o ataque para livrar-se de seu enteado. Stuart também contou para a polícia que seu padrasto havia montado o ataque, e que os jovens que haviam tentado matá-lo lhe haviam dito isso.

Havia mais. A mãe de Stuart, uma loura burra chamada Buffy Longstreet, fora uma atriz adolescente que trabalhara numa série de TV de vida curta por alguns anos, e o pai de Stuart fora um gênio da computação que fizera muito sucesso no Vale do Silício antes da bolha da internet, deixando Stuart muito bem de vida e a mãe moderadamente confortável. E quando o pai morreu foi de uma infecção contraída em Salvador, Bahia, enquanto realizava uma viagem de sonho pela Amazônia. O crime do padrasto havia sido cometido por dinheiro, evidentemente, e porque odiava Stuart do fundo do coração. Ele estava negando tudo e ameaçava processar o rapaz.

Stuart era agora um estudante na universidade de San Francisco, morando sozinho em seu apartamento próprio no bairro de Haight-Ashbury a três quarteirões da escola, e estivera em Santa Rosa para uma visita com seu namorado, Antonio, na ocasião do ataque antigay. Tudo o que Stuart queria na vida, ou pelo menos foi o que contou repetidamente à imprensa, era tornar-se advogado e trabalhar pelos direitos humanos. Era convidado frequente em talk-shows no rádio, e o único sobrevivente de um encontro com o lobo homem disposto a conversar diretamente com a imprensa desde que Susan Larson falara com Reuben nas dependências do *San Francisco Observer*.

Reuben estava processando tudo isso o mais rapidamente possível quando foi interrompido por dois oficiais da delegacia de polícia de Mendocino que queriam novamente falar a respeito do lobo homem, e se ele se lembrava ou não de mais alguma coisa acerca daquela terrível noite em que Marchent morrera. Por acaso sabia que o lobo homem havia atacado em Santa Rosa?

A entrevista foi breve porque Reuben na realidade não se lembrava de "nada mais" acerca daquela terrível noite. E ambos os oficiais queriam de fato expressar sua fúria de que as pessoas só iriam se dar conta de que esse lobo homem tinha de ser capturado depois do maníaco tirar mais pedaços de outros inocentes.

Cinco minutos depois que saíram, Reuben foi novamente interrompido por um telefonema em seu celular, dessa vez de Stuart.

– Você sabe quem eu sou – disse a voz enérgica no aparelho. – Bem, ouça. Acabei de pegar o seu número com a sua editora, Billie Kale, e eu li o artigo que você escreveu sobre aquela mulher, a primeira pessoa a ver de fato o lobo homem. Eu quero falar com você. Quero mesmo. Se estiver minimamente interessado, por favor apareça aqui em Santa Rosa. Eles se recusam a me deixar sair daqui agora. E escute, se você não estiver a fim dessa história, tudo bem, mas preciso saber agora porque quero chamar uma outra pessoa se você não estiver interessado, beleza? E aí, é sim ou não, o que você acha? Se a resposta for não, eu vou ligar de novo para a sua editora, ela falou que essa história era quente e que...

– Espere um pouco. Diga-me exatamente onde você está. Estou indo.

– Ah, meu Deus, pensei que estivesse deixando um recado na sua secretária eletrônica. É você? Maneiro. Estou no St. Mark's Hospital em Santa Rosa. E corra, porque estão ameaçando proibir as visitas.

Quando Reuben chegou lá, Stuart já estava em estado febril e Reuben não recebeu permissão para vê-lo. Reuben decidiu esperar, independentemente de a espera se tratar de algumas horas ou alguns dias e, finalmente mais ou menos às duas da tarde, conseguiu efetivamente ver o rapaz. Quando isso ocorreu, Reuben já havia enviado duas mensagens de texto a Grace instando-a a entrar em contato com os médicos de Santa Rosa e "compartilhar" seja lá qual protocolo que usara com Reuben, caso o rapaz tivesse sido arranhado ou mordido, quem poderia saber?

Grace estava relutante em tomar essa iniciativa. Respondeu a mensagem com o seguinte texto: "Ninguém disse nada sobre o garoto ter sido mordido."

Mas o garoto havia sido mordido.

Quando Reuben entrou, Stuart estava deitado sobre uma montanha de travesseiros e tinha dois diferentes sacos plásticos de fluidos intravenosos bombeando líquidos para o interior de suas veias. Havia curativos em seu rosto e em sua mão e braço esquerdos e, provavelmente, mais curativos sob a camisola hospitalar, mas ele estava tendo uma recuperação "milagrosa". Estava tomando um milk shake de chocolate e dando um risinho. As sardas e os enormes olhos sorridentes fizeram Reuben pensar em Huck Finn e Tom Sawyer.

– Fui mordido! – disse Stuart, levantando a mão esquerda enfaixada, com os tubos pendurados. – Vou virar um lobisomem. – E irrompeu numa gargalhada aparentemente incontrolável.

Analgésicos, pensou Reuben.

A mãe de Stuart, Buffy Longstreet, uma loura fatalmente bonita que tinha as mesmas bochechas sardentas do filho e um nariz arrebitado resultado de cirurgia plástica, estava sentada no canto com os braços cruzados mirando Stuart com uma combinação de fascínio e horror.

– Na boa, deixe eu te falar logo – declarou Stuart –, se esse cara estiver usando um traje, o que ninguém em sã consciência duvida, a coisa é de primeira mesmo. Enfim, aquela roupa é o traje definitivo, e o cara só pode estar tomando pó de anjo porque nenhuma outra droga pode deixar um cara com aquela força toda. O que quero dizer é que aquele cara se mete em lugares onde até os anjos têm medo de pisar. Você não acredita do que esse cara é capaz em ação.

"Eu mesmo não vou descartar a hipótese de que aquilo possa ser alguma espécie de animal desconhecido, mas eu vou contar para você qual é a minha teoria sobre essa história de bicho."

– E qual é? – perguntou Reuben, mas a verdade é que aquele era o tipo de entrevista onde o repórter não precisa fazer nenhuma pergunta.

– Tudo bem – disse Stuart, torcendo o polegar na direção de seu próprio peito –, isso é o que eu acho que está acontecendo com esse cara. Acho que ele é um ser humano normal que foi vítima de alguma coisa horrível. É o seguinte, esqueça essa besteirada de lobisomem, isso já é bem velho e não vai levar a lugar nenhum, e a gente viu as canecas e as camisetas. O que quero dizer é o seguinte, esse cara tem alguma espécie de infecção ou doença, tipo acromegalia ou sei lá o quê, e isso alterou o cara e o transformou nesse monstro. Ouça isso, o meu pai esteve na Amazônia, que era o maior sonho da vida dele, enfim, o supersonho de toda a vida dele era ir para a Amazônia, descer o rio Amazonas, andar na selva, sei lá, e ele pegou uma infecção que em uma semana destruiu o pâncreas e os rins dele. Morreu num hospital no Brasil.

– Isso é horrível – murmurou Reuben.

– Ah, pode crer, foi horrível, sim, mas isso aí, essa criatura, alguma coisa assim aconteceu com ele. O cabelo, o crescimento dos ossos...

– Que crescimento de ossos? – perguntou Reuben.

– O cara tem imensas mãos ossudas, pés ossudos, testa ossuda, sabia? Existem doenças que produzem esse tipo de crescimento, e no caso dele é todo coberto com uma cabeleira desgrenhada. Ele é isoladão como o Fantasma da Ópera, como o Homem Elefante, tipo uma dessas aberrações de circo, tipo o personagem de Claude Rains em *O homem invisível*, e está totalmente fora de si. E esse cara tem sentimentos! Enfim, tem sentimentos profundos. Você devia ter visto ele lá parado olhando o Antonio. Ele olhava e olhava para o Antonio. E levantou as mãos, assim, opa, quase arranquei o soro, merda...

– Está tudo bem. Você não arrancou nada.

– Levantou as mãos na cabeça assim, olha, como se a visão de Antonio lá deitado, morto...

– Stuart, pare com isso! – gritou sua mãe. Seu corpinho diminuto se contorceu na cadeira. – Você não para de falar nisso!

– Não, não, não, mamãe, estou falando com um repórter. Isso aqui é uma entrevista. Se esse cara não estivesse a fim de me ouvir falar de Antonio e do que aconteceu não teria vindo aqui. Mamãe, dá para me arrumar um outro milk shake? Por favor, por favor?

– Gaaaaarrrr! – disse a mãe e saiu correndo do quarto em seus saltos agulha. Belo corpo, sem dúvida nenhuma.

– Agora – disse Stuart – a gente vai poder conversar de verdade, certo? Cara, ela está me levando à loucura. O meu padrasto enfia a mão nela e ela põe a culpa em mim. Em mim. Sou o culpado por ele ter retalhado todas as roupas dela com um cortador de papelão, eu!

– O que mais você lembra a respeito do ataque? – perguntou Reuben. Era inconcebível que aquele rapaz corado de olhos vívidos pudesse morrer por causa da crisma ou por qualquer outra coisa.

– Forte, inacreditavelmente forte – respondeu Stuart. – E esses caras esfaquearam ele. Eu vi! Enfim, esfaquearam mesmo. Ele nem se mexeu, cara. Simplesmente estraçalhou a todos. É isso mesmo, estraçalhou. Não foi brincadeira, não. Rolou inclusive canibalismo, rolou mesmo. Não estão deixando as testemunhas falarem com a imprensa, mas não podem me impedir de falar. Conheço os meus direitos garantidos pela constituição. Não posso ser impedido de falar com a imprensa.

– Certo. O que mais? – perguntou Reuben.

Stuart sacudiu a cabeça. De repente, seus olhos encheram-se de água e ele se transformou num menininho de 6 anos de idade bem diante dos olhos de Reuben e começou a soluçar.

– Sinto muito por eles terem matado o seu amigo – disse Reuben.

O rapaz estava inconsolável.

Reuben ficou parado ao lado da cama abraçando-o por quinze minutos.

– Você sabe do que tenho medo de verdade? – perguntou o rapaz.

– Do quê?

– Eles vão pegar esse cara, esse lobo homem, e vão fazer um estrago nele de verdade. Vão metralhar esse cara, vão enfiar o cacete nele como se ele fosse um filhote de foca. Não sei, não. Vão arrebentar esse cara de verdade. Não é um ser humano para eles. É um animal. Vão encher o cara de bala como fizeram com Bonnie e Clyde. Enfim, eram seres humanos, eram sim, mas encheram os dois de bala como se fossem animais.

– Certo.

– E nunca vão ficar sabendo o que se passava na cabeça do cara. Nunca vão ficar sabendo quem ele realmente é, ou era, nem por que ele faz o que faz.

– Sua mão está doendo?

– Não, mas se ela estivesse pegando fogo eu não saberia. Tenho tanto Valium e Vicodin no meu organismo nesse exato momento que...

– Saquei. Está entendido, tudo bem. O que mais você quer me contar?

Por meia hora, conversaram sobre Antonio e seus primos machões e o quanto o odiavam por ser gay e o quanto odiavam Stuart, a quem eles culpavam por Antonio haver se "tornado" gay; conversaram sobre seu padrasto, Herman Buckler, que pagou os caras que haviam sequestrado Antonio e Stuart, e que queriam matar e mutilar a ambos; conversaram sobre Santa Rosa, sobre a Blessed Sacrament High School, e conversaram sobre o que significa ser um advogado criminalista realmente de relevo, como Clarence Darrow, que era o herói de Stuart, e pegaria os casos dos marginalizados, dos repelidos, dos deprezados.

Stuart começou novamente a chorar.

– Devem ser os medicamentos – disse ele. Ele se encolheu novamente, como se fosse uma criancinha.

Sua mãe entrou com o milk shake de chocolate.

– Você vai ficar enjoado, bebendo isso! – disse ela em tom de vingança, jogando o copo com força na bandeja ao lado da cama.

Quando a enfermeira apareceu, descobriu que Stuart estava novamente com febre, e disse que Reuben tinha de partir. Sim, iniciariam nele o tratamento contra a raiva, é claro, e um coquetel de antibióticos que deveria cuidar de qualquer coisa contagiosa proveniente desse ser lupino, mas Reuben precisava ir embora agora.

– O "ser lupino" – disse Stuart –, isso soa legal mesmo. Ei, você vai aparecer de novo, ou já tem a matéria completa na cabeça?

– Gostaria de voltar amanhã, e ver como você está – disse Reuben. Deu seu cartão a Stuart, com o endereço e o telefone de Mendocino escritos no verso. Escreveu todos os números para Stuart em seu volume capa dura de *Game of Thrones*.

Ao sair, Reuben deixou seu cartão na sala das enfermeiras. Se houvesse qualquer mudança, por favor liguem, pediu ele. Se imaginasse que aquele menino fosse realmente morrer, teria uma crise nervosa ali mesmo.

Encontrou a médica atendente, dra. Angie Cutler, na porta do elevador, e instou-a a entrar em contato com Grace em San Francisco, já que passara por tudo aquilo com sua mãe cuidando do caso. Tentou se expressar com o máximo de tato possível mas, bem em seu íntimo, já estava convencido naquela altura do campeonato de que o tratamento dado por sua mãe provavelmente o ajudara a sobreviver. A dra. Cutler foi bem mais receptiva do que imaginara. Era mais jovem do que Grace, conhecia Grace e a respeitava. Era gentil e delicada. Reuben lhe deu seu cartão.

– Ligue para mim a qualquer hora se tiver alguma informação – disse ela, murmurando algo a respeito do que ele próprio havia experimentado.

– Sei tudo sobre você – disse a dra. Cutler com um sorriso convidativo. – Fico contente por você ter vindo ver o rapaz. Está subindo pelas paredes naquele quarto, mas o poder de recuperação dele é assombroso; é praticamente um milagre. Se tivesse visto os hematomas quando ele chegou aqui, você não acreditaria.

No elevador, ligou para Grace e insistiu que entrasse, por favor, em contato com a médica. O rapaz havia sido mordido. Era verdade.

Sua mãe ficou em silêncio por um momento. Em seguida, disse numa voz tensa:

– Reuben, se eu tivesse de contar para essa médica as coisas que observei no seu caso, não tenho muita certeza se teria ainda muito crédito com ela depois disso.

– Sei disso, mamãe. Eu entendo – disse ele. – Mesmo assim pode ser que haja coisas realmente importantes que você possa compartilhar com ela, você sabe, sobre os antibióticos que você usou, o tratamento antirrábico, seja lá o que você tenha feito no meu caso que possa vir a ajudar o rapaz.

– Reuben, não posso ligar para a médica do rapaz assim do nada. A única pessoa que tem estado minimamente interessada no que de fato observei em seu caso é esse dr. Jaska, e você não dá a menor bola para ele.

– Está certo, mamãe. Entendo, mas agora estou falando sobre o rapaz receber tratamento pela mordida, só isso.

Um calafrio percorreu-lhe o corpo.

Estava saindo do hospital e seguindo em direção ao carro, e a chuva começara a cair novamente.

– Mamãe, me desculpe não ter ficado para conversar com o dr. Jaska. Sei que você queria muito isso. E de repente, se isso melhorar o seu estado de espírito, eu posso ter uma conversa com ele.

*E se eu tivesse ficado, bem, aí quando tivesse chegado a Santa Rosa, Stuart McIntyre já estaria morto.*

Houve um silêncio tão longo que temeu haver perdido a conexão, mas então Grace falou novamente, e pareceu que dessa vez era uma outra pessoa com a voz de Grace.

– Reuben, por que você foi para Mendocino County? O que está acontecendo realmente com você?

Como poderia responder?

– Mamãe, agora não, por favor. Passei o dia inteiro aqui. Se você pudesse simplesmente ligar para a médica e afirmar de livre e espontânea vontade que cuidou de um caso como esse...

– Bem, escute. Você tem de tomar a última injeção antirrábica amanhã. Você sabe disso, não sabe?

– Esqueci completamente disso.

– Bem, Reuben. Deixei mensagens para você todos os dias por uma semana. Amanhã completam-se vinte e oito dias e você tem de tomar a última injeção. Por acaso aquela bela mulher, a Laura, possui um número de telefone? Ela o atende? Será que de repente eu não poderia deixar mensagens com ela?

– Vou cuidar melhor de tudo isso, juro.

– Tudo bem, ouça-me. Nós íamos mandar a enfermeira até aí com a injeção mas, se você preferir, posso entrar em contato com essa médica em Santa Rosa e cuidar para que lhe faça a aplicação amanhã de manhã, quando você for visitar esse rapaz. Poderia dar início a uma conversa com ela e, se houver qualquer coisa que eu saiba e que puder ser útil, qualquer coisa que eu esteja disposta a compartilhar, quer dizer, bem, vamos ver como a coisa se desenvolve.

– Mamãe, isso seria perfeito. Você é a melhor mãe do mundo. Mas isso significa que já se passaram de fato vinte e oito dias desde aquela noite?

Parecia que um século havia se passado; sua vida fora alterada tão completamente. E só haviam se passado vinte e oito dias.

– Sim, Reuben, foi há vinte e oito dias que o meu adorado filho, Reuben Golding, desapareceu e você assumiu seu lugar.

– Mamãe, eu te amo. No tempo certo vou dar um jeito de responder todas as perguntas, resolver todos os problemas e trazer de volta a harmonia ao mundo que nós compartilhamos.

Grace riu.

– Agora, sim. Isso soa como o meu Bebezinho.

E desligou.

Reuben estava parado ao lado do carro.

Uma estranha sensação o dominou, desagradável porém não horrível. Imaginou um futuro, num lampejo, no qual encontrava-se sentado com sua mãe na frente do fogo no salão de Nideck Point e contava tudo para ela. Imaginou-os falando um com o outro em tons íntimos, e que ele compartilhava aquela coisa, e ela acolhia a coisa, e o envolvia com sua experiência no assunto, seu conhecimento, sua intuição singular.

Não havia nenhum dr. Jaska nesse pequeno mundo, ou qualquer outra pessoa. Apenas ele e Grace. Grace sabia, Grace conhecia, Grace o ajudaria a entender o que estava acontecendo com ele. Grace estaria lá.

Mas isso era impossível, era como imaginar anjos em sua cama na noite escura, guardando-o, com asas que formavam arcos no telhado.

E quando imaginou sua mãe naquele *tête-à-tête*, ela assumiu uma sinistra coloração que o aterrorizou. Havia um brilho malevolente em seu olho dentro da mente de Reuben, e o rosto dela estava parcialmente envolto em sombras.

Ele estremeceu.

Isso jamais poderia acontecer.

Isso era uma coisa secreta, e podia ser compartilhada, quem sabe, com Felix Nideck, e sempre, e para sempre, pelo tempo que fosse possível, com Laura, mas não com qualquer outra pessoa... Exceto talvez aquele rapaz animado e de olhos vivos com sardas e aquele risinho que estava agora lá em cima sarando milagrosamente. Hora de ir para casa, de voltar para Laura, de voltar para Nideck Point. Jamais o local lhe parecera tanto um refúgio.

Encontrou Laura na cozinha fazendo uma farta salada. E disse que uma das coisas que costumava fazer quando estava preocupada era preparar uma salada.

Lavara e secara a alface romana com papel-toalha. Havia com ela uma tigela grande e quadrada de madeira com azeite de oliva e alho cortado na hora. O cheiro do alho era sedutor.

Agora estava quebrando a alface em pedacinhos crocantes, e jogando os pedacinhos no azeite de oliva até que ficassem cintilantes. Havia uma pilha e tanto desses cintilantes pedacinhos de alface.

Ela deu as colheres de madeira para Reuben e pediu que ele jogasse a alface lentamente. Em seguida Reuben adicionou as cebolas bem picadas e as ervas, tirando um pouquinho de cada erva – orégano, tomilho, manjericão – e esfregando cada uma delas entre as mãos dela enquanto salpicava tudo sobre a salada. As ervas grudaram-se perfeitamente nas folhas cintilantes. Em seguida, Laura adicionou o vinagre e Reuben jogou mais pedacinhos, e então ela serviu essa salada com fatias de abacate e finas fatias de tomate, e pão francês quentinho recém-saído do forno, e comeram juntos.

A água cristalina nos copos de cristal parecia champanhe.

– Sentindo-se melhor? – perguntou. Reuben comera o maior prato de salada que já lhe fora servido na vida.

Laura disse sim. Estava comendo com gosto, olhando de vez em quando para o lustroso garfo de prata. Disse que jamais havia visto prata como aquela prata antiga, com entalhes tão pesados e profundos.

Reuben olhou pela janela na direção dos carvalhos.

– O que há de errado? – perguntou ela.

– O que não há de errado? Quer saber de algo horrível? Perdi completamente a noção de quantas pessoas matei. Preciso arrumar uma caneta e uma folha de papel e fazer a conta. E também não sei quantas noites foram, enfim, quantas foram as noites em que me transformei. Preciso fazer essa conta. E tenho de escrever, escrever num diário secreto, todas as coisinhas que tenho notado.

Estranhos pensamentos estavam passando pela mente dele. Sabia que não podia continuar daquele jeito. Era virtualmente impossível. Imaginou como seria estar num país estrangeiro, numa terra sem lei onde houvesse seres malévolos a serem caçados nas colinas e nos vales, onde ninguém fizesse as contas de quantas pessoas você matou ou de quantas noites você passou realizando os crimes. Pensou em vastas cidades como Cairo e Bancoque e Bogotá, e em vastos países com intermináveis extensões de terra e floresta.

Depois de um tempo, disse:

– Aquele rapaz, Stuart. Acho que ele vai conseguir. O que quero dizer é que não vai morrer. Seja lá o que vai acontecer depois, eu não sei. Não tenho como saber. Se ao menos pudesse falar com Felix. Estou depositando muita esperança nessa conversa que vou ter com Felix.

– Ele vai voltar – disse ela.

– Quero ficar aqui essa noite. Não quero sair. Não quero que a mudança ocorra. Ou, se ocorrer, quero estar sozinho com ela na floresta, do jeito que estava em Muir Woods naquela noite em que te conheci.

– Eu entendo – disse ela. – E você está com medo, com medo de não conseguir controlá-la. Enfim, com medo de não conseguir ficar em casa com a mudança.

– Eu nunca tentei – disse ele. – Isso é uma vergonha. Preciso tentar. E preciso voltar a Santa Rosa de manhã.

Já estava escurecendo. Os últimos raios de sol do oeste haviam sumido da floresta e as sombras azuladas profundamente escuras estavam se ampliando e se adensando. A chuva veio, leve, tremeluzindo além das janelas.

Depois de um tempo, entrou na biblioteca e ligou para o hospital em Santa Rosa. A enfermeira disse que Stuart vinha tendo uma febre alta, mas, fora isso, estava "segurando as pontas".

Chegara uma mensagem de texto de Grace. A última injeção antirrábica havia sido acertada com a dra. Angie Cutler, a médica de Stuart, para o dia seguinte às dez horas da manhã.

A noite envolvera a casa.

Mirou a grande fotografia dos cavalheiros na parede, olhou para Felix, para Margon Sperver, para todos reunidos ali, tendo a floresta tropical como pano de fundo. Será que todos eram feras como ele próprio? Será que se reuniram ali para caçar juntos, para trocar segredos entre si? Ou será que Felix era na verdade o único da espécie?

*Desconfio de que Felix Nideck tenha sido traído.*

O que isso pode ter significado? Que Abel Nideck havia, de alguma maneira, conspirado em favor da ruína de seu tio, inclusive coletado, de alguma maneira, dinheiro para esse fim, e escondido a história de sua devotada filha Marchent?

Em vão, Reuben vasculhou a internet em busca do Felix Nideck vivo, mas não conseguiu encontrar nada. E se, ao retornar a Paris, Felix tivesse utilizado uma outra identidade, a qual Reuben não podia adivinhar?

O noticiário da noite dizia que o padrasto de Stuart fora solto sob fiança. O taciturno policial admitia aos repórteres que ele era uma "pessoa de interesse", não um suspeito no caso. A mãe de Stuart estava protestando, afirmando que o marido era inocente.

O lobo homem fora avistado em Walnut Creek e em Sacramento. Pessoas relataram tê-lo visto em Los Angeles. E uma mulher em Fresno afirmava ter tirado uma foto dele. Um casal em San Diego afirmava ter sido resgatado pelo lobo homem de uma tentativa de assalto, embora nenhum dos dois tivesse tido uma visão nítida sobre o envolvimento de quem quer que fosse. A polícia estava investigando inúmeros moradores locais na vizinhança de Lake Tahoe.

A promotoria pública do estado da Califórnia reunira uma força-tarefa especial para lidar com o lobo homem, e uma comissão de cientistas havia sido formada para estudar todas as evidências forenses.

A criminalidade não diminuíra em decorrência do lobo homem. Não, as autoridades não estavam dispostas a dizer isso em hipótese alguma; mas a polícia dizia que diminuíra, sim. As ruas do norte da Califórnia estavam relativamente tranquilas naquele exato momento.

"Ele pode estar em qualquer lugar", disse um policial em Mill Valley.

Reuben foi até o computador e teclou sua história sobre Stuart McIntyre para o *Observer*, mais uma vez se pautando fortemente nas vívidas descrições de Stuart acerca do que acontecera durante o ataque. Incluiu as teorias de Stuart concernentes à misteriosa enfermidade do monstro e, como no passado, concluiu com uma pesada ênfase editorial no impossível problema moral colocado pelo lobo homem: que ele era o juiz, o júri e executor daqueles que massacrava, e que a sociedade não podia abraçá-lo como um herói.

Nós não podemos admirar sua intervenção bruta, ou sua crueldade selvagem. Ele é o inimigo de tudo o que consideramos sagrado e, portanto, é nosso inimigo pessoal, não nosso amigo. O fato dele haver novamente resgatado uma vítima inocente da aniquilação quase certa é tragicamente incidental. Não podemos agradecer a ele por isso muito mais do que podemos agradecer a um vulcão em erupção ou a um terremoto por seja lá que coisas boas tenham ocorrido após as catástrofes. Especulações quanto à sua personalidade, suas ambições, ou mesmo quanto aos seus motivos devem permanecer apenas isso, especulações e nada mais. Nós comemoramos o que podemos comemorar: que Stuart McIntyre está vivo e a salvo.

Não se tratava de um artigo original ou inspirado, mas era sólido. E seu eixo era a personalidade de Stuart, o aparentemente invencível astro adolescente com sardas no rosto de *Cyrano de Bergerac* que sobrevivera a um ataque antigay quase fatal para conversar em pessoa com repórteres de seu leito hospitalar. Reuben só reparou a "mordida" de passagem porque Stuart só reparara nela de passagem. Ninguém estava dando muita importância ao fato de que o próprio Reuben havia sido mordido. O drama da mordida não estava tendo repercussão aos olhos do público.

Reuben e Laura subiram a escada, deitaram-se na cama de cabeceira alta e aninharam-se para assistir a um belo filme francês, *A Bela e a Fera*, de Cocteau, e os olhos de Reuben ficaram pesados de sono. Na verdade ficou perturbado com o fato de que a Fera falava tão eloquentemente em francês com a Bela. A Fera usava roupas de veludo e finas camisas de renda, e tinha olhos cintilantes. A Bela era bonita e delicada como Laura.

Começou a sonhar, e em seu sonho corria com toda a pelagem lupina em meio a um interminável campo gramado, suas pernas dianteiras avançando sem esforço diante dele. E além dali, encontrava-se a floresta, a grande, escura e interminável floresta. Havia cidades misturadas com a floresta, torres de vidro erguendo-se tão altas quanto as coníferas e as gigantescas sequoias, edifícios repletos de hera e trepadeiras sinuosas, e os grandes carvalhos dominando completamente as casas de muitos andares com telhados altos e chaminés fumarentas. O mundo inteiro tornara-se a floresta de árvores e torres. *Ah, isso é o paraíso*, cantou enquanto subia cada vez mais.

Queria acordar e contar o sonho para Laura, mas o sonho se perderia se acordasse, se ao menos se mexesse, porque o sonho era tão frágil quanto névoa e, ainda assim, absolutamente real. Veio a noite, e as torres estavam cobertas de luzes cintilantes, resplandecendo e tremeluzindo em meio aos troncos escuros das árvores e os imensos galhos.

– Paraíso – sussurrou ele.

Reuben abriu os olhos. Ela estava apoiada no cotovelo, olhando para ele. A fantasmagórica luz que emanava da TV iluminava o rosto dela, seus lábios úmidos. Por que ela iria desejá-lo do jeito que ele estava agora, apenas um homem jovem, um homem bastante jovem, com mãos tão delicadas quanto as de sua mãe?

E ela o desejava. Começou a beijá-lo de um modo tosco, seus dedos fechando-se sobre o mamilo direito dele, incendiando-o com um desejo imediato. Estava brincando com a pele dele da mesma maneira que havia brincado com a dela. As unhas ovais dela arranharam o rosto dele de brincadeira, dedos encontrando os dentes, beliscando um pouquinho os lábios de Reuben. O peso de Laura dava-lhe uma sensação agradável, seus cabelos caindo sobre ele e fazendo-lhe cócegas. A sensação era boa, carne nua encostada em carne nua, e aquela macia carne úmida e escorregadia, sim, encostada na carne dele, sim. *Eu te amo, Laura.*

Reuben acordou no momento em que o sol nascia.

Aquela era a décima noite desde que a transformação acontecera pela primeira vez, e também a primeira noite na qual ele não experimentara a mudança. Estava aliviado, mas sentia-se curiosamente desconcertado, sentia que havia perdido algo de importância vital, que estava sendo esperado em algum lugar e deixara de aparecer, que não estava sendo sincero com algo dentro dele que era como se fosse, mas na verdade não era, sua consciência.

## 32

Sete noites se passaram até que Reuben voltasse a ver Stuart.
Reuben conseguiu tomar sua última injeção antirrábica com a dra. Cutler como havia sido acertado, mas ela simplesmente não podia deixar ninguém se aproximar de Stuart até que a febre estivesse sob controle, entre outras coisas. Estava em contato com Grace, e estava bastante grata a Reuben por haver estabelecido essa conexão.

Se Grace não tivesse passado a cuidar do rapaz daquele momento em diante, inclusive aparecido em Santa Rosa para vê-lo e consultar Reuben pessoalmente, teria enlouquecido devido ao suspense. A dra. Cutler atendia seus telefonemas e era mais do que simpática, mas não conversava com tanta liberdade assim. Deixou escapar que Stuart estava experimentando um notável crescimento, e que não conseguia identificar o motivo. É claro que o rapaz tinha apenas 16 anos. As placas da epífise ainda não haviam se fechado, mas, mesmo assim, jamais vira alguém crescer fisicamente da maneira que aquele rapaz estava crescendo. E o crescimento exagerado também estava afetando seu cabelo.

Reuben estava louco para vê-lo, mas absolutamente nada do que dissesse poderia mudar a opinião da dra. Cutler.

Grace estava infinitamente mais acessível, contanto que nenhuma palavra dela chegasse aos ouvidos da imprensa. Reuben jurou total confidencialidade. *Só quero que ele fique bem, que ele viva, que viva como se nada disso lhe tivesse acontecido.*

Febril, às vezes incoerente, Stuart estava não apenas sobrevivendo mas vicejando, disse Grace, exibindo todos os mesmos sintomas que Reuben exibira, ferimentos sumindo, costelas completamente curadas, pele cintilando de saúde, e o corpo do rapaz experimentando um assombroso crescimento, como fora descrito pela dra. Cutler.

– Tudo está acontecendo muito mais rápido com ele – disse Grace. – Bem mais rápido, mas também, ele é jovem demais. Alguns anos a menos representam uma notável diferença.

Uma terrível inflamação cutânea irrompera em Stuart em decorrência do uso de antibióticos, mas logo em seguida a inflamação simplesmente desaparecera. Nada com que se preocupar, disse Grace. A febre e o delírio eram assustadores mas não havia infecção, e o rapaz saía desse estado por horas a cada dia, tempo suficiente para exigir a presença de pessoas em seu quarto, para ameaçar pular pela janela se não recebesse seu celular e seu computador, e para brigar com sua mãe que queria que ele isentasse completamente seu padrasto de qualquer culpa. Afirmava estar ouvindo vozes, estar ciente de coisas que estavam acontecendo nos prédios vizinhos ao hospital, estar agitado, ansioso para sair da cama, sem vontade de cooperar. Estava com medo do padrasto, com medo de que machucasse sua mãe. Invariavelmente, a equipe do hospital lhe aplicava um sedativo.

– Ela é uma coisa horrível, essa mulher – confidenciou Grace. – Tem ciúme do filho. E o culpa pelos ataques de fúria do padrasto. Ela o trata como se fosse um irmão mais novo irritante que está arruinando a vida dela com o novo namorado. E o rapaz não percebe o quanto ela é realmente infantil, e tudo isso me irrita demais.

– Eu me lembro dela – murmurou Reuben.

E Grace estava tão convicta quanto qualquer outra pessoa do fato de que Reuben não podia se encontrar com Stuart. Nenhuma visita estava sendo permitida por enquanto. Isso era tudo o que podiam fazer para conter o xerife, a polícia e o escritório da promotoria. Então, como poderia abrir uma exceção para Reuben?

– Eles me irritam com as perguntas – disse ela.

Reuben entendia.

Iam até Nideck Point quatro vezes por semana em busca de informações, enquanto Reuben ficava sentado pacientemente no sofá ao lado da grande lareira explicando seguidamente que não vira nada da "fera" que o atacara. Seguidamente, os conduzia através do corredor onde o ataque se consumara. Mostrava as janelas que haviam sido arrebentadas. E pareciam satisfeitos. Então voltavam vinte e quatro horas depois.

Reuben odiava isso, lutar para parecer sincero, desamparado em face da curiosidade que demonstravam, ansioso para agradar, quando no fundo, no fundo, estava tremendo. Eram honestos o bastante, mas uma perturbação.

A imprensa estava acampada na porta do hospital de Santa Rosa. Um fã-clube fora montado entre os antigos colegas de ensino médio de Stuart, e faziam piquetes diariamente no local, exigindo que o assassino fosse levado à justiça. Duas freiras radicais juntaram-se ao grupo. Contaram para o mundo que o lobo homem de San Francisco importava-se mais com a crueldade para com a juventude gay do que o povo da Califórnia.

Todos os dias, ao cair da tarde, Reuben, usando casaco de moletom com capuz e óculos, vagava fielmente pelas calçadas ao redor do hospital, dando a volta no quarteirão, escutando, avaliando, meditando. Poderia jurar ter visto uma vez Stuart na janela. Será que Stuart conseguia ouvi-lo? Sussurrava que estava lá, que não deixaria Stuart sozinho, que estava esperando.

– O garoto não está mais correndo risco de vida – asseverou Grace. – Pode esquecer isso, mas eu preciso ir até a raiz desses sintomas. Preciso entender o que significa essa síndrome. E isso está se tornando uma paixão que está me consumindo.

É isso aí, e uma paixão perigosa também, pensou Reuben, mas o que importava acima de qualquer coisa era que Stuart continuasse vivo, e ele tinha confiança de que Grace se importaria mais com isso do que com qualquer outra coisa.

Nesse meio-tempo ocorreu uma espécie de desentendimento entre Grace e o misterioso dr. Jaska, embora Grace, obviamente, não quisesse contar a Reuben o motivo.

Basta dizer que o médico estava dando sugestões que Grace desaprovava.

– Reuben, o cara acredita em coisas, coisas esquisitas – disse Grace. – É uma obsessão de verdade. Há outros motivos de alerta. Se entrar em contato com você, dê um corte nele.

– Farei isso – disse Reuben.

Só que Jaska estava rondando Stuart como mosca no mel e tendo longas conversas com a mãe a respeito do misterioso encontro do rapaz com o lobo homem, e isso estava deixando Grace desconfiada. Estava sugerindo aquele misterioso hospital em Sausalito que não possuía nenhuma documentação e cuja licença dizia apenas que se tratava de um centro particular de reabilitação.

– Não está chegando a parte alguma por um motivo único – disse Grace. – Aquela mulher não dá a mínima.

Reuben estava frenético de preocupação. Dirigiu até o sul e procurou a mãe de Stuart em seu espaçoso palácio moderno construído com madeira de sequoia e vidro a leste de Santa Rosa, na Plum Ranch Road.

Sim, lembrava dele, do hospital, era o bonitão. Entre, por favor. Não, ela não estava preocupada com Stuart. Parece que tinha mais médicos do que a própria capacidade da mãe para lidar com eles. Um cara esquisitão da Rússia, um tal dr. Jaska, queria vê-lo, mas a dra. Golding e a dra. Cutler disseram que não. Esse dr. Jaska achava que devia ser transferido para uma espécie de sanatório, mas não conseguia entender bem o motivo.

Em algum momento durante a entrevista, que não foi exatamente uma entrevista, o padrasto, Herman Buckler, apareceu. Era um homem baixinho e magro com feições exageradas e estava de óculos escuros. Tinha cabelos bem louros cortados rente e era bronzeado. Não queria saber da mulher conversando com repórteres. Na realidade, estava furioso. Reuben olhou para ele friamente. Captava com clareza o aroma de maldade. Com muito mais clareza do que captara no dr. Jaska, e ele permaneceu na presença do homem o máximo que pôde, só para poder estudar o cara.

O sujeito estava envenenado de ressentimento e raiva. Não aguentava mais Stuart, que transtornara sua vida. Sua esposa estava morrendo de medo, fazendo tudo que podia para aplacar sua ira, desculpando-se pelo que acontecera, e pedindo que Reuben fosse embora.

Os espasmos agitavam Reuben internamente. Era dia claro, a primeira vez que aconteciam nesse período, exceto por uma leve ocorrência no momento em que ele vira o dr. Jaska. Manteve os olhos no homem mesmo enquanto saía da grande casa de madeira e vidro.

Por um longo momento, Reuben ficou sentado no Porsche, olhando a floresta e as colinas circundantes, simplesmente deixando que os espasmos sumissem. O céu estava azul. Havia ali a beleza da terra dos vinhos, aquele adorável clima ensolarado. Que lugar fantástico para Stuart haver crescido.

A mudança não ocorrera de fato. Será que Reuben conseguiria que ocorresse à luz do dia? Não estava certo disso. Não estava nem um pouco certo, mas estava certo de que Herman Buckler era capaz de tentar matar o enteado, Stuart. E a esposa sabia disso. No meio de tudo aquilo, estava envolvida numa escolha entre o marido e o filho.

Quanto às noites, Reuben tinha certeza de que agora tinha a dádiva do lobo totalmente sob seu controle.

Nas primeiras três noites depois de ver Stuart pela última vez, conteve a mudança por completo e, por mais gratificante que isso fosse, a experiência logo resultou em uma espécie de agonia. Era como fazer jejum, quando se descobre o quanto a comida e a bebida representam bem mais do que o mero sustento.

Depois disso, quando a mudança vinha, confinava-se na floresta perto de Nideck Point, caçando, vagando, descobrindo os riachos de sua propriedade, e escalando as mais altas das velhas árvores até alturas nunca tentadas no passado. Havia um urso hibernando na pequena floresta de Reuben, uns vinte metros acima numa velha árvore chamuscada; e um grande felino, muito povavelmente o filhote macho da mãe que matara, também rondava as partes da floresta de Reuben. Havia veados que ele não queria chacinar, mas o ágil e gorducho esquilo peludo, o rato da árvore, o castor, o musaranho, a toupeira – Reuben se alimentava de todos eles, e de répteis frios e surpreendentemente tenros – salamandras, cobras, sapos. Pescar no riacho era paradisíaco, suas gigantescas patas logo capazes de prender qualquer presa ágil disparando por lá e que lhe apetecesse. Bem no alto, na copa das árvores, conseguia agarrar os desafortunados gaios e as infelizes cambaxirras em pleno ar, e devorá-los com penas e tudo enquanto seus pequeninos corações ainda batiam em vão em seus diminutos peitos. Refestelava-se do pica-pau e do junco e de um interminável suprimento de tordos.

O absoluto "direito" de devorar o que se mata o fascinava, assim como o próprio desejo de matar. Ansiava por poder acordar o urso hibernante. Queria saber se poderia superá-lo.

Mais ao norte, onde a floresta ficava tão densa quanto em sua própria terra, captava o aroma do alce e ansiava por ele, mas não ia atrás. Sonhava com campos repletos de ovelhas, sonhava em espalhá-las com um rosnado, e em caçar as maiores para despedaçar os lanosos pescoços com suas garras, e empanturrar-se do carneiro com sua respiração quente e acelerada.

Mas queria permanecer invisível, sem ser notado em seu próprio território, e nunca se afastava muito de Laura, em seu caramanchão de renda branca e flanela na grande cama king size, a quem ele despertaria ao retornar com patas e beijos de fera.

Será que eram suficientes aquelas noites jubilosas na floresta encantada que lhe pertencia? Aquilo era apenas uma pálida sombra da vastidão selvagem da urbe estridente que se encontrava na direção sul, seduzindo com suas promessas de milhares de vozes misturadas. *Jardim da Dor, preciso de você*. O que eram as canções das feras comparadas aos gritos das almas sensíveis? Quanto tempo ainda ele conseguiria suportar aquilo?

De uma certa maneira, os dias estavam mais fáceis, mesmo com a polícia indo e vindo.

Estudou toda a literatura de lobisomens, os livros, os "relatos" de pessoas que avistavam lobos homens mundo afora, do Yeti do Tibete ao Pé de Anjo da Califórnia. Vasculhou os registros do mundo em busca de menções dos distintos cavalheiros sobre a viga da lareira e não encontrou nada.

Descobriu a casa de todas as maneiras possíveis, pensando sempre que ela podia muito bem ser entregue a Felix no futuro, mas, por enquanto, era dele, e continuaria amando-a e conhecendo-a. De vez em quando, procurava salas e portas ainda não descobertas. E Laura fazia a mesma coisa.

Um grupo de residentes de Nideck apareceu em sua porta. Nina, a aluna do ensino médio que conhecera em sua primeira noite ali com Marchent, tinha o hábito de andar pela floresta atrás da casa, e Galton os alertara para não permitir que ela continuasse fazendo aquilo. Com lágrimas nos olhos, ela explicou o que significava para o povo local vagar pela propriedade.

Laura convidou os andarilhos para um chá, e um compromisso foi firmado. Qualquer um poderia andar pelas trilhas de dia, mas não acampar à noite. Reuben concordou com a decisão.

Mais tarde, Laura confessou que sabia o que significava para aquelas pessoas a possibilidade de andar na floresta, realmente sabia. E às vezes gostaria muito de que houvesse mais pessoas como aquelas ao seu redor. Havia momentos em que se sentia absolutamente sozinha naquela casa.

– Nunca tive medo de nenhum lugar na vida – disse ela –, muito menos das florestas californianas, mas eu poderia jurar que ontem havia alguém lá naquelas árvores, alguém observando.

– Provavelmente algum daqueles andarilhos – disse Reuben, dando de ombros.

Laura balançou a cabeça.

– Não era desse jeito – disse ela. – Provavelmente você está certo. Preciso me acostumar com isso aqui. O lugar é tão seguro quanto Mill Valley.

Concordaram que poderia muito bem ter sido algum dos repórteres.

Reuben não gostava de saber que ela estava preocupada com o que quer que fosse. Tinha confiança de que ouviria e sentiria o cheiro de qualquer pessoa com intenções malévolas, mas ela não tinha essa capacidade. E resolveu não deixá-la sozinha, a menos que fosse absolutamente necessário.

Moveu céu e terra para que um grande portão mecânico fosse instalado na estrada particular que levava à propriedade, apenas para deter os veículos dos repórteres que estavam agora revisitando o local do primeiro ataque do lobo homem à luz da fama crescente de Stuart. É claro que os repórteres e os cinegrafistas percorriam a estrada a pé, mas pelo menos seriam impossibilitados de dirigir até as portas da frente.

Galton repetia sem parar que a história morreria como havia morrido antes, não havia com o que se preocupar. Mandou uma pequena equipe renovar os quartos na frente da casa, colocar fiação nova, pintar as paredes e equipar os cômodos com todos os cabos e conexões elétricos apropriados.

Isso é o que significa viver numa casa como aquela, pensou Reuben, ou o que significaria por um período de tempo. A tranquilidade voltaria. Assim como Felix talvez voltasse.

Laura assumiu a estufa e fez dela um esplêndido paraíso, com figueiras gigantes circulando as laranjeiras e os limoeiros de menor proporção, enquanto trouxe também todo tipo de trepadeiras com flores – madressilva, jasmim, ipomeia – para escalar as paredes com arestas de ferro com a ajuda de delicadas treliças. Havia agora roseiras em vasos com florações perfeitas. E as orquídeas foram totalmente recuperadas após a longa viagem e estavam pesadas com espetaculares florações. Laura colocou pequenas luminárias em cantos e gretas para suplementar o fraco sol nortista. E um bonito fogão branco vitoriano de madeira esmaltada foi adquirido para tirar a friagem do recinto e fornecer um calor que as plantas receberiam de bom grado, bem como Laura e Reuben, que jantavam diante da fonte na mesa de mármore branco.

No meio da semana, Reuben ficou espantado.

Não sabia exatamente por que fizera aquilo, mas descobriu uma pequena loja de computadores usados em Petaluma que não tinha câmeras de segurança e, usando seu moletom com capuz e óculos escuros, comprou no estabelecimento dois laptops Apple em dinheiro.

Ele estava irritado com Felix por ter desaparecido sem dar uma palavra. Estava terrivelmente preocupado com Stuart. E estava ávido pela suculenta maldade das cidades sulistas.

E então criou uma conta de e-mail com o nome Vera Lupus, exclusivamente para um desses computadores, e escreveu nesse endereço eletrônico uma longa carta do lobo homem para o *San Francisco Observer*.

Essa carta era um extenso documento escrito sem amarras, um autêntico apelo irritado a Felix Nideck no sentido de que ele, por favor, retornasse e o ajudasse!

Tudo o que tinha de fazer para enviar o texto anonimamente era dirigir até uma cidade qualquer, estacionar em algum lugar próximo a um hotel ou motel, fora do alcance das câmeras de segurança, conectar-se à internet com seu dispositivo Wi-Fi e apertar a tecla SEND.

Não havia nenhuma possibilidade do e-mail ser rastreado por quem quer que fosse.

Mas não mandou a carta. Estava muito cheia de súplicas, de raiva e de admissões de ignorância em relação ao que estava fazendo. Estava tão cheia de pena de si mesmo que "não havia nenhum guardião sábio de segredos" que pudesse guiá-lo. Era culpa dele próprio, não era, o fato de que a vida de Stuart estava correndo risco? Como podia culpar Felix por isso? Num momento, queria absolvição e compreensão. No outro, queria apenas atingir Felix.

Reuben manteve consigo a carta do lobo homem. Escondeu o computador no velho baú de viagem que ficava no porão. E esperou.

Longos momentos de escuridão ocorriam quando pensava: se aquele rapaz morrer, vou me matar. Mas Laura o alertava no sentido de que ele não podia abandoná-la, ou abandonar a si mesmo, ou abandonar o mistério; alertava no sentido de que, se quisesse mesmo fazer uma coisa tão brutal e terrível consigo mesmo, então talvez fosse melhor se entregar à mãe e às autoridades. E quando pensava no que talvez esse gesto pudesse significar para Felix, recuava e tirava da cabeça por completo tais ideias.

– Espere por Felix – disse ela. – Mantenha isso em mente. Quando você ficar assim, pense: não vou fazer nada até Felix voltar. Prometa isso para mim.

Jim ligava diversas vezes, mas Reuben não conseguia suportar a ideia de lhe contar sobre Stuart. Interrompia a ligação o mais rapidamente possível.

Laura, por sua vez, estava lutando contra seus próprios demônios. Todas as manhãs descia a trilha longa, íngreme e perigosa até a praia e caminhava por horas perto da maré gélida em seus pés. (Reuben considerava a trilha simplesmente impossível. E o vento oceânico transformava-o num bloco de gelo mal-humorado sem nenhuma disposição para cooperar.)

Durante horas e horas ela também caminhava na floresta, com ou sem Reuben, determinada a dominar seu novo medo. Uma vez, da praia, viu alguém bem no alto dos penhascos, mas isso não deveria ser nenhuma surpresa.

Reuben ficava nervoso sempre que Laura saía, escutando com seu ouvido interno de lobo o mundo que a cercava.

Mais de uma vez lhe passou pela cabeça a ideia de que poderia haver algum outro *Morphenkind* ali, algum ser vadio de quem Felix não sabia coisa alguma, mas não tinha nenhuma prova real de tal coisa. E confiava no fato de que, se fosse possível, Felix o teria alertado. Talvez estivesse sendo romântico a respeito de Felix. Talvez tivesse de ser romântico.

Laura trazia de suas andanças pequenas samambaias pontudas para a estufa e cuidava delas em vasos especialmente preparados para recebê-las, e coletava belas pedras e rochas para a bacia da fonte. Encontrou fósseis interessantes na estradinha de cascalho embaixo das janelas da cozinha. Então pôs-se a trabalhar com afinco na casa, restaurando o histórico papel de parede William Morris nos antigos quartos, ou orientando os trabalhadores que estavam pintando os moldes e outros artefatos de madeira. Encomendou cortinas e colgaduras e começou a fazer um inventário da porcelana e da prataria.

E também adquiriu um magnífico piano de cauda Fazioli para a sala de música.

E Laura começou a documentar a floresta Nideck com sua máquina fotográfica. Por seus cálculos, havia umas setenta e cinco sequoias antigas na terra de Reuben. Estimava que suas alturas atingissem mais de 60m; havia abetos Douglas com quase a mesma altura, e inúmeras sequoias jovens, cicutas e espruces Sitka.

Ensinou a Reuben os nomes de todas as árvores, como reconhecer a árvore da baía da Califórnia e o bordo, como distinguir os abetos das sequoias e como reconhecer incontáveis outras plantas e samambaias.

Durante a noite, ela lia Teilhard de Chardin, assim como Reuben. E outros trabalhos de teologia e filosofia, e às vezes poesia. Confessou não acreditar em Deus, mas acreditava no mundo, e compreendia o amor de Teilhard pelo mundo e a fé que nutria. E gostaria muito de poder acreditar num Deus pessoal, num Deus amoroso que compreendia tudo isso, mas não conseguia.

Uma noite teve um ataque de choro enquanto conversavam sobre essas coisas. Pediu que Reuben operasse a mudança, e que a levasse novamente para a copa das árvores. Ele o fez. Por horas, vagaram pelos galhos superiores. Laura não tinha medo de altura, estava de luvas e usando roupas pretas e justas próprias para acampar e que a mantinham imune ao vento, e provavelmente invisível a quaisquer observadores em meio à escuridão, assim como Reuben. E chorou encostada ao peito dele, inconsolável. Disse que correria o risco de morrer para ter a dádiva do lobo, não havia nenhuma dúvida quanto a isso. Quando Felix viesse, se tivesse as respostas, se pudesse orientar, de alguma forma, se soubesse como... Eles especularam durante horas. Finalmente, quando estava entontecida e calma, Reuben carregou-a para baixo e levou-a até o riacho onde normalmente se alimentava sozinho. Laura lavou o rosto na água gélida. Eles ficaram sentados nas rochas cobertas de musgo enquanto Reuben lhe falava sobre todas as coisas que conseguia escutar; sobre o urso que dormia não muito distante dali, sobre o veado movimentando-se nas sombras escuras.

Finalmente, ele a levou para casa e mais uma vez fizeram amor na sala de jantar diante de um fogo agitado na velha e soturna lareira medieval.

No fundo, não estava infeliz. Longe disso.

O quarto que dava para o oeste, escolhido por Laura para ser seu escritório, havia sido reformado e recebido uma escrivaninha com tampo de cedro, diversos atraentes armários de madeira e uma grande cadeira com uma otomana para leitura, o belo e antigo mobiliário fora relegado ao porão.

O antigo cômodo de Marchent ninguém tocava. Alguém, provavelmente do escritório de advocacia, recolhera todos os pertences pessoais de Marchent antes mesmo que Reuben voltasse para a casa, e agora o local era um quarto adorável e espaçoso decorado com chintz rosa, cortinas brancas de babado e uma lareira branca de mármore.

O estúdio e quarto adjacente que pertencera a Felix, que completava a ala oeste de cômodos na extremidade noroeste do corredor, permanecia um santuário.

Laura e Reuben preparavam todas as refeições juntos, e faziam as errâncias juntos. Galton cuidava quase que de todos os problemas da propriedade que consumissem tempo real.

Laura pensara bastante sobre como poderia aceitar facilmente a brutalidade dos ataques do lobo homem. Não sabia a resposta. Estava profundamente apaixonada por Reuben, dizia. E jamais o abandonaria. Essa ideia era-lhe totalmente inconcebível.

Mas sim, pensava nisso, pensava nisso noite e dia, no impulso que temos por vingança contra aqueles que são cruéis conosco, e na crueldade da vingança e o que ela faz com quem se entrega a ela.

Verdade, Laura gostaria muito que Reuben pudesse caçar na floresta para sempre, que jamais voltasse a ir ao encontro das vozes que o chamavam. Mas ela não podia se livrar do fato de que as vozes realmente o chamavam, e dia após dia a imprensa elaborava com mais detalhes a espetacular "repercussão" da "intervenção" do lobo homem.

Os beneficiários da selvageria capturavam a imaginação da imprensa tanto quanto as vítimas dos crimes. A senhora idosa de Buena Vista Hill, tendo sofrido uma excruciante tortura antes do lobo homem invadir seu quarto pela janela, estava agora mentalmente recuperada de seu infortúnio e dando entrevistas. Dizia corajosamente para as câmeras de TV que o lobo homem deveria ser pego com vida, não executado com um tiro como se fosse uma fera, e que dedicaria sua fortuna a apoiá-lo e protegê-lo caso fosse capturado. Susan Larson, o primeiro "contato" do lobo homem em North Beach, também estava fazendo um lobby intenso para que fosse capturado "em segurança". Para Larson, era o "lobo gentil", por causa da maneira como a tocara e a reconfortara. Enquanto isso, fã-clubes do lobo homem eram formados online e no YouTube, e pelo menos uma famosa estrela do rock havia escrito "Uma balada para o lobo homem", e outras canções se seguiriam a esta em pouco tempo. Havia uma página do lobo homem do Facebook, e um concurso de poesia sobre o lobo homem no YouTube. E toda uma variedade de camisetas do lobo homem surgira nas lojas.

Perto do fim da semana, Simon Oliver ligara para dizer que a empresa responsável estava com todos os documentos de Nideck Point prontos para serem assinados. Reuben concordou mas, secretamente, tinha receios.

E quanto a Felix? Aquele era Felix, o verdadeiro Felix. Por acaso a casa não lhe pertencia?

– Nada pode ser feito em relação a isso agora – disse Laura. – Acho que você devia ir na empresa, assinar os papéis e deixar que arquivem o título. Lembre-se, não há nenhuma maneira legal de Felix adquirir essa casa. E não vai nem pode fazer um teste de DNA para provar coisa alguma, ou parentesco com Marchent ou que ele próprio é o homem. Teria de comprar a casa de você. Por enquanto, essa propriedade pertence a você.

A visita à empresa foi breve. Era incomum definir um título de propriedade nessa quantidade de tempo, disseram a Reuben, mas essa casa pertencera apenas a uma única família ao longo dos anos, o que tornara a tarefa fácil. Reuben assinou onde lhe mandaram.

Nideck Point agora lhe pertencia legalmente. Foram pagos antecipadamente impostos referentes à propriedade até o fim do ano seguinte. O seguro estava em dia.

Levou Laura de carro para o sul para que ela pegasse seu Jeep e uma carga de pertences, cuja quantidade somou tão poucas caixas que Reuben ficou meio que impressionado. Metade delas estava cheia de camisolas de flanela.

Finalmente, Grace ligou com a notícia de que Stuart talvez pudesse receber uma visita na terça seguinte; não tivera febre por dois dias, e a inflamação cutânea e a náusea haviam passado. Bem como todos os sinais de ferimento. E a altura e o peso do rapaz haviam aumentado.

– É como eu disse, tudo aconteceu com muito mais rapidez – disse ela. – E agora não está mais com aquele jeito tão maníaco, mas o mau humor começou.

Francamente, queria que Reuben o visse. Queria que Reuben conversasse com ele. O rapaz queria ir para casa, e isso significava San Francisco. Sua mãe não o receberia em sua casa de Santa Rosa, estava com medo do padrasto, e tampouco Grace confiava nele.

– Sim, é claro que é bem mais fácil para mim cuidar dele aqui em San Francisco – disse Grace. – Mas esse garoto está agindo de um modo bem esquisito, esquisito demais. É claro que fica esperto quando os outros aparecem. Sabe que não é para falar mais nada sobre essa história de ouvir vozes. Reuben, a coisa está seguindo o mesmo rumo que seguiu com você, exatamente o mesmo. Os resultados dos exames de laboratório. Bem, nós fazemos um pequeno progresso e aí as amostras se desintegram! Nós não resolvemos esse problema. E não é o mesmo garoto que era quando conversei com ele pela primeira vez. Quero que você o veja.

Reuben sentiu que estavam sendo capazes de conversar sobre aquilo com muito mais facilidade agora que o problema envolvia Stuart. Conversavam como se não houvesse silêncio entre eles, como se não houvesse nenhum segredo, nenhum mistério, como se todo o mistério tivesse a ver com Stuart.

Estava bom assim.

Reuben disse que veria Stuart assim que pudesse. Estaria lá na terça de manhã.

Por fim, Grace perguntou: "será que ele e Laura se importariam se ela, Jim e Phil aparecessem para jantar?"

Reuben ficou felicíssimo. Agora conseguia controlar a dádiva do lobo. E não sentia medo dela. Era isso o que tanto queria!

Ele e Laura passaram a segunda-feira inteira preparando um banquete na venerável sala de jantar.

Desenterraram toalhas de linho para a mesa, enormes tecidos com delicadas rendas, guardanapos grandes bordados com a letra N, e antigas peças de prata gravadas. Encomendaram flores para as salas principais, e sobremesas típicas da região na padaria mais próxima.

Grace e Phil ficaram completamente tocados pela casa, mas foi Phil quem se apaixonou, exatamente como Reuben havia previsto. Phil parara de responder as perguntas ou as observações e vagava por si só, murmurando baixinho, passando as mãos pelos revestimentos e pelas ombreiras das portas, e pelo verniz do piano, e pelas folhas onduladas do fícus, e pelos livros com encadernações em couro da biblioteca. Colocou os óculos de lentes grossas para examinar as figuras entalhadas das tábuas dos caçadores e a lareira medieval. Phil parecia pertencer àquele lugar em seu amarfanhado blazer de tweed e com seus compridos cabelos grisalhos despenteados.

Tiveram finalmente de puxá-lo das salas do segundo andar porque todos estavam famintos, mas Phil estava sussurrando para a casa, comunicando-se com ela, e não prestou nenhuma atenção a Grace quando esta começou a falar de como aquilo tudo seria obviamente dispendioso.

Reuben ficou emocionado com o encontro. Não parava de abraçar Phil. Phil estava num mundo de sonho com a casa. E murmurou baixinho:

– Eu passaria a morar aqui agora mesmo. – E vez por outra ele lançava um olhar radiante para Reuben, de puro orgulho, de puro amor.

– Filho, esse é o seu destino – disse ele.

Grace disse que tais casas eram obsoletas, que deveriam ser convertidas em instituições, museus ou hospitais. Na opinião de Reuben, ela estava particularmente bela, com seus cabelos ruivos naturais ao redor do rosto, seus lábios apenas ligeiramente vermelhos, as feições intensas e agudas expressivas como sempre. Seu terninho de seda preto parecia novo; e colocara pérolas para a ocasião, mas estava cansada, desgastada, e observando-o atentamente, independentemente de quem estivesse falando.

Jim veio em defesa do lugar, observando que Reuben jamais fora um menino propenso a gastos excessivos. Sempre viajara na pindaíba, acostumado a quartos de hotel pequenos e à classe econômica nos voos, e frequentou uma universidade pública e não alguma instituição da

Ivy League. A coisa mais extravagante que fizera na vida fora pedir o Porsche quando graduou-se, e ainda dirigia o mesmo carro dois anos depois. Jamais tocara na parte principal de seus fundos de investimento até o presente momento, e vivera por anos com metade da renda. Sim, a casa era dispendiosa, mas não mantinham o aquecimento ligado o dia inteiro, não é?

E, de qualquer modo, quanto tempo ainda se esperava que Reuben morasse com seus pais? Sim, a casa tinha um custo, mas quanto custaria comprar um apartamento novo ou uma casa reformada em estilo vitoriano em San Francisco? E o que o vovô Spangler teria achado de tudo isso, da dádiva representada por uma propriedade desse valor? Teria aprovado a manutenção do imóvel num piscar de olhos! Ele fora um corretor imobiliário, não fora? Algum dia esse lugar todo seria vendido por uma fortuna. "Portanto, queiram todos vocês, por favor, deixar Reuben em paz?"

Grace aceitou todas essas ponderações com um casual balançar de cabeça. O que Jim não disse era que ele próprio cedera seus fundos de investimento para a família quando abraçara o sacerdócio e, dessa forma, por acaso sua opinião não deveria contar para alguma coisa?

Jim abandonara a faculdade de medicina para ser padre, e sua formação em Roma custara pouco em comparação. A família fizera uma polpuda doação à igreja quando foi ordenado, mas a maior parte da herança estava agora à disposição de Reuben.

Reuben não se importava com droga nenhuma do que dissessem. Mantinha sua deliberação em relação a Felix, e à possível reivindicação moral de Felix sobre a casa, naturalmente. Seu coração ficava partido quando pensava em perder a casa, mas esta era a menor de suas preocupações. O que Felix pensaria quando ficasse sabendo de Stuart?

O que Stuart pensaria quando ficasse sabendo de Stuart?

Talvez nada disso acontecesse. Marrok não indicara que às vezes nada acontecia? Oh, tênue fio de esperança.

O que Reuben amava era o fato deles estarem lá, sua família, o fato de suas vozes estarem preenchendo a grande sala de jantar sombreada, que seu pai estivesse feliz e não entediado, e era bom ah, como era bom, estar perto deles.

A refeição foi um grande sucesso: carne assada, legumes, massa e uma das enormes e simples saladas de Laura temperadas com ervas.

Laura entrou numa discussão com Jim a respeito de Teilhard de Chardin, e Reuben entendeu menos da metade do que estavam dizendo. O que viu, entretanto, foi o quanto estavam desfrutando da conversa. Phil estava sorrindo para Laura de um modo particularmente deliciado. Quando Phil falou sobre a poesia de Gerard Manley Hopkins, Laura ouviu com uma atenção enlevada. Grace deu início a uma outra conversa, é claro, mas Reuben já estava havia muito tempo acostumado com o hábito de manterem duas conversas simultâneas. O fato era que Laura gostara de seu pai. E de sua mãe.

Grace perguntou que bem a teologia já havia feito a quem quer que fosse, ou a poesia, por falar nisso.

Laura observou que a ciência era dependente da poesia, que toda descrição científica era metafórica.

Somente quando a conversa voltou-se para o dr. Akim Jaska as coisas tornaram-se desagradáveis. Grace não queria conversar a respeito do homem, mas Phil teve um ataque de fúria.

– Aquele médico queria que você fosse mantido em custódia – disse ele a Reuben.

– Bem, esse foi o fim da questão, não foi? – disse Grace. – Porque ninguém, quero dizer ninguém, consideraria nem remotamente uma coisa como essa.

– Mantido em custódia? – perguntou Laura.

– Exato, naquele centro de reabilitação em Sausalito sem eira nem beira – disse Phil. – Percebi que aquele cara era uma fraude assim que o vi. Praticamente o expulsei lá de casa. Aparecer com aqueles papéis.

– Papéis? – perguntou Reuben.

– Ele quase que certamente não é uma fraude – disse Grace, e a coisa tornou-se de repente um concurso de gritos entre Phil e Grace, até Jim interferir e declarar que sim, o médico era obviamente brilhante e extremamente conhecedor de seu campo de atuação, mas que havia alguma coisa fora de sintonia ali, com essa tentativa de internação.

– Bem, pode esquecer isso – disse Grace. – Foi o fim, Reuben. Nós simplesmente não pensamos da mesma maneira, o dr. Jaska e eu. Nem um pouco, infelizmente. – Entretanto, insistiu num murmúrio que ele era um dos médicos mais brilhantes que ela já conhecera na vida. Uma pena que fosse um pouco lunático a respeito do assunto lobisomens.

Phil estava bufando, jogando o guardanapo na mesa, pegando-o de volta e jogando-o novamente, e dizendo que o cara era um Rasputin.

– Ele tem uma certa teoria – disse Jim – a respeito de mutações genéticas e seres mutantes, mas as credenciais do homem simplesmente não são o que deveriam ser, e a mamãe percebeu isso em tempo hábil.

– Na minha opinião, não foi em tempo hábil – retrucou Phil. – E tentou disfarçar os registros dele com uma história sem pé nem cabeça sobre a queda da União Soviética e a perda das pesquisas mais valiosas que ele tinha feito. Tolice total!

Reuben levantou-se, colocou um tema de piano de Erik Satie bem tranquilo e, quando sentou-se novamente, Laura estava conversando suavemente sobre a floresta e sobre como todos eles deviam aparecer quando as chuvas finalmente parassem, para passar um fim de semana passeando nas trilhas atrás da casa.

Jim conseguiu pegar Reuben sozinho para uma rápida caminhada depois do cair da tarde na floresta.

– Isso é mesmo verdade? – perguntou ele. – Esse rapaz foi mesmo mordido?

Reuben ficou em silêncio e então resolveu confessar tudo. Agora estava certo de que Stuart não morreria da crisma, mas sim que Stuart se tornaria exatamente o que ele era. Isso levou Jim ao paroxismo.

Efetivamente ajoelhou-se no chão, curvou a cabeça e rezou. Reuben continuou falando de seu encontro com Felix e de como sentia que Felix sabia as respostas.

– Quais são as suas esperanças nesse sentido? – exigiu Jim. – Que esse homem possa fazer com que esses ataques brutais sejam totalmente aceitáveis do ponto de vista moral para você?

– Estou esperando o que todo ser sensível espera... que, de algum modo, faça parte de algo maior do que eu mesmo, de algo no qual desempenhe um papel, real que seja, de alguma maneira, intencional e significativo. – Segurou o braço de Jim. – Quer por favor se levantar daí, padre Golding, antes que alguém o veja?

Andaram um pouco mais para dentro da floresta, mas perto o bastante da casa para ver as luzes brilhantes nas janelas. Reuben parou. E escutou. Estava ouvindo coisas, toda espécie de coisas. Tentou explicar isso a Jim. Na penumbra, não conseguia distinguir a expressão no rosto do irmão.

– Um ser humano pode ser capaz de ouvir essas coisas? – perguntou Jim.

– Se não puder, então por que estou ouvindo tudo isso?

– Certas coisas acontecem – disse Jim. – Existem mutações, desenvolvimentos que o mundo inclui, mas não abraça, coisas que têm de ser repudiadas e rejeitadas.

Reuben suspirou.

E olhou para cima, ansiando pela claridade mais completa de visão noturna que vinha com a pelagem lupina. Queria ver estrelas no céu, lembrar que aquele planeta não era mais do que uma brasa na chama das intermináveis galáxias, um pensamento que sempre o reconfortava, de uma certa forma. Estranho isso não acontecer com os outros. A vastidão do universo levava-o para mais perto de uma fé em Deus.

O vento movia-se através dos galhos. Alguma coisa o afligia, uma série de sons que pareciam fora de cadência com a noite. Será que estava vendo algo lá em cima na escuridão, algo se mexendo? A escuridão estava densa demais, mas, de imediato, os calafrios começaram a percorrer-lhe o corpo. Sentiu os cabelos eriçando nos braços. *Alguém estava lá, lá em cima.*

A inevitável convulsão teve início, mas Reuben a suprimiu. Forçou-a a recuar. Tremia deliberadamente, afugentando os calafrios. Não conseguia ver nada lá. No entanto, sua imaginação era preenchida pela escapada noturna. *Seres lá em cima na escuridão, mais de um, mais de dois.*

– O que é? O que há de errado? – perguntou Jim.

– Nada – mentiu.

Então, o vento soprou forte nas árvores, assobiando, cerrando seus punhos, e a floresta cantou como se tivesse uma única voz.

— Simplesmente nada.

Às nove da noite, a família partiu com a perspectiva de não chegar a San Francisco antes de uma da madrugada. Grace voltaria para Santa Rosa na tarde do dia seguinte para dar continuidade à sua argumentação no sentido de Stuart permanecer no hospital. Grace estava com medo de alguma coisa.

— Você sabe mais alguma coisa sobre essa síndrome? – perguntou Reuben.

— Não – disse ela. – Nada mais.

— Você seria absolutamente honesta comigo em relação a um assunto?

— É claro.

— O dr. Jaska...

— Reuben, mandei esse cara procurar seu caminho. Nunca mais vai se aproximar de mim.

— E quanto a Stuart?

— Jaska não tem a menor possibilidade de chegar em Stuart. O aviso que dei à dra. Cutler foi bem direto e não dava margens a dúvidas. Agora, isso aqui é estritamente confidencial, mas vou contar para você. A dra. Cutler está tentando obter custódia sobre Stuart, ou pelo menos algum tipo de poder legal concernente às decisões médicas de seu tratamento. Ele não pode ir para casa e tampouco deveria ficar sozinho em San Francisco naquele apartamento de Haight-Ashbury. Escute, esqueça que te disse isso.

— Certo, mamãe.

Grace olhou-o de um modo quase desesperado.

Conversaram bastante acerca de Stuart, mas não acerca dele.

Quando sua mãe desistira do que quer que fosse? Cirurgiões nunca desistem. Cirurgiões sempre acreditam que alguma coisa pode ser feita. É sua natureza.

Isso é o que todas essas coisas fizeram com a minha mãe, pensou Reuben. Sua mãe estava parada na escada da frente mirando a casa, mirando as árvores escuras reunidas a leste dela, seus olhos assustados, infelizes. Olhou novamente para Reuben, e lá estava aquele sorriso cálido e afetuoso do qual dependia tanto o seu bem-estar, mas o sorriso durou apenas um instante.

– Mãe, estou muito contente de você ter vindo aqui essa noite – disse e a abraçou. – Eu nem tenho palavras.

– É isso aí, também estou contente da gente ter vindo – disse e o manteve próximo de si, olhando-o bem nos olhos. – Bebezinho, você está bem, não está?

– Estou, sim, mamãe. Só estou preocupado com Stuart.

Reuben prometeu ligar de manhã, logo depois de passar no hospital.

## 33

Um porco selvagem apareceu na floresta, um macho solitário. Reuben ouviu o animal por volta das duas da manhã. Estava lendo, lutando contra a mudança. Então surgiram o aroma e o som do macho, caçando sozinho, a família deixada em algum lugar, em algum covil improvisado feito de galhos partidos e folhas.

Como seus sentidos lhe diziam essas coisas, não conseguia entender. Tirou a roupa, o coração acelerado, espasmos rolando, e entrou na floresta com a pelagem lupina completa, dirigindo-se às alturas e em seguida mergulhando no chão da floresta para rastrear a coisa a pé como se ela também estivesse a pé, ultrapassando-a e por fim derrubando o poderoso brutamontes peludo, as presas enterrando-se profundamente em suas costas, e finalmente em seu pescoço.

Aquilo era um banquete, com certeza, um banquete pelo qual ele vinha ansiando. Não teve pressa, refestelando-se da barriga do porco e de outras partes internas macias, e devorando o coração respingando de sangue. As grandes presas brancas cintilavam na penumbra. Que coisa feroz aquilo fora um dia. Empanturrou-se com o suco e com a carne fragrante.

Uma sonolência tomou conta dele à medida que devorava mais e mais, mastigando a carne agora mais lentamente, sugando o sangue de seu corpo, e sentindo uma imensa quentura satisfatória ao longo do peito e do estômago e até mesmo dos membros.

Aquilo era o paraíso, a chuva silenciosa ao redor, os aromas das folhas caídas elevando-se, o aroma do porco selvagem inebriando-o, a carne mais farta do que sua possibilidade de consumi-la.

Um berro deu-lhe um choque. Era Laura, berrando por ele na escuridão. Saiu correndo na direção do som da voz dela.

Estava parada na clareira atrás da casa, na luz amarelada e ofuscante dos holofotes. Estava chamando e chamando, e então curvou os joelhos e deixou escapar mais um berro.

Reuben disparou floresta afora na direção dela.

– Reuben, é a dra. Cutler – gritou ela. – Não está conseguindo falar com a sua mãe. Stuart fugiu do hospital, pulou da janela do segundo andar e desapareceu!

Então acontecera. Acontecera a Stuart na metade do tempo. E a mudança estava em Stuart e Stuart estava sozinho.

– As minhas roupas, as grandes – disse. – E roupas para o rapaz. Coloque tudo no jipe e vá para o sul. Eu te encontro no hospital ou onde quer que você esteja.

E partiu em direção à floresta, determinado a segui-la até alcançar Santa Rosa, sem se importar se precisava atravessar estradas movimentadas ou campos gramados – logo certo de que estava viajando infinitamente mais rápido na direção de Stuart do que talvez conseguisse usando qualquer outro meio de transporte – rezando para os deuses da floresta ou para o Deus de seu coração para que por favor o ajudasse a chegar ao rapaz antes que qualquer outra pessoa pudesse fazê-lo.

Pelas autoestradas do mundo, a distância era mais ou menos de 145 quilômetros.

Mas não havia registro do modo como estava viajando, subindo nas copas das árvores quando podia ou correndo quando era obrigado, pulando qualquer cerca, atravessando estradas e obstáculos em seu caminho.

Apenas um pensamento o governava, era encontrar Stuart, e o abandono que experimentou em nome dessa causa era sublime. Seus sentidos jamais estiveram tão aguçados, seus músculos tão poderosos ou sua orientação tão certeira.

A floresta em momento algum lhe deixava na mão, embora às vezes arrebentasse galhos em seu caminho, saltasse enormes distâncias e esmagasse ruidosamente a vegetação rasteira ou se arriscasse a ficar à mercê das intempéries enquanto disparava pelos campos abertos.

As vozes do sul populoso elevaram-se para encontrar-se com ele, os aromas misturados da espécie humana aprofundando o encantamento da floresta e, por fim, soube que estava agora viajando através dos parques arborizados da cidade, a mente lupina e a mente humana vasculhando tudo em busca de Stuart, em busca dos sons ou do aroma de Stuart, ou em busca de quaisquer vozes que porventura houvessem chamado Stuart a seja lá onde estivesse.

Era inútil esperar que Stuart não houvesse sido seduzido pelo aroma do mal, como Reuben fora seduzido, ou que sua força recém-descoberta não o houvesse carregado em direção aos domínios onde pudesse vir a ser descoberto, até mesmo capturado.

A noite estava viva com sirenes, com vozes nos rádios, com a pulsação da doce cidade de Santa Rosa despertada para as chocantes notícias de violência.

Aturdido, enlouquecido, Reuben contornou o hospital e então moveu-se para leste. Captou o aroma de terror, o aroma de súplica, e desespero, uma voz erguendo-se por sobre a inevitável onda de pessoas comuns rezando e de reclamações simplórias.

Mais para leste avançou em disparada, quando seus instintos bem como seu cérebro totalmente humano lhe disseram: vá para a casa do rapaz porque ele não tem nenhum outro lugar para ir. Vá para a Plum Ranch Road.

Nu e sozinho nessa floresta povoada, Stuart vai ficar pairando por lá, assustado, procurando fazer seu covil em algum porão ou sótão conhecido naquela mansão de sequoia onde ele não era bem-vindo, o lugar que anteriormente era sua casa. Só que, quando avistou carros de polícia e suas luzes estroboscópicas, quando avistou caminhões do corpo de bombeiros e ambulâncias, Reuben captou a cacofonia daquelas pessoas reunidas no outeiro e o fedor de morte.

A mulher soluçando era a mãe de Stuart. O homem morto na maca era Herman Buckler, e os homens dando uma busca nas árvores circunvizinhas estavam atiçados pela emoção da caçada ao lobo homem. Havia uma mistura de histeria e júbilo em meio àqueles reunidos para acompanhar o espetáculo.

Cães latiam. Cães uivavam.

O ribombar de uma arma ecoou por sobre a colina. E apareceu o estrondo feroz de um megafone exigindo cautela.

– Não atirem. Relatem suas posições. Não atirem.

Lanternas de busca varriam as árvores, o gramado, os telhados espalhados – revelando carros em estradinhas não iluminadas, cômodos sendo aos poucos acesos.

Reuben não podia se aproximar mais. Naquele momento corria o maior risco que já correra até então.

Mas a noite estava escura, a chuva forte e constante, e somente ele podia ver o terreno formado pelas raízes contorcidas que se estendiam diante de seus olhos à medida que contornava o tremeluzente e ruidoso centro de atividades que era a casa da família.

Subiu o mais alto que pôde nos carvalhos, ficou imóvel, as patas sobre os olhos, penetrando ele próprio na escuridão quando as luzes o procuravam.

Ambulâncias estavam deixando a casa. Os gritos da mãe eram suaves, entrecortados e sumiam ao longe. As viaturas de polícia percorriam as estradas escuras em todas as direções. Luzes nas varandas e nos jardins eram acesas, deixando a nu piscinas e gramados lisos e cintilantes.

Mais veículos estavam convergindo para o outeiro.

Tinha de sair dali, ampliar novamente seu círculo. E, subitamente, o pensamento óbvio ocorreu-lhe: sinalizar. O rapaz consegue ouvir o que eles não conseguem. Numa voz baixa, disse o nome de Stuart.

– Estou te procurando – saíram suas palavras abafadas e guturais. – Stuart, venha ao meu encontro. – As sílabas rolavam, profundas, latejantes, alongadas, de modo que aos ouvidos humanos talvez afundassem sob o ribombar dos pneus e dos motores, do ruído de eletrodomésticos. – Stuart, venha ao meu encontro. Confie em mim. Estou aqui para encontrar você. Stuart, sou seu irmão. Venha ao meu encontro.

Parecia que os cachorros do quintal estavam lhe respondendo, latindo com mais ferocidade, ganindo, rosnando, uivando e, nesse alarido cada vez mais alto, Reuben ergueu sua própria voz.

Lentamente, se dirigiu para leste, saindo da órbita da busca, certo de que o rapaz teria sido inteligente o bastante para fazer a mesma coisa. Para oeste, encontravam-se os populosos bairros de Santa Rosa. Para leste, a floresta.

– Stuart, venha ao meu encontro.

Por fim, em meio ao emaranhado de galhos diante dele, Reuben viu o piscar de olhos vivos.

Avançou na direção daqueles olhos brilhantes, mais uma vez pronunciando o nome na escuridão com um som semelhante ao de um sino localizado no fundo de sua garganta:

– Stuart!

E ouviu o rapaz chorando:

– Pelo amor de Deus, ajude-me!

Seu braço direito voou e pegou o lobo rapaz pelos ombros, chocado em ver que era tão grande quanto Reuben, e certamente tão poderoso quanto, à medida que se moviam juntos em rapidez através dos ramos altos e grossos dos carvalhos.

Por metros e metros de floresta, correram. Finalmente, num vale profundo de inquebrantável escuridão, pararam. Reuben pela primeira vez conheceu o calor da exaustão sob a pelagem lupina, e recostou-se no tronco de uma árvore, arfando, sedento, e vasculhando a área em busca de água. O lobo rapaz permanecia bem ao lado dele como se estivesse com medo de se mexer ao menos um centímetro.

Os olhos eram azuis, grandes, olhando fixamente de um rosto lupino com cabelos castanho-escuros como os dele próprio. A cabeleira do lobo rapaz tinha faixas brancas. Em silêncio, olhava para Reuben, sem perguntar coisa alguma, sem exigir coisa alguma, confiando totalmente.

– Vou tirar você daqui – disse Reuben, sua voz tão profunda que talvez um ser humano não tivesse compreendido, como se soubesse instintivamente o que o rapaz ouviria e que ninguém mais poderia ouvir.

A resposta veio no mesmo timbre trovejante e soturno:

– Estou com você. – Apenas uma tênue linha de dor humana, de angústia humana, naquelas palavras. Por acaso animais sabem chorar? Chorar de verdade? Que animal irrompe em soluços ou tem um ataque de riso?

Moveram-se rapidamente encosta abaixo e entraram num bosque escuro, chegando juntos à samambaia, até que Reuben manteve o lobo rapaz próximo a ele mais uma vez.

– Aqui está seguro. – Ele balbuciou as palavras no ouvido do rapaz. – Vamos esperar.

Como o lobo rapaz lhe dava a impressão de ser completamente natural, com aqueles imensos ombros peludos, a suave e sedosa pelagem lupina de seus braços, a volumosa juba que cintilava agora à luz diáfana da lua enevoada. De fato, a luz da lua parecia deslizar para dentro das nuvens para em seguida espalhar-se para fora delas, e então deslizar para o interior de um bilhão de diminutos restos de chuva.

Reuben abriu a boca, e deixou a chuva atingir sua língua ressecada. Novamente, rastreou o local em busca do aroma de água, de um ajuntamento de água, e encontrou-o numa pequena piscina natural alguns metros depois nas raízes ocas de uma árvore podre. Cambaleou de quatro na direção da árvore e sorveu o líquido avidamente, batendo as patas na deliciosa água doce com o máximo de rapidez que podia. Em seguida sentou-se e deixou que Stuart fizesse o mesmo.

Havia apenas os mais tênues sons seguros ao redor deles na escuridão.

O céu estava se iluminando lentamente.

– O que vai acontecer agora? – perguntou Stuart em tom de desespero.

– Daqui a mais ou menos uma hora você vai voltar à sua forma normal.

– Aqui? Nesse lugar?

– A ajuda está vindo. Confie em mim. Deixe-me escutar agora, deixe-me ver se consigo captar o aroma ou o som da pessoa que está vindo. Isso pode levar tempo.

Pela primeira vez em toda a sua vida, Reuben realmente não queria ver o sol nascer.

Recostou-se na velha árvore podre e escutou, instando novamente com a pegada firme de sua pata o rapaz a permanecer em silêncio.

E sabia onde Laura estava!

Não perto, não, mas captara o aroma dela e a voz dela. *Oh, Laura, como você é inteligente*. Estava cantando aquela canção que Reuben havia cantado na noite em que se conheceram.

– "A dádiva é ser simples... A dádiva é ser livre..."

– Siga-me – disse, e ambos retornaram ao local onde as buscas estavam se dando, sim, e às luzes estroboscópicas das viaturas, sim, mas na direção de Laura, aumentando a velocidade à medida que ela aumentava a velocidade, gradualmente aproximando-se até que ele viu a pálida faixa da estrada na qual ela estava viajando.

Correram juntos ao longo da margem da estrada, parando finalmente ao lado dela, e então Reuben jogou-se sobre a capota do jipe, suas patas agarrando a janela do motorista e o para-brisa, e Laura freou o carro abruptamente.

Stuart ficou paralisado. Reuben teve de forçá-lo a sentar-se no banco traseiro.

– Abaixe-se aí – disse ele. Para Laura, ele disse: – Vamos voltar para casa.

O motor do jipe rosnou assim que pisou no acelerador. Laura disse ao rapaz que havia cobertores no banco de trás e que deveria se cobrir da melhor maneira possível.

Reuben concentrou-se para se transformar. Deitou-se no banco do carona, exausto, deixando que as ondas de transformação passassem por ele. E nunca fora tão difícil abandonar a pelagem lupina, abandonar o poder, abandonar o cheiro da floresta perigosa.

O céu estava exibindo subitamente um tom marmóreo de fumaça e prata, a chuva encharcando os campos verde-escuros de cada lado da estrada, e teve a sensação de que talvez caísse num sono profundo, mas não havia tempo para isso. Vestiu sua camisa polo e suas calças de flanela, calçou os sapatos e esfregou o rosto com as palmas das mãos. Sua pele não queria se livrar de todo o pelo. Sua pele estava cantando. Sentiu que ainda estava correndo pela floresta. Era como o momento em que você sai da bicicleta após um dia inteiro pedalando, e você anda e sente-se ainda pedalando e ainda subindo e descendo, subindo e descendo.

Virou-se e olhou para o banco traseiro.

O lobo rapaz estava lá deitado, um áspero cobertor de exército sobre seu corpo, seus grandes olhos azuis fixos em Reuben do meio dos pelos finos e lustrosos de seu rosto lupino.

– Você! – disse o lobo rapaz. – É você!

– Sim. Fui eu que fiz isso em você – disse Reuben. – Fui eu que transmiti a crisma a você. Não foi minha intenção. Minha intenção foi matar os homens que estavam tentando te matar, mas acabei transmitindo.

Os olhos continuavam fixos sobre ele.

– Matei o meu padrasto – disse Stuart, sua voz profunda, rouca e vibrante. – Estava batendo na minha mãe, arrastando-a pelos cabelos pelos cômodos da casa. E disse que ia matá-la se não assinasse os papéis para que eu fosse levado sob custódia. Ela estava dizendo não, não, não. Os cabelos dela estavam cheios de sangue. Estraçalhei o cara.

– Sua aparência – disse Reuben. – Você se identificou à sua mãe?

– Deus do céu! Claro que não!

O jipe sacolejou e balançou ao longo da autoestrada, dando uma guinada para ultrapassar um carro, e então acelerou novamente ao entrar na pista da esquerda.

– Para onde posso ir? Onde posso me esconder?

– Deixe isso comigo.

Ainda estava disparando pela Highway 101 na direção norte sob o pesado céu plúmbeo quando Stuart começou a mudar.

A mudança levou talvez cinco minutos. Reuben cronometrou-a. Talvez nem tenha levado tudo isso.

O rapaz estremeceu, e curvou a cabeça, os cotovelos sobre os joelhos nus. Seus compridos cabelos louros e encaracolados cobriam-lhe o rosto. Estava arquejando em sílabas, mas as sílabas não formavam palavras. Por fim, conseguiu dizer:

– Pensei que não voltaria ao normal. Pensei que ficaria daquele jeito para sempre.

– Não, a coisa não é assim – disse Reuben calmamente.

Ajudou Stuart a vestir uma das camisas de tricô que Laura trouxera para ele. O rapaz conseguiu vestir a calça jeans e calçar o tênis por conta própria.

Era maior do que Reuben em todos os sentidos, um peito largo e pernas obviamente mais compridas. Seus braços eram fortemente musculosos, mas as roupas lhe serviram. Recostou-se no assento mirando Reuben. Era novamente o rosto do rapaz, com sardas e os olhos grandes e alertas, embora o risinho familiar não estivesse lá.

– Bem, você é um esplêndido lobo rapaz, vou te dizer – disse Reuben.

Silêncio.

– Você vai ficar bem com a gente, Stuart – disse Laura. Ela jamais tirava os olhos da estrada.

O rapaz estava estupefato e exausto demais para dar uma resposta. Continuava mirando Reuben como se fosse um milagre o fato de Reuben ter a aparência de um ser humano perfeitamente normal.

## 34

Seus olhos abriram-se num estalo. Pelo relógio digital haviam se passado alguns minutos das quatro da tarde. As persianas estavam fechadas. Dormira profundamente por horas. Havia vozes do lado de fora da casa, vozes na frente e nos fundos, vozes nas laterais da casa.

E Reuben se sentou na cama.

Laura não estava em parte alguma que pudesse ver. Via a linha telegráfica piscando. Ele a ouvia soando ao longe em algum ponto da casa, talvez na cozinha ou mesmo na biblioteca. Na mesinha de cabeceira, seu iPhone vibrou.

A tela de TV tremeluzia e brilhava em silêncio, a barra de noticiário passando pela tela, reciclando as notícias a que assistira antes de dormir: PÂNICO EM SANTA ROSA POR CAUSA DO LOBO HOMEM.

Ele tinha assistido o quanto pôde antes de desmaiar.

Havia uma busca em todo o estado por Stuart McIntyre, que desaparecera do St. Mark's Hospital durante a noite. Seu padrasto fora assassinado pelo lobo homem às 3:15 da madrugada. Sua mãe fora hospitalizada. Notícias de pessoas que viram o lobo homem chegavam de todas as partes do norte da Califórnia.

As pessoas estavam entrando em pânico ao longo de todo o litoral. Não se tratava tanto de medo do lobo homem quanto de uma completa sensação de confusão, desamparo, frustração. Por que a polícia não conseguia resolver o mistério do lobisomem vingador? Reuben agora via clipes de uma entrevista coletiva dada pelo governo, flashes do escritório de promotoria, a casa de madeira e vidro em Santa Rosa no alto do outeiro.

Vozes do lado de fora, ao redor da casa. Aromas de uma certa quantidade de seres humanos movendo-se ao longo das laterais oeste e leste da propriedade.

Saiu da cama, despido, descalço e andou até a janela da frente, abrindo apenas uma frestinha na cortina, deixando entrar a fraca luminosidade vespertina. Podia ver os carros de polícia lá embaixo, três viaturas. Não. Uma delas era o carro do xerife. As outras duas eram patrulhas rodoviárias. Também havia uma ambulância no local. Por que uma ambulância?

Uma batida forte na porta da frente. Em seguida outra. Estreitou os olhos porque isso o ajudava a ouvir. Estavam se movendo ao redor da casa pelas laterais, sim, estavam se movendo por ambas as laterais, e parando na porta dos fundos.

Será que a porta dos fundos estava trancada? Será que o alarme estava acionado?

Onde estava Laura? Captou o aroma de Laura. Ela estava na casa, aproximando-se dele.

Vestiu as calças e dirigiu-se sorrateiramente ao corredor. Podia ouvir a respiração de Stuart. Olhando o interior do quarto ao lado do seu, viu Stuart atravessado na cama, profundamente adormecido como Reuben estava poucos momentos antes.

Ele e Stuart haviam ambos cedido ao sono porque não dispunham de outra escolha. Tentara comer um pouco, mas não fora capaz. Stuart devorara um bife, mas os dois estavam de olhos vítreos, com a voz embargada, fracos.

Stuart dissera estar quase certo de que seu padrasto atirara duas vezes nele, mas não tinha nenhum ferimento causado por balas.

Após isso, ambos encaminharam-se para suas respectivas camas e apagaram, Reuben como uma vela apagada na escuridão. Simplesmente apagaram.

Escutou. Um outro carro de polícia estava vindo pela estrada.

Subitamente, ouviu o suave ruído dos pés descalços de Laura subindo a escada. Ela emergiu das sombras e veio na direção dele, deslizando em seus braços.

— Essa é a segunda vez que aparecem aqui — sussurrou ela. — O alarme está acionado. Se quebrarem alguma janela ou empurrarem alguma porta, as sirenes vão soar de todos os quatro cantos da casa.

Ele assentiu. Ela estava trêmula. Seu rosto estava branco.

— Você está cheio de e-mails, não apenas da sua mãe como também do seu irmão e do seu pai, e da Celeste. Da Billie. Alguma coisa muito ruim está acontecendo.

— Viram você pela janela? — perguntou ele.

— Não. As cortinas ainda estão fechadas desde ontem à noite.

Estavam chamando o nome dele lá embaixo.

— Sr. Golding, sr. Golding! — Batendo com força na porta dos fundos como haviam batido na porta da frente.

O vento suspirava e jogava a chuva delicadamente de encontro às janelas.

Reuben desceu alguns degraus da escada.

Lembrou-se do estrondo que o despertara na noite em que Marchent fora assassinada. Nós estamos morando num palácio de vidro, pensou ele, mas que justificativa teriam para invadir a casa?

Olhou de relance para Stuart. Ainda descalço, apenas de short e camiseta, dormindo como um bebê.

Galton acabara de chegar de carro. Podia ouvi-lo falando com o xerife.

Reuben voltou para o quarto e se aproximou novamente da janela que dava para a face sul da casa.

– Bem, não sei onde eles estão. Você pode ver a mesma coisa que estou vendo, ou seja, os dois carros estão aqui. Não sei o que dizer para você. De repente estão dormindo, sei lá. Só chegaram aqui de manhãzinha. Você se importaria de me falar do que isso tudo se trata?

O xerife não queria falar, e nenhum dos dois patrulheiros rodoviários, e os paramédicos da ambulância estavam parados atrás destes com os braços cruzados olhando para a casa.

– Bem, por que você não dá uma ligada mais tarde ou quando já tiverem levantado? – perguntou Galton. – Bem, claro, sei o código, sim, mas não tenho autorização para deixar ninguém entrar na casa. Escute...

Sussurros.

– Tudo bem, tudo bem. Vamos esperar por eles e pronto.

*Esperar?*

– Acorde o Stuart – disse ele a Laura. – Leve-o para a sala secreta. Rápido.

Reuben vestiu-se apressadamente, colocando seu blazer azul e penteando o cabelo. Queria parecer o retrato da respeitabilidade independentemente do que acontecesse.

Olhou para o celular: mensagem de Jim.

"Pousou. Estamos a caminho."

O que cargas-d'água poderia significar isso?

Podia ouvir Stuart protestando numa voz sonolenta, mas Laura o estava guiando com firmeza para o interior do closet de toalhas de mesa e através da porta secreta.

Reuben fez uma inspeção atrás deles. Parede perfeitamente lisa. E colocou as prateleiras de volta ao lugar, encostadas à parede, e colocou duas pilhas de toalhas nas prateleiras. Em seguida trancou a porta.

Desceu para o primeiro andar, e percorreu o corredor até a escurecida sala da frente. A única luz vinha das portas da estufa. Leitosa, penumbrosa. A chuva batia levemente no domo de vidro. Uma névoa cinza selava as paredes de vidro.

Alguém estava mexendo nas maçanetas das portas francesas da ala oeste da estufa uma após a outra.

Um outro carro havia parado do lado de fora da casa, e parecia que um caminhão viera com ele. Reuben não queria desarrumar a cortina, nem mesmo um pouquinho. Silenciosamente, escutou. Uma voz de mulher dessa vez. E então Galton, falando alto ao telefone.

– ... é melhor aparecer aqui agorinha mesmo, Jerry. O que estou falando é que isso está acontecendo aqui nesse exato momento, aqui na casa dos Nideck, e não estou vendo nenhum mandado de busca e apreensão, e se alguém for invadir a casa dos Nideck sem mandado, bem, vou te dizer uma coisa, é melhor você dar um pulo aqui agora.

Movendo-se silenciosamente até a escrivaninha, mirou a torrente de e-mails ocupando toda a tela do computador.

"SOS", dizia Celeste seguidamente. Os e-mails de Billie diziam: "Alerta." O e-mail de Phil: "A caminho." O último de Grace dizia: "Voando para me encontrar com Simon agora." Isso havia sido enviado duas horas atrás.

Então era isso o que Jim estava querendo dizer. Pousado no aeroporto de Sonoma County, muito provavelmente, e estavam dirigindo o restante do trajeto.

E quanto tempo isso levaria, imaginou.

Mais carros estavam chegando na frente da casa.

O último e-mail de Billie fora enviado uma hora atrás: "Uma dica: eles vão te prender."

Estava furioso, ainda que fazendo seus cálculos. O que teria desencadeado isso? Será que alguém os vira de manhã cedo com Stuart no carro? Certamente Galton não teria dito uma palavra sequer a ninguém, mas como uma campanha dessa envergadura poderia ter sido efetivada com evidências tão tênues?

Ambulâncias. Por que havia uma ambulância? Será que a dra. Cutler obtivera custódia sobre Stuart e estava vindo levá-lo para um hospício ou para a prisão? Era a voz da dra. Cutler lá fora, não era? E a voz de uma outra mulher, uma mulher falando com um sotaque caracteristicamente estrangeiro.

Reuben saiu da biblioteca pisando nos macios tapetes orientais do salão e ficou parado perto da porta.

A mulher com o sotaque estrangeiro, possivelmente russa, estava explicando que tivera experiência com esse tipo de coisa antes e, se todos os oficiais cooperassem, tudo se daria de um modo absolutamente tranquilo. Normalmente era assim. Ouviu-se a voz de um homem sobreposta à dela, com longas e sinistras sílabas com o mesmo significado geral. *Esse era Jaska.* Ele podia sentir o cheiro de Jaska, e podia captar o aroma da mulher. *Mentirosa.* Uma premeditação profunda e perniciosa.

Reuben sentiu os espasmos começando; pousou a mão direita no abdome. Podia sentir o calor.

– Ainda não – sussurrou. – Ainda não. A sensação pontiaguda e gélida estava viajando por toda a parte traseira de seu braço e alcançando o pescoço. – Ainda não.

Já estava escurecendo. O pôr do sol ocorreria em poucos minutos, e, num dia nublado como aquele, logo, logo escureceria completamente.

Devia haver quinze homens no local agora. E mais carros estavam chegando. Um veículo estava parando em frente à porta.

Podia chegar à porta escondida, não havia dúvida quanto a isso, mas e se Galton conhecesse a porta escondida e a conhecesse desde sempre? E se Galton não a conhecesse, se ninguém a conhecesse, quanto tempo os três poderiam ficar lá dentro escondidos?

Do lado de fora, a dra. Cutler estava discutindo com a médica russa. Não queria que Stuart fosse levado em custódia. Nem sabia ao certo se Stuart estava lá, mas a médica russa disse que sabia, que alguém lhe dera essa informação, que Stuart certamente estaria lá.

De repente, a voz de sua mãe interrompeu a discussão, e pôde ouvir a voz baixa e grave de Simon Oliver sob a voz dela:

– ... solicito um *habeas corpus* se vocês tentarem levar o meu filho para qualquer parte contra a vontade dele!

Jamais ficara tão contente em ouvir aquela voz. Phil e Jim estavam murmurando juntos do lado de lá da porta, calculando que os oficiais deviam somar ao todo em torno de vinte, tentando bolar um plano de ação.

Um ruído dentro da casa o sobressaltou.

Os espasmos ficaram mais fortes. Podia sentir os poros se abrindo, cada folículo capilar pinicando. Com toda a sua força de vontade, conteve a transformação.

O ruído estava vindo do corredor; o som era como se alguém estivesse subindo aqueles degraus de madeira nua. Ouviu o rangido que sabia originar-se daquela porta.

Lentamente, uma figura alta materializou-se diante dele vinda das sombras, e uma outra figura encontrava-se à sua esquerda. Contra a luz da estufa, não conseguia distinguir os rostos.

– Como vocês entraram na minha casa? – perguntou Reuben. Andou decididamente na direção deles, o estômago agitado, a pele em fogo. – Se não tiverem em mãos um mandado judicial para entrar nessa casa, saiam agora mesmo.

– Calma, lobinho – veio a voz suave de uma das duas figuras.

O outro, que se encontrava próximo ao corredor, acendeu a luz.

Era Felix, e o homem a seu lado era Margon Sperver. Margon Sperver falara aquelas palavras.

Reuben quase deu um berro devido ao choque.

Os dois homens estavam vestindo pesados paletós de tweed e botas. O aroma de chuva e terra exalava de suas roupas e de suas botas; estavam despenteados e com os rostos vermelhos devido ao frio.

Uma onda de alívio enfraqueceu Reuben. Ele arquejou. Então levantou as mãos como se fosse rezar.

Felix deu um passo à frente para sair da luz do corredor.

– Quero que você deixe eles entrarem – disse.

– Há tantas coisas que você não sabe! – confessou Reuben. – Tem esse rapaz aqui, o Stuart...

– Eu sei – disse Felix, reconfortando-o. – Sei de tudo. – Seu rosto suavizou-se num sorriso protetor. Segurou com firmeza o ombro de Reuben. – Vou lá em cima agora pegar o Stuart e trazê-lo aqui para baixo. Agora acenda a lareira. Acenda as luminárias. E assim que Stuart estiver pronto, quero que você os deixe entrar.

Margon já estava cuidando dessas coisas, acendendo uma luminária atrás da outra. E a sala estava ganhando vida em meio à penumbra.

Reuben não pensou duas vezes sobre obedecer as ordens. Sentiu os espasmos enfraquecendo, e o suor inundando seu peito debaixo da camisa.

Acendeu a lareira rapidamente.

Margon movia-se como se conhecesse o lugar. Em pouco tempo a lareira da biblioteca estava acesa, e também as da sala de jantar e da estufa.

Os cabelos de Margon eram compridos, como na foto, só que estavam amarrados na nuca por um cordão de couro. Havia proteções de couro nos cotovelos de seu paletó, e suas botas pareciam antigas, bastante vincadas e rachadas em cima dos dedos. Seu rosto exibia as marcas do tempo, mas era jovem. Aparentava ter no máximo 40 anos.

Terminando com as luminárias da estufa, aproximou-se de Reuben e olhou-o nos olhos. Havia uma cativante simpatia emanando dele, o mesmo tipo de simpatia que Reuben sentira emanando de Felix quando encontrou-se com ele pela primeira vez. E também havia um indício de bom humor em Margon.

– Nós estamos esperando há muito tempo por isso – disse Margon. A voz dele era tranquila, suave. – Gostaria muito que nós pudéssemos ter tornado tudo isso bem mais fácil para você, mas não foi possível.

– Como assim?

– Você vai entender tudo em seu devido tempo. Agora, escute, assim que Stuart chegar aqui, quero que você vá até a arcada e receba os médicos, e peça para os advogados permanecerem onde estão por enquanto. Disponha-se a conversar. Você acha que consegue fazer isso?

– Consigo – disse Reuben.

A discussão do lado de fora estava rápida e furiosa. A voz de Grace sobrepunha-se ao tumulto.

– Não tem validade, não tem validade. Você pagou por isso. Ou você traz aqui o paramédico que assinou isso aqui ou então não tem validade...

Alguma coisa passou com rapidez pelo rosto de Margon, que se aproximou e colocou as mãos nos ombros de Reuben.

– Você está com tudo sob controle? – perguntou ele. Não havia nenhum sinal de julgamento, tratava-se apenas de uma simples pergunta.

– Estou – disse Reuben. – Estou controlando, sim.

– Bom – disse ele.

– Mas não sei se o Stuart vai conseguir.

– Se ele começar a mudar, nós sumiremos com ele – explicou ele. – É importante que esteja aqui. Deixe os problemas comigo.

Stuart apareceu, agora adequadamente vestido com uma camisa polo e calça jeans. Estava visivelmente alarmado e olhava para Reuben silenciosa porém desesperadamente. Laura, no seu tradicional suéter e calças compridas, assumiu seu lugar resolutamente ao lado de Reuben.

Felix fez um gesto para que Margon se afastasse, e os dois seguiram na direção da sala de jantar, sinalizando para que Reuben prosseguisse com o combinado.

Ele acendeu as luzes externas, desativou o alarme antiassalto e abriu a porta.

Era um mar de pessoas irritadas e molhadas em capas de chuva brilhantes e segurando guarda-chuvas igualmente brilhantes, e muito mais reforços policiais do que ele havia percebido. De imediato, a médica russa, corpulenta, com cabelos grisalhos curtos, avançou, fazendo um gesto para que Jaska e seu esquadrão de apoio a seguissem, mas Grace barrou sua passagem.

Phil subiu os degraus e entrou na casa, com Jim logo atrás.

– Queiram todos vocês, por favor, me ouvir – disse Reuben. E levantou as mãos para pedir paciência e silêncio. – Compreendo o quanto está frio aí fora, e sinto muito por deixá-los esperando.

Grace estava recuando nos degraus com Simon Oliver e tentando impedir que os médicos russos passassem. O aroma de maldade ergueu-se decisivamente dos dois russos, e os olhos frios de Jaska fixaram-se duramente em Reuben, como se fossem raios que poderiam, quem sabe, paralisar uma vítima enquanto se aproximava incessantemente dela.

A médica ficou fortemente excitada diante da visão de Reuben, olhando-o arrogantemente com leitosos olhinhos azuis.

— Doutores, por favor — disse Reuben. Grace estava agora colada em seu cotovelo. — Entrem, e você também, dra. Cutler... — Esperava e rezava para que Felix e Margon soubessem o que estavam fazendo, para que fossem os seres que acreditava que fossem, mas, subitamente, aquilo lhe pareceu uma fé tênue e fantástica! — Nós precisamos conversar aqui dentro, vocês e eu. — Ele prosseguiu. — E Galton, eu sinto muitíssimo você ter sido obrigado a vir até aqui num tempo desses. Galton, de repente você podia preparar um café para essas pessoas todas. Você conhece a cozinha daqui tão bem quanto qualquer outra pessoa. Acho que nós temos xícaras suficientes para o grupo.

Ao lado dele, Laura fez um gesto para Galton e disse que se encontraria com ele na porta dos fundos.

Galton ficou perplexo, mas assentiu imediatamente e começou a receber os pedidos de açúcar e leite.

Grace entrou na sala atrás de Reuben.

Mas os dois médicos russos permaneceram nos degraus, apesar da chuva forte. Então a mulher disse alguma coisa baixinho e em russo para Jaska, e Jaska virou-se e disse para os homens e para as mulheres que compunham a força policial que, por favor, ficassem a postos nas proximidades da casa.

Os homens não estavam bem certos se deviam seguir essa ordem, obviamente. E um bom número deles recuou, embora uns poucos uniformizados, que Reuben não reconheceu, estivessem avançando e até mesmo tentando seguir Jaska até o interior da casa.

— Você pode entrar, doutor — disse Reuben. — Entretanto, os homens devem permanecer do lado de fora.

De repente, o xerife deu um passo à frente, opondo-se frontalmente, e Reuben, sem dizer uma palavra, permitiu que também adentrasse o salão.

E fechou a porta, e os encarou: o xerife, a família, Simon Oliver, a bonitinha dra. Cutler com carinha de menina e os dois formidáveis russos que o cumprimentaram com olhos de pedra.

A dra. Cutler deixou escapar subitamente um grito. Avistara Stuart em meio às sombras ao lado da lareira e correu até ele com os braços estendidos.

– Estou bem, doutora... – disse Stuart. Ele abraçou-a imediatamente com seus grandes e desajeitados braços. – Sinto muito, sinto muito mesmo. Não sei o que foi que aconteceu comigo naquela noite. Simplesmente não sei, eu só sei que eu tinha de sair de lá de qualquer maneira, aí eu fui lá e pulei pela janela...

Suas palavras foram afogadas quando a médica russa e Grace começaram a gritar uma com a outra, a russa insistindo:

– Isso não precisa ser difícil, basta que seu filho e esse rapaz venham conosco, por favor!

Havia algo opressivamente presunçoso e perverso no tom de voz dela. Fedor de maldade.

Simon, com a aparência bem molhada e desgastada em seu costumeiro terno cinza, porém, mais do que qualquer coisa, indignado e belicoso, agarrou o braço de Reuben e disse:

– A alegação de 5150 para a detenção é fajuta. Esses papéis foram assinados por paramédicos que não estão nem aqui agora! Como é que podemos verificar essas assinaturas, ou ter certeza de que essas pessoas ao menos conhecem vocês dois?

Reuben sabia apenas vagamente o que significava "5150", mas dava para perceber que se tratava de um documento legal relacionado à detenção.

– Agora vocês podem ver perfeitamente bem que não existe nada de errado ou de violento em relação a esse rapaz, a vocês dois – continuou Simon com a voz trêmula –, vou alertá-los, se vocês ousarem tirá-lo e tirar aquele rapaz ali dessa casa pela força...

Com uma firmeza de aço, a médica russa virou-se e apresentou-se a Reuben.

— Dra. Darya Klopov — disse ela com um forte sotaque, erguendo ligeiramente as sobrancelhas brancas, seus olhos estreitando-se enquanto estendia a mãozinha. Seu sorriso era uma careta que exibia perfeitos dentes de porcelana. O aroma de profundo ressentimento, de absoluta insolência, escapava dela. — Peço apenas que você confie em mim, moço, que confie no meu conhecimento a respeito dessas extraordinárias experiências que você foi obrigado a suportar.

— Sim, sim — disse o dr. Jaska. Um outro grotesco sorriso que não era um sorriso, e também um forte sotaque. — E absolutamente ninguém precisa ficar ferido nessa situação em que, você está vendo, existem tantas pessoas armadas. — Seus lábios afastaram-se de seus dentes ameaçadoramente enquanto pronunciou as palavras "pessoas armadas". Virou-se ansiosamente para a porta enquanto gesticulava, aparentemente à beira de abri-la e de convidar as "pessoas armadas" a entrarem na residência.

Grace voou em cima do médico com uma saraivada de ameaças legais.

Jim, com seu traje completo de padre na cor preta e colarinho branco, assumira uma posição diretamente ao lado de Reuben, e agora Phil dava a volta e também posicionava-se ao seu lado. Phil, com aparência professoral, os cabelos grisalhos desgrenhados, a camisa amarrotada e a gravata torta, sacudia a cabeça, murmurando:

— Não, não, isso não vai acontecer. De jeito nenhum.

Reuben conseguia ouvir Stuart extravasando seu coração para a dra. Cutler.

— Deixe-me ficar aqui com Reuben. Ele é meu amigo. Se ao menos pudesse ficar aqui, dra. Cutler, por favor, por favor, por favor.

*O que eu faço agora?*

— Vocês podem ver bem — disse a dra. Klopov escorregadia. — Isso aqui é um pedido assinado confiando você aos nossos cuidados.

— E você, por acaso, já viu alguma vez esse paramédico que assinou esse pedido? — quis saber Grace. — Eles compraram esses dois pedaços de papel. Não estão entendendo. E não vão conseguir fazer isso.

— Não posso ir com vocês — disse Reuben à médica.

Jaska virou-se e abriu a porta para o vento gélido. E chamou os homens.

O xerife protestou de imediato:

– Vou cuidar disso, doutor. Pode deixar esses homens aí fora mesmo. – E entrou imediatamente. – Todos vocês, fiquem onde estão! – gritou ele. Um homem grisalho de modos suaves, na casa dos 60 e poucos anos, estava absolutamente desconfortável com a situação como um todo. Virou-se para Reuben nesse momento e pareceu estar dando uma boa olhada nele de um modo bastante teatral. – Se alguém pudesse ao menos me explicar em inglês corrente por que qualquer um desses dois rapazes deve ser levado em custódia contra a vontade deles, eu receberia de bom grado essa explicação porque não estou vendo nenhum problema aqui. Realmente não estou.

– É claro que você não está vendo! – rebateu a dra. Klopov, andando de um lado para o outro em seus grossos sapatos de salto alto, como se necessitasse de que o som deles fizesse barulho no parquete de carvalho. – Você não faz a menor ideia da natureza volátil da enfermidade com a qual estamos lidando aqui, ou do nosso conhecimento acerca desses perigosos casos.

Simon Oliver ergueu o tom de voz.

– Xerife, você deveria levar de volta esses homens.

A porta ainda estava aberta. As vozes do lado de fora estavam ficando mais altas. O aroma de café era perceptível. A voz de Galton misturava-se às dos outros e, pelo que Reuben podia ver, Laura também estava lá fora na chuva servindo café em canecas levadas numa grande bandeja.

*E onde é que estão Felix e Margon, afinal de contas? E o que esperam de mim, droga?*

– Tudo bem! – declarou Reuben. Novamente, levantou as mãos. – Não vou para lugar nenhum. – E fechou a porta da frente. – Xerife, eu não vejo um paramédico há mais de um mês. E não sei quem assinou esse documento. Peguei Stuart ontem à noite porque o rapaz estava perdido e assustado. Aquela ali é a dra. Cutler, a médica de Stuart. Concordo que deveria ter ligado para alguém, notificado alguém ontem à noite, mas Stuart está bem.

Com horrorosas expressões faciais denotando condescendência, os médicos balançavam a cabeça e franziam os lábios, como se aquilo fosse algo totalmente despropositado.

– Não, não, não – disse o dr. Jaska. – Você com certeza vai vir conosco, moço. Nós tivemos muitos problemas e muitas despesas para obter a chance de cuidar de você, e você vai vir conosco, sim. Você vai vir em paz ou nós vamos ter de...

Ele parou de súbito, seu rosto exibindo uma expressão vazia.

Ao lado dele, a dra. Klopov empalideceu de choque.

Reuben virou-se.

Margon e Felix haviam entrado no recinto. Estavam parados do lado direito da grande lareira e, ao lado deles, encontrava-se ainda um outro cavalheiro da fotografia, o barão Thibault com seus cabelos grisalhos e a aparência mais idosa do grupo, o homem com os olhos muito grandes e o rosto profundamente enrugado.

Os homens aproximaram-se naturalmente e quase que casualmente enquanto Grace dava um passo para trás para sair do caminho.

– Faz muito tempo, não é mesmo, doutores? – disse o barão Thibault num tom barítono profundo e saturado de certeza. – Quantos teriam sido exatamente, vocês saberiam dizer? Quase dez anos?

A dra. Klopov estava movendo-se para trás na direção da porta, e Jaska, que se encontrava ao lado da porta, começou a tatear em busca da maçaneta.

– Oh, mas vocês não estão se retirando, com toda certeza – disse Margon. A voz era agradável, educada. – Vocês acabaram de chegar e, como você mesmo disse, dr. Jaska, vocês tiveram muitos problemas e muitas despesas.

– Você conhece esses homens? – perguntou Grace a Margon. Ela fez um gesto na direção dos médicos. – Você sabe do que tudo isso se trata?

– Fique fora disso, Grace – disse Phil.

Margon cumprimentou ambos os homens com pequenos movimentos da cabeça e um sorriso suficientemente agradável.

Os médicos estavam petrificados, e numa raiva silenciosa. O fedor de maldade estava bastante sedutor. Os espasmos chacoalhavam novamente o corpo de Reuben.

Felix apenas observava, seu rosto impassível e levemente triste.

Subitamente, uma onda de gritos ecoou do outro lado da porta.

Jaska deu um pulo para trás. E Koplov também ficou sobressaltada, mas recuperou-se, jogando um olhar feroz e maligno na direção de Margon.

Algo imenso e pesado bateu de encontro à porta. Reuben viu a porta na verdade estremecer enquanto os médicos cambaleavam para se afastar dela e o xerife deixava escapar um grito.

Pessoas do outro lado estavam berrando, homens e mulheres.

A porta foi arrebentada, caindo das dobradiças, e foi jogada violentamente para a esquerda.

Reuben estava com o coração na boca.

Era um lobo homem, emergindo da chuva sinuosa como que do nada, um grande monstro de três metros de altura com uma pelagem lupina escura e totalmente marrom e flamejantes olhos cinza, cintilantes presas brancas e um rugido gutural e gorgolejante escapando da garganta.

Os espasmos davam socos dentro de Reuben. Sentiu o sangue sumir de seu rosto. Ao mesmo tempo, sentiu uma onda de náusea e seus joelhos fraquejaram.

As imensas patas do lobo homem foram ao encontro da dra. Klopov e pegaram-na pelos braços, erguendo-a do chão.

— Você não vai fazer isso, não vai, não vai! — berrava ela, contorcendo-se, chutando, lutando para fazer de seus próprios dedos garras tateantes, enquanto a fera a erguia em direção ao brilho intenso das luzes externas.

Todos na sala puseram-se em movimento. O próprio Reubem tombando para trás, e a dra. Cutler gritando sem parar como se não estivesse conseguindo se conter, e Jim cambaleando para o lado da mãe.

Os homens e mulheres do lado de fora estavam num pânico total, berrando, lutando uns com os outros. Tiros espoucaram e então o inevitável ocorreu:

— Não atirem, não atirem!

— Rápido com isso, pegue-o com vida! — rosnou o dr. Jaska, segurando o petrificado xerife. — Capture-o, seu idiota!

Reuben observou completamente atônito o lobo homem enterrar suas presas gotejantes no pescoço da médica, o sangue espirrando e escorrendo sobre as roupas amarrotadas. Os braços dela ficaram mortos como se fossem galhos quebrados. O dr. Jaska emitiu o lamúrio mais terrível e altissonante do mundo.

– Mate-o, mate-o! – gritava agora, e o xerife lutava para tirar a arma do coldre.

Tiros espoucaram novamente da multidão em pânico do lado de fora.

Desembestada, a fera cerrou as poderosas mandíbulas na cabeça pendente da mulher e soltou-a do pescoço, arrebentando tiras de pele ensanguentadas. Então, balançando a cabeça para a frente e para trás tresloucadamente, a fera arremessou a cabeça em direção ao escuro da noite.

O corpo mutilado e ensanguentado da médica ele soltou nos degraus para em seguida avançar para dentro da sala e esmurrar as costas do xerife, que desabou no chão, enquanto pegava o fugitivo dr. Jaska na porta da estufa.

Batendo de encontro aos vasos com plantas e flores, as duas figuras misturaram-se enquanto o médico deixava escapar uma desesperada e fervilhante invectiva em russo antes do lobo homem arrancar sua cabeça como fizera com a médica e arremessá-la de volta ao salão onde ela rolou pelo chão diante da porta aberta.

O xerife estava lutando para se levantar e quase caiu em cima da cabeça. Então pegou sua arma e não conseguiu controlar o braço direito para fazer a mira.

O gigantesco lobo homem passou em disparada, olhos claros fixos à frente, arrastando o corpo decapitado e destroçado de Jaska por uma garra em posição de gancho.

Reuben mirava boquiaberto suas poderosas pernas cabeludas, o modo como se movia nas almofadas dos pés, os calcanhares altos, os joelhos flexionados. Sentira tudo aquilo, mas jamais presenciara com seus próprios olhos.

O monstro soltou o corpo. Com um grande salto, pulou o ajuntamento de pessoas, passando por Grace e Jim com pisadas poderosas, atravessou em disparada o salão e entrou na biblioteca onde se jogou de encontro à cortina e ao vidro da janela leste e desapareceu no meio da noite. O vidro estilhaçado caiu com a haste de metal da cortina e com o tecido amassado e a chuva brilhante começou a entrar.

Reuben permanecia imóvel como uma pedra.

Os espasmos estavam correndo atordoadamente dentro dele, mas sua pele era como uma gélida armadura que o abrigava.

Viu ao redor de si um total e completo pandemônio: a dra. Cutler totalmente histérica segura pelo gaguejante e desesperado Stuart, sua mãe levantando-se e mirando o monstro, e Jim abaixado, de joelhos, com as mãos sobre o rosto, rezando com os olhos fechados.

Phil correu para ajudar sua mulher. E Laura, que agora aparecia na porta aberta e postada bem ao lado do corpo da médica morta, olhava fixamente para Reuben, que olhava fixamente para ela. Ele se aproximou para recebê-la nos braços.

Simon Oliver desabara numa cadeira e, segurando o peito, seu rosto afogueado e molhado, lutava para conseguir se levantar novamente.

Somente os três homens – Felix, Margon e Thibault – haviam ficado imóveis. Agora Thibault recompunha-se e preparava-se para auxiliar o xerife. O xerife pegou o braço dele agradecidamente e passou correndo por Laura e Reuben, gritando comandos para seus homens.

As sirenes das viaturas estavam agora rasgando a noite com seus gemidos pulsantes e estridentes.

Felix estava absolutamente imóvel, olhando à sua direita para a cabeça cortada do dr. Jaska que se encontrava deitada de lado como, aparentemente, as cabeças tendem a fazer, mirando o nada com olhos vazios. E Margon foi abraçar a dra. Cutler e assegurá-la com a voz mais carinhosa do mundo de que "a criatura" aparentemente fugira. A dra. Cutler estava absolutamente nauseada e a ponto de ficar realmente enjoada.

Os patrulheiros vasculhavam a floresta. Mais sirenes cortavam a noite. Aquelas hediondas luzes estroboscópicas estavam piscando no salão, uma girada berrante atrás da outra, e o corpo destroçado da dra. Klopov encontrava-se em cima do degrau, um saco de roupas ensanguentadas na chuva.

Homens tropeçavam ao entrar na casa, de armas na mão.

O rosto de Stuart estava branco e absolutamente desprovido de expressão.

Pobre Stuart. Reuben encontrava-se lá parado, segurando Laura nos braços. Estava tremendo. Stuart vira o que aquele monstro pudera fazer duas vezes, não vira? Reuben jamais vira nem mesmo uma única vez. Jamais vira uma única vez sequer a grande fera peluda pegar um ser vivo como se fosse um manequim sem peso e decapitá-lo como se estivesse puxando o pedaço gordo de uma fruta madura de um galho. O xerife voltou correndo à sala, o rosto molhado e brilhante, com um patrulheiro rodoviário ao seu lado.

– Ninguém sai daqui, ninguém sai, ninguém sai! – berrou ele. – Até nós termos pego o depoimento de todo mundo.

Grace, pálida e trêmula, os olhos grotescamente arregalados e vítreos de lágrimas, estava sendo acariciada e reconfortada por Phil, que falava com ela num tom de voz suave e confidencial. Felix também encontrava-se ao lado dela, e Thibault aproximou-se de Reuben e de Laura.

Grace olhou para o filho.

Reuben olhou para ela.

E olhou para Stuart. O rapaz estava parado ao lado da lareira, desamparado, meramente olhando para Reuben, seu rosto agora notavelmente calmo e com uma perplexidade sonhadora e remota.

Reuben observou Margon e Felix conversando com o xerife, mas não ouviu as palavras que eles trocaram.

Então, Grace fez uma coisa que Reuben jamais a vira fazer antes, ou jamais imaginou que fosse ver. Desmaiou, deslizando pelos braços de Phil como se fosse um saco escorregadio, e caiu no chão com um barulho.

## 35

Era a festa mais estranha que Reuben jamais vira em sua vida. E era mesmo uma festa.

As equipes de legistas já haviam partido fazia muito tempo, incluindo gente de San Francisco, Mendocino County e o FBI.

O mesmo acontecera com a maior parte dos paramédicos, já que estavam sendo solicitados em outras partes e haviam sido interrogados em primeiro lugar.

Simon Oliver fora levado para a emergência do hospital local depois de apresentar todos os sintomas de uma falência cardíaca que só podia se tratar de um ataque de pânico.

A casa estava preenchida com o aroma da chuva, de café, chá de limão e vinho tinto.

Todos os biscoitinhos à disposição na despensa haviam sido dispostos em bandejas e servidos. Salame havia sido fatiado e servido com torradinhas e mostarda. A esposa de um dos assistentes do xerife chegara com pratos de pão com semente de abóbora.

Na mesa de café da manhã e na cozinha, e na sala de jantar, as pessoas estavam reunidas em pequenos ajuntamentos refletindo sobre o que acontecera, dando seus depoimentos ao xerife, aos policiais rodoviários e aos homens do escritório da promotoria que foram enviados de Fort Bragg.

Galton e seus primos se esforçaram ao máximo para vedar pelo menos a metade da janela da biblioteca com ripas de madeira, cobrindo-a com um plástico pesado; e depois de uma hora de trabalho duro, conseguiram reerguer a porta da frente e prendê-la com dobradiças apropriadas e uma nova fechadura.

Agora bebericavam seus cafés, batiam papo, zanzavam pelo local como todas as outras pessoas.

O fogo estalava nas grandes lareiras. Todas as fontes de luz haviam sido acesas, dos adornados castiçais nas paredes às velhas luzes elétricas nas mesinhas de canto ou nos baús cuja existência Reuben nem reparara antes.

Os patrulheiros, jovens e armados, e os paramédicos moviam-se através das salas como pessoas solteiras em qualquer festa, olhando uns para os outros e para os convidados "mais importantes" que se aglomeravam em pequenas rodas.

A dra. Cutler estava afundada no grande sofá ao lado da lareira do salão, um cobertor sobre os ombros, tremendo não de frio mas por causa da experiência, explicando aos investigadores:

– Bom, certamente aquilo se tratava de alguma espécie para a qual nós não temos uma definição ou rótulo científico até o presente momento; ou isso ou uma mutação verdadeiramente monstruosa, a vítima da combinação de um desenvolvimento ósseo galopante com um desmedido crescimento capilar. Entendam bem, as tábuas do assoalho tremiam debaixo daquela coisa. Devia pesar uns 130kg.

Grace, Phil e Jim estavam reunidos na grande mesa de jantar na luz curiosamente esfuziante proporcionada pela lareira medieval, conversando com Felix que explicava amigavelmente que Jaska e Klopov eram ligados havia anos a experiências e pesquisas clandestinas de cunho pouco ortodoxo, financiadas por décadas pelo governo soviético e, mais tarde, por questionáveis entidades privadas com fins dúbios.

– Estavam entrando fundo na questão do ocultismo, pelo que entendo – disse Felix –, sempre insinuando que os soviéticos sabiam segredos sobre o mundo das doutrinas místicas e das lendas que outros povos haviam preterido tolamente.

Grace estudava Felix com simpatia enquanto este prosseguia.

– Você está querendo dizer que eles estavam interessados nessa coisa, nesse lobo homem, em função de pesquisas médicas particulares? – perguntou Phil.

O rosto de Jim estava solene, distante, seus olhos movendo-se sobre Felix com delicadeza e sem intromissão enquanto ouvia:

– Isso o surpreende? – perguntou Felix. – Existem cientistas por aí tratando clientes milionários com soros da juventude bastante heterodoxos, hormônios de crescimento, células-tronco, glândulas de ovelha, pele e ossos clonados e transplantes cosméticos a respeito dos quais o resto de nós apenas sonha. Quem sabe o que sabem, ou aonde suas pesquisas os conduziram? É claro que queriam pôr as mãos no lobo homem. Talvez existam laboratórios confidenciais sob os auspícios americanos com os mesmos objetivos.

Cansada, Grace murmurou que sempre existiriam cientistas e médicos que sonham ser moralmente livres para fazer exatamente o que desejam.

– Verdade – disse Felix –, e quando Arthur Hammermill me falou que Jaska estava cercando a família de Reuben, bem, pensei comigo mesmo que talvez nós pudéssemos dar alguma assistência.

– E você tinha se encontrado com eles em Paris... – disse Phil.

– Eu os conhecia – disse Felix. – Desconfiava dos métodos deles. Desconfiava que não teriam limites para alcançar seus fins. Desconfio que a polícia vai descobrir que o Sausalito Rehabilitation Center deles era apenas uma fachada, que tinham um avião à espera para levar Stuart e Reuben para fora do país.

– E tudo isso para determinar por que os rapazes estavam exibindo esses sintomas, seja lá quais forem, essas estranhas mudanças... – disse Phil.

– Porque eles foram mordidos por essa coisa – disse Grace. Ela recostou-se na cadeira, balançando a cabeça. – Para ver se a saliva do lobo homem continha algum elemento que poderia ser isolado do sangue da vítima.

– Precisamente – concordou Felix.

– Bem, ficariam extremamente desapontados – disse Grace. – Porque nós mesmos pesquisamos a matéria a partir de todos os ângulos possíveis e imagináveis.

– Ah, mas você não sabe o que cientistas como aqueles têm à disposição deles – disse Phil. – Você nunca foi exatamente uma pesquisadora. Você é uma cirurgiã. Aqueles dois eram fanáticos frankensteinianos.

Jim olhou por cima dos outros na direção de Reuben, seus olhos cansados, pesarosos, ligeiramente temerosos.

Jim acompanhara Simon Oliver até a emergência do hospital, e retornara apenas uma hora antes, relatando que Simon estava bem e voltando para a cidade em uma ambulância especial. Ele ficaria bem.

– Bem, existe uma coisa que todos nós sabemos, não é? – disse Grace. – Independentemente de sermos cirurgiões, padres ou poetas, certo, Phil? Nós vimos aquele monstro com nossos próprios olhos.

– Pouco importa – disse Phil. – É como se fosse um fantasma. Você vê com seus próprios olhos, você acredita, mas ninguém mais vai acreditar nisso. Você vai ver. Vão debochar de nós exatamente como estão debochando de todo mundo que viu. As testemunhas poderiam encher o Candlestick Park e ainda assim não faria nenhuma diferença.

– Isso é verdade – disse Jim suavemente, sem se dirigir a ninguém em particular.

– E o que você aprendeu disso tudo – perguntou Felix, olhando fixamente para Grace – que não sabia antes?

– Que aquilo era real – disse Grace dando de ombros. – Que não se trata de nenhum criminoso usando um traje, ou de uma alucinação coletiva. Trata-se de uma aberração da natureza, para usar uma expressão antiga, um ser humano que sofreu uma monstruosa deformação. No fim, tudo será devidamente explicado.

– Talvez você esteja certa – disse Felix.

– E se for alguma espécie desconhecida? – perguntou Phil. – Alguma coisa que simplesmente ainda não foi descoberta?

– Tolice – disse Grace. – Isso é impossível no mundo de hoje. Ah, quero dizer que isso talvez pudesse acontecer na Nova Guiné, mas não aqui. Sem chance. A coisa sofreu alguma hedionda calamidade ou é uma aberração desde o nascimento.

– Hummm, não sei – disse Phil. – Qual acidente ou enfermidade ou mesmo deformidade congênita poderiam ser exatamente os responsáveis por aquela coisa? Nada que eu já tenha ouvido falar, mas a médica aqui é você, Grace.

– Tudo será explicado – disse ela. Não estava sendo inflexível nem tampouco estava disposta a discutir, na realidade. Estava meramente convencida. – Vão pegar a coisa. Precisam pegar. Não existe canto nenhum do mundo moderno que seja seguro para uma coisa como aquela. Vão entender a fundo o que é e como se tornou o que é, e isso vai ser o fim da história. Nesse meio-tempo, o mundo pode ficar excitado com a ideia do lobo homem, como se fosse uma espécie de molde para uma nova forma de herói quando, na verdade, por mais triste que isso possa ser, não passa de uma aberração. No final, vão realizar uma autópsia, vão eviscerá-lo, empalhá-lo e montá-lo. Vai acabar no Smithsonian num estojo de vidro. E nós vamos contar aos nossos netos que uma vez o vimos com nossos próprios olhos durante seus breves e brilhantes dias de glória, e ele vai ser tratado de maneira sentimental como uma figura trágica, bem parecido com o que aconteceu com o homem elefante no fim de sua vida.

Jim não disse uma palavra.

Reuben dirigiu-se à cozinha onde o xerife encontrava-se tomando sua décima terceira xícara de café, conversando com Galton acerca das lendas de lobisomem naquelas "redondezas" que não eram ouvidas havia muitos anos.

– Agora, tinha uma senhora idosa aí em cima, uma senhora maluca, anos atrás, morando nessa casa. E me lembro da minha avó falando disso. Mandou dizer ao prefeito de Nideck que havia lobisomens nessa floresta...

– Não sei do que você está falando – disse Galton. – Sou mais velho do que você e nunca ouvi falar de nada disso...

– ...afirmava que a família Nideck era formada por lobisomens. Enfim, saía gritando loucamente aí em cima, insistindo que...

– Ah, a sua avó inventou essa história.

E por aí seguia a conversa.

Stuart desaparecera com Margon Sperver. E o barão Thibault estava auxiliando Laura na arrumação dos últimos biscoitinhos recheados e macarrons sabor coco em cima de uma bonita travessa de porcelana florida. A cozinha estava agora com um cheiro forte de maçãs recentemente cortadas e chá de canela. Laura aparentava estar emocionalmente arrasada, mas era óbvio que havia gostado enormemente de Thibault, e ambos haviam conversado a noite toda em voz baixa enquanto a festa rolava. Thibault estava dizendo:

– Toda a moralidade é necessariamente moldada pelo contexto. E não estou falando aqui de relativismo, não. Ignorar o contexto de uma decisão é de fato imoral.

– Então, como exatamente definimos as verdades imutáveis? – perguntou Laura. – Vejo exatamente o que você está falando, mas me falta a habilidade para definir como nós construímos decisões morais quando o contexto está continuamente em transformação...

– Reconhecendo – disse Thibault – as condições sob as quais cada decisão moral é tomada.

Algumas pessoas estavam indo embora.

Os interrogatórios oficiais estavam chegando ao fim.

O xerife relatou que a busca pelo lobo homem nas imediações de Nideck fora encerrada. E agora estava justamente recebendo a informação de que Jaska e Klopov eram ambos procurados pela Interpol para serem interrogados a respeito de inúmeros casos em aberto na Alemanha e na França.

Alguém tirara uma série de fotos nítidas e inconfundíveis do lobo homem ao sul de San Jose.

– Parece ser ele mesmo, para mim – disse o xerife, verificando seu iPhone. – Esse é o mesmo demônio, com certeza. Dê uma olhada. E como essa criatura conseguiu chegar tão longe em tão pouco tempo?

As equipes de legistas haviam ligado para dizer que as cenas de crime podiam ser liberadas.

Finalmente, a festa começou a ser desfeita.

A família tinha um avião à sua espera no aeroporto mais próximo. Reuben acompanhou sua mãe até a porta.

– Esses amigos dos Nideck foram inestimáveis – concedeu ela. – Gostei bastante desse Felix. Pensei que Arthur Hammermill estivesse apaixonado ou qualquer coisa assim quando falava sem parar, mas agora entendo o motivo. Entendo, sim.

E beijou Reuben carinhosamente em ambas as bochechas.

– Você vai levar o Stuart para tomar as vacinas com a dra. Cutler, não vai?

– Com certeza, mamãe. De agora em diante, o Stuart é o meu irmão caçula.

Sua mãe o olhou por um longo momento.

– Tente não ficar pensando em todas as perguntas sem resposta, mamãe – disse Reuben. – Você uma vez me ensinou que a gente precisa viver com perguntas sem resposta a vida inteira.

Grace ficou surpresa.

– Você acha que estou preocupada, Reuben? – perguntou ela. – Você não imagina o que essa noite fez comigo. Olhe, posso te dizer que foi horrendo, foi sim. Foi um dia do inferno e uma noite do inferno, mas algum dia vou ser obrigada a contar para você tudo sobre as minhas preocupações, do que se tratavam realmente. – Ela balançou a cabeça com tristeza. – Você sabe que a medicina pode confundir até os mais racionais seres humanos, não sabe? Nós, médicos, testemunhamos o inexplicável e o milagroso dia após dia. Você não acreditaria o quanto estou aliviada agora em relação a muitas coisas. – Ela hesitou, mas então disse apenas: – Um cirurgião pode ser tão supersticioso quanto qualquer outra pessoa.

Caminharam em silêncio até a van que os esperava.

Reuben abraçou Jim calorosamente, e prometeu que não demoraria a ligar.

– Sei o fardo que você está carregando – sussurrou Reuben para ele. – Sei muito bem a roubada em que te meti.

– E agora você tem uma casa cheia dessas criaturas? – perguntou Jim numa voz baixa e confidencial. – O que você vai fazer, Reuben? Para onde você vai? Existe volta? Bem, encaçaparam todo mundo, não é verdade? E agora acontece o quê? – Imediatamente se arrependeu de suas palavras, se arrependeu amargamente. E abraçou Reuben novamente.

– Isso me dá tempo e espaço – disse Reuben.

– Eu sei. Isso tira o peso de você e daquele rapaz. Entendo isso. Não quero que ninguém faça mal a você, Reuben. E não posso suportar a ideia deles te prendendo, te machucando. Simplesmente não sei o que posso fazer por você.

Uns poucos membros da força policial ainda estavam tirando fotos e o xerife lembrou a eles:

– Nada de colocar fotos daqui no Facebook. Estou falando sério, hein?

Pareceu uma eternidade o tempo que levaram para ir embora. A dra. Cutler foi efetivamente a última, já que desejava ver como estava Stuart, mas percebeu que o rapaz não deveria ser acordado depois de tudo pelo qual passara.

A mãe de Stuart ficaria no hospital por mais alguns dias. Sim, ele ajudaria Stuart a visitar sua mãe. Cuidaria disso. Não há com o que se preocupar.

Phil abraçou-o com força.

– Qualquer dia desses apareço aqui na sua casa com uma mala debaixo do braço – disse ele.

– Isso seria maravilhoso, papai – disse Reuben. – Pai, tem uma casinha logo ali, logo depois da subida, com vista para o mar. Ela precisa de muita reforma, mas sei lá, acho que vejo você nela, martelando a sua máquina de escrever velhona.

– Filho, não insista. Pode ser que apareça aqui e jamais vá embora. – Ele balançou a cabeça, um de seus pequenos gestos favoritos. Balançava a cabeça em negativa pelo menos umas quinzes vezes por dia. – Seria a melhor coisa que já aconteceu na vida da sua mãe, se eu fizesse isso – disse ele. – Basta assoviar quando estiver pronto para me receber.

Reuben beijou-o em seu rosto áspero com a barba por fazer e ajudou-o a entrar na van.

Por fim, se foram, todos eles, e ele voltou para dentro de casa na chuvinha fina e trancou a porta.

## 36

Estavam na sala de jantar. Havia velas queimando nas tábuas de caçador e em cima da mesa, em pesados candelabros entalhados. Thibault alimentava o fogo novamente.

E, do outro lado da mesa, Felix estava sentado com os braços em volta de Laura que chorava suavemente, seus lábios encostados na parte externa da mão esquerda dele. Seus cabelos agora estavam soltos e caídos ao redor do rosto naquele etéreo véu branco que Reuben amava, cheio de luz tremeluzindo e refletida.

Reuben encrespou-se do fundo do coração diante da visão daquele homem poderoso e cativante abraçando-a e, como se houvesse sentido isso, Felix afastou-se, levantou-se e fez um gesto para que Reuben pegasse a cadeira ao lado de Laura.

E contornou a mesa para encarar Reuben, sentando-se ele próprio ao lado de Thibault, e ficaram em silêncio por um momento na vasta sala sonhadora e acolhedora.

As chamas das velas brincavam suavemente em seus rostos. O cheiro de cera era doce.

Laura parara de chorar. Seu braço esquerdo estava agora preso em Reuben e sua cabeça encostada no peito dele. Ele a envolveu com seu braço direito, beijando-lhe o topo da cabeça e acomodando o rosto dela em sua mão esquerda.

– Sinto muito, eu sinto muitíssimo por tudo isso – sussurrou ele.

– Oh, não precisa dizer isso – disse ela. – Não foi culpa sua, nada disso foi culpa sua. Estou aqui porque quero estar. Sinto muito por todas essas lágrimas.

O que trouxera à baila essas palavras específicas?, imaginou Reuben. Pareciam estar relacionadas a uma longa conversa da qual ele não havia participado.

Forçou-se a olhar para Felix, subitamente envergonhado de seu ciúme, enternecido por estar agora a sós com Felix, por Felix e Thibault estarem debaixo daquele teto com ele e com Laura e por estarem finalmente sozinhos. Quantas vezes sonhara com tal momento? Quantas vezes rezara por isso? E agora chegara, e não havia impedimentos. Os horrores da noite haviam ficado para trás. Os horrores da noite haviam sido o clímax, e agora tudo estava acabado.

Imediatamente, a expressão entusiasmada e afetuosa de Felix derreteu sua alma. Thibault, com seus grandes olhos com pálpebras pesadas, parecia pensativo e gentil, a cabeleira grisalha desalinhada, as dobras macias do rosto emoldurando uma expressão que era gentil, sábia.

– Nós não podíamos contar para vocês o que estávamos fazendo – disse ele. – Tínhamos de tirá-los de lá, Klopov e Jaska. Com Jaska, foi simples. Estava perseguindo a sua mãe, perseguindo Stuart, mas Koplov só veio à tona no último momento.

– Foi o que pensei – disse Reuben. – Estava claro que Jaska estava submetido a ela. Sentia isso. Então, era ela quem estava por trás de tudo isso.

– Oh, ela foi a última representante do comitê governamental que nos levou como prisioneiros vinte anos atrás – disse Felix. – A última mesmo, e Jaska era seu ávido aprendiz. Foi necessária uma certa provocaçãozinha para colocá-la nessa história, mas isso não importa agora. Nós não poderíamos alertá-lo, não poderíamos lhe garantir nada. E você percebe que nem a mais leve suspeita recairá algum dia sobre você ou sobre Stuart a respeito dos ataques do lobo homem?

– Percebo, sim. Isso foi brilhante – disse Reuben.

– Você jamais correu o menor perigo – disse Thibault. – E, se me permitir dizer isso, você comportou-se esplendidamente. Exatamente como fez com Marrok. Nós jamais sonhamos que Marrok viria a abordá-lo. Nós não temos nenhuma responsabilidade nisso, absolutamente nenhuma.

– Há quanto tempo exatamente vocês têm me monitorado? – perguntou Reuben.

– Bem, de certa maneira, desde o começo – disse Felix. – Desde que peguei o *Herald Examiner* em Paris e vi a morte de Marchent espirrada na primeira página. Assim que o "lobo homem de San Francisco" fez sua estreia, peguei o avião.

– Então você nunca saiu do país depois do nosso encontro no escritório dos advogados – disse Reuben.

– Não. Temos estado perto de você desde então. Thibault chegou em questão de horas. Margon teve de cruzar o Atlântico, e então Vandover e Gorlagon também vieram, mas eu tenho estado nessa casa sem que você saiba. Você foi bastante astuto ao descobrir o Inner Sanctum, como nós costumávamos chamar o lugar. Você não descobriu a entrada no porão. A velha fornalha obsoleta é um simulacro de alumínio oco. Mais tarde eu te mostro. Segure o lado direito da porção inferior dele, puxe na sua direção, e você abrirá uma porta à qual ele está ligado. Existe um santuário de salas lá, todas eletricamente iluminadas e aquecidas, e depois uma escada que desce até um túnel estreito que segue para o oeste, abrindo logo acima das imensas rochas na base do penhasco no fim da praia.

– Conheço esse lugar – disse Laura. – Pelo menos acho que conheço. – Ela levantou um dos velhos guardanapos com enfeites de renda disposto numa pequena base em forma de leque, próxima a uma travessa de frutas e doces, e enxugou os olhos com ele. Em seguida apertou-o com firmeza. – Encontrei o lugar nas minhas caminhadas. Quase não consegui superar aqueles rochedos escorregadios, mas aposto que vi esse lugar.

– Viu, sim, muito provavelmente – disse Felix –, e o lugar é bastante perigoso, a maré frequentemente entra no túnel, inundando-o por uns cem metros ou até mais. Melhor para *Morphenkinder* e congêneres, que conseguem nadar e escalar como dragões.

– E vocês têm ficado lá embaixo nas salas de cimento atrás do porão – disse Reuben.

– Exato, a maior parte do tempo, ou nas florestas aqui perto. É claro que nós o seguimos até Santa Rosa para ver Stuart. Nós percebemos de imediato o que havia se passado. Nós o seguimos quando você foi atrás dele. Se você não o tivesse resgatado, nós teríamos feito uma intervenção, mas você estava lidando com tudo de um modo esplêndido, como suspeitávamos que faria.

– O lobo homem – disse Laura – que invadiu a casa essa noite é um dos homens na foto da biblioteca?

– Era Sergei – disse Thibault com um sorriso em seu profundo e fluente tom barítono. – Nós disputamos o privilégio, mas Sergei foi irredutível. E Frank Vandover está agora com Sergei, é claro. A dra. Klopov nos manteve como prisioneiros por dez anos. Klopov assassinou um de nós. A noite de hoje proporcionou uma considerável satisfação a todos nós.

— Vão voltar amanhã — disse Felix. — O que estão fazendo nesse exato momento é estabelecer uma trilha para o lobo homem em direção ao sul. Vão providenciar um local não rastreável no México antes de amanhecer. Quando voltarem, tenho a esperança de que vocês os recebam, de que nós todos possamos, com a permissão de vocês, dormir debaixo desse teto.

— Essa casa é sua — disse Reuben. — Pense em mim como um simples administrador.

— Não, meu rapaz — disse Felix, falando exatamente do mesmo jeito que Marchent tão frequentemente o fizera. — A casa é sua. Definitivamente, a casa pertence a você, mas nós vamos aceitar o seu convite.

— Certamente — disse Reuben. — Agora e para sempre, e sempre que vocês quiserem.

— Vou ficar em meus antigos aposentos, se você não se importa — disse Felix. — E Margon sempre se sentiu confortável em um dos quartos menores ao longo do lado norte, com vista para a floresta. Instalaremos Thibault em um dos quartos da ala sul, logo ao lado do quarto de Stuart, se você concordar, e Frank e Sergei dormirão na extremidade nordeste, naqueles quartos de canto acima dos carvalhos.

— Vou cuidar disso — disse Laura, que começou a se levantar.

— Minha querida, não se apoquente — disse Felix. — Por favor, sente-se. Tenho certeza de que tudo está confortável do jeito que sempre foi. Mais velho, quem sabe um pouco mofado, mas totalmente confortável. E quero você aqui, perto de nós. Certamente você também está querendo saber o que aconteceu.

Reuben balançou a cabeça e murmurou seu consentimento à proposta, grudando-se novamente em Laura.

— Devo dizer, Reuben — disse Felix —, com uma casa desse tamanho você precisa ter um ou outro serviçal de confiança, ou então essa jovem aqui se tornará uma fâmula, por pura generosidade.

— Com certeza — disse Reuben. E enrubesceu. Ele não queria pensar que estava explorando Laura, forçando-a a realizar qualquer tarefa doméstica. Queria protestar, mas agora não era o momento propício.

Reuben tinha um sonho em seu coração dizendo-lhe que esses homens jamais iriam embora.

Não sabia como trazê-los de volta ao assunto da dra. Klopov. Mas Laura fez isso por ele.

– Foi na União Soviética que Klopov manteve vocês em cativeiro? – perguntou ela.

– Começou assim – disse Felix –, nós fomos traídos e caímos nas mãos dela em Paris. Foi uma manobra e tanto. É claro que contava com a ajuda de um membro bastante dileto da minha própria família e de sua mulher.

– Os pais de Marchent – disse Reuben.

– Correto – disse Felix. Sua voz estava equilibrada, sem rancor ou julgamento. – É uma longa história. Basta dizer que nós fomos vendidos a Klopov e seus asseclas pelo meu sobrinho, Abel, por uma fantástica soma em dinheiro. Fomos atraídos a Paris com a promessa de ver segredos arqueológicos descobertos por um tal dr. Philippe Durrell, que estava supostamente trabalhando em uma escavação no Oriente Médio a serviço do Louvre. – Ele suspirou e então prosseguiu:

"Esse Durrell era um gênio da conversação, e nos deslumbrou a todos ao telefone. Nós convergimos a Paris, aceitando o convite para utilizarmos as acomodações de um pequeno hotel na Rive Gauche."

– A armadilha precisava ser montada numa cidade bastante povoada, entendam bem – disse Thibault, limpando a garganta, sua voz profunda como sempre, e suas palavras saindo com um pouco mais de ressonância emocional. – Nós tínhamos de estar onde nossos sentidos fossem sopreujados por sons e aromas, de modo a não detectarmos as pessoas que estavam se aproximando. Nós fomos drogados individualmente, exceto Sergei, que conseguiu escapar e nunca desistiu de nos procurar. – Olhou de relance para Felix, que fez um gesto para que ele prosseguisse.

"Quase que imediatamente, Durrell e a equipe de Klopov perderam o financiamento governamental. Nós fomos tirados sigilosamente da Rússia e levados para uma sombria prisão-laboratório de concreto mal equipada nas proximidades de Belgrado, onde a batalha da inteligência e da tenacidade teve início. – Ele balançou a cabeça enquanto se lembrava. – Phillippe Durrell era sem dúvida nenhuma um homem brilhante."

– Todos eram brilhantes – disse Felix. – Klopov, Jaska, todos eles. Acreditavam completamente em nós. Sabiam coisas sobre a nossa história que nos assombrou a todos, e tinham um imenso conhecimento científico em áreas onde cientistas mais convencionais recusam-se a especular.

– Sim, a minha mãe ficou confusa diante desse brilhantismo – disse Felix. – Só que logo no início ela começou a desconfiar de Jaska.

– Sua mãe é uma mulher notável – disse Felix. – E parece ser totalmente inconsciente de sua beleza física, distante, como se fosse uma mente sem corpo.

Reuben riu.

– Ela deseja ser levada a sério – disse ele em voz baixa.

– Sim, é verdade – disse Thibault, interrompendo com delicadeza. – E teria achado Philippe Durrell ainda mais sedutor. Philippe tinha um imenso respeito por nós, e pelo que nós talvez viéssemos a revelar de bom grado ou não. Quando nos recusamos a manifestar nosso estado lupino, ele decidiu esperar. Como não confessássemos nada, começou a nos engajar em longas conversas, e ganhava tempo.

– Estava intrigado com o que nós sabíamos – ofereceu Felix delicadamente. – Com o que havíamos visto desse mundo.

Reuben estava fascinado com o que aquilo talvez pudesse significar. Thibault continuou:

– Ele nos tratava como espécimes delicados a serem paparicados assim como estudados. Klopov era impaciente e condescendente e, por fim, começou a agir de maneira brutal: o tipo de monstro que despedaça uma borboleta da melhor maneira possível para saber como suas asas funcionam. – E fez uma pausa como se não estivesse gostando de lembrar daquele detalhes. – Ela tinha uma inclinação infernal a provocar a mudança em nós, e quando ocasionalmente nos transformávamos, no começo, descobrimos rapidamente que não conseguiríamos escapar, que aquelas grades eram fortes demais e o números de pessoas assombroso demais, e então passamos a nos recusar terminantemente a mudar. – Ele parou.

Felix esperou, então pegou o fio da meada.

– Agora a crisma não pode ser extraída de nós à força – explicou ele, olhando de relance para Laura, depois para Reuben e finalmente de novo para Laura. – Não pode ser retirada com uma agulha hipodérmica ou com uma biópsia de esponja do tecido em nossas bocas. As células cruciais tornam-se inertes e então se desintegram em questão de segundos. Descobri isso há muito tempo à minha própria maneira errática nos primeiros séculos da ciência, e só o confirmei no laboratório secreto dessa casa. Os antigos conheciam isso a partir de tentativa e erro. Nós não fomos os primeiros *Morphenkinder* a sermos aprisionados por aqueles que queriam a crisma.

Reuben estremeceu internamente. Semanas antes, embora parecessem anos, quando fora se confessar pela primeira vez com Jim, todas essas possibilidades – aprisionamento, coerção – haviam entrado em sua mente como uma bomba.

– Para retornar ao momento – disse Felix –, não se pode injetar soro um no outro. Isso simplesmente não funciona. – Ele ficou um pouco mais passional enquanto prosseguia.

"Uma combinação crítica de elementos deve estar presente para proporcionar uma dose efetiva de crisma, motivo pelo qual a mordida de *Morphenkinder*, com mais frequência do que não, não produz nenhum efeito nas vítimas. Agora nós compreendemos muito bem quais eram esses elementos, e que nós não podemos ser forçados a fornecer a crisma, mesmo que a mudança seja induzida e a mão ou o braço de uma vítima seja enfiado em nossas próprias bocas."

– Isso em si é bastante difícil de ser conseguido – interveio Thibault com um risinho. – Digamos que, com qualquer tentativa como essa, a possibilidade de desastres é alta. Se alguém é manipulado a transformar-se, é bem fácil arrancar o braço de qualquer espécime de laboratório apresentado, ou decapitar um homem antes que possa ficar fora de alcance. O que causaria o fim do experimento.

– Entendo – disse Reuben –, é claro. Posso muito bem imaginar. Na realidade, pensei muito nisso. Ah, enfim, eu não consigo imaginar o que vocês sofreram, o que vocês foram obrigados a suportar, mas consigo muito bem imaginar como tudo isso pode se dar.

– Imagine anos e anos de isolamento – disse Felix –, sujeito a celas congelantes e dias e noites de escuridão total, passando fome e sendo perseguido e ameaçado, sistematicamente atormentado por insinuações de que seus companheiros estão mortos. Oh, uma noite dessas eu vou lhes contar toda a história, se vocês estiverem dispostos a ouvi-la, mas vamos logo ao que interessa. Nós nos recusamos a manifestar nosso outro lado, ou a cooperar de qualquer maneira que fosse. Drogas não tinham como proporcionar a nossa manifestação. Nem tortura física. Muito tempo atrás desenvolvemos a capacidade de mergulhar bem fundo em um estado alterado de consciência para derrotar tais esforços. Klopov ficou absolutamente irritada com isso, e irritada com os longos discursos de Philippe acerca do mistério dos *Morphenkinder* e das grandes verdades filosóficas que nós sem dúvida nenhuma conhecíamos.

Felix olhou de relance para Thibault e esperou que ele começasse a narrar a história.

Thibault assentiu com a cabeça, com um gesto fraco e resignado da mão direita.

– Klopov estava com Reynolds Wagner, nosso adorado companheiro e parceiro de prisão, amarrado numa mesa de operação, e ela e sua equipe começaram a dissecá-lo vivo.

– Meu Deus! – sussurrou Reuben.

– Fomos forçados a testemunhar em nossas celas o que se passava através de câmeras de vídeo – disse Thibault. – Poderíamos contar a história a vocês detalhadamente, mas basta dizer que Reynolds não suportou a agonia. E mudou porque não foi capaz de impedir a mudança, tornando-se um lobo selvagem, cego de raiva. Conseguiu matar três dos médicos e quase matou a dra. Klopov antes que ela e outros o incapacitassem com balas em seu cérebro. Mesmo assim, não parava de atacar. Estava cego, de joelhos, mas derrubou um dos assistentes de laboratório. Klopov decapitou Reynolds literalmente com balas, atirando seguidamente em seu pescoço até que não havia mais pescoço, ou garganta. Ela cortou sua coluna vertebral. Então Reynolds caiu morto.

– Ele fez uma pausa, seus olhos fechando-se e suas sobrancelhas aproximando-se uma da outra num pequeno franzir de cenho.

– Klopov vinha nos ameaçando de morte diariamente – disse Felix. – Gabando-se em relação à riqueza das descobertas forenses que conseguiria com nossas autópsias, se ao menos Durrell tivesse permitido que ela prosseguisse.

– Posso imaginar o que aconteceu.

– Ah, sim – disse Felix. – Nós vimos aquilo. – Ele recostou-se à cadeira, as sobrancelhas erguidas, mirando a mesa. – Como você sabe a partir de sua experiência com Marrok, os restos mortais de Wagner desintegraram-se bem diante dos olhos dela.

– Ela e sua equipe fizeram frenéticos esforços para deter a desintegração – disse Thibault. – Mas não puderam fazer nada. Foi então que descobriram que mortos nós não valíamos nada. E, por volta dessa época, quando Vandover tentou tirar a própria vida, ou pelo menos foi o que pareceu, que resolveram, então, nos enfraquecer novamente usando os métodos de Durrell. Este passou a odiar cada vez mais Klopov, mas não tinha como seguir suas pesquisas sem ela, ou fazer com que fosse afastada do trabalho. Klopov e Jaska juntos eram demais para ele. Com os outros médicos mortos, Jaska tornou-se ainda mais importante. Nós sobrevivemos da melhor maneira que pudemos.

– Por dez anos isso aconteceu – disse Reuben, perplexo. Era tudo muito real, aquele horror. Podia vividamente imaginar-se sendo fechado em uma cela estéril.

– Exato – disse Felix. – Nós fizemos tudo que pudemos para ludibriá-los a nos permitir acesso uns aos outros, mas eram espertos demais para permitir isso.

"Finalmente, uma crise em Belgrado forçou-os a se mudar. Sergei nos descobrira. Ele pôs pressão. E então, em sua pressa, cometeram o primeiro erro fatal. Eles nos reuniram, sem nos drogar demais, para nos transportar numa van."

– Pensavam que nós já estávamos absolutamente desmoralizados por volta dessa época – disse Thibault –, que éramos mais fracos do que efetivamente éramos.

— Nós operamos a mudança uns nos outros simultaneamente – disse Felix –, o que é algo relativamente simples para fazermos. Rompemos os laços e chacinamos toda a equipe, incluindo Durrell e todos os outros médicos, quer dizer, com exceção de Klopov e seu assistente Jaska, que conseguiram escapar. Nós queimamos totalmente o laboratório.

Ambos os homens ficaram em silêncio por um momento, como se perdidos em suas reminiscências. Então, Thibault, com um distante olhar sonhador, sorriu.

— Bem, nós escapamos e fugimos para Belgrado, onde Sergei estava com tudo à nossa espera. À época, imaginamos que cuidaríamos de Klopov e Jaska em questão de dias.

— E isso não aconteceu – afirmou Laura.

— Não, não aconteceu – confirmou Thibault. – Nós nunca fomos capazes de localizá-los novamente. Desconfio que eles tenham usado outros nomes. Mas quando as credenciais de um médico dependem de seu dia de nascimento, bem, ele ou ela provavelmente acabam retornando, para obter vantagens óbvias. – Seu sorriso tornou-se ligeiramente amargo. – E isso foi o que inevitavelmente aconteceu. É claro que a dupla encontrou novos apoios, e teremos de nos preocupar com esses apoios em algum momento, mas não exatamente agora.

Felix limpou a garganta e prosseguiu:

— Então chegaram as notícias dos Estados Unidos dando conta de que a adorada Marchent de Felix havia sido assassinada por seus próprios irmãos e que um *Morphenkind* despachara os assassinos à moda antiga das feras.

Por um longo tempo, permaneceram em silêncio.

— Estava certo de que voltaria algum dia a me encontrar com Marchent – disse Felix numa vozinha derrotada. – Como fui tolo não entrando em contato com ela, simplesmente não voltando para casa. – Desviou o olhar, e então, olhou para a mesa em frente a ele, como se intrigado pelo acabamento acetinado da madeira. Mas ele não estava vendo nada daquilo. – Eu vinha aqui com muita frequência quando ela estava viajando. E uma ou outra vez a espionei da floresta. Entenda...
— Ele parou de falar.

– Você não queria contar para ela quem o traíra – sugeriu Laura.

– Não, não queria – disse Felix, a voz baixa, errática. – E não queria contar para ela que eu havia pago aos dois – seu pai e sua mãe – em espécie. Ela jamais teria entendido, a menos que eu revelasse *tudo*, e isso eu não queria fazer.

Um silêncio caiu sobre todos eles.

– Quando estourou a notícia dos ataques em San Francisco... – começou Felix, então sua voz simplesmente rateou.

– Você sabia que Marrok transmitira a crisma – sugeriu Laura. – E você desconfiava que os médicos bons seriam incapazes de resistir.

Felix assentiu com a cabeça.

Outro intervalo de silêncio caiu sobre eles. Os únicos sons eram a chuva batendo nas janelas e o fogo crepitando e estalando na imensa lareira.

– Você teria vindo aqui se não houvesse a questão de Klopov e Jaska? – perguntou Reuben.

– Teria – disse Felix. – Com certeza, teria. Não teria deixado você encarar isso sozinho. Queria vir por causa de Marchent. Queria as coisas que havia deixado na casa, mas queria conhecer você. Queria descobrir quem você realmente era. Não ia abandoná-lo sozinho com tudo isso. Nós nunca fazemos isso. É por isso que arranjei aquele encontro esquisito no escritório dos advogados.

"E se, por algum motivo, eu estivesse inalcançável, Thibault teria vindo procurá-lo. Ou Vandover ou Sergei. Ocorre que nós estávamos juntos quando a notícia estourou. Sabíamos que se tratava de Marrok. Sabíamos que os agressores em San Francisco haviam sido despachados por você."

– Então, sempre que a crisma é transmitida, vocês vão ajudar o indivíduo que a contraiu? – perguntou Reuben.

– Meu caro rapaz – disse Felix –, isso não acontece assim tão frequentemente, na verdade, e raramente ocorre de uma maneira assim tão espetacular.

Eles estavam ambos olhando carinhosamente para Reuben agora, e o velho acalanto retornou ao rosto de Felix.

– Então, você nunca ficou zangado pelo fato de eu ter tornado o lobo homem público? – perguntou Reuben.

Felix riu baixinho, bem como Thibault, enquanto trocavam olhares.

– Nós ficamos zangados? – perguntou ele a Thibault com um sorriso maroto, cutucando-o com o cotovelo. – O que você acha?

Thibault balançou a cabeça.

Reuben não conseguia entender o que aquilo realmente significava, apenas que parecia ser exatamente o oposto de raiva, e que havia mais coisas ali do que tinha direito de perguntar.

– Bem, não fiquei assim tão satisfeito – disse Felix –, mas eu não diria que fiquei zangado, certamente não.

– Há tantas coisas que podemos contar a você – disse Thibault afetuosamente. – Tantas coisas que podemos explicar a você, a Stuart, e a Laura.

*E a Laura.*

Felix olhou para a janela escura com seu cintilante lençol de chuva deslizante. Seus olhos moveram-se em direção ao elaborado teto com as envernizadas vigas entrecruzadas e àqueles revestimentos de céu pintado com suas estrelas douradas.

E sei o que ele está sentindo, pensou Reuben, e ele ama essa casa, a ama como a amava quando a construiu, pois certamente ele a construíra, e precisa dela, precisa voltar agora para essa casa que é o lar dele.

– E levaria anos e anos de noites como essa – disse Felix, sonhador –, para contar a vocês tudo o que temos a contar.

– Acho que por enquanto isso já é suficiente, para essa primeira noite, para essa notável noite – disse Thibault. – Mas lembre-se, você jamais esteve em perigo enquanto nós esperávamos para desempenhar nosso papel.

– Entendo isso perfeitamente – disse Reuben. Havia mais coisas que gostaria de dizer, especialmente agora. Muito mais coisas, mas estava quase deslumbrado demais para falar.

Suas muitas perguntas pareciam insignificantes à medida que uma visão de conhecimento assumia uma forma em sua mente, vasta, muito além dos rigores aritméticos da linguagem, uma visão grande e orgânica, ainda que ilimitada, que dissolvia as palavras. Era algo infinitamente mais semelhante à música, expandindo-se e rolando como os triunfos sinfônicos de Brahms. Seu coração batia silenciosamente ao ritmo crescente de suas expectativas, e uma luz lentamente surgia dentro dele, aquecida, incandescente, como o Shechinah, ou a inevitável luz de todas as manhãs.

Em sua mente, estava de volta às altas copas das árvores na floresta, um lobo homem descansando nos galhos, vendo as estrelas novamente acima dele, e imaginando mais uma vez se a grande saudade que sentia era de alguma maneira uma forma de oração. Por que isso era tão importante? Será que essa era a única espécie de redenção que ele compreendia?

– Margon o aconselhará – disse Thibault. – É sempre melhor que Margon dê os conselhos. Ele é o mais velho de nós todos.

Isso gerou um calafrio em Reuben. E Margon, "o mais velho de todos", estava com o lobo rapaz nesse exato momento. Como tudo isso seria diferente para Stuart, tão ativo e curioso por natureza, como tudo isso seria incrivelmente diferente do que havia sido com Reuben, tropeçando de uma descoberta a outra em seu caminho escuro.

– Eu estou cansado agora – disse Felix –, e a visão de tanto sangue agora há pouco excitou a minha fome inveterada.

– Oh, dê um descanso nisso! – disse Thibault com a voz escarnecida.

– Você nasceu velho – disse Felix, mais uma vez cutucando Thibault delicadamente com o cotovelo.

– Talvez seja – disse Thibault. – E isso não é uma coisa ruim. E vou aceitar a oferta de qualquer cama nessa casa.

– Preciso da floresta – disse Felix. Ele olhou para Laura. – Minha querida – disse ele –, você permitiria que eu levasse seu jovem comigo apenas um pouco, caso queira me acompanhar?

– É claro, podem ir – disse ela com seriedade. E apertou a mão de Reuben. – E quanto a Stuart?

– Estão por perto – disse Thibault. – Eu acho que Margon o está deixando deliberadamente exausto para seu próprio bem.

– Há repórteres lá fora – disse Reuben. – Eu consigo ouvi-los. Tenho certeza de que você também consegue.

— Assim como Margon — disse Felix com delicadeza. — Eles vão vir pelo túnel ou pelo telhado e entrarão no santuário. Você não precisa se preocupar. Você sabe disso. Jamais precisa se preocupar. Nós jamais seremos vistos.

Laura estava de pé e abraçada a Reuben. Ele sentiu o imenso calor de seus seios de encontro à sua camisa, ao seu peito. Encostou o rosto no macio pescoço dela.

Reuben não precisava dizer para ela o que aquilo significava para ele, penetrar naquela divina escuridão folhosa com Felix, mergulhar no coração da noite ao lado de Felix.

— Volte logo para mim — sussurrou ela.

Thibault contornara a mesa para tomar o braço dela, para acompanhá-la, como se aquele fosse um jantar formal em uma época antiga, e saíram do recinto juntos. Laura vagamente encantada e Thibault idolatrando-a ao desaparecerem no corredor.

Reuben olhou para Felix.

Felix estava novamente sorrindo para ele, seu rosto sereno e cheio de compaixão e de uma boa-vontade simples, sem esforço, resplandecente.

## 37

Eles desceram pelo porão. A única coisa a fazer era empurrar para trás a pesada porta à qual a fornalha estava afixada acima de uma base de concreto que era na verdade uma caixa de gesso oca. Depois disso, andavam por um ninho de cômodos apertados e parcamente iluminados, por baixo de empoeiradas lâmpadas elétricas e passavam por pilhas de baús, velhos equipamentos e imensas peças de mobiliário e em seguida passavam por outras portas.

Desceram a escada e, por fim, entraram no amplo túnel de terra sustentado por vigas de madeira como se fosse uma mina de carvão, uma tênue luz prateada brilhando sobre os ricos veios de argila nas paredes úmidas.

Depois de virarem duas vezes, caminharam até um ponto bem à frente onde surgiu a luz metálica do céu úmido.

O túnel levava diretamente ao mar atroador.

Felix, totalmente vestido, começou a correr. Passou a correr cada vez mais rápido e então deu um salto para a frente com os braços estendidos, suas roupas soltando-se dele, os sapatos voando para longe enquanto, no meio do voo, seus braços transformavam-se em grandes pernas dianteiras lupinas e suas mãos enormes em garras peludas. Galopava sem parar, deslizando pela estreita abertura até perder-se de vista.

Reuben arquejou, atônito. Então, confiando totalmente em si no sentido de seguir o exemplo, também começou a correr. Quanto mais rápido corria, mais os espasmos rolavam dentro dele, aparentemente elevando-o enquanto também saltava para a frente, suas roupas rasgando-se e soltando-se dele, seus membros alongando-se, a pelagem lupina irrompendo do topo da cabeça até a ponta dos pés.

Quando atingiu o chão novamente, era um *Morphenkind,* batendo de encontro ao rugido das ondas, o rugido do vento, a acolhedora luz do céu noturno.

Passou pela abertura sem a menor dificuldade, disparando em meio à espuma gelada das ondas.

Acima das perigosas e pontiagudas rochas, o lobo homem que era Felix esperava e então os dois escalaram juntos o impossível penhasco, enterrando as garras na terra e nas trepadeiras e raízes, e invadindo o fragrante e escuro refúgio das árvores.

Para onde Felix o levava, ia, correndo como havia corrido para Santa Rosa para encontrar-se com Stuart, com aquele poder ondulante, enquanto seguiam para o norte além da floresta de Nideck Point, mais e mais distante para dentro de bosques grandiosos de sequoias que os apequenava em meio à viagem, como os monolitos perdidos de um outro mundo.

Porco selvagem, gato selvagem, urso – Reuben captava os aromas, e a fome crescia, o imperativo de matar, de refestelar-se. O vento carregava o aroma dos campos, de flores, de terra tostada pelo sol e embebida de chuva. Correram e correram, até que surgiu no vento o aroma que jamais havia de fato degustado antes: alce.

O alce sabia que estava sendo perseguido. Seu coração retumbava dentro dele. Corria com majestosa velocidade e desenvoltura, disparando cada vez com mais rapidez à frente deles até que ambos o pegaram, descendo sobre suas amplas costas, fechando suas mandíbulas em ambos os lados de seu poderoso pescoço arqueado.

Para o chão foi o imenso animal, suas pernas longas e graciosas tremendo, seu possante coração bombeando sangue, seu grande e delicado olho escuro mirando inquestionavelmente os fragmentos de céu estrelado acima.

Ai de vós, criaturas vivas que apelam a um céu como esse em busca de ajuda.

Reuben tirava as compridas faixas de carne gotejante como se jamais tivesse conhecido moderação em toda a vida. Triturava as cartilagens e os ossos, arrancando os ossos, moendo-os, sugando o tutano, engolindo tudo.

Afocinharam a macia parte inferior da barriga – oh, aquela sempre foi a parte mais gostosa sendo ele homem ou fera – e arrebentaram as elásticas tripas ricamente saborosas, lambendo com suas línguas rosadas o sangue espesso.

E assim se refestelaram juntos na chuva silenciosa.

Depois, deitaram-se juntos na base da árvore, imóveis, Felix obviamente ouvindo, esperando.

Quem poderia saber a diferença entre eles dois, feras do mesmo tamanho e cor que eram? A diferença residia nos olhos.

Criaturas cantando a notícia de carne fresca, a carniça. Deslizando através da vegetação rasteira, um exército de pequeninas bocas movia-se na direção dela, a carcaça sangrenta tremendo à medida que a tomavam de assalto, como se, ao ser devorada, assumisse uma nova vida.

Do fundo das sombras vieram os coiotes, imensos, enormes, cinzentos, com aparência tão letal quanto os lobos com suas orelhas pontudas e focinhos.

Felix apareceu para assistir, um grande e silencioso homem peludo com olhos pacientes e cintilantes.

Ele avançou sorrateiramente, agora de quatro, e foi seguido por Reuben.

Os coiotes ganiram, recuaram, avançaram nele, e ele neles, provocando-os com sua pata direita, rindo baixinho, rosnando, permitindo que eles se movessem novamente, e provocando-os novamente e depois observando-os atacar o corpo destroçado do alce.

Felix colocou tão imóvel que os animais ficaram mais ousados, aproximando-se dele, então afastando-se violentamente em decorrência do som do riso.

De repente atacou, prendendo o maior deles com as patas, e encaixou sua cabeça lupina entre as mandíbulas.

Sacudiu o animal moribundo e jogou-o para Reuben. Os outros coiotes haviam fugido num coro de gritos e ganidos.

E se refestelaram novamente.

Já era quase de manhã quando desceram o penhasco, segurando, deslizando, e pisando nas rochas escorregadias para chegar à entrada da caverna. Como parecia pequena, quase invisível, aquela costura nas espessas rochas, uma cavidade estreita e quebrada com musgo brilhante e espuma das ondas.

Caminharam juntos pela caverna, e Felix retornou à sua forma humana sem diminuir o ritmo das passadas. Reuben descobriu que também podia fazer aquilo. Sentiu os pés encolhendo, as panturrilhas contraindo-se a cada passo.

Vestiram-se juntos na luz fraca, as roupas cheias de terra e rasgadas, mas era tudo o que tinham, e Felix abraçou Reuben, seus dedos movimentando-se afetuosamente pelos cabelos de Reuben e então segurando sua nuca.

– Irmãozinho – disse ele.

Essas foram as primeiras e únicas palavras que pronunciou desde que haviam saído juntos.

E subiram para o aconchego bem-vindo da casa e para seus quartos separados.

Laura estava em pé ao lado da janela do quarto, mirando o céu azul da manhã.

## 38

A sala de jantar mais uma vez. O fogo estava alto e crepitava sob a viga preta medieval, e as velas tremeluziam e esfumaçavam ao longo da mesa, em meio a travessas de carneiro assado perfumado com alho e alecrim, pato laqueado, brócolis fumegantes, abóbora italiana, fatias de batata com casca, corações de alcachofra no azeite de oliva e cebolas grelhadas, fatias de bananas e melão frescos e pão assado na hora.

O vinho era tinto e servido em delicadas taças, a salada brilhava nas grande baixelas de madeira, a pungente doçura da gelatina de menta tão deliciosa quanto o aroma das suculentas carnes, e manteiga salpicada sobre os pãezinhos quentes.

O grupo entrava e saía da cozinha, todas as mãos ajudando na montagem do banquete, inclusive Stuart, que colocara os antigos guardanapos de linho em todos os lugares e dispusera a prataria, tendo ficado maravilhado com o tamanho dos antigos garfos e facas. Felix depositou as baixelas com arroz de amêndoa e canela com açúcar em cima da mesa. Thibault trouxe a travessa com vívidas batatas alaranjadas.

Margon sentou-se à cabeceira da mesa, seus cabelos castanhos e compridos caídos na altura dos ombros, sua camisa cor de vinho aberta casualmente no pescoço. Estava de costas para as janelas a leste e para a visão nem um pouco incomum de um ou outro repórter à espreita no emaranhado de carvalhos.

A luz do início da tarde estava branca, mas muito intensa através da espessa e retorcida malha de galhos cinza.

Todos estavam sentados, por fim, e Margon conclamou a todos para um momento de agradecimento, e inclinou a cabeça.

– Margon, o sem Deus, graças aos deuses – sussurrou Felix com uma piscadela para Reuben que estava, mais uma vez, em frente a ele do outro lado da mesa, e Laura, sentada ao lado dele, sorriu, mas Felix fechou os olhos, e assim também fizeram todos eles.

– Diga o que quiser para a força que governa o universo – disse Margon. – Talvez nós a invoquemos, e ela nos amará como nós a amamos.

Novamente, o silêncio, o doce e incessante bater da chuva lavando o mundo lentamente e alimentando-o, e os pedaços de lenha crepitando e estalando enquanto as chamas dançavam ao redor dos tijolos escurecidos, e uma música suave e distante emanando da cozinha: Erik Satie novamente, o piano, *Gymnopédie Nº1*.

Ah, a espécie humana conseguir fazer uma música como aquela, pensou Reuben, nessa pequena brasa rodopiando num diminuto sistema solar perdido numa diminuta galáxia zunindo através do espaço infinito. Talvez o Criador de tudo isso ouça essa música como uma forma de oração. Ame a nós, ame a nós como nós O amamos.

Stuart, sentado entre Felix e Thibault no outro lado da mesa, usando uma camiseta branca e calça jeans, começou a chorar. Ficou encolhido, o rosto escondido na enorme mão, os ombros largos se mexendo silenciosamente, e então ficou parado, os olhos fechados, e franzidos, lágrimas escorrendo como que de uma criancinha.

Seus cabelos louros encaracolados estavam presos atrás, afastados dos ossos de seu rosto grande e, com o nariz curto e largo e as sempre visíveis sardas, ele parecia, como frequentemente acontecia, um menininho enorme.

Laura mordeu o lábio e lutou contras as lágrimas olhando para ele. Reuben apertou sua mão com força.

E um pesar tomou conta de Reuben, mas estava misturado totalmente com a felicidade que estava sentindo. Aquela casa, tão cheia de vida, vida que compreendia tudo o que havia acontecido com ele, tudo o que o havia assustado e às vezes quase o derrotado, bem, quase derrotado. Essa vida vinha diretamente de seus sonhos desprovidos de palavras.

Margon levantou os olhos, o momento de silêncio encerrado, absorvendo todas aquelas pessoas sentadas.

A festa ganhou vida. Travessas foram passadas, mais vinho foi servido, manteiga passada em fatias de pão quente, o aroma de alho elevando-se das colheradas de salada subindo e descendo, e grandes garfadas de carne batendo nas antigas porcelanas chinesas com motivos florais.

– Então, o que tenho para oferecer a vocês? – disse Margon, como se estivessem conversando durante esse tempo todo, em vez de cuidar de milhares de coisas sem importância ainda que essenciais. – O que tenho para dar a vocês para ajudá-los nessa jornada que começaram?

Margon tomou um grande gole da água que estava ao lado da taça vazia do vinho que ele não bebia.

Serviu-se de uma boa porção de brócolis e abóbora e de uma outra maior ainda de alcachofras, e arrancou um naco do pãozinho amanteigado.

– As coisas básicas que vocês precisam saber são as seguintes. A mudança é irreversível. Uma vez que a crisma se manifesta, você é *Morphenkinder*, como nós agora chamamos isso, e isso jamais poderá ser desfeito.

Stuart acordou de suas lágrimas com a mesma rapidez com a qual cedera. Estava comendo pedaços tão grandes de carneiro que Reuben temia que talvez pudesse engasgar, olhos azuis faiscando para Margon à medida que este prosseguia.

A voz de Margon estava tão agradável e quase humilde quanto estivera na noite anterior. Era um homem de persuasão e poder sutil, seu rosto de um tom moreno levemente dourado bastante plástico e expressivo, seus olhos pretos contornados por espessos cílios pretos que davam uma dramaticidade e uma intensidade a suas expressões que pareciam mais ferozes do que suas palavras.

– Jamais em toda a minha existência – continuou ele, gesticulando inconscientemente com o garfo de prata – conheci alguém que quisesse verdadeiramente que sua condição fosse revertida, mas existem aqueles que mergulham de cabeça na perdição como resultado dela, levados à loucura pelo desejo da caça, e desprezando todos os outros aspectos da vida até serem destruídos pelas armas daqueles que os caçam. Só que vocês não precisam se preocupar com isso. Vocês não fazem parte desse grupo, nenhum de vocês. – Seus olhos absorveram Laura ao dizer isso. – Vocês não fazem parte do grupo de seres tão tolos e perdulários a ponto de desperdiçar as dádivas do destino.

Stuart começou a perguntar alguma coisa, mas Margon fez um gesto pedindo silêncio.

– Permitam-me continuar – alertou ele. Ele prosseguiu: – A crisma é quase sempre transmitida por acidente. E só pode ser transmitida quando estamos no estado lupino. Entretanto, minha mente, minha mente limitada, minha mente mortal, é assolada por uma sombria legião daqueles a quem eu recusei a crisma, e não me contenho mais. Quando alguém é merecedor de recebê-la, e a pede, eu dou a crisma. Peço apenas um desejo ardente e informado, mas isso, Reuben e Stuart, vocês não devem procurar fazer, ou seja, vocês não devem oferecer a crisma. A responsabilidade é grande demais. Vocês devem deixar essas escolhas fatais para mim, para Felix, para Thibault, até mesmo para Frank e Sergei, que logo estarão aqui conosco.

Reuben assentiu com a cabeça. Aquele não era o momento de pressioná-lo a respeito de Laura, mas será que havia mesmo necessidade disso ser feito? Não houvera a mais leve sugestão de que Laura ainda não era um deles, e isso, na cabeça de Reuben, tinha de significar alguma coisa. No entanto, não sabia, e o desconhecimento o torturava. Reuben não sabia.

– Agora, a crisma pode provar-se fatal ao infectado – disse Margon –, mas isso acontece muito raramente e normalmente apenas com os mais frágeis ou com os mais jovens, ou com aqueles que receberam mordidas bastante contundentes ou que foram feridos de tal forma que a crisma encontra-se impossibilitada de se sobrepor ao ferimento e à perda de sangue. O que sei, sei por acaso. Ela pode matar, mas na maioria dos casos, não mata.

– Marrok disse que poderia matar – disse Reuben –, e que isso acontecia quase que invariavelmente.

– Esqueça Marrok – disse Margon. – Esqueça o que outros podem ter contado a Marrok para tentar conter o desejo dele de preencher o mundo com *Morphenkinder* como ele próprio. Nós vamos recitar nosso próprio requiem quando dançarmos na floresta juntos, logo, logo; chega de Marrok por enquanto. Agora, Marrok sabe ou não sabe porque ninguém sabe. E nós não temos como saber qual das duas opções é a verdadeira.

Parou o tempo suficiente para dar uma mordida no pato, e para tirar um outro naco do pãozinho manteigado.

– Agora, quando a crisma é dada a homens ou mulheres jovens, da idade de vocês, não existe perigo – disse ele –, e quando é dada por meio de uma mordida profunda, injetando-se a crisma diretamente na corrente sanguínea em vários pontos, bem, ela age como agiu com vocês, mais ou menos entre sete e catorze dias. A lua não tem nada a ver com isso. Tais lendas possuem uma origem diferente e não têm nada a ver conosco, mas é inegável que nos primeiros anos a mudança ocorre apenas com o cair da noite, e é extremamente difícil induzi-la à luz do dia. Se vocês conseguirem, depois de um tempo, se forem bastante determinados, poderão induzi-la a qualquer hora que desejarem. A meta de vocês deve ser o domínio completo do processo. Porque se não tiverem esse domínio, jamais terão controle. Ele terá o controle sobre vocês.

Reuben assentiu com a cabeça, murmurando que descobrira isso do modo mais doloroso, assustador e pessoal.

– Eu pensava que fossem as vozes que me faziam mudar – disse ele. – Pensava que as vozes desencadeassem a mudança e que tinham de desencadeá-la.

– Nós chegaremos às vozes – disse Margon.

– Por que ouvimos as vozes? – perguntou Stuart. – Por que ouvimos as vozes de pessoas sentindo dores e que estão sofrendo e que precisam de nós? Meu Deus, estava enlouquecendo naquele hospital. Era como ouvir almas no inferno implorando por misericórdia...

– Chegaremos a essa parte – disse Margon. Ele olhou para Reuben.

– É claro que vocês entenderam como controlar o processo da melhor maneira possível – disse Margon –, e o fizeram muito bem. Fizeram-no extremamente bem. Vocês são uma nova geração e possuem uma força que nós jamais vimos no passado. Vocês chegaram à crisma com uma saúde e um vigor que era apenas ocasional durante todos esses séculos passados, que era, na verdade, algo excepcional. E quando isso está combinado com o intelecto, os *Morphenkinder* são nada mais do que esplêndidos.

– Ah, não infle o ego deles tanto assim – resmungou Thibault em seu familiar tom de voz barítono. – Já são exuberantes o bastante.

– Quero ser perfeito! – gritou Stuart, batendo com o polegar no peito.

– Bem, se é para você se tornar perfeito como eu entendo perfeito – disse Margon –, então avalie todas as dádivas que possui, não apenas a dádiva de ser um *Morphen*. Pense a respeito dos fios de sua vida humana e no que significam para você. – Ele virou-se para Reuben. – Agora, você é um poeta, Reuben, um escritor, um cronista potencial de seu tempo. Isso é um tesouro, não é? – Sem esperar uma resposta, ele continuou: – Na noite passada, antes de levar esse jovem aqui para a floresta, conversei um bom tempo com seu pai. Ele é o genitor que deu a você seus maiores talentos, não a sua brilhante mãe a quem você dedica uma adoração extrema. É o homem nas sombras atrás de você que proporcionou a você o amor à linguagem que dá forma à sua própria visão de mundo.

— Não tenho dúvidas disso – disse Reuben. – Fui um fracasso para a minha mãe. E não tinha como ser médico. Nem meu irmão Jim tinha.

— Ah, seu irmão Jim – disse Margon. – Isso, sim, é um enigma, um padre que anseia de todo o coração acreditar em Deus, mas não acredita.

— Isso não é uma coisa nem um pouco rara – disse Reuben –, se você quiser saber a minha opinião.

— Doar conscientemente a sua vida a um Deus que talvez não lhe dê respostas? – perguntou Margon.

— Que Deus já deu respostas a quem quer que seja? – perguntou Reuben. Olhou fixamente para Margon e ficou esperando.

— Preciso dizer que milhares e milhares de pessoas já afirmaram ter ouvido a voz dele?

— Ah, mas será que realmente ouviram?

— Como podemos ter certeza? – perguntou Margon.

— Ah, por favor! – disse Felix, falando alto pela primeira vez. Ele baixou sua faca e seu garfo e repreendeu Margon. – Você não vai debater religião com esses lobos jovens agora, vai? Vai mesmo suavizar seu próprio niilismo? Por quê?

— Ah, queiram me perdoar – disse Margon sarcasticamente – por reconhecer as evidências abundantes de que a espécie humana desde o início dos registros históricos tem afirmado haver ouvido as vozes de seus deuses, que conversões são geralmente bastante emocionais e reais para os convertidos.

— Muito bem – disse Felix, com um leve gesto jovial. – Prossiga, Professor. Eu mesmo preciso ouvir essas coisas novamente.

— Não sei se consigo suportar isso – disse Thibault sonoramente, com um sorrisinho de deboche.

Margon riu baixinho, os olhos cintilando enquanto olhava para Thibault.

— Era um dia escuro quando você se juntou a esse grupo – disse ele, num espírito inteiramente comunitário. – Sempre tão amargamente divertido, sempre tão galhofeiro. Ouço aquela monótona voz de timbre baixo durante o sono.

Thibault gostou daquilo.

– Seu ponto está claro – disse Felix. – Reuben é um escritor. Talvez o primeiro *Morphenkind* escritor que tenha pisado na Terra.

– Ah, tolice, será que sou o único aqui com uma memória para coisas desagradáveis? – perguntou Thibault.

– Não é a crônica dos *Morphenkinder* o que eu quero revelar aqui – disse Margon. – Quero dizer o seguinte: – E olhou fixamente para Stuart, que estava novamente se servindo de batatas. – Vocês são criaturas de corpo e alma, lupinas e humanas, e equilíbrio é indispensável à sobrevivência. Podem-se matar as dádivas que se recebe, qualquer uma delas e todas elas, caso se esteja determinado a fazê-lo, e o orgulho é o pai da destruição; o orgulho devora a mente, o coração e a alma vivos.

Reuben balançou a cabeça vigorosamente em concordância. E tomou um grande gole do vinho tinto.

– Mas certamente você concordará – disse Reuben – que a experiência humana não é nada em comparação à experiência lupina, que qualquer aspecto da experiência lupina é mais intenso. – Ele hesitou. *Morphenkinder*, a dádiva de ser um *morphen*. Belas palavras aquelas.

Então, Reuben se lembrou das palavras que escolhera para si mesmo quando encontrava-se totalmente sozinho: a dádiva do lobo.

Sim, tratava-se de uma dádiva.

– Nós não existimos em intensidade máxima o tempo todo, certo? – respondeu Margon. – Nós dormimos, cochilamos, meditamos, descobrimos a nós mesmos em nossas paixões e em nossos desastres, mas também em nossos cochilos e em nossos sonhos.

Reuben reconheceu isso.

– Essa música que você está tocando para nós, esse tema de piano de Satie. Isso não é a Nona de Beethoven, é? – perguntou Margon.

Não, e tampouco é a Segunda Sinfonia de Brahms, pensou Reuben, lembrando-se de suas meditações da noite anterior.

– Afinal, quantas noites a mudança vai simplesmente acontecer comigo eu querendo ou não? – perguntou Stuart.

– Tente realmente lidar com ela – disse Thibault. – Você ficará surpreso.

— Ainda é cedo demais para você resistir a ela – disse Margon. – Acontecerá com você todas as noites por talvez duas semanas. Agora, Reuben aprendeu a controlá-la depois de quantas vezes? Dez vezes? E só porque cedera a ela completamente antes disso.

— Exato. Provavelmente será assim – confirmou Thibault.

— Sempre foram duas semanas na minha experiência – disse Felix. – Depois disso, o poder é infinitamente mais controlável. Para muitos, sete noites em qualquer mês são suficientes para manter o vigor e a sanidade. É claro que você pode aprender a manter a mudança em desuso indefinidamente. Existe com frequência um ritmo pessoal discernível, um ciclo individual; mas essas respostas variam enormemente e, evidentemente, as vozes daqueles que estão necessitados de proteção podem nos provocar a qualquer momento. No começo, você precisa dessas duas semanas porque a crisma ainda está funcionando em suas células.

— Ah, as células, as células – disse Reuben. – Quais foram aquelas palavras que Marrok usou? – Ele virou-se para Laura.

— As células progenitoras pluripotentes – disse Laura. – Ele disse que a crisma funcionava nessas células e desencadeava a mutação.

— Bem, é claro – disse Stuart.

— Ou pelo menos é assim que nós teorizamos – disse Felix –, com os frágeis dados de que dispomos hoje. – Ele tomou um grande gole de vinho e recostou-se à cadeira. – Nós raciocinamos no sentido de que essas são as únicas células que podem ser responsáveis pelas mudanças que se dão em nossos corpos, que toda a espécie humana tem o potencial de ser *Morphenkinder*, mas isso é baseado no que nós agora conhecemos de química humana, que é mais do que conhecíamos vinte anos atrás, ou vinte anos antes disso, e assim como foi durante eras atrás.

— Ninguém ainda definiu com clareza o que acontece – disse Thibault. – No alvorecer da ciência moderna, tentamos entender determinadas coisas com o novo vocabulário crítico à nossa disposição.

Nós tínhamos as mais altas esperanças. Equipamos laboratórios, contratamos cientistas a partir de estratagemas inteligentes. E aprendemos tão pouco! O que sabemos é que o que vocês observaram em vocês mesmos!

– Isso envolve glândulas, hormônios, certamente – disse Reuben.

– Sem dúvida nenhuma – disse Felix –, mas por que e como?

– Bem, como isso começou? – perguntou Stuart. Ele golpeou a mesa com a mão. – Isso sempre esteve com a gente? Enfim, com os seres humanos? Margon, onde isso tudo começou?

– Existem respostas a essas perguntas... – disse Margon num sussurro. Estava reticente, obviamente.

– Quem foi o primeiro *Morphenkind* que pisou na Terra? – perguntou Stuart. – Qual é, vocês devem ter um mito de origem. Você precisam contar essas coisas. Células, glândulas, química, isso tudo é uma coisa. Mas qual é a história? Qual é a narrativa mitológica?

Silêncio. Felix e Thibault estavam esperando que Margon respondesse.

Margon estava ponderando. Parecia estar perturbado e, por um momento, perdido em pensamentos.

– A história antiga não é assim tão inspiradora – disse Margon. – O que é importante agora é você aprender a usar essas dádivas.

Houve uma pausa e, com muita delicadeza, Laura falou:

– A fome aumenta com o tempo? O desejo de caçar e de se refestelar?

– Na verdade, não – disse Margon. – Isso está sempre dentro de nós. Nós nos sentimos parciais, diminuídos, espiritualmente esfomeados se não cedemos a esse impulso, mas eu diria que ele existe desde o início. Certamente, é possível enjoar-se dele e se afastar dele por longos períodos, ignorando as vozes. – Ele parou.

– E a sua força, ela aumenta? – perguntou Laura.

– As habilidades se acentuam, é claro – disse Margon –, e a sabedoria. Idealmente, isso também aumenta. Temos corpos que se renovam constantemente. Mas a nossa audição, a nossa visão, as nossas habilidades físicas, nada disso aumenta.

Olhou para Reuben como se estivesse agora convidando-o a fazer perguntas. Ele não fizera isso antes.

– As vozes – disse Reuben. – Podemos falar agora das vozes?

Tentara ser paciente, mas aquele certamente parecia ser o momento para ir direto ao assunto.

– Por que ouvimos vozes? – perguntou. – Enfim, entendo a nossa audição sensível, ela é parte da nossa transformação, mas por que as vozes das pessoas que necessitam de nós proporcionam a mudança? E por que as células-tronco em nossos corpos nos transformam em algo que pode rastrear o aroma de maldade e crueldade – é o aroma do mal, não é? E somos, assim, levados a tentar acabar com isso?

Reuben baixou o guardanapo. Olhou fixamente para Margon.

– Esse para mim é o mistério central – continuou Reuben. – É o mistério moral para mim. De homem a monstro, tudo bem, não é magia. É ciência, e é ciência que a gente não conhece. Posso aceitar isso, mas por que eu sinto cheiro de medo e de sofrimento? Por que sou impelido a ir atrás desses aromas? Todas as vezes que matei, matei alguém que estava perpetrando um ato de maldade consumado. Nunca me enganei. – Seu olhar foi de Margon a Felix e em seguida a Thibault. – Certamente, ocorre o mesmo com vocês.

– Ocorre – disse Thibault. – Mas é algo químico. Está na nossa natureza física. Nós sentimos cheiro de maldade e somos levados quase que insanamente a atacá-la, a destruí-la. Não conseguimos distinguir entre uma vítima inocente e nós mesmos. Para nós, trata-se da mesmíssima coisa. O que a vítima sofre, nós sofremos.

– Isso foi dado por Deus? – perguntou Stuart. – Isso é o que vocês vão me dizer agora?

– Estou dizendo exatamente o oposto – disse Thibault. – Nós estamos falando de características biológicas finamente desenvolvidas, com raízes na química indefinível de nossas glândulas e de nossos cérebros.

– Por que é assim desse jeito particular? – perguntou Reuben. – Por que não somos quimicamente levados a rastrear os inocentes e a devorá-los? Também são saborosos.

Margon sorriu.

– Não tente fazer isso – disse ele. – Você vai fracassar.

– Oh, eu sei disso. Foi isso que acabou com Marrok. Não foi capaz de simplesmente acabar com Laura. Teve de pedir perdão a ela, de estabelecer uma longa confissão sobre o motivo pelo qual ela tinha de morrer.

Margon assentiu com a cabeça.

– Quantos anos tinha Marrok? – perguntou Reuben. – Quanta experiência ele tinha? Não deveria ter sido capaz de derrotar nós dois?

Margon assentiu com a cabeça.

– Marrok queria acabar consigo mesmo – disse ele. – Marrok estava apático, descuidado, era apenas a casca do ser que fora um dia.

– Isso não me surpreende – disse Laura. – Ele nos desafiou a destruí-lo. A princípio, pensei que estivesse tentando nos confundir, nos matar de medo, por assim dizer. Então eu percebi que ele simplesmente não conseguiria fazer o que queria fazer se não o enfrentássemos.

– É exatamente isso – disse Reuben. – E aí, quando o enfrentamos, não foi capaz de nos superar. Certamente sabia, de algum jeito, que a coisa seguiria esse rumo.

– Vocês vão dizer para nós quem era esse tal de Marrok, não vão? – perguntou Stuart.

– A história de Marrok está encerrada – disse Margon. – Por motivos pessoais, queria destruir Reuben. Havia transmitido a crisma por descuido e convenceu-se de que tinha de eliminar a evidência de seu erro.

– Assim como a transmiti a Stuart – murmurou Reuben.

– Ah, mas você é muito jovem – disse Thibault. – Marrok era velho.

– E aí a minha vida se inicia em cores flamejantes – disse Stuart de modo exuberante. – E com um soar de trombetas!

Margon riu indulgentemente, olhando para Felix como quem sabe das coisas.

– Na verdade, por que procuramos proteger as vítimas do mal, impedir que sejam assassinadas ou estupradas? – perguntou Reuben.

– Lobinho – disse Margon –, você quer uma resposta esplêndida, não quer? Uma resposta moral, como você mesmo diz. Gostaria muito de ter uma para lhe dar. Eu temo que seja uma questão de evolução como tudo o mais.

– Isso evoluiu dos *Morphenkinder*? – perguntou Reuben.

– Não – disse Margon. Ele balançou a cabeça. – Isso evoluiu da espécie que nos transmitiu esse poder. E essa espécie não era *Homo sapiens sapiens* como nós somos. Era algo totalmente diferente, seria algo mais parecido com um *Homo ergaster* ou *Homo erectus*. Você conhece esses termos?

– Conheço, sim – disse Stuart. – E suspeitava exatamente disso. Era uma espécie isolada, desenvolvendo-se em algum lugar recôndito do planeta, certo? Tipo o *Homo floresiensis*, a espécie *Hobbit* da Indonésia, uma ramificação humanoide diferente de tudo que conhecemos.

– Que espécie *Hobbit* é essa? – perguntou Reuben.

– Um povo pequenininho, com indivíduos que não chegam a um metro de altura – disse Laura. – Os esqueletos foram encontrados poucos anos atrás, e a linha evolutiva deles difere totalmente do *Homo sapiens sapiens*.

– Ah, me lembro disso – disse Reuben.

– Fale para nós, fale dessa espécie – disse Stuart com insistência.

Felix parecia inquieto e estava prestes a tentar calá-lo quando Margon fez um gesto indicando que estava tudo bem.

Margon aparentemente esperara evitar essa parte da história. Estava pensativo. Então, concordou em prosseguir.

– Primeiro, nós limpamos o tabuleiro – disse ele, fazendo um gesto na direção da mesa. – Preciso de um momento de meditação.

## 39

As travessas do banquete foram relegadas à bancada na ilha da cozinha, um sortimento que sustentaria a casa durante toda a noite.

Mais uma vez, o grupo inteiro trabalhou rapidamente, silenciosamente, reabastecendo a água, o vinho, depositando garrafas de café quente e chá-verde.

As tortas recentemente assadas – maçã, cereja e pêssego – foram levadas para a sala de jantar. Os queijos franceses brancos e macios, baixelas com doces e frutas.

Margon reassumiu seu lugar na cabeceira da mesa. Parecia estar apreensivo, mas um olhar de relance na direção do rosto ansioso de Stuart e para a expressão paciente, porém inquisitiva, de Reuben pareceu lhe confirmar que tinha de prosseguir.

– Sim – disse Margon –, houve tal espécie, uma espécie de primatas isolada e à beira da extinção que não era o que nós somos e existiam numa ilha isolada, sim, milhares de anos atrás na costa da África.

– E esse poder veio dessa espécie? – perguntou Stuart.

– Veio – disse Margon –, por intermédio de um homem bem tolo, ou bem sábio, dependendo do ponto de vista de cada um, que procurou acasalar com uma fêmea da espécie deles e assim adquirir o poder que eles tinham, o poder de mudar de homens macacos cooperativos para lobos homens vorazes quando ameaçados.

– E o cara acasalou com uma mulher dessa espécie – disse Stuart.

– Não. O empreendimento não teve sucesso – disse Margon. – Ele adquiriu o poder ao ser mordido repetidamente e de maneira bastante contundente, mas só depois de ter se preparado bebendo os fluidos corporais da espécie, a urina, o sangue, nas quantidades que conseguiu adquirir ao longo de dois anos. E também tinha recebido de bom grado mordidas brincalhonas de membros da tribo sempre que era possível. Tornaram-se amigos, e ele era banido de seu próprio povo, exilado da única cidade real que existia no mundo inteiro.

Sua voz escurecera enquanto dizia aquelas palavras.

Um silêncio caiu sobre todo o grupo. Todos olhavam para Margon, que mirava a água no copo. A expressão em seu rosto causava em Reuben uma profunda perplexidade e, obviamente, enloquecia Stuart, mas Reuben sentiu que havia mais naquela lembrança, naquela narração, do que um simples cansaço ou desgosto. Alguma coisa estava perturbando Margon em relação à história que contava.

– Há quanto tempo foi isso? – perguntou Stuart. – O que você quer dizer com a única cidade real no mundo? – Estava tresloucadamente estimulado, e obviamente fascinado, seu sorriso ampliando-se enquanto repetia as palavras.

– Stuart, por favor... – implorou Reuben. – Deixe Margon fazer a narrativa do jeito dele.

Depois de um longo momento, Laura pronunciou-se:

– Você está falando de você mesmo, não está? – disse ela.

Margon assentiu com a cabeça.

– É difícil lembrar? – perguntou Reuben respeitosamente. Não conseguia esquadrinhar as expressões faciais do homem. Parecia imediatamente distante e em seguida vital, imediatamente ausente por completo de tudo ao redor e em seguida novamente engajado, aberta e completamente. Mas o que se deveria esperar?

Era assombroso e chocante de se contemplar o fato daquele homem ser imortal. E não era nada mais do que o que Reuben suspeitava havia muito tempo. Apenas a extensão do tempo o deixava chocado. Mas o segredo, o fato de que aqueles seres eram imortais? A sensação era de algo sendo-lhe revelado em seu próprio sangue pela crisma. Algo que não tinha exatamante como absorver ainda que jamais conseguisse esquecer. Mesmo antes da crisma penetrar pela primeira vez em suas veias, em seu primeiro encontro com a fotografia dos distintos cavalheiros na biblioteca, sentira que um conhecimento de outro mundo ligava aqueles homens.

Os olhos de Stuart estavam fixos em Margon, escaneando-lhe o rosto, a forma, sua mão que repousava na mesa, simplesmente refestelando-se com todos os pequenos detalhes do homem.

E o que eles lhe dizem?, Reuben imaginava. Que tão pouco mudou em nós em milhares de anos que um ser tão velho pode caminhar pelas ruas em qualquer cidade sem ser, de fato, notado, exceto quem sabe por seus trejeitos pouco comuns e pela sutil e sábia expressão em seu rosto? Era um homem imponente, mas por quê? Tinha um ar de comando, mas por quê? Era acessível e, no entanto, de uma certa forma, era também absolutamente inacessível.

– Diga para nós o que aconteceu – disse Stuart com o máximo de gentileza que conseguiu reunir. – Por que você foi exilado?

– Por me recusar a adorar os deuses – respondeu Margon, suas palavras saindo num quase murmúrio enquanto olhava para a frente. – Por me recusar a oferecer sacrifícios no Templo às deidades esculpidas em pedra. Por me recusar a recitar hinos no monótono batucar de tambores sobre o casamento de deuses e deusas que jamais existiram e que jamais ocorreram. Por me recusar a contar às pessoas que se não adorassem, se não oferecessem sacrifícios, se não quebrassem suas colunas nos campos cavando os canais que levavam água aos campos, os deuses acabariam com o cosmo. Margon, o sem Deus, recusava-se a contar mentiras.

Ergueu o tom de voz apenas um pouquinho:

– Não, não me perturbo em lembrar disso – disse ele. – Mas um pouco da fé profunda, emotiva e visceral que acompanha o ato de refazer essa narrativa perdeu-se há muito tempo.

– Por que eles não te executaram simplesmente? – perguntou Stuart.

– Não podiam – disse Margon numa voz miúda, olhando para ele. – Eu era o rei divino deles.

Stuart estava deliciado com a resposta. Não conseguia esconder seu entusiasmo.

Isso é tão simples, estava pensando Reuben. Stuart fica fazendo todas essas perguntas para as quais quero respostas, e para as quais

Laura provavelmente quer respostas. E as perguntas estão na verdade dirigindo o fluxo de revelações. Então, por que reclamar?

Sentiu subitamente o sol quente e opressivo do deserto iraquiano. Viu as empoeiradas trincheiras das escavações arqueológicas nas quais havia trabalhado. Viu aquelas tabuletas, aquelas antigas tabuletas cuneiformes, aqueles preciosos fragmentos dispostos sobre a mesa na sala secreta.

Estava tão excitado com aquele pedacinho de inteligência que poderia até sair dali um pouco, perplexo, para ponderar sobre tudo aquilo durante um longo tempo. Era como ler uma sentença maravilhosa num livro e não ser capaz de continuar porque tantas possibilidades estavam inundando a sua mente.

Margon pegou o copo d'água, saboreou o líquido e em seguida bebeu-o. E cuidadosamente apoiou o copo novamente, mirando-o como se estivesse fascinado por suas borbulhas, pela luz que brincava no copo de cristal.

Não tocou os pedaços de fruta no pratinho à sua frente, mas bebeu o café enquanto ainda estava fumegante. E, subitamente, fez um gesto no sentido de pegar a garrafa de prata.

Reuben encheu a xícara para ele. Um copeiro para um rei.

Felix e Thibault olhavam calmamente para Margon. E Laura se virara na cadeira para melhor vê-lo, os braços cruzados, confortável enquanto esperava.

Stuart era o único que não conseguia esperar.

– Que cidade era essa? – perguntou Stuart. – Qual é, Margon, diga logo!

Felix fez um gesto para que se aquietasse com um olhar severamente reprovador.

– Ah, é muito natural que queira saber – disse Margon. – Lembrem-se, havia aqueles que não eram nem um pouco curiosos, que não queriam saber nada acerca do passado, e isso lhes foi útil? Talvez tivesse sido melhor se tivessem uma história, uma ancestralidade, mesmo que não fosse nada além de descritivo. Talvez nós precisemos disso.

— Preciso disso — sussurrou Stuart. — Preciso ouvir tudo.

— Não tenho certeza — disse Margon, com delicadeza — que você realmente ouviu o que eu disse até agora.

É exatamente isso, pensou Reuben, essa é a própria dificuldade. Como ouvir que aquele homem sentado ali está vivendo continuamente desde a época em que a história começou a ser registrada? Como se ouve isso?

— Bem, não serei o cronista dos *Morphenkinder* aqui e agora — disse Margon —, e talvez não o seja jamais, mas vou contar para vocês algumas coisas. É suficiente para vocês saber que fui deposto, exilado. E não iria afirmar ser o filho divino do deus fictício que construíra os canais e os templos, venerável precursor de Enlil, Enki, Marduk, Amun Ra. Procurava respostas entre nós mesmos. E acreditem em mim, esse ponto de vista não era tão radical como vocês talvez imaginem. Era comum, mas expressar o ponto de vista não era nem um pouco comum.

— Isso era Uruk, não era? — perguntou Stuart, sem fôlego.

— Bem mais antiga que Uruk — rebateu Margon. — Bem mais antiga que Eridu, Larsa, Jericó, do que qualquer cidade que vocês possam imaginar. As areias jamais devolveram os restos da minha cidade. Talvez jamais venham a devolver. Eu mesmo não sei o que aconteceu com ela, ou com os meus descendentes, ou o que seu legado total provou-se ser para as cidades que foram erigidas ao redor dela. Não sei o que aconteceu com seus entrepostos comerciais. Seus entrepostos comerciais traficavam um estilo de vida assim como animais e escravos e mercadorias. No entanto, não sei o que aconteceu com eles, com aquele específico estilo de vida. Não fui um cronista ou uma testemunha consciente dos eventos que se desenrolaram naqueles tempos. Certamente vocês compreendem. Vocês precisam compreender. Vocês conseguem enxergar mil anos no futuro? Vocês medem o que está acontecendo com vocês agora pelo que pode vir a ser importante daqui a mil anos? Eu estava tropeçando e cambaleando, tateando e, de tempos em tempos, me afogando, como talvez acontecesse com qualquer homem. — A voz dele estava agora calorosa e seguindo mansamente. — Não tinha uma visão de mim mesmo posicionada pela fé ou pelo acaso no nascimento de uma continuidade que perduraria por milênios. E como poderia ter? Subestimei toda e qualquer força que infringia a minha existência. Não poderia ter sido de outra forma. É mero acaso eu ter sobrevivido. É por isso que não gosto de falar nisso. Falar é suspeito. Quando falamos de nossas vidas, longas ou curtas, breves e trágicas ou duradouras além da compreensão, nós lhes impomos uma continuidade, e essa continuide é uma mentira. Desprezo o que seja mentira!

Quando fez a pausa dessa vez, ninguém falou. Até Stuart ficou imóvel.

– Já é o bastante dizer que fui deposto e exilado – disse Margon. – Meu irmão estava por trás disso. – Ele fez um pequeno gesto de nojo. – E por que não? A verdade é uma proposição arriscada. É da natureza de seres humanos medíocres acreditar que mentiras são necessárias, que servem a um propósito, que a verdade é subversiva, que franqueza é algo perigoso, que os próprios andaimes da vida comunitária são sustentados por mentiras.

Novamente ele parou.

E sorriu subitamente para Stuart.

– É por isso que você quer a verdade de mim, não é? Porque as pessoas lhe ensinaram durante toda a sua curta vida que mentiras são tão vitais a você quanto o ar que você respira, e você está mergulhando de corpo inteiro numa vida que depende da verdade.

– Sim – disse Stuart com gravidade. – É exatamente isso. – Ele hesitou, então disse: – Sou gay. Desde que me entendo por gente, as pessoas me ensinam que existem excelentes motivos para eu mentir a este respeito para todo mundo que conheço.

– Compreendo – disse Margon. – Os arquitetos de qualquer sociedade dependem de mentiras.

– Então conte para mim o que realmente aconteceu.

– Pouco importa tudo aquilo que disse sobre deuses e deusas e príncipes exilados – disse Margon. – Mas vamos voltar à narrativa na qual nós dois queremos encontrar um pouquinho de verdade digna de ser salva.

Stuart assentiu com a cabeça.

– Felizmente para Margon, o sem Deus, ninguém derramaria o sangue do rei herético. Margon, o sem Deus, foi posto para fora dos muros da cidade, e lá deixado para que seguisse seu caminho como um andarilho de deserto, com um odre de água e um cajado. Basta dizer que acabei chegando à África, viajando para o sul através do Egito e ao longo do litoral e em seguida até essa estranha ilha onde residia um povo pacífico e altamente desprezado.

"Dificilmente poderiam ser considerados seres humanos. Ninguém naqueles dias teria pensado que aqueles seres eram humanos, mas eram uma raça humana, uma espécie humana, e uma tribo coesa. Eles me receberam, me alimentaram, me vestiram do jeito que eles mesmos se vestiam. Eram mais parecidos com macacos do que com homens e mulheres, mas tinham uma linguagem, conheciam e trocavam expressões amorosas.

"E quando eles me disseram que seus inimigos, o povo do litoral, estava a caminho, quando descreveram para mim o povo do litoral, pensei que todos nós morreríamos.

"Viviam em completa harmonia uns com os outros, mas o povo do litoral era formado por pessoas como eu. Eram *Homo sapiens sapiens*, ferozes, armados com lanças e toscos machados de pedra, e desejavam vorazmente destruir por puro esporte um inimgo desprezível."

Stuart assentiu com a cabeça.

– Bem, como disse, pensei que fosse o fim. Aquelas criaturas simples semelhantes a macacos jamais conseguiriam montar uma defesa contra um invasor tão sofisticado e perverso. Não havia tempo para que eu pudesse ensiná-los a proteger-se.

"Bem, eu estava equivocado.

"'Vá se esconder', eles me disseram. 'Nós saberemos quando os barcos deles estiverem chegando.' Então, dançando loucamente em círculos à medida que o povo do litoral aportava, operaram a transformação. Os membros alongados, as presas, o abundante pelo lupino, tudo o que vocês viram em vocês mesmos, tudo o que vocês experimentaram em si mesmos, rapazes. A tribo – machos e fêmeas indiscriminadamente – foram transformados em tais monstros bem diante de meus olhos.

"Tornaram-se um bando de cães que uivava e rosnava. Eu nunca vira nada como aquilo. Sobrepujaram o inimigo, levando os agressores para o oceano, devorando-os, destruindo inclusive seus barcos com os dentes e as garras, atacando cada fugitivo e consumindo cada pedaço de carne inimiga.

"Então retornaram a suas formas originais, semelhantes a macacos, pacíficos, simples. E me disseram que nada temesse. Conheciam seus inimigos pelo aroma malévolo. Eles o captavam no vento antes mesmo de os barcos aparecerem. Jamais fariam algo como aquilo que eu vira com ninguém exceto seus inimigos. Era o poder dado a eles pelos deuses muito tempo atrás para defenderem-se de outros tão malévolos que romperiam a paz do mundo por nenhum motivo.

"Vivi com eles por dois anos. E queria aquele poder. Como disse, bebi a urina, o sangue, as lágrimas, o que quer que fosse que me dessem. E não me importava. Comprava as suas preciosas secreções e o seu sangue com pedacinhos de sabedoria, com conselhos astutos, com pequenas invenções inteligentes com as quais jamais haviam sonhado, com soluções para problemas que não conseguiam resolver.

"Agora, havia um outro caso, um caso óbvio, para o qual a mudança podia ser induzida: para punir um violador da lei, normalmente um homicida, o mais desprezível traidor da paz.

"Da mesma maneira, conheciam o criminoso pelo aroma, eles o cercavam, dançavam entre si num frenesi até que a mudança estivesse completa em seus corpos, e então devoravam o culpado. Até onde sei, jamais se equivocavam em seus julgamentos, e vi mais de um acusado fora da lei inocentado. Nunca abusavam do poder, nunca. Parecia relativamente simples. Não podiam derramar sangue inocente; seus deuses lhes deram apenas o poder para erradicar o mal, e não tinham dúvidas sobre a questão, e achavam bastante engraçado o fato de eu querer o poder ou pensar que poderia induzi-lo em mim mesmo.

"Entretanto, sempre que a mudança ocorria neles, eu fazia tudo ao meu alcance para receber pequenas mordidas, o que achavam tremendamente engraçado e um pouco indecente, mas eram encantados por mim, de modo que cediam."

Margon fechou os olhos por um momento e encostou os dedos no cavalete do nariz, então abriu os olhos novamente e olhou fixamente para a frente como se estivesse perdido.

– Eram mortais? – perguntou Laura. – Eles morriam?

– Sim, certamente, eram mortais – disse Margon. – Certamente que eram. Morriam o tempo todo devido a coisas simples que os médicos de meu palácio poderiam facilmente curar. Um abscesso em um dente que poderia ser arrancado, uma perna quebrada cuidada inadequadamente e em seguida infeccionada. Sim, eram mortais. E me consideravam a pessoa mais mágica que conheciam porque eu conseguia curar determinadas enfermidades e determinadas contusões, e isso me dava um grande poder aos olhos deles.

Fez uma outra pausa.

Thibault, que reclamara antes de modo implicante que não estava disposto a ouvir Margon, agora o ouvia fascinado, como se jamais houvesse ouvido aquela parte da história contada por ele.

– Por que se voltaram contra você? – perguntou ele. – Você nunca disse isso.

– Ah, a mesma história de sempre – disse Margon. – Eu tinha aprendido o suficiente da linguagem rudimentar depois de dois anos para contar, então, que não acreditava em seus deuses. Lembre-se de que eu era bem jovem naquela época, quem sabe três anos mais velho do que Stuart. E queria o poder. O poder não vinha dos deuses. Achei que devia dizer isso. Naqueles dias, eu sempre dizia a verdade. – Ele riu baixinho. – Compreenda, a religião deles não era complexa como a das cidades das planícies férteis. Não era nenhum grande sistema de templos e impostos e altares ensanguentados. Mas eles tinham os seus deuses. E achei que devia lhes dizer que, na realidade, não havia deus algum.

"Agora, eles sempre foram gentis comigo, e adoravam aprender as coisas inteligentes que eu podia ensinar. Riram de mim por querer os poderes deles, como eu disse ou, mais verdadeiramente, por pensar que poderia adquiri-lo. Você não consegue o que os deuses não lhe darão, diziam. E os deuses haviam dado o poder a eles, não a outros, como eu, por exemplo.

"E quando eles finalmente entenderam toda a extensão da minha negação de seus deuses, e toda a dimensão herética da minha insistência em adquirir o poder deles, decretaram que eu infringira a lei da pior maneira possível e estabeleceram um momento para a minha execução.

"Tais rituais de morte sempre se davam ao anoitecer. Compreendam, podiam facilmente se transformar em lobos de dia, se um inimigo se aproximasse, mas, para as execuções, sempre esperavam o anoitecer.

"E, assim que a escuridão chegou, eles acenderam suas tochas e formaram um grande círculo, forçando-me a ficar no meio dele, e começaram a dançar para operar a mudança.

"Não foi fácil. Nem todos estavam de acordo com aquilo. Alguns recuaram. Eu salvara as vidas de muitos deles, curara seus filhos doentes. Pude ver naquele momento que aquele povo tosco estava muito pouco inclinado a fazer mal a um inocente. Na realidade, eu não sei ao certo que aroma captaram em mim naquele momento, e jamais saberei.

"Só sei qual foi o aroma que eu captei neles, um aroma hediondo, causticante, um aroma de maldade ameaçando a minha própria vida quando vieram para cima de mim como se fossem lobos.

"Agora, se tivessem me destroçado como faziam com os outros inimigos e violadores da lei, isso teria sido o fim da história. E a minha jornada através do tempo teria terminado como a de qualquer homem mortal, mas eles não fizeram isso. Alguma coisa os conteve, algum respeito ou fascínio que ainda perdurava, ou desconfiança em si mesmos.

"E é concebível que, pelas brincalhonas mordidas que eu recebera, e pelos fluidos que bebera, tivesse alguma imunidade glandular funcionando em mim, alguma poderosa fonte de cura que permitia que sobrevivesse ao ataque.

"Seja qual for o caso, sofri mordidas por todo o corpo e rastejei na direção da selva para morrer. Essa foi a pior tortura pela qual jamais passei em toda a minha vida. Estava zangado, enraivecido pelo fato de que a minha vida estava acabando daquele jeito. E estavam dançando para a frente e para trás e ao meu redor, de ambos os lados de meu corpo e atrás de mim. Estavam voltando à sua forma original e me amaldiçoando, e em seguida lutando para entrar novamente na forma lupina porque eu não estava morto, mas obviamente não conseguiram acabar comigo.

"E então me transformei.

"Diante dos olhos deles, me transformei.

"Enlouquecido pelos sons e pelos aromas do ódio deles por mim, fui quem se transformou e os atacou."

Seus olhos ficaram arregalados olhando para alguma coisa que somente ele podia ver. Estavam todos sentados, esperando. Reuben foi tomado por uma forte sensação da conduta de Margon, da maneira como mantinha uma supremacia muda, embora nem um único gesto inveterado fosse impositivo e sua voz, mesmo no auge do calor, rolasse equilibradamente sob a governança de um homem profundamente reservado e disciplinado.

– Não eram páreo para mim em hipótese alguma – disse ele dando de ombros. – Eram como cachorrinhos com dentes de leite ganindo e latindo. Eu era um monstro lupino fervilhante com uma resolução e um orgulho ferido de ser humano. Não tinham emoções como essas! Nada jamais foi tão necessário em suas vidas como o fato de matá-los era necessário para mim naquele momento.

Reuben sorriu. Isso tocava tão lindamente no limite letal da espécie humana que ficou maravilhado.

– Alguma coisa muito mais mortífera do que qualquer um de nós jamais havia visto acabara de nascer – disse Margon. – O lobo homem, o lobisomem, o homem lobo, o que nós somos.

Mais uma vez, fez uma pausa. Parecia estar lutando com algo que queria exprimir, mas não estava conseguindo.

– Há tantas coisas em relação a isso que não compreendo – confessou. – Só sei isso, e é o que todas as pessoas agora sabem, que cada partícula de vida explode a partir da mutação, a partir da combinação acidental de elementos em todos os níveis, que o acaso é o indispensável poder nuclear do universo, que nada avança sem ele, sem um imprudente e casual erro crasso, quer seja sementes de uma flor morta lançadas ao vento, ou o pólen carregado nos pés diminutos de insetos alados ou peixes cegos penetrando em cavernas das profundezas para consumir formas de vida jamais sonhadas por aqueles que vivem na superfície do planeta que existe acima. Acaso, acaso, e assim foi com eles e comigo: um erro, um tropeço, e o que vocês chamam um lobo homem nasceu. O que nós chamamos os *Morphenkinder* nasceram.

Margon parou e bebeu um pouco mais de café, e mais uma vez Reuben encheu sua xícara.

Stuart estava embevecido, mas a velha impaciência estava novamente se apoderando dele. E não conseguia se conter.

– Há uma virtude – disse Felix – em se ouvir um narrador relutante. Você sabe que está na verdade mergulhando fundo na busca da verdade digna de ser salva.

– Sei disso – disse Stuart, lutando. – Sinto muito. Sei disso. Sei disso. Só estou... É que quero tanto...

– Você quer abraçar o que vê diante de si – disse Felix. – Eu percebo. Todos nós percebemos.

Margon parecia estar distante. Talvez estivesse escutando a discreta música, as isoladas e metódicas notas de piano que subiam e desciam, subiam e desciam, à medida que Satie prosseguia.

– E você conseguiu fugir da ilha? – perguntou Laura, a voz menos errática do que respeitosa.

– Não fugi – disse Margon. – Eles só puderam tirar uma única conclusão do que haviam testemunhado. Os deuses deles haviam desejado que aquilo acontecesse, e Margon, o sem Deus, era niguém menos do que o pai dos deuses deles.

– E fizeram de você o líder – disse Stuart.

– E fizeram dele o deus – disse Thibault. – Essa é a ironia. Margon, o sem Deus, tornou-se novamente divino.

Felix suspirou.

– Seu destino inescapável – disse ele.

– Será? – perguntou Margon.

– E você não será rei dentre nós, será? – perguntou Felix, quase que em tom confidencial, como se os outros não estivessem presentes.

– Agradeça a Deus por isso – sussurrou Thibault com um sorriso dissimulado. – Na verdade, eu nunca tinha ouvido você contar essa história dessa maneira.

Margon começou a rir, não de forma sonora, mas de um jeito bem natural. No entanto, pegou o fio da meada.

– Fui o líder deles por anos e anos – admitiu com um longo suspiro. – O deus deles, o rei, o chefe, seja lá como se queira chamar isso. Vivia em total harmonia, e quando os inevitáveis invasores apareciam, eu liderava a defesa. Sentia o cheiro do mal assim como eles sentiam. Tinha de destruí-lo assim como eles tinham de destruí-lo. O aroma do inimigo evocava a mudança em mim assim como neles. Assim como a presença do mal entre nós.

"Entretanto, eu sofria uma ânsia por punir que eles não sofriam. Ansiava pelo aroma do agressor, e eles nunca ansiavam de fato por isso. Iria atrás do agressor em sua própria terra pela emoção de destruí-lo, tão irresistível para mim era aquele aroma, e a emoção de aniquilar o tal suposto mal, a tal suposta crueldade, a tal ameaça. Em suma, produziria agressividade sobre mim mesmo para declarar que isso era o mal e assim destruí-lo."

– É claro – disse Stuart.

– Era a tentação do rei – disse Margon. – Talvez seja sempre a tentação do rei. Sabia disso. Eu, o primeiro *Homo sapiens sapiens* que experimentou a mudança.

"E então está conosco agora. Nós podemos fugir das vozes. Podemos vir para essa grande e majestosa floresta e ter a esperança de nos salvar da selvageria que existe dentro de nós, mas acabamos sendo torturados por nossa abstinência e vamos atrás do próprio mal que odiamos.

— Entendo — disse Stuart, balançando a cabeça.

Reuben também balançou a cabeça em concordância.

— A pura verdade, isso — disse Felix.

— E acabamos procurando o mal — disse Margon. — E enquanto isso, nós caçamos na floresta porque não conseguimos resistir ao que a floresta oferece, não conseguimos resistir à simplicidade da matança que envolve apenas bruta inevitabilidade muito mais do que sangue inocente.

— Os hominídeos induziam a mudança para poder caçar? — perguntou Reuben. Sua cabeça estava fervilhando. Podia sentir o sabor do sangue do alce na boca, o alce, o bicho de olhos suaves que não era ele próprio um matador, mas comida para os matadores. A bruta inevitabilidade, exatamente isso. O alce não era do mal, jamais fora do mal, jamais carregara consigo o aroma do mal, não, jamais carregara.

— Não — disse Margon. — Isso não ocorria. Caçavam animais sem a mudança, mas eu não era a mesma coisa que eles. E quando a floresta ou a selva me chamava, quando a caçada me chamava, eu operava a mudança. Adorava. E aquelas pessoas ficavam maravilhadas. Viam isso como uma prerrogativa do deus, mas jamais seguiam esse exemplo. Não podiam.

— E essa foi mais uma surpresa da mutação — disse Laura.

— Exato — disse Margon. — Eu não era o que eles eram. Era uma coisa nova. — Fez uma pausa e então continuou com a história.

— Ah, e descobri muitas coisas naqueles meses e anos.

"Não entendi de início que não podia morrer. Tinha visto que os membros da tribo eram quase invulneráveis nas batalhas. Ferimentos de faca, ferimentos de lança, quase sempre sobreviviam a qualquer coisa a que eram submetidos, contanto que a mudança estivesse operando neles. E, é claro, eu compartilhava esse estranho e inexplicável vigor, mas eu me curava muito mais rapidamente de qualquer ferimento ocorrido tanto no estado lupino quanto no estado humano, e não entendia o que isso podia significar.

"Quando os abandonei, fui entender que vagaria pela Terra por séculos e séculos.

"Mas tem mais uma coisa que preciso contar para vocês a respeito do que aconteceu comigo naquela ilha."

Ele olhou fixamente para Reuben.

– E quem sabe um dia você compartilhará isso com seu irmão quando ele estiver sofrendo agudamente com a noite escura de sua alma. Raramente contei para alguém, se é mesmo que contei, essa coisinha que desejo revelar agora.

Felix e Thibault o olhavam como se estivessem poderosamente intrigados e não conseguissem adivinhar o que ele queria dizer com aquilo.

– Havia um homem santo na ilha – disse –, o que nós chamamos hoje um xamã, uma espécie de místico que consumia as poucas plantas do lugar que poderiam inebriar e induzir à loucura e ao transe. Eu prestava pouca atenção nele. Não fazia mal a ninguém e passava a maior parte de sua existência num prazeroso estupor e rabiscando signos e símbolos compreendidos apenas por ele na terra ou na areia da praia. Era de fato muito bonito, de um modo até certo ponto sombrio. Nunca me desafiava e eu nunca o questionava a respeito de seu suposto conhecimento místico. E, é claro, não acreditava em nada, e sustentava que havia adquirido o poder, como eu via a coisa, por conta própria.

"E quando me preparei para deixar a ilha, quando passei o cetro, por assim dizer, a um outro, e estava pronto para embarcar na direção do continente, esse xamã veio até a praia e me chamou diante da tribo reunida.

"Agora, aquele era um momento cerimonioso de bons augúrios e até mesmo de lágrimas. E então, aquele estranho ser aparecer daquele jeito, enlouquecido por suas ignominiosas poções e falando charadas, bem, aquilo não foi uma coisa que alguém ali desejava ver.

"E ele veio, e quando obteve a atenção de todos presentes, apontou o dedo para mim e disse que os deuses me castigariam pelo roubo do poder que havia sido dado ao 'povo' e não a mim.

"Eu não era um deus, ele disse aos outros.

"E gritou: 'Margon, o sem Deus, você não pode morrer. Os deuses decidiram isso. Você não pode morrer. Chegará um momento em que você implorará pela morte, mas isso lhe será negado. E para onde quer que você vá e o que quer que faça, você não morrerá. Você será um monstro entre os da sua espécie. O poder o atormentará. Não lhe dará descanso. Isso porque você roubou para si o poder que os deuses pretendiam que fosse somente nosso.'

"A tribo estava bastante agitada, indignada, confusa. Alguns queriam bater nele e afugentá-lo de volta a seu barracão e a seus estupores ébrios. Outros estavam meramente assustados.

"'Os deuses me contaram essas coisas', disse ele. 'Eles estão rindo de você, Margon. E sempre rirão, onde quer que você esteja ou o que quer que faça.'

"Eu mesmo estava abalado, embora por um motivo que não conseguisse entender completamente. Fiz uma mesura para ele, agradeci pelo oráculo, firmemente decidido que o xamã era digno de pena, e me preparei para partir. Por muitos anos depois disso, nunca dediquei um único pensamento a ele.

"Mas chegou o tempo em que efetivamente comecei a lembrar. E nem um ano se passa sem que eu me lembre dele e de cada palavra dita."

Ele fez uma nova pausa, e suspirou.

— Bem mais de cem anos depois, retornei àquela ilha para ver como o meu povo, como eu o chamava, andava. Forem riscados do mapa, nem sequer um único indivíduo restava. *Homo sapiens sapiens* governavam a ilha. E apenas a lenda do povo fera sobrevivia.

Olhou para Reuben e depois para Stuart e finalmente para Laura, deixando seu olhar perdurar-se em Laura.

— Agora, deixem-me colocar o seguinte para vocês — disse ele. — O que há para ser aprendido em tal história, eu gostaria de perguntar.

Ninguém falou nada, nem mesmo Stuart, que estava apenas estudando Margon, com o cotovelo em cima da mesa e os dedos da mão direita dobrados sob o lábio.

— Bem, obviamente — disse Laura —, esse poder desenvolveu-se neles em resposta a seus inimigos, ao longo de quantos milhares de anos eu não saberia dizer. Era um mecanismo de sobrevivência que foi sendo aos poucos aprimorado.

— Sim — disse Margon.

Ela prosseguiu.

— E captar o aroma do inimigo era parte disso e tornou-se o mecanismo que desencadeava a transformação.

— Sim.

— E está muito claro — continuou ela — que nunca usaram esse poder simplesmente para caça ou para se refestelar, porque eram mais intimamente conectados aos animais da selva.

— Sim, talvez.

— Entretanto você — disse ela —, um ser humano, *Homo sapiens sapiens*, sofreu a separação dos animais selvagens que todos nós sofremos, e quis efetivamente chaciná-los, embora não fossem nem inocentes nem culpados, nem bons nem maus, eram uma boa caça, exatamente o que significa a expressão, boa caça, e você os caçou de seu jeito novo.

Stuart interrompeu:

— E assim o poder deu uma nova guinada evolucionária em você. Bem, isso significa que deve ter dado outras guinadas evolucionárias em você, e em outros desde então. Nós estamos falando aqui de milhares de anos, não estamos? Estamos falando de muitas mudanças.

— Diria isso, sim — disse Margon. — Compreendam mais uma coisa. Na época, eu não tinha nenhuma noção dessas coisas que você está falando, nenhuma noção de um *continuum* evolucionário. Dessa forma, não podia conceber esse novo poder, esse poder lupino, como nada além de falta, de ruína, de perda de alma, uma contaminação com um impulso inferior e bestial.

— No entanto, você quis isso — disse Stuart.

— Sim, sempre quis isso. Sempre quis muito isso, e odiava a mim mesmo por querer — disse Margon —, e depois disso, somente à medida que o tempo passava, à medida que a minha compreensão se aprofundava, comecei a pensar que alguma coisa magnífica poderia talvez existir nesse grande potencial de tornar-me o imbatível monstro ainda que mantendo a minha argúcia, o meu intelecto, a minha alma humana intactos.

– Então você acredita na alma? – quis saber Stuart. – Você não acreditava nos deuses, mas acreditava na alma.

– Acreditava na singularidade e na superioridade da espécie humana. Não era um homem que achava que os animais tinham algo a nos ensinar. Não sabia que havia um universo, não da maneira como usamos a palavra hoje em dia. Pensava que este planeta fosse tudo o que existia. Pensem por um momento no que isso significa verdadeiramente, que nós, as pessoas daquele tempo, pensávamos verdadeiramente que este planeta fosse tudo o que existia. Qualquer domínio do espírito acima ou abaixo era uma mera antecâmara. O nosso cosmo imaginado era pequeno assim. Sei que vocês sabem disso, mas pensem um pouco a respeito. Pensem como nós devíamos nos sentir a esse respeito.

"Seja lá qual for o caso, queria a habilidade para poder possuir uma arma maravilhosa, uma poderosa extensão de mim mesmo. Se o meu irmão alguma vez viesse atrás de mim, queria ter a habilidade de me transformar numa fera e despedaçá-lo. É claro que não era apenas isso que eu queria. Queria ver e sentir como a fera lupina e levar ao meu estado humano o que quer que aprendesse. Entretanto, foi algo egoísta e ganancioso procurar obter essa coisa, e obtê-la, e depois disso me tornei um homem sofredor, voltando muito frequentemente à condição de fera na derrota e raramente no prazer."

– Entendo – disse Laura. – E quando você começou a ver a coisa de modo diferente?

– O que faz você pensar que eu tenha conseguido vê-la de um modo diferente?

– Ah, sei que você viu e vê ainda hoje – disse ela. – Você vê agora como uma crisma. Por que outro motivo você usaria a palavra, mesmo que não a tenha criado? Você vê isso agora como um grande poder de síntese, unindo não o superior e o inferior, mas duas formas de ser.

— Sim, cheguei a essa conclusão. Admito. Lentamente, cheguei a isso. Acordei do ódio a mim mesmo e da culpa e passei a ver a coisa como instrutiva e, inclusive, às vezes magnífica. Não precisei da sabedoria de Darwin para saber naquele momento que nós todos somos uma grande família, nós criaturas da Terra. Comecei a ter essa sensação, da comunhão de todas as coisas vivas. Não precisei de nenhum princípio evolucionista para abrir os meus olhos a isso. E realmente tive a esperança e o sonho de que houvesse uma linhagem de imortais, criaturas como nós que, possuindo o poder de ser humano e de fera, veriam o mundo como os próprios seres humanos não podiam ver. Concebi um sonho de testemunhas, uma tribo de testemunhas, uma tribo de *Morphenkinder*, tirando da fera e do ser humano um poder transcendental, por dizer assim, para ter compaixão e estima por todas as formas de vida, enraizada em sua própria natureza híbrida. Concebi essas testemunhas como seres destacados, incorruptíveis, irresponsáveis, mas situados no lado do bem, dos misericordiosos, dos protetores.

Continuou olhando para ela, mas parara de falar.

— E agora você não acredita mais nisso — aventurou-se ela a dizer. — Você não acredita na magnificência disso, ou que essa tribo de testemunhas devesse mesmo existir?

Margon parecia estar prestes a responder, mas não o fez. Seus olhos moveram-se de um lado a outro no espaço vazio diante dele. Finalmente, disse numa voz miúda:

— Todas as criaturas nesse mundo querem a imortalidade, mas por que uma tribo de testemunhas imortais deveria ser *Morphenkinder*, parte humanos, parte feras?

— Você mesmo acabou de dizer — disse Laura. — Deveriam tirar dos dois estados um poder transcendental, e ter compaixão por todas as formas de vida.

— É o que acontece conosco? — perguntou Margon. — Nós realmente tiramos de ambos os estados um poder transcendental para sentirmos compaixão? Acho que não. Acho que a nossa imortalidade não é nada além de incidental, um acaso evolucionário como a própria consciência em si.

Felix pareceu estar profundamente afetado pelo que Margon estava dizendo, e ansioso para interromper.

– Não entre nisso agora – implorou delicadamente. – Você está penetrando em suas lembranças mais obscuras, em suas decepções mais sombrias. Esse não é o momento nem o lugar.

Margon pareceu concordar.

– Quero que outros tenham o sonho – disse ele, olhando novamente para Laura, e depois para Stuart e Reuben. – Quero que haja um tal sonho onde existam testemunhas transcendentais, mas eu não sei se acredito nisso, ou se já acreditei de fato, de verdade.

Parecia estar pessoalmente magoado por sua própria confissão. De súbito, e obviamente condoído, Felix estava com uma atitude visivelmente protetora e preocupada. Thibault parecia temeroso e ligeiramente triste.

– Acredito nisso – disse Felix gentilmente, mas não com um tom de reprovação. – Acredito na tribo de testemunhas. Sempre acreditei. Onde nós vamos, o que fazemos, não está escrito, mas eu acredito que sobreviveremos como a tribo daqueles que possuem a crisma.

– Não sei – respondeu Margon – se os nossos testemunhos terão importância algum dia, ou se a nossa síntese de poderes terá algum dia outras testemunhas.

– Compreendo – disse Felix –, e aceito isso. E assumo o meu lugar entre os híbridos, entre aqueles que continuam, aqueles que veem o mundo espiritual e o mundo brutal de uma maneira única, aqueles que olham para ambas as fontes de verdade.

– Ah, é exatamente isso – disse Margon. – Nós sempre voltamos a isso, ao fato de que não só o mundo brutal como também o mundo espiritual são fontes de verdade, que a verdade reside nas vísceras de todos aqueles que lutam, assim como também nas almas daqueles que transcenderão a luta.

As vísceras de todos aqueles que lutam. Reuben divagava, pego mais uma vez naquela capela da copa das árvores mirando as estrelas. E as vísceras são o pulso de Deus.

– Sim, nós sempre voltaremos a isso – disse Felix. – Existe um criador irremediavelmente além desse mundo que nós conhecemos de células e respiração, ou será que Ele mantém tudo isso dentro de Si?

Margon sacudiu a cabeça, olhando de relance com tristeza para Felix. Em seguida desviou o olhar.

A expressão no rosto de Stuart era bela de se ver. Tinha algo do que quisera antes, e não estava mais perguntando coisa alguma. Estava olhando para alguma outra parte, claramente percorrendo todos os pensamentos grandiosos que estavam sendo inspirados nele, acercando-se agora de possibilidades que não lhe haviam ocorrido antes.

E Laura estava absorvida, e voltando-se para dentro de si mesma. Talvez também estivesse agora de posse do que queria antes.

E se ao menos pudesse descrever o que vejo agora, pensou Reuben, que minha alma está se abrindo, que minha alma está respirando e estou penetrando cada vez mais fundo no mistério, no mistério que inclui as vísceras... E era muito mais do que o que ele podia exprimir.

Alguma coisa imensa fora tentada. E agora parecia que todos estavam se afastando do pico conquistado.

– E você, Margon – perguntou Laura, da mesma maneira respeitosa porém perscrutadora. –, você pode morrer como Marrok morreu? Ou como Reynolds Wagner?

– Posso, tenho certeza de que posso. Não tenho motivos para acreditar que seja diferente de qualquer outro membro da tribo. Mas não sei. Não sei se existem no universo deuses que me amaldiçoaram por ter roubado esse poder fundamental, e amaldiçoaram aqueles a quem transmiti o poder com meus dentes. Não sei. O que isso tudo explica? Nós somos todos um enigma. E essa vai sempre ser a nossa única verdade, pelo menos enquanto nós soubermos apenas o como e o quando... e não o porquê de qualquer coisa.

– Você não acredita em tal maldição, certamente – disse Felix em tom de reprovação. – Por que você está dizendo essas coisas agora? E, a propósito, essa dificilmente é a nossa única verdade, o fato de sermos um enigma. Você também sabe disso.

– Ah, talvez acredite nessas coisas – disse Thibault –, mais do que tenha se importado em admitir.

– Uma maldição é uma metáfora – disse Reuben. – É a maneira pela qual nós descrevemos nossas piores infelicidades. Fui educado para crer que toda a criação era amaldiçoada, caída, depravada, maldita até que a divina providência a salvou, ou seja, a salvou da maldição imposta a toda a criação pela própria divina providência.

– Amém – disse Laura. – De lá você foi para onde? – perguntou a Margon. – Quem foi a primeira pessoa a quem você deu a crisma?

– Ah, foi um acidente – disse ele –, como muito frequentemente ocorre. E pouco percebi que esse acidente me forneceria a minha primeira companhia verdadeira pelos anos vindouros. E vou contar para você qual é o melhor motivo que existe para se fazer um outro *Morphenkind*. É porque ensinará a você alguma coisa que todos os seus anos de luta não lhe ensinaram, e não podem lhe ensinar. Dará a você uma nova verdade com a qual você jamais sonhou. Margon, o sem Deus, conhece Deus, a cada nova geração.

– Amém, eu entendo – sussurrou ela, sorrindo.

Margon olhou para Reuben.

– Não posso lhe dar o lampejo moral de que você tanto necessita – disse ele.

– Talvez você esteja enganado – disse Reuben. – Talvez você já tenha dado. Talvez você não tenha entendido o que eu queria.

– E Stuart – disse Margon –, o que está acontecendo em sua mente agora?

– Ah, as coisas mais maravilhosas – disse Stuart, balançando a cabeça e sorrindo. – Porque se a gente pode ter um propósito tão grandioso, de sintetizar, de reunir em nós mesmos uma nova verdade, bem, aí então toda a dor, a confusão, os arrependimentos, a vergonha...

– Vergonha? – perguntou Laura.

Stuart começou a rir.

– É isso aí, a vergonha, sim! – disse ele. – Você não faz ideia. É claro que também a vergonha.

– Entendo – disse Reuben. – Existe uma vergonha em ser o lobo homem. Só pode existir.

– Naquelas primeiras gerações havia apenas vergonha – disse Margon –, e uma recusa soturna, inexorável de se desligar do poder.

– Entendo – disse Reuben.

– Entretanto, o universo no qual nós vivemos agora é resplendente – disse Margon suavemente, maravilhado. – E nesse universo nós valorizamos todas as formas de energia e de processos criativos.

Aquilo deixou Reuben encantado.

Margon levantou as mãos. E balançou a cabeça.

– E nós devemos agora fazer a pergunta que nenhum de vocês fez – disse Margon.

– Que pergunta é essa? – perguntou Stuart.

– Por que será que nenhum aroma nos alerta para a presença uns dos outros?

– Ah, é mesmo – sussurrou Stuart, estupefato. – E não tem nenhum aroma, nem o mais ínfimo aroma em você, nem em Reuben, nem em Sergei quando era lobo homem!

– Por quê? – perguntou Reuben. De fato, por quê? Na luta com Marrok, jamais sentiu algum aroma de maldade ou malícia. E quando Sergei destruiu os médicos diante de seus próprios olhos, não havia o menor sinal de aroma no monstro.

– É porque vocês não são nem bem nem mal – sugeriu Laura. – Vocês não são nem fera nem seres humanos.

Margon, tendo extraído a resposta que desejava, fez um mero movimento com a cabeça demonstrando concordância.

– Outra parte do mistério – disse ele simplesmente.

– Só que nós deveríamos captar o aroma puro de qualquer *Morphenkind* da mesma maneira que captamos o aroma de seres humanos ou de animais lá fora – protestou Reuben.

– Só que isso não ocorre – disse Thibault.

– Essa é uma incapacidade que tolhe a gente – disse Stuart. Olhou para Reuben. – É por isso que você demorou tanto tempo para me encontrar quando eu estava perdido.

– Exato – disse Reuben. – Mas acabei te encontrando, e devem ter ocorrido inúmeros pequenos sinais. O som do seu choro, por exemplo, eu ouvi.

Margon não ofereceu mais nada. Estava sentado quieto com seus próprios pensamentos enquanto Stuart e Reuben discorriam sobre o assunto. Reuben não captara nenhum aroma de Felix no escritório dos advogados, ou naquela casa, quando Felix e Margon apareceram pela primeira vez. Não, nenhum aroma.

Era uma incapacidade, Stuart tinha razão. Porque jamais teriam como saber se um outro *Morphenkind* estava se aproximando.

– Deve haver mais coisas a esse respeito – disse Reuben.

– Já é o suficiente – disse Margon. – E já contei o suficiente para vocês por enquanto.

– Você só começou – gritou Stuart. – Reuben, me ajude nisso. Você sabe que você também quer saber as respostas. Margon, como foi que você transmitiu a crisma pela primeira vez? O que aconteceu?

– Bem, nesse caso, talvez seja melhor você saber dessas coisas pela própria pessoa a quem a transmiti – disse Margon com um sorriso maldoso.

– E quem seria essa pesoa? – Stuart virou-se para Felix e então para Thibault. Felix meramente olhava para ele com uma sobrancelha erguida, e Thibault ria baixinho.

– Pense em tudo o que você aprendeu até agora – disse Felix.

– Vou pensar, pode deixar – prometeu Stuart. E olhou para Reuben, e Reuben assentiu com a cabeça. E por que Stuart não podia perceber, pensou Reuben, que aquela era apenas uma dentre muitas conversas, conversas sem fim nas quais respostas fluiriam para perguntas ainda não imaginadas?

– O fato de nós sermos tão velhos quanto a humanidade – disse Felix. – Isso é o que vocês sabem agora, vocês três. Que nós somos um mistério da mesma maneira que toda a humanidade é um mistério. Que nós fazemos parte do ciclo desse mundo, e o como e o porquê nós devemos descobrir por conta própria.

– Sim – disse Margon. – Existem muitos de nós nessa Terra e existiram muitos ao longo dos tempos, muitos mais. A imortalidade, da maneira como nós usamos essa palavra, é um prêmio de imunidade que recebemos contra a velhice e a doença, mas não contra a aniquilação violenta. E assim nós vivemos com a mortalidade como o fazem todos os que residem sob esse sol.

– Quantos outros existem aí pelo mundo? – perguntou Stuart. – Ah, não olhe para mim desse jeito – disse ele, lançando um olhar na direção de Reuben. – Você quer saber essas coisas, você sabe que quer.

– Quero – admitiu Reuben. – Quando Margon quiser que a gente saiba. Ouça. Há uma certa inevitabilidade na maneira como essa história está se desenvolvendo.

– Não sei quantos outros existem no mundo – disse Margon com um leve dar de ombros. – Como poderia saber? Como Felix ou Thibault poderiam saber? Hoje sei o seguinte. O perigo que nós encaramos no mundo de hoje não vem da parte de outros *Morphenkinder*. Vem da parte de homens e mulheres da ciência como Klopov e Jaska. E as maiores dificuldades que nós encaramos para sobrevivermos no dia a dia têm a ver com os avanços na ciência, com o fato de que agora nós não podemos aparecer como nossos próprios descendentes para um mundo que requer exames de DNA para comprovar paternidade ou parentesco. E com o fato de que nós precisamos mais do que nunca sermos inteligentes em relação a onde e como fazemos as nossas caçadas.

– Você pode ser pai? – perguntou Laura.

– Posso – disse Margon –, mas somente com uma *Morphenkind*.

Laura arquejou. Reuben teve um choque repentino. Por que estava tão certo de que não poderia engravidar Laura? E era mesmo verdade. Não poderia. Mas essa nova revelação era impressionante.

– Então uma *Morphenkind* pode, obviamente – disse Laura.

– Pode – disse Margon. – E os filhos sempre serão *Morphenkinder*, com pouquíssimas exceções ocasionais. E às vezes... bem, às vezes, uma ninhada inteira, mas eu devo dizer que casais férteis são extremamente raros.

– Uma ninhada! – sussurrou Laura.

Margon assentiu com a cabeça.

– É por isso que as *Morphenkinder* frequentemente formam suas próprias alcateias – disse Felix –, e os homens tendem a permanecer juntos. Bem, esse é um dos motivos, de um jeito ou de outro.

– Com toda a franqueza – disse Thibault –, diga que isso raramente acontece. Não conheci mais do que cinco *Morphenkinder* que tenham nascido em todos os meus anos de vida.

– E como são essas criaturas? – perguntou Stuart.

– A mudança se manifesta no início da adolescência – disse Margon –, e são, em todos os aspectos, bem parecidos conosco. Quando atingem a maturidade física, param de envelhecer, da mesma forma que nós paramos de envelhecer. Se você der a crisma a uma criança pequena, você verá a mesma coisa acontecer: a mudança virá no início da adolescência. A criança vai amaducerer e então se tornará estável.

– Então é provável que eu continue crescendo ainda por um tempo – disse Stuart.

– Você vai crescer – disse Margon com um sorriso sarcástico e um enrolar de olhos. Felix e Thibault também riram.

– Sim, seria um gesto de bastante consideração e cavalheirismo da sua parte se você parasse de crescer – disse Felix. – Acho desconcertante ter de olhar para esses seus imensos olhos azuis de bebê.

Stuart ficou obviamente exultante.

– Você vai amadurecer – disse Margon –, e depois vai parar de envelhecer.

Laura suspirou.

– Ninguém poderia esperar nada melhor do que isso.

– Não, acho que não – disse Reuben, mas estava acabando de ser atingido pela óbvia verdade de que jamais poderia ser um pai de crianças humanas normais; de que, se fosse pai, seu filho provavelmente seria o que ele era agora.

– E sobre essa questão dos outros aí fora – disse Felix. – No seu devido tempo esses rapazes acabarão sabendo o que nós sabemos sobre eles, você não acha?

– O quê? – perguntou Margon. – Que são retraídos, frequentemente antipáticos? Que raramente permitem ser vistos, se é que permitem, por outros *Morphenkinder*? O que há mais a ser dito? – Ele abriu as mãos.

– Bem, há muito mais a ser dito e você sabe disso – disse Felix suavemente.

Margon ignorou-o.

– Nós somos todos como lobos. Viajamos em bandos. O que nos importam os outros bandos contanto que não venham para a nossa floresta ou para os nossos campos?

– Então, não representam nenhuma ameaça para nós, basicamente – disse Stuart. – É isso o que você está dizendo. Não existe guerra por território ou qualquer coisa assim? Ninguém procura ganhar poder sobre os outros?

– Eu te disse – disse Margon –, a pior ameaça contra você vem da parte de seres humanos.

Stuart estava avaliando a situação.

– Nós não podemos derramar sangue inocente – afirmou. – Então como é que a gente poderia lutar uns contra os outros em busca de poder? Nunca houve um *Morphenkind* que virou bandido, ou que saiu matando um monte de gente inocente, que talvez tenha pirado por completo?

Margon avaliou as palavras por um longo momento.

– Coisas estranhas aconteceram – concedeu ele –, mas não isso.

– Você está contemplando a possibilidade de ser o primeiro bandido? – perguntou Thibault com uma fala arrastada de profundo escárnio. – Um delinquente juvenil *Morphenkind*, por assim dizer?

– Não – disse Stuart. – Eu só queria saber.

Margon apenas balançou a cabeça.

– A necessidade de aniquilar o mal pode ser uma maldição – disse Thibault.

– Bem, então por que a gente não podia desenvolver uma raça de *Morphenkinder* que aniquilasse tudo o que existisse de mal? – perguntou Stuart.

– Ah, os jovens e seus sonhos – disse Thibault.

– E qual é a nossa definição de mal? – perguntou Margon. – O que nós, os *Morphenkinder*, conseguimos estabelecer nesse sentido? Pessoas que nós reconhecemos como de nossa espécie estão sendo vítimas de agressão, não é verdade? Qual é a verdadeira raiz do mal, se vocês me permitem perguntar?

– Não sei qual é a raiz – disse Felix. – Sei que o mal entra no mundo novamente toda vez que nasce um bebê.

– Amém – disse Margon.

Thibault levantou a voz, olhando diretamente para Laura.

– Como nós estávamos discutindo ontem à noite – disse ele –, o mal é uma questão de contexto. Isso é inevitável. Não sou nenhum relativista. Acredito na existência objetiva e verdadeira do bem e do mal, mas o contexto é inevitável quando um ser humano falível fala do mal, isso nós temos de aceitar.

– Acho que nós estamos discutindo acerca das nomenclaturas – disse Laura. – Nada além disso.

– Espere um pouco, você está dizendo que o aroma do mal para cada um de nós depende do contexto? – perguntou Reuben. – É isso o que você está dizendo, não é?

– Só pode ser – disse Laura.

– Não, de fato não se trata nem um pouco disso – disse Margon, mas em seguida pareceu estar frustrado. E olhou para Felix, que também pareceu estar relutante em seguir com aquela mesma linha de raciocínio.

Há muitas coisas que não estão dizendo, pensou Reuben. Eles não podem dizer tudo. Não agora. Teve subitamente uma forte sensação do quanto não estavam explicando, mas ele sabia que era melhor não perguntar.

– A crisma, a questão da variação individual, a força – perguntou Stuart. – Como é que isso funciona?

– Existem enormes diferenças na receptividade e no desenvolvimento – disse Felix –, e no resultado final, mas nós nem sempre sabemos por quê. Existem com certeza *Morphenkinder* muito fortes e *Morphenkinder* muito fracos, mas volto a dizer, nós não sabemos por quê. Um *Morphenkind* de nascença pode ser bastante impressionante, ou um indivíduo encolhido e tímido, nem um pouco receptivo ao seu destino, mas o mesmo acontece com os que são mordidos, a menos que eles peçam a crisma, evidentemente.

Margon levantou-se e gesticulou enfaticamente com as mãos, as palmas voltadas para baixo, como se para dizer que estava pondo um fim naquela discussão.

– O que é importante agora é que vocês permaneçam aqui – disse ele –, vocês dois, e Laura também, é claro. Que vocês vivam aqui conosco agora, com Felix, com Thibault e com os outros do nosso pequeno e seleto grupo quando vocês os conhecerem, o que logo ocorrerá. O que é importante é vocês aprenderem a controlar a transformação, e a resistir às vozes quando isso se fizer necessário. E, acima de tudo, por enquanto, retirarem-se do mundo até que todo o blá-blá-blá a respeito do notório lobo homem da Califórnia finalmente desapareça.

Stuart assentiu com a cabeça.

– Entendi. E aceito. Quero ficar aqui. E vou fazer qualquer coisa que você mandar!, mas tem tantas outras coisas.

– Vai ser mais difícil do que você imagina – disse Margon. – Você saboreou as vozes. Você ficará inquieto e arrasado quando não ouvi-las. Você vai querer procurá-las.

– Nós estamos com vocês agora, com vocês três – disse Felix. – Estamos juntos há muito tempo. Escolhemos nossos sobrenomes na idade moderna, como vocês adivinharam, da literatura de lobisomem de décadas atrás. E nós fizemos isso não para assinalar a nossa identidade ou os nossos laços comuns com qualquer outra pessoa, mas para que esses nomes servissem como marcos para nós mesmos e para aqueles poucos amigos de fora de nosso grupo que sabiam quem nós éramos. Nomes tornam-se um problema para pessoas que não morrem. Assim como propriedade e herança, e a questão da legalidade dentro das nações. Nós buscamos uma solução simples e até certo ponto poética para um desses problemas com nossos nomes. E continuamos a buscar soluções para os outros problemas através de uma variedade de meios.

"Quero dizer o seguinte, nós somos um grupo, e estamos agora abrindo nosso grupo a vocês."

Stuart, Reuben e Laura balançaram a cabeça em concordância e expressaram a mais calorosa aceitação. Stuart estava começando a chorar. Mal conseguia permanecer sentado. Finalmente levantou-se e começou a se mexer atrás da cadeira.

– Essa é a sua casa e essa é a sua terra, Felix – disse Reuben.

– Nossa casa e nossa terra – disse Felix afavelmente, com aquele caloroso e radiante sorriso.

Margon levantou-se.

– Suas vidas, lobinhos, mal começaram.

O encontro estava terminado. Todos estavam se espalhando.

Mas havia um assunto candente que Reuben não podia deixar passar sem uma resolução.

Havia algo que tinha de saber, e tinha de saber naquele exato momento.

Ele seguiu Felix, a quem se sentia próximo, até a biblioteca e alcançou-o enquanto estava acendendo a lareira.

– O que é, irmãozinho? – perguntou Felix. – Você parece estar preocupado. Pensei que o encontro tivesse transcorrido bem.

– É sobre Laura – sussurrou Reuben. – E a Laura? Você vai dar a crisma para ela? Devo pedir a você, ou a Margon ou a...

– Ela é digna de recebê-la – disse Felix. – Isso foi decidido imediatamente. E não sabia que ainda existia a mais leve dúvida. Ela sabe disso. Todos os segredos foram revelados a Laura. Quando estiver pronta, a única coisa que tem a fazer é pedir.

O coração de Reuben começou a dar saltos. Não conseguia olhar Felix nos olhos. E sentiu Felix agarrar-lhe o ombro. Sentiu os dedos fortes em seu braço.

– E se quiser – perguntou Reuben –, você vai dar a ela? Você?

– Sim. Se ela quiser. Margon ou eu. Nós daremos.

Por que era tão doloroso? Não era exatamente isso o que queria saber?

E a viu novamente com o olho da mente, como a vira pela primeira vez naquela noite no limite de Muir Woods, quando entrara cantando na clareira gramada atrás da casa e ela aparecera para ele, como se vinda de parte alguma, parando na varanda dos fundos de sua casinha com seu longo vestido branco de flanela.

– Devo ser o homem mais egoísta em toda a criação – sussurrou ele.

– Não, não é, não – disse Felix. – Mas a decisão é dela.

– E não entendo a mim mesmo – disse ele.

– Eu entendo – disse Felix.

Momentos se passaram.

Felix riscou o comprido fósforo da lareira e encostou a chama nos gravetos. Ocorreu aquele familiar rugido enquanto os gravetos eram lambidos pelo fogo e as chamas dançavam nos tijolos.

Felix ficou lá parado pacientemente, esperando. Então disse suavemente:

– Vocês são crianças absolutamente notáveis. Invejo vocês e seu mundo novíssimo. Não sei se teria a coragem para isso se não estivessem aqui comigo.

## 40

Foi a quinzena de muitas coisas. Margon acompanhou Stuart até sua casa em Santa Rosa para que pegasse seu carro, um velho Jaguar conversível que pertencera a seu pai. E visitaram a mãe de Stuart que estava numa clínica psiquiátrica porém "morrendo de tédio" e "enjoada de todas essas revistas de quinta categoria" e pronta para comprar um guarda-roupa inteiro para ajudá-la a lidar com suas carências. O agente dela telefonara de Hollywood para dizer que estava novamente em alta. Bem, isso foi um exagero, mas tinham trabalho para ela caso conseguisse entrar num avião. Talvez fosse às compras em Rodeo Drive.

Grace, ungida à condição de testemunha mais bem articulada e significativa do último ataque do lobo homem em Mendocino County, era figura constante nos *talk shows*, convencendo o mundo em termos racionais de sua teoria segundo a qual aquela desafortunada criatura era a vítima de uma condição congênita ou de uma doença subsequente que a deixara fisicamente deformada e mentalmente desequilibrada, mas que logo, logo cometeria um erro e cairia nas mãos das autoridades e receberia o confinamento e o tratamento que merecia.

Seguidamente, os investigadores do escritório da promotoria, do FBI, e do Departamento de Polícia de San Francisco vinham interrogar Stuart e Reuben, já que haviam sido o misterioso foco de mais de um ataque do lobo homem.

Era difícil para Stuart e para Reuben, já que nenhum dos dois era um mentiroso habilidoso, mas logo aprenderam o truque das respostas mínimas, dos murmúrios e dos resmungos à medida que prolongavam suas narrativas e, por fim, foram deixados em paz.

Reuben escreveu um longo e esclarecedor artigo para o *San Francisco Observer* que, em essência, sintetizava seus artigos anteriores, espicaçado com suas próprias descrições vívidas do ataque do lobo homem, o "primeiro" que vira com seus próprios olhos. Suas conclusões eram previsíveis. Não era um super-herói, e a adulação e a adoração promovidas pelos fãs deveriam acabar. Entretanto, nos deixara com muitas perguntas. Por que fora tão fácil para muitos abraçar uma criatura tão descompromissadamente cruel? Será que o lobo homem representava um recuo à época em que todos nós agíamos de modo cruel e nos sentíamos felizes sendo assim?

Enquanto isso, a fera fizera uma última e espetacular aparição no interior do México, chacinando um assassino em Acapulco para em seguida adentrar uma fase de esquecimento.

Frank Vandover, alto, cabelos pretos, com uma pele muito alva e a boca bem-feita de Cupido, retornara com o gigante nórdico Sergei Gorlagon, enchendo a casa de histórias quase burlescas a respeito de como haviam ludibriado não só a polícia como também as testemunhas durante a jornada pelo sul. Frank era certamente o mais contemporâneo dos distintos cavalheiros, um americano piadista com um verniz hollywoodiano e uma tendência a implicar impiedosamente com Reuben acerca de suas primeiras explorações e de despentear os cabelos de Stuart. Ele os chamava de filhotes maravilhosos, e os teria engabelado a disputar uma corrida na floresta se Margon não tivesse estipulado qual era a lei a esse respeito.

Sergei era um acadêmico brilhante de cabelos grisalhos, espessas sobrancelhas brancas e inteligentes e divertidos olhos azuis. Tinha uma voz mais ou menos semelhante à de Thibault, profunda e ressonante, e inclusive um pouco crepitante. E começou uma tirada deliciosa sobre o brilhante e profético Teilhard de Chardin com Laura e Reuben, tendo ele próprio um amor pela teologia abstrata e pela filosofia que ultrapassava o deles.

Era impossível adivinhar a idade de qualquer daqueles homens, na realidade, sentia Reuben; e perguntar seria algo claramente deselegante. "Há quanto tempo vocês têm vagado pela Terra?", simplesmente não parecia uma pergunta aceitável, principalmente vinda de alguém que Frank insistia em chamar de filhote ou cria.

Por diversas vezes, durante o almoço ou o jantar, ou enquanto reunidos apenas para conversar na mesa da sala de café da manhã, dois ou mais desses homens começavam a conversar em uma outra língua, aparentemente esquecidos de si mesmos, e era sempre excitante para Reuben ouvir aquelas rápidas frases confidenciais que não conseguia associar a nenhuma linguagem que jamais ouvira na vida.

Margon e Felix frequentemente falavam uma língua diferente quando estavam sozinhos. Reuben os ouvira sem querer. E ficara tentado a perguntar se todos compartilhavam uma linguagem em comum, mas isso era como lhes perguntar a idade, ou o local onde haviam nascido, ou perguntar sobre a escrita secreta nos diários e nas cartas de Felix; era ser intrometido, algo que não se faz.

Stuart e Reuben queriam saber quem introduzira o termo "*Morphenkinder*" e "crisma", e que outros termos existiam, ou talvez existissem agora, mas imaginavam que essa informação e várias outras viriam com o tempo.

As pessoas circulavam aos pares. Reuben passava a maior parte de seu tempo ou com Laura ou com Felix. E Laura amava Felix também. Stuart adorava Margon, e nunca queria ficar separado dele. Na verdade, Stuart parecia ter se apaixonado por Margon. Frank saía com Sergei com uma certa frequência. E somente Thibault parecia um genuíno solitário, ou um homem igualmente em casa com qualquer membro do grupo. Uma simpatia se desenvolveu entre Thibault e Laura. Todos adoravam Laura, mas Thibault desfrutava especialmente da companhia dela, e iam caminhar juntos na floresta, ou a levava em suas errâncias, ou às vezes assistiam a um filme à tarde.

Toda a família de Reuben, assim como Celeste e Mort Keller, e também a dra. Cutler, vieram para o Dia de Ação de Graças, juntando-se a Reuben, Laura, Stuart e aos distintos cavalheiros, e foi a melhor festa que a casa testemunhara até então, e a prova mais inescapável da verdade acerca da máxima de Margon, de que deve-se viver em ambos os mundos – o mundo do humano e o mundo da fera – se a intenção é manter-se vivo.

Frank surpreendeu Reuben e sua família ao tocar piano com uma espetacular habilidade após o jantar, percorrendo as composições de Satie que Reuben tanto amava e passando para Chopin e outras composições românticas de sua própria lavra.

Até mesmo Jim, que passara toda a noite devagar e afastado, foi atraído para a conversa com Frank. E finalmente Jim tocou uma composição que havia escrito muito tempo atrás, antes do seminário, para acompanhar um poema de Rilke.

Aquele foi um momento doloroso para Reuben, sentado lá na sala de música na pequena cadeira dourada, escutando Jim perder-se naquela breve, sombria e melancólica melodia, tão assemelhada a Satie, meditativa, lenta e eloquente de dor.

Apenas Reuben sabia o que Jim sabia. E apenas Jim dentre todos os convidados e familiares sabia quem os distintos cavalheiros eram e o que havia acontecido com Stuart e com Reuben.

Não conversaram, Reuben e Jim, durante todo aquele Dia de Ação de Graças. Houve apenas aquele momento na sala de música à luz de velas quando Jim tocara aquela música triste. E Reuben sentiu vergonha por ter feito uma terrível crueldade com Jim com seus segredos, e não sabia o que fazer. Haveria um momento no futuro em que se encontraria novamente com Jim para discutir tudo o que havia acontecido, mas isso era algo que não conseguia encarar naquele momento. E não queria naquele momento.

Grace sentia-se à vontade com o grupo, mas alguma coisa estava diferente entre Reuben e sua mãe. Ela não mais lutava para entender o que estava acontecendo, não, e parecia haver encontrado um lugar em sua própria mente ordenada para o fenômeno com o qual ficara obcecada há tanto tempo, mas havia uma sombra entre ela e Reuben. Com todo o seu poder, ele procurou furar aquela fina escuridão, puxá-la novamente para perto de si como estava antes; e, talvez para o mundo todo, esse esforço pareceu bem-sucedido, mas não foi. Sua mãe estava sentindo alguma coisa, mesmo que fosse apenas uma decisiva mudança no filho, e vivia agora em seu mundo resplandecente um horror inominável que não podia confessar a ninguém.

Celeste e Mort Keller estavam desfrutando maravilhosamente da ocasião, ela alertando Reuben seguidamente acerca do quanto era desaconselhável para alguém da idade dele viver "meditando na tranquilidade", e Mort e Reuben passearam pela floresta de carvalho falando de livros e poetas que ambos amavam tanto. Mort deixou a última versão de sua dissertação para Reuben ler.

Depois do feriado, o piano foi levado para o salão, onde havia um excelente lugar para ele perto das portas da estufa, e a sala de música tornou-se um auditório, logo equipado com confortáveis sofás e cadeiras de couro de modo que o grupo todo pudesse desfrutar de filmes e assistir à TV juntos quando bem quisesse.

Reuben começou a escrever um livro, mas não se tratava de uma autobiografia nem de um romance. Era algo bastante puro e tinha a ver com suas próprias observações, suas próprias suspeitas profundas de que as mais elevadas verdades que uma pessoa poderia descobrir estavam enraizadas no mundo natural.

Enquanto isso, a velha e dilapidada chácara de dois andares na parte mais baixa do penhasco abaixo do ponto – a casa de hóspedes que Reuben vira com Marchent na caminhada que haviam feito juntos – estava sendo completamente restaurada para Phil. Felix assinou o cheque e disse para Galton não economizar em nada. Galton estava totalmente embevecido com Felix por causa de sua extrema semelhança com seu pai falecido, e parecia incendiado com um novo zelo para agradar os mestres de Nideck Point.

Felix também apresentou-se na cidade de Nideck como o filho do falecido Felix Nideck, e investiu na pousada para que não precisasse ser negociada. Comprou as lojas pelo preço pedido, planejando oferecer aluguéis em conta aos novos comerciantes. Era importante, explicou ele a Reuben, que a família exercesse alguma influência beneficente sobre a cidade. Havia terra ao redor da cidade que podia ser subdividida e desenvolvida. Felix tinha ideias acerca de tudo isso.

Reuben estava ansioso, entontecido. Felix surpreendeu e deliciou-o observando que seu avô Spangler (o pai de Grace) ficara famoso no século passado por idealizar comunidades planejadas de uma incrível visão e escopo, e visitaram juntos os sites na internet para estudá-las. Quem era dono da terra ao redor de Nideck? Felix era dono da terra sob outro nome. Nada com que se preocupar.

Reuben foi jantar com Felix na casa do prefeito de Nideck. Na internet, logo acharam um comerciante de colchas ansioso para abrir uma loja na rua principal, junto com um comerciante de livros usados e uma mulher que vendia bonecas e brinquedos antigos de sua coleção particular.

– Longe de ser o começo de uma metrópole – confessou Felix. – Mas é um excelente começo. A cidade precisa de alguma espécie de biblioteca, não acha? E de um cinema. Quantas horas nós precisamos viajar para podermos assistir a um filme que acabou de estrear?

Enquanto isso, à medida que o lobo lomem passava rapidamente para o território dos mitos, a venda de camisetas, canecas e todo tipo de paraférnalia do lobo homem aumentava exponencialmente. Havia excursões do lobo homem operando em San Francisco, e trajes do lobo homem à venda. É claro que uma agência de turismo local queria trazer ônibus abarrotados de pessoas para Nideck Point, mas Reuben recusou taxativamente e, pela primeira vez, o limite sul da propriedade começou a receber uma cerca.

Reuben escreveu dois longos artigos para Billie acerca da cultura de lobisomem ao longo da história, e acerca das gravuras icônicas de lobisomem de que mais gostava, e acerca de algumas das manifestações artísticas do lobo homem circulando livremente que eram fáceis de encontrar e difíceis de evitar.

Todas as noites Reuben caçava nas florestas com Felix. Eles iam cada vez mais longe na direção norte até chegar em Humboldt County, caçando o feroz porco selvagem com suas presas que mais pareciam lâminas, e em outra ocasião caçando um poderoso felino, maior do que a fêmea que Reuben matara sozinho com tanta destreza. Reuben não gostava de caçar animais de rebanho, ou os veados e os alces que vagavam livremente porque essas espécies não eram predadoras, embora Felix lembrasse que frequentemente morriam por meios terrivelmente violentos e dolorosos.

Margon e Stuart foram juntos duas vezes. Stuart era um caçador robusto e violento, ávido por qualquer experiência, e queria caçar até as ondas que batiam no penhasco se ao menos Margon permitisse, mas não permitia. Margon parecia enrabichado por Stuart, e gradativamente as conversas dos dois passaram a envolver mais perguntas de Margon sobre o mundo de hoje do que Stuart jamais perguntara acerca do passado ou acerca de qualquer outra coisa.

Margon transferiu seu quarto dos fundos da casa para a frente, obviamente para estar mais perto de Stuart, e os dois eram ouvidos conversando e discutindo até altas horas da noite. Tinham altercações periódicas acerca de roupas. Stuart levando Margon para comprar jeans e camisas polo, e Margon insistindo que Stuart comprasse um terno com colete e diversas camisas com punhos franceses, mas na maior parte do tempo, estavam absoluta e exuberantemente felizes.

Serviçais chegaram da Europa, incluindo um sujeito solene que falava francês que havia sido valete de Margon e uma entusiasmada e sempre disposta senhora idosa da Inglaterra que cozinhava, limpava a casa e fazia pão. Thibault deu a entender que mais pessoas viriam.

Mesmo antes do Dia de Ação de Graças, Reuben estava ouvindo conversas casuais acerca de um aeroporto privado acima de Fort Bragg que os outros estavam usando para voos curtos até distantes locais de caça. Estava ardendo de curiosidade, assim como Stuart. Stuart passava os dias mergulhado nos estudos da cultura de lobisomem, história do mundo, evolução, legislação civil e criminal, anatomia humana e endocrinologia, arqueologia e filmes estrangeiros.

Frequentemente os distintos cavalheiros desapareciam no santuário, como chamavam o lugar, para trabalhar com as tabuletas antigas que estavam colocando numa espécie de ordem, e as quais não sentiam nenhuma necessidade imediata, por motivos óbvios, de mudar novamente para outro lugar.

Felix passou muito tempo tentando colocar suas próprias galerias e bibliotecas em uma razoável ordem. E podia ser encontrado com frequência no sótão de empenas sobre o quarto principal, lendo no mesmo lugar onde Reuben encontrara o livrinho de teologia escrito por Teilhard de Chardin.

Na noite do Dia de Ação de Graças, após a família ir embora, Laura foi para o sul para passar alguns dias sozinha em sua pequena casa no limite de Muir Woods. Reuben implorou para ir com ela, mas ela insistiu que aquela era uma viagem que tinha de fazer sozinha. Queria visitar o cemitério onde seus pais, sua irmã e sua filha estavam enterrados. E quando voltasse, disse ela, saberia que futuro lhe estava destinado. Assim como Reuben também saberia.

Reuben achou aquilo quase insuportável. E ficou tentado mais de uma vez a dirigir até o sul apenas para espioná-la, mas ele sabia que Laura precisava daquele tempo, e não lhe telefonou uma vez sequer durante esse período.

Finalmente, os distintos cavalheiros reuniram os filhotes e levaram-nos de avião para uma caçada na cidade mexicana de Juárez, pouco depois da fronteira em El Paso, Texas.

Aquela era para ser uma caçada híbrida, de acordo com Margon, e significava que roupas deveriam ser vestidas: os previsíveis agasalhos com capuz e capas de chuva folgadas, calças largas e sapatos que acomodassem seus corpos transformados.

Stuart e Reuben estavam ambos poderosamente excitados.

Era emocionante além de qualquer sonho intenso que pudessem ter, o avião cargueiro vazio aterrissando na pista secreta, o SUV preto avançando em meio à noite retinta, e então a viagem pelos telhados quando o grupo espalhou-se como gatos na escuridão, atraídos pelo aroma do sofrimento das garotas e das mulheres mantidas em cativeiro num quartel-bordel de onde logo seriam levadas para os Estados Unidos sob ameaça de tortura e morte.

Cortaram a energia do quartel antes de invadirem o local, e rapidamente trancaram as mulheres para sua segurança própria.

Reuben jamais sonhara com tal carnificina, com tal impetuosidade, com tal massacre no prédio de concreto, suas rotas de fuga fechadas pelo lado de fora, e seus pervertidos habitantes do sexo masculino rastejando como ratos nos escorregadios corredores e salas, sem saída para fugir dos inimigos de dentes afiados que os atacavam sem remorso algum.

O prédio sacudia com os rugidos dos *Morphenkinder*, os berros e gritos dos homens moribundos e o choro agudo das mulheres aterrorizadas amontoadas em seu imundo dormitório.

Por fim, o fedor do mal arrefeceu até acabar; em cantos remotos das instalações *Morphenkinder* ainda se refestelavam, mastigando os restos. Stuart, o grande e desgrenhado lobo rapaz, com seu casaco comprido, encontrava-se fascinado mirando os cadáveres espalhados ao seu redor. E as mulheres haviam cessado de choramingar.

Agora estava na hora de todos partirem; das mulheres serem libertadas na escuridão para cambalear na direção da luz sem jamais saberem a identidade dos gigantescos sujeitos encapuzados que as haviam vingado. E os caçadores experientes desapareceram, saltando sobre os telhados mais uma vez, suas patas e seu equipamento manchados de sangue, suas bocas salpicadas de sangue humano, seus estômagos cheios.

Cochilaram como uma ninhada, empilhados um em cima do outro no avião. Em algum lugar sobre o Pacífico, soltaram seu equipamento ensanguentado no mar e emergiram na noite ventosa e gélida de Mendocino County nas roupas limpas que haviam levado para o momento do retorno: ainda com os olhos vermelhos, empanturrados e em paz, ou pelo menos era o que parecia, silenciosos na viagem curta até Nideck Point enquanto a chuva, a familiar e incessante chuva californiana batia no para-brisa.

– Isso sim foi uma caçada! – disse Stuart, cambaleando quase adormecido na direção da porta dos fundos. E, jogando a cabeça para trás, deixou escapar um uivo lupino que ecoou pelas paredes de pedra da casa, os outros dissolvendo-se numa suave gargalhada.

– Logo, logo – disse Margon –, vamos caçar nas selvas colombianas.

Reuben sonhava, enquanto arrastava seus exaustos membros escada acima, que Laura estivesse lá à sua espera, mas ela não estava. Apenas sua fragrância estava lá no macio cobertor e nos travesseiros. Pegou uma das camisolas de flanela dela no closet e manteve-a em seus braços, resolvido a sonhar.

Horas mais tarde, acordou do milagre do céu azul sobre o Pacífico e do milagre das águas azuis escuras cintilando e dançando sob o sol.

Depois de tomar banho e se vestir rapidamente, foi dar uma caminhada na luz gloriosa e brilhante, maravilhando-se com o espetáculo comum de nuvens brancas movendo-se além das empenas da casa que assomavam tão severas e fortes quanto campos de batalha.

Era preciso morar naquele litoral soturno e gélido para se entender o milagre total de um dia claro quando as névoas marítimas simplesmente sumiam, como se seu reino invernal houvesse finalmente acabado.

Parecia que havia sido uma vida inteira atrás que estivera naquela mesma varanda com Marchent Nideck e olhara para aquela casa e pedira a esta que lhe desse a escuridão, a profundidade de que tanto necessitava. Fique na música em tom menor da minha vida, dissera, e sentira certeza de que a casa o respondera, prometendo revelações com as quais não conseguia sonhar.

Cruzou os lírios varridos pelo vento em direção à fresca brisa oceânica até parar na velha balaustrada quebrada que separava a varanda do limite do penhasco e daquela estreita e perigosa trilha que levava à faixa de praia abaixo com seus rochedos solitários e os pedaços de madeira flutuantes descoloridos.

O som da onda engoliu-o por inteiro. Sentiu-se sem peso, como se o vento fosse sustentá-lo se ele se permitisse deixar levar, com os braços estendidos na direção do céu.

À sua direita erguiam-se os penhascos verde-escuros cobertos de árvores que abrigavam a floresta de sequoias. E ao sul, os retorcidos ciprestes de Monterey e carvalhos que o vento transformara em esculturas torturadas.

Uma trágica felicidade tomou conta dele, um profundo reconhecimento de que amava o que era, amava a caçada louca nos imundos corredores do bordel em Juárez, amava a corrida louca em meio à limpa floresta do norte, amava sentir a vítima em seus dentes, ou a fera lutando tão desesperadamente e de maneira tão vã para fugir.

E havia uma profunda consciência nele de que aquilo era apenas o começo. Sentiu-se jovem, poderoso e seguro em consequência disso. Sentiu que dispunha de tempo para descobrir como e por que ele era jovem, e por que deveria mudar e ceder à forma do lobo homem que extinguira tantas outras paixões nele.

Céu e inferno esperam os jovens. Céu e inferno pairam além do oceano diante de nós e do céu que se espalha acima de nós.

Nesse sentido, o sol brilha no Jardim da Dor. No Jardim da Descoberta.

Viu o rosto de seu irmão na noite de Ação de Graças, viu os olhos tristes e cansados de Jim, e seu coração se partiu, como se o irmão fosse mais importante do que o próprio Deus, ou como se Deus em pessoa estivesse falando através de Jim, como talvez pudesse falar através de qualquer um colocado na nossa trilha inevitável ou acidental, qualquer um que ameaçasse nos convocar de volta a nós mesmos, que nos olhasse com olhos que refletissem um coração tão partido quanto o nosso próprio, tão frágil, tão desapontado.

O vento agora o estava congelando por completo. Seus ouvidos estavam frios e os dedos com os quais cobria o rosto estavam tão frios que mal conseguia mexê-los. No entanto, a sensação era tão boa, tão adorável como a sensação de não sentir nada parecido com isso quando a pelagem lupina o protegia.

Virou-se e olhou novamente para a casa, para as altas paredes cobertas de hera, e para a fumaça das chaminés subindo sinuosamente em direção ao céu, para serem agarradas pelo vento, para serem dissolvidas na invisibilidade.

*Querido Deus, ajude-me. Não se esqueça de mim nessa diminuta brasa perdida numa galáxia que está perdida, um coração não muito maior do que um grão de poeira batendo, batendo de encontro à morte, de encontro à falta de sentido, de encontro à culpa, de encontro ao pesar.*

Curvou-se ao vento; permitiu que o vento o segurasse ali e o impedisse de cair no espaço, o impedisse de tombar sobre a balaustrada e o penhasco e cair, cair e cair na direção dos rochedos lambidos pelas ondas.

Respirou bem fundo, e as lágrimas inundaram seus olhos, e ele sentiu-as escorrendo por suas bochechas, impulsionadas pelo mesmo vento que o sustentava.

– Senhor, perdoe-me pela minha alma blasfema – sussurrou, a voz alquebrada. – E agradeço do fundo do meu coração pela dádiva da vida, por todas as bênçãos que tem derramado sobre mim, pelo milagre da vida em todas as suas formas e, Senhor, eu agradeço pela dádiva do lobo.

*Fim*

Agosto de 2011
Palm Desert, Califórnia

OBRAS DA AUTORA PUBLICADAS PELA ROCCO

*Cântico de sangue*
*Chore para o céu*
*Cristo Senhor – A saída do Egito*
*Cristo Senhor – O caminho para Caná*
*A dádiva do lobo*
*De amor e maldade*
*Os desejos da Bela Adormecida*
*Entrevista com o vampiro*
*A fazenda Blackwood*
*A história do ladrão de corpos*
*A hora das bruxas* – vol. I
*A hora das bruxas* – vol. II
*Lasher*
*A libertação da Bela*
*Memnoch*
*Merrick*
*A múmia*
*Pandora*
*A punição da Bela*
*A rainha dos condenados*
*Sangue e ouro*
*O servo dos ossos*
*Taltos*
*Tempo dos anjos*
*O vampiro Armand*
*O vampiro Lestat*
*Violino*
*Vittorio, o vampiro*

Impressão e Acabamento:
GRÁFICA STAMPPA LTDA.
Rua João Santana, 44 - Ramos - RJ